南雍学术经典

主编　张一兵　周　宪

汪辟疆诗学论集

上 册

张亚权 编撰

南京大学出版社

南雍学术经典

总　序

洪银兴

学术的传承与发展是一个长期的历史积累过程。在对中国现代学术的“世纪回眸”中，我们在重估和评价百年学术成果的同时，更应该从前辈学人勤勉的学术实践和科学的研究方法中汲取丰富的学术营养。就中国现代人文科学而言，无论是“旧学”还是“新知”，都留下前辈学人筚路蓝缕的足迹，他们的独辟蹊径汇成了我们的康庄大道。

众所周知，南京大学是当代中国为数不多的百年高校之一。她有两个历史源头，一个是肇始于1902年(光绪二十八年)创立的三江师范学堂。历史上各朝唯一的国家高等学府如太学、国子监等皆可称为“辟雍”，而明代曾于北京和南京各设一所国子监，号称“北雍”和“南雍”。因此，作为清政府创办于南京的新式学堂，三江师范在当时也就承膺了“南雍”的美誉。1914年以后，历经两江师范学堂、南京高等师范学校、国立东南大学、第四中山大学、江苏大学、国立中央大学等时期，1949年更名为国立南京大学，次年定名为南京大学。另一个是1888年(光绪十四年)成立的基督教会汇文书院，后来发展为金陵大学。在20世纪50年代初的全国院系调整中与南京大学合并，构成了现在的南京大学。这样的经历不仅显示出她的悠久，还显示出她的坎坷——不断地更名，不断地重组、合并、调整。其实这正是中华民族近现代颠沛历史的缩影。而南京大学历经沧桑，卓然屹立，形成了鲜明的学术传统，涌现出众多的名师大家，给我们留下丰硕的学术遗产，其中必有一种不可磨灭的精神力量，这大概就是南京大学的校训：“诚朴雄伟，励学敦行”。其中“诚”字最为根本，也是南京大学历史上最早的校训。“诚”是真实而不虚妄的真理，也是追求真理、诚信不欺的美德。

南京大学深厚的人文社会科学传统是南京大学精神的典型体现。20世纪上半叶，伴随着民族文化的重建过程，中国现代人文社会科学发展史上充满了中学、西学、新学、旧学、科学、玄学的争论，“思想自由原则，兼容并包主义”是当时中国大学总体性的人文精神，而历史上的南京大学又提出过具有自我取向的“昌明国故，融化新知”、“人文与科学平衡”等学术主张和办学宗旨，可见南京大学采取的是一种“中庸”的态度，走的是温故知新、继承创新的学术路径。她的两个历史源头已经显示出这样的学术趋向：一是建立在中国教育传统上的“新学”，但提倡国学、艺术与科学三者兼通融合；一是具有西学东渐背景的教会大学，却对中国文化重视有加，成立了中国现代学术史上较早的中国文化研究所。这样的源头活水，不断地吸纳志同道合的名师大家，汇成源远流长、独立不迁的学术传统。

今天，中华民族进入伟大复兴的时代，南京大学迈向建设世界高水平大学的进程，我们饮水思源，愈加感到受益于这些名师大家们赋予我们的学术财富和精神力量，愈加渴望对他们蕴育的传统加以系统的研究总结，返本开新，发扬光大。

“南雍学术经典”丛书是南京大学历史上学术大师们的人文社会科学名著精选。它吸收中国传统学术史中“学案”的编纂形式，邀请大师们的学术传人或研究专家，精选荟粹大师们的学术代表作，对其生平、学术加以述评并制作学术年表，再按不同的学科陆续分辑出版。这样一项研究性的出版工程，不仅勾勒出南京大学人文社会科学的学术脉络，而且在新的视角下展示了南京大学人文社会科学的学术精华，其中不乏首次被整理、公布的珍贵资料。同时，为了进一步展示20世纪南京大学的学术面貌和学术贡献，我们以后还将陆续推出其他学术大家的经典著述。我们相信，这套书系的出版不仅是南京大学学术传统研究的丰硕成果，而且也为中国现代学术史研究提供了一份极富价值的学术文献。

2008年3月28日

目　录

汪辟疆论近代诗

汪辟疆诗学分论

汪辟疆诗学散论

方湖诗钞及补遗

方湖学记简编

汪辟疆学术简表

神州国光社民国二十一年(1932)版《唐人小说》作者像

摄于1951年

汪辟疆先生在晒布厂家中读书

汪辟疆先生部分著作书影

汪辟疆先生(后排左一)、胡小石先生(后排左二)与家人学生合影

汪辟疆先生“方湖行箧所携”常用印谱

汪辟疆先生藏九教授结社题诗折扇

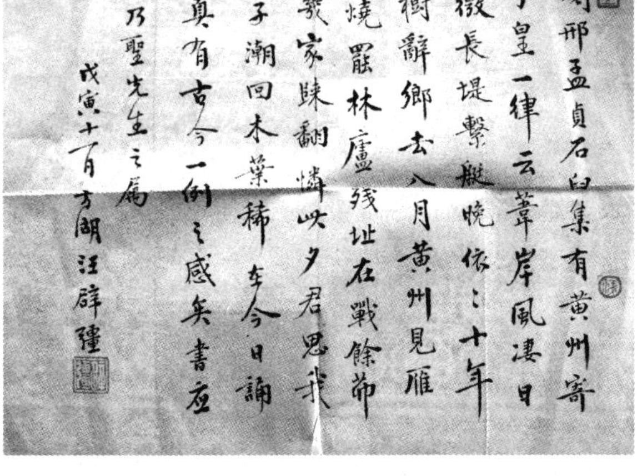

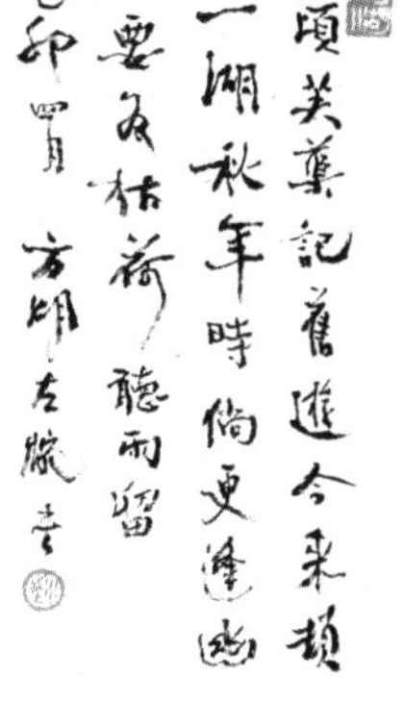

汪辟疆先生诗稿、手札

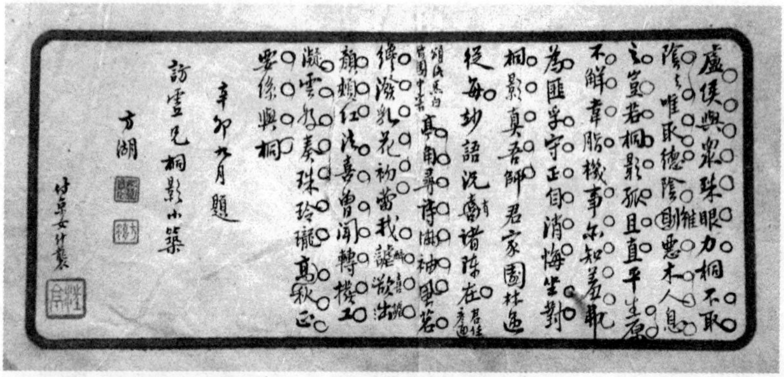

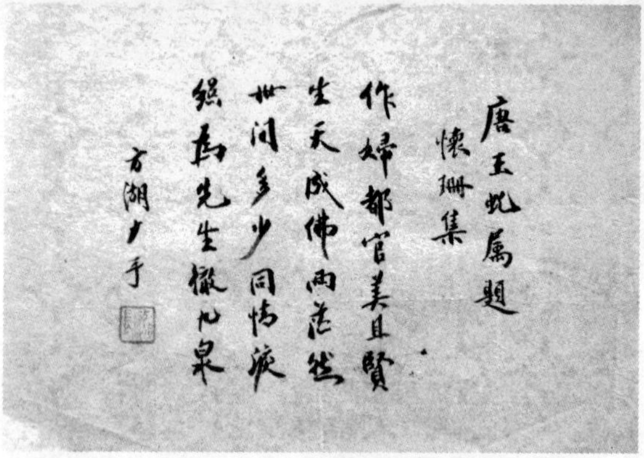

汪辟疆先生诗稿、手札

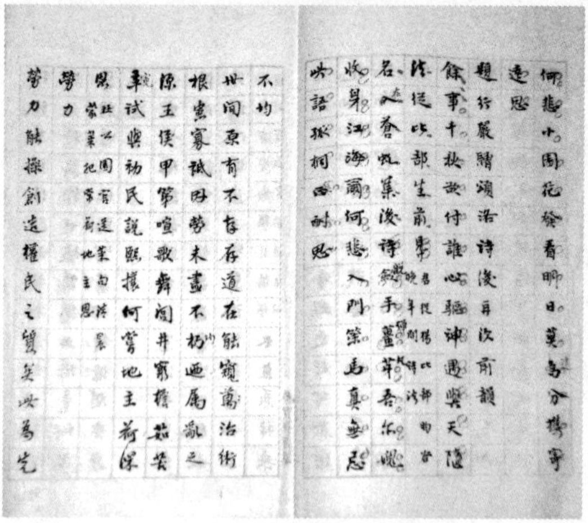

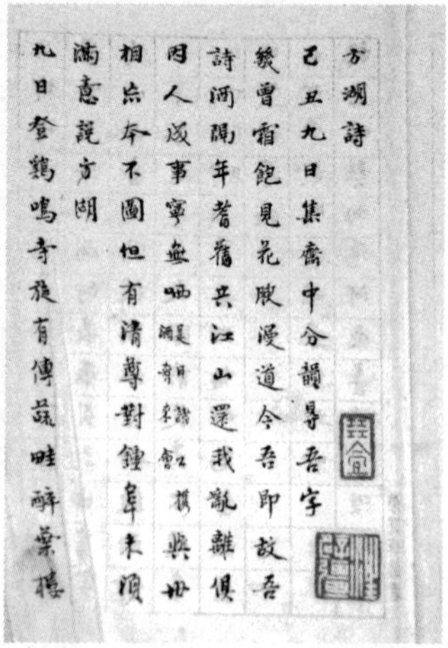

诗史的发展与汪辟疆的近代诗学成就(代导读)

张宏生

汪国垣,字辟疆,又字笠云,号方湖,又号展庵。1887 年 12 月 17 日生于江西省彭泽县。1903 年考入河南客籍高等学堂,毕业后,于 1909 年被保送北京京师大学堂,1912 年毕业(1912 年 5 月京师大学堂改称北京大学,所以,汪辟疆毕业时已是北大学生)。其后,曾短期任教于南昌省立二中,后于 1922 年任江西心远大学教授,兼文科主任。1925 年,任教于北京女子大学。1928 年改就第四中山大学之聘。其后,第四中山大学几经易名,先后有江苏大学、国立中央大学之称,直到 1949 年以后的南京大学,汪辟疆一直在这里任教,前后达 38 年。1966 年 3 月 12 日病逝,享年 79 岁。

汪辟疆 5 岁即入塾,一生治学不辍,文史兼通,是举世公认的国学大师。其治诗学通古达今,特别对近代诗学兴趣浓厚,自青年至老年,一直用力甚深,成果尤为学界所称道。

所谓"近代",汪辟疆沿史家通例,断自道咸以后。他认为,道咸之后,不仅社会政治发生了巨大变化,诗学也同样如此。据此他指出:"有清一代诗学,至道咸始极其变,至同光乃极其盛。"[1]不过,事实上不少诗人的创作活动多延至宣统甚至民国,所以,这个时间概念,也只是一个象征性的提法。

汪辟疆关于近代诗的研究成果,主要集中在《近代诗派与地域》、《光

---

[1] 汪辟疆:《近代诗派与地域》,《汪辟疆文集》,上海:上海古籍出版社,1988,页 275。以下引文凡出此书,仅注页数。

宣诗坛点将录》、《近代诗人小传稿》和《光宣以来诗坛旁记》等文中。《近代诗派与地域》原是1934年为金陵大学中文系所作的学术演讲稿,发表于中央大学《文艺丛刊》第2卷第2期,1943年重新刊布于《中国学报》第1卷第1期,后又略加修订,发表在《南京大学学报》1962年第1期。前后跨越30年,而改动不多,可见是他一以贯之的观点。《光宣诗坛点将录》写成于1919年,1925年连载于《甲寅》第1卷第5号至第9号,1934年至1935年连载于《青鹤》第3卷第2期至第7期。1940年代中叶修改而成的定本在文革中被毁,现在通行本为程千帆师所整理。《近代诗人小传稿》和《光宣以来诗坛旁记》是为其拟议中的近代诗选所做的前期准备工作,开始于抗日战争以前,其后续有增订,但由于各种原因,诗选没有最后完成,不过这两篇文章却以丰富的材料和精深的见解,仍有着独特的价值。

一、近代诗的价值

汪辟疆虽然没有写过现代意义上的诗史,但他心目中有一部完整的诗史存在,却是毫无疑义的,尤其对清诗,有着非常细致的辨析。他把清诗的发展分为三个时期。第一期是康雍之间,虽然"才杰之士,各摅藻思",但不过是"众制咸备,风会总杂"。陈子龙、顾炎武、陈恭尹、陈维崧、吴兆骞诸家,尚承明代前后七子的流风余韵。钱谦益和吴伟业稍稍振拔,也还有模仿之迹。后来王士禛号称一代宗主,海内宗奉,进境却只"植体大历,而略参宋贤"。此外,如朱彝尊、宋琬、查慎行等人,虽均为一时翘楚,自家面目仍然不够突出。第二期为乾嘉之间,堪称有清一代盛世,经史之学极为繁荣,但诗歌却萎靡不振。创作题材不外应制、游宴、祝贺、赠答、赋物、怀古、述征、题图等,缺乏深湛之思和回荡之妙,不过追求对仗工稳,声调铿锵,辞采华丽而已。从诗坛盟主沈德潜、袁枚,到一时名家赵翼、蒋士铨、张问陶等,在意境上都有欠缺。至于厉鹗、姚鼐、翁方纲、黎简诸人,虽然别有创造,但号召力不够,也未能形成大的气候。以上两个时期，在汪辟疆看来，尽管形成不少热点，也有不少流派，但由于缺少自家面目，因而也就不是真正的转移诗坛风会。清诗真正有成就、有独特面目，是在第三期，也就是近代。自来学者论清诗，往往重两头，轻中间，汪辟疆却进而认为较之近代诗，不仅乾嘉之诗无足道，即康雍之诗亦多有不及，这是非常独特的见解。

汪辟疆心目中的近代诗，在时间上延续有清五个朝代，即道光、咸丰、同治、光绪和宣统，为时既长，因而也可分为道咸和同光（宣）两段。道咸年间，清朝由盛而衰，外有列强窥伺，内有朋党迭起，忧国忧民之士，往往着力于经世致用之学，发之于诗，风格自然发生变化，代表作家有龚自珍、魏源、陈沆、何绍基、曾国藩、郑珍等人。延至同光（宣），国家局势不仅难追乾嘉，甚至不如道咸。所以，五十年间，诗人无论在朝在野，无论是显是达，发为歌咏，无不悯时伤乱，有文有质。同光体诗人如陈宝琛、张之洞、沈曾植、陈三立等是如此，外于同光体的诗人如黄遵宪、康有为、樊增祥、易顺鼎、王闿运、章炳麟、李慈铭、俞樾等也是如此。

当然，诗歌的创作成就和政治环境有关，却又不能完全相等。道咸以后的诗人在诗境上的探索是多方面的。汪辟疆认为，不仅"清诗之有面目可识者，当在近代"，而且当时以学宋为主的诗人，更能以其独创性，越宋人而上之，尤其难能可贵。近代诗超越宋诗的成就主要在以下四个方面体现出来：

> 宋诗承三唐之后，力破余地，务为新巧，大家如东坡、临川，亦复时弄狡狯，以求属对之工，使事之巧。如"鸭绿鹅黄"、"青州从事"、"乌有先生"之伦，已肇其端。南宋诸贤，迭相祖述，益趋新巧。近代诸家，虽尝问途宋人，然使事但求雅切，属对只取浑成。其异一也。诗歌以蕴蓄为极致。……两宋诗家，力求意境之高，终鲜洄漩之致，才高体大，如坡公、山谷、放翁、诚斋，颇有讥其太放太尽之病。临川早年意气自许，诗语惟意所向，不复更为涵蓄，晚年始造深婉不迫之境。则其他诸家伤于直率，更未能免。近代诗家虽尝学宋，然力惩刻露，有

惘惘不甘之情,故调高而思深,言近而旨远。其异二也。晚唐诗家,极研声律,一篇之内,音节谐美。宋人病其啴缓,救以古调,专事拗捩,其运古入律者,往往古律不分。山谷、师川以力避谐熟之故,间为此体。末流所届,逮于余杭二赵、上饶二泉、江湖末派之伦,钩章棘句,至不可读,则力求生涩之过也。近代诸家,审音辨律,斟酌唐宋之间,具抑扬顿挫之能,有谐鬯不迫之趣。其异三也。……两宋诗家,承三唐声律极盛之后,独出手眼,别开面貌,其精思健笔,洵足惊人。然尔时作者,惜多不学:荆公《字说》,腾笑千古;东坡经学,尤甚粗疏。宛陵但汲流于乐府,后山只丐馥于杜陵。新安泛滥六经百氏,然天纵余事,时落理障;永嘉抗志内圣外王,然经籍镕液,终鲜变化。他如永嘉四灵,江湖末派,敝精力于五言,穷物态于七字,空疏媕陋,更无论矣。近代诗家,承乾嘉学术鼎盛之后,流风未泯,师承所在,学贵专门,偶出绪馀,从事吟咏,莫不镕铸经史,贯穿百家。故淹通经学,则有巢经、默深;精研许书,则有禝龕、匹园;擅长史地,则有春海、寐叟;通达治理,则有湘乡、南皮;殚精簿录,则有郘亭、东洲。其专为《骚》、《选》、盛唐,如湘绮、陶堂、白香、越缦、南海、余杭诸家,亦皆学术湛深,牢笼百氏,诗虽与宋殊途,要足与学相俪,则又两宋诸诗家所未逮也。

汪辟疆的这些看法在清末民初显得非常独特。事实上,当时学术界中不少人对有清一代诗的评价并不高。如文廷式在《闻尘偶记》中说:“国朝诗学凡数变,然发声清越,寄兴深微,且未逮元明,不论唐宋也。固由考据家变秀才为学究,亦由沈归愚以正宗二字行其陋说,袁子才又以性灵二字便其曲谈。风雅道衰,百有余年。其间黄仲则、黎二樵尚近于诗,亦滔滔清浅。下此者乃繁词以贡媚,隶事以逞才,品概既卑,则文章日下。采风者不能不三叹息也。”[1]梁启超《清代学术概论》三十一也说:“以言夫诗,真可谓衰落

[1] 转引自钱仲联:《清诗三百首》,长沙:岳麓书社,1985,页2。

已极。吴伟业之靡曼，王士禛之脆薄，号为开国宗匠。乾隆全盛时，所谓袁（枚）、蒋（士铨）、赵（翼）三大家者，臭腐殆不可向迩。诸经师及诸古文家集中多亦有诗，则极拙劣之砌韵文耳。嘉道间，龚自珍、王昙、舒位号称新体，则粗犷浅薄。咸同后，竞宗宋诗，只益生硬，更无余味。其稍客观者，反在生长僻壤之黎简、郑珍辈，而中原更无闻焉。……清代文艺美术，在中国文艺史、美术史上，价值极微。"[1]汪辟疆不仅能够看到清诗的价值所在，而且进一步从具体层面入手，揭示近代诗的特色，反映了他的识力和见解，是对文学史研究的一大贡献，在此之前，文学史上从未有人对近代诗给予这么高的评价。考虑到汪辟疆与清末民初诗人多有交往，或许不无溢美之处。但他精熟诗艺，又带有史家眼光，终非泛泛之论。当然，他的某些观点也还可以进一步讨论。如他说宋人多不学，如果是指宋人治学不如清人精深，倒是事实；指宋人处理性情和学问在诗歌中的关系不如清人，也还恰当。但宋诗有别于唐诗的一个重要方面，就是宋人比唐人博学，因而也使得诗歌面貌发生了变化。因此，对清人来说宋人是寡学，可对唐人来说，则又可以说是博学了，似乎还应该做更细致的分疏。

二、近代诗派与地域

诗歌发展到近代号称极盛，其诗人之多，诗风之繁，构成之复杂，活动之丰富，有着鲜明的特点。汪辟疆从风格与地域的关系入手，勾勒出近代诗的整体风貌，不仅是对近代文学研究的重大贡献，而且使得整部文学史的面目也变得更为清楚起来。

汪辟疆把近代诗坛分为六派：第一是湖湘派，以王闿运为领袖，提倡汉魏六朝诗，和宋诗派相抗衡。第二是闽赣派，即同光派，以陈宝琛、郑孝胥、陈衍、陈三立为领袖，宗尚杜甫、韩愈、苏轼、黄庭坚，兼及李白、王维、白居易、柳宗元、孟郊、梅尧臣、王安石、陈师道诸家，一时羽翼呼应者甚

---

[1] 《民国丛书》（上海：上海书店，1989影印），第1编，第6册，页169—170。

多,成为近代声势最大的一个流派。第三是河北派,以张之洞、张佩纶、柯劭忞为领袖,张祖继、王懿荣、李刚已、严修诸人为羽翼,推崇杜甫,出入韩愈、苏轼,虽然与闽赣派宗旨相近,但一为直溯杜甫,一为取径黄庭坚,又有不同。第四是江左(江浙)派,以俞樾、金和、李慈铭、冯煦为领袖,翁同龢、陈豪、顾云、朱铭盘、周家禄诸人为羽翼,取法唐人,宗风在钱起、刘长卿、温庭筠、李商隐之间。第五为岭南派,以朱次琦、康有为、黄遵宪、丘逢甲为领袖,谭宗浚、潘飞声、丁惠康、梁启超、麦孟华诸人为羽翼,或取法杜甫沉郁之境,或学习白居易讽谕之风,致力于社会变革,多以诗歌咏叹古今,指陈得失。第六为西蜀派,以刘光第、顾印愚、赵熙、王乃征为领袖,王秉恩、杨锐、宋育仁、傅增湘、邓镕诸人为羽翼,诗歌宗尚介于唐宋之间,追求绵远的情韵。这六派覆盖了中国近代诗歌创作的主要地区,也体现了近代诗歌的主要特色与成就。

汪辟疆学诗从江西诗派入,论诗也理所当然受到江西诗派的影响。他对诗派的划分和表述,和他所接受的资源有密切的关系,其中有两部书(文章)应该特别提出来。

一是《江西诗社宗派图》。该图为南北宋之际吕本中所作,虽然原作失传,但在宋人胡仔《苕溪渔隐丛话》、赵彦卫《云麓漫钞》、王应麟《小学绀珠》和刘克庄《江西诗派小序》等书中都有记载,诸家或有出入,大致上总数在二十五、六人左右。❶ 吕本中作图的用意,据其自述:“元和以后至国朝,歌诗之作或传者,多依效旧文,未尽所趣。惟豫章始大出而力振之,抑扬反复,尽兼众体。而后学者同作并和,虽体制或异,要皆所传者一。予故录其名字,以遗来者。”❷对这份名单,晚宋刘克庄曾经表示异议,认为其中不尽是江西人:“派中如陈后山,彭城人;韩子苍,陵阳人;潘□(按当为邠)老,黄州人;夏均父、二林,蕲人;□(按当为晁)叔用、江子之,开封

❶ 参看莫砺锋:《江西诗派研究》(济南:齐鲁书社,1986),页310—311。

❷ 见《苕溪渔隐丛话》(北京:人民文学出版社,1984),前集,卷48,页327—328。又见《云麓漫钞》(北京:中华书局,1996),卷14,页244。惟文字略有不同。

人；李商老，南康人；祖可，京口人。非皆江西人也。”❶其实稍前的杨万里已经有过一个解释，其《江西宗派诗序》有云：“江西宗派诗者，诗江西也，人非皆江西也。人非皆江西而诗曰江西者何？系之也。系之者何？以味不以形也。”❷刘克庄坚持狭义的地域观，倒显得有些拘谨了。我们可以看到，杨万里所提出的这一原则被汪辟疆接了过来。他所开列的近代地域和诗派的名单，除了确实占籍者之外，也不乏外籍人士，如讨论近代最有成就的闽赣诗派，所包举诸人，袁昶、沈曾植是浙江人，范当世是江苏人，陈曾寿是湖北人，放在一起讨论，就是由于宗趣相同的缘故。

二是《瀛奎律髓》。《瀛奎律髓》为宋元之际方回所著。方氏学问诗功俱佳，尤长于论诗，但由于生平出处大节有亏，一直没有得到应有的重视。在现代学术史上，汪辟疆可能是最早全面论述方回诗歌创作和学术成就的学者。1930年代，他在中央大学任教时，曾慨叹古今典籍散佚甚多，与黄侃谈到方回：“季刚论诗笃守师说，不及萧《选》以下，故所作多邻鲍、谢。四十以后，涉览既多，悬鹄亦降。偶事吟咏，称心而言。心抚手追者，不仅开宝诸公，即宋之临川、坡公，金之遗山，元之道园，下及清人钱东涧、厉樊榭，亦复时时拟之。宋元诗论，在季刚晚年固未尝废弃也。乃知齿及《桐江》一集，宁非无故。”❸方回的人品，见之于周密《癸辛杂识》，极为卑污❹，汪辟疆亦深表不齿，但论其学术文章，则予以高度评价：

> 其学私淑紫阳，又亟称真西山、魏鹤山两翁。治经以注疏为先，析理以宋五子为至。求掌故于《通典》，明治乱于《通鉴》。文则秦、汉、韩、柳以及欧、苏，诗则骚、经、苏、李、建安、陶公以及李、杜、韦、柳、欧、梅、黄、陈，而又语以博约之要，参伍之方，皆趋向甚正。……平心而论，宋诗至乾淳以后，江湖一派风起云蒸，

---

❶ 四部丛刊本《后村先生大全集》，卷95，页7，“江西诗派”条。

❷ 四部丛刊本《诚斋集》，卷79，页11。

❸ 汪辟疆：《评方回〈桐江续集〉》，《汪辟疆文集》，页231。

❹ 周密记载方回事非常详细，其中或有出于个人成见者，和当时的政治文化背景都有密切的关系。关于这一点，当另文探讨。

诗格卑靡,侪诸魔道。虚谷生际其间,远宗栗里,近法浣花,而又标举宛陵、山谷、后山、简斋、紫薇、二泉(赵蕃及韩淲父子)、二赵(赵汝谈、汝说),力辟四灵、后村、江湖之学姚合、许浑一派,斥为亡国之音。力挽颓流,最诸古澹,则又未始非卓然自立者也。❶

至于论诗,方回则"尊杜甫为'一祖',黄庭坚、陈师道、陈与义为'三宗'。又手定唐宋五七言律诗体曰《瀛奎律髓》,论诗之外,兼及遗闻旧事。元明而后,流传弗衰。""迄于近代,则又以举世崇尚宋诗之故","有奉为枕中鸿秘者"❷。汪辟疆所说当时把《瀛奎律髓》奉为"枕中鸿秘"者,或许暗指陈衍,因为汪氏在《评方回〈桐江续集〉》一文中认为陈衍的生平著述都与方回相近,"三元"、"同光"之论也和方回"一祖三宗"说深有渊源。但汪辟疆虽然对方回和陈衍都有微辞,其本身取向是江西宗风,所以对《瀛奎律髓》褒多于贬,其论近代诗派,揭橥领袖、羽翼之说,显然和《瀛奎律髓》所标举的宗祖之说有一定的关系。

三、近代诗系的重构

晚清文学的重要特点之一,就是对其当代创作具有非常自觉的理论探讨意识。讨论近代诗学,陈衍是一个不容忽视的人物。他的《近代诗钞》和《石遗室诗话》以其对诗坛的了解和内行的评价,成为时人非常重视的诗学文献,也奠定了他诗坛领袖的地位。陈衍的某些诗歌理论,汪辟疆是赞同的,如陈氏《小草堂诗集序》论及清诗之变:"诗至晚清,同光以来,承道咸诸老蕲向杜、韩为变《风》、变《雅》之后,益复变本加厉,言情感事,往往以突兀凌厉之笔,抒哀痛逼切之辞。甚且嘻笑怒骂,无所于恤。矫之者则为钩章棘句,僻涩聱牙,以致于志微噍杀,使读者悄然而不怡。然皆豪杰贤知之子乃能之,而非愚不肖者所及也。道咸以前则慑于文字之祸,吟咏所寄,

❶ 汪辟疆:《评方回〈桐江续集〉》,《汪辟疆文集》,页233—234。
❷ 同上。

大半模山范水，流连景光。即有感触，决不敢显然露其愤懑。间借咏物咏史，以附于比兴之体，盖先辈之矩矱类然也。自今日视之，则以为古处之衣冠而已。”❶这与汪辟疆对乾嘉诗坛的看法相同：“乾嘉之世，为有清一代全盛时期，经学小学，俱臻极盛，而诗歌不振。盖以时际升平，辞多愉悦，异时讽诵，了无动人。”❷但是，汪辟疆对陈衍的诗论也常不以为然，特别是对其享有盛名的《近代诗钞》，认为选录太杂，而且其福建同乡的作品入选太多，不免阿私。所以，汪辟疆在发表自己有关近代诗的看法时，在很大程度上带有批评陈衍的意思。这当然也不是无缘无故的。考虑到陈衍当时的诗坛领袖地位，如果汪辟疆对其理论有所解构的话，那就应该是出于建立自己近代诗学理论体系的目的。不妨以对王闿运的态度为例。

王闿运较陈衍年辈为尊，是前一个时期的诗坛领袖。王氏提倡汉魏六朝诗，略谓：“宋齐游晏，藻绘山川，齐梁巧思，寓言闺闼，皆言情之作。情不可放，言不可肆，婉而多思，寓情于文，虽理不充，犹可讽诵。近代儒生，深讳绮靡，故风雅之道息焉。”❸这和陈衍的宗风取向显然不同。陈衍对王闿运的整体评价很低，曾批评说：“王湘绮除《湘军志》外，诗文皆无可取。诗除一二可备他日史乘资料外，余皆落套。”❹这个“套”，正是指王闿运对汉魏六朝诗的尊崇。以王闿运诗坛的成就和实际地位来说，当然不至于如陈衍所说的那么不堪。陈之所以这样反对王，一则因为王是宋诗派和同光体之间最大的诗家，要宣扬尊宋理论，必须予以清算；二则王的影响力不小，当时诗人或曾信奉其诗说，如陈三立❺；或坚持其理论，如陈

---

❶ 《石遗室文集》四集，见钱仲联编：《陈衍诗论合集》（福州：福建人民出版社，1999），下册，页1074—1075。

❷ 汪辟疆：《近代诗派与地域》，《汪辟疆文集》，页279—280。

❸ 汪辟疆：《近代诗派与地域》，《汪辟疆文集》，页294。

❹ 黄曾樾：《陈石遗先生谈艺录》，钱仲联编：《陈衍诗论合集》，上册，页1019。

❺ 按当时尽管公认陈衍与陈三立齐名，但陈衍对陈三立的诗学评价却并不高，或者说：“陈散原文胜于诗”；或者说：“所谓高调者，音调响亮之谓也。如杜之‘风急天高’是也。《散原精舍诗》则正与此相反。”（黄曾樾：《陈石遗先生谈艺录》，钱仲联编：《陈衍诗论合集》，上册，页1019）或许不无争领袖的意识，可以和其评价王闿运互参。

锐,其诗坛地位不容低估。

陈衍曾经在写于1901年的《沈乙盦诗序》中,借追溯十几年前旧事,称赞沈曾植是"同光体之魁杰"❶。可是到了1912年,其《石遗室诗话》在《庸言杂志》上连载时,又开宗明义借郑孝胥之口,说沈曾植仅是"能为同光体"❷。钱仲联认为,这一细微差别,反映了陈衍心态的变化。沈曾植得名甚早,陈衍追叙旧话,推其为魁杰,应是挟沈以自重。而"到清亡前后,陈衍的名声已逐渐增高,他以闽中诗派作为'同光体'的主体,隐然以自己与郑孝胥为魁杰,所以1912年发表《石遗室诗话》时,沈的'"同光体"之魁杰'的资格,轻轻地改换成'能为"同光体"'了。这一变换,说明了'同光体'在民初,几乎成为闽派诗的代称的原因。"❸值得进一步讨论的是陈衍的这种变化所体现的文学观念问题。

1899年,陈衍客居武昌时和沈曾植论诗,提出了"三元"的见解:"余谓诗莫盛于三元:上元开元,中元元和,下元元祐也。"据陈衍说,这一看法得到了沈曾植的赞同:"君谓三元皆外国探险家觅新世界、殖民政策、开埠头本领。"❹可是,沈曾植1918年写《与金甸丞太守论诗书》,看法就不尽相同:"吾尝谓诗有元祐、元和、元嘉三关,公于前二关均已通过,但着意通第三关,自有解脱月在。"❺而且,"尝谓"云云,也说明并非突然发明。

沈曾植和陈衍关于"三元"的异同,有着并不简单的思路。陈氏之说,所选择的学诗途径是从苏黄及江西诗派入手,经过韩愈,最后到达杜甫,或者反过来说,是诗歌由杜甫开始导引的必然之路,为宋诗和后来的宗宋提供了有力的理论根据。而沈曾植的诗学却并非宋调所能限制,陈衍《石

---

❶ 《沈乙盦诗序》,载《陈衍诗论合集》,下册,页1048。

❷ 《石遗室诗话》,卷1,第3条。载《陈衍诗论合集》,上册,页6。

❸ 钱仲联:《论"同光体"》,《梦苕庵清代文学论集》,济南:齐鲁书社,1983,页122。

❹ 《石遗室诗话》,卷1,第4条。载《陈衍诗论合集》,上册,页9。

❺ 《沈曾植未刊遗文》,王元化主编:《学术集林》(上海:远东出版社,1995),第3卷,页116。

遗室诗话》卷十一就指出他“以平原、康乐之骨采，写景纯、彭泽之思致”，和六朝深有渊源。考虑到沈曾植和王闿运的关系，则沈氏增加“元嘉”一关，就并不是无缘无故的，而陈衍之批评王闿运就不仅是领袖地位之争，也含有正本清源的意思。清代宋诗运动的先驱翁方纲曾提出：“考订训诂之事与词章之事未可判为二途”❶，因而应该“由性情而合之学问”❷，可在实际操作上，更为重视的仍然是知识和义理，所以受到袁枚的强烈批评❸。翁氏的观点，发展到宋诗派，已经登峰造极。如宋诗派领袖程春泽就曾指出：“《诗》、《骚》之原，首性情，次学问。《诗》无学问则《雅》、《颂》缺，《骚》无学问则《大招》废。世有俊才洒洒，倾倒一时，一遇鸿举巨制则瞢然无所措，无它，学问浅也。学问浅则性情焉得厚？”❹已经把学问强调到了不适当的程度，造成宋诗派的某些作品成为书本的展览，失去了诗歌本来的特色。同光体兴，显然对这一教训有所认识。所以陈衍说：“不先为诗人之诗，而径为学人之诗，往往终于学人，不到真诗人境界。盖学问有余，性情不足也。”❺尽管只是把性情当作诗的起点，但认为应该学问性情相济，仍然显得圆通。这和王闿运有什么关系呢？中国的诗歌传统，至六朝确立了“诗缘情”的标准，成为做诗的一个重要路向。王闿运推崇六朝诗，把性情提到应有的高度，正可以用来药治宋诗派过重学问之弊，有见之士如沈曾植等有可能正是从这里得到的资源。因此，尽管陈衍本人在性情与学问的思考上也不可能完全脱离湖湘之学，但他为了自己“广大教化主”的地位，仍然要极力加以反对。当然，沈曾植和王闿运的诗学观点未必完全相同，其《与金甸丞太守论诗书》就曾说过这样一件事：“记癸

---

❶ 翁方纲：《蛾术集序》，《复初斋文集》（清光绪丁丑年侯官李以烜刊本），卷 4，页 17 下。

❷ 翁方纲：《徐昌谷诗论一》，同上卷 8，页 14。

❸ 关于这个问题，可参看张健：《清代诗学研究》（北京：北京大学出版社，1999），第 15 章，《学人之诗与文人之诗理论的总结：翁方纲以宋诗为基点的诗学》。

❹ 程恩泽：《金石题咏汇编序》，《程侍郎遗集初编》（《丛书集成初编》本），卷 7，页 143。

❺ 陈衍：《石遗室诗话》，卷 14，第 16 条。载《陈衍诗论合集》，页 197。

丑年同人修禊赋诗，鄙出五古一章，樊山五体投地，谓：'此真晋宋诗，湘绮毕生，何尝梦见？'虽谬赞，却惬鄙怀。其实止用皇疏川上章议，引而申之。湘绮虽语妙天下，湘中《选》体，镂采错金，玄理固无人会得些子也。"但渊源流别，终不能视而不见。❶

汪辟疆论诗，对王闿运评价甚高，《光宣诗坛点将录》推其为"诗坛旧头领"，拟为托塔天王晁盖。"学赡才高，一时无偶"，"门生遍湘蜀"。这和当时不少人的看法相同。如徐世昌《晚晴簃诗汇》："自曾文正公提倡文学，海内靡然从风。经学尊乾嘉，诗派法西江，文章宗桐城。壬秋后起，别树一帜。解经则主简括大义，不务繁征博引；文尚建安典午，意在骈散未分；诗拟六代，兼涉初唐。湘蜀之士多宗之，壁垒为之一变。"瞿兑之《杶庐所闻录》："王壬秋闿运以经学文章名坛坫者，历咸、同、光、宣至民国，享名之久，又值变局，盖古今所稀逢。"❷汪辟疆不满陈衍对王闿运的态度，尤其不满其借批评王闿运而高自标置的用心，所以特别强调王闿运的不可忽视的地位。从王闿运入手建立诗学体系，这是汪、陈之所同，至于其目的，那就截然相反了。

陈衍成名较晚，其《与梁众异黄秋岳书》云："衍治诗四十年，其始第以纪游览，志聚散，兄弟倡和，友朋不过二三人，皆寂寞无闻者。二十余岁出游四方，稍识一时贤俊，然赠答至寡。"❸他与同时名贤结交，是在 1898 年入张之洞幕府之后，当时诗坛俊彦甚多，也还显不到他。他后来得大名，被时人尊为"泰山北斗"，是由于撰《石遗室诗话》和编《近代诗钞》，加上同时同光诗人或死或退，而他又老寿，因此就成为诗坛巨擘了。

---

❶ 按对于沈曾植的"三关说"，查屏球认为应该从情与理的关系等方面加以认识，即把对宋诗特点的体认一直追溯到元嘉。其说很有道理，但如果再能进一步考虑沈氏的学术渊源，就更加周全了。参看查屏球：《唐学与唐诗——中晚唐诗风的一种文化考察》(北京：商务印书馆，2000)，《总论：学术史与诗歌史的整合——由"三元说"诗"三关说"诗学旨趣看中晚唐文化定位》。

❷ 转引自钱仲联主编：《清诗纪事》(南京：江苏古籍出版社，1987)，页 11193，页 11195。

❸ 陈衍：《石遗室文集》，卷 8。载《陈衍诗论合集》，页 1091。

对陈衍诗歌的评价，高者拟之为同光体之魁郑孝胥、陈三立❶，低者则贬之为“固不逮散原、海藏、听水，更且出苍虬、刚父、节庵诸人下，弟子爰居阁、花随人圣庵，亦有出蓝之誉”，“在同时诸家中，当可列二流之末”❷。汪辟疆作《点将录》，对陈衍的诗歌创作评价一般，而推崇其诗论，方之地魁星神机军师朱武：“石遗老人初治经，旁及许洨长，多可听。中年以诗名，顾非甚工。至说诗，则居然广大教主矣。朱武在山寨中，虽无十分本事，却精通阵法，广有谋略。”可是，在老辈的心目中，能说诗终不如能作诗重要，汪评不无微辞。这其实也有传承。被《点将录》拟为天机星智多星吴用的陈宝琛也对陈衍表示过不满，他曾对汪辟疆说：“余诗随所止寓兴，不可更易。石遗辑师友诗及《近代诗钞》，余诗皆从木庵处迻录。见诗题不具者，以意为之，颇乖余旨。”暗示陈衍其实也并不总是内行❸。汪辟疆和陈宝琛深有渊源，这些看法应非无缘无故。

这样，我们就可以得知，汪辟疆论近代诗在一些方面有着和陈衍不同的取向。作为“广大教主”，陈衍已经确立了其近代诗论的权威地位，汪辟疆的批判，乃在于消解这个地位，从而一定程度上重新建构了近代诗的评价系统。

四、清末民初的学术文化背景

汪辟疆出生在一个具有丰厚文化传统的家庭，和晚近学坛渊源很深，和一时名流多有交往，讨论他的学术，必须把这些因素结合起来看。

汪辟疆学诗从元祐入，深得江西诗法，熟知宋诗流变家数，但论诗却不为宋人所囿，甚至认为近代诗学成就即宋人亦有所不及，这种文学发展观固然来自他本人的功力和眼光，但也不可忽视当时的文化背景。

陈衍《石遗室诗话》卷一指出：“道咸以来，何子贞（绍基）、祁春圃（寯

---

❶ 陈衍：《石遗诗话续编》，卷 3，第 84 条。载《陈衍诗论合集》，页 584。

❷ 张之淦：《近人诗话四种评析》之二（《石遗室诗话》），《遂园书评汇稿》（台北：商务印书馆，1986），页 242、186。

❸ 汪辟疆《光宣诗坛点将录》，《汪辟疆文集》，页 361。

藻）、魏默深（源）、曾涤生（国藩）、欧阳磵东（辂）、郑子尹（珍）、莫子偲（友芝）诸老喜言宋诗。”同光以后，沈曾植、陈三立、郑孝胥等人继之而起，包括陈衍本人在内，宗宋之风甚盛。施山在《望云楼诗话》中曾言及曾国藩的作用：“今曾相国酷嗜黄诗，诗亦类黄，风尚一变。大江南北，黄诗价重，部值千金。”沈曾植和陈衍更提出“三元说”，指出宋诗渊源有自，是诗史的合理发展。准此，陈衍认为：“夫学问之事惟在至与不至耳。至则有变化之能事焉，不至则声音笑貌之为尔耳。唐人之声貌至不一矣。开、天、元和，一其人一其声貌，所以为开、天、元和也。开、天之少陵、摩诘，元和之香山、昌黎，又往往一人不一声貌。故开、天、元和者，世所分唐宋诗之枢干也。”❶而在《自镜斋诗集叙》中又进一步认为：“诗至唐而后极盛，至宋而益盛。”❷理论依据是：“孔子曰：‘信而好古。’昌黎曰：‘不懈而及于古。’好古非复古，及于古非拟古也。有作必拟古，必求复古，非所谓有意为诗，有意为他人之诗乎？”❸肯定了宋诗变古的特点。这虽然不乏新意，究其实质，仍是自宋代以来唐宋诗优劣论的继续，本质上是为宋诗争地步，而对唐宋以后传统诗歌创作的价值，则不予置论。从这一点来看，汪辟疆敢于把近代诗的成就提到这样的高度，无疑是对文学史的一大发展。汪辟疆在京师大学堂读书时曾师事严复，并对这位老师的学问终生服膺。严复学问出自桐城，而又引进西学，表现出弘通的气度。其论学主变：“中国自甲午一创于东邻，庚子再困于八国，海内憬然，始知旧学之不足恃，而人人以开瀹民智为不可以已。”❹所以翻译了赫胥黎的《天演论》等著，提倡进化论。汪辟疆的文学史观不一定直接出自严复，严复的思想中也有守旧的一面，但作为老师，他的道德学问，尤其是他有大名于时的进化观点，对汪辟疆不能没有影响。

---

❶ 陈衍：《剑怀堂诗草叙》，载《陈衍诗论合集》，页1059。

❷ 陈衍：《石遗室文续集》，载《陈衍诗论合集》，页1066。

❸ 陈衍：《石遗室诗话》，卷3，第5条。载《陈衍诗论合集》，页39。

❹ 严复：《〈英文汉诂〉卮言》，载王栻主编：《严复集》（北京：中华书局，1986），第1册，页152。

另外，汪辟疆虽然是江西人，但他后来长期居住在南京，任教于中央大学和金陵大学。从文化传统上看，他趋向于乾嘉朴学；从生活环境上看，他所交往的师友，往往与清代扬州学派有密切关系。这些，当然也必定成为他所汲取的资源。从元代开始，随着新兴文体的不断出现，文学史开始得到重新审视，进而促使人们去思考文学发展的特点和层面。罗宗信《中原音韵序》云："世之共称唐诗、宋词、大元乐府，诚哉！"❶又孔齐《至正直记》引虞集语："一代之兴，必有一代之绝艺，足称于后世者：汉之文章，唐之律诗，宋之道学。国朝之今乐府，亦开于气数音律之感。"❷虽所论侧重不同，都已对文体的变化表示了特殊的敏感。至明人，更加踵事增华，见于记载的，如茅一相《题词：评〈曲藻〉后》："夫一代之兴，必生妙才；一代之才，必有绝艺。春秋之辞命，战国之纵横，以至汉之文，晋之字，唐之诗，宋之词，元之曲，是皆独擅其美而不得相兼，垂之千古而不可泯灭者。"❸沈宠绥《弦索辨讹》："三百篇后变而为诗，诗变而为词，词变而为曲。诗盛于唐，词盛于宋，曲盛于元之北。"❹和元人相同，是为杂剧散曲争地步，线索思路非常清楚，只是还没有上升到理论的高度去阐发。清代扬州学派的朴学大师焦循出，总结前人诸说，并结合自己对戏曲的研究，明确提出"一代有一代之所胜"的观点，把这一场文学讨论推向了新的阶段，影响后人甚巨❺。他在《易馀籥录》卷十五中说："夫一代有一代之所

---

❶ 中国戏曲研究院编：《中国古典戏曲论著集成》（北京：中国戏剧出版社，1959—1960），第1册，页177。

❷ 孔齐：《至正直记》（粤雅堂丛书本），卷3。

❸ 中国戏曲研究院编：《中国古典戏曲论著集成》，第4册，页38。

❹ 李调元《雨村曲话》卷上引，载《中国古典戏曲论著集成》，第8册，页7—8。按《集成》亦收有《弦索辨讹》一书，似无此语。

❺ 按清代戏曲高度发展，扬州地区尤盛。据李斗《扬州画舫录》卷三："两淮盐务，例蓄'花'、'雅'两部，以备大戏。雅部即昆山腔，花部为京腔、秦腔、弋阳腔、梆子腔、罗罗腔、二黄调：统谓之乱弹。"焦循对雅部和花部都很喜欢，曾著有《剧说》、《花部农谈》和《曲考》，可见他提出"一代有一代之所胜"，固然和其学术积累有关，但也明显受到此前曲学界的影响。

胜,舍其所胜以就其不胜,皆寄人篱下者耳。余尝欲自楚骚以下至明八股,撰为一集。汉则专取其赋,魏晋六朝至隋则专录其五言诗,唐则专录其律诗,宋专录其词,元专录其曲,明专录其八股,一代还其一代之所胜。”胡小石先生认为,焦氏此说体现了四种崭新的观念:(1)阐明文学与时代之关系;(2)认清纯粹文学之范围;(3)建立文学的信史时代;(4)注重文体之盛衰流变。[1] 这一评价是如实的。其后,王国维也受其影响,其《宋元戏曲史》(1912)自序:“凡一代有一代之文学:楚之骚,汉之赋,六代之骈语,唐之诗,宋之词,元之曲,皆所谓一代之文学,而后世莫能继焉者也。”[2]他又在《人间词话》中进一步作了申述:“四言敝而有《楚辞》,《楚辞》敝而有五言,五言敝而有七言,古诗敝而有律绝,律绝敝而有词。盖文体通行既久,染指遂多,自成习套,豪杰之士亦难于其中自出新意,故遁而作他体,以自解脱。一切文体所以始盛终衰者,皆由于此。故谓文学后不如前,余未敢信;但就一体论,则此说固无以易也。”王国维和清代朴学的渊源很深,他之受到焦循的影响当是毫无疑义的。[3]

清代扬州学派求变的文体观,肯定影响了汪辟疆。但是,文体的变迁能否完全说明文学的变迁,却是一个在当时被忽略、现在也还有争议的问题。王国维说一切文体都始盛终衰,当然不无道理,可是这真是文学的必然规律吗?现代的研究者已经逐渐取得共识:新文体的兴起并不一定意味着旧文体的衰落,清词号称中兴,清诗多有发展[4],都是不争的事实。从这个角度来看汪辟疆的近代诗论,他以自己的诗心所作的体验,无疑更加符合文学发展的实际,是对“一代有一代之所胜”说的继承,也是一种超越。特别是这一理论在60年以前提出,就更加难能可贵。

---

[1] 胡小石:《中国文学史讲稿》,《胡小石论文集续编》(上海:上海古籍出版社,1991),页4—5。

[2] 王国维:《宋元戏曲史》(北京:东方出版社,1996),页1,自序。

[3] 参看周勋初师:《文学“一代有一代之所胜”说的重要历史意义》,《文学遗产》2000年第1期。

[4] 参看钱仲联:《清诗三百首》自序。

五、文学史观念的探索

清末民初，现代意义的文学史观念传入中国，一时撰著文学史的风气甚盛。一般认为，中国第一部文学史是林传甲所写❶。1904年，林传甲在京师大学堂任教，写成《中国文学史》一册，且印成讲义。1910年4月起在《广益丛报》上连载，同年6月由武林谋新室出版。林氏的《中国文学史》共16篇，兹列之如下：(1)古文籀文、小篆、八分、草书、隶书、北朝书、唐以后正书之变迁；(2)古文音韵之变迁；(3)古今名义训诂之变迁；(4)古以治化为文、今以词章为文关于世运之升降；(5)修辞立诚、辞达而已二语为文章之本；(6)古经言有物、言有序、言有章为作文之法；(7)群经文体；(8)周秦传记杂史文体；(9)周秦诸子文体；(10)《史》、《汉》、《三国》四史文体；(11)诸史文体；(12)汉魏文体；(13)南北朝至隋文体；(14)唐宋至今文体；(15)骈散古合今分之渐；(16)骈文又分汉魏、六朝、唐、宋四体之别。从文字、音韵、训诂讲到古今文章流变和作法，显得庞杂，缺乏严格的体系，但这正反映了当时人对文学史的看法：研习中国文学必须结合中国文化，中国文学必须在中国学术传统中加以考虑，文学理论和创作应该结合起来探讨❷。林传甲的《中国文学史》原是京师大学堂的讲义，也是按照《奏定京师大学堂章程》的要求来写的。林著开宗明义即说："查《大学堂章程》中国文学专门科目所列研究文学众义，大端毕备，即取以为讲义目次。又采诸科关系文学者为子目，总为四十有一篇。"❸更可见出如此安排并非个人的喜好。《奏定大学堂章程》中关于中国文学课程的规定共

---

❶ 按黄人的《中国文学史》和林传甲同年开笔，只是由于林著规模较小，所以先于黄著成书出版。参看黄霖《近代文学批评史》(上海：上海古籍出版社，1996)，页782。

❷ 创建于1902年的三江师范学堂，其"文学"一科的主要内容也是"历代文章源流义法"，和京师大学堂略同，可见是当时的普遍风气。参看苏云峰：《三(两)江师范学堂》，台北：中央研究院研究所，1988，页178。

❸ 林传甲：《中国文学史》，武林谋新室，1910，页1。

41款,林著仅采用了其中的16款,其实其他诸款也都能体现同样的精神,如文学与地理的关系、有学之文与无学之文的分别等,都与"中国"文学史有着千丝万缕的联系。林传甲编讲义时或许由于种种原因有所省略,但以他对《章程》严格遵守的态度来看,他在授课时肯定都会涉及到这些内容❶。林传甲自己承认,他所编的《中国文学史》受到日人笹川种郎的影响,胡小石在其《中国文学史》之《唐代文学》一节中讲到地域与文学的关系时说:"这种议论,尤以日本人研究中国文学者为甚,如笹川种郎之《支那文学史》便主此说,近来颇影响到中国作文学史的人。"所以,林传甲的《中国文学史》虽然篇幅和体例都有一定的限制,但他撰写和讲课时,心中有《大学堂章程》和《支那文学史》存在,却是可以肯定的。作为京师大学堂的学生,汪辟疆学习中国文学史肯定从这里入门,那么,他在研究近代诗时重点从文学与地域的关系去考虑,也就不是无缘无故的了。

当然,如前所述,这并不是一种个人行为,很多因素都是互相纠结的,不少人的活动也是互相关联的。这里特别值得一谈的是刘师培。

刘师培(1884—1919)字申叔,一名光汉,出生在江苏仪征一个四世业经的家庭,尤精《春秋左氏传》,成一家之学。他的一生,在政治上很有争议,但在学术上却做出了极大的成就,以三十六岁就英年早逝之身,却有著作七十四种,见于《刘申叔先生遗书》的,计论群经及小学者二十二种,论学术及文辞者十三种,群书校释二十四种,诗文集四种,读书记五种,教科书六种。其中,撰于1905年的《南北学派不同论》是比较重要的一种。

《南北学术不同论》中专立"南北文学不同论"一章,将文学历史与地域因素贯通起来加以考察,从上古论到清代,视角非常新颖。所谓"北方之地,土厚水深,民生其间,多尚实际。南方之地,水势浩洋,民生其际,多尚虚无。民崇实际,故所著之文,不外记事、析理二端;民尚虚无,故所作之文,或为言志、抒情之体"。就是他的基本观点。如他论《诗经》:"《诗》

---

❶ 参看陈平原:《北大精神及其他》(上海:上海文艺出版社,2000),页260—261。

篇三百，则区判北南。《雅》、《颂》之诗，起于岐、丰；而《国风》十五，太师所采，亦得之河、济之间。故讽咏遗篇，大抵治世之诗，从容揄扬；衰世之诗，悲哀刚劲；记事之什，雅近《典》、《谟》。北方之文，莫之或先矣。惟周、召之地，在南阳、南郡之间。故二《南》之诗，感物兴怀，引辞表旨，譬物连类。比兴二体，厥制益繁，构造虚词，不标实迹，与二《雅》迥殊。至于哀窈窕而思贤才，咏《汉广》而思游女，屈、宋之作，于此起源。《鼓钟篇》曰：'以雅以南。'非诗分南北之证欤！"又如论清代诗文的地域特色："清代中叶，北方之士，咸朴僿蹇冗，质略无文；南方文人，则区骈散为二体：治散文者，工于离合激射之法，以神韵为主，则便于空疏，以子居、皋闻为差胜。治骈文者，一以摘句寻章为主，以蔓衍炫俗，或流为诙谐，以稚威、容甫为最精。若夫诗歌一体，或崇声律(原注：如赵执信及后世扬州诗派是)，或尚修辞(原注：如宋琬之流是)，或矜风调(原注：前有施、王，后有袁枚，皆宗此派)，派别迥殊。然雄健之作，概乎其未闻也。"

将文学和地域联系起来讨论，班固《汉书》已经首开其风，其《地理志》略谓：

> 秦地于禹贡时跨雍、梁二州，《诗·风》兼秦、豳两国，……其民有先王遗风，好稼穑，务本业，故《豳》诗言农桑衣食之本甚备。(颜师古注：谓《七月》之诗。)……天水陇西，山多林木，民以板为室屋。及安定、北地、上郡、西河，皆迫近戎狄，修习战备，高上气力，以射猎为先。故秦诗曰："在其板屋。"(颜师古注：《小戎》之诗也)又曰："王于兴师，修我甲兵，与子偕行。"(颜师古注：《无衣》之诗也)及《车辚》、《四载》、《小戎》之篇，皆言车马田狩之事。……吴札观乐，为之歌秦，曰："此之谓夏声。夫夏则能大，大之至也，其周旧乎？"河内本殷之旧都，周既灭殷，分其畿内为三国，《诗·风》邶、庸、卫国是也。邶以封纣子武庚。庸，管叔尹之。卫，蔡叔尹之。以监殷民，谓之三监。故《书序》曰："武王崩，三监畔。"周公诛之，尽以其地封弟康叔，……故邶、庸、卫之诗相与同风。《邶》诗曰："在浚之下。"(颜师古注：《凯

风》之诗也)《庸》曰:“在浚之郊。”(颜师古注:《干旄》之诗)《邶》又曰:“亦流于淇。”(颜师古注:《泉水》之诗)“河水洋洋。”(颜师古注:“今邶诗无此句。”)《庸》曰:“送我淇上。”(颜师古注:《桑中》之诗)“在彼中河。”(颜师古注:《柏舟》之诗也)卫曰:“瞻彼淇奥。”(颜师古注:《淇奥》之诗也)“河水洋洋。”(颜师古注:《硕人》之诗也)故吴公子札聘鲁,观周乐,闻《邶》、《庸》、《卫》之歌,曰:“美哉,渊乎!吾闻康叔之德如是,是其卫风乎?”……河东土地平易,有盐铁之饶,本唐尧所居,《诗·风》唐、魏之国也。……其民有先王遗教,君子深思,小人俭陋,故《唐诗·蟋蟀》、《山枢》、《葛生》之篇曰:“今我不乐,日月其迈。”(颜师古注:《蟋蟀》之诗也)“宛其死矣,它人是媮。”(颜师古注:《山有枢》之诗也)“百岁之后,归于其居。”(颜师古注:《葛生》之诗也)皆思奢俭之中,念死生之虑。吴札闻《唐》之歌,曰:“思深哉,其有陶唐氏之遗民乎?”魏国,亦姬姓也,在晋之南河曲,故其诗曰:“彼汾一曲。”(颜师古注:《汾沮洳》之诗)“寘诸河之侧。”(颜师古注:《伐檀》之诗)吴札闻魏之歌,曰:“美哉,沨沨乎!以德辅此,则明主也。”……郑国,今河南之新郑,……土狭而险,山居谷汲,男女亟聚会,故其俗淫。《郑》诗曰:“出其东门,有女如云。”(颜师古注:《出其东门》之诗)又曰:“溱与洧,方灌灌兮;士与女,方秉简兮。”“恂訏且乐,惟士与女,伊其相谑。”(颜师古注:《溱洧》之诗也)此其风也。吴札闻郑之歌,曰:“美哉,其细已甚,民弗堪也,是其先亡乎!”……陈国,今淮阳之地,陈本太昊之虚,周武王封舜后妫满于陈,是为胡公,妻以元女大姬,妇人尊贵,好祭祀,用史巫,故其俗巫鬼。《陈诗》曰:“坎其击鼓,宛丘之下,亡冬亡夏,值其鹭羽。”(颜师古注:《宛丘》之诗也)又曰:“东门之枌,宛丘之栩,彼仲之子,婆娑其下。”(颜师古注:《东门之枌》之诗也)此其风也。吴札闻《陈》之歌曰:“国无主,其能久乎?”……齐地,……《诗·风》齐国是也。临菑名营丘,故《齐》诗曰:“子之营兮,遭我乎之间兮。”（颜师古注：《齐国风营》诗之辞也）又曰：“俟我于著乎而。”（颜师古注：《齐国风著》之辞也）此亦其舒缓之体也。吴札闻《齐》之歌，曰：“泱泱乎，大风也哉！其太公乎？国未可量也。”❶

其后李延寿《北史·文苑传序》也说：“江左宫商发越，贵于清绮；河朔词义贞刚，重乎气质。气质则理胜其词，清绮则文过其意。理深者便于时用，文华者宜于咏歌。此南北词人得失之大较也。”❷持以和刘师培所论相较，渊源清晰可见。❸ 不过，可能是《南北文学不同论》只讨论到清代中叶的文学，未能体现出近代文学的成就，也和当时学术界普遍对近代学术的关注脱节，所以刘师培又撰有《论近世文学之变迁》一文，加以补充。虽然并不仅仅讨论文学与地域，也可视作对这一问题的进一步申述。

汪辟疆和刘师培年辈相当，以汪的学术渊源和交游情况看，二人应该有一定的交往，但具体情形却不太清楚。在《光宣诗坛点将录》中，汪辟疆把刘师培比作地飞星哪吒，评曰：“仪征刘氏，三世为贾服之学，至申叔，则博学瑰词，一时无两。间出其余绪为诗，由亭林上窥浣花，气韵深稳。又五言出入鲍谢，自然高古。入蜀以后，诗境益拓，气体益高，盖学人而兼诗人也。”❹评价甚高。另有两个原因可以看出汪辟疆对刘师培的学问应该是非常敬重的：第一，刘师培于1917年被蔡元培聘为北京大学教授，本来其四世治经，名满天下，已深为学人推崇，他后来的这段经历，对于早年毕业于京师大学堂，而又一直对母校怀有深厚感情的汪辟疆来说，自然是更为亲近。第二，黄侃因钦佩刘师培的经学，虽才名相当，仍然拜其为师。

---

❶ 班固：《汉书》（北京：中华书局，1962），页1642—1659。

❷ 李延寿：《北史》（北京：中华书局，1974），页2781—2782。

❸ 参看程千帆师：《文论十笺》（哈尔滨：黑龙江人民出版社，1983），页122—124。

❹ 汪辟疆：《汪辟疆文集》，页376。

黄侃素有狂名,于当世少所许可,但和汪辟疆一直感情很好❶,由于这一层关系,汪辟疆对刘师培的学术也不会陌生。

《近代诗派与地域》一文受《汉书·地理志》影响很大,其论述每一诗派,最前面的一段,主要即谈文学的地域特征。如论湖湘派:"荆楚地势,在古为南服,在今为中枢。其地襟江带湖,五溪盘亘,洞庭云梦,荡漾其间。兼以俗尚鬼神,沙岸丛祠,遍于州郡。人富幽渺之思,文有绵远之韵,非惟宅处是邦者,蔚为高文,即异地侨居,亦多与其山川相发越。观于贾傅之赋《鹏鸟》,吊湘纍,即其证也。……荆楚文学,远肇二《南》,屈宋承风,光照环宇,楚声流播,至炎汉而弗衰。下逮宋齐,西声歌曲,谱入清商,极少年行乐之情,写水乡离别之苦,远绍风骚,近开唐体,渊源一脉,灼然可寻。故向来湖湘诗人,即以善叙欢情,精晓音律见长。卓然复古,不肯与世推移,有一唱三叹之音,具竟体芳馨之致,即近代之湘楚诗人,举莫能外也。"我们已经指出刘师培的《南北文学不同论》与《汉书·地理志》的关系,汪辟疆的这篇文章与之有相同的祈向,或许不是偶然的。

当然,我们现在还没有直接证据证明汪辟疆受到刘师培的影响(尽管刘文刊出在前,汪文刊出在后),但起码可以得出这样一个看法:在民末清初,这两个优秀的学者分别都对文学与地域的关系给予了极大的关注,足以说明,当时对文学理论的探讨已经进入了一个新的阶段。

六、馀论与申论

汪辟疆对近代诗的研究,当时就有盛名,由于他所评骘的诗人往往在世,被评者的反应往往能够体现出时人对他的意见的重视。如他在《光宣诗坛点将录》中把康有为拟为天速星神行太保戴宗,有诗赞曰:"高言李杜伤摹拟,却小苏黄语近温。能以神行更奇绝,此诗应与世长存。"1926年

---

❶ 参看汪辟疆:《悼黄季刚先生》,载《量守庐学记》(北京:三联书店,1985)。

夏，康有为过江西，认为比拟不伦，对人抱怨道："某平生经史学问，皆哥伦波觅新世界本领，汪君乃谓为摹拟，何也?"但不久就承认："某经史学可谓前无古人，但作诗却未能忘情杜甫。"[1]康有为对杜诗用力最深，其所自作，虽然力图求新，但神理结构仍然未能从杜诗中脱化出来。所以，康虽然骄傲，对汪辟疆的内行之言，也不能不服气。又如汪辟疆曾把陈衍拟为地魁星神机军师朱武，1934年在南京，"与石遗登豁蒙楼煮茗，因从容询曰：'君于有清一代学人位置可方谁氏?'石遗曰：'其金风亭长(按朱彝尊号金风亭长)乎?'时黄曾樾亦在座，因问余：'君撰《光宣点将录》，以陈先生配何头领?'石遗不待余置答，遽曰：'当为天罡耳!'余笑。石遗岂不知列彼为地煞星首座耶？殆恐余一口道破耳。"[2]宋代吕本中《江西诗社宗派图》问世后，诗派中有的人对自己在名单中所处的位置不满，如徐俯以"吾乃居行间"而不平[3]，夏倪"以在下为耻"[4]，与《近代诗派与地域》问世后的情形都非常相似。

汪辟疆之所以能达到这样的成就，大概有这样几个原因：

首先，他与不少光宣诗人很熟，了解他们的创作道路，熟悉他们的创作风格，所作的议论自然是有的放矢之言。

其次，他有文学史家的眼光，这表现在，一方面，他对文学史的撰写和诗史的发展用功很深，有自己的见解，曾有汉魏六朝诗选诸作，对唐以后诗派源流尤其熟稔；另一方面，他能够从史家的立场出发，评价力求实事求是。如对郑孝胥，其人出任满洲国总理，于民族气节有亏，"急功名而昧于去就"，汪辟疆颇不值其人品。但"就诗论诗，自是光宣作手。《海藏》一集，难可磨灭。"因而拟之为天罡星玉麒麟卢俊义。[5] 而张百熙的诗歌，尽管毕业于京师大学堂的汪辟疆对学堂的这位主事者非常尊敬，但就诗论

---

[1] 汪辟疆：《近代诗派与地域》，《汪辟疆文集》，页315。
[2] 汪辟疆：《近代诗派与地域》，《汪辟疆文集》，页334。
[3] 赵彦卫：《云麓漫钞》，卷14，页244。
[4] 同上。
[5] 汪辟疆：《汪辟疆文集》，页330。

诗,仍以其"风骨未高,未免文绣鞶帨",只能置于《点将录》之末,拟之为地囚星南山酒店旱地忽律朱贵。❶ 陈三立论诗于近代非常欣赏王以慜,认为其诗功甚深。但王氏宗唐,近杜近白,陈氏宗宋,近黄近陈,取径完全不同❷。而且,陈三立"早年习闻缃绮(王闿运)诗说,心窃慕之,颇欲力争汉魏,归于鲍谢。惟自揣所制不及缃绮,乃改辙以事韩黄。又以出自弢庵(陈宝琛)之门,沆瀣相得。"而陈宝琛写诗出于王安石,兼有杜甫、韩愈、苏轼、黄庭坚之胜❸。汪辟疆也师事陈宝琛❹,从这个源流下来,自然也是对不同风格的异量之美都能欣赏。

第三,他治学从校雠目录入,长于"辨章学术,考镜源流",著有《目录学研究》❺,在目录学界享有盛名。这种学养,无疑使得他在考察诗人流别时,能够条分缕析,把其中的源流正变分析得非常清楚。

第四,尤其应该指出的是,作为老一辈学者,汪辟疆深受传统学风的熏陶,其论述诗人渊源,或言风格之所自,或言字句之所出,往往一语中的,简捷明了,不可移易。这种本领是老辈之所独,和其本人对文献的精熟分不开。时代在发展,由于发明了计算机,有些人就认为传统的记诵之学已经过时。其实,计算机的检索再快,也无法代替涵咏的功夫。而研究古代文学,特别是古代诗歌,如欲体会深至,这种功夫是万万不能欠缺的。汪辟疆能够取得如此大的成就,这是重要原因之一。现代研究诗学的学者,应该从中得到有益的启发。

---

❶ 汪辟疆:《汪辟疆文集》,页397—398。

❷ 汪辟疆:《汪辟疆文集》,页385。

❸ 汪辟疆:《汪辟疆文集》,页429—432。

❹ 汪辟疆:《光宣以来诗坛旁记》:"民国乙丑夏秋间,侍坐陈弢庵(陈宝琛)师。"《汪辟疆文集》,页550。

❺ 程千帆师:《校雠广义》,《程千帆全集》(石家庄:河北教育出版社,2001),第1卷,页4。

汪辟疆论近代诗

近代诗派与地域（附吴莱小笺残本）

晚清道咸以后，为世局转变一大关捩，史家有断为近代者。本文论诗，标题曰近代诗者，非惟沿史家通例，亦以有清一代诗学，至道咸始极其变，至同光乃极其盛，故本题范畴，断自道光初元，而尤详于同光两朝。在此五十年中，凡诗家不失古法而确能自立者，本文皆得条其流别，论其得失。俾治诗学者得所借镜。亦近代文献得失之林也。

笺曰：此说明本论去取断限也。佛家经论，有此例。其断自道光以后，旨趣见下文。下迄同光，而云五十年间者，亦约略言之。至民国三十年中诗家不失古法者，本文亦及之，惟别裁稍严。读者勿以辞害意也。

今于未论列近代诗派之先，当不可不先知有清二百五十年间之诗学变迁。清代之诗，约可分为三期：曰康雍，其初期也。曰乾嘉，则中期也。曰道咸而后，则近代也。今姑就此三时期论列之：

笺曰：此说明论列近代诗家，当先知清朝一代诗学之风气。康雍一期，为清诗之初期。乾嘉一期，为清诗之第二期。至道咸以后，则清诗之第三期也。第三期为本文主题，故下文又将此第三期中诗，再分为道咸与同光二期论之。此不具述者，文意自明也。

有清康雍之初，承明代前后七子之后，流风馀韵，至此犹存。观于复社、几社诸贤如陈子龙、李雯之伦，罔不奇情盛藻，声律铿锵，当时号为七子中兴。流风所播，乃在明末遗民，下逮清朝，仍未歇绝，不过稍益以悯时念乱之思，麦秀黍离之感，故读者罔觉为七子馀波耳。语其至者，如顾炎武、杜濬、陈恭尹、侯方域、陈维崧、吴兆骞、夏完淳诸家，皆此风会中所孕育者也。其与此派接近而稍大其气体者，则有钱谦益、吴伟业二家。惟钱氏记丑学博，其诗出入于李、杜、韩、白、温、李、苏、陆、元、虞之间；兼以留心内典，名理络绎，辞采瑰玮，故独步一时。吴氏则藻思绮合，实具乐府、古诗、四杰、香山之长，兼有玉溪咏史之体，故世称绝调，与钱氏并称为江左大家，或有以龚鼎孳俪之，适成鼎足，抑其亚也。至所谓一代正宗之王渔洋氏，早年受知谦益，晚岁雄视中原，以诗歌奔走天下士者，垂数十年。后生末学，得其奖借以诗名家者，不胜缕指，当时似可蔚成风尚矣。然王氏虽曾标举神韵之说，实则植体大历，而略参宋贤，语妙中边，而声趋浮响，非可俪元裕之、虞伯生之于金元也。吴乔比之清秀李于鳞，差为近是，故虽主盟一时，而及身则声光俱邈，盖以此耳。其与王氏并推为清初六家之朱彝尊、赵执信、施闰章、查慎行、宋琬五家，亦复自成宗派，不相蹈袭。朱竹垞树帜江左，心仪杜陵；赵秋谷敌体新城，语多枯淡；宋荔裳有高、岑之清警；施愚山存古诗之遗音；若查初白氏，则又于诸家宗尚之外，力追苏、陆，而于陆尤近，皆与新城王氏迥然不同。此外吴嘉纪之孤往，田雯之清艳，宋荦之骏快，冯班之绮丽，顾景星之雄赡，余怀之秀逸，吴之振之拗捩，顾图河之骀宕，黎士宏之清拔，亦皆各有独到，不主一宗，皆此时期之弁冕也。盖以时际开创，民物维新，才杰之士，各摅藻思，将以鸣其盛世，点缀升平，各有千秋之心，不甘后尘之赴；曹子建所谓人人握灵蛇之珠，家家抱荆山之玉者，古今开物成务之交，其情形正复相同也。故此期之诗，众制咸备，风会总杂。此第一期也。

笺曰：此通论清初各诗家得失也。内包七子派、江左三家派、正宗派、清初六家派，及诸派以外名家，凡五大宗。今略为疏之：明有弘正七子，即李梦阳、何景明、徐祯卿、边贡、康海、王九思、王廷相是也，号前七子。又有嘉隆七子，即王世贞、李攀龙、谢榛、梁有誉、宗臣、吴国伦、徐中行是也，号后七子。皆主文宗秦汉，诗宗盛唐；词必雄丽，声必铿锵；不用唐以后事。公安、竟陵二派起，七子遂衰。明末复社张溥、张采，几社陈子龙、夏允彝，先后继起，复参以齐梁藻丽，盛唐格调，而略济以神韵，归于大雅。论者称为七子中兴。今所传之《启祯诗选》、《明四百家遗民诗》，多属此派。陈子龙，字卧子，又字人中，青浦人。有《岳起堂稿》、《湘真阁稿》、《焚馀草》凡十数种，多散佚。嘉庆间王昶等搜辑，编为《安雅堂集》，又名《陈忠裕公集》。李雯，字舒章，南汇人。本几社人物。辞采古艳。后入清，为宏文院中书。多尔衮《与史可法书》，传为雯笔。时论薄之。又有《别发文》，谲诡可善。有《蓼斋集》。顾炎武，有《亭林诗集》。雅正雄浑，高视一时。今本为门人潘耒所改易，小注多用隐语，非其原本。戴子高所藏售钞本，最佳。有旧铜印小字本，惜今不易得。杜濬，字于皇，号茶村，黄冈人。晚居金陵西仓巷。诗沉郁苍凉，遗民冠冕。有《变雅堂集》。近人刘成禺搜刻之。师藏有钞本，尚清初所传。陈恭尹，字元孝，顺德人。邦彦子，有《独漉堂集》，王隼取恭尹与屈大均、梁佩兰诗，合刻为《岭南三家诗》。侯方域，字朝宗，商邱人。流寓江左。有《壮悔堂集》。宋荦取方域与魏禧、汪琬文，合刻为《国初三家文钞》。陈维崧，字其年，宜兴人。骈文诗词藻丽，为当世冠。有《湖海楼集》。吴兆骞，字汉槎，吴江人。惊才绝艳，一时寡俦。有《秋笳集》。夏完淳，字存古，华亭人。允彝子。十七岁殉难。诗文藻丽，世惊天才，朱竹垞推为古无其匹。有《内史集》。王昶重刻之，题为《夏节愍集》，与《陈子龙集》合刻。凡此皆明末清初诗家之最著者也。惟顾炎武学馀于诗，称心而言，自然高绝；不矜才，不使气，在此数人中，当别有位置也。钱谦益，字受之，号牧斋，又号蒙叟，又号东涧老人，常熟人。博赡有文，万流景仰。曾选明诗，曰《列朝诗集》。小传评论，尤具特识。竹垞《诗综》，瞠乎后矣。有《初学集》、《有学集》、《投笔集》。吴伟业，字骏公，号梅村，太仓人。有《吴梅村集》。龚鼎孳，字孝升，号芝麓，合肥人。有《定山堂集》。三人皆以明臣仕清，世论薄之；而牧斋尤为人所诋。惟遗老如黄梨洲、石涛，皆与之投分。牧斋死时，梨洲亲至其家，私为祭文，焚于灵床之下，外人莫晓其语。则尚有待于论定也。顾有孝合刻钱、吴、龚诗为《江左三家诗钞》。此清初诗家之眉目也。王士祯，后改士正❶，字阮亭，慕太湖渔阳山之胜，号渔洋山人，新城人。诗最负盛名。至袁枚乃有“一代正宗才力薄”之论。有《带经堂集》。其诗集卷首，有钱谦益赠诗，许与代兴。其名几如金有元好问，元有虞集，明有高启也。此清初诗家之正宗也。刘执玉刻《国初六家诗钞》，六家者即新城王士祯，秀水朱彝尊，宣城施闰章，益都赵执信，莱阳宋琬，海宁查慎行也。彝尊，字锡鬯，号竹垞。有《曝书亭集》。闰章，字尚白，号愚山。有《学馀堂诗集》。执信，字仲符，号秋谷。娶王士祯甥女，与士祯相诟厉，而极推常熟冯班，称私淑弟子。有《饴山堂集》。琬，字玉叔，号荔裳。有《安雅堂集》。慎行，字悔馀，号初白。有《敬业堂集》。此清初最有名之六家也。此外负海内重名，而不列以上诗家者：有吴嘉纪，字宾贤，号野人，泰州人。行卓诗高，劖刻怨咽，东野之俦。有《陋轩集》。田雯，字紫纶，号山薑，德州人。有《古欢堂集》。宋荦，字牧仲，商邱人。诗宗坡公。子至，亦有名。有《西陂类稿》。冯班，字定远，号钝吟，常熟人。诗宗义山，不取江西。有《钝吟集》。顾景星，字黄公，蕲州人。有《白茅堂集》。余怀，字澹心，别号鬘持老人，莆田人。流寓金陵。诗最凄艳，有《味外轩诗》。吴之振，字孟举，自号黄叶村人，石门人。有《黄叶村庄集》。刻《宋诗钞》百家。为诗生造，亦似宋。顾图河，字书宣，江都人。江左十五子之一。古诗宗眉山，近体学剑南。有《雄雉斋选集》六卷。汪师有藏本。其诗直写胸臆，才健气雄，清初一作手，惜

---

❶ 王士禛，殁后避清世宗讳，改名为“士正”，高宗命改书为“士祯”。

今无人知之者。黎士宏，字媿曾，长汀人。有《讬素斋集》。清真健举，颇近宋贤。凡此皆清诗初期之卓然自立而名或逊于诸家者也。在此数家中，又以吴嘉纪力追古作者。语苦调高，不为当时风气所囿。渔洋为扬州推官，雪夜被酒，为作诗序，驰使三百里致之。传为佳话。然王诗侧媚，吴诗真朴，显然异趣。王何足以知吴？此特借风雅自抬身价耳。惟清初名家，尚有吴莲洋雯，汪蛟门懋麟，叶星期燮，张历友笃庆。此论弗及，殆师偶尔遗之也。尝侍师坐，师盛称贵阳周渔璜起渭之《桐野集》，为西南钜手。雄深隐秀，兼而有之。他时当补述之。因疏本文，并为附著于此云。

乾嘉之世，为有清一代全盛时期，经学小学，俱臻极盛，而诗独不振。盖以时际升平，辞多愉悦，异时讽诵，了无动人。试观尔时诗家，在朝如沈归愚，在野若袁简斋，非所谓负一时诗坛重望，仰之为泰山北斗乎？迄今试翻其遗集，沈则篇章妥贴，涂泽为工，袁则纤语谀词，小慧自喜，虽一则揭温柔敦厚之旨，一则标诗本性灵之言，探源诗教，宁可厚非？迹其所诣，殊难相副。其他名亚沈袁者，如赵翼、蒋士铨、张问陶、吴嵩梁、彭兆荪、刘嗣绾、吴锡麟、郭麐、舒位诸家，诗非不工；然或失之侧媚，或失之粗豪，或以纤巧为工，或以肤廓自喜，此又当时诗坛风气也。在此期中，其蹊径别辟，门庭较广者，高其倬、梦麟之澄旷，厉鹗、汪仲鈖之巉秀，翁方纲、谢启昆之密栗，钱载、黎简之拗折，黄景仁、王又曾之清新，祝德麟、姚鼐之雅正，皆与尔时诗家宗尚，迥然异趣，而诗名亦不亚赵蒋诸家。惟以托体较高，步趋不易，号召之力，或逊沈袁，然皆绝去依傍，摆脱习尚者也。要之，此期诗家，其能风靡一时，万流奔赴者，类皆辞采有馀，意境差少；益以遭逢盛世，歌咏升平，故题材不外应制、游宴、祝贺、赠答、赋物、怀古、述征、题图诸端，既无所用其深湛之思，遂少回荡之妙，极其所诣，但求对仗之工稳、声调之铿锵、辞采之膏丽而已。诗歌必内质外形并重，方为双美。乾嘉中盛之诗，偏重外形，其不能卓然独立以自造夐绝之境者，固世人所同慨也。故此期之诗，芳华典赡，才质并弱。此第二期也。

笺曰：此通论清乾嘉时诸诗家得失也。内括沈归愚格调派，袁简斋性灵派，及二派外诗家。兹略分疏之：乾嘉时诗家，本有格调、性灵、肌理三派。本文于格调、性灵二派，皆致不满；而于肌理派之翁方纲、钱载，则许其托体较高者。盖以翁钱能高蹑杜、韩、苏、黄，自具骨干，与近代诸家若合符契，虽内质少回荡之妙，殆时会使然。其卓识固足多也。细玩文意，语意自见。沈德潜，字确士，号归愚，长洲人。诗名倾天下。为清高宗所知。应制酬倡，几无虚日。高宗诏所谓朕与德潜以诗始，亦以诗终也。德潜受诗于叶燮，主温柔敦厚之说，最重格调，与明七子同。所选"别裁"诸集，尤风行一时。晚年进呈《国朝诗别裁》，以钱谦益冠首，大受谴责。有《归愚诗钞》。袁枚，字子才，号简斋，钱塘人。侨寓金陵，筑随园于小仓山，备林泉之清福。达官贵人、贩夫走卒、闺秀羽流，皆以诗执贽门下。诗名之盛，百年寡俦。诗主性灵，与香山、诚斋为近。然应酬率意之作，展卷可厌。有《随园全集》。浅人宗奉之，垂百馀年不绝。袁、蒋、赵，并推为三家。蒋士铨，字心馀，铅山人。诗间有合作。惟英雄欺人。又喜以名教自任，语近腐廓。与袁枚互相推重。外强中干，实无足取。有《藏园诗集》。赵翼，字耘菘，号瓯北，阳湖人。诗尚粗豪，无含蓄之味。惟才气横厉，实堕恶道。有《瓯北集》、《瓯北诗钞》、《瓯北诗话》。诗话论列唐宋诸大家，而以清吴梅村、查初白殿之。间亦有可取处。张问陶，字仲冶，号船山，遂宁人。袁枚晚年盛推之。盖沆瀣一气也。浅率似袁，粗犷似赵。有《船山诗草》。吴嵩梁，字兰雪，东乡人。诗以涂泽为工，应酬气重。然日本朝鲜，皆推重之，有诗佛之称。侧媚无骨，人不之许。有《香苏山馆诗集》。彭兆荪，字湘涵，号甘亭，镇洋人。有《小谟觞馆集》。刘嗣绾，字芙初，阳湖人。有《尚絅堂诗集》。吴锡麒，字圣徵，號穀人，钱塘人。有《有正味斋集》。郭麐，字祥伯，号频伽，吴江人。

诗尚清新，但落纤巧。有《灵芬馆集》。舒位，字铁云，大兴人。有才而不事绳检，伤于粗犷。与秀水王昙、昭文孙原湘齐名，亦称三家。有《瓶水斋集》。本文以侧媚概吴嵩梁、刘嗣绾、吴锡麒；以粗豪概赵翼、张问陶、舒位；以纤巧指郭麐、彭兆荪；以肤廓指蒋士铨。皆公论也。此期诗家可取者：有高其倬，字章之，奉天铁岭人。谥文良。有《味和堂诗集》。梦麟，字文子，又字谢山，蒙古人。有《太谷山堂集》。此二家冲淡清警之作，使人意远。厉鹗，字太鸿，号樊榭，钱塘人。熟于宋事。诗境孤峭清新，亦近南宋。惟善用冷僻故实，非自注莫明。有《樊榭山房集》。汪仲鈖，字丰玉，桐乡人。诗格蒨丽峭刻，与兄孟鋗并有名。有《桐石草堂集》。翁方纲，字正三，号覃溪，大兴人。为诗主肌理骨干，诗工甚深。惟考证过多，情韵差少。盖力矫沈袁之失也。与钱载相镞厉，骎骎入古。有《复初斋诗集》。谢启昆，字蕴山，南康人。翁覃溪弟子。诗雅正密栗。有《树经堂诗集》及《咏史诗》。钱载，字坤一，号箨石，秀水人。诗真气贯注，不主故常；造境遣词，归于浑厚。钜手也。有《箨石斋诗集》。黎简，字简民，号二樵，顺德人。为诗劖刻奇逸，戛戛生新。有《五百四峰草堂诗集》[1]。惜孤介自赏，茧足岭南，未能于江左诸家连镳竞爽也。黄景仁，字仲则，武进人。有《两当轩集》。王又曾，字受铭，秀水人。缒幽凿险，不堕窠臼。有《丁辛老屋集》。祝德麟，字芷塘，海宁人。有《悦亲楼诗集》。姚鼐，字姬传。有《惜抱轩诗集》。其诗舂容大雅，自然深厚，实过于文。惜世人不能知也。凡此皆乾嘉诗人之卓尔不群者也。忆师尝云：此期尚有二诗人，可以补述者：宋大樽，字左彝，号茗香，仁和人。泽古工深，声希味永。有《学古集》、《牧牛村舍诗钞》、《茗香诗论》。宋湘，字焕襄。号

---

[1] 黎简生前曾手订付刻《五百四峰堂诗钞》二十五卷，殁后由番禺汪兆镛辑刻《五百四峰堂续集》二卷。《五百四峰草堂诗集》之名或是先生误记。

芷湾，嘉应人。有《不易居集》。皆异凡响。因记之于此，俾习乾嘉诗者留意焉。

综此二期之诗，无自成风会之可言，即无真确面目之可识。清诗之有面目可识者，当在近代，所谓第三时期也。虽然，近代诗派，自道光以后，迄于光宣，历时既久，而作者弥繁，兹析为道咸与同光二期分论之：

夫文学转变，罔不与时代为因缘。道咸之世，清道由盛而衰，外则有列强之窥伺，内则有朋党之叠起，诗人善感，颇有瞻乌谁屋之思，小雅念乱之意，变徵之音，于焉交作。且世方多难，忧时之彦，恒致意经世有用之学，思为国家致太平，及此意萧条，行歌甘隐，于是本其所学，一发于诗，而诗之内质外形，皆随时代心境而生变化。故同为山水游宴之诗，在前则极摹山范水之能，在此则有美非吾土之感；同为吊古咏史之作，在前则摅怀旧之蓄念，在此则皆抑扬有为之言，斯其显著者也。此期诗人之卓然名家者，如龚自珍、魏源、陈沆、程恩泽、邓显鹤、祁寯藻、何绍基、曾国藩、郑珍、莫友芝、江湜诸家，类皆思流虑远，骨力坚苍，每于咏叹之中，时寓忧勤之感，异时讽诵，动移人情。虽由诸家学擅专门，诗本馀事，然心境与世运相感召，遂不觉流露于文字间也。其直接影响于同光者，尤以春海、子尹、太初、弢叔四家为著。程郑二氏，学术淹雅，诗则植体韩黄，典赡排奡，理厚思沉，同光派诗人之宗散原者，多从此入。江陈二家，人情练达，诗则体兼唐宋，清拔澹远，富有理致，同光派诗人之学夜起者，又多借径。此二派者，发轫于道咸，而大盛于同光，逮于今日，流风未沫，此道咸间诗人之荦荦者也。至其时最负盛名之张亨甫氏，扬七子之馀波，振钱吴之坠绪，声情非不绵邈，格调亦近浑成，顾风行仅止一时，后来所好，殊不在是。得失之数，此尤其显然者也。

诗至道咸而遽变，其变也既与时代为因缘。然同光之初，海宇初平，而西陲之功未竟，大局粗定，而外侮之患方殷，文士诗人，痛定思痛，播诸声诗，非惟难返乾嘉，抑且逾于道咸。忆甲午中日战后，吾乡文道羲学士尝语先公曰："生人之祸患，实词章之幸福。"其言至痛。然觇诗学风会者，可深长思矣。在此五十年中，士之怀才遇与不遇者，发诸歌咏，悯时念乱，旨远辞文，如陈宝琛、张之洞、张佩纶、袁昶、范当世、沈曾植、陈三立诸人之所为者，渊渊乎质有其文，海内承风，蔚为极盛。或有称此时期之诗为同光体者，因诸家为近五十年中之弁冕，其诗流布至广，影响至深，后学踵其宗风，亦能自拔流俗。故当时诗人，推许甚至，实则此不过近代诗之一派，而未可概近代诗之全。此外如黄遵宪、康有为之雄奇骏发，樊增祥、易顺鼎之瑰丽精严，王闿运、章炳麟之高文藻思，李慈铭、俞樾之典雅精切，皆为近代诗之英华，又非同光体所能孕举者也。

笺曰：此通论道咸以后诗家得失也。道咸后诗家，异于康雍与乾嘉两时期者，全系于时代不同。盖前为升平之世，此为乱离之时。诗人所处不同，所感斯异。而此一期之诗，内质外形，皆臻极至。亦韩昌黎所谓欢愉之辞难工，愁苦之音易好也。本节分二段叙述：前一段为道咸两朝；后一段为同光两朝。本文论列近代诗家，虽断自道光而后，实详于同光两朝，逮于现代。至风气转变，则自道咸始也。道咸两朝诗人：有龚自珍，更名巩祚，字璱人，号定庵，仁和人。段玉裁甥。文辞骜桀，诗亦捐弃尘壒，稍济以理趣，颇为才士所喜。有《定庵诗集》。龚善邵阳魏源，而蕲水陈沆亦重之。刘逢禄赋《两生行》，即自珍及源也。源字默深，兀傲，有经世大略。诗亦不主故常，时出险语，有《古微堂诗钞》。沆，字春舫，号太初。诗与龚、魏异趣，深入浅出，自然澹远。有《简学斋集》。此三家皆以才气胜者也。若以学为诗，宗法杜、韩。道光以前，惟一钱载。道光以后，则程恩泽、祁寯藻为最著。而邓显鹤、何绍基、郑珍，并出程恩泽之门。宗风大启，盖有由矣。恩泽，字云芬，号春海。歙县人。尝谓生徒曰：为学不识字，何以读三代两汉之书？故士皆务学。诗追杜、韩，而与韩为近。有《程侍郎遗集》。邓显鹤，字子立，号湘皋，新化人。诗亦雅正。所著《南村草堂集》，春海曾序之。何绍基，字子贞，号蝯叟，道州人。

善书，诗则出入韩、黄，变化莫测，有《东洲草堂诗集》。郑珍，字子尹，号柴叟，遵义人。最深三礼及音声文字之学。诗则造语似韩，融情似白，运以精思，故不落二家科臼。此其独到也。有《巢经巢诗集》。其友独山莫子偲友芝之《郘亭诗》，亦同其体。但情感略逊耳。祁寯藻，字叔颖，号春圃，寿阳人。世所称寿阳相国也。精许书，诗宗韩、黄，有《䜊䜌亭集》。曾国藩，字涤生，湘乡人。谥文正。诗法昌黎、山谷，有《求阙斋诗集》。江湜，字弢叔，长洲人。官不达而诗品高，在东野、宛陵之间。苦语使人酸鼻。间有率意之笔，高者近诚斋，下者则随园也。有《伏敔堂诗录》。谨按以上诸家，皆为道咸间诗人，影响于同光诸家最大者也。其实亦可分三派：龚、魏为一派，同光间岭南一派稍近之。程、祁、邓、何、郑、曾、莫为一派，同光间江西一派，与此同一渊源。陈、江为一派，同光间闽派与之相近。皆有途径可寻者也。若本节所论同光诸家，皆具见下文，兹亦不具详也。

或有疑近代诗为宋诗者。曰：此亦但指同光体而言之者也，即指同光，亦殊不类。文学递嬗之迹，必前有所创，而后有所承。善承前人者，非举前人体制而模拟貌袭也，必变化镕铸之，方足自成体格，否则为优孟，为伪体。清初诗学，承嘉隆七子之后，人生厌弃之心，吕晚村、吴孟举之伦，固尝标举宋诗，号召当世矣！其时作者，如查初白之规模剑南，宋牧仲之嗣响苏轼，徒存面貌，终鲜自得，此学宋而未能变化者也。夫性情无间古今，体格本有新旧。诗文遭变之交，往往有借径古人，而成就各不相犯。道咸以后，丧乱云膴。诗人吟咏，固尝取径宋贤。如宛陵、六一、临川、东坡、山谷、后山、简斋、放翁、诚斋之诗，尤为人所乐道。迹其所诣，取拟宋贤，实多不类。其尤显然者，可得言焉：宋诗承三唐之后，力破馀地，务为新巧，大家如东坡、临川，亦复时弄狡狯，以求属对之工，使事之巧，如鸭绿鹅黄、青州从事、乌有先生之伦，已肇其端。南宋诸贤，迭相祖述，益趋新巧。近代诸家，虽尝问途宋人，然使事但求雅切，属对只取浑成。其异一也。诗歌以蕴蓄为极致。汉魏如北海、曹瞒，微伤劲直，然雄厚足以救之；唐如昌黎、香山，亦嫌太尽，然韵味足以救之。两宋诗家，力求意境之高，终鲜洄漩之致，才高体大，如坡公、山谷、放翁、诚斋，颇有讥其太放太尽之病。临川早年意气自许，诗语惟意所向，不复更为涵蓄，晚年始造深婉不迫之境，则其他诸家伤于直率，更未能免。近代诗家虽尝学宋，然力惩刻露，有惘惘不甘之情，故调高而思深，言近而旨远。其异二也。晚唐诗家，极研声律，一篇之内，音节谐美。宋人病其啴缓，救以古调，专事拗捩，其运古入律者，往往古律不分。山谷、师川，以力避谐熟之故，间为此体，末流所届，逮于余杭二赵、上饶二泉、江湖末派之伧，钩章棘句，至不可读，则力求生涩之过也。近代诸家，审音辨律，斟酌唐宋之间，具抑扬顿挫之能，有谐鬯不迫之趣。其异三也。其尤有进于是者：诗歌一道，原本性情，似与学术了不相涉，才高意广与夫习闻西方诗歌界义者，尤乐道之；咸主诗关性情，无资于学。然杜陵一老，卓然为百代所宗，彼固尝言“读书破万卷，下笔如有神”，又云“熟精文选理”。昌黎亦言“馀事作诗人”。是诗固未尝与学术相离也。两宋诗家，承三唐声律极盛之后，独出手眼，别开面貌，其精思健笔，洵足惊人！然尔时作者，惜多不学；荆公《字说》，腾笑千古；东坡经学，尤甚粗疏；宛陵但汲流于乐府；后山只丐馥于杜陵。新安泛滥六经百氏，然天纵馀事，时落理障；永嘉抗志内圣外王，然经籍镕液，终鲜变化。他如永嘉四灵，江湖末派，敝精力于五言，穷物态于七字，空疏媕陋，更无论矣。近代诗家，承乾嘉学术鼎盛之后，流风未泯，师承所在，学贵专门，偶出绪馀，从事吟咏，莫不镕铸经史，贯穿百家。故淹通经学，则有巢经、默深；精研许书，则有禝瓠、匹园；擅长史地，则有春海、寐叟；通达治理，则有湘乡、南皮；殚精薄录，则有郘亭、东洲。其专为骚选盛唐，如湘绮、陶堂、白香、越缦、南海、余杭诸家，亦皆学术湛深，牢笼百氏，诗虽与宋殊途，要足与学相俪，则又两宋诸诗家所未逮也。乾嘉经师，固尝尊汉学，而惠、戴、段、王，实不相袭，故不曰汉学而曰清学；近代诗家，亦尝尊宋派，而郑、何、陈、沈，实不相犯，故不曰宋诗而曰清诗。有清二百五十年间，使无近代诗家成就卓卓如此，诗坛之寥寂可知。诵晚清百年内之诗，此又应知之一义也。

笺曰：此辨明近代诗与宋诗关系也。前一段说明近代诗家，虽尝借径宋贤，而诗异于宋。后一段说明近代诗以学为骨干，不似宋人之空疏无实。此其大略也。提倡宋诗，本在七子、公安、竟陵诸派之后。明末清初，此风尤盛。先是明李蓘曾编《宋艺圃集》二十二卷，故王士禛云：隆庆初元，海内尊尚王李，讳言宋诗。而于田（蓘字）独撰此书[1]，学识有过人者。是为最早。迄于清初，则有吕晚村留良、吴孟举之振共选之《宋诗钞》百家，陈默公焯所编之《宋元诗会》一百卷，陈言扬訏所选之《宋十五家诗选》；而徐乾学传是楼之《宋人小集》，所辑亦二十二家。吴孟举既刊行《宋诗钞》，复重刻方回《瀛奎律髓》一书，亦助宋诗张目。故清初诗家，不仅宋牧仲父子、查初白皆学宋，即主张大历十子之王渔洋氏，亦暗中取法宋元。观其寝馈宋贤遗集与其标举宋人绝句佳篇，可以知矣。特查氏学陆，宋氏宗苏，仅得貌似；不及吕晚村、吴孟举功力独深耳。至于近代诗家，渊源两宋。最早则姚姬传之提倡山谷，而程春海、祁春圃、何子贞、郑子尹、曾文正继之。陈散原、沈子培、陈石遗尊宋尤力。天下诗人尽北面矣。顾三家学有馀于诗，渊乎味永。其他闻风兴起者，燕居诵习，亦只梅尧臣、欧阳修、王安石、苏轼、黄庭坚、陈师道、陈与义、陆游、杨万里诸家选集。不仅诸家真实本领，未窥其全，即选集亦属浮慕。实则从陈散原、郑夜起诗及《律髓》中讨生活耳。然此就末流之弊言之，若诸大家，又未可概论也。宋诗尚新巧，在临川、东坡、后山集中，亦可举例。如王临川《南浦》诗之"含风鸭绿粼粼起，弄日鹅黄袅袅垂"；苏东坡《章质夫送酒六壶未达》诗之"岂意青州六从事，化为乌有一先生"；陈师道《九日无酒》诗之"惭无白水真人分，难致青州从事来"等句。以鸭绿指水，鹅黄指柳，白水真人

[1] 于田，《汪辟疆文集》本误作"子田"。

代钱，青州从事代酒。属对使事，可谓新巧。末流之弊，极于明庄昶之“送我一壶陶靖节，还他两首邵尧夫”。则恶道矣。至于太放太尽，宋人通病。汉魏如孔融、曹操，唐如韩愈、白居易，亦有此弊。孔、曹则出以雄厚，韩、白则出以为韵味，故尚不觉。若苏轼、黄庭坚、陆游、杨万里，则以才气驱迈，嫌放嫌尽，颇伤诗体。王安石亦然。如安石《题此君亭》诗云：“谁怜直节生来瘦，自许高才老更刚。”又《众人》诗云：“众人纷纷何足竞，是非吾喜非吾病。颂声交作莽岂贤，四国流言旦犹圣。唯圣人能轻重人，不能铢两为千钧。乃知轻重不在彼，要之美恶由吾身。”则尽情泄露，为己写照。虽晚年甚悔，然诗已传播，不可追改矣。故宋人诗话云：“安石少以意气自许，故诗语惟其所向，不复更为涵蓄。后从宋次道尽假唐人诗集，博观约取，晚年始悟深婉不迫之趣。”徐俯，字师川，分宁人，山谷之甥。节概甚高。不作一因人语，绝肖其舅。故山谷云：“老舅年衰力劣不足学。师川当于古人中求之。”盖山谷一生，心摹手追杜公夔州之作。后山所谓宁拙毋巧，宁朴毋华，宁粗毋弱，宁僻毋俗者也，可为本文力避谐熟四字注脚。二赵者，汝谈、汝谠也。汝谈，字履常，号南塘。弟汝谠，字蹈中，号嫩庵。太宗八世孙，居余杭。《后村诗话》谓：本朝宗室，贵显而负诗名者，全盛时有德麟；近岁有南塘兄弟；诗工命穷者，有紫芝、仲白。而南塘遂为一代骚人之宗。方回《桐江集》所称为馀杭二赵是也。惜诗多散佚，今惟《宋诗纪事》八十五略存一二，皆从群籍中掇拾者也。上饶二泉者，赵蕃、韩淲也。蕃字昌父，号章泉。淲字仲止，号涧泉。皆上饶人。为清江刘子羽之弟子。淲，元吉之子。元吉有《南涧甲乙稿》，亦宋末诗人之著者。刘后村云：近岁诗人，唯赵章泉有陶、阮意。赵有《章泉稿》五卷，《乾道稿》一卷，《淳熙稿》二十卷。韩有《涧泉集》二十卷。皆从《永乐大典》辑出。今并在《武英殿聚珍版丛书》中。江湖末派者，即指南宋末陈起《江湖小集》也。起，字宗之，钱塘人。开书肆于睦亲坊，亦号陈道人。方回《瀛奎律髓》曰：宝庆初史弥远废立之际，钱塘书肆陈宗之起，能诗。凡江湖诗人，俱与之善。刊《江湖集》以售。刘潜夫《南岳稿》亦与焉。宗之赋诗云："秋雨梧桐皇子府，春风杨柳相公桥。"本改刘屏山句也。或嫁秋雨春风句，为敖器之所作。言者并潜夫梅诗论列。劈《江湖集》版。二人皆坐罪，而宗之坐流配。于是诏禁士大夫作诗。绍定癸巳，弥远死，诗禁乃解。今所传《江湖小集》九十五卷，与方氏所称不合。或经后人改窜之本也。江湖派诗人之诗，喜用梅雪等字，以为非此不清；而章句钩棘，极为恶道。则宋诗后之变本加厉者也。盖以诗虽小道，非学术深醇，不能造敻绝之境。少陵昌黎，皆读破万卷，馀事为诗，故为诗家不祧之宗。宋承唐后，力破唐人馀地，偏重意境，出以清新；其才高意广、天骨开张者，似过三唐。然学不专家，终鲜自立。王安石《字说》廿卷，以意说字，不本六书，穿凿附会，有一字析为三四文者。支离烦碎，而自谓天地万物之理，备具于此，与《易》为表里。宁非狂悖？苏轼有《易传》九卷，《书传》九卷。《书传》，朱子尝称其简，较有可取。《易传》，解乾卦象传性命之理，杳冥恍忽，沦于异学。朱子《杂学辨》，首列是书，而驳正十九条。又谓："苏《易》专得力于'爱恶相攻而吉凶生'以下三句。他把这六爻似那累世相仇杀底人相似。看这一爻，攻那一爻；这一画，克那一画。全不近人情。只是太粗疏，却添得些佛老在里。"本文牿疏二字，即本朱子。梅尧臣为宋初诗人之冠。欧阳修称其覃思精微，以深远闲澹为意，自然高古。曩侍师座，叩以梅诗佳处，师言：宛陵华而不绮，清而不癯。体格全从古乐府得来，而参以白居易之善道人情，遂高步一时，无与抗手。陈师道学杜甫，前人论之极多，此不具论。然皆于诗外别无专门学术也。若学术可称，而诗又为馀事；且以学赡而累及于诗者，则新安朱子、永嘉叶适诸人是也。四灵为赵师秀、徐照、徐玑、翁卷、皆永嘉人。师秀，字紫芝，号灵秀。宋宗室。有

《清苑斋集》。照字道晖，又字灵晖，号山民。有《芳兰轩集》。玑，字文渊，一字致中，号灵渊。有《二薇亭集》。卷，字续古，一字灵舒。有《苇碧轩集》。四人字皆有灵字，世称永嘉四灵。学晚唐姚合、贾岛，工五言律。然气魄殊小，非其至也。近代诗家以学名者：巢经、默深、禝觥、春海、郘亭、东洲并见前。馀详下笺。

清诗既以近代为极盛，则近代诗地位，重视可知。道咸之世，虽为清诗转变一大关捩，然时代较远，姑置勿论。即同光以后，诗人云起，蔚为极盛，吾人欲于最短期间，举此五十年内之有名诗家，逐一论列，非惟遽数之不能终其物，抑且无以统摄之。势必散漫无纪，挂一漏万，欲人之识其派别，明其正变，斯亦难矣。无已，姑从地域言之：

近代诗家，可以地域系者，约可分为六派：

一　湖湘派

二　闽赣派

三　河北派

四　江左派

五　岭南派

六　西蜀派

此六派者，在近代诗中，皆确能卓然自立蔚成风气者也。湖湘风重保守，有旧派之称，然领袖诗坛，庶几无愧。闽赣则瓣香元祐，夺帜湖湘，同光命体，俨居正宗，抑其次也。北派旨趣，略同闽赣，虽取径略殊，实堪伯仲。江左稍变清丽，质有其文，风会转移，亦殊曩哲。岭南振雄奇之逸响，西蜀泻青碧之灵芬，并能本其风土，播诸声诗，驰骋骚坛，允无愧怍。其他诸省部，或以僻处而声气鲜通，或以诗少而面目难识，无从铨次，姑附阙如。惟八旗淹雅，皖派坚苍，今以便于叙述之故，入八旗于河北，附皖派于赣闽，亦以同声之和，具审渊源，非仅地域之接壤而已。

或有疑分派之说，最难凭信。昔张为《主客》，而升堂入室，已极谬悠；方回《律髓》，而一祖三宗，尤为褊隘。标举不出诸初祖，刀圭贻误于后贤。

今论列近代之诗，乃复蹈其故辙，不亦贻讥大雅乎？曰：是亦有辨。夫诗写性情，本无派别，名高百代，各有宗师，必欲守一家之言，衍已坠之绪，任己意为进退，谓他人无是非，则立论未当人心，斯折衷难垂定论；此张方所由见讥于后世也。若夫民函五常之性，系水土之情，风俗因是而成，声音本之而异，则随地以系人，因人而系派，溯渊源于既往，昭轨辙于方来，庶无訧焉。况正变十五，已肇国风，分野十二，备存班志，观俗审化，斯析类之尤雅者乎。

笺曰：此说明本文分为六派之旨趣也。第一段，言近代诗家甚众，必有统摄之法，不得已，从地理上区分之。第二段，言此六派各有特殊之风气，并及其分合之理由。第三段，辨明采用地域分派，本沿用《国风》与《汉书·地理志》之旧例，显然与张为《主客图》，方回《瀛奎律髓》之阿好不同。本篇总论，至此结束。唐人张为撰《唐诗主客图》一卷，陈振孙《直斋书录解题》曰："张为所谓主者，白居易、孟云卿、李益、鲍溶、孟郊、武元衡，各有标目。馀有升堂及门入室之殊。皆所谓客也。"近世诗派之说，殆出于此，要皆有未然者。元方回《瀛奎律髓》四十九卷。大旨在排西昆而主江西，倡为一祖三宗之说。一祖者，杜甫。三宗者，黄庭坚、陈师道、陈与义也。其说以生硬为健笔，以粗豪为老境，以炼字为句眼，颇不谐于中声。盖沿吕居仁《江西宗派图》之说而稍变者也。《宗派图》已为人所不满，方氏说亦为世所诟病。然元明以来，流行不绝，今世尚有尊信之者，以为可备一家言也。《汉书·地理志》曰："凡民函五常之性，而其刚柔缓急，音声不同，系水土之风气。故谓之风。好恶取舍，动静无常，随君上之情欲。故谓之俗。"此变易其文而用之。诗三百篇之《国风》，即以周南、召南、邶、鄘、卫、王、郑、齐、魏、唐、秦、陈、郐、曹、豳十五国为次，旧说二南为正风，十三国为变风。《汉书·地理志》分秦、魏、周、韩、赵、齐、鲁、宋、卫、楚、吴、粤十二地，著其分野，正其疆界。凡有诗见于《国风》者，皆具引之；楚无诗，则引屈宋赋。盖由诗以知俗，由俗以明诗。此尤足证诗与地域之关连也。本文以地域分派，即本诸此。

一　湖湘派

荆楚地势，在古为南服，在今为中枢。其地襟江带湖，五溪盘亘，洞庭云梦，荡漾其间。兼以俗尚鬼神，沙岸丛祠，遍于州郡；人富幽渺之思，文有绵远之韵，非惟宅处是邦者，蔚为高文，即异地侨居，亦多与其山川相发越；观于贾傅之赋鵩鸟，吊湘纍，即其证也。李商隐诗云："湘泪浅深滋竹色，楚歌重叠怨兰丛。"又陈师道诗云："九十九冈风俗厚，人人已握灵蛇珠。"细玩此诗，江汉英灵，岂其远而？

荆楚文学，远肇二南，屈宋承风，光照寰宇，楚声流播，至炎汉而弗衰。下逮宋齐，西声歌曲，谱入清商，极少年行乐之情，写水乡离别之苦，远绍风骚，近开唐体，渊源一脉，灼然可寻。故向来湖湘诗人，即以善叙欢情，精晓音律见长，卓然复古，不肯与世推移，有一唱三叹之音，具竟体芳馨之致，即近代之湘楚诗人，举莫能外也。

湖湘派近代诗家，或有目为旧派者。其派以湘潭王闿运为领袖，而杨度、杨叔姬、谭延闿、曾广钧、程颂万、饶智元、陈锐、李希圣、敬安羽翼之。樊增祥、易顺鼎则别子也。王氏为晚近诗坛老宿，得名最盛。平生造诣，乃在心模手追于汉魏六朝，而稍涉初盛。尝云："唐无五言，学五言者汉魏晋宋尽之。"又云："诗贵以词掩意，使吾志曲隐而自达，非可快意骋词供世人喜怒也。"又云："宋齐游宴，藻绘山川，齐梁巧思，寓言闺闼，皆言情之作；情不可放，言不可肆，婉而多思，寓情于文，虽理不充，犹可讽诵。近代儒生，深讳绮靡，故风雅之道息焉。"细味斯言，王氏论诗宗趣，不难窥见。其他散见所选《八代诗》，及《湘绮简牍》、《王志》等书者，皆显然与同光派诗家异趣。今所传《湘绮楼诗》，刻意之作，辞采巨丽，用意精严，真足上掩鲍谢，下揖阴何，宜其独步一时，尚友千古矣。惟及身以后，传者无人。王氏亦自云："今人诗莫工于余。余诗尤不可观，以不观古人诗，但观余诗，徒得其杂凑模仿，中愈无主矣。”陈石遗云：“湘绮五言古，沉酣于汉魏六朝者至深，杂之古人集中，直莫能辨，正惟其不能辨，不必其为湘绮之诗也。”虽一为自熹之词，一为致憾之语，然湘绮之得失，即此数语知之矣。与湘绮同时，善为选体诗者，有武冈邓辅纶，五言诗精严不亚湘绮，而和陶尤工，沆瀣一气，笙磬同音，皆一时麟凤也。二杨为王氏弟子，服膺师说，始终弗渝。然叔姬所作，五言为胜，泽古甚深。皙子有用世之志，其诗苍莽之气，则湘绮所谓快意骋词供世人喜怒也。准诸师说，容有差池。谭氏则初守师说，晚乃出入唐宋之间，然面貌终难脱化。曾重伯则承其家学，始终为义山，沉博绝丽，又出入于牧斋、梅村之间。《环天室集》艺林传诵，至今弗衰。饶石顽、李亦元并学晚唐，情韵不匮。饶有《十国宫词》，李有《雁影斋诗》，而李诗与玉溪生为近；《庚子纪事》诸篇，皆诗史也。程子大、陈伯弢二家，初为选体。中岁以后，乃不为湘绮所囿，而以苍秀密栗出之，体益坚苍，味益绵远。敬安以释子工诗，理致清远，妙造自然。早年作诗，自谓得之顿悟。又时时就商湘绮老人，湘绮亦多窜易，别出手眼，读者罔觉为湘绮笔墨耳。但晚年确能自立，名理纷披；一篇之内。有一二联绝工者，他不称是。其《八指头陀集》佳句如“传心一明月，埋骨万梅花”、“袖底白生知海色，眉端青压是天痕”等句，至今尚留传人口也。释子工诗，敬安为最。若夫樊易二家，在湖湘为别派，顾诗名反在湘派诸家之上。盖以专学汉、魏、六朝、三唐，至诸家已尽，不得不别辟蹊径，为安身立命之所；转益多师，声光并茂，则二家别有过人者矣。实甫才高而累变其体，初为温李，继为杜韩，为皮陆，为元白，晚乃为任华，横放恣肆，至以诗为戏，要不肯为宋派。晚年曾手定全稿，删剔颇严，所存仅数百篇，皆精当必传之作。樊山胸有智珠，工于隶事，巧于裁对，清新博丽，至老弗衰，迹其所诣，乃在香山、义山、放翁、梅村之间，惟喜摭僻书，旁及稗史，刻画工而性情少，采藻富而真意漓，千章一律，为世诟病。斯又贤智之过也。晚年与易实甫并角两雄。余尝戏拟实甫为黑旋风，樊山为风流双枪将，颇自为不易云。

当湘绮昌言复古之时，湘楚诗人，闻风兴起。其湖外诗人之力追汉、魏、六朝、三唐与王氏作桴鼓之应者，亦不乏人。而湖口高心夔氏为尤著。

稍后则文廷式、李瑞清、章炳麟、刘师培诸家，虽不出于王氏，然其卓然自立，心模手追于六朝三唐之间，又所谓越世高谈自辟户牖者也。陶堂高氏于咸同之际，与湘绮同为肃顺上宾，论文谭艺，深相契合。两权吴县，息影邱园，平生志事，百未逮一，乃尽发之于诗；又以思深忧远，体物写兴，归诸隐秘，高情孤诣，知者甚稀。其诗五古则镕冶陶谢，七古学杜为多，并皆遗貌取神，而生创钩棘，论者反多致憾。实则其情苦，其志隐，不可弭于胸，不可旌于口，暂而寄诸，或远或近，盖穷而后工者也。当时自湘绮、白香而外，实寡其俦。文道希学士以文章气节，负一时清望。长短句得苏辛之遗，诗则知者甚稀，实则力追浣花，有《诸将》、《咏古》之遗意，绘采模声，几于具体。文氏籍隶萍乡，与湘中文士，往来甚密，故宗派略从同也。观于"无分麻鞵迎道左，收京犹望李西平"之句，泽畔行吟，不忘忠悃，有古贤风烈矣。李梅庵以赣人而久居江左。壬子改步，以布政困处江宁，及所志未遂，乃自托黄冠。为诗颇多，顾深自秘惜，实皆渊源选体，泽古甚深；即偶为绝句，得李东川、王少伯之遗，非貌袭也。馀杭章氏、仪征刘氏笃守贾服，旁及文史，著书满家[1]，卓然宗师。早年同斥客帝，并为当道所嫉，百折不挠，世多知之。诗则出其馀事，心仪晋宋，朴茂渊懿，足称雅音，今人不能有也。此数家者，惟陶堂与湘绮，投分至深。文李二家，亦习与湘人游处，皆与湖湘派肸蠁相通者也。至馀杭、仪征平生论学，颇不满于湘潭。诗虽同宗汉魏，亦不类王氏之字模句拟，非学术深醇学古而不为古所囿者欤！

二　闽赣派

"云麓烟峦知几层，一湾溪转一湾清；行人只在清湾里，尽日松声杂水声。"此徐玑咏闽中山水者也。"南昌城郭枕江烟，章水悠悠浪拍天。芳草绿遮仙子宅，落花红衬贾人船。"又云："烟霞尽入新诗卷，郭邑闲开古画

[1] 满家，《文艺丛刊》本作"都讲"。

图。”此韦庄咏赣中风物者也。闽赣二省，地既密迩，山川阻深，冈峦重叠，亦复相肖。且文化开展，并在唐后，而皆大盛于天水一朝。文士摅怀，有深湛之思，具雄秀之禀，所谓与山川相发者非耶？

闽赣派或有迳称为江西派者，亦即《石遗室诗话》所谓同光派也。宋吕居仁尝谱陈师道以下二十五人，为《江西诗派图》。以诸家皆受法山谷，而探源杜甫。或有议其平品失当，且所列二十五人，多荆、扬、兖、豫之产，不皆著籍江西。前人论列甚备，兹不复及。要之吕氏所列诸家，皆思深体峻，不落恒径，其风格固从同也。江西派之称，当即沿此。同光派者，陈石遗、郑太夷目近贤学三元体者之戏称。三元者唐开元、元和、宋元祐也。此派以杜甫、韩愈、苏、黄为职志，而稍参以李白、王维、白居易、柳宗元、孟郊、梅尧臣、王安石、陈师道诸家，以其人并生三元前后，共拓疆宇，颇有西方探险家觅殖民地开埠头本领。沈子培诗所谓“开天启疆宇，元和判州郡”，及“勃兴元祐贤，夺嫡西江祖”者，即指此也。近人以同光派称闽赣者，即源于此。此名称之由来也。

闽赣派诗家，实以宋人为借径。姚惜抱氏于乾隆间劝人读《山谷集》，又尝手批山谷诗，方东树《昭昧詹言》，亦推重山谷。道咸之际，春海、春圃，尤极称之，所作由山谷以窥玉溪、昌黎，妥帖排奡，硬语盘空，江西派之诗，乃益为人所注重。其与程祁二氏同时而和之者有何绍基，而僻处边隅之郑珍、莫友芝，亦宗山谷。郑氏《巢经巢诗》理厚思沉，工于变化，几驾程祁而上；故同光诗人之宗宋人者，辄奉郑氏为不祧之宗。陈石遗《诗话》云：“道咸以来，何子贞、祁春圃、魏默深、欧阳磵东、郑子尹、莫子偲诸老，始喜言宋诗，何、郑、莫皆出程春海门下。其他诸人，皆私淑江西。洞庭以南，言声韵之学者，稍改故步。而王壬秋则为《骚》、《选》、盛唐如故。都下亦变其宗尚张船山、黄仲则之风，潘伯寅、李莼客稍稍为翁覃溪，吾乡林欧斋布政，亦不复为张亨甫而学山谷云云。”则尔时宗尚江西之风可知矣。此派诗家，流衍于同光之际，亦隐分二派：其一派生涩奥衍，自《急就章》、《鼓吹词》、《铙歌十八曲》，以下逮韩愈、孟郊、樊宗师、卢仝、李贺、梅尧臣、黄庭坚、谢翱、杨维桢、王履、倪元璐、黄道周之伦，语必惊人，字忌习见，近代郑子尹《巢经巢集》为弁冕，莫子偲羽翼之。至义宁陈散原则集此派之大成者也。其一派清苍幽峭，自《十九首》、苏、李、陶、谢、王、孟、韦、柳以下逮刘脊虚、贾岛、姚合、陈师道、陈与义、陈傅良、赵师秀、徐照、徐玑、翁卷、严羽、元之范梈、揭傒斯、明之钟惺、谭元春、阮大铖之伦，洗炼熔铸，体会深微，出以精思健笔，语不必惊人，字不避习见，及积句成篇，又皆无前人已言之意，已写之景，且皆为人人意中所欲出，近代陈太初《简学斋诗》为弁冕，魏默深羽翼之。至闽县郑海藏则集此派之大成者也。（採石遗说）闽赣派之渊源，各别如是。然散原晚年亦有近于幽峭一派者，实与阮圆海为近。海藏集中亦有近于奥衍一派者，实与东野、宛陵为近。同时人之学散原、海藏者，得其一体，皆能自拔流俗，则以源流虽异而声息固相通也。此闽赣派之渊源也。

闽赣派近代诗家，以闽县陈宝琛、郑孝胥、陈衍、义宁陈三立为领袖，而沈瑜庆、张元奇、林旭、李宣龚、叶大壮、何振岱、严复、江瀚、夏敬观、杨增荦、华焯、胡思敬、桂念祖、胡朝梁、陈衡恪羽翼之，袁昶、范当世、沈曾植、陈曾寿，则以他籍作桴鼓之应者也。弢庵行辈最尊，诗名亦最著。光绪初元与张之洞、张佩纶、宝廷、黄体芳诸人，以文章气谊相推重，守正不阿，风节独著。及受谴家居，筑沧趣楼、听水斋，与陈书酬倡往来，无间晨夕，而诗日益工。体虽出于临川，实则兼有杜、韩、苏、黄之胜，平生所作，思深味永，心平气和，令人读之，如饮醇醴。盖修养之功既深，餍心之语斯赴，宗风大启，重若斗山，非无故矣。诗篇甚富，其经散原、节庵点定者，赵世骏尝请以精楷书之行世，弢庵谦退不允。又云："诗必经数改，始可定稿。"宜其精思健笔，避易千人矣。郑太夷始为大谢，继为韦、柳、为孟郊、为临川、为文与可、米元章、晚乃亟推江弢叔，真气外溢，韵味旁流，是其所长。而英气未除，衍仪是竞，盖以负才未遇，锐志功名，晚节不终，识者早已知之矣。石遗老人与其兄木庵先生，皆以诗负盛誉。木庵所作，极似杨诚斋。石遗初则服膺宛陵、山谷，戛戛独造，迥不犹人。晚年返闽，乃亟推香山、诚斋，渐趋平淡。其名满中外者，实以交游多天下豪俊，又兼说诗解颐。所撰《石遗室诗话》，近二十万言，妙绪纷披；近人言诗者，奉为鸿宝，则沾溉正无穷也。日人铃木虎雄撰《支那文学》,列《石遗诗说》一章,认为近代诗派中坚,洵非无故。其著籍弟子者,以黄濬、梁鸿志为最有名。至闽人能诗为诗坛所重者,则有沈涛园、张珍午之骏快,林暾谷、李拔可之简远,叶损轩、何枚生之新隽,严几道、江叔海之典雅;或渊源苏陆,或瓣香黄陈,学古不为古所囿,故能别出手眼,卓然自立,佳句往往在人口。沈子培序涛园诗,所谓同光派中闽才独盛者,即指林沈诸家而言也。此外则王允皙、林长民、陈懋鼎、黄懋谦、沈觐冕、陈声暨诸家,诗工亦深。八闽多才,于兹益信。若林寿图、谢章铤、王毓菁三家,行辈较早,诗亦不尽同光体。则又闽中之旧派也。至陈散原先生,则万口推为今之苏黄也。其诗流布最广,工力最深,散原一集,有井水处多能诵之。盖散原早年习闻湘绮诗说,心窃慕之。颇欲力争汉魏,归于鲍谢,惟自揣所制,不及湘绮,乃改辙以事韩黄;又以出自弢庵之门,沆瀣相得,戊戌变政,受谴家居,遂壹志为诗;及流寓金陵,诗名益盛,同辈习闻所说,归礼涪皤,偶事篇章,并邀时誉,而后生末学,远近向风者,更无论矣。平生论诗,恶俗恶熟。又尝言:"诗必宗江西,靖节、临川、庐陵、诚斋、白石皆可学,不必专下涪翁拜也。"盖散原诗亦经数变,早年专事韩黄,大篇险韵,尽成伟观。辛壬避地海上,又兼有杜陵、宛陵、坡、谷之长,闵乱之怀,写以深语,情景理致,同冶一炉,生新奥折,归诸稳顺,初读但惊奥涩,细味乃觉深醇。晚年佐以清新,近体参以圆海,而思深理厚,尚不失自家面目。此其过人者也。散原诸子皆能诗,而衡恪、方恪尤著。师曾诗清刚劲上,有迈往不屑之韵。彦通隽语瑰词,情韵不匮,但沉厚不及师曾耳,拟诸斜川,差为近似。至与散原同里,各不相师,而诗名夙著者,则有夏剑丞之学宛陵,杨昀谷之学辋川、剑南,华澜石之学韩黄,胡瘦唐之学杜甫,桂伯华之学东坡,皆能本其所学,发为高文,树骨坚苍,吐辞典赡,皆学有馀于诗外者也。至于乡人之学散原者,有胡朝梁、曹用晦、王浩。曹、王早逝,知者甚稀,诗庐造诣较深,声气较广,惜书卷不多,未能尽其变化耳。其他乡里后进称诗者,朝成一篇,晚腾杂报,绝不知学,以诗为禽犊者,更无足论矣。若袁昶、范当世、沈曾植、陈曾寿四家者,皆不著籍闽赣,而其诗则确与闽赣派沆瀣一气,实大声宏,并垂天壤。袁氏立朝有声，学术淹雅，生平祧唐抱宋，用事遣辞，力求僻涩，今所传《渐西村人集》，斗险韵，铸玮辞，一时名辈，为之敛手。范当世以一诸生名闻天下，久居合肥幕中，所交多天下贤俊，而吴挚甫、汤伯述、姚叔节、王晋卿、陈散原，尤多切磋之益；晚岁抑塞无俚，身世之感，家国之痛，悉发于诗，苦语高词，光气外溢，盖东野之穷者也。然天骨开张，盘空硬语，实得诸太白、昌黎、东野、东坡、山谷为多。《玩月》一篇，陈散原尝叹为苏黄以来，六百年无此奇矣。沈曾植夙治西北地理之学，兼精内典，记丑学博，一时无两，偶事吟咏，雅健有理意，顾不自秘惜，弃斥殆尽。自居南皮幕时，与陈石遗相遇武昌，乃始为宛陵、山谷之诗，贯穿百代，奥衍瑰奇，尤喜摭佛藏故实，融铸篇章，一篇脱手，见者知其宝而不名其器，惟吾友李证刚可作郑笺，即散原亦自叹弗及也。陈曾寿为太初裔孙，早年亦为选体，继乃学玉溪，辛亥以后，流寓申江，乃自托黄冠，时有梦断觚棱之感。《苍虬阁集》兼有杜陵、玉溪、致光、临川、东坡、遗山、道园之长，盖晚而益工者也。其乡人善为同光体著者，若周树模、左绍佐、傅岳棻、谢凤孙、周从煊诸家，并清真健举，不失雅音，又不廑《苍虬》一集，称江汉英灵也。此四家者，袁沈为浙人，范为苏人，陈则鄂人也。昔吕紫薇作《江西诗派图》，而陈师道、韩驹、晁冲之，皆以他省人入录，盖以著籍虽异，而宗趣实同。况寐叟与苏堪、石遗相习，范伯子与散原为娅姻，陈苍虬与散原互相推重，攻错尤多，其渊源肸蚃相通者乎。

当闽赣派主盟同光坛坫之时，海内诗人，以苏黄为职志，而归宿于少陵者，实不乏人，而与赣接壤之皖省为尤著。近代皖派诗家，以桐城吴汝纶行辈为早，吴氏习闻姬传姚氏之说，为诗以山谷为宗，辅以杜韩，故其诗平实稳顺，绝无俗韵。晚年与范当世倡和，益觉清苍。其乡人姚永概、方守彝皆能诗，姚氏简远朴茂，诗如其文，山水之作，工于刻镂。方氏体源山谷、瘦硬澹远，兼而有之。盖桐城文家，多以诗名，姚惜抱曾手批《山谷集》，宗风大启。此三家者，渊源略同，即拙厚之气，亦无不同。此皖诗之近江西派者也。若吴保初、李世由、杨毓瓒、周达诸家，则又与此异趣。吴北山高怀雅抱，吐语清拔，尝谓其诗“纵学临川不能到，也应不失海藏楼”

则渊源可知矣。李晓暾学术淹雅，诗境苍秀。杨瑟君与闽人梁鸿志倡和，气体清隽，略近玉溪。惟周梅泉侨寓申江，与郑海藏游处，论诗旨趣，亦复相同；清代诗家，最服膺钱箨石、江弢叔，故所作清真健举，富有理致，长篇短语，深醇可味，则与海藏楼笙磬同音者也。此皖诗之近闽派者也。至庐江陈诗，寝馈唐贤者至深，托体甚高，吐语深拔，诗不苟作，故篇篇可诵，其诗体兼唐、宋，在皖人为别派，盖冥心孤往，不落时趋者也。因附论皖派，并为楬橥于此云。

三 河北派

河北地势，左环沧海，右拥太行，南襟河济，北枕燕然，所谓"势拔地以峥嵘，气摩空而崱屴"者也。高屋建瓴，雄视海内，往籍所称，宁间今古。山东齐鲁旧区，海岱雄镇，取附燕云，正复相丽。杜诗云："东逾辽海北滹沱，星象风云喜共和，紫气关临天地阔，黄金台贮俊贤多。"东坡诗云："太行西来万马屯，势压岱岳争雄尊，飞狐上党天下脊，半掩落日先黄昏。"此二诗，真能写出河北山川雄阔气象也。

直鲁地域，雄秀莽苍之气，过于江左。其人抗爽而豁达。其文壮阔而舂容；诗家于古无独成宗派之可言。然魏晋以还，作者云起，雄奇峭拔，气禀幽燕，昌黎所谓古多慷慨悲歌之士，文学风会，犹可想见。即就可指数者而言：刘越石、左太冲之清刚劲上，蜚声典午。李翰林、高蜀州之海涵地负，冠冕李唐。北地、新城、主明清之坛坫。刘筠、天挺、振宋元之正声。宗风不远，斯文献之足徵者乎。至任昉、刘勰之淹通，李谔、刘因之雅正，与夫刘蕡伉直敢言，贾躭跌宕图史。虽与诗派无关，然千载以后，与近代广雅、篑斋之生平，遥遥默契也。

近代河北诗家，以南皮张之洞、丰润张佩纶、胶州柯劭忞三家为领袖，而张祖继、纪钜维、王懿荣、李葆恂、李刚已、王树枬、严修、王守恂羽翼之。若吴观礼、黄绍基，则以与北派诸家师友习处之故，受其薰化者也。此派诗家，力崇雅正，瓣香浣花，时时出入于韩苏，自谓得诗家正法眼藏；颇与闽赣派宗趣相近。惟一则直溯杜甫，一则借径涪皤，斯其略异耳。南皮相国，以廷对名动公卿，初居京职，抗疏敢言，中朝侧目。及扬历中外，宏奖风流，尤殷殷以经史世务有用之学，诱导后进；累掌文衡，得士最盛，偶出绪馀，播诸歌咏，淹雅闳博，世推正声；然以力辟阴怪生涩之故，颇不满意于同光派之诗。尝云："诗贵清切，若专事钩棘，则非余所知矣。"又云："诗家当崇老杜，何必山谷？"又有诗云："江西魔派不堪吟。"盖指袁爽秋、陈散原辈言之也。平生尤不喜散原诗。尝用"张茂先我所不解"之语，如散原《陪南皮武昌登高》诗云："作健逢辰领元老。"张曰："我乃为伯严所领耶？"殊失其旨。而散原亦不喜广雅诗，尝云："张诗语语不离节镇，此纱帽气也。"衡情而论：诗贵有我，广雅久居督部，东来温峤，西上陶桓，以及牛渚江波，武昌官柳，正是眼前自家语。散原老人恶俗恶熟，深致讥弹，观感不同，无取害意。至广雅之精探流略，胸罗雅故，馀事作诗人，故能才力雄富，士马精妍，比事属辞，归诸雅切，则正与闽赣派诸家异曲同工也。张氏论诗，颇有不易之论。如云："诗之上乘，自以雄浑超妙为善。"又云："有理、有情、有事，三者具备，乃能有味；诗至有味，方臻极品。"又云："作诗必学有馀于诗之外，方为真诗。惜乎今之诗人，不能知也。"篑斋张氏于光绪初元，与陈宝琛、宝廷、邓承修、号称四谏，直声振天下。又与张之洞、黄体芳诸人，以文章气节，互相推重。当时目为清流。夙负经世大略，受合肥相国之知。中法马江之役，中枢失驭，遂误戎机，非其罪也。及所学未施，乃尽发诸吟咏。才力富健，用事稳切，拟诸广雅，正堪骖靳。惟广雅早膺疆寄，晚值枢垣，虽中更忧患，而勋业烂然。篑斋则自获罪谴戍，遇事触景，动成凄惋，所谓愁苦之音易好也。篑斋与陈弢庵、吴子俊为文章骨肉之交，子俊尝有学杜当从玉溪入手之言，篑斋初主其说，寝馈义山者甚至。继以山谷源出于苏，故瓣香独在玉局，谓其天资学力，直合李供奉、杜拾遗为一手，而气节过之。徙边鏑户，注管以外，辄取坡集读之，其《自笑》诗所谓"郑学粗通嫌引纬，坡诗细读懒参禅"是也。胶州柯凤荪氏以著《新元史》，受国际荣誉，世人鲜有知其能诗者。偶事篇章，深厚健举，有杜韩之骨干，蕴坡谷之理致，刻意之作，不后同光派诸大家，盖以胸罗雅故，襟怀高远，及馀事为诗，吐语固自不凡也。东鲁诗人，柯为弁冕。此外北方诗家，则有南皮布衣张祖继。诗笔健举，近体尤饶风韵，不愧雅音。谭仲仪称其骇驫动心，非当世文士所能道。李越缦诗所谓"文章贫后健，天地布衣宽"也。河间纪钜维宗法盛唐，屏绝浮响。福山王懿荣，笃嗜金石，精于考订，自谓文笔非所长，然所作皆翔实典雅，坚重密栗，专家或有未逮，则学为之干也。义州李葆恂雅好文史，诗不多作，然自能古艳。南宫李刚已，辞气驱迈，植体杜黄，尝得诗法范通州，几于具体。新城王树枏散文得吴冀州之传，而古诗则步趋杜韩，《甘陇纪行》诸篇，颇与杜公《秦州》为近。若天津严修、王守恂二家，并有诗名。范孙致力教育，诗非专长，游美诸篇，不失典雅。仁安诗学致力甚深，盖得力于通州为多，其用意之作，亦复健举。诸家虽不与南皮丰润取径相同，然皆力崇雅正，不入纤秾，所造各有浅深，宗趣要无二致，读其诗者，可取证焉。其有不著籍北方，而其论诗与所作，足为南皮、丰润桴鼓之应者，莫如吴观礼、黄绍基二氏。子俊吴氏，同治初年，以刑曹参湘阴军事，多所擘画，皆天下大计。及入词馆，始与张篑斋相识，感激时会，互为砥砺。平生忠孝大节，一托于诗，本灵均之忠款，得杜公之抗坠，与篑斋沆瀣一气，今所传之《圭盦诗录》，绝无苟作。盖得性情之正者也。吴氏既深契杜陵，故感事及今乐府尤高，所咏事实，非注莫明。曩侍弢庵座，弢庵尝为言其本事甚悉。今弢庵已逝，恐无人能作郑笺耳。黄仲弢学使，既少承家学，又为广雅入室弟子，工骈体文，兼精于金石、书画、目录之学。诗不多作，有作亦不自珍惜，散落殆尽。今所传之《鲜庵遗稿》，吐语蕴藉，卓然雅音。其七言古体诸诗，尤兼有庐陵、眉山、道园之胜，不仅游宜昌三游洞诸篇为石遗所称也。仲弢诗云："广雅堂深夜漏催，往承玉屑洒蓬莱。"师友渊源，不难推溯。此二家者，吴子俊仁和人，黄仲弢瑞安人，并皆浙籍，不隶北省。惟二家诗学典赡雅正，并足为广雅、篑斋张目，犹山谷称秦氏昆季，所谓"乃能持一镞，与我箭锋直"也。至广雅弟子樊增祥、顾印愚二家，并有高名，但一为湖湘之别子，一辟蚕丛之正声，当别出之，不以入北派云。

此外有隶旗籍而久居北方，诗名又为人所具知者，有宝廷、盛昱、杨钟羲、志锐、三多、唐晏诸家，其派虽与二张宗趣不同，然渊源固可述也，偶斋侍郎，以亲贵能诗，历掌文衡，当代名硕如康咏、郑孝胥、吴保初、林纾、陈衍皆出其门下。而广雅、弢庵，并以气谊互相推重，世号清流。平生脱略行检，不拘小节，典试闽省，道出桐庐，纳江山船伎。投劾罢官。隐居王城，时往来于盘山、香山之间，一锸自携，遇酒便醉。暮年生事，贫乏不能自存，偶斋处之泰然。门生亲故，偶有馈遗，则买花贳酒，招侣携儿，倘徉于妙峰翠微之间，酩酊操觚，极模山范水之能[1]，无攒眉苦吟之语，则以胸怀澹沱，物我俱忘，真诗人襟抱矣。诗篇颇富，门人搜葺之，为《偶斋诗草》，曲达骀宕，兼而有之。石遗尝称五言近体，近右丞嘉州，馀皆香山、放翁、诚斋，《田盘》一集，尤极巉刻。余谓偶斋诗格，在河北为别派，和平冲澹，自写天机，于唐宋兼有乡先正邵击壤之长，在《熙朝雅颂集》则与味和堂、太谷山堂为近，语近代旗籍诗人，偶斋高踞一席无愧也。其子寿富，喜与当代名流往还，诗亦闲雅，但少坚苍耳。伯希祭酒，为亲贵中淹雅之彦，雅负时望，尝与杨钟羲共葺《八旗文经》。伯希下世，杨氏又刻其《郁华阁遗集》于武昌，盖子勤伯希，以中表而投分最深者也。敬礼定文之请，山阳死友之知，兼而有之。伯希诗兴趣不及偶斋，然以胸罗雅故，身经世变之故，沉郁坚苍，反似胜之。曩在旧京，尝见其手写《感事》诗卷，精深华妙，展玩累日，盖伯希以清刚劲上之才，抒悯时念乱之愤，寄兴于写物，抒抱以论人，虽蒿日艰虞，持论未衡于世议，然胸怀坦白，寓感每谅于后贤；轶世清才，郁华为最。杨子勤氏以名进士，筮官白下，颇与江左诗人相习。生平尤熟于清代掌故及八旗文献，所著《雪桥诗话》四十卷，由诗及事，因事而详制度典礼，略于名家，详于山林隐逸，表幽阐微，不减《归潜志》、《中州集》也。子勤论诗，以雅切为宗，亟推清初之朱、王、叶、沈称为正声，而不甚扬袁、蒋、赵之流，其书非廑有资掌故，亦诗学南针也。所作《圣遗诗集》，情韵绵远，思深味永之作，实则河北派与江左派之间；又偶斋后别开蹊径者也。志伯愚与盛伯希为文字交，清末，官伊犁将军，以身死之，平生

---

[1] 模山范水，《汪辟疆文集》本作“抚山范水”。盖“橅”、“撫”形近而讹。

熟于满蒙掌故、西域地理，记诵淹洽，文采斐然，益以久处边陲，吟咏风土，动成凄惋。盖伯愚忧患馀生，形诸咏叹，语不必艰深，典不求僻涩，清空一气，每移人情。乙未，在滦阳军次，奉命出关，就军台所见，为《廓轩竹枝词》百首，尤传诵一时。自题[菩萨蛮]云："穷年弄笔污衫袖，东涂西抹无成就。不作断肠声，怕人闻泪倾。侵寻头欲白，沦落长为客。飞絮满边城，杨花应笑人。"诵此词者，犹想见其边城抑塞情怀也。三六桥氏诗法受自樊山，隶事言情，具征深稳。居尝习于满蒙掌故，与志文贞略同，拉杂成咏，自成典则。唐元素身际末造，故国之痛，时见篇章，身世之感，绝类金之元裕之、元之丁鹤年。其诗莽苍诡博，哀愤无端，绵缈之中，归诸简质，宜乎为海藏楼所称也。唐氏晚年为潮阳郑氏刊丛书，自著有《两汉三国学案》、《洛阳伽蓝记钩沈》，并皆精审，又不仅诗人而已。凡此皆八旗近代诗人淹雅者也。兹因论河北诸诗家，并为附论于此。

四　江左派

江左之称，盛于西晋。《史记》则称江东，初指三吴，继乃及于浙皖。清初江左三家，则举皖而并言之也。皖派诗人，既附论于闽赣派中，兹不复及云。

江浙皆《禹贡》扬州之域，所谓天下财赋奥区也。其地形，苏则有南北之殊，而皆滨海贯江，山水平远，湖沼萦洄；浙则山水清幽，邻赣闽者，亦复深秀。张籍诗云："杨柳阊门外，悠悠水岸斜。乘船向山寺，著屐到人家。夜月红柑树，秋风白藕花。江天诗境好，回日莫全赊。"苏舜钦诗云："绿杨白鹭俱自得，近水远山皆有情。"言吴中山水风物者，此二诗足以尽之。白居易诗云："馀杭形势天下无，州傍青山县傍湖。"又郑谷诗云："顾渚山边郡，溪将罨画通，远看城郭里，尽在水云中。"此又足征越中山水者也。江浙山水，既以绵远清丽胜，故人物秀美，诗境清新，有一唱三叹之音，无棘句钩章之习。文章得江山之助，其信然欤！

江左诗歌，发源亦远，《采莲》《和歌》，备存乐府；《子夜》、《读曲》，久著吴中。晋宋以来，作者云起，极四时行乐之情，写生死别离之苦，清商载咏，感人心脾，情文兼至，由来旧矣。即论清初陈子龙、吴兆骞、吴伟业、陈维崧之伦，辞采艳发，声律精研，绍乐府清商之遗，承齐梁初唐之体，固已尽才人之能事，存江左之正声矣。浙派在清初，竹垞、西涯，鸣其盛世，雅音独操，沾溉靡尽。樊榭、箨石，稍标骨干，木叶尽脱，石气自清，宗风别启，斯其尤雅者乎。惟吴中叶横山一派，流播较远，存微起废，乃在归愚，登高一呼，诗坛风靡；而袁简斋以浙人为江左寓公，标举性灵，隐与抗行，各分主坛坫，垂数十年，要归于典赡风华，情文备至，固不失江左面目也。但末流所届，沈派则仅存空调，袁派则流于纤巧，浅尝薄植，最易效颦。至道咸而后，风会变迁，江左一派，乃不能坚其壁垒，而稍济以金石流略之学，于清新绵纻之中，存简质清刚之体。此江左派渊源之可溯者也。

江左派诗家著称于近代者，以德清俞樾、上元金和、会稽李慈铭、金坛冯煦为领袖，而翁同龢、陈豪、顾云、段朝端、朱铭盘、周家禄、方尔咸、屠寄、张謇、曹元忠、汪荣宝、吴用威羽翼之。若薛时雨、李士棻、周星誉、星诒、勒深之、王以慜、欧阳述诸家，则以他籍久居江左而同其风会者也。此派诗家，既不侈谈汉魏，亦不滥入宋元，高者自诩初盛，次亦不失长庆，迹其造诣，乃在心模手追钱、刘、温、李之间，故其诗风华典赡，韵味绵远，无所用其深湛之思，自有唱叹之韵。才情备具者，往往喜之；至斗险韵，铸伟辞，巨刃摩天者，则仆病未能也。曲园为同光间老宿，生平学术，经子为专长，绍高邮之坠绪，振抱经之宗风，儒林硕望，与其乡孙籀庼，并辔齐驱，正未卜后先也。诗文并不高，抒写性灵之外，稍济以学术，故不入随园末派。然俞氏以浙人而侨寓吴门，以清职而退居山泽。闭户著书，而声气远播，出门访旧，而遐迩逢迎。拚命著书，及身流布，优游林下，上寿竟跻，拟诸随园，几于具体，斯足异耳。金亚匏氏，生际咸同，名非显著，乃摅其悯时念乱之怀，学蔡女、焦妻之体；乐府植其干，三唐壮其采，道路传闻，尽归壮烈，寻常目睹，悉纳篇章，无难显之情，极荡抉之妙。初学读之，鲜不惊其瑰玮，按实以求，胥臣蒙马，内质全非，叶公好龙，伪体宜别，浅尝之士，乃以西方诗哲方之，诧为五百年中之奇作，则誉过其实矣。近体平弱，尤难取俪，世有真赏，定喻斯言。李越缦喜谈经学，实非所长，一生学术，乃在乙部，披阅诸史，丹黄满帙。及浮沉郎署，侘傺无俚，月旦朝士，一秉恩怨，惟博闻强记，时流叹服。又以其放言高论，渐失亲昵。但发为诗歌，则又辞旨安详，声希味永，题咏金石书画之作，稍稍同于复初斋，要不失为雅音也。或有推为两当轩后一人，可谓拟于不伦。冯蒿庵与上元顾云齐名，而又出全椒薛慰农门下，夙以词名，而诗歌亦清丽绵远，颇近新城。其运词入诗，凄惋之音，读之有怅惘不甘者，盖与吴下词人郑文焯氏同其宗趣也。蒿庵曩守凤阳，闽诗人陈书尝过郡斋，谭艺甚洽。陈氏诗学诚斋，清新雅健，故与蒿庵沆瀣相得，然冯氏晚年，专事倚声，诗不多作，惟时与沈子培、沈涛园酬答。但二沈为同光派诗家，蒿庵虽有诗简往来，仍不失江左面目也。此四家者，皆以耆宿领袖诗坛，流风所被，遍于江左。惟金亚匏晚出益光，视俞李冯三家，名反居上；实则金氏自乐府诗外，了无异人，五七近体，未必果胜三家也。此外江左诗人，同处风会之中，亦多卓然自立者，语其著者，亦可得言焉。常熟翁氏，以一身关乎朝局，戊戌变政，受谴家居，《瓶庐》一集，绝无怨憝。其题咏书画及乡贤图像，每于小序，备存故实，征文考献，足资取材，则其尤雅者也。仁和陈迈庵，在鄂累宰剧县，书绘专家。其诗高逸夷澹，天趣盎然，晚岁归隐圣湖，杖履倘佯，尤足与其澹定襟怀相发越也。顾石公高隐盋山，吟咏自适，诗无俗韵，自能简远，海藏楼主与之投分甚深，感逝之作，每移人情，顾诗非其俦匹。淮安段蔗叟，耆年劬学，书卷之气溢于吟咏，《椿花阁集》典赡雅健，而与吴涑、李详、梁菼倡和之作弥工，盖笙磬同音也。朱曼君骈文，沉博绝丽，诗亦清刚隽上，与海门周彦昇，通州张季直同佐吴壮武幕，有《朝鲜杂诗》，工丽不减彦昇，其《桂之华轩集》，时多名作。彦昇诗亦以清丽见长，沉博不及《桂之华轩》，而韵味差绵远，惜其《寿恺堂集》存诗太多，如严加删汰，则无懈可击矣。方泽山、地山昆季，淮海俊人，才藻秀出，瑶情绮思，镕铸篇章，拟诸定庵，差称具体。泽山《题晚翠轩集》诗云："纸上犹看秋气满，梦中倘见鬼神来，是非身后何须说，还取诗篇惜霸才。"正可移赠方氏兄弟也。屠敬山以著《蒙兀儿史记》有名，兼工骈体文诗歌，其诗才情富艳，确守唐音。张季直以廷对受知，大魁多士，通籍之始，颇有"致君尧舜上，再使风俗淳"之志，所志未行，乃去而善一乡，兴业阜民。备历艰苦。改物登朝，终鲜树立，世人或以此讥之，然其志固可谅也。诗非专至，要无俗韵，则以与当代诗人，联吟接席，习染既深，终谢浮响。吴县曹君直三《礼》专家，以其馀事，步武玉溪，选藻摹声，可乱楮叶。其同里汪衮甫亦笃嗜玉溪，学裕才优，工于变化，深微婉约，韵味旁流，有义山之清真而无其繁缛，晚作尤高，庶几隐秀。仁和吴董卿，早负才名，与当世诗人往还较密，少作清丽自喜，晚稍坚苍，然酬应之篇，出笔太易，要不无诟病耳。江左人文荟萃，兹所诠次，虽未为该备，然迹五十年间江左诗人面目，就所衡论，亦足以窥豹一斑矣。此外诗人不隶籍江浙，而其诗为江左派之附庸者，则有如薛时雨之平易，李士棻之骀宕，周星誉、星诒之婉约，勒深之之豪逸，王以慜之清新，欧阳述之整洁；或以地接江左，或以侨寓三吴，或以服官江浙，有接地之欢；或以退隐申江，多联吟之雅。接于目者，既为山水平远之乡；悦于耳者，亦多豪竹哀丝之感。内心之所发，外诱之所触，皆足以镕铸篇章，笙磬同韵。征之往事，验诸方来，参验略可得也。至苏人如范当世、梁菼、李详，浙人如袁昶、沈曾植、吴俊卿、俞明震、王存、诸宗元、朱联沅，则以与闽赣派诗家，攻错较多，或典赡奥衍，或幽峭清苍，则又承同光风尚，与闽赣派沆瀣一气，非江左派所能孕举者也。

五　岭南派

五岭以南，旧为瘴雨蛮烟之地。宋元以后，文物日进，明清之间，外商麕集，货品山积，繁庶侈丽，又逾江左。士生其间，发为文章，有奇丽之观，具坚卓之质，盖山川习俗使然也。张九龄诗云："海郡雄蛮落，津亭壮越台。城隅百雉映，水曲万家开。里树桃榔出，时禽翡翠来。观风犹未尽，早晚使车回。"韩昌黎诗云："不觉离家已五年，仍将衰病入泷船。潮阳未到吾能说，海气昏昏水拍天。"苏东坡诗云："罗浮山下四时春，卢橘杨梅次第新，日啖荔枝三百颗，不妨长作岭南人。"是岭南擅山海之名区，蕴风物之奇丽，即就前人所咏，当可想像得之矣。

岭南诗派，肇自曲江；昌黎、东坡，以流人习处是邦，流风馀韵，久播岭表。宋元而后，沾溉靡穷。迄于明清，邝露、陈恭尹、屈大均，梁佩兰、黎遂球诸家，先后继起，沉雄清丽，蔚为正声。迨王士禛告祭南海，推重独漉；屈大均流转江左，终老金陵；岭表诗人，与中原通气矣。乾嘉之间，黎简、冯敏昌、张维屏、宋湘、李黼平诗尤有名，李氏稍后，卓然名家。而简民所造尤深，今所传之《五百四峰堂诗钞》[1]，兼昌黎、昌谷之长，工于造境，巧于铸辞。鱼山、南山、芷湾、绣子，典赡奥折，学馀于诗，高格独标，清音遂远。洪雉存诗云："尚得古贤雄直气，岭南今不逊江南。"虽指独漉堂而言，然雄直二字，岭南派诗人当之无愧也。

近代岭南派诗家，以南海朱次琦、康有为、嘉应黄遵宪、蕉岭丘逢甲为领袖，而谭宗浚、潘飞声、丁惠康、梁启超、麦孟华、何藻翔、邓方羽翼之，若夏曾佑、蒋智由、谭嗣同、狄葆贤、吴士鉴，则以它籍与岭外师友相习而同其风会者也。此派诗家，大抵怵于世变，思以经世之学易天下，及馀事为诗，亦多咏叹古今，指陈得失。或直溯杜公，得其沉郁之境；或旁参白傅，效其讽谕之体。故比辞属事，非学养者不至，言情托物，亦诗人之本怀。其体以雄浑为归，其用以开济为鹄，此其从同者也。朱九江为岭南晚近大师，行辈较早，平生论学，推本崐山经学即理学之言，而以致用为本。故通达治体，言垂典则，即友朋笺问，文采斐然，简穆蕴藉，绝类卷葹。钱仪吉在岭南，尝称其诗罔弗学，学罔弗工，往往于转捩顿挫处，得古大家神采。盖学以为干，融理入情，不务惊险之思，自有绵远之韵，雅音独操，朱为弁冕。其弟子康长素传其经世之学，又以生际末造，亟思更制。自托西汉经师之说，以公羊学奔走天下。豪俊之士，云附景从，负其海涵地负之才，效巨刃摩天之制，反虚入浑，肆外闳中。惟波澜大而句律疏，铺叙多而性情远，斯足议耳。曩撰《光宣诗坛点将录》，以南海拟戴宗，而惜其未能绝去摹拟。丙寅夏间，南海至江西，询及此事，并语人曰："某平生经史学问，皆

[1] 《五百四峰堂诗钞》，《汪辟疆文集》本作"《五百四峰草堂诗钞》"。

哥伦波觅新世界本领，汪君乃谓为摹拟何耶?”或有代为释之者，已而又曰:“某经史学可谓前无古人，但作诗却未能忘情杜甫。”盖南海最熟杜诗，全集一千四百四十八首，殆能成诵。其《延香老屋诗》，面目虽力求新异，然神理结构，实近浣花翁，则未能脱化之说也。黄公度号称识时之彦，历聘远西，于欧美政制学术，并能洞照本原，学裕才高，一时无偶，所撰《日本国志》、《日本杂事诗》，有良史之才，备輶轩之采，固已朝野传诵矣。中岁以后，肆力为诗，探源乐府，旁采民谣，无难显之情，含不尽之意。又以习于欧西文学，以长篇叙事，见重艺林，时时效之，叙壮烈则绘影模声，言燕昵则极妍尽态。其运陈入新，不囿于古，不泥于今，故当时有诗体革新之目。曾重伯、梁卓如尤推重之，虽誉违其实，固一时巨手也。邱仙根在岭南诗名最盛，中原人士，鲜有知其人者;当清廷初割台湾、邱氏号召徒党，举义师以抗日军，转战台南北，累挫日人，卒以无援失败，仓皇归粤，乃隐嘉属之镇平山中，即今之蕉岭是也。其身虽隐，然时时未能忘台湾之役，故诗中累及之。观其《送颂臣之台湾》诗云:“涕泪看离棹，河山息战尘。故乡成异域，归客作行人。”盖感怆深矣。今所传之《岭云海日楼诗钞》，慷慨激昂之作，纸上有声。实以其人富于感情，宗国之痛，一寓于诗，不屑拘拘于绳尺间，而自具苍莽之气。迹其所诣，颇欲兼太白、东坡之长。所可惜者，粗豪之习，未尽湔除，益以新词谣谚，拉杂成咏，有泥砂并下之嫌，少渟滀洄漩之致;然非此又不必为仙根之诗也。此四家者，惟朱九江学养兼至，气格深醇，旨远辞文，邈不可及。馀皆负睥睨一世之才，抒悯时念乱之愤，益以境遇之艰屯，足迹之广历，偶事歌咏，直有抉天心探地肺之奇。至于摆脱格律，开拓心胸，惟陈言之务去，斯精义以入神，则《人境庐诗》所谓“我手写我口，古岂能拘牵，五千年后人，惊为古烂斑”者，正三家同其宗趣也。此外岭南诗人肸蚃相通而声名亚于诸家者，亦略可言焉。南海谭叔裕，有其乡人宋芷湾之风格，平生宦迹亦略相似。观其集中《效芷湾体》及《读芷湾诗》诸诗，平生向往，略可推测。番禺潘兰史，夙负才名，清丽自喜;欧游以后，格始横奇，罗浮纪游之作，乃益恣肆，清新骀宕，逸趣横生;然利钝并陈，雅郑共奏，未为高流矣。丰顺丁叔雅，为雨生中丞之子，雨生精通流略，富于收藏。叔雅承其家学，淹雅闳通，襟怀澹落。而诗绝无尘俗气。早年所作，有惘惘不甘之情，晚居京国，始变坚苍。叔雅与义宁陈三立、庐江吴保初、浏阳谭嗣同，号清末四公子，并有高名。盖以感怆世变，亟瀹新知，先觉之称，庶几无愧。其时梁卓如以南海高弟，雅负时望，以文学革新为天下倡，戊戌变政，乃遁扶桑，日草杂报文字数千言，尊黄遵宪、夏曾佑、蒋智由为诗坛革命三杰，邱菽园氏所谓："日对天地悲飞沈，倾四海水作潮音"也。梁氏虽喜论诗，所作乃伤直率，未能副其所论。壬子返国，乃从赵熙、陈衍问诗法，始稍稍敛才就范，然尚不逮叔雅之温润清刚也。麦孺博健举而多感怆，何翙高劲达而崇议论，皆足与新会为伯仲之间，并皆受南海学术感化较深者也。当晚清新学风靡之时，其时有粤人年少工诗，颇不为人所知者，曰顺德邓秋门方，秋门与其兄秋枚侨寓申江，绮年劬学，有声于时。又曾游简朝亮之门，以用世自期许。方尝独走塞下，览山川形势，发为诗歌，感时抚事，哀怨无端。其诗格在吴梅村、杜于皇之间，惊才绝艳，兼与《秋笳集》为近。卒年才二十有一，今所传之《小雅楼诗集》，名篇隽句，犹在人口。惟以闽赣派领袖诗坛之故，此派诗颇不为人所重，实则为岭南派之健者也。其兄秋枚，亦能诗，清言霏雪，每移人情，然哀感顽艳，终惭厥弟。凡此皆岭南诗人可述者也。岭南诗学风气，就上所论，不难寻绎。顾岭南诗学，雄直之外，亦有清苍幽峭近于闽赣派者，如梁鼎芬之幽秀，罗惇曧之骏快，罗惇㬊之简远，黄节之深婉，曾习经之浓至，潘博之清丽，黄孝觉之清警，则以久居京国，与闽赣派诗人投分较深，思深旨远，质有其文，与岭南派风格迥乎异趣。是又于雄直之外自辟蹊径者也。

当南海以新学奔走天下之时，文则尚连犿而崇实用，诗则弃格调而务权奇。其才高意广者，又喜摭拾西方史实、科学名词，融铸篇章，矜奇眩异。其造端则远溯定庵，其扩大则近在康梁，其风靡乃及于全国。而仁和夏曾佑、诸暨蒋智由、浏阳谭嗣同、溧阳狄葆贤、仁和吴士鉴诸家，则又承袭康梁诗派而喜为新异者也。夏穗卿学最淹贯，尤长乙部，尝为诸生讲史学，草中史教本，手辟鸿蒙，自凿户牖，发凡起例，尤具别裁，后此作者虽多，未之或先也。诗则融铸中西哲理，运陈入新，风格不失其旧，思致务极其新，偶出一篇，渊乎味永，平生所作，仅存杂报，惜无人裒葺以餍人望耳。蒋观云氏，早年为选报草文，洞见政本，言垂世范。其学以文哲为长，故新会梁氏推崇极至。偶事吟咏，句律精严，思致缜密，其独往独来之气，又颇与太白为近。及居日本，闻见益拓，亦喜用新理入诗。《居东》一集，尤多名作。夏蒋二家，皆以运用新事见长，而不失旧格。其才思不及人境庐，然理致清超，又人境庐外之别开生面者也。谭复生为戊戌六君子之一，好深湛之思，《仁学》一书，旨探天人，自诩奇作。梁卓如亟推重之。然三十以前诗文，尝自褒葺之，颜曰《旧学》，三十以后，则自谓独往独来，绝去依傍者也。平情而论，旧作文则步趋桐城，诗则瓣香杜甫，沉郁顿挫，得杜为多，间效昌谷，亦能奇丽。三十以后，乃喜摭拾西籍名词，入诸韵语，名为开新，实则浮浅生硬，不及蒋夏二家之深醇也。至狄楚青早为杂报文字，又喜以新事入诗，沪滨杂感，清婉可诵。吴絅斋为识时之俊，喜览译籍，间事篇章，运今入古，差有理致，要皆与康黄笙罄同音者也。岭南诗派，初囿一隅，至黄公度、康长素二氏出，乃益宏大，海内向风，群尚新体，又非仅蒋夏诸家而已。今论岭南诗家，并为附论于此，亦晚清诗学风会得失之林也。

六　西蜀派

蜀中夙称天府之国，北走秦凤，有铁山剑阁之塞；东下荆襄，有瞿塘滟滪之险；南通六诏，西拒土番，山水襟东，自为藩篱。杜公诗云："嘉陵江色何所似？石黛碧玉相因依。正怜日破浪花出，更复春从沙际归。巴童荡桨欹侧过，水鸡衔鱼来去飞，阆中盛事可肠断，阆州城南天下稀。"东坡诗云："胶西高处望西川，应在孤云落照边。瓦屋寒堆春雪后，峨嵋翠扫雨馀天。"而白香山"蜀江水碧蜀山青"七字，尤能曲曲传出蜀中山水。

蜀中山水，青碧嵌空，奇秀在骨；灵芬所发，乃在高文。其以词赋见称于汉京者，如相如、扬雄、王褒、李尤无论矣。即以诗论，陈子昂、李白、苏轼、苏辙诸家，皆以蜀人争鸣唐宋，蔚为正声，腾踔一时，衣被百代。顾诸家生长西蜀，周览四方，其诗继往开来，总集众制；又能善出新意，自成一家，巨刃摩天，固不必载蜀山蜀江之青碧而出也。惟宋人如文与可、唐子西、韩子苍，皆为蜀中诗人之著者，其人亦尝游宦四方，而其诗则甚肖蜀中山水。即寓公游客，如少陵、山谷、剑南诸家，其客蜀所作，亦颇与蜀山蜀水之青碧为近。盖山川与文章相发，寓于目者不可弭于胸，其理固不可诬也。

西蜀诗人，两宋为盛。东坡而外，如文与可之清苍，韩子苍之密栗，唐子西之简远，任伯雨之秀逸，并皆结束精悍，戛戛生新，芒焰存澹简之中，神韵寄声律之外，奇秀在骨，固山川闲气使然。然以宋时蜀中诗人与江西派诗家往还之故，薰习既久，故风骨气韵，略同江西。今姑就其师友渊源言之：眉山苏氏出欧阳永叔之门，欧公虽有"老夫当避此人出一头地"之言，然子瞻终身服膺，始终无间。其祭欧公文且云："不肖无状，因缘出入受教于门下者，十有六年于兹。"则苏氏倾服至矣。山谷继起，诗语妙天下，然子瞻以词坛老宿，且有效庭坚体之诗。其题山谷诗云："见鲁直诗，未尝不绝倒。"又云："读鲁直诗，如见鲁仲连、李太白，不敢复论鄙事。"而山谷内集《古风上子瞻》二首，且有相依平生气味相似之语。又有诗云："我诗如曹郐，浅陋不成邦，公如大国楚，吞五湖三江。句法提一律，坚城受我降。"倾服尤至。此苏黄二公互相推重之可考者也。迨山谷以《神宗实录》事，谪贬涪州，旋移戎州，蜀士多从之游，讲学不倦，凡经指授，下笔皆有可观。是江西诗派之流衍蜀中，史籍具在，在尤可征信。即蜀中诗人韩子苍氏，亦尝出宰分宁。晚年侨寓抚州，终老其地。子苍既以诗受知山谷，又与山谷之甥徐师川游处，师川《大歇庵诗》一章，子苍为手录之，子苍为亚卿作十绝句，师川亦跋之云："夏木阴阴欲放船，黄鹂啼了落花天，十诗说尽人间事，付与风流葛稚川。"韩徐倡和，尤征沆瀣。吕紫微作《江西诗派图》，子苍以蜀人入录。韩氏虽深致不满，然《陵阳》一集，至今具在，黄门法乳，不难寻绎，是又无庸深讳者也。至魏庆之《诗人玉屑》乃云："曾茶山之学，出于韩子苍，后茶山传其学于陆游，加以研炼，面目略殊，遂为南渡大宗。赵庚夫《题茶山集》云：'清于月白初三夜，淡似汤烹第二泉。咄咄逼人门弟子，剑南已见一灯传。'三家句律相似，至放翁则加豪矣。"据魏氏所言，又知子苍诗法，流衍于江西，而剑南以久寓蜀中，又将江西曾氏之学，间接以授于蜀人，展转流布，灼然可寻。他如荆公山谷二家，并以赣人为诗坛盟主，篇章流布，遐迩承风。其为遗集作郑笺者，一为丹棱李壁，一为新津任渊，李任并皆蜀人，他省人之景仰江西者，无此勤劬也。流风未远，轨辙犹存，今蜀中诗人之卓然自立者，并能本山川之灵秀，发轶世之清辞，所谓巉刻苍秀之境，正与文与可、韩子苍、唐子西诸人之所为者，千载后遥遥默契也。

蜀中近代诗家，以富顺刘光第、成都顾印愚、荣县赵熙、中江王乃征为领袖，而王秉恩、杨锐、宋育仁、傅增湘、邓镕、胡琳章、林思进、庞俊羽翼之。此派诗家，体在唐宋之间，格有绵远之韵，清而能腴，质而近绮。张广雅督学川中，以雅正导其先路，王湘绮讲学尊经，以绮靡振其宗风，风声所树，沾溉靡涯。惟蜀中诗派，自有其渊源可寻，广雅、湘绮虽启迪之，蜀人未能尽弃其所学而学之也。裴村比部，博学能文，尤重气节，戊戌以陈宝箴之荐，加四品卿衔，参预新政，八月政变，卒与祸会。士林至今叹悼也。然学术淹雅，粹然儒者。其诗笔健举。迥不犹人，思深力厚之作，不后闽赣派诸家；但奇情壮采，微近定庵，斯其略异者耳。顾印伯既出广雅之门，又在武昌督部幕中最久。南皮宾客，多通方之彦，如梁节庵、易实甫、陈石遗、程子大，篇什流传，倾动一世。惟印伯则循谨简默，退藏如密。同辈夙知其善书法，鲜有知其能诗者，盖所作不轻以示人也。没后，其弟子程康裒辑遗集，世乃知顾氏于书法之外，诗笔冠绝当时，其句律之精严，隶事之雅切，一时名辈，无以易之。顾氏胸次高简，绝类晋人，尝自署所居曰双玉堪。双玉者，玉溪、玉局也。平生宗尚，略可想见。陈三立云："印伯诗约旨敛气[1]，洗汰常语，一归于新隽密栗，综贯故实，色采丰缛，中藏馀味孤韵，别成其体，退之所称能自树立不因循者也。"陈衍诗云："廿年珍秘箧中

---

[1] 印伯，《汪辟疆文集》本作"印伯"。

词，身后幽光发太迟。终肖蜀山深刻处，梁髯偏说晚唐诗。”盖定论也。穆庵诗学其体，而略参后山迈往不屑之韵，此则微有不同者也。赵尧生侍御，早居京国，文章气节，与江杏村、胡漱唐、赵芷庵相同，故京国游宴，投分亦深；壬子改物，乃息影蜀中。诗学湛深，对客挥豪，自饶逸致；与石遗、昀谷，倡和尤多。生平虚怀若谷，石遗诗集，类能成诵，不输翁复初之于钱箨石也。反蜀以后，每以诗筒问讯故人，情文兼至，读者感泣。石遗叙其诗云：“尧生诗，疑若锤凿甚力，而为之则甚乐而易。清奇浓淡，靡不备也。”又云：“尧生古体，有似文与可、韩子苍，而甚肖蜀中山水。余虽未至蜀，固可由少陵、玉溪、山谷、剑南之状蜀中山水者知之也。尧生好游，足迹所至，秦、岱、嵩高、伊阙，以及吴、越平远秀丽之区。然其游峨眉最久，居京师思之不已，宜其所为诗载蜀山蜀江之青碧而出也”云云。诗人每与地域山水相发，石遗所言，足资相证。与尧生同时诗人，亦能甚肖蜀中山水者，尚有王病山乃征。王氏在豫藩，与先公相得，余尝侍席，知其言论风采，粹然儒者，达于治体，故所至有政声。燕居谈论，于学术流别，剖晰至谛。巡视嵩岳、伊阙，得游草一卷，篇篇可诵。苍秀密栗，韵味旁流，惟深自秘惜，不轻示人，故流布不广。然语蜀中诗人，逼肖蜀山蜀水之青碧者，香宋而外，当推病山。晚岁侨寓申江，鬻医自隐，易名王潜，又自号潜道人云。此四家者，惟裴村比部稍能奇丽，馀皆清苍幽峭，字不避习见，语必求惊人，临川所谓“成如容易却艰辛”者，此类诗是也。综览蜀中近代诗人，咸多此体，语其著者，尚有华阳王雪岑。雪岑精目录校勘之学，收藏甚富，偶事吟咏，自然澹雅。绵竹杨叔峤《说经堂诗》，拟古为多，自写性情之作，正复清远。富顺宋芸子，识时之彦，明于中西治术，忧国之言，朝野传诵。其诗多感时抚事之作，蕴藉绵远，不失雅音。江安傅沅叔，精金石流略之学，兼好收藏，宋椠明钞，插架万卷，装池题记，罔不精绝；今之陈仲鱼、吴兔床也。校理之馀，间事吟咏，综贯故实，尤多逸闻。学有馀于诗，故典雅深醇，渊乎味永。若枵然无具徒为寻章摘句者读之，鲜不爽然自失矣。成都邓守瑕，久官都下，亲见危亡，草生凝碧，藉泣香红，梦故国之觚棱，摩千年之铜狄，有凄婉之音，极回荡之致。盖其诗植体玉溪，而得力韩渥者也。

富顺胡铁华，为香宋弟子，韵味气格，绝类其师。华阳林山腴，与尧生倡和，清新俊逸，兼而有之。早年与尧生、潄唐、畏庐、石遗，同居宣南，诗酒之会，罔不参预，联吟接席，闻见遂多。反蜀以后徜徉园林，而诗日益工。曾裒辑其诗，刊为《清寂堂诗》五卷、《吴游集》一卷，皆能甚肖蜀山蜀水之青碧者也。其乡人蒲殿俊、庞俊、向楚，皆有诗名。而庞俊与山腴，投分尤深，曾序其《吴游集》。庞氏诗亦清远可诵，盖与山腴笙磬同音者也。蜀中近代诗人，略备于此。他可弗论。

《汪辟疆文集》

亚权案：据程千帆先生《汪辟疆文集·后记》，该文是先生用力最勤的一篇文章，曾经多次修改。《时代公论》1932 年第 10、12 期刊发先生《论近代诗》一、二，内容与该文大致相同。1934 年秋天，先生以《近代诗派与地域》为题给金陵大学中文系学生作学术讲演，后来在讲演记录稿的基础上扩充重写，在中央大学《文艺丛刊》第 2 卷第 1 期发表。1943 年，先生在重庆主编《中国学报》，又在第 1 卷第 1 期刊布此文，题作《近代诗派与地域小笺》(附有吴莱小笺，但仅有引论部分)。解放后，先生又再加修订，易名为《近代诗人述评》在《南京大学学报》1962 年第 1 期登载。一篇文章，前后跨越 30 年，既有先生一以贯之的学术观点，又字斟句酌，反复修订，足见前辈治学一丝不苟的精神。

光宣诗坛点将录(新校本)

铁棒栾廷玉赞

曩与义宁曹东敷同客南昌,又同寓简庵思斋昆仲家,昕夕论文,极友朋之乐。东敷诗学黄陈,颇为当代名流所推许,与愚一见即定交。盖愚早年言诗,夙服膺元佑诸贤,与所论不谋而合也。东敷言:“并世诗人,突过乾嘉。昔瓶水斋主人曾有《乾嘉诗坛点将录》之作。子于并世诸贤,多所亲炙,盍续为之,亦艺林一掌故也。”愚即具草,至媲拟洽合,万不可移易处,东敷、简庵、思斋皆抚掌不置。竭一昼夜之力,而当世诸诗人,泰半网罗斯册矣。乙丑在都门,章行严取而布诸《甲寅》周刊;后十年,上海《青鹤》杂志又据而转载。日人及山西原某,并有为笺注者,皆漏略不具。愚亦不复忆及之。及避寇居渝州,行严、旭初偶谈及此,乃取箧藏原稿覆按之,觉有原稿合而刊本不合者,亦有刊本漏略而今本宜补入者。寇锋日挫,受降匪遥,心境恬适。一夕,被酒初醒,乃援笔逐一厘定,并各系赞语,或论人,或论诗,遇感辄书,难以例范。要之,别有事在,非无谓而作也。百年之间,国运之盛衰,人才之消长,以及诗派之变迁,略系于此。昔叶郎园氏早年于败纸中得瓶水旧录,诧为秘笈,一再刊布。又感时异事迁,旧录诸贤,非惟篇章散佚,取证末由,即姓氏里籍,亦难尽审。乃走厂甸,搜集乾嘉两朝诗别集读之,乃知比拟之工,措语之巧,真令人轩渠绝倒也。晚年发箧,葺《乾嘉诗坛点将录诗征》若干卷,自熹甚至,以为可备一代艺

林掌故。然则前人视为游戏兴到之作者，傥亦觇世运、征文苑者所不能废欤？乙酉六月，廷玉

诗坛旧头领一员

托塔天王晁盖　王闿运　附严咸、邓辅纶、高心夔、陈兆奎、夏寿田、杨庄

我欲避君天不肯，不然捶碎湘绮楼。湘绮论近人诗句，谓严咸也。当仁不让乃如此。似我者拙，学我者死。湘绮自云："今人诗莫工于余。余诗尤不可观，以不观古人诗，但观余诗，徒得其杂凑模仿，中愈无主矣。"吁嗟乎！遏八音，曾头市。袁思亮云："湘绮为湖湘派领袖，然及身而后，阒乎不闻，而散原私淑遍天下。以湘绮配晁天王，百世莫易矣。"按本录诸赞或论人，或论事，或论诗，随所感及之，不可一例均也。

陶堂老去弥之死，晚主诗盟一世雄。得有斯人力复古，公然高咏启宗风。

湘绮老人，近代诗坛老宿，举世所推为湖湘派领袖也。享名六十馀年，入民国，尚蒲轮入京，出长国史。项城权势倾一时，而湘绮玩之股掌，且称为袁世兄矣。其诗致力于汉魏八代至深，初唐以后，若不甚措意者。学赡才高，一时无偶。门生遍湘蜀，而传其诗者甚寡。迄同光体兴，风斯微矣。

王闿运，字壬秋，号湘绮，湘潭人。咸丰乙卯举人，晚钦赐翰林院检讨。入民国，任国史馆馆长。民国五年卒，年八十五。有《湘绮楼全集》、《杜若集》、《夜雪集》、《八代诗选》、《唐诗选》、《湘绮楼日记》。

严咸，字受庵，溆浦人。咸丰□□举人。年二十五，自经死。

邓辅纶，字弥之，武冈人。咸丰辛亥附贡生，官浙江候补道。光绪十九年卒，年六十六。有《白香亭集》。

高心夔，字伯足，号碧湄，一号东蠡，又号陶堂，湖口人。咸丰庚申进士，官江苏吴县知县。光绪九年卒，年四十九。有《陶堂志微录》。

［附］　论近代诗家绝句　章士钊

湘绮宁为蜀秀楼，故山箘桂及身休。平生却善帝王学，亲见门人作

故侯。

故侯，谓杨度也。

频将红线当华簪，省识周妈买弄心。六十馀年谈笑惯，祁门洹上等闲寻。

名家人属杜陵孙，黼黻三唐别有源。搜得东川作元后，陈词应愧两当轩。

唐诗推挹东川，裁抑杜陵，为湘绮得意之笔。惟黄仲则《诗评》云："杜固诗之祖，而李东川实可谓祖所自出。后人法门亦遂无所不备。篇幅虽少，而浑然元气，已成大观。"见《两当轩集》。不知湘绮曾见之否？

千帆谨案：三首属王湘绮。

善爇王翁一瓣香，五言高浑跨潇湘。餐诗须得疗饥骨，俊语飞扬服海藏。

君赠海藏诗云："世人无此骨，餐之不疗饥。"

早炫声华万象侵，晚穷经论入沉深。倦游一到乌尤寺，暗把词心换直心。

资州变后，君游乌尤寺，有词，自号直心翁。

千帆谨案：二首属夏午诒。

诗坛都头领二员

天魁星及时雨宋江　陈三立

见一善，尝挂口。退而视之无所有。江湖上，归恐后。阅世高谈辟户牖。

撑肠万卷饥犹餍，脱手千诗老更醇。双井风流谁得似，西江一脉此传薪。

陈三立，字伯严，号散原，修水人。右铭中丞子。光绪己丑进士，官吏部主事，戊戌革职，任南浔铁路总办。民国二十七年卒，年八十六。有《散原精舍诗集、续集、别集》、《文集》。

［附］ 论近代诗家绝句 章士钊

诗癖堂堂征在今，新诗改罢复长吟。骨头输与海藏叟，大戟长矛相向森。

海藏为诗，一成不改，自言："骨头有生所具，任其支离突兀。"

山公知赏语肫肫，迈追文章各有神。三世亲承君子泽，并看躬拜振奇人。

光绪丁酉，湖南时务学堂招考，中丞公监临收卷。吾交卷时，公诏语移晷。振奇人，先生挽外舅北山先生所用语。来吊时，跪拜涕泣，口呼彦复，观者均极感动。

羔雁何能尽玮奇，枝辞苦语偶难知。至情不碍开云手，第一峭庐谒墓时。

千帆谨案：一本"玮"作"瑰"。

天罡星玉麒麟卢俊义 郑孝胥

慷慨北京卢俊义，金装玉匣来深地。太平车子不空回，收取此山奇货去。卢俊义旗上语。吁嗟乎！日暮途远终为虏，惜哉此子巧言语。

肯向都官拜路尘，花间着语老犹能。只缘英气平生误，未信寒蛟竟可罾。

苏戡急功名而昧于去就，陈弢庵、张夑之尝论及之。陈弢庵见后。张夑之，名孝谦，商城人。光绪己丑进士，官翰林院庶吉士。盖以自托殷顽，而不知受庇倭人，于清室为不忠，于民族为不孝。吾友程穆庵闻郑死，有句云："片语救亡臣有策，终身为虏我何尤。"严于斧钺矣。千帆谨案：先君《哀郑重九》云："高名一代海藏楼，晚节千秋质九幽。片语救亡臣有策，终身为虏我何尤。宁将国命酬孤注，未必行藏不赘疣。谁识南台起长夜，陆沉久已志神州。"注云：海藏早岁读书福州，有诗云："山如旗鼓开，舟自南台下。海日生未生，有人起长夜。"夜起之号，盖以此也。若就诗论诗，自是光宣朝作手。海藏一集，难可泯没。孔子不以人废言。兹仍旧录，而并为著论于此。

［附］ 论近代诗家绝句　章士钊

诗人边帅不嫌狂，汉箭朝飞事岂常？王道纵知非乐土，后清未必胜宏光。

先生每以建立后清自诩，然非满州国也。

八里庄前傅相祠，蒲荷重气净秋期。松萝百尺无安处，愿作青青涧底丝。

指天津李园登高事，吾学诗始于是时。

也曾高咏气横秋，劣企苏黄与共游。开口便云数千岁，苏黄应是客西周。

吾以《示侄》五古一首呈先生，极承推许，谓与苏甚近，二十年中未见此作。赠诗有“不妨即以文为诗，勿与时贤较升斗。”乃指此。惟散原叹赏范伯子中秋玩月诗云：“吾生恨晚数千岁，不与苏黄数子游。得有斯人力复古，公然高咏气横秋。”苏黄去今不过千岁，乃云数千，未解何故。

千帆谨案：一本“劣”作“敢”，“开口便云”作“但若早生”，“是客西周”作“使拜前修”。

又案：《散原精舍诗》卷上《肯堂为我录其甲午客天津中秋玩月之作，诵之叹绝。苏黄而下，无此奇矣，用前韵奉报》起句云：“吾生恨晚生千岁”，非“数千岁”也。章先生偶误记耳。

掌管诗坛机密军师二员

天机星智多星吴用　陈宝琛　附黄楙谦

胸藏万怪貌姁姁，是大宗师，是德充符。

闽海词坛郑与严，老陈风骨更翩翩。诗人到底能忠爱，晚岁哀辞哭九天。陈可毅弢庵太傅，高风亮节，士林楷模。当溥仪被挟至津门，弢庵伏地陈七不可，且言：“上必去，臣亦不能相从矣。”痛哭而返。有诗数首，词至哀恸。盖深知托命倭人，匪惟速亡，且无以对宗邦，上父母丘陇也。弢庵诗，初学黄陈，后喜临川。晚以久更世变，深醇简远，不务奇险而绝非庸音，不事生造而决无浅语。至于抚时感事，比物达情，神理自超，趣味弥永。余尝以和平中正质之，弢庵为首肯者再，以为伯严、节庵所未道也。弢庵太傅有手录《沧趣楼诗》七巨册，余乙丑侍太傅，曾命余细阅一过，分别存芟。余谢不敏，因原稿有散原、节庵批注也。此稿，余携至张家口，留一月，乃还之。

陈宝琛，字伯潜，号弢庵，又号橘隐，听水老人，闽县人。同治戊辰进士，官至太保。民国二十四年卒，年八十八。有《沧趣楼诗》。

黄楙谦，字嘿园，永福人，宣统己酉拔贡，民国官总统府秘书。

［附］　论近代诗家绝句　章士钊

清议同光一簇新，螺江应是主盟人。篑斋贬死圭庵殁，老眼频低看《甲寅》。

辟疆语余：《甲寅》杂志，弢庵通阅一过，并称周刊之文视杂志有进。惟作官与办报为二事，不当同时兼营。

槛虎笼猿剧可怜，只观校猎不张弦。多应解协沧洲趣，收取诗名六十年。

太邱门户绝宽饶，亭馆平原亦见招。文似不须凭客荐，傥缘无论美新朝。

弢庵而外，赵次帅亦见赏《甲寅》，曾向余云："《甲寅》除谈墨学，殆无一字不读。"

八十缘何不杖朝？有人持议诮文饶。小朝廷内分牛李，诗派相同却解嘲。

"八十杖朝真好汉"，苏戡美王雪澄诗也，同时昂以不赞同满州国咎弢庵。张国陈郑两派，显同牛李。弢庵逝后，郑作《陈文忠公挽诗》，仍有微辞。

天闲星入云龙公孙胜　清道人李瑞清

玉梅庵，紫虚观。有时绝唱入云汉。

来往金陵又几时，久闻人说李梅痴。过江名士知多少，争诵临川古体诗。——陈可毅

海云写影一黄冠，来往金陵岁月宽。四海声名归把笔，劝君古调莫轻弹。

梅庵于清逊国后，服道士服，往来宁沪间，鬻书画自给，署清道人。儿童走卒，皆知有李道士矣。诗五古最高，七言绝句有东川、龙标格意。惜为书名所掩，人亦不能尽知也。

李瑞清，字梅庵，临川人。光绪乙未进士，官江宁布政使。民国九年卒，年五十四。有《清道人遗集》。

一同参赞诗坛军务头领一员

地魁星神机军师朱武　陈衍

取威定霸，桐江之亚。《近代诗钞》、《石遗诗话》。

一灯说法悬孤月，五夜招魂向四围。记取年时香宋句，老无他路欲何归？

石遗老人初治经，旁及许洨长，多可听。中年以诗名，顾非甚工。至说诗，则居然广大教主矣。朱武在山寨中，虽无十分本事，却精通阵法，广有谋略。

陈衍，字叔伊，又字石遗，号匹园，侯官人。光绪壬午举人，官学部主事。民国任福建通志局总裁。民国二十六年卒，年八十二。有《石遗室诗文集》、《石遗室诗话》、《近代诗钞》、《元诗纪事》、《辽诗纪事》、《宋诗精华录》等。

［附］　论近代诗家绝句　章士钊

众生宜有说法主，名士亦须拉缆人。石遗老子吾不识，自喜不与厨师邻。

石遗编《近代诗钞》大半与己唱和之作，以厨师张宗杨之诗殿焉。

石遗诗非极工，而论诗却有可听，自负甚至。余早年过于回子营郑叔进座上，谈及编《元诗纪事》甚悉。及甲戌来金陵，一日余与石遗登豁蒙楼煮茗，因从容询曰：“君于有清一代学人位置可方谁氏？”石遗曰：“其金风亭长乎？”时黄曾樾亦在座，因问余：“君撰《光宣点将录》，以陈先生配何头领？”石遗不待余置答，遽曰：“当为天罡耳！”余笑。石遗岂不知列彼为地煞星首座耶！殆恐余一口道破耳。时座中仅三人，想荫亭尚能忆及之。此一事与《点将录》有关，因记之以诒来者。——方湖注。

掌管钱粮头领二员

天贵星小旋风柴进　宝廷　附子寿富

金枝玉叶，美无度兮。琨瑶竹箭，丰其获兮。梦觉高唐，借用。自朝暮兮。吁嗟小旋风，无赫赫之功，甘送老于一筇。

亲贵中能诗者，前有红兰主人，蕴端，字兼山，号红兰主人。安和亲王子。有《玉池生稿》。近则推偶斋侍郎也。偶斋门人，多当代豪俊，郑苏庵、陈石遗、林畏庐、吴彦复、康步崖尤有名。柴进在山寨中亦平平。其能为人所推许者，亦以广收亡命，济人缓急也。

宝廷，字竹坡，号偶斋，满洲镶蓝旗郑献亲王济尔哈朗八世孙。同治戊辰进士，选庶吉士，授编修。光绪七年，授内阁学士，官至礼部右侍郎。出典福建乡试，还途纳妾，自劾罢。光绪十六年卒，年五十一。有《偶斋诗草》。

寿富，字伯茀，宝廷长子。光绪戊戌进士，官翰林院编修。光绪二十六年殉难，卒年三十六。有《读经劄记》、《菊客文集》。

天富星扑天雕李应　李慈铭

锦障百步，落雕侍御。能令公喜，能令公怒。

馀事为诗竟不群，别才非学总难论。清词合配金风长，月转觚棱梦未温。

越缦诗，在小长芦、春融堂之间，雅洁春容，且书卷外溢，尤熟史事。孙同康谓与两当并雄，推为正宗，誉过其实矣。

李慈铭，字炁伯，号莼客，会稽人。光绪庚辰进士，官山西道监察御史。光绪二十年卒，年六十六。有《越缦堂集》、《白华绛跗阁诗》及日记等。

[附]　论近代诗家绝句　章士钊

谁把文章谒后尘，掉残书袋向人人。东南名士幽燕客，成就狂名笔有神。

大言终不出喧卑，政事文章故异宜。越缦漫将湘绮比，高文疑并小儒为。千帆谨案："高文一何绮，小儒安足为。"江文通《杂体诗》句。王老《湘绮楼记》引之以释以绮名楼之义云："余好为文，而不喜儒生。绮虽未能，是吾志也。"越缦、湘绮夙相轻，故云。

越缦自是江左派魁杰，其以金石考证入诗，则沿复初斋也。此亦英雄欺人，或将以傲潘龟巢欤？——方湖注。

马军五虎将五员

天勇星大刀关胜　袁昶

地上虮虱臣，未若髯之绝伦而逸群。

太常忠义世所许，诗歌乃摩黄陈垒。渺绵声响独所探，光莹奥缓相依倚。

渐西村人诗，硬语盘空，遣词命意，不作犹人语。或有议其僻涩者，要非定论。句如"大千人为物之盗，十二辰虫如是观"，知为训母猴，则不嫌生造也。

袁昶，字爽秋，又署重黎，桐庐人。光绪丙子进士，官户部主事、徽宁池太广道、江宁布政使，至太常寺卿。庚子以言拳民不可恃，外衅不可启，忤载漪、刚毅，被诛，年五十五。谥忠节。有《渐西村人集》。

天雄星豹子头林冲　林旭

断头旭，血化碧。其心苦，其词迫。百夫之特。

东市朝衣更莫论，弃繻才气误高轩。当前苦语谁能会，咳唾人天万劫存。

晚翠轩诗，精妍博赡，虽从后山、涪皤入手，渐亦浸淫蝉蜕于昌黎、临川之间。偶为晚唐，不让韩致光。精思健笔，世罕其俦。

林旭，字暾谷，号晚翠，侯官人。光绪癸巳解元，官内阁中书。戊戌参与新政，加四品卿衔，充军机章京。政变诛，年二十四。有《晚翠轩诗》。

[附] 论近代诗家绝句 章士钊

厚重吾乡杜翰林，喜擎初桂炫知音。苍茫闽海东升日，射似长沙万里阴。

光绪癸卯，吾读书长沙乡塾杜翰林宅。翰林名本崇，与吾家有连。是岁主闽闱，得十六岁生作解头，以程墨寄归，炫耀乡里。题为"吾犹及史之阙文也"一节。时吾年已十三，为亡兄鉅年刻责，文思颇进。

死名夸士本堪珍，晚翠题轩亦胜因。吾信端人李元礼，同舟定是垫巾人。

太炎著论，谓林旭素佻达，先逮捕一夕，知有变，哭于教士李佳白之堂。此说近刻，疑未必然。元礼，指李拔可。

往过京沽访傅彩云，余询曾见暾谷否，傅曰："从海外归来，在上海见过。"拔可云："'君王自失河南地，颜色能骄西海花。'即林为傅作也。但暾谷却无佻达事。"不知其人视其友，当可信。——方湖注。

天猛星霹雳火秦明 范当世 附妻姚蕴素、子罕、王宾基、李刚己、王守恂

当其下手风雨快，谁其敌手花知寨。

霹雳列缺，吐火施鞭。扬雄《羽猎赋》。又赞。

盘空硬语真能健，绪论能窥万物根。玩月诗篇成绝唱，苏黄至竟有渊源。

散原见无错《中秋玩月》诗，叹为苏黄以来，六百年无此奇矣。

范当世，原名铸，字肯堂，又字无错，南通州人。岁贡生。光绪间客直督李鸿章幕。光绪三十年卒，年五十一。有《范伯子诗集》、《文集》。

姚蕴素，桐城人。姚永概姊，当世妻。有《蕴素轩诗集》。

范罕，字彦殊。当世长子。有《蜗牛舍诗》。

王宾基，字叔鹰，号董庐，海盐人。光绪癸卯荐举经济特科，官江西石城县知县。有《董庐遗稿》。弟寯基亦能诗。

李刚己，字刚己，南宫人。光绪戊戌进士，官山西大同县知县。肯堂弟子。民国三年卒，年四十三。有《刚己遗集》。

王守恂，字仁安，天津人。官河南巡警道。肯堂弟子。有《王仁安集》。

［附］ 论近代诗家绝句 章士钊

陈琳书记有平生，霸气千秋共一鸣。五十年间馀事了，劣容诗客出桐城。

秋老梧寒动客悲，诗为境缚亦何辞。两当轩内寻知己，奇数君优偶逊之。

千帆谨案：二首属范肯堂。

天威星双鞭呼延灼 张之洞

指麾若定，清真雅正。

抱冰堂上坐人豪，时复商量一字高。尽扫淫哇归雅正，不妨苏海得韩涛。广雅每劝人由坡公直溯韩杜，又句云：“政无大小皆有雅，凡物不雅皆是妖。”

广雅尚书诗，才力雄厚，士马精妍❶。至使事精切，坡公、亭林外，无与抗手。或有以纱帽气少之者，亦兴到之论，非定评也。

张之洞，字孝达，又字香岩，号壶公，又署广雅，无竞居士，晚号抱冰老人，南皮人。同治癸亥探花，官至体仁阁大学士，军机大臣。宣统元年卒，年七十三，谥文襄。有《广雅堂诗集》。

［附］ 论近代诗家绝句 章士钊

使尽平生纱帽气，耗尽眉间精悍色。搜罗少作付磨光，一笔稿成才

---

❶ “士马精妍”，合校本原作“士为精妍”，据油印本改。

易箦。

文襄涂改少作，俾成一色。病亟促刊，仍然不及，从者只得陈诸灵几而已。

达官名士一身兼，一味矜名却又嫌。见说鵔鸃冠下客，不教陈衍炫依严。

集中无与石遗诗。闻已诗亦不令陈和。

天立星双枪董平　樊增祥

细写朝云，篇篇绮密，多应秀师呵叱。

英雄双枪将，风流万户侯。樊美人，殆若人之俦欤？董平箭壶上小旗，有“英雄双枪将，风流万户侯”十字。樊山诗尚侧艳，自少至老，不变其体。京沪间多称为樊美人。又赞。

天琴老人诗，整密工丽，能取远韵。诗篇极富，合长庆、娄东为一手。晚年尤恣肆，亦犹风流双枪将有名于山东河朔间也。

樊增祥，字嘉父，号云门，又号樊山，又号天琴，恩施人。光绪丁丑进士，官至江宁布政使。民国二十年卒，年八十六。有《樊山集、续集》。

［附］　论近代诗家绝句　章士钊

郁律蛟蛇四万篇，子孙无力任雕镌。《彩云曲》外寻馀味，差抵卢仝《月蚀》贤。

白发摩登却未闻，老馀双鬓绿如云。只嫌生择文姬婿，董祀粗材不解文。

白发摩登，《彩云曲》中语。君八十馀发无白者。婿指桐城张某。

马军大骠骑兼先锋使八员

天英星小李广花荣　陈曾寿

用如健鹘风火生，学语小儿知姓名。杜陵老子歌花卿。

谏果回甘味逼真，呕心字字出艰辛。百篇脱口吾能诵，万卷撑肠笔有神。每见泪痕悲象魏，晚完臣节许逃秦。怀贤一代推晞发，抗手诗雄只二陈。谓沧趣、散原两丈。——程康《题苍虬阁诗》

漫说渊源出二陈，临川深婉李精纯。□中风雅垂垂尽，天启斯文作替人。

苍虬为太初裔孙。诗屡易其体。中年以后，取韵于玉溪、玉樵，取格于昌黎、东坡、半山。晚年身世，又与王官谷、野史亭为近。忠悃之怀，写以深语，深醇悱恻，辄移人情，沧趣、散原外，惟君鼎足焉。

陈曾寿，字仁先，自署苍虬，蕲水人。光绪癸卯进士，官监察御史。一九四九年卒，年七十二。有《苍虬阁诗》。

［附］ 论近代诗家绝句 章士钊

本是龙拏虎掷身，翻成寂寂度残春。空王礼罢无人觉，风送钟声报了因。

好诗不在钝根中，绝世聪明却爱聋。灰已寒时拨宁益，欢从堕处拾何从。❶

此读君《旧月簃词》有感而作。

天佑星金枪手徐宁 曾习经

钩镰枪，孰敢当？连环马，仆且僵。何以致之时与汤。

解道情兼雅怨工，交亲义重涕何从。偶然咳唾诸天上，未信风人不可踪。

由玉溪入手而能上穷明远、宣城，下揖黄、陈者，惟蛰庵一人。世人不能知，则以为异乎吾所闻。蛰庵诗工力最深，由后山而上溯少陵、玉溪、

---

❶ “欢从堕处”，章士钊《论近代诗家绝句》诗札作“欢无坠处”。

鲍、谢宣城。近体绵丽清刚，自然意远，非貌袭玉溪生者可拟也。有手写诗一卷。叶玉虎曾影印之。

曾习经，字刚父，号蛰庵，揭阳人。光绪己丑举人，壬辰进士，官户部主事、度支部左丞。民国十五年卒，年六十。

[附] 论近代诗家绝句 章士钊

二樵不出名天下，蛰庵宦游人罕知。南海潮音动虚牖，十年静写馆坛碑。

梁任公告余：刚父酷嗜馆坛，闻余有佳拓，恨未得见[1]。

月下高吭彻清昊，风前远籁荡愁阴。平生刚者何曾见，刻画秋痕尔许深。

天暗星青面兽杨志 沈曾植

十八般武艺高强，有时误走黄泥冈。

寐叟诗，初学涪皤。陈石遗在武昌，劝其诵法宛陵，诗境益拓。劬书嗜古，淹博绝伦，晚年出入杜、韩、梅、王、苏、黄间，不名一家，沉博深厚，斯其独到也。惟喜用僻典，间取佛书，使人知其宝而莫名其器。散原尝语予："子培诗多不解，只恨无人作郑笺耳。"予谓并世能胜此任者，只有李证刚，散原为首肯者再。今《海日楼诗集》全稿尚庋证刚处。

沈曾植，字子培，号乙庵，其署尚有寐叟、东轩、巽斋、乙僧、癯禅、睡翁、持卿、馀斋、灊皤、抱遗、孺庵，嘉兴人。光绪庚辰进士，官至安徽布政使。民国十一年卒，年七十三。有《海日楼诗》。

[1] 笔者所见行严诗札"恨未得见"下尚有"君在京居潮州馆"七字。

[附] 论近代诗家绝句 章士钊

歌哭无端赖自持，湔愁诉梦有谁知。姓名从不向人道，却肯亲书郭泰碑。

丈[高阳台]词起句云："借月湔愁，笺天诉梦。"入民国后，丈自称寐叟，不用己名，惟先外舅墓碑直署嘉兴沈曾植书。

鹤头书好闭门居，欹枕探经落蠹鱼。太息霤尊不重饮，周颙墙宇我趑趄。

在沪，吾与丈同寓新闸路。

天空星急先锋索超 周树模 附左绍佐

十荡十决，万人之杰。

六辔不惊挥翰手，也能恣肆也能闲。泊园诗骨知谁似，上溯遗山与半山。

达官能诗者，广雅而外，当推泊园老人。其诗于奔放恣肆之中，有冲澹闲远之韵。长篇险韵，尽成伟观，王梅溪评昌黎诗所谓"韵到窘束尤瑰奇"者也。竹勿与泊园唱和极多，诗在昌黎、东坡之间。

周树模，字少朴，号沈观，天门人。光绪己丑进士，官至黑龙江巡抚，民国官内阁总理。民国十四年卒，年六十六。

左绍佐，字笏卿，又署竹勿，应山人。光绪庚辰进士。官广东南韶连道、雷琼道。

[附] 论近代诗家绝句 章士钊

北城松竹杂蓬蒿，随分诗情挂郁陶。七世将家三楚少，用樊山句。茶陵而后泊园高。

乙卯中丞出京诗云："桑下转头增恋惜，北城松竹是吾园。"樊山诗云："七世将家三楚少，独吾投老恋青毡。"

千帆谨案：右一首属周少朴。

天捷星没羽箭张清　赵熙

飞石打人，绝于等伦。原作"投石拔距，绝于等伦。"用《甘延寿传》语。应劭曰："投石，以石投人也。"张晏曰："拔距，超距也。"其才捷，其技神。

天留一老镇西川，谏草焚馀任世传。人数贞元朝士后，梦回光绪太平年。

香宋诗苍秀密栗。其遣词用意，或以为苦吟而得，实皆脱口而出者也。石遗、昀谷咸极推服。张清一日连打十五将，日不移影。香宋有此神速。

赵熙，字尧生，号香宋，荣县人。光绪壬辰进士，官御史。

［附］　论近代诗家绝句　章士钊

陈杨都到西川去，善颂西川第一人。入境在官均应尔，流传嗤点却非真。

陈谓石遗，杨谓昀谷。

八字宗风有服膺，赵岐笃老说师承。后生枉噪同光体，初解袁枚最上乘。

四年前君到渝，对称诗者以高格、正宗、古韵、雅言相标榜。曾履川请示有清诗家谁为第一，君曰：袁枚。

事异王维过郢州，却从理路阨诗流。浩然归去题襟黯，会看高亭出一头。

君谓余云："高二适理路不清，定辜负君之奖借。"高亭在独石桥。

天满星美髯公朱仝　梁鼎芬

其髯戟张，其言妩媚。梁格庄，小衙内。眼中事，心中泪。

今疑纸上未曾干，诗爱冬郎带泪看。别有缠绵孤往抱，只怜高处不胜寒。

梁髯诗极幽秀，读之令人忘世虑。书札亦如之。

梁鼎芬，字星海，号节庵，番禺人。光绪庚辰进士，官湖北按察使。民国八年卒，年六十一。有《梁节庵先生诗》。[1]

［附］ 论近代诗家绝句　章士钊

个个王恭柳影翻，诸生挟策向梁园。菱湖桃李风飘尽，只剩阿刘忆扫门。

刘成禺《题梁节庵师菱湖种树图》云："髯师桃李种多门，今见菱堂节后孙。世变已无湖上树，江城君子几人存。"

晚岁矜名渐自然，崇陵臣跪夕阳边。餦餭嘉荐登盘了，意比芜蒌豆粥贤。

赵芷生《节庵饷崇陵供饼，感赋》云："石马森森汗未干，餦餭嘉荐又登盘。天涯万里君臣泪，只作芜蒌豆粥看。"

天微星九纹龙史进　沈瑜庆

进于史矣，是为诗史。涛园之言如是尔。涛园《题晻楼遗稿》云："人之有诗，犹国之有史。国虽板荡，不可无史。人虽流离，不可无诗。"晻楼名鹊应，字孟雅，瑜庆女，林暾谷妻。

异代相知野史亭，燎原终感是星星。平生自有征南癖，秘记金銮绝可听。

爱苍名父之子，熟于左史。其诗结束精严，尤多名作，其小序可备掌故。

沈瑜庆，字爱苍，号涛园，葆祯子。光绪乙酉举人，官至贵州巡抚。民国七年卒，年六十一。有《涛园集》。

---

[1] 《梁节庵先生诗》，《汪辟疆文集》本误作《梁第庵先生诗》。

[附] 论近代诗家绝句　章士钊

心非庙议弃河湟，指台澎。烟柳斜阳总断肠。四十一年心事了，未须亲见复馀皇。

君集中《馀皇篇》，伤割台也。

烂熟征南著癖书，一生大义力匡扶。传家少许儒酸气，可奈诸孙媚贾胡。

“儒酸”二字本郑苏戡怀沈文肃诗。

天究星没遮拦穆弘　杨增荦

移船相近邀相见，添酒回灯重开宴。

看花回，羯鼓催。江东菰芦中，生此奇才。

诗学江西又一奇，遗山句。泉明襟抱辋川辞。都官正字无偏嗜，始信多师是汝师。

昀谷诗，冲淡处似泉明，高秀处似右丞。其风骨峻峭之作，又时与文与可、饶倚松为近。在京师时，诗名甚盛，晚耽禅悦，尤多名理。

昀谷老人乙丑八月尝过余宣南寓庐，写示其《重阳》一首，云：“僻巷移巢人迹稀，中秋已过重阳来。佳节不应废登眺，老夫况未到衰颓。乍风乍雨坚闭户，非病非愁慵举杯。一事闲中差快意，诗成盆菊一齐开。”兴象极好，不知遗集排印本何以未收。今原迹尚存箧衍，遂录存于此。

杨增荦，字昀谷，新建人。光绪戊戌进士，官四川侯补知府。民国二十二年卒，年七十四。有《杨昀谷先生遗诗》。

马军小彪将兼远探出哨头领一十六员

地煞星镇三山黄信　黄节

一重一掩吾肺腑。定君诗，拈杜语。

平生志业具于是，斯语晦闻哀有余。晦闻乞张孟劬序其《蒹葭楼诗》，曰："平生之志与业，略具于是。子其为我序之。"浊不同流清若此，生无可议死何如？七言突过彭城笔，五斗终归栗里居。毕竟君诗工在律，散原翁论正非虚。散原丈评君诗，谓："卷中七律疑尤胜，效古而莫寻辙迹。必欲比类，于后山为近，然有过之，无不及也。"——程康《题蒹葭楼诗》

别去蒹葭几见霜，萧斋茗椀费平章。宣南旧梦依稀在，每诵君诗一断肠。

晦闻刻意学后山，语多凄婉，尝刻小印，文曰：后山而后。

黄节，字晦闻，顺德人。民国二十四年卒，年六十二。有《蒹葭楼诗》。

地勇星病尉迟孙立　俞明震　一作王存

面而黄，鞭则钢，硬弓快马祝家庄。

陇头黄雾不成春，如见周嫠涕泪人。七字吟成心万转，一廛冀作太平民。

恪士诗在柳州、简斋之间，纪行诗尤多可诵。尝言："诗人非有宏抱远识，必无佳构。"颇为至论。诗见道语极多，王冬饮乃颇訾之，立论固不必强同也。

俞明震，字恪士，号觚庵，山阴人。官至甘肃提学使、民国肃政使。民国七年卒，年五十九。有《觚庵诗》。

［附］　论近代诗家绝句　章士钊

学剑学书都误了，穷边归后我来前。诗情却在无声表，妙写长河落日圆。

师为余说诗，以手作势如此。

诗人相见此堂堂，故国山河泪几行。半晌无言下楼去，舅甥师弟各苍凉。❶

癸卯春，师访外舅于吾沪寓楼上，情状如此。时外舅病笃，惟呼恪士二字，馀不能言，流涕而已。

地杰星丑郡马宣赞　张佩纶　一作吴观礼

舞刀迎，战花荣。

几年关塞忆累臣，热泪如潮意苦辛。堪笑平生王霸学，却从诗笔见轮囷。

相府怜才式好逑，王家作弼定伊周。谁知今日张张口，换取当年柳柳州。

千帆谨案：二首属张篑斋。

西征幕府滞高才，邻女王孙意自哀。万里衡云梗胸臆，埽乡南望首频回。

太息圭庵不假年，故人投老见诗篇。宣南秋夜虫声急，一老灯前说往贤。

千帆谨案：二首属吴圭庵。

篑斋诗才力富健❷，使事稳切。获谴以后，凄婉之语，使人不欢，所谓愁苦之音易好也。篑斋为合肥相国所赏拔，曾以其子妻之。仁和吴子儁，久佐左文襄戎幕，七载之间，徂征五省。与篑斋并同治辛未进士，同官翰林，倡和甚多。子儁诗宗唐贤，近体用杜法。陈弢庵极服之，曾手写其《圭庵诗录》，镂版行世。盖三人皆文字骨肉交也。

吴观礼，字子儁，号圭庵，仁和人。同治辛未进士，官翰林院编修。有《圭庵诗录》。

---

❶ 苍凉，行严诗札原作"彷徨"。

❷ "篑斋"，《汪辟疆文集》作"蒉斋"，据油印本改，下同。

[附] 论近代诗家绝句 章士钊

嘻嘻嗃嗃语寻常，才士从戎万里长。楚越一家夫子儁，化龙池畔黯神伤。

圭庵为何贞老女夫。寒家与何有连，得见圭庵缄札绝夥。化龙池，长沙南城何府。

联翩三士壮同光，一蹶鸡笼羽翼伤。漫道玉关春不度，柳围亲折却堂堂。

三士者，张篑斋、陈弢庵与圭庵也。鸡笼之役，篑斋一蹶不振。圭庵佐左文襄平定新疆，功隐不彰。士论均惜之。“漫道玉关春不度”，用圭庵《送吴柳堂归皋兰》句。杨石泉赠文襄诗云：“亲栽杨柳八千里，引得春风出玉关。”

地雄星井木犴郝思文 柯劭忞 一作柳诒徵

当我者死，避我者生。井木犴，君前身。

看君史笔寓于诗，驱遣方言又一奇。蓼园诗如“古来图画难俱述，谁似符头孤列物。镜中鉴物能留物，十有三家皆阁笔。”符头孤列物，盖英语 photography 之译音也。目极海州归载笔，大篇况有杜韩遗。

莫吟辛苦贼中来，且进丝桐近酒杯。乞与南徐好风月，鹤林同看杜鹃开。

凤荪师不朽之业，当在元史，实则《谷梁春秋》、天文、历算，亦高踞上座，世人不尽知也。诗为馀事，然以学赡才高，不肯作犹人语，故风骨高骞，意境老澹。《蓼园》一集，五百年中，难可泯没。劬堂精研乙部，久典守藏，以一身系东南文献之重。馀力为诗，渊雅可味。晚年流转西南，诗益奇肆。长篇短韵，皆诗史也。

柯劭忞，字凤荪，号蓼园，诸城人。所著自《新元史》二百五十七卷外，有《春秋谷梁传注》十五卷、《清史·天文志稿》、《时宪志稿》各如干卷、《蓼园诗钞》一卷、《续钞》四卷，皆刊行。其《蓼园文集》、《尔雅注》、《文选补注》、《文献通考注》、《新元史考证》、《十三经附札记》皆稿藏于家。民国二十二年八月三十一日卒，年八十四。

地威星百胜将韩滔　黄绍箕　附弟绍第　一作李葆恂

云炮落，心胆破。将军仰笑军吏贺。

三游洞接下牢关，怊怅年时独往还。过客题名劳护惜，空馀高咏满江山。千帆谨案：湘绮老人自撰挽联云："《春秋》表未成，幸有佳儿续《诗》《礼》；纵横计不就，空馀高咏满江山。"此用其语。

仲弢少承家学，工骈体文、精于目录、金石、书画之学。出其绪馀为诗，遣词雅，使事切。《三游洞题名》诸诗，典雅可诵。知严仪卿别才非学之说，不足信也。仲弢为广雅入室弟子，其诗云："广雅堂深夜漏催，往承玉屑洒蓬莱。"师友渊源，不难推测。弟绍第，字叔颂，号缦庵。诗亦清丽，并附及之。文石艺术文章，别有可传处，诗其馀事也。见解极高，所作亦时亲古艳。

地英星天目将彭玘　王懿荣　一作王树枏、李刚已

孰为前军孰后军？屡代将门，不谓见屈于妇人。

南皮与福山王氏论婚，在光绪初元督学蜀中时。廉生尊人，方为龙安守也。廉生笃嗜目录、金石，精于考订，自谓文笔非所长。然所作皆翔实典雅、坚重密栗，诗亦如之。盖知诗虽馀事，不能舍学它求也。此外河北诗人，新城王晋卿、南宫李刚已最有名。晋卿能文，诗以纪游诸作为胜，所造得杜韩为多。刚已得诗法于范通州，清刚健举，则又从涪翁直溯杜韩者也。尚有天津王仁安守恂者，与刚已略从同，惟气势驱迈，近范为多，遂并书之。千帆谨案：师于甲本批云："王宾基、李刚已、王守恂三人拟附入范当世下，似合。"丙本三人即附范下，今两存之。

地奇星圣水将军单廷珪　诸宗元

水可载舟，亦可覆舟。百炼钢化为绕指柔。

一言可蔽本纵横，小范胸中有甲兵。掬取豪情归感逝，黄州鼓角不胜情。

忆写庐山一角图，送君归去此清娱。宫亭十载江南梦，如愿凭君乞得无。记贞壮金陵酒楼戏语。

贞壮与夏吷庵，有二俊之目。少客豫章，晚居吴会，交游遍天下，皆一时鸾凤也。惟穷老气尽，悒悒而死。造物忌才，理或然欤？平生所为诗，奚翅数千首，不务巉刻，而自然意远。融景于情，寓奇于偶，使读者有惘惘不甘之情，则以才逸气迈，吐语自不凡也。惜其全稿在朱钵文许，爱居阁所刻，固未及百一也。❶

贞壮后居杭州，有宅在惠兴里，毁于火。所置王庵，在湖墅，为王仲瞿故宅。其得王庵，颇为乡人所嫉视，亦犹杨昀谷之买朱霞也。贞壮有《王庵为我有》诗云："拓地何期卌亩宽，避人岂冀一身安。移栽丛柳村前见，留取方塘屋后看。随分老当资佛力，不耕久已愧儒冠。半山空有争墩累，始信求田问舍难。"

［附］ 论近代诗家绝句 章士钊

葛亮孤忠也姓诸，柳江柳树此分株。他年别建罗池庙，本字堪充敕额无？

诗苦人高四海知，西塍闭户未应迟。交游谁是山王辈，却有人间延祖儿。

君家杭州西马塍，曾录示余一律，末云："抽身未是安心法，早悔西塍闭户庭。"君身后萧索，李拔可辈谋为醵资。吾未得尽力而北去，至今愧恧。

地猛星神火将军魏定国 夏敬观 一作姚永概

宁死不辱，事宽必完。知我者，单与关。

---

❶ 朱钵文许，诸本同，"许"疑是"处"字之讹。

吷庵诗出梅都官，遣词植骨，几于具体。又喜称东野。其自言喜孟东野、梅圣俞之诗，见《泗州杨侍郎诗序》。自负其诗甚至。或有以近梅诗誉之，心辄不怡。实则老树着花，于梅为肖。叔节文甚高而诗亦工，得力所在，亦出宛陵，故意境老澹，枯而能腴。尝见其《题梅宛陵集》诗，句云："缄之箧笥中，我欢独在此。"向往可知矣。

［附］　论近代诗家绝句　章士钊

柳瘿敲残欲去春，风灯照澈未归身。半塘寂寞沤翁殁，看此西江社里人。

能事多于扪虱子，名心近逼钓鲇鱼。芝岑老子留遗爱，奈把甘棠字散樗。

君先尊君巘云，字芝岑，别有满人葆亨亦字芝岑，同官湖南，微有先后。吾书斋中旧悬芝岑款横幅[1]，郭筠老所书，以时考之，决为葆而非夏。君见之狂喜，坚请以己画易去，吾未便说破。

千帆谨案：二首属夏剑丞。

朴学难令诗事优，桐城二妙擅清幽。天生浦泊成兄弟，未定谁修五凤楼。

弟为兄谋事可知，宛陵风调恰当时。剧怜一代通州杰，只识声名未识诗。

仲实《蜕私轩诗文集》叔节为序行之。朱曼君见仲实诗，诧曰："吴越士夫有此，早取声名一世。"

千帆谨案：二首属姚仲实。

地辟星摩云金翅欧鹏　陈懋鼎　一作程康

不犯正位，切忌死语。是曹洞禅，是江西祖。

徵宇为弢庵太傅犹子，弢庵尝誉之。诗专力后山，偶作，无不从诗榻

[1] 芝岑款，《汪辟疆文集》本误作"芝岑疑"，据行严诗札及油印本改。

中苦吟而得。用意造语，最能窥见后山深处。作虽不多，然篇篇皆可诵也。宁乡程穆庵康，为塞向翁弟子，笃于师说，而为诗则学后山，与顾异趣，措意深而遣词雅。陈苍虬谓：顾庐致力后山甚深，几有初读无有，谛视乃有者。千帆谨案：先君卒于一九六五年，年七十七。所著《顾庐诗钞》毁于十年浩劫中。此卷所录咏海藏楼、苍虬阁、蒹葭楼、诗庐、自怡斋诸篇，皆昔尝寄示先师得其印可者，不肖背诵得之，因以附焉。

地阖星火眼狻猊邓飞　李宣龚

山重水匝，真乃隐秀。潜夫不潜，后山而后。

苦语清词一世惊，早年杜李本斋名。遗篇墨木经三变，死友谁如范巨卿。

拔可诗深婉处似荆公，孤往处似后山，高秀处似嘉州。少与暾谷齐名，所谓文字骨肉交也。暾谷遇难，拔可一再为刻遗集。在京沪时，余屡与共文宴，偶及暾谷，哽咽不成声。

拔可《兆丰公园晚坐》云："辛夷已吐玉千盘，细草如茵渐耐看。无限赏心当日暮，最难携手是春寒。送归南浦才将尽，对泣新亭泪未干。只有眼前真实意，不随物我作悲欢。"千帆谨案：此诗，师书于乙本李条下，辄依附存杨昀谷《重阳》之例迻录于此。

［附］　论近代诗家绝句　章士钊

闽峤诗家郑与陈，君来应是第三人。平生功力吾能说，夜起分坚沧趣真。

大谷深深气不温，有人吹律待朝暾。律中无限荒寒意，知是邹阳未返魂。

君与林暾谷交契。

地强星锦毛虎燕顺　郭曾炘　一作张元奇、叶在琦

意气相许刀俎间，歌舞淹留玳瑁筵。君不见，清风山。

春榆侍郎与弢庵、珍午多倡和，诗刻意杜韩，气势深稳。其大篇多不苟作，朝士辈鲜能及之。珍午以疆吏而能诗，辽东一集，已具骨干。入都返闽后，风骨益高。至自刻《知稼轩诗》，居然作手矣。肖韩诗从山谷、后山入，亦简炼有意境。张叶二家，倡和尤富，造诣亦略同，遂合而传之。

地明星铁笛仙马麟　林纾　一作江瀚　附子庸

铁笛裂，中情热。民国元年，徐树铮办《平报》，林氏日撰杂记刊登，名曰《铁笛亭琐记》，旋出单行本。及稿售商务印书馆，乃改为《畏庐琐记》。

畏庐血性男子，任侠负义。戊戌二月，割胶州。畏庐联公车，与总理衙门堂官争甚力，革去举人。诗初学娄东，非其至者。弢庵语余，林氏诗文，晚年为胜。初本俗学，所谓中年出家者也。辛壬以后，渐近苍秀。晚学坡公、简斋，七言律视前更进矣。石遗尝称其题画绝句。畏庐固工画，然以余所见者，惟《江亭饯别图》简远秀逸，它不称是。叔海宗选体，而近体清健，晚作尤胜。

［附］　论近代诗家绝句　章士钊

狂驱子弟入奇衺，庸妄何曾属一家。堪叹阇黎入媢室，也甘口食媚茶花。

君以庸妄鉅子斥太炎，又谓闽人主江西派者为妄庸。苏曼殊好食糖，对人言此茶花女所嗜物，故乐效之。

陈弢庵曾语余云："畏庐本俗学，所谓中年出家者也。"严几道师句云："可怜一卷茶花女，荡尽支那浪子魂。"皆有微词。又尝自负其文，云为吴挚甫所许。吴卒于光绪癸卯，其时林尚未以古文见称于时，人死无对证，亦姑妄听之耳！余以林争胶州及每

话及德宗辄流涕不可仰，以为血性男子而已，其诗文可勿论。——方湖注。

千帆谨案：右一首属林琴南。

地周星跳涧虎陈达　陈书　一作叶大庄、何振岱

后取华阴县，先打史家庄。其勇可取也，其事不可常也。

谁人妄署白苏斋，禅语机锋六义乖。若为诗家开白打，江山毕竟属吾侪。

木庵论诗，不以空言神韵、专事声调者为然，与其乡张亨甫所为绝异，不可谓非豪杰之士也。其诗瓣香白、苏，亦与三袁不同。盖木庵于白、苏之外，归依浣花，又出入后山、诚斋；自寝馈山谷，木庵曾手批山谷集。诗境益拓，旨永词敻，宜弢庵深服之也。弢庵曾语余：“居螺江时，与木庵过从最密，倡和尤多。余所居有听水第一斋第二斋，木庵来，必夜深始去。余诗随所止寓兴，不可更易。石遗辑师友诗及《近代诗钞》，余诗皆从木庵处迻录。见诗题不具者，以意为之，颇乖余旨。”此亦诗坛掌故，因备书之。叶损轩大庄《写经斋诗》，有初集、续集。冷隽有远韵，最负盛名。何梅生振岱学放翁，语能自造，而出以自然。是皆能以白描见长者。论近代闽诗家，遂连类及之。

陈书，字伯初，号俶玉，又号木庵，福建侯官人。光绪乙亥举人，官直隶博野县知县。光绪三十一年卒，年六十八。有《木庵先生集》。

地隐星白花蛇杨春　杨锺羲　一作志锐、唐晏、三多

王官谷，野史亭，谁其嗣者杨芷晴。子勤尝自署芷晴。

圣遗于清末官江宁府。辛壬改物，乃息影旧京，键户著书，撰《雪桥诗话》三十二卷。非惟论诗，盖备有清一代掌故也。诗以韵胜，故不为奇倔，亦不貌袭唐贤。称心而言，自然意远。盖以胸罗坟籍[1]，光气外溢故也。

---

[1] 坟籍，《汪辟疆文集》本作“愤籍”，据油印本改。

唐元素晏、志伯愚锐皆满州人。三六桥多，蒙古人。诗亦典雅可诵。伯愚、六桥，并熟于满蒙地理方言，喜以韵语出之，自然驯雅。元素晚居春申，又多与东南耆旧往还。身世之感，黍离之痛，则若金有元裕之，元有丁鹤年焉。

三多，字六桥，蒙古人。官杭州驻防官，奉天都统。有《可园诗钞》。

[附] 论近代诗家绝句 章士钊

辽鹤声中有废兴，将军看剑说尧崩。秋风皂帽黄沙路，十五年前旧北陵。

诗才不减大林牙，旧憾频提小妇髽。犹胜姜夔箫韵咽，小红非在别人家。

九一八前与君会于沈阳，时有亡姬之痛。《辽百官志》：大林牙，翰林学士。

千帆谨案：二首属三六桥。

地暗星锦豹子杨林 秦树声 一作李详

笔管枪，七宝装。遭人而问，善刀而藏。

右衡年未三十，誓不读齐梁以下书，由是尘根所触，香味溢襟袖，更参之杨马以振其采，寻之《庄》《骚》以婉其情，根之于经子以丰其骨，自负其文甚至。诗乃馀事，然书味外溢，真气内充。中州诗人，右衡为冠。稍前有何吟秋天根，能为陆剑南；同时商城张顨之孝谦，能为元遗山；次则张晋之良暹。李审言能为汪容甫文，早年不以诗名。晚侨申江，馆刘葱石家，始与郑夜起、沈寐叟、陈散原过从，诗乃益工。然审言本精选学及杜韩，益以博览，及为同光体，言皆有物，迥异乎妙手空空者矣。按近人学宋，多藉一二空灵字面可彼可此者，填委成篇，为世诟病。杨圣遗、秦右衡、李审言诸家，皆一生手不释卷，博闻殚见。诗虽稍异，特出之以示准则。

[附] 论近代诗家绝句 章士钊

河南讼狱不关诗，振采扬葩却自奇。屈宋衙官秦固始，那知同里几吴其。

固始吴氏最为大家，其字一派有声于世。

到处真成气类饶，冲天羽意老难消。虽看龙比无君国，却喜荆高有市朝。

赵芷生送君出守曲靖诗云："分明龙比心肝在，回首青蒲始自怜。"又云："涉想政成还觐日，天衢贳酒话荆高。"

余壬子春遇右衡商城，座上有张槼之孝谦。右衡言："大江以南，无一个能提笔为文者，湘绮可算半个。"又自负其骈体文、书法甚至，曰："吾文只可从齐梁前求之。书则虞褚伏吾腕底。"其哆口大言类如此。及乙丑六月再遇于宣南，则垂垂老矣。鬻字为活。一日，忽写题三体石经五古一首示余，且曰："今人不能有也。"狂态犹昔。——方湖注。

千帆谨案：二首属秦右衡。

不信人间有别材，好诗应自杂家来。西江鬼怪桐城鸩，荼毒斯文尽可哀。

君诗云："心折长芦吾已久，别材非学最难凭。"又与陈衍书云："有子部杂家之学，偶尔为诗，必有可传。"

千帆谨案："《甲寅》本审言赞云："别才非学，不信仪卿。短书小册，拉杂并陈。"与行严丈此之所论合。

何人开府冶城隅，墨客相摩鬼一车。轻薄子玄终出蜀，却须论盛一封书。

君题《陶斋藏石记》云："轻薄子玄犹并世，可怜不返蜀川魂。"子玄似指刘申叔。申叔在陶斋幕颇露才，间有排挤审言及朱孔彰事。旋随端入蜀，端死而刘亦不得出。太炎论救，谓杀刘师培则中国读书种子绝。申叔始免。

轻薄句乃指况蕙风，非谓申叔也。李审言以蒯礼卿之荐，陶斋委以江楚编译书局帮纂，使撰《陶斋藏石记》。时总纂为缪艺风。缪以代端别撰《消夏记》专论书画，不及兼顾，乃荐蕙风领其事。蕙风乃以拓本首尾不具且字迹漫漶者，使李为释文，又时时刺探所释何若。况李构衅自此始。会督署议裁员，蕙风名列其中。况亦以兀傲不为人容，有见之者，曰：“活该饿死。”端曰：“我在，不容夔笙饿死。”且戏题一诗，有“纵裁裁不到词人”之句。况固感泣，而蒯、李怨况益深矣。及陶斋辛亥被杀资州，审言适见《藏石记》印本，乃题三诗于上，盖感修书时事也。与况龉龁仍未能忘，故末句及之。——方湖注。

千帆谨案：二首属李审言。

地空星小霸王周通　周达　一作许承尧

通而达也，空而霸也。谑浪行自谢也。宥之幸莫骂也。

月淡乍铺一街水，叶干犹战半林霜。海藏具眼偏能识，我意诗才恰比量。

梅泉久居申江，与夜起倡和，其诗各体皆工，不堆砌书卷，不拘泥对仗，而气息隽永，韵味旁流，使读之者有阅世高谈，自开户牖之感。迹其造诣，临川之深婉，后山之孤往，简斋之高秀，兼而有之。陈石遗称其服膺箨石斋，或又有言其寝馈伏敌堂者，然钱诗倔强，江诗清苦，梅泉皆无之。人言固未可尽据也。疑庵诗，风骨高秀，意境老澹，皖中高手。

［附］　论近代诗家绝句　章士钊

我从夜起识梅泉，百尺楼头说此贤。缀玉千枝看凤挂，跳珠万斛卜龙眠。

诗清无语不平生，家巷栖迟老自成。望古商山多局促，灵芝宁倩世间名。

千帆谨案：二首属周梅泉。

步军头领一十员

天孤星花和尚鲁智深　金和

赤条条来去无牵挂，是真英雄，是大自在。

巨刃摩天亦自高，抛残心力恐徒劳。诗家果有开山手，错被人呼一代豪。

亚匏诗初不为人重，近二十年中，或有推为中土之密尔顿、莎士比亚者，乃稍稍露头角。平心而论，胆大心粗，力量不弱，自是英雄本色。所惜气尽于辞，韵竭于外，即之心喜，味之索然。亦犹花和尚六十二斤铁禅杖，徒使铁店待诏咋舌也。

金和，字弓叔，号亚匏，上元人。邑增生。光绪十一年卒，年六十八。有《秋蟪吟馆诗钞》。

［附］ 论近代诗家绝句 章士钊

莎米何能合一炉，不知狸亦不知狐。亚匏自是英雄手，自敛堪师人境庐。

梁王只解兔园册，那识先秦未火书。见着痴人不须说，昨宵有梦到华胥。

梁任公称亚匏为清代第一诗家，与英伦之莎士比亚、米尔敦同。

天伤星行者武松 黄遵宪

杀人者，打虎武松也。

《五噫歌》并《四愁诗》，去国心情泪暗垂。莫说古贤雄直气，东门抉目此何时？洪亮吉诗云："尚得古贤雄直气，岭南今不逊江南。"

李详《题黄公度人境庐诗草》云："廿载无人继硬黄，贵筑黄琴坞有硬黄之称。袁忠节昶复举以赠黄漱兰先师。如公度，亦可谓硬黄矣。如君合署比堂堂。凤鸾接翼罹虞网，蝼蚁先驱待景皇。诗草墨含醇酎味，英灵名破海天荒。试看生气如廉蔺，孰与吴儿论《辩亡》？"

黄公度号称识时之彦，晚清末造，早决危亡。所撰《日本国志》、《日本杂事诗》，弦外之音，弥深警惕。所为诗歌，尤负盛名。梁卓如至推为诗界革命，与蒋智由、夏曾佑鼎足焉。虽未能副其所期，然一时钜手也。

［附］ 论近代诗家绝句 章士钊

硬黄烟脸茜纱衫，戊戌吾在长沙所见如此。孤注湖湘霸气酣。一折却为迁客去，擎将诗卷压江南。

此诗起七字直画出公度小象，读之发笑。余藏有手札及诗稿各一通，字肥而润，颇近坡公。今皆弃之柴桑故里，存亡不可知矣。——方湖注。

天异星赤发鬼刘唐 刘光第

夜走郓城县，有时醉卧灵官殿。

不照穷檐照化城，迟来世界住光明。舍身已见游山愿，空有高歌一往情。

裴村比部诗多奇气，缒幽凿险，开径独行，各体皆高。戊戌六君子中，晚翠而外，当以比部及漪春京卿诗为最工。读《介白堂集》，恍若游名山大川矣。

天退星插翅虎雷横 丘逢甲

孝于亲，忠于友，以此为诗诗不朽。

台澎东望泪沾巾，未死终留报国身。天意茫茫难自料，缚将奇士作诗人。

逊清光绪乙未，割台湾畀日本。君抗争不获，帅义军自保，又建议立台湾民主国。唐景崧为总统，君副之。屡挫倭寇。援绝饷穷，君乃内渡，奉亲居镇平故乡，不问世事，而以诗人老矣。民国初元，君曾一至金陵，余犹及见之。躯干修伟，虎虎有生气。仙根诗本负盛名，惟鲜与中原通声气，至有不能举其名者，工力最深，出入太白、子美、东坡、遗山之间，又能自出机轴，不拘拘于绳尺间，固一时健者也。仙根号仲阏，本名仓海，广东镇平今改蕉岭人，生于台湾苗栗县铜锣湾。

天杀星黑旋风李逵　易顺鼎

快人快语，大刀阔斧。万人敌，无双谱。

天宝诗人有任华，一生低首只三家。李白、杜甫及怀素。读君癸丑诗存后，始信前贤未足夸。

实甫早年有天才之目，实甫十三岁应试，交卷第一。学使廖寿恒惊疑不已，问："能再作否？"曰："可。"随以"得天下英才而教育之三乐也"命题，易文不加点，顷刻而成。后二比有云："安从得广厦万间，洗破屋秋风之陋也。"对云："是所赖中流一柱，挽狂澜大海而东之。"惊才绝艳，得之垂髫。十八岁中乡举，后累试不第。平生所为诗，屡变其体。至《四魂集》，则馀子敛手；至《癸丑诗存》，则推倒一时豪杰矣。造语无平直，而对仗极工，使事极合，不避熟典，不避新辞，一经锻炼，自然生新。至斗险韵，铸伟辞，一时几无与抗手。

［附］　论近代诗家绝句　章士钊

诗成濡印锦溪砂，得意笼铜鼓报衙。杀贼却充名士饼，谋姬应愧美人麻。

君出守广西右江道，有句云："已办腰刀思杀贼，未留须戟为谋姬。"又有云："新诗欲和贺梅子，他日应呼易柳州。"西林曾语余云："易某自矜名士。名士如画饼，于国何用？"参折内即如此说，乃张坚伯手笔。首二句本柳诗。

卢仝马异一流人，只益冬郎绮语新。国运教随诗运去，江南逢处我伤神。

诗人盛道比红词，谁见红儿唱紫芝。鹤立座隅呼要命，也应知命尽何时。

君颂京女伶鲜灵芝有句云："中有几声呼要命"，指喝采言。

天巧星浪子燕青　曾广钧

一身好花绣，何如叶底弯弓殷血透。

奥缓光莹称此词，涪翁原本玉溪诗。君家自有连城璧，后起应怜圣小儿。千帆谨案：湘绮以重伯为圣童。

环天室诗多沉博绝丽之作。比拟之工，使事之博，虞山而后，此其嗣音。太傅、惠敏，并致力玉溪，至重伯则所造尤邃，可谓克绍家风矣。近诗人多祖宋祧唐，惟湖湘守八代初唐不变。湘绮而外，若重伯、实甫、陈梅根、饶石顽、李亦元、寄禅褚家，多尚唐音。

［附］　论近代诗家绝句　章士钊

一室环天不自舒，羡人十载到公孤。突梯愿就诸孙列，太傅亲交张总愚。“十载到公孤”，乃重伯挽惠敏联。潘伯寅见之大怒，终身抑重伯使不得出。重伯在湘呼张敬尧为老伯。问之，则曰：“文正与张总愚交谊使然。”

天牢星病关索杨雄　杨深秀　一作杨度

笑矣乎！悲来乎！空诸所有实所无。

山右诗人杨漪春，论诗绝句重桑枌。君有论山右人诗五十首。韩侯岭上汤阴夜，慷慨题诗不忍闻。

山右近代诗人，漪春为最。力厚思沉，出以蕴藉，所谓诗人之诗也。石遗谓戊戌六君子遗诗，漪春最胜。余则以晚翠为第一，漪春、裴村，相与并驱于中原，正未知鹿死谁手。生才至难，而龙麟脯醢，谓之何哉？哲子诗功亦深，惟气体稍嫌平滞。

天慧星拚命三郎石秀　蒋智由　一作夏曾佑、马浮

十年磨一剑，霜刃未曾试。今日把似君，谁有不平事？

路见不平，拔刀相助。其人磊砢而英多，其事处心而积虑。君不见，翠屏山，盘陀路。又赞。

往年示我居东集，支遁青莲一手持。累我连宵五更读，是君拚命著书时。“拚命著书”四字，曾涤生赠俞荫甫太史语也。

观云居沪时，为杂报文字，喜入哲家言，与别士有二俊之目。其文闳深隽永，皆非新会所及也。东游后，肆力为诗，不为湖湘人语，亦不入新学末派。直造古人，而与李翰林为近。别士诗富有理致，皆近代诗家别开生面者也。

天暴星两头蛇解珍　程颂藩
天哭星双尾蝎解宝　程颂万

舍之则悲，操之则栗。吁嗟乎！毛太公，包节级。合赞。

伯翰为子大长兄，为学博通，尤务实践，以拔贡官京曹，尝吟咏遣日。初效选体，后乃浸淫杜韩。气体凝重，才思内蕴，亦湖湘作手也。号叶庵。

早传绚烂晚坚苍，笔底何曾有宋唐。我诵《鹿川田父集》，真成合眼梦潇湘。

子大惊才绝艳，诗凡数变。《楚望阁诗》，得诸乐府为多，故才藻艳发。《石巢集》，则沉着矣。《鹿川田父集》，则坚苍矣。长篇短韵，出唐入宋，已非湖湘派所能囿也。吾友曹东敷，己未客汉皋，与子大论诗尤合。东敷宗二陈，刻意苦吟，论诗不苟同于人。书来，极称子大，知其趋向已变矣。

［附］　论近代诗家绝句　章士钊

海内喧称郑解元，孰知香草泣当门。却移江上芙蓉去，开向诗人程颂藩。

光绪壬午科，湘闱无佳文。君文佳而被摈，同人遵朱卷式为君刊送落卷。吾知君诗文自此始。君由此一激，乃成诗人。是岁闽闱第一为苏戡先生，最有声。高蟾下第诗云："芙蓉生在秋江上，独向西风怨未开。"

十发堪持一国强，未知门下雪荒荒。却容一笑沧桑后，指似黄兴说武昌。

光绪壬寅，子大先生长湖北自强学堂。吾弟陶年由湘来投考，不得入。

大邦盈数合氤氲，门下门生尽有文。新得芙蓉开别派，同声风雨已堪闻。

沈祖棻为程氏妇，其门人已刊《风雨同声集》词稿。

步军将校一十七员

地默星混世魔王樊瑞　章炳麟

呼风唤雨，蓬莱折股。景阳、潘、陆坐廊庑。

高论多为世所惊，四言只许仲宣醇。即论七字俳优体，莫薄嘉隆一辈人。

恐与苏黄作后尘，辄思陶谢与为邻。偶拈澂字消长夏，定有门前问字人。在季刚坐上所见如此。

太炎经学大师，诗非措意，惟论诗则尚四言而抑近体，主三唐而薄两宋，又推明七子不可及，皆非今诗人所知也。黄季刚游庐山诗，太炎亟称其《赠旭初》四言，及见其七言古体，喈曰："奈何学宋人。"

［附］　论近代诗家绝句　章士钊

精妙流闻七字中，却排魔派绝时风。论才海内谁知己，肠断云间陆士龙。

太炎绝少为七言诗，惟丁卯元日赠诗云："十年誓墓不登朝，为爱湖湘气类饶。改岁渐知陈纪老，量才终觉陆云超。长沙松菌无消息，樊口鳊鱼乍寂寥。料是瀛洲春色早，羁人楼上更怊怊。”

尧崩何止一千年，老鹤于今记不全。太息祖龙燔霸日，孙吴兵法渐如烟。

杨云史居洛阳幕，登嵩山观雪，太炎为题图，口号二绝云：“山中何处觅胡僧，僧去何时记未能。笑杀冲天双老鹤，千年犹自说尧崩。”“狐裘岂识岁时寒，校猎全忘行路难。为语洛阳冠盖子，有人僵卧似袁安。

早挈邹容为小弟，晚承黄侃作传人。先生沾丐何须说，逝者如斯只怆神。

愤时思作鲁横江，忧过中年意已降。差幸吾宗饶笔力，虎儿亲见笔能扛。

太炎曾致书云：“主兵者不听吾言，即欲为鲁横江、刘诚意，亦相去太远。”太炎次子名奇，堪承家学，作大字尤雄浑。

地暴星丧门神鲍旭　谭嗣同　一作宋恕

汝不闻杀人不眨眼将军乎？汝安知有不惧生死和尚邪？震动大千相，盖取诸大壮。

壮飞三十以前诗多法杜韩。三十以后，乃有自开宗派之志。惟奇思古艳，终近定庵，且喜摭西事入诗。当时风尚如此，至壮飞乃放胆为之，颇有诗界彗星之目。

［附］　论近代诗家绝句　章士钊

初擎文字向河山，生杀茫茫一瞬间。马后桃花马前雪，回首应是鬼门关。

壮飞诗有“马后桃花马前雪，教人怎得不回头”之句。此二语忆曾于他处见之，似由剿袭。山谷赠人诗喜用“鬼门关”三字。

千帆谨案：张维屏《艺谈录》载常熟徐兰芬若句云：“马后桃花马前雪，出关争得不回头。”盖即壮飞所本。此事承杨扬先生见告，附此致谢。

耕莘十载茫茫里，一相成汤敢仰看。学问功名存一鼎，误烹郦蒯亦无难。

段合肥向不能诗，执政时，有意浼郑苏翁出任交通总长，忽发兴和诗一律，耕莘二句即其结联。甲午湘闱题为“汤有天下”四句。壮飞后比有曰：“以生人者杀人，不谓之功名，而谓之学问。”自诩鸿笔，不作第二人想，乃竟被摈。君一愤而纳粟入官，不四年殉国。

千帆谨案：二首属谭壮飞。

祖述王充祧宋牼，耻于文学罄平生。闻声恨在章和后，不见悬舆续《论衡》。

君最服膺王仲任，自著有《续论衡》，颇矜重。太炎云：“燕生学行，于古可方宋牼。”

章吴风义照当时，放眼支那说项斯。举世谁为柳州学，我从儒雅益多师。

太炎与北山先生均有诗张之。“支那有一士，弢迹居海东。”为外舅诗起句。君于古文辞独推柳州。

千帆谨案：二首属宋平子。

地飞星八臂哪吒项充　刘师培

百步取人无不中。可惜飞刀，不用为用。

仪征刘氏，三世为贾服之学。至申叔，则博学瓌词，一时无两，间出其馀绪为诗，由亭林上窥浣花，气韵深稳。又五言出入鲍谢，自然高古。入蜀以后，诗境益拓，气体益高，盖学人而兼诗人也。

［附］　论近代诗家绝句　章士钊

梅福里中门半开，科头短褐乍归来。小年卓荦书虫篆，知是人间绝异才。

癸卯春，吾与陈独秀、张溥泉、谢无量辈，在沪寓梅福里闲话。有客仓黄启门，状甚狼狈，衣履不完。据云：有蹑者在后。吾等极力慰藉，为备食宿。此即申叔由扬州初到上海情状也。

刘氏传经歆向先，左庵文笔本天然。申公两事嫌难拟，第一专门次大年。

铿铿入蜀继王翁，沧海横流似未同。无命玄晖沾丐远，未闻李白出山东。

申叔卒年三十六，与谢朓同。

地走星飞天大圣李亥 黄侃

飞天大圣，运蒙则正。小南强，大北胜。

季刚诗初效选体，律诗有玉溪意格。来金陵后，五言未变其体，惟喜堆书卷，反不如旧作清绮可诵。至近体则出入于杜公、玉溪、临川、遗山、蒙叟之间，不名一家。盖以好之不专，又务求胜于人故也。至其记诵之博，使事之雅，一时诗家，难与抗手。

忆季刚癸酉七月有《秋光简辟疆》云："白祫禁寒候又更，晨窗兀坐意难平。极知江国山川好，无奈乡心日夜生。废醴独愁钳楚市，说瓜同恐堕秦坑。喜君秘苑多于我，可有灵符解避兵？"于时东祸虽迫，江表宴安。季刚念乱之怀，见于吟咏。迨芦沟变起，季刚已先二年卒。而余播迁巴蜀，坟籍荡然，诵"江国"、"乡心"之句，真有"何心天地"之感矣。

［附］ 论近代诗家绝句 章士钊

寻春偶到天涯去，高阁前题见泪痕。杨瘦不留莺燕住，奈何杨瘦却难言。

意本君谱［西子妆］词。

千帆谨案：季刚师［西子妆］《二月二十三日，社集北湖祠楼，感会而作》云："汀草绿齐，井桃红嫩，共说寻春非晚。偶来高阁认前题，叹昔游，岁华空换。沧波泪溅，算留得、闲愁未断。凭曲阑，讶瘦杨如我，难招莺燕。　　追欢宴，却恨东风，搅起花一片。酒痕惟解渍青衫，比当时、醉情终浅。残阳看倦，倩谁慰、天涯心眼？待重来，又怕平芜泪满。"

蛾眉总觉让人非，榛薮无心也罥衣。却与汉阴无甍蓟，丈人元自久忘机。

乙丑君致余书释言，余为怃然。

地伏星金眼彪施恩　吴保初　一作丁惠康、李世由

流观先德传，结客少年场。

国事分明属灌均，李商隐句。封章无路动枫宸。潜夫只有伤时泪，老尔江潭憔悴人。

北山品节极高，抗疏归政，直声震天下。在清末，周旋于保皇革命两党之间，而皆为人所翕服，则清风亮节之故也。生遘世变，哀乐特过于人，激楚之音，出以清怨，高澹近韦柳，劲婉似荆公。其回肠荡气之作，亦不亚海藏楼也。丁叔雅惠康，为雨生中丞之子，与北山齐名，又与散原、浏阳并称清末四公子。襟怀高亮，诗亦如之。李晓暾世由，学术淹雅，诗境苍秀，皆贵介公子，有声于时，典衣留客，亦略相似，遂合而传之。

[附]　论近代诗家绝句　章士钊

沙湖山上旧书楼，题榜曾劳老道州。万卷岂容轻乞与，稍经王粲到陈留。

沙湖山吴武壮庐江庐墓处北山楼，为曾文正捐资成之。何贞老为题榜。王粲指陈鹤柴，为外舅诗弟子。

忧天一疏压鸣珂，拂袖还山验菊莎。赢得千诗清见骨，白鸥春水愧涪皤。

意取山谷呈外舅孙莘老诗。

千帆谨案：二首属吴北山。

旷代诗心付软尘，两家公子一家春。十年绳匠胡同客，半夜北山楼里人。

骨清赢得客衣单，朋旧凋零一饭难。官薄不如房太尉，相依却止董庭兰❶。

董谓潘月樵。叔雅身后，皆潘料理。

千帆谨案：二首属丁叔雅。

地幽星病大虫薛永　冒广生　一作周家禄、段朝端❷

洊雷震，君莫问，揭阳镇。

鹤亭为周畇叔甥，诗境俊爽，情韵并茂。所谓何无忌酷似其舅也。晚年与闽赣诸家通声气，诗益苍秀。曾见其《后山诗注补笺》，向往所在，略可识矣。彦升诗，寄托遥深，情韵不匮。

地镇星小遮拦穆春　桂念祖　一作李翊灼

家临九江水，来去九江侧。是菩堤路，是善知识。

伯华与丰城黎端甫、宜黄欧阳竟无、临川李证刚并为杨仁山弟子。而伯华、证刚，精研内学外，皆有诗名。伯华久居日本，诗出入于坡公、遗山之间，取韵味于中晚，取奇辟于定庵。又喜摭佛语理语入诗，善于镕化，故不入理障。此其过人处也。惜散佚过多，今亦无从搜集矣。证刚，号苏

---

❶ “止”，《汪辟疆文集》作“只”，据章士钊诗札改。

❷ 段朝端，《汪辟疆文集》本误作“段朝瑞”。段朝端，字笏林，号蔗叟，山阳人，有《椿花阁诗集》。另见“顾云”后“一作”。

庵。诗不主一家，上溯下沿，自然入古。至取材之博，使事之精，说理之当，方诸近代，惟海日楼可以骖靳。

[附]　论近代诗家绝句　章士钊

江户经年德有邻，期期好我意难申。莲花梵字无人识，惭愧才非苑舍人。

君在东京，欲从余学英语，藉以迻治经论。唐苑咸谙梵字，见右丞诗。

西江意薄西江派，静极闲情却不删。入世尽如登蜀道，著书长欲出秦关。

云英消息隔蓝桥，判与枯禅味寂寥。揩尽袖间今古泪，退残心上往来潮。

语本君词[临江仙]。

千帆谨案：伯华[临江仙]云："落尽红英千点，愁攀绿树千条。云英消息隔蓝桥。袖间今古泪，心上往来潮。　懊恼寻芳期误，更番怀远诗敲。灵风梦雨自朝朝。酒醒春色暮，歌罢客魂消。"叶遐庵尝评为"语含哲理，诗杂仙心"者也。

千帆谨案：二首属桂伯华。

地僻星打虎将李忠　李希圣　一作曹元忠

好一个开手师父。李曹二家，诗学玉溪，却是初学不二法门。

开到酴醾更可怜，云门风物尚依然。岂知一掬铜仙泪，枉费诗人作郑笺。

亦元诗学玉溪，得其神髓，非惟词采似之，即比词属事，亦几于具体。世人不能尽晓其本事，或据一时兴到之戏语，如云门寺郑氏三女者，皆瞽说也。亦元早岁有用世之志，浮沉郎署，卒不得逞。著《庚子传信录》，自谓追踪《湘军志》。曹君直诗亦学玉溪生，工整锦丽，有《北游小草》。

地异星白面郎君郑天寿　吴用威　一作汪荣宝

美矣君哉！太原公子，裼裘而来。

屐斋诗，风神摇曳，不减张绪当年。新城而后，此其嗣音。至其风骨高骞，情韵兼美，并世诸贤，亦当俯首。衮甫《思玄堂诗》[1]，由玉溪入。晚岁所作，苍秀在骨。江左旧格，为之一变。

［附］论近代诗家绝句　章士钊

老鹤难藏万里心，名湖潋滟话秋阴。人诗俱带北强味，压倒江南靡靡音。

壬戌秋，余遇衮父于日内瓦，以手写《思玄堂诗》属为题评。时余诗功极浅，愧无以应。

文心早岁辱神交，一代清才忝见褒。未尽平生知己泪，敢忘天地属吾曹。

丁未吾著《文典》，衮父一见称叹。名动京曹，为蒯礼卿丈所闻。吾以此得渡欧治学。颜骏人组阁时，欲挽衮父为国务院秘书长。衮父曰："章某一代清才，君何不借重？"

莳汉文章有定宜，不才书法了无师。几年频放池流黑，都为教书有道碑。

衮父先尊君荃台先生墓碑，太炎所撰。君谓碑出二章，堪称双美，坚以书丹相属。余逊谢不得。君疾革，亦遗嘱吾兄弟为分任碑事。此诺不践，愧负何极！年来不懈临池，正复为此。

千帆谨案：三首属汪衮甫。

地魔星云里金刚宋万　宋伯鲁　附陈涛　一作李岳瑞

粥粥若无能也[2]，无不尔或承。

秦中近代以诗名者，有宋芝栋、李孟符二人。芝栋官侍御，仪度冲和。

---

❶ 《思玄堂诗》，《汪辟疆文集》本原作"《思玄室诗》"。汪荣宝堂名"思玄堂"。

❷ 《汪辟疆文集》本此处夺一"能"字。

诗则沉着绵丽，翛然意远。亦以风骨高骞，丽而不失于缛故也。余曩在旧京，写副甚多❶，今皆失之。孟符水部，熟于晚清掌故，尝草《春冰室野乘》，言皆有据。其人襟怀散朗，诗亦蕴藉如其人。惟俊伟之概，不能以博洽掩也。尚有三原陈伯澜孝廉者，亦能诗。俊朗豪迈，如见其人。言秦中诗人者，不可漏也。芝栋，醴泉人。孟符，咸阳人。皆与东南人士通声气。伯澜，大儒刘古愚弟子。

［附］ 论近代诗家绝句 章士钊

楼上釭花影已残，春冰犹带几分寒。依稀记得传柑梦，写似闲沤仔细看。

辛亥之变，君成［惜红衣］、［烛影摇红］、［六丑］诸词寄沤尹，哀感堪入词史。［六丑］结云："向夜阑更续传柑梦，釭华恨结。"

建安才调义熙身，野乘无妨记《甲寅》。谁料郢云还未散，越吟有客署遗民。

吾编《甲寅》杂志，倩君撰记事一种，逐期刊载，即《春冰室野乘》是。君诗馀号《郢客词》。自署民国遗民，乃太炎事。

千帆谨案：二首属李孟符。

杜曲诗人陈伯澜，五言蕴藉见神寒。何如短李毫端快，只作《春冰野乘》看。

吾癸卯初到沪，见伯澜五言，即大叹服。李谓孟符。《春冰室野乘》，孟符为《甲寅》杂志作，时由上海寄稿到东京也。

于髯云："有蒲城张拜云铣者，诗最为宋芝栋、陈泊澜、李孟符所推，每见辄诵其'夜色微茫见大星'之句。有诗集已刻云。"——方湖注。

千帆谨案：一首属陈伯澜。

地妖星摸着天杜迁 王以慜 一作欧阳述 附何震彝

---

❶ 写副，《汪辟疆文集》本原作"写福"，"福"当是"福"字之讹。

其容清明，天高日晶。

梦湘筮仕江右，与陈散原、欧阳笠侪相习，倡和亦多。所为诗，刊为《檗坞诗存》初、续稿，凡若干卷。其诗书卷甚富，不矜才使气，自然雅音。迹其造诣，得力于唐贤为多。深稳似杜，婉转近白香山，而精警之作，则又与独漉堂相视而笑也。散原屡与余言及之，谓梦湘太守诗功甚深。惟檗坞与散原，取径绝殊，而所言如是，门庭广大可知矣。笠侪，号伯籛，所交皆一时豪俊。诗宗唐音而与小长芦、独漉堂为近，风华典赡，情韵兼美。曾手选清十五家诗，有《浩山诗钞》。

地短星出林龙邹渊　陈锐　一作魏繇

惟其性气高强，不拘拘于汉魏，亦不拘拘于三唐。

伯弢本湘绮弟子，少壮为诗，神理内含，光采外焕。迹其得力处，选学为深。中岁以后，名满天下，而诗境亦拓。思深旨远。风骨泠泠然有秋气矣。诗词并工，有《褒碧斋集》。

［附］　论近代诗家绝句　章士钊

长沙才子武陵人，家近桃源懒避秦。诗染江南亡国恨，不辞变雅损天真。

成就词名褒碧居，闲沤老鹤喜相於。却云流落人间稿，怕有生前未削书。

闲沤，指朱彊村；老鹤，郑叔问。君在吴与两君最密。君词有云：“怕他年人间流落，有相如稿。”

千帆谨案：二首属陈伯弢。

地角星独角龙邹闰　陈诗

五鹿岳岳，朱云折其角。孰谓形体若槁木，遗物离人而立于独。

论诗苦忆尊瓠室，老干疏花一两枝。不是希文穷塞主，华阴道上送春时。

子言师事吴北山，而诗与北山取径不同。盖敝精力于中晚，取其骨干，遗其形貌。孤往不屑之气，天寒翠袖之韵，出以精思，自成馨逸。孰谓中晚不可为邪？尝见其《尊瓠室诗话》一卷，批郤导窾，语多造微。至其不轻许人，亦异乎世之专事标榜者。

地捷星花项虎龚旺　宋育仁　一作邓镕、傅增湘

曾指铜驼戒夜寒，神方驻景料应难。可怜去国无穷恨，洒向诗篇泪未干。

芸子向以词赋见称于时，实则今之杜君卿、郑夹漈也。论学论文，皆能抉其本源，洞其利害。及所志不就，亲见危亡，乃以诗宣其伊郁，所谓古之伤心人也。《问琴阁诗录》多有为之言，其自注多有关光宣掌故，余极重之。邓守瑕久官都下，凄婉之音，出以绵丽，使人读之回肠荡气。盖与问琴所遭同也。傅沅叔精研《录》、《略》，卓然雅音。

地速星中箭虎丁得孙　林思进　一作向楚、庞俊

飞叉将军，翰墨策勋。陵阳韩，丹渊文。

山腴与尧生倡和，清新俊逸，兼而有之。早年居旧京，与漱唐、畏庐、石遗尤密。文酒之会，罔不与焉。反蜀以后，徜徉园林，而诗日益工。香宋而外，无与抗手。仙乔、石帚，与山腴投分甚深，诗并清远，皆足与香宋、清寂为桴鼓之应者也。

［附］　论近代诗家绝句　章士钊

娇娇儒生汉惠庄，蟠胸经术自摧藏。茂陵风雨玄亭酒，似愧双柑阁

上霜。

山腴曩致余书云："汉有儒生惠庄者，自谓吾口不能剧谈，此中多有。不肖颇类似之。"

下婉诗人林霁山，小词闲爱魏承班。冲怀不问人间世，养就逍遥游里闲。

千帆谨案：二首属林山腴。

地恶星没面目焦挺　朱铭盘　一作张謇、梁茨、吴涑

出手能教铁牛服。奇男子，真面目。

快意高歌《宝剑篇》，少年结客出幽燕。不知谁是丘心坦，收取声名四十年。

曼君少负逸才，跅弛不羁。其诗俊逸绝伦，泽古甚深，盖才人而兼学人也。啬翁早掇巍科，晚膺佐命，湖海声名，超超玄箸，亦以才胜也。公约有俊爽之致，温叟擅深湛之思。不谓江东菰芦中乃生此麟凤。

[附]　论近代诗家绝句　章士钊

东藩凭轼下来休，风雨胡床共一楼。他日诗酋应有影，斜阳征马立金州。

甲申吴武壮援韩之师归，顿置金州。曼君在幕，时有吟咏。后三十年日本大将乃木希典句云："征马不前人不语，金州城外立斜阳。"曼君诗中岂乏此境？

牝朝奸佞隐相君，长揖横刀似不群。一机辨奸同斩马，西京故自重朱云。

曼君曾为武壮以书痛斥袁世凯，原札影本附《桂之华轩骈文集》中。

贞壮曾语余，有海州邱心坦者，为徐海间大侠，以材武从曾湘乡大军，积功至副将，弃之，乃以候选县丞终于丁沽。曼君与之交甚挚，集中所称邱生邱大履平即其人也，邱亦工诗，有《归来轩诗》一卷。记其为人题画芍药云："曾记花时共倚阑，春残我亦别淮干。可怜旧梦无寻处，忍把将离作画看。"又有五十自寿联云："一生事业归来

草，百战功名未入流。”其风趣可想。余未见《归来轩集》，贞壮云。——方湖注。

千帆谨案：二首属朱曼君。

平生豪气压江东，一洗诗人放废风。早共名公趋赵壹，晚随群贾学汪中。

君赠吴提督诗：“难得名公趋赵壹，况容揖客重将军。”时论最推重容甫，但容甫晚年善治生产，君所学别有所在。

白圭远志逐萍浮，台阁心高第一流。何止通州有男子，狼山深处亦菟裘。

初元时，同人在聂云台所会集，君讲演勉人勿妄入官，坚以自誓。逾年熊秉三立第一流内阁。君题余沈寿墓曰：通州男子张謇立。

千帆谨案：二首属张季直。

地丑星石将军石勇　陈延韡　一作闵尔昌

乃生俊人，淮海维扬。急就章，石敢当。

何人示我一微尘？淮海维扬几俊人。见说情田春草长，竹西歌吹已无伦。何鬯威《一微尘集》录含光、葆之诗若干首，余极叹服。

石坚丹赤敢私怜？采蕨西山又几年。终见麻鞋迎道左，冰消江暖盼归船。含光近诗所言如此。

余幼时闻诸欧阳笠侪丈，乃知陈含光、闵葆之诗律精严。后穆忞示以《一微尘集》，始叹赏焉。葆之以简澹扫繁缛，含光以雄浑代纤巧，可谓二妙。近年含光弟子张百成录示其在陷区所作。草生凝碧，藕泣春红。梦故国之觚棱，摩千年之铜狄。斜日空园，但伤花落；残春孤馆，只想归航。殆韩冬郎、司空表圣之怀抱欤？

［附］　论近代诗家绝句　章士钊

伯先京口夸醇酒，岂识扬州闵葆之？万变总输吾道广，此心惟有岁寒知。

伯先，赵声字。首句本陈独秀《存殁口号》。吾尝作《赵伯先传》，葆之编入《碑传集补》。民国人物惟录存此文，在北京亲为余言。

胡马窥江几度来，广陵于此炼诗才。卅年牢落京华路，除却逢原没草莱。

逢原指王无生。吾识葆之，由无生之介。

千帆谨案：二首属闵葆之。

四寨水军头领八员

按四寨水军头领皆梁山泊中坚人物，今以光宣两朝词家属之。

天寿星混江龙李俊　王鹏运

铁骑突出刀枪鸣，惟见江心秋月白。

人世间龌龊曾不芥蒂于怀，此之谓独往独来。又赞。

半塘父子，俱工倚声。半塘尤精音律，与古微倡和最多。精谊之作，不减彊村。

天平星船火儿张横　朱祖谋

早为折槛之朱云，晚作竹石俱碎之晞发。庄生云："凡外重者内拙。"

古微襟期冲澹，尤工倚声，所刊《彊村词》，半塘老人谓为六百年来，真得梦窗神髓者也。晚际艰屯，忧时念乱，一托于词，实能兼二窗、碧山、白石诸家之胜，非一家所可限矣。所刊两宋词集，多人间未见之本。

千帆谨案：《甲寅》本以朱比李俊，王比张横，故评语亦因先后有详略。乙本反其次序而评语俄空。今不得已，姑移《甲寅》本旧评实之，其轻重遂若不相应者。此下评语，亦皆自《甲寅》本迻录，未必悉符先师晚年论旨。读者审之。

天损星浪里白条张顺　郑文焯

换沧波身世，云愁海思。算萍梗，知人苦。

叔问雅善倚声，知名当世，有《比竹馀音》词集，弥近清真、白石。诗亦神韵绵邈，张祜之遗也。

天剑星立地太岁阮小二　冯煦

梦华中丞，词极清丽，诗亦渊永可味。尝见其手书七言绝句，风神秀逸，绝类新城。

天罪星短命二郎阮小五　况周颐[1]

独木桥边乍解船，恰有三百青铜钱。还倾杯，阮郎归。

蕙风记丑学博，尤精倚声。流布词集笔记，传诵一时，亦可谓拚命著书者矣。

天败星活阎罗阮小七　文廷式　附子永誉、王德楷

胡无人，汉道昌。但歌《大风》云飞扬。纯纯常常，乃比于狂。千帆谨案：文自号纯常子。

道希《云起轩词》，横厉盘郁，苏辛之遗。诗亦风骨遒上，音节抗坠，所谓变徵之音也。

道希云："国朝诗学凡数变，然发声清越，寄兴深微，且未逮元明，不论唐宋也。固由考据家变为学究秀才，亦由沈归愚以正宗二字行其陋说，袁子才又以性灵二字便其曲谀。风雅道衰，百有馀年。其间黄仲则、黎二樵

[1] 况周颐，《汪辟疆文集》本作"况周仪"，据油印本改。

尚近于诗，亦滔滔清浅。下此者，乃繁词以贡媚，隶事以逞才。品概既卑，则文章日下。采风者，不能不三叹也。”见《间尘偶记》。

文公达永誉，同光间高廉道树臣观察星端之孙，光绪庚寅榜眼芸阁学士廷式之子也。夙承家学，舞象游庠。敏慧逸群，博闻强记。余识之于沪。君方弱冠，藻思绮发，挥翰若流。时出隽言，亦骈亦散。以贫故，遨游粤、皖、吉林、奉天、燕京。返棹浔阳，复羁沪汉，几三十年。疗愁无术，赴召玉楼。以民国二十二年癸酉二月晦日中风，遽卒，年五十有二。遗二女，无子。友人陈诗掇葺其诗词笔记曰《天倪室集》。

［附］ 论近代诗家绝句 章士钊

出入承明不计年，壮怀长欲勒燕然。饶他轻薄元才子，弹断湘弦亦可怜。

张文襄绝句云：“可怜轻薄元才子，操纵英雄绿野堂。”或谓元才子指道希，亶其然欤？君旧有寓庐，在长沙南门外。

云起轩中寸寸愁，山河破碎不堪休。未知那处伤心地，夜半惊风起髑髅。

君词中有“一寸山河，一寸伤心地”之语，后经涂改。汪精卫曾就原语别谱［蝶恋花］一阕，有云：“荒冢老狐魂未死，髑髅夜半惊风起。”汪词曰《小休集》。

千帆谨案：据文集，二语改为“寸寸关河，寸寸销魂地”，盖用晦也。

芸阁于甲午战役后，与先公遇于沪上，叹曰：“时事不可为，还是词章为我辈安身立命之地。”又太息曰：“生人之祸患，实词章之幸福。”又曾举此以题欧阳笠侪丈《浩山集》。此真伤心人语也。——方湖注。

千帆谨案：二首属文芸阁。

地进星出洞蛟童威 邵瑞彭 一作陈方恪

送君者自崖而返，而君亦自此远矣。

［附］ 论近代诗家绝句 章士钊

享尽温柔受尽怜，闲情犹在旧蛮笺。依然一曲梁溪水，忍照琵琶过别船。

彦通有艳诗云:"不知一曲梁溪水,多少桃花照影来。"

诗人涕泪满江湖,乞食何关九局图。未信南朝阮司马,敢将菊部诳陈吴。

吴谓东卿。时传东卿曾拒伪聘。

辛未冬,余侍先君旅沪,寄寓霞飞路葆仁里彦通丈所。而"一二八"事变忽起,留滞月馀,因得亲承音旨。忆丈作诗题《成都顾先生诗集》,结云:"寒江秋月白纷纷。"诏余曰:"据山谷原作,当云秋月印纷纷,然顾先生讳印愚,故改之。"其诗律之严如此。丈时窘甚,幸叶遐庵小有周济,故先君赠诗云:"忍欲忍贫陈正字,闭门不复向时人。厨烟渐灭还高卧,剩见交情赵德麟。"德麟,谓遐庵也。虽或饔飧不继,犹畜师子狗数头,每食,则群犬环桌坐椅上待饲,如佳客然,亦一奇也。此五十年前事,聊复记之。——千帆注。

千帆谨案:右二首属陈彦通。

地退星翻江蜃童猛　乔曾劬　一作陈世宜

是身非身,得味外味。射雕将军,协律都尉。

四店打听声息邀接来宾头领八员

按四店头领,颇多汲引之勋。以言真实本领,固未易企马步军诸将也。今以光宣两朝历掌文衡诸贤属之。

地数星东山酒店小尉迟孙新　翁同龢

评碑论画,书林清话。

松禅艺事,别有可传,门下多宿学能诗者。即其自作,亦雅饬可诵。愚尝见其松常文献画像题咏,皆风骨遒上。馀事作诗人,非学裕识广,辟易千人者,固未足语于此也。

翁同龢,字叔平,号松禅,常熟人。咸丰丙辰状元,官至户部尚书、协办大学士,致仕，光绪三十年薨，年七十五，谥文恭。有《瓶庐诗稿》八卷、《诗钞》四卷。

地阴星母大虫顾大嫂　黄体芳

芳兰竟体，大类女子。熟知为烧车之御史。

漱兰先生有烧车御史之风，节概炳然。晚主大梁书院，喜以诗歌自娱。风骨颇高，兼尚情韵。世固未知也。

黄体芳，字漱兰，瑞安人。同治癸亥进士，官至兵部右侍郎，降通政使。峭直刚正，同光朝为京朝清议之魁。视学江苏，建南菁书院，以经训造士，得士最盛。光绪二十五年卒，年六十八。

地刑星西山酒店菜园子张青　张英麟　一作李稷勋

珊瑚铁网，风流延奖，以吾一日长。

地壮星母夜叉孙二娘　江标

姑苏男子多美人，姑苏女子如琼英。君不见，汤卿谋❶、卞玉京。

建霞美风仪，号称识时之彦，世皆知为清末革新运动之人。然诗工殊深，风致娟然。有《灵鹣阁稿》，颇自秘惜，已亥毁于火。

地囚星南山酒店旱地忽律朱贵　张百熙　一作吴庆坻

朱竹君、程鱼门，具体而微，张吾三军。

冶秋尚书门下多俊彦，汲引之功，当不在旱地忽律下也。《通思轩集》多尚唐音，要自雅饬。惜风骨未高，未免文绣鞶帨耳。子修学使精地理之

---

❶ 汤卿谋，《汪辟疆文集》本作“汤师谋”，据王培军《光宣诗坛点将录笺证》改。

学，诗笔亦健举，卓然大家。

冶秋管学时，六十生日，京师大学堂赠联云："长沙一星主寿，司徒五教在宽。"及其薨也，又挽以联云："有成德者，有达材者，有私淑艾者，先后属公门，咸欲铸金酬范蠡；可为痛哭，可为流涕，可为长太息，艰难值时事，不堪赋鹏吊长沙。"

地全星鬼脸儿杜兴　吴士鉴　一作严修

其貌寝，其器深。惟其知古，亦贵知今，乃不陷于陆沉。

絅斋、仲弢，皆学使能诗者也。千帆谨案：黄仲弢见前。絅斋风骨高骞，喜用近代掌故及西史事实，能雅能隽。范孙通方之彦，尤负时望，诗亦渊懿。在美时游山诸作，骏快似东坡，可诵也。

地奴星北山酒店催命判官李立　瞿鸿禨[1]

安置妥帖平不颇。多乎多，曳落河。

地劣星活闪婆王定六　俞樾

清言霏雪，随园之匹。千帆谨案：师以曲园、随园相提并论，详见《光宣以来诗坛旁记》。

俞樾，字荫甫，号曲园，德清人。道光庚戌进士，官翰林院编修、河南学政。光绪三十二年卒，年八十六。有《春在堂诗集》。

总探声息头领一员

天速星神行太保戴宗　康有为　附潘博

---

[1] 瞿鸿禨，《汪辟疆文集》本作"瞿鸿機"，盖"機"、"禨"形近而讹。

维新百日，出亡十年，周游二十一国。定君诗，视此镌。

高言李杜伤摹拟，却小苏黄语近温。能以神行更奇绝，此诗应与世长存。

千帆谨案：此首属康长素。

危城玉貌挹深谭，晚得朱陈许共参。谁识读书堂下客，流传佳句遍江南。

千帆谨案：此首属潘若海。朱谓彊村，陈谓述叔。若海故工词。

今诗人尚意境者宗黄陈，主神韵者师大历。鎚幽凿险，则韩孟启其宗风；范水模山，则谢柳标其高格。其纯脱然入乎古人出乎古人者，则南海康有为也。南海平生学术，不以诗鸣，徒以境遇之艰屯，足迹之广历，直有抉天心，探地肺之奇，不仅巨刃摩天也。“返虚入浑，积健为雄。”惟南海足以当之。——鄦庐识

［附］ 论近代诗家绝句 章士钊

黄河千里势无回，雨挟泥沙万斛来。筚路熊疆开国手，倩谁七宝造楼台？

万木森森忆草堂，迷藏捉得是公羊。公羊傥属当时学，定踵刘歆让太常。

千帆谨案：二首属康长素。

军中走报机密步军头领四员

地乐星铁叫子乐和 恽□□

衣冠而优孟者也。湘绮楼甲寅日记：“三月十六日，梁卓如为父祝寿，与杨生同至虎坊桥湖广会馆，坐待侗厚斋出台，又见恽薇荪串戏。子初散。”

地贼星鼓上蚤时迁 林□□

一半儿乞相一半儿偷。

地狗星金毛犬段景住　沈□□

好一把贱骨头。沈早年游北里，语人曰："吾宁仰而企之难，不愿俯而就之易。"菊坡作京腔调之曰："这叫做贱骨头。"宣统已酉，沈在津观王克琴演戏，赋诗云："座中痴绝谁如我，一掷秋波便是恩。不信烦卿亲检点，裙边袖底有离魂。"回京示丁闇公，丁作诗云："杜牧三生载酒游，条条雪上爪痕留。江湖十载霜盈鬓，未换当年贱骨头。"

地耗星白日鼠白胜　潘□□

粉黑登场一曲新，塞阴俯拾杜陵人。琴书一棹江南艇，艳说英伦迹已陈。

此四家，埋名而不隐姓。偶占四句，各系一人。熟于光宣诗坛掌故者，自能知之，不必人人尽喻也。

千帆谨案：恽、沈二赞下附注，师原批于乙本眉端，写定时未必入录，今姑存之。

守护中军马军骁将二员

地佐星小温侯吕方　袁思亮

地佑星赛仁贵郭盛　陈祖壬

对影山，曾头市，揽朱缨，牵豹尾，少年将军乃如此。合赞。

千帆谨案：师以伯揆世丈，君任表伯并列者，以其早岁皆出散原翁门下，又兼工诗古文辞故。

袁思亮，字伯揆，湘潭人。光绪癸卯举人，民国官印铸局长。

守护中军步军骁将二员

地猖星毛头星孔明　罗惇曧　附何翔藻

地狂星独火星孔亮❶　罗惇㬊

---

❶　独火星，《汪辟疆文集》本误作"烛火星"，据油印本改。

辰君平白午君奇，深明阁，玉霜簃。

二罗皆一时健者。瘿公苍秀，敷庵精严。瘿公气体骏快，得东坡之具体；敷阉意境老澹，有后山之遗响。迹其成就，其在散原，犹苏门之有晁张也。

［附］ 论近代诗家绝句 章士钊

形骸原不算支离，九尺毛苍却向谁？放倒优娄经论学，逢人争说玉霜簃。

优娄，梵语，汉翻木瓜瘫，以胸前有瘫如木瓜故。右丞诗："优娄比邱经论学。"

穷栖瘴海两瘿公，花下闻歌处处同。饶是颈腮不须辨，一瘿如醉一瘿聋。

外舅北山先生亦号瘿公，作《两瘿行》互答。苏诗："瘿俗无由辨颈腮。"

千帆谨案：二首属瘿公。

专管行刑刽子二员

地平星铁臂膊蔡福　方尔谦

地损星一枝花蔡庆　方尔咸

知作而不知藏，猖狂妄行，乃蹈乎大方。

淮海维扬几俊人，小方哀怨大方清。空馀禅智山光好，投老津沽剩此身。

地山、泽山，诗名满淮海。所作皆清刚迳上，独秀时流。维扬多俊人，闵葆之、梁公约、陈移孙及方氏昆仲，皆一时鸾凤也。

地山，世所称为大方者也，己丑解元。居津沽将三十年。尝制二印，曰："寡人好色"、"男女多于饮食"，不讳也。地山博览，尤长于史。又工偶语，咄嗟立成。挥金如土，皆由某巨公接济之，到手立空。尝诣张超观先生。张不俟其启齿，曰："闻公买笑资尽，已储金相待矣。"地山辄持去。尝吟曰："欲举绨袍怜范叔，何当丝绣报平原。"以女妻袁克文长子。寒云本地山弟子，复为姻家。地山性滑稽，克文结客挥金，产渐倾，而仆侍众多。克文则常挈姬税屋而居，不以为苦。在沪在平皆然，于津则止故宅。地山尝告之曰："陶公句云：'众鸟欣有托'，'孤云独无依'，可为君诵之。"克文颔首，或有询之者，曰："鸟是众生，当以有托为欣。惟云之高，乃无可依耳。"闻者绝倒。

专管三军内探事马军头领二员

地微星矮脚虎王英　廉泉　一作张祥麟

乃知好士如好色，遇合未必皆倾城。陆游句。吁嗟乎！廉惠卿。

地慧星一丈青扈三娘　吴芝瑛　一作曾彦

江湖侠骨惟见君，秋雨秋风愁杀人。

南湖诗差有风韵，树骨未高。王英在山寨亦平平，取拟南湖，或从其类。小万柳堂主人，在女界文学中，自是俊物。散文家法具存，诗尚唐音。平生风义，最笃故人。秋坟惓惓，亦晚近侠举也。

掌管监诸事头领一十六员

行文走檄调兵遣将一员

地文星圣手书生萧让　顾印愚　一作沈尹默、赵世骏

飞书草檄，万人之敌。

义山婉丽又眉山，双玉堪前酒意安。遥想蜀山清碧处，只留残梦落江潭。

千帆谨案：此首属顾所持。

定功赏罚军政司一员

地正星铁面孔目裴宣　胡思敬　一作赵炳麟

退庐骨鲠之士，晚清末造，早决危亡。平生大节，自有可传，诗则不甚措意。惟吐辞属事，自是退庐之诗，他人不能有也。

考算钱粮支出纳入一员

地会星神算子蒋敬　胡朝梁

前诗龛，后诗庐，会张风雅勤追逋。

呜呼诗庐庐于诗，人海藏身忆昔时。已拚忧患生之始，刻意冥搜死乃奇。醉翁宁放出头地，散原非好为人师。惟君文行风士类，名在天留后世知。——程康《题胡诗庐遗诗》

诗庐精谊之作，不在众异、秋岳之下。千帆谨案：《甲寅》本以梁、黄比吕方、郭盛，改定本易为袁伯夔、陈君任。此乃原评。惟出笔太易，微伤直率。生平以诗为性命，并世名流，多所亲炙。寓庐四壁张时人诗卷，几无隙地。

［附］　论近代诗家绝句　章士钊

城东走俗非安居，却劳诗人来索书。旧债卅年偿不得，终令老丑愧诗庐。

丁巳戊午间，吾居北京东城。诗庐索书楹联甚切。吾时实不善书，苦无以应。

诗庐诗似孟东野，世绝云龙难尽谙。嗟余学晚老仍废，愧负知己宁二三。

千帆谨案：诗庐喜拗格，故先君及行严丈题诗亦效其体。

监造大小战船一员

地满星玉旛竿孟康　严复　一作饶智元

锦□珠，美无度。

几道劬学甚笃，诗工最深，惜为文所掩。树骨浣花，取径介甫，偶一命笔，思深味永，不仅西学高居上座也。石顽熟《南、北史》，所作风韵独绝。平生尊唐黜宋，持之甚严。著有《十国杂事诗》，为时传诵。

专造一应兵符印信一员

地巧星玉臂匠金大坚　吴俊卿　附沈汝瑾　一作陈衡恪

风流儒雅亦吾师，金石刻画臣能为。

老缶诗笔健举，题画之作尤工。复堂光绪十三年丁亥日记："安吉吴昌硕，诗篇峻削，剥落凡语，有傅青主、吴野人之遗风。"善篆刻，负有盛名。

专造一应旌旗袍袄一员

地遂星通臂猿侯健　史久榕

制芰荷以为衣兮，集芙蓉以为裳　史竹坪，黄瘖堂。

竹坪曾集玉溪生诗七律八十首，七古一首、五律五十首，共刻之，题曰《麝尘集》。翁叔平、徐花农皆推为天衣无缝，工致绝伦者也。近人工集句者，无此巨帙。瘖堂而后，当推竹坪。

专治一应马匹兽医一员

地兽星紫髯伯皇甫端　顾云　一作段朝端

用思精密，而韵不能高。粘皮语，嚼空螯。

子朋，金陵七子之一，豪于饮，与海藏相契。其卒也，陈伯弢挽以联云："醉倒便埋，随身早办刘伶锸；名垂何用？相觅难忘郑老期。"

专治内外科诸病医士一员

地灵星神医安道全　王乃徵　一作周景涛

不为良相，则为良医。白日当天心照之。

病山诗工甚深，曾见其《嵩山游草》，风骨韵味，具臻胜境。改物以后，寓居沪上，以医自隐，易名王潜，又号潜道人。医固绝技也。

监督打造一应军器铁件一员
地孤星金钱豹子汤隆　张登寿　附梁焕奎

不为嵇生锻，乃作东野囚。谁其知者王壬秋。

专造一应大小号炮一员
地辅星轰天雷凌振　梁启超　附麦孟华、狄平子

日对天地悲飞沉，倾四海水作潮音。邱菽园《八友歌》

新会向不能诗，惟尝与谭浏阳、黄公度鼓吹诗界革命，著为论说，颇足易一时观听。返国以来，从赵尧生、陈石遗问诗法，乃窥唐宋门径。游台一集，颇多可采。惟才气横厉，不屑拘拘绳尺间耳。

［附］　论近代诗家绝句　章士钊

丁年冠剑梦中行，太傅祠前道姓名。去住似关天下计，剩夸蔡锷是门生。❶

丁酉湖南时务学堂招考，见录者在贾太傅祠照相，察验体格。吾适被疾，不中程。蔡锷与吾并肩而立，虽细瘦而坚实，乃得高第。吾尝戏语人云：吾之不入梁门，亦适然

❶ “去往似关天下计，剩夸蔡锷是门生”笔者所见行严诗札作“挟册游梁事不成，长卿消渴早无情”。

之事成之耳。

文章不足新民体，忠爱争传去国歌。收取声名四十载，怪他低首拜金和。

钱子泉编文学史，号君文曰新民体。先以长编示之，颇不悦。君致赵尧生书，以金亚匏为清代第一诗人。

千帆谨案：二首属梁卓如。

起造修缉房舍一员

地察星青眼虎李云　盛昱

存国雅，振天声，《熙朝雅颂》、《八旗文经》。嘉庆中，铁保、法式善辑八旗诗集进呈，赐名《熙朝雅颂集》。盛昱与杨锺羲复编《八旗文经》五十六卷、《作者考》三卷，张之洞为之序。

屠宰牛马猪羊牲口一员

地羁星操刀鬼曹正　曹震　一作胡俊

觥觥时彦少所取，批郤导窾经肯綮。提刀四顾心茫然，绝技心折子曹子。

蓄泪滴成诗，耽酒甘甚蔗。酒泪诗一炉，万象非一罅。肺腑真能语，佳处寒灯借。即此一卷中，不在万人下。当年牛首山，未死鬼应诧。世无巢与由，斯人岂其亚？胡为辟疆谑，但恐翔冬骂。美女杀亲夫，忍俊君诗价。——程康《读胡翔冬自怡斋诗》

余年弱冠，负笈白下。时彭泽汪先生说诗中央大学，和州胡先生说诗金陵大学。余既受业于胡先生，又以世谊从汪先生问，因亦师事焉。余之专力于诗始此。二师诗派虽异，交谊顾笃。六一翁所谓资谈笑、助谐谑者，往往于觞咏间遇之。胡先生尝入牛首，一事吟咏，月夜大醉，坠于崖腹，幸为树枝所格，得不死，然犹伤其胁。汪先生调之曰："此所谓'徘徊庭树下，自挂东南枝'也。"又尝云："翔冬诗又漂亮又狠，可方美女杀亲夫。"故先君诗中并及之。——千帆注。

排设筵宴一员

地俊星铁扇子宋清　陈夔龙　附余肇康

东道烟霞主，西江诗酒筵。

庸庵诗平澹乏意境，虽喜为之，实不甚工。晚寓沪滨，较前略胜，尚不逮善化相国也。

瞿止庵与余尧衢为姻亲，余提刑江右，以教案降调，时论惜之。后起用为外务部参议。时忌瞿，联劾及余，复同落职。其君戏仿赵芷孙挽张百熙联云："参议见公之大，提刑或偶见公之政，二帝三王归想象；降调为世所钦，革职当亦为世所谅，亲家儿女各歔欷。"相与绝倒。"立法必本诸二帝三王，岂能尽谋野获。"余氏谢恩折中语也。

余肇康，字尧衢，晚号倦知，长沙人。光绪丙戌进士，官江西按察使、法部左参议。民国十九年卒，年七十有七。有《敏斋诗存》，气体视陈小石为胜。

监造供应一切酒醋一员

地藏星笑面虎朱富　张宗扬

此脯掾也。小人张，主人衍。

千帆谨案：宗扬，石遗之仆，诗见《石遗室诗话》卷五。

监筑梁山泊一应城垣一员

地理星九尾龟陶宗旺　水竹村人

田间释耒东海徐，寄情水竹恣娱嬉。扬榷风雅愿在兹，诗城早筑晚晴簃。

千帆谨案：水竹村人，徐世昌别号。师此录初稿成于民国八年己未，徐时任大总统。意有所避，故不称其名。后亦不复改。

专一把捧帅字旗一员

地健星险道神郁保四　孙雄

莫莫莫，错错错，诗史阁。

［附］　论近代诗家绝句　章士钊

故是随园一派孙，解从朴学讨文源。渊如一例经生笔，又识诗中有我存。

君为随园弟子孙原湘之玄孙。君诗云："诗中隐有我，诗外更有事。回甘道味浓，叩寂余音嗣。"

藉甚东南两北山，佯狂不到义熙年。故人却有孙思邈，情似陶潜愿爱闲。

师郑怀余津门七古云："虞岭庐江两北山，三十年前吾挚友，直言正气说权奸，晚岁佯狂托醇酒。"沈鹏亦号北山。渊明《闲情赋》，字不作"閒"。

师郑能为洪稚存骈体文。其学诗，则以姬人某督课之，始为古今体。光宣间，葺近人诗为《道咸同光诗史》，周玉山捐资刻之，最无别择。又为诗史阁图征诗，余最爱夜起一诗云："近代诗才让达官，曾闻实甫论词坛。潜夫只有伤时泪，也当君家史料看。"盖以所采多贵官讥之，而师郑不知也。——方湖注。

额外头领附录

教头王进　郑珍

黄面佛黄立煜　释敬安

寄禅诗在湘贤中为别派，清微澹远，颇近右丞。惟喜运用佛典，微堕理障。

八指头陀未刊稿《梦洞庭》云："昨夜梦洞庭，君山青入瓶。倒之煮团月，还以浴繁星。一鹤从受戒，群龙来听经。何人忽吹笛，使我松间醒。"此诗，鹤柴极称之。

寄禅俗姓黄氏，湘潭人。天童住持，民国元年冬，为中国佛教会事入都，不得请，愤恚圆寂，年六十三。有《八指头陀集》。

铁棒栾廷玉　小孤山下人氏

何所见而来，何所闻而去。城旦司空，云山韶护。

千帆谨案:此师自赞。

[附] 论近代诗家绝句 章士钊

谁定云台荡寇勋,凌烟颜色黯难分。多君别具英雄眼,韵事恢张舒铁云。

跌宕文场爱静便,研光小样写宫笺。轻轻一卷蝇头字,却费工夫四十年。

《光宣诗坛点将录》定本跋

旧撰《光宣诗坛点将录》一卷,为己未年在南昌时所草创。又五年乙丑六月间过南京,柳翼谋诒徵、杨杏佛铨见之,亟推为允当,且有万不可移易者。当时杏佛拟刊诸《学衡》杂志。余辞以当须改定,愿以异日。是月至北京,适长沙章士钊办《甲寅》周刊。一日,章氏遇余宣武门江西会馆,见而携去,谓不可不亟为流传,乃为刊于《甲寅》。惟余雅不欲于此时流布,又以录中所评诸人,寓贬于褒,且有肆为讥弹之词,而其中人又多健在,有不可不留为后日见面地者,故于校稿时,稍为更易,实乖余本旨。不谓此书甫刊,旧京及津沪老辈名流,大为激赏,且有资为谈助者。而陈散原、康南海、陈苍虬、王病山、李拔可、周梅泉、袁伯揆诸公,辄举此以为笑乐。惟陈石遗以天罡自命,而余位以地煞星首座,大为不乐。康南海但以“伤摹拟”三字致憾。夏剑丞自负其诗,而不得与于天罡之列,意亦未嫌[慊]。其它生存诸诗家,亦无若何拟议。至徐凌霄、一士昆仲,则谓此录实较乾嘉间舒铁云氏旧撰,缜密切附,更为胜之,则阿好之词也。有赣县王某者,在沪主南海家,任西席。余于丙寅春间,遇之南昌。谓余此书初刊于《甲寅》,因分期连载,沪上诸名流过南海,多预猜某为天罡,某为地煞,某当某头领,日走四马路书坊,询《甲寅》出版日期。比寄沪,争相购致,一时纸贵。及急为翻阅,中者半,不中者半,偶见其比拟确切处,辄推允洽。袁伯揆尝往来沪杭间,时陈散原居杭州,伯揆每过省视。见此书,尤大叹服。每言:“汪先生今之许子将也。不然,平品何乃洽合如是,惜某未见其人也。”因询诸散原。散原但云:“余年家子耳。”及癸酉秋间,散原由庐山来金陵,寓俞大维家。伯揆自沪来视散原。一日,余适在座,散原忽若有忆,徐曰:“子今来甚佳,有慕君近十年而不见者,今可见矣!”亟呼侍者请楼上客来,则袁伯揆也。握手道渴慕,且曰:“吾向不知《点将录》作者为谁。今见之,欢慰平生。”余谢之,曰:“原稿多不妥,它日当别有定本也。”余又言:“君追随散原先生,诗必高座。”伯揆曰:“散老但教余作文,不教余作诗,此事当散老负责。”但此乃伯揆谦辞,实则袁不仅文高,诗亦春容大雅,有大历钱郎之遗,但不近散原体格耳。又康南海于丙寅夏间,应江西督军蔡成勋之招。教育会同人宴之百花洲第一中学。席间,忽询曰:“坐中谁为汪辟疆先生者?”南海操粤音,人初不晓,又再三言之。余謇、王易应曰:汪先生已返庐山,南海有何事,某可代达。南海曰:“汪撰《光宣诗坛点将录》,甚佳,必传无疑。但某平生学术,皆哥伦波觅新世界本领,中外无异辞,不知汪先生何谓之摹拟也?”余、王皆言:君恐只见南海早年诗,未见晚年诗也。南海唯唯。已而席散,乃呼艇赴三道桥心远大学。讲演毕,李中襄、余謇等导南海参观心远图书馆。南海又问曰:“有《甲寅》周刊否?”馆员乃取而呈南海,南海再翻此录。又曰:“奖饰之语不敢当,摹拟之评不肯受,且某亦未尝小苏黄也。”已而又曰:“某平生经史学问可谓前无古人,但下笔作诗却总是忘不了杜甫。汪但就诗论诗,或有以窥其隐欤?”此为余謇亲告余者,亦此书一段故实也。按此录自《甲寅》周刊首次刊布后,又十年,上海陈灨一《青鹤》第三卷又再刊之。山西原某且为此录作笺注。原氏并拟携稿至金陵,谒余商榷体例,及未审行履著作者,拟细加笺释,精校问世。适丁丑芦沟桥战起,余在庐山,与原氏相左。今未审其书曾否付杀青也。犹忆癸酉九月,散原老人从余索副本。余仓卒未能觅得,乃将陈生行素手抄一册呈之。散原复阅一过,极感兴趣。乃从首至终,逐人审定,并云:“吾所识同时诗人,应有尽有,评语亦有分际,视瓶水斋主人为审谛,虽为兴到戏笔,实足以备一时诗坛掌故,如得好事者,如刘翰怡、杨子勤辈刊入丛书;或详征诸家逸闻逸篇附以笺记,如钱东涧《列朝诗集小传》、朱竹垞《静志居》、王德甫《蒲褐山房诗话》之例，尤为征文考献之资，不必待叶焕彬搜求乾嘉人遗集于百馀年后也。"余因请老人重加校正。老人又细勘一过，曰："王梦湘不可漏。"程穆庵康赠余诗，所谓"宁偿一士丧千金，漫谓遗珠负王叟"者，即指此也。今定本已补入。又以光宣两朝，诗人独盛，百八人之数，未足以尽之，故遗珠仍不免。更用瓶水斋旧录"一作某"例，俾多备家数。然必其人其学其诗，果足匹敌者，方用此例。否则负有时名而其诗不能自具面目者，则就其子弟门人故吏关系，用附见例著之。如陈兆奎、杨庄附王闿运、寿富附宝廷、黄楙谦附陈宝琛之类是也。又瓶水斋旧例，间附赞语，或论人，或论诗，或论其比附之旨，随笔所至，不主故常，极见风趣。今定本仿而补之。又此录刊本，其重要家数，或系以论诗绝句，然为数不多，今定本多补之。章士钊在渝时，从余索缮本去，又就其师友及所知者，各为绝句若干首。惟旨在论人，不在论诗。其原诗附以小注，尤多诗人故实。正与余诗相发，遂亦附入。此三例皆视刊本为备，知人论世，或有取焉。至今本张之洞、杨增荦在天罡，俞明震在地煞，左绍佐附见周树模，张佩纶为丑郡马，柯劭忞为井木犴，林纾为铁笛仙，周达为周通，曹震为曹正，曾广钧为浪子燕青，蒋智由为拚命三郎石秀，张登寿为汤隆，张宗杨为朱富，其它诸家位置亦多有移易或芟增者，皆新定，故与《甲寅》本不同。惟近三十年来，时贤及日人新著，辄多引用传之。方来必有以地位评品互异而起是非争执者。要之，言近代诗派者，必不可废也。凉州马生騄程，颇有感于散原老人言，拟就定本诸家，各系小传。其中主要家数，如湘绮、石遗、苍虬诸公，则摭录其生平说诗粹语，以见宗旨。凡本录诗论引而未申者，并为长笺以详之，并及其遗闻、逸事、名章、俊句，俾得觇其概略。再请余严选诸家诗若干篇，为《点将录诗选》六卷殿焉。近时私家别集易刻亦易亡，而录中名氏或至有不审其人者。至平品是非尤难判断；篇什存佚，亦难访求。然则马生此举，在今日似不可缓也。张彦远云："不为无益之事，安能悦有涯之生？"殆谓是乎！甲申十一月记于重庆西里覃家小湾，方湖。

《汪辟疆文集》

近代诗人小传稿

俞樾（一八二一——一九〇六）

俞樾，字荫甫，号曲园，浙江德清人。道光庚戌进士，官翰林院编修，咸丰五年简放河南学政。七年，以御史曹登庸劾试题割裂罢职归，侨居苏州，主讲苏州紫阳、上海求志各书院，而以主杭州诂经精舍三十一年为最久。俞氏一意治经，以高邮王氏为宗，其大要在正句读、审字义、通古文假借。由经以及诸子、皆循此法。自少至老，著述不倦，为一时朴学之宗。其诗文并不高，抒写性灵之外，稍济以学术，故不入随园末派。然俞氏以浙人而侨居吴门，以清职而退居山泽，闭户著书，声气远播。出门访旧，而遐迩逢迎。一时名流，咸倾心结交，日本文士亦有来执业门下者。海内翕然，称曲园先生。光绪二十八年以乡举重逢诏复原官。三十二年卒，年八十有六，所著有《春在堂全集》，诗集曰《春在堂诗编》。全集凡五百馀卷。

周星誉（一八二六——一八八四）

周星誉，字畇叔，一字叔云。浙江山阴人，祥符籍。道光进士，由庶吉士累官两广盐运使。少工诗词及骈俪文，尤善画花卉。为御史，疏劾王有龄、何桂清，有直声，及官粤西，多善政。法越有事，征兵筹饷尤力。有《传忠堂古文》、《鸥堂剩稿》、《鸥堂日记》。

李慈铭(一八二九——一八九四)

李慈铭,字悉伯,号莼客,浙江会稽人。光绪进士,官山西道监察御史,数上封事,不避权要。中日事起,败讯至,感愤扼腕,卒于官。越缦喜谈经学,实非所长。一生学术,乃在乙部,披阅诸史,丹黄满帙。其博闻强记为时流所叹服。诗文尤负重名,所作诗,辞旨安详,声希味永。题咏金石书画之作,稍稍同于复初斋,要不失为雅音,性简略,议论臧否不轻假借,人多忌之。然虚中乐善,后进一言之合,誉之不容口,门下著录甚众。著书甚富,已刻者,有《湖塘林馆骈体文钞》、《白华绛柎阁诗初集》、《越缦堂日记钞》等。

翁同龢(一八三〇——一九〇四)

翁同龢,字叔平,晚号瓶庵居士,又号松禅,江苏常熟人。咸丰丙辰一甲一名进士,授修撰。穆宗、德宗两朝皆值弘德殿为师傅。宏奖士类,屡掌文衡。官至协办大学士、户部尚书,参机务。光绪戊戌以赞助德宗变法罢职,卒于家。宣统初,复原官,谥文恭。诗文皆简重有度。工书,以董赵意而参以平原,气魄足继刘墉,亦善绘事。有《瓶庐集》。

王闿运(一八三二——一九一六)

王闿运,字壬秋,号湘绮,湖南湘潭人。咸丰乙卯举人,平生刻苦励学,寒暑无间,经史百家,靡不诵习。学成出游,初馆山东巡抚崇恩。入都,就尚书肃顺聘。肃顺奉之若师保,军事多谘而后行。左宗棠之狱,闿运实解之。已而参曾国藩幕。胡林翼、彭玉麟等皆加敬礼。闿运自负奇才,所如多不合,乃退息,无复用世之志,惟出所学以教后进。四川总督丁宝桢聘主尊经书院,待以宾师之礼,成才甚众。归为长沙思贤讲舍、衡州船山书院山长,江西巡抚夏时延为高等学堂总教习。光绪三十四年,湖南巡抚岑春煊上其学行,特授翰林院检讨,民国任国史馆馆长。湘绮为湖湘派领袖,享名六十馀年。生平造诣,经、史、诸子、文翰皆有独到,而诗尤高。与邓辅纶、高心夔并推为湖湘三大家。其诗直造汉魏六朝，而与陆谢为近，七古略涉初唐，决不肯作开天后人语。晚年偶戏为七言近体，类皆急就酬应之作，不以入集也。民国五年卒，年八十五。著有《湘绮楼全集》凡二十六种。诗集十四卷，原刊之《夜雪集》、《夜雪后集》、《周甲七夕词》，鄂板已毁，重刻为《湘绮楼别集》三卷，以合于十四卷之数。尚有《湘绮楼诗集未刊稿》四卷，《杜若集》二卷，外集二卷，藏于家。

周星诒（一八三三——一九〇四）

周星诒，星誉弟，字季贶，浙江山阴人。曾官福建知府。工诗，与兄星誉均以婉约见长。著有《窳櫎诗质》[1]、《质瑞瓜堂诗钞》。

高心夔（一八三五——一八八二）

高心夔，字伯足，一字碧湄，又字陶堂。江西湖口人。咸丰进士，佐李鸿章德州军幕，以直隶州知州发江苏，两权吴县知县。性刚峻，以治倡过激去官。工诗，其诗五古则镕冶陶谢，七古学杜为多，并皆遗貌取神，而生创钩棘，论者反多致憾。实则其情苦，其志隐，不可弭于胸，不可旌于口，暂而寄诸，或远或近，盖穷而后工者。所著有《陶堂志微录》。

陈豪（一八三九——一九一〇）

陈豪，字蓝洲，号迈庵，晚号止庵，浙江仁和人。官汉川知县，工书画。其诗高逸夷澹，天趣盎然。晚岁归隐圣湖，杖履倘佯，尤足与其澹定襟怀相发越也。著有《冬暄草堂诗集》。

爱新觉罗宝廷（一八四〇——一八九〇）

宝廷，字竹坡，号偶斋，满洲镶蓝旗人，清宗室，郑献亲王济尔哈朗八世孙。同治戊辰进士，选庶吉士，授编修。光绪七年授内阁学士，官至礼

---

[1] 《窳櫎诗质》，《汪辟疆文集》作《窳扩诗稿》，据《丛书集成三编》改。

部右侍郎。与黄体芳、张之洞等主持清议，有大政，必具疏论其是非。八年出典福建乡试，归途经浙江，纳榜人女为妾，还朝自劾罢。偶斋工诗好饮，家极贫，之洞等时济以资，到手即沽饮，或以赡其更贫者。其胸怀澹泊，物我俱忘，真诗人襟抱矣！诗篇颇富，门人搜葺之为《偶斋诗草》，曲达骀宕，兼而有之。光绪十六年中酒病卒，年五十一，有《偶斋诗草》内外集，《尚书持平》。

吴汝纶（一八四〇——一九〇三）

吴汝纶，字挚甫，安徽桐城人。同治乙丑进士。以中书用，旋补深州直隶州知州。丁忧服除，署天津知府补冀州。李鸿章总督直隶，尤倚重之，外事交涉每参其议。中国建筑铁路，汝纶亦主是议。在冀八年，引疾乞退，留主莲池书院。庚子乱后，清廷大新庶政，诏天下用西法立学，创京师大学堂，受命以五品京堂充大学总教习，并赴日本考察学政，凡百日而归。光绪二十九年卒，年六十四。有诗文集五卷，《书说》三卷，《易说》二卷，《东游丛录》四卷等。

谭宗浚（一八四六——一八八八）

谭宗浚，字叔裕，广东南海人。同治进士，授编修，官至云南盐法道。工诗文，熟于掌故。有《辽史纪事本末》、《希古堂诗文集》。

周家禄（一八四六——一九〇九）

周家禄，字彦昇，江苏海门人。工诗文，诗以清丽见长，但沉博不及朱曼君之《桂之华轩集》，而韵味差绵远。彦昇与曼君及通州张季直同佐吴壮武（长庆）幕。有《寿恺堂诗集》及《朝鲜纪事诗》。

樊增祥（一八四六——一九三一）

樊增祥，字嘉父，号云门，又号樊山，一号天琴，湖北恩施人。光绪丁丑进士。幼天性聪颖，七岁读唐诗，动数百言，长老皆奇赏之。家贫，中举后为人司书记，以供菽水。为张之洞赏识，荐为潜江书院山长，又移主江陵讲席。日夕肆力于古，所为诗文稿草，岁尝逾寸。光绪丁丑成进士后，之洞自蜀返京，增祥皇然请业，尽屏所为词章之学，非有用之书不观。与之洞谈学，昼夜不止。张所著《广雅堂问答》一卷，即当日疏记者也。旋得陕西宜川令，历移咸宁、富平、长安等县，寻以母丧归。之洞方自广督移鄂，延致之。服阕，还陕西，授渭南令。其为政尚严而宅心平恕，所遇大吏皆推诚相与，故得自行其志。生平好聚书，三十年间得二十馀万卷。而书画碑帖之属，又十馀巨簏。关内目为收藏家。后居西安将军荣禄幕二年，累擢陕西督粮道，布政使，移江宁布政使。入民国，历任总统府秘书长、顾问，以退宦诗人寓都下，文酒过从，与周树模少朴、左绍佐笏卿号楚中三老。樊山生平论诗，以清新博丽为主，工于隶事，巧于裁对。作诗万首而七律居其八九，次韵、叠韵之作尤多，无非欲因难见巧也。近代诗人隶事之精，致力之久，益以过人之天才，盖无逾于樊山者。晚年与易实甫并角两雄，二家在湖湘为别派，顾诗名反在湘派诸家之上。盖以专学汉魏六朝三唐，至诸家已尽，不得不别辟蹊径为安身立命之所；转益多师，声光并茂，则二家别有过人者也。民国二十年卒于北平，年八十六。有《樊山诗钞》六卷、《樊山集外诗文》八卷、《樊山文钞》四卷。其前后《彩云曲》并序，最为时人所诵。

张佩纶（一八四八——一九〇三）

张佩纶，字幼樵，号篑斋，河北丰润人。同治十年进士，以编修大考，擢侍讲，充日讲起居注官。父印塘，官安徽按察使，卒于军。时外侮亟，佩纶累疏陈经国大政，请敕新疆、东三省、台湾严戒备，杜日俄窥伺。晋豫饥，畿辅旱，乃引祖宗成训，请上下交儆，条四目以进。通政使黄体芳继陈灾状，语稍激，经吏议，佩纶力争被宥。寻丁忧，服竟，起故官。时琉球已亡，法国图越南亟，因请建南北海防，设水师四大镇。又荐道员徐延旭、唐炯知兵，堪任边事，并招致刘永福黑旗兵。旋擢左副都御史，晋侍讲学士。法越构衅，佩纶章十数上，清廷始遣兵。法人佯议和，佩纶请乘法兵未集，敕粤督遣水师护越都。枢臣狃和局，虑佩纶梗议，令往陕西按事。已而法果袭顺化，胁越与盟，越事益坏。使命归，在总理各国事务衙门行走。后以三品卿衔会办福建海疆事，旋以法舰进犯失利，兵败被劾，论戍居边。释还，李鸿章再延入幕，以女妻之。甲午战起，御史端良劾其干预公事，命逐还籍。庚子议和，鸿章荐其谙交涉，诏以编修佐办。和约既成，擢四品京堂，称疾不出，三十四年卒。佩纶于管仲书致力最深，而诗尤工，与张广雅尚书并称为北派二钜子。其诗得力于玉溪、坡公，而剽健精悍之气溢于字句，亦深至、亦蕴藉，确为光绪朝大手笔。著有《涧于诗集》。

黄遵宪（一八四八——一九〇五）

黄遵宪，字公度，广东嘉应州（今梅县）人，光绪举人。入赀为道员，充使日参赞，著《日本国志》上之朝，旋调旧金山总领事。美吏尝藉口卫生，逮华侨满狱。公度诣狱中，令从者度其容积，曰："此处卫生顾右于侨居耶？"美吏谢，遽释之。历湖南长宝盐法道，署按察使。时陈宝箴为巡抚，行新政。公度首倡民治于众，曰："亦自治其身，自治其乡而已。由一乡推之一县一府一省以迄全国，可以成共和之郅治，臻大同之盛轨。"于是略仿西国巡警之制，设保卫局，凡与民利民瘼相丽，而为一方民力能举者，悉属之。领以民望，而官辅其不及焉。寻解职，奉命出使日本，未果行，遂罢归。公度工诗，其中岁以后，肆力为诗，探源乐府，旁采民谣，无难显之情，含不尽之意，又以习于欧西文学，以长篇叙事见重艺林，时时效之。叙壮烈则缋影摹声，言燕昵则极妍尽态，其运陈入新，不囿于古，不泥于今，故当时有目之为诗体革新者。所著有《日本国志》、《人境庐诗集》。

陈宝琛（一八四八——一九三五）

陈宝琛，字伯潜，号弢庵，又署橘隐，福建闽侯人。同治戊辰进士，官至太保。弢庵师傅行辈为最尊，诗名亦最著。光绪初年与张之洞、张佩纶、宝廷、黄体芳诸人以文章气谊相推重，守正不阿，风节独著。及受谴家居，筑沧趣楼、听水二斋，与陈书木庵酬倡往来，无间晨夕，而诗日益工。

体虽出于临川，实则兼有杜、韩、苏、黄之胜。民二十四年卒，年八十八。有《沧趣楼诗》。

盛昱（一八五〇——一八九九）

盛昱，字伯熙，满族镶白旗人。光绪进士，官至祭酒。为人简贵清谧，崇尚风雅，文誉满海内。精鉴赏，考订经史及中外地舆，皆精核过人，尤熟习清代故事。有《郁华阁遗集》、《雪屐寻碑录》。

释敬安（一八五〇——一九一二）❶

敬安，又名寄禅，本湖南姜畲黄姓农家子。幼孤贫，为人牧牛。十馀岁时，投山寺出家为僧，燃两指供佛，故又号八指头陀。具宿慧，能为诗，初不识字，以画代之。不知壶字，辄画壶形。自言："初学为诗，甚苦，其后登岳阳楼，忽若有悟，遂得句云：'洞庭波送一僧来'。灵机偶动，率尔而成，不谓竟得诗奥。"其后僧众推主长沙上林寺，为士大夫所礼重。独叶德辉郎园谓之曰："工诗必非高僧，古来名僧，自寒山、拾得以下，若唐之皎然、齐己、贯休、宋之九僧、参寥、石门，诗皆不工，而师独工！其为僧果高于唐宋诸人否耶？"寄禅不服，德辉书楹联赠之，有"正法眼空三教论，中唐音变九僧诗"之句，亦谓其诗自工而僧固不高也。主上林方丈一年，德辉又讽之曰："和尚应酬杂沓，何不出家？"寄禅笑颔之，不能答。辞上林席，还姜畲，宿杨度皙子山斋。度出屏纸强其录诗，十字九误，点画不备，窘极大汗，书未及半，言愿作诗以求赦免，度许之，命题击钵，洪篇立成。后游天台，得"袖底白生知海色，眉端青压是天痕"一诗，莫不称颂。未几主天童寺方丈，作白梅诗，远近传写，呼之为白梅和尚。一日，下山睹流水，憬然有悟，为诗曰："流水不流花影去，花残花自落东流！落花流水初无意，惹动人间尔许愁！"入民国，被推为中国佛学会会长。二年，以寺产事入

❶ 据今人梅季《八指头陀诗文集》（岳麓书社 1984 年版）附录三《八指头陀年表》，敬安生年当为 1852 年。

京，请愿发还，与内务部某司长言语抵牾，某怒起掴其颊，寄禅归所主法源寺，一夕，愤懑而死。其诗大抵清空灵妙，音旨湛远。杨度收其平日遗稿刊为《寄禅上人集》十九卷。

杨增荦（一八五〇——一九二三）

杨增荦，字昀谷，别署僧若，江西新建人，光绪戊戌进士。昀谷平生谨饬自守，潜心于学，戊戌通籍，诗名益著。迄于光宣之交，京国胜流，无不知有诗人杨昀谷者，其诗善抒名理。若偈若文，难以巧似。至其胸怀高澹，吐属天然，自然有一种隽永疏秀气体，在江西诗派中自创风格。后官至四川候补知府，民国二十二年卒于津沽，年七十四。有《杨昀谷先生遗诗》。

王树枏（一八五一——一九三六）

王树枏，字晋卿，新城人。光绪丙戌进士，以主事分户部，改官知县，选授四川青神，改署资阳、新津，治邑有威惠。其为政也，不惮礼接士民，而未尝为上官屈。因事罢职，从戎于甘肃。总督陶模器其能，奏复其官而以佐其幕。光绪三十二年，补授新疆布政使。在任亟主仿汉时田卒之制，开渠垦荒，招徕流散，分给田亩耕植，以为生聚之计，并主持撰写《新疆图志》八十册，资料收集极为丰富，为前古所未有。其诗雄恣怪瑰，亦以昌黎为宗，而特参以孟东野之凄苦，李昌谷之警丽。至于律绝，浑朴而不为槎枒，顿挫而饶能沉着，直可追踪老杜，不止步趋韩轨也。辛亥后以年逾六十，自伤终不得有为于世，乃弃官走京师，民廿五年卒，年八十六。著有《文莫室诗》八卷、《陶庐文集》九卷。

陈三立（一八五二——一九三七）

陈三立，字伯严，号散原，江西修水人，为湖南巡抚陈宝箴之子。清末与谭嗣同、丁惠康、吴保初齐名，所谓清末四公子也。光绪己丑进士，官吏部主事。宝箴抚湘时，一时名辈如黄遵宪、江标、梁启超、徐仁铸、熊希龄、唐才常并集长沙，力行新政，而散原实左右之。戊戌康梁事败，中丞以此挂吏议，而散原亦革去主事职。后曾任南浔铁路局总办。晚年隐居金陵、杭州、庐山。其诗流布最广，工力最深，则万口推为今之苏黄也。早年习闻湘绮诗说，心窃慕之。颇欲力争汉魏，归于鲍谢。惟自揣所制不及湘绮，乃改辙以事韩黄。又以出自弢庵之门，沆瀣相得。戊戌变政，受谴家居，遂壹志为诗。及流寓金陵，诗名益盛。平生论诗，恶俗恶熟，盖其诗亦经数变，早年专事韩黄，辛壬避地海上，又兼有杜陵、宛陵、坡、谷之长，晚年佐以清新。近体参以圆海，而思深理厚，尚不失自家面目。此其过人者也。散原诸子皆能诗，而衡恪、方恪尤著。师曾诗清刚劲上，有迈往不屑之韵。彦通隽语瑰词，情韵不匮，但沉厚不及师曾耳。民二十六年，散原以倭寇入北平，绝食卒，年八十六。有《散原精舍诗文集》。

志锐（一八五三——一九一一）

志锐，字伯愚，一字公颖，号廓轩，别署迂安，满洲镶红旗人。少颖异，与弟仲鲁志钧并有文誉。既孤，依世父广州将军长善于粤。兄弟共读署中壶园，学以大殖，一时名士多与之游。光绪初，以荫为太仆寺员外郎，二年举顺天乡试，六年成进士，改庶吉士，散馆授编修。平生究心经世之学。多识四方贤俊，而与瑞安黄体芳、宗室盛昱交尤善。十九年春，由詹事擢内阁学士，逾岁，除礼部右侍郎。瑾珍二妃失欢太后，出志锐为乌里雅苏台参赞大臣，处理边疆积案，外人折服。嗣以上疏论边疆防务为当局所忌，右迁索伦领队大臣。领队例不得专奏，则恣为诗歌以抒郁结。两宫既殂，摄政王知志锐忠亮，特召还朝。宣统二年，授杭州将军，寻调任伊犁将军，加尚书衔。中途闻武昌起义，兼程进，以九月二十日到官伊犂驻防。旋新军协统杨缵绪攻军府，以身死之，年五十有九。

范当世（一八五四——一九〇四）

范当世，初名铸，字无错，号肯堂，江苏通州人。祖父皆儒素，少时出语惊长老，壮而益奇。武昌张裕钊客江宁，肯堂与张謇、朱铭盘谒之。裕钊大喜，自诧一日得通州三生，兹事有付托矣。有弟钟、铠皆能文章，又称三范，而称先生为大范云。吴汝纶官冀州，诒书钩致，从之，遂之冀。时裕钊亦来保定，主讲莲池书院，并相与论定古人微言奥义，学益大进。后佐李鸿章幕，时往来天津保定间，因得遍交海内名宿，诗益奇肆。甲午战败，文忠得罪，先生亦东归，家居不出。以久不第，抑郁牢愁，诗境几于荆天棘地，不啻东野之诗囚也。工力甚深，下语不肯犹人。读之往往使人不欢。然其渊源所在，则得力于李、杜、韩、孟、苏、黄为多，故能震荡开阖，变化无方。先生所教诸生，多为通才。两弟一成进士，为令河南；一拔贡，朝考一等，为令山东。而先生卒以诸生终老，名被天下。光绪三十年以病肺卒，年五十一。有《范伯子诗集》十八卷，《文集》十卷。

黄绍箕（一八五四——一九〇七）

黄绍箕，字仲弢，号鲜庵，浙江瑞安人。光诸庚辰进士，官侍讲。仲弢博学工文辞，善鉴别书画。尤爱才好士。康有为未遇时，绍箕力为延誉。及戊戌政变作，绍箕闻信，奔告有为，遂脱于难。嗣为荣禄所恶，告归。寻起为湖北提学使，卒官。仲弢既少承家学，又为广雅入室弟子，工骈体文，兼精于金石书画目录之学。诗不多作，有作亦不自珍惜，散落殆尽。今所传之《鲜庵遗稿》，吐语蕴藉，卓然雅音。其七言古诗尤兼有庐陵、眉山、道园之胜。虽不隶河北省，而诗学典赡雅正，足为广雅、箦斋张目，故列入河北诗派。

黄绍第（？——一九一六）

黄绍第，绍箕弟，字叔颂，号缦庵，浙江瑞安人。光绪庚寅进士，官湖北候补道。著有《缦庵遗稿》。

文廷式（一八五六——一九〇四）

文廷式，字芸阁，号道希，又号纯常子，江西萍乡人。光绪进士，授编修，德宗超授侍讲学士，以劝后变法褫职。戊戌后，流徙江湖以死。道希以文章气节负一时清望，长短句得苏辛之遗，诗则知者甚稀，实则力追浣花，有《诸将》、《咏古》之遗意。文氏籍隶萍乡，与湘中文士交往甚密，故宗派略从同也。又工骈体文，意境尤高。

陈衍（一八五六——一九三七）

陈衍，字叔伊，号匹园，别署石遗，福建侯官人。光绪壬午举人，官学部主事，民国任福建通志总裁。平生广交游，富闻见，又喜奖后进，为人说诗，撰为诗话，辑为总集。海内识与不识皆承风景慕，得其一言为重。外邦如日本矢野仁一过闽相访，铃木虎雄撰支那文学，亦列《石遗诗说》一章，认为近代诗派中坚，洵非无故。石遗初则服膺宛陵、山谷，戛戛独造，迥不犹人；晚年返闽，乃亟推香山、诚斋、渐趋平澹。民二十六年卒，年八十一。有《石遗室诗集、文集》、《朱弦词》、《石遗室诗话》、《近代诗钞》、《宋诗精华录》、《八家四六文补注》、《元诗纪事》、《辽诗纪事》、《福建通志》等。

杨锐（一八五七——一八九八）

杨锐，字叔峤，又字钝叔，四川绵竹人。光绪间，以举人授内阁中书。鲠直尚名节，以陈宝箴荐加四品卿衔，充军机章京，参与新政。孝钦后再听政，见杀，为戊戌六君子之一。有《说经堂诗草》。其诗拟古为多，自写性情之作，正复清远。

沈瑜庆（一八五八——一九一八）

沈瑜庆，字爱苍，号涛园，福建侯官人。葆桢之子，光绪乙酉举人，官至贵州巡抚。涛园以名父之子，故早有匡济之志。及回翔中外，旋起旋罢，则以禀性刚直，不肯与世俯仰。平生最熟《左传》、苏诗，引吭高歌，声出金石。及落笔为诗篇，遣词铸语，比类达情，罔不镕铸二家，奔赴腕底。诗成讽诵，殊不见其裁合之迹。斯其过人者也。抚黔年馀，即值辛亥光复，乃徙居海上，以诗人终老。民国七年卒，年六十一。有《涛园集》。

易顺鼎(一八五八——一九二〇)

易顺鼎,字仲硕,一字实甫,自署曰忏绮斋,又号眉伽,晚号哭庵。湖南龙阳(今汉寿)人,光绪丁丑举人。童时曾陷太平军中,军中将领爱护之,养为己子,后为清军所得,问知为易佩绅子,以付应城县。此事世多知之,范肯堂并有诗三首纪其事。实甫在晚清曾官至广西右江兵备道,后为岑春煊所劾,罢官去,潦倒江湖。辛亥后,携一妾居京都,穷困抑郁以死。其诗才高而略变其体,初为温李,继为杜韩、为皮陆、为元白、晚乃为任华。横放恣肆,至以诗为戏,要不肯为宋派。晚年与樊增祥齐名。樊易二家在湖湘为别派,顾诗名反在湘派诸家之上。卒于民九年,年六十三。有《琴志楼丛刻》。

刘光第(一八五九——一八九八)

刘光第,字裴村,四川富顺人。博学能诗文,工书,尤重气节。光绪进士,官刑部主事。其诗笔健举,迥不犹人,思深力厚之作,不后闽赣派诸家,而奇情壮采又微近定庵。戊戌以陈宝箴之荐加四品卿衔,参与新政。八月政变被杀,为戊戌六君子之一。有《介白堂诗集》。

郑孝胥(一八六〇——一九三八)

郑孝胥,字太夷,号苏戡,福建闽县人。光绪壬午举人。工诗,为广雅、弢庵所推重。而孝胥自负经世之略,好奇计,抵掌谈兵,有口辩。清季以道员赏四品京堂,率湖北武建军、督办广西边防。既柄兵,骤擢用,顾所自憙者在诗,其乘边也,著短后衣,亲历戎行,勤放哨,教打靶,振刷士气,日日俨对大敌。以此坐镇两年,成惠甚著。已又不适,光绪三十一年乞罢归江南。三十三年,清廷再以安徽按察使、广东按察使征,皆不起。其诗始为大谢,继为韦柳、为孟郊、为临川、为文与可、米元章,晚乃亟推江弢叔。真气外溢、韵味旁流是其所长,而英气未除,衍、仪是竞。盖以负才未遇,锐志功名,晚节不终,固识者早已知之矣。有《海藏楼诗》八卷。

李希圣（一八六四——一九〇五）

李希圣，字亦元，湖南湘乡人。光绪壬辰进士，官刑部主事。生平精于鉴别旧椠，通籍后始学为诗。有作必七律，以玉溪生自许。著有《雁影斋诗存》。

谭嗣同（一八六五——一八九八）

谭嗣同，字复生，号壮飞，湖南浏阳人。能文章，好任侠，善剑术。自甲午战后，发愤提倡新学。官江苏知府，以徐致靖荐，加四品卿衔，充军机章京。与杨锐、林旭、刘光第同参与新政，时号为军机四卿。孝钦后垂帘，见杀，为戊戌六君子之一。有《仁学》、《石菊隐庐笔识》、《寥天一阁文》、《莽苍苍斋诗》、《远遗堂集外文》等。

寿富（一八六五——一九〇〇）

寿富，字伯茀，号菊客，宝廷长子。光绪戊戌进士，官翰林院编修。尚气节，重新学，治经不局汉宋。论天下大势，以泯满汉畛域为先。充大学堂分教，赴日本考校章程，既归，党禁起，杜门莳菊以自娱。平生喜与当代名流往还，诗亦闲雅，但少坚苍耳。光绪二十六年与弟富寿同殉于庚子联军入城之役，年三十六。有《读经劄记》、《菊客文集》。

姚永概（一八六六——一九二三）

姚永概，字叔节，号幸孙，安徽桐城人。光绪戊子举人。父濬昌，字慕庭。承累世宦业，而贫困几不能自存。喜为诗。长兄永楷，次永朴每从姊夫马其昶商论文史，以永概幼，未遽语也。永概则愠见辞色，曰："奈何轻我?"永概以其昶及范当世为姊婿，以永朴为兄，耳目濡染，神与古会，年十八补诸生，二十三中举人，实为解首，颇为考官所识。旋选授太平县教谕，又举博学鸿儒，皆不就，时变法后，废科举，兴新学，即充安徽高等学堂教务长，改师范学堂监督。其诗秀爽而为警炼，沉郁而能顿挫。早喜梅宛陵、陈后山，晚乃出入遗山，语必生新，而志在独造。民国后，殚心教学，一出应北京大学之聘，为文科学长。徐树铮创正志学校，延为教务长，而永朴、马其昶、林纾为教师，皆一时宿学，士风肃静，出京师诸校上，天下无异词。清史馆成立，永朴、永概均为协修，晚年耽心内典，得趣颇深。民国十二年卒，年五十八。著有《慎宜轩诗》八卷及《慎宜轩文集》若干卷。

李瑞清（一八六七——一九二〇）

李瑞清，字仲麟，号梅庵，后易名永清，自署清道人，江西临川人。光绪乙未进士，选庶吉士。改官江宁候补道、官至江宁布政使。光绪二十一年，改道员，分江苏，曾摄江宁提学使兼两江师范学堂监督。辛亥革命，江宁新军起而响应，合浙军攻城。官吏潜逃，城中一总督，一上元县尹而已，瑞清独留不去，仍日率诸生上课如常。总督张人骏强起瑞清摄布政使篆。光复后，避地沪渎，服道士服，晚年鬻书画自给。其诗宗汉魏，下涉陶谢，吐语摛词，自然高秀，偶为绝句，亦在李东川、王龙标之间，惜深自谦，抑又为书画所掩，流布不多，故世人亦无从尽知也。民九年卒，葬于金陵牛首山。有《清道人遗集》二卷，佚稿一卷，捃遗一卷。

章炳麟（一八六八——一九三六）

章炳麟，本名绛，字太炎，浙江馀杭人。清末师事俞樾，又尝问业于定海黄以周。谨守古学以治左氏《春秋》，见知于两湖总督张之洞。以言革命事闻于武昌守梁鼎芬。将系之，太炎逃申，亡何，以序邹容《革命军》一书入狱。既出，乃东走日本，集留学国人二十许，为讲书。入民国，太炎故以文字张革命而有成，功誉望高，讲学推为大师，而持论愈峻厉。生平为诗不作近体，而以五言古最多。民国二十三年讲学苏州，设章氏国学讲习会。二十五年卒，年六十九。有《章氏丛书》四十八卷。

吴保初（一八六九——一九一三）

吴保初，字彦复，号君遂，安徽庐江人。以荫补刑部郎中。工诗、古文，性潇洒。书模褚赵，蕴藉如其人。有《未焚草》、《北山楼诗集》。

李刚己（一八七二——一九一四）

李刚己，字刚己，河北南宫人。肯堂弟子，光绪戊戌进士，官山西大同县。所作诗辞气驱迈，植体杜黄，得法于师，几于具体，民国三年卒，年四十三。有《刚己遗集》五卷。

黄节（一八七三——一九三五）

黄节，字晦闻，广东顺德人。曾官广东教育厅长。辛亥改步以后，北上任教北雍，与旧京诗人如陈宝琛、曾习经、罗惇曧等皆有往还，而诗亦日益高，名日益盛，篇什日富，南北诗坛无人不知。其诗咽处见蓄，瘦处见腴，其回肠荡气处见孤往之抱；其融情入景处有缥渺之思，而其使人低回往复感人心脾者，皆在全篇，难以句摘。民国二十四年卒，年六十二。有《蒹葭楼诗》、《汉魏乐府风笺》、《曹子建诗注》、《谢康乐诗注》、《鲍参军诗注》等。

林旭（一八七五——一八九八）附妻沈鹊应

林旭，字暾谷，号晚翠，福建侯官人。光绪癸巳举人，官内阁中书。德宗锐意革新，以王锡藩荐，加四品卿衔，充军机章京，参与新政。十日之中，陈奏甚多。孝钦后垂帘，见杀，年二十四。为戊戌六君子之一，有《晚翠轩诗集》。旭妻沈鹊应，字孟雅，亦侯官人。瑜庆女，工诗，有《崦楼遗集》，附《晚翠轩集》后。戊戌六君子中，绮年笃学，暾谷为最。暾谷少孤，从塾师学为律赋，出语即惊其长老。喜浏览群书，家贫不能购置，则阅市借人，人见其好学甚笃，亦多出其所藏供之，故年在总角，博闻强记，俨若宿儒。沈涛园瑜庆，以道员由金陵归省，一见惊异，即以爱女许之。及赘于金陵，从游武昌，一时名辈若陈宝箴、三立父子、梁鼎芬、蒯光典、屠寄诸人皆与相识，延誉不去口。及光绪十九年旋里，为邑诸生，是年领乡荐第一。程墨甫出，天下传诵，时暾谷才十九岁耳。不谓戊戌政变乃竟惨罹大辟，生才实难，而龙鳞醯脯，清廷之大命，不待武昌义师之起，有识者早已断其必无幸矣。《晚翠》一集，得力实在后山，故吐语深而用意曲。初看若枯涩，久味乃名隽，非究探其内心者，不能识其命意高处。及相喻以解，乃觉他人所有，直小儿女语耳。然苦语总觉酸鼻，岂言为心声耶？使噉谷不死，恐亦无进于是者。《崦楼》诗亦清溜，清婉之中，间以悲惋，其志可哀，其遇尤可悲矣。

刘师培（一八八四——一九一九）

刘师培，字申叔，号左庵，初名光汉，江苏仪征人。初从舅父凌晓楼课读，稍长，即精研古籍，贯串群经，于《左氏传》致力特勤。其诗法子美，间学汉魏，气体颇大，惜略嫌肤廓耳。其《癸丑纪行六百八十八韵》为其生平杰作。当丙午之际，尝与章太炎、黄节、邓实办国学保存会，每月刊《国粹学报》一册。先生在日本时与太炎并号为二叔先生，盖以枚叔、申叔字也。卒于民国八年，仅三十有六。著有《左盦集》十卷、《匪风集》一卷、《春秋左氏传古例》十六卷、《周书补校》八卷等，凡三十馀种，其中已刻者十不逮一。

千帆谨案：申叔先生遗书后由南桂馨排印，汪寄庵先生为之序。或略有遗阙，然不多矣。

曹元忠

曹元忠，字君直，号夔一，江苏吴县人。光绪甲午举人，以词名，诗不常作，学玉溪生，工处时出李希圣雁影斋上。专事摘艳薰香，托于芬芳悱恻。著有《北游小草》。

三多

三多，字六桥，蒙古人，樊山弟子。为诗工于隶事，得其师法。官杭州驻防官、奉天都统、绥远都统、库伦驻防大臣。尤熟于满蒙各地方言，与故实稍雅驯者，多以入诗。而歌行似增祥，尤似顺鼎；七律似顺鼎，尤似增祥。其诗隐称雅切，咸得增祥师法。有《可园诗钞》。

王守恂

王守恂，字仁安，河北天津人。官河南巡警道。肯堂弟子。其诗学致力甚深，得力于肯堂较多。其用力之作亦复健举。有《王仁安集》初、二、三、四集。

杨庄

杨庄，字叔姬，湖南湘潭人，杨度妹，湘绮少子代懿室也。为湘绮弟子，服膺师说，始终弗渝。其五言诗泽古甚深，得湘绮嫡传，同门莫能及。有《杨叔姬诗文录》。

《汪辟疆文集》

光宣以来诗坛旁记

俞樾与袁随园

袁简斋枚，己未朝考题为《赋得因风想玉珂》，有句云“声疑来禁院，人似隔天河”，刻画想字甚佳。时总裁诸公以为语涉不庄将摈之。大司寇尹文端继善争曰：“此人肯用心思，必年少有才者，尚未解应制体裁耳。此庶吉士所以需教习也。倘进呈时上有诘问，我当独奏。”众议始息。袁之与馆选，文端之力也。已而，上命尹教习庶吉士。袁献诗云：“琴爨已成焦尾断，风高转重落花红。”此袁尹文字因缘也。俞荫甫樾幼不习小楷书，而故事殿廷考试专重字体。道光三十年，俞捷春官，保和殿覆试获第一，人皆疑焉。后知为曾湘乡相国所赏所致。曾得俞卷，极赏其文，言于杜文正，必欲置第一，群公集观，皆曰：“文则佳矣，然仓卒中安能办此？殆录旧文耳。”曾曰：“不然，其诗亦相称，岂诗亦旧诗乎？”议遂定，由是得入翰林。诗题为《淡烟疏雨落花天》，俞诗有句云“花落春犹在”，曾奇赏之曰：“此与‘将飞更作回风舞，已落犹成半面妆’相似，他日所至未易量也。”后曾氏出将入相，功业之盛，一时无两。而俞氏则自罢豫学使后，沦弃终身，穷老著述，虽名满天下，然终以书生老矣。同治四年，俞在金陵寓书于曾公，述及前句。且曰：“由今思之，蓬山乍到，风引仍回，洵符花落之谶矣。然比来杜门撰述已及八十卷，虽名山坛坫万不敢望，而穷愁笔墨，倘有一字流传，或亦可言春在乎。此亦无聊之语，聊以解嘲，因颜所居曰春在堂。他日见吾师，当请为书此三字也。”师生沆瀣均缘诗句作合。俞氏事正与简斋相类，亦文坛嘉话也。俞氏亦曾以随园事相媲。其集有《上曾涤生爵相书》云：“金陵晋谒，小住节堂，一豫一游，叨陪末座，穷园林之胜事，叙觞咏之幽情，致足乐也。忆袁随园上尹文端启事云：日落而军门半掩，知灯前尚有诗人。山游而僚属争看，怪车后常携隐者。樾以山野之眼，追随冠盖之间，颇有昔贤风趣。而吾师勋业高出文端之上，奚啻倍蓰，则樾之遭际亦远越随园矣。”云云，正引袁相况。又有《与肃毅伯李少荃同年前辈书》亦有云：“顷阅邸抄，知承恩命摄篆两江。因思金陵为名胜之区，又得阁下主持其间，未识有一席之地可以位置散材否？近世以浙人而作白下寓公者，惟随园老人至今艳称之。其人品、其学术均非樾所心折，然其数十年山林之福，实为文人所罕有，而非尹文端为制府，则亦安能有此耶？樾之薄福，固不敢希冀随园，而阁下勋名，则高出文端万万矣。”云云，取譬尹、袁，意亦犹之。（据《随园诗话》、《春在堂随笔》隐括之。）

肃毅伯李少堂制府与俞氏，于乡榜为同年，于翰林为前辈，然俞与李固未尝一面也。同治元年，肃毅奉命抚苏驻上海，有商华伯太守者，与俞亦甲辰同年也。公见之问曰：“浙江同年有孙琴西、俞荫甫二人，颇识之否？”以相识对。问所在，无以应也。适章采南修撰视学闽中，道出上海，亦与俞为甲辰同年，华伯问知俞在天津，以告公。公喜曰：“若致书，先为吾道意。”俞闻而感之，然俞实不知李公何以知之也。同治四年，俞氏始识李公于金陵，请其故，公曰：“湘乡告余也。庚戌会试后，余问湘乡今科得人否？举君名以告，因识之，不敢忘。去年余充江南乡试监临官，见湘乡公于金陵。犹能诵君覆试时诗也。”俞氏叹曰：“以樾之不肖犹未见弃于师友如此，可感亦可愧也。”此一则见俞氏《春在堂随笔》。

周昀叔星誉

祥符周昀叔星誉、季贶星诒昆仲，在同光间并负才名，诗、长短句并工。而昀叔亦曾见赏于曾湘乡相国，外人殊少知之也。顷见桐城吴先生尺牍，有戊戌闰三月十九日《与福建李勉林廉访书》。中云：“南中近刻《五周先生集》，今呈上一册。五周先生者，敝师昀叔先生昆仲合集也。先生为文正公高第弟子。庚戌朝考，以《山虚水深》命题，文正公击赏先生试帖二句云：‘鹤舞空崖月，龙吟大海潮。’以为此真诗人之作。拔置第一，归告庞省三。庞时在公邸教授，与先生为同年，闻而走告先师。及揭晓，都下轰传此事，以为艺林佳话。先师在翰林台谏数十年，声名大振。周荇农先生以才自诩，独心折昀师，今遗稿零落，存者亦泰山毫芒耳。”云云。周昀叔受知于曾公，与俞荫甫事极相类。并录存之。

周季贶星诒

周昀叔星誉以试帖见赏于曾文正，已略载前篇。然其弟星诒学行，瑞安孙诒让有《窳櫎诗质跋》言之甚详。跋云：

> 右五言律诗一卷，周季贶先生所著也。先君以道光庚戌成进士，与祥符周叔沄先生为同岁，又同入史馆，春明文宴，往还最密。先生昆季五人，咸以高文邃字，名重一时。而季弟季贶先生学尤淹洽。喜收藏异书，著录数万卷，多宋元旧椠及乾嘉诸老精校善本，三荣郡斋，不是过也。先君曩官江东，季贶先生亦需次闽中，时驰书从先生借钞秘籍，辄录副见寄。手自理董，丹黄杂沓，精审绝伦。某某尝与校读，每伏案钦诵，以为抱经、荛圃，未能专美。既而老友谭君仲修，复为诵先生所作诗词，尤多造微之作，则又窃叹先生述造之富，非徒校雠略录之学也。比先君以太仆引疾归里十馀年，季贶先生亦解组归寓吴门，书牍疏阔，久不相闻。光绪乙未冬，先生外孙冒鹤亭孝廉来瑞安，得从问先生起居，出示先生手定五言律诗五十馀篇。盖先生少年时著集甚富，晚年手自删简，又质之仲修，相与商榷，仅存此一卷。高眇之致，寓诸平易，嵚奇之怀，返之冲澹。抒山长老有云：“清景当中，天地秋色。”可与论先生之诗矣。某之少时，先君尝授诗法，稍长治经史小学，此事遂废，间有所作，神思蹇郁，不能申其恉，每念袁简斋硁渊如先生语，辄用自愧。今读先生兹集，托兴孤迈，妙造

自然，益复爽然自失。夫商彝周鼎，范制简朴，而非巧冶所能放造。此岂涂泽雕缋者所能窥其万一乎？独恨先君于前年冬弃养，与季贶先生卅载神交，未得一见兹集。此尤孤露馀生所为展卷而泫然霣涕者已。

李慈铭

顷阅李莼客《越缦堂日记》，其中诋毁时人不胜录，兹酌记其一二以概其馀。

妄人赵之谦者，亡赖险诈，素不知书。以从戴望、胡澍等游，略知一二目录，谓汉学可以当腐鼠也。亦窃购奇零小书以自夸炫，尝得钱竹汀《庸言录》写本，不知其已刻也，深秘之，改造书名冒为己作以示人。**（光绪五年己卯十一月廿九日记）**

阅《邹叔绩遗书》，前刻楚人王闿运所为传，意求奇崛，而事迹全不分明，支离芜杂。此人盛窃时誉，唇吻激扬，好持长短，虽较赵之谦稍知读书，诗文亦较通顺，而大言诡行，轻险自炫，亦近日江湖佹客一辈中人也。日出冰消，终归朽腐，姑记吾言以验后来而已。**（光绪五年己卯十二月初二日记）**

文廷式《闻尘偶记》云："李莼客以就天津书院故，官御史时，于合肥不敢置一词。观其日记，是非亦多颠倒。甚矣，文人托身不可不慎也。然莼客秉性狷狭，故终身要无大失。视舞文无行之王闿运，要远过之。"

记王湘绮

谈近代诗坛老宿，自以湘绮老人为首屈一指。然湘绮一生之遗闻轶事，言者甚多，亦有传之过甚。兹就所忆及而见闻属于正确者，略记数则，以供谈荟。

湘绮蚤登贤书，既入都，与湖口高心夔曳裾侯门，同为尚书肃顺宾客。时顺虽未居枢要，以御前大臣得文宗宠任，颇与闻国事，引王、高为策士，踪迹甚密。湘绮辛未日记，曾载往视裕庭之子及屡忆淀园往事。裕庭，即顺字也。相传胡曾之任地方，专军务，以及左在骆幕时，谤讟繁兴，文宗将与重惩，为郭筠仙侍郎嵩焘（时以翰林任南书房行走。）与湘绮谋诸顺，而由潘文勤奏请，乃得大用。顺固夙持重汉轻满之策者也。当时评隲人才，佐筹军国，多与时局相关。此事閟无人知，后亦无以佐证。湘绮屡至曾胡戎幕，皆为宾客，不久即去。文正驻军祁门，兵革方亟，湘绮适客军中。文正假事分遣幕府文士，意不欲同罹于难。眉州李眉生按察鸿裔，方佐幕中，私窥文正意，进言："壬秋在此，何不使避去？"文正慨然曰："吾幕文士，以事遣行，不露形迹，军心不至摇动。壬秋以客来此，遽送之行，恐外间哗然耳。但壬秋必知自处，子试窥其作何状，即报我。"李往觇，湘绮方据几读《汉书》，以白文正。文正笑曰："壬秋殆将行矣。"已而报湘绮他去。盖早储一舟于山溪，其仆即操楫者。李询文正："何以知其必行？"文正亦从容告之曰："壬秋宿学，《汉书》何必注视凝思，殆藉看书有所筹策。"李为叹服。此虽细事，足征文正之临事镇定；湘绮之警策；眉生之相从无去志，均有足多者。然文正于湘绮，始终敬礼有加，卒不用之。光绪初，湘绮依丁文诚蜀中，延主尊经书院。后归湘，主讲有年。乙丑一至天津，李文忠亦优礼之。其意实在讲席。时莲池为吴挚甫，问津为李越缦，名学相埒。虽自言倦受馆餐，他无所冀，实亦不无缺望。后谒张文襄、端匋斋于金陵，陈筱石、刘景韩、夏菽轩于鄂、浙、赣、陕，皆在投馈。戊申，特授检讨。辛亥后，又为项城罗致，任清史馆馆长。其甲寅日记在都各事，细绎殊有意味。筹安会成，由夏午诒、杨皙子为媒介，曾以代价易一推戴之电，时已八十矣。数十年耆宿名儒，少年为诸侯上客，晚岁乃奔走道途，终身抑塞磊落，亦晚清文士之怪杰也。

湘绮以民国三年甲寅三月应项城国史馆馆长之招入都，时湘绮年已八十有三。而其时所谓宠姬周妈者，亦携之北上，朝夕不离左右。外间传说，颇有近于莫须有者。实则老人以八十高年，何嫌可疑？乃有如外人所云云者。今观甲寅日记中所记，亦复殊有风趣。如云："杨皙子请至广和居，携周妪往。"（三月十八日）"欲条陈，周婆尼之而止。"（闰五月十九日。时湘绮任参政院参政，欲上条陈乃谋及妇人耶？）"看报，言周妈事，殊有意味。王特生亦求周妈，则无影响矣。"（六月七日。时湘绮回湘。）"闻周妈已上湘矣，甚为失望。”（六月十五日。时湘绮方重回京。周妈先上湘。）“周妈已到，移船往迎。”（十八日）“周妪呻吟为虫鸟音，入主人心。请周生买药，遇慢郎中，至午乃还。”（七月八日。南人呼医生为郎中。）“廿一日，晴，伺候周妪出游东安市场。”（八月）“周妪言黄侠仙母思子发狂。与书袁公，再请之。重伯云已将结案。今日又逢袁生日，不便扰之，乃持信去，又不得千元矣。宜令完夫知之。”（八月廿四日。按黄侠仙即黄同生，宜黄人，能白日见鬼神，且能望人顶上气，以断吉凶。民国三年夏，其子因事受羁，曾托湘绮为当道缓颊。湘绮允之。当时都中以黄案交法院办。即有人言黄以千金贿周妈。陈完夫曾告之湘绮。湘绮云：“余信又长价矣。”故此记及之。）此皆可玩味。湘绮于是年冬月辞馆长。十二日晚间，搭京汉车返湘。先有一呈辞国史馆馆长及参政各职。起句云：“呈为帷薄不修，妇女干政，无益史馆，有玷官箴，应请罢免本兼各职。”内述年迈，不能须臾离周妈，而周妈招摇撞骗，可恶已极。此虽嘻戏之笔，亦玩项城于股掌也。

湘绮于冬月十四日抵汉口，又作一书与袁项城。其书云：“前上启事，未承钧谕。缘史馆设立，本意收集馆员，以修咨访，乃承赐以月俸，遂成利途，按时支领，又不时得，纷纷问索，遂致以印领抵借券，不胜其辱，是以陈情辞职，非畏寒避事也。到馆后，日食加于家食，身体日健，方颂鸿施，故欲停止两月经费，得万馀金，买广厦一区，率诸员共听教令，方为廉雅。若此市道，开自鲰生、曾叔孙通之不如，岂不为天下笑乎？前拟将颁印暂纳夏内史处，又嫌以外干内，因暂送存敝门人杨度家，恭候询问，必能代陈委曲。闿运于小寒前由汉口还湘，待终牖下。奉启申谢，无任愧悚。敬颂福安。闿运谨启。附启者，觐见礼服，夏热冬寒。众皆不便。宜饬改用中制。”此启亦多趣语。

湘绮平生，以诙诡见称，晚年尤恣肆玩世。要之出言风趣，令人解颐。此亦旧日文人通习，非性情乖僻也。兹再记其二三事。武陵陈锐云：“湘绮翁徇端方之请，重游江南，年已七十馀矣。时余方摄靖江县事，同人电招往会，文酒过从无虚晷。翁日见客数十起，赴宴四五处，或小车径往，未尝言疲。陶榘林进言曰：‘久违先生，而满脸春气，为寿无量。’翁曰：‘凡当名士的，必带几分秋气。尔乃谓我有春气耶？'一日宴于袁氏寓园，翁独后至。入门即言曰：'顷从某处席散，人谓我何往？我笑曰：中和园耳。'中和园，本普通饭馆名。而是日主人则同唐子中、秦子和、陈子元三观察公宴也。辛亥国变次年，翁年八十，贺客皆短衣剪发，作洋人装。翁蟒袍貂褂，道貌岸然。或有谏之者，翁曰：'客辈皆著外国服，吾独不可耶？'后二年，为项城强起入都，车至新华门。翁搴帷曰：'吓，新莽门！'其发言成趣如此。翁凤目长髯，仪观甚伟。虽言谈诙恣，造次必有检则，训迪诸子，不稍宽假。从学诸生，罔敢悖慢。每至人家，主人未出，未尝就坐。翁在湘主讲衡阳船山书院时，有请业者，欢然指授。凡所圈点，朱粲如印模。此皆读书人结习，不尽如人言怪诞也。"

袁克桓尝于甲寅间从湘绮学诗，日记中所称为袁四公子也。是年十一月五日，雪。六日日记云："晨起看雪，犹有搓绵。喜冬至郊得瑞雪。天亦三年不食矣。岂喜于得礼耶。作诗志之。诗云；'夜寒忽微和，时雪曜祥霙。良辰接至日，晏处共斋明。郊坛旷高寒，懔栗惧宵升。圣相总隆礼，百僚肃精诚。练緌岂无感，神哉沛先灵。九衢既平直，四海庆丰盈。麦苗信有孚，荔挺伫微馨。余昔贱龙衣，徂年漫自惊。幸无缁尘污，归与闭柴荆。'以示袁四公子，为发蒙学诗也。"云云。余谓此虽湘绮老年一时兴到之戏笔，然局度整齐，章法显露，恰是老人早年正格，亦即为后生学诗之矩范。欲学湘绮一派诗者，试就此一篇细细味之，其门户固历历可窥也。**（是年十一月七日冬至。）**

湘绮言谈诙诡，开口成趣，而其联语亦有之。如郭筠仙嵩焘之卒也，湘绮挽联云："悲悯圣人心，孟子见分际，而公见乖厓，若论名世当时笑；词华翰林伯，同年居要津，而屏居乡里，毕竟文章误我多。"殊有谐趣，然非湘绮不敢言也。张文襄公之卒也，尝遣其子代舆会葬，因为撰联云："文襄若比左文襄，汉宋兼治，更有鳌头廷对策；年伯今称太年伯，斗山在望，来观马鬣圣人封。"代舆与文襄之孙，为拔贡同年也。

成都顾印伯先生为湘绮翁掌教成都尊经书院时所得士，先君又出顾先生之门，于湘绮为再传弟子，故翁尝以戏比康南海

（见《湘绮楼词》）。民国癸丑，翁入京充国史馆长，先君起居之，因叩以史事。翁笑曰："民既无国，何史之有？惟有馆耳。贤契无事可常来坐坐。"此亦汪先生所云言谈诙诡之一端也。先君云尔。——千帆注

张樵野侍郎

今年八月，美以原子弹炸日本广岛。因忆光绪甲午，清廷派张荫桓、邵友濂、王之春往日本议和，三使臣即于广岛登陆，以俟日本派大员接洽议和事。不意日本以三人资望不孚，藉词拒绝，于是三使臣折回，改任李合肥，而有《马关条约》，此奇耻也。今此城尽毁，足以雪中国五十年前之奇耻大辱，亦天道好还之一证也。惟三使中，以张樵野侍郎荫桓，为一时异才。其起既以小吏，其升擢亦出人意外，其末路尤可悲悯。盖以其才具非凡，而气足凌人，睥睨一切。致祸之由，固有自矣。荫桓家世习商，而颇能折节读书，以奇才自负。祁景颐云："张荫桓于同光时随其舅氏李山农观察宗岱于济南，落拓无聊，以弈棋自遣，尝徜徉于大明湖畔。时朝邑阎文介公敬铭抚鲁，励精图治，属吏严惮之。一日以事属幕府草文，不惬意，自为之，亦觉未当，因以属李山农观察。李归为张言之。张固工文，因请试为之。稿成，李以呈文介，本期塞责，不意文介大为嘉许，以为黄祖腹中也。其文明显简要，极合章奏体制。文介问李何人属稿，李不敢隐，以张荫桓对，遂令进见。与谈大洽，遂得入幕府。文介刚傲，不易相处，张乃因势利导，倍加倚重。时各省传教之士，骄纵不法，张承抚命，遇事操纵得宜，是为张氏外交之发端。继文介抚东为丁文诚宝桢，丁亦激赏之，累保至候补道，分发湖北。汉口华洋杂处，张承上峰命，处理交涉，悉协和宜，特简安徽徽宁池太广道。光绪甲申，文介入枢府，荐其堪任洋务大臣，乃开缺，以三品衔在总理各国事务衙门学习行走。正值法越事起，文介与钱唐许恭慎公同兼总署，朝命与张氏会同办理定约划界事宜，外有李文忠折冲。我以谅山大捷，法乃迁就议和。时张氏躬操权柄，锐意任事，又恃枢援，意气益骄矜，为人侧目。当时风尚，京朝九列清班，除满、蒙外，汉则居

恒甲科出身，少次亦由门荫家阀隆重，罕有杂流羼入。张氏以外职崛起，至于卿贰，即不露锋芒，亦难久安其位，况机锋四露，遇事任性耶？故被劾四次，给事中孔宪瑴参其私致书上海道❶。次日，醇邸承旨撤总署昆冈、周德润、陈兰彬、周家楣、吴廷芬、张荫桓差使。已而授直隶大顺广道，复以三四品京堂候补出使美、日、秘，盖李文忠所荐也。海外使还，超擢侍郎。辛卯冬，钱侍郎应溥赴河南查办事件，命张署其礼部侍郎。故事：吏、礼二部尚侍，汉缺非翰林、进士不可，拔贡朝考用部，反能补署，举人亦且不能得。昔年曾忠襄公以功勋重臣，曾署礼尚。忠襄起自优贡，人虽不敢言，亦期期以为不合旧制。时高阳李文正以为礼部尚书，尝与其门下一二翰林言之，以张署侍郎为不当。迨张氏二次入朝，每年供献不赀，挥霍巨万，两宫时有供奉，结纳内侍，所用尤巨。吴渔川（永）观察《庚子记事》谓张于中官不甚理论，殊不尽然。甲午日本事起，曾命偕邵抚部友濂往议和，日本忽拒之，谓其位望不足，乃改命文忠。次年丙申和议成，言者蜂起，劾其与海盐徐尚书用仪纳贿辱国。李文忠留京入总署，翁文恭亦得兼职。凡遇交涉，必使侍郎同为处理，文恭尤为推重，每日函牍交驰，张氏亦勤勤纳交，款接益密云。”（出祁景颐《𬶍谷亭随笔》）

张樵野与翁文恭交欢事，甓园居士（刘焜）《庚子西狩丛谈》，述吴渔川观察永语云：“张荫桓在总署多年，尤练达外势，翁常熟当国时，倚之直如左右手，凡事必谘而后作。每日手函往复，动至三五次，翁名辈远在张上，而函中乃署称‘吾兄’‘我兄’有时竟称‘吾师’其推崇倾倒，殆已臻于极地，今张氏裒辑此项手札❷，多至数十巨册，现尚有八册存余处，其当时之亲密可知。每至晚间，则以专足送一巨封来，凡是日经办奏疏文牍，均在其内，必一一经其寓目审定而后发布。张氏好为押宝之戏，每晚间饭罢，则招集亲知僚幕，围坐合局，而自为囊主，置匣于案，听人下注，人占一门，视

---

❶ 孔宪瑴，《汪辟疆文集》本及油印本均误作“孔宪瑴”。孔宪瑴，字玉双，山东曲阜人。著有《玉双诗稿》。

❷ 裒辑，《汪辟疆文集》本及油印本均作“襃辑”。

其内之向背以为胜负。翁宅包封，往往以此时送达，有时宝匣已出，则以手作势令勿开，即就案角启封检阅，封内文件杂沓，多或至数十通，一家人秉烛侍其左，一人自右进濡笔，随阅随改，涂抹勾勒，有原稿数千字，而仅存百馀字者，亦有添改至数十百字者，如疾风扫叶，顷刻都尽，亟推付左右曰：'开宝！开宝！'检视各注，输赢出入，仍一一亲自核计，锱铢不爽，于适才处分如许大事，似毫不置之胸中。然次日常熟每有手函致谢，谓某事一言破的，某字点铁成金，感佩之词，淋漓满纸，足见其仓卒涂窜，固大有精思伟识，足以决谋定计，绝非草率搪塞者。而当时众目环视，但见其手挥目送，意到笔随，毫不觉其惨淡经营之迹。此真所谓举重若轻，才大心细者，宜常熟之服膺不置也。"（以上《庚子西狩丛谈》）又《瓻谷亭随笔》后段亦云："李文正亦旧辅再出，眷注甚隆，在总署亦惟张氏之言是从。常熟有时利用张氏，以排同官，表面无间，心亦不洽。如总署考满章京，侍郎出题阅卷，翁言：'樵野阅卷，余收卷点数而已。'四十年老于典校，当此一叹。次日考汉章京，翁言：'樵野欲一人专主，余不自量，看六十本，而樵仍覆阅。伊加圈颇滥，余笑颔之而已。'恭邸托一人，余曰：'某已摈之矣。'因不觉力斥其妄，不欢而罢，比通校一过。樵既加圈，不能不尽前，大为所苦。不满之意，溢于言表。"据此，则人言翁张似非真能融洽始终无间者，亦自有征。祁氏所引，盖录自《翁文恭公日记》也。

沈宗畸云："吾乡张樵野侍郎荫桓，起家簿尉，粗识字。中岁始力学，与南海谢偶樵朝征，以文字相切磋。偶樵丈著《白香词谱笺》，参订者侍郎也。侍郎诗文，皆卓然成家，余力作画，亦超逸绝尘，真奇才也。生平作事，不拘绳尺，以外官致身卿贰，朝中诸大老尤疾之。戊戌五月，常熟罢相，侍郎亦为言官论列，闻已有旨饬步军统领查抄，以荣禄力救获免。某君笔记云：'尝见侍郎为人画便面，湿云滃郁，作欲雨状，云气中露纸鸢一角，一童子牵其丝，立危石上，自题二句云："天边任尔风云变，握定丝纶总不惊。"'盖被劾时作云。又侍郎遣戍西行，有《九月晦渭南道上得廉生祭酒书，述敝居及儿垲消息，奉答一首》。诗云：'无限艰危一纸书，二千里外话京居。覆巢几见能完卵，解网何曾竟漏鱼！百尺斋随黄叶散，两家春共绿杨虚。灞桥不为寻诗去，每忆高情泪满裾。'按侍郎藏石谷画至多，筑百石斋贮之。王祭酒，名懿荣，殉庚子之难，有赐谥。侍郎诗笔清苍深郁，接武眉山少陵，七古浩气磅礴。余尝抄存数篇，兹仅录近体，以限于篇幅也。"(《便佳簃杂抄》)

张樵野于光绪朝历任户、礼、兵、刑、工五部侍郎，军机处、总理衙门行走。戊戌新政败，清廷诛党人，诏遣荫桓戍新疆。庚子拳乱，新疆巡抚陶模请赦逐臣，为载漪所忌，乃矫旨就地正法，而樵野死矣。近有牟伯融者，撰《红棉叹》，诗格不高，然考樵野事者，不无可取也。因纪张氏事，遂连类逯录于此。

红棉叹(牟伯融)

木棉树，攀枝花，未发叶，先著葩。阳春正二月，葩开艳若霞。东风一振荡，摇落杂泥沙。绿叶成阴棉吐絮，御寒不中作衣被。除却漫天作雪飞，牧竖卖钱拾滞穗。攫拿枝干只轮囷，赤腾腾气上干云。百石堂中老名辈，别号红棉旧主人。世居佛山清河商，太翁操持计然计。中人之产食指多，有子不循弓冶义。鸡群独鹤出群材，谁识张生负异才！四库五车悉贯串，欧风美化总精该。其奈文章不中程，三十未能青一衿。宁知才大难为用，笑煞禅山市井情。季子归来家不齿，残羹冷炙敝衣履。风尘青眼出青楼。惟有阿金一知己。解佩凌波紫洞舟，添香瀹茗媚香楼。只道花钱出措大，谁知姹女贴缠头。春光漏泄寮婆恶(粤语呼鸨母曰寮口婆)，贴钱养汉龟凌弱。姐儿爱俏鸨爱钞，寒酸岂有迷人药。三郎未必终郎当，飞上枝头变凤凰。不然挟侬眸子去，休教贻笑大堤娼。从此防闲逐穷客，侠骨痴情缘会绝。青鸟殷勤为探看，乞与萧郎壮行色。赆别临岐裹泪痕，最难消受美人恩。愿教丹桂发云路，早拔青莲出火杭，有戚当年令山左，万里寻亲宁重我。琴堂空赋弹铗歌，手谈聊泛明湖舸。风行历下桃花泉(棋谱名，范西屏制)，国手偏推粤客先。赌墅竟能陪谢傅(樵入山东抚幕，初以弈进)，乘槎直上看张骞。围棋决胜特馀事，才比马周工奏议。央口合龙铜瓦箱，勤王先驻金台旆（光绪六年，俄兵犯界，诏调卫京之师，山东丁抚之兵先到，樵以河工、勤王两案随摺保奖）。进贤平远丁中丞（丁文诚公宝桢），保送监司觐玉京。不分汾江穷巷士，才名一旦动公卿。斯文领袖翁师傅，坛坫齐名潘司寇（潘文敏公祖荫）。绝学发微公羊高，及门充塞翰林署。荐贤顺德李侍郎（李文恪公文田），经学新来敝邑张。招致瓶花盦下坐，共来说饼相公堂（戴逵说经，以公羊为饼师）。谈经夺得十重席，五鹿折角闭喙息。赋诗仍推粤派工，石甫樊山应搁笔。帝师咄咄呼伯寅，老夫相士几失真。不谓杂捐超翰苑，白衣新得一门生（樵以纳捐吏目出身，常熟计相，门人尽属甲科，白衣弟子惟樵一人）。留京内用出廷谕，召对迩英授卿寺。蔡邕一月历三台，却教礼部破成例（六部则例，春官最严，非科甲不得补署。樵以捐纳竟升右堂）。泥金传遍五仙城，紫诰金章奉寿椿。嘱咐里门备仪仗，花车快送意中人。正室鱼轩到京邸，郎去三年阿金死。病骨难捱葵扇敲（粤语呼鸨母曰大葵扇），断魂谁挽芙蓉诔（金死系吞阿芙蓉膏）！桃花命薄莲苦心，岂独伤心是小青。博得英雄数行泪（樵闻金死，落泪而已），奈何天外惜馀春。洋务邦交归总署，恭王主政爵相副（合肥李文忠公）。盲人瞎马坏方针，一丘之貉国是误。张衡能造浑天仪，邹衍谈瀛仍穹迷。特派衙门充坐办，又参枢轴入军机。平生画爱石谷叟，贿迁重购九十九。合璧求全一幅山，百石堂成开笑口。大郎承旨搜墨林，报说容斋画宝琛。不是状元难割爱，只缘国使位方尊（出使德俄奥大臣吴县洪钧）。通家谋画结仇怨，指嗾台垣纠吴县。当时中伤怀璧人，后来酿出彩云案。德宗宵旰在图强，书上公车首推康。百日维新建新极，格天一德是翁张。移宫捕党新政变，六士铮铮死国难。引用匪人间两宫，君与贵阳罚城旦（贵筑李尚书端棻）。因果循环庚子年，灭洋扶清义和拳。举贤陶侃原忧国（新疆巡抚秀水陶勤肃公模），乞赦逐臣弭衅端。拜疏开尊为君贺，老樵失色酒杯堕。此何世界吾何归，公欲福我反招祸。端徐跋扈战云汹，得疏惊疑气转凶。

几失充军二毛子，爰书矫诏害孤忠。六月天山电旨下，原保转作监斩者。丹心碧血洒龙沙，断送孤臣一樵野。溯君廿载秉国钧，缅越高丽台湾沦。富贵逼人天步棘，春秋责备在贤能。嘉君抱负眼光利，提倡新法救国弊。涣汗不成翊赞功，求治太急进太锐。论君一生辜负恩，报书迟滞误阿金。阿金争比金娇幸（光绪末粤妓金娇故后，吴兴沈叟费千金建墓绘象刻诗，门联为铁禅和尚撰。墓在息鞭亭畔，正对黄花冈。烈士美人已成羊石名胜），金屋无人见泪痕。苏秦昔佩六国印，君领五部差相称。宠利居功不保身，四科所以先德行。百粤重光我在军，登龙客晤大郎君。凤毛未许同嵇绍，羊质宁堪溷景仁（诗人黄景仁，字仲则，张子同）。入都烂入复辟党，纨袴招灾由狂妄。宋王押遣圣人逃（宋芸子、王湘绮均押遣回籍），尔独何辜陷法网。援引康海出尊公，父以此始子其终。兴亡转烛三十载，风流云散百辈空。木棉本是不材木，木不为炊花瓮蔌。花名人号将毋同，输与二樵饱眼福（黎简山水以红棉图为多）。宦游佛镇老牟融，一访鬻沙侠女踪（佛山鬻嘴沙为妓院所麕集）。君不见樵径苍茫绿野外，年年春至木棉红。

《清史稿》二百二十九有《张荫桓传》，再录之：

张荫桓，字樵野，广东南海人。性通侻。纳赀为知县，铨山东。巡抚阎敬铭、丁宝桢先后器异之，数荐至道员。光绪二年，权登莱青道。时英国请辟烟台租界，议倡马头捐以敛厚货，荫桓持不可。又义冢一区为人盗售，有司已钤契矣。复与力争，卒返其地。七年，授安徽徽宁池太广道。抉芜湖关痼弊，税骤进。会久霪雨，江流衍溢，州邑吁蓄，出俸钱赈之。明年，迁按察使。征还，赏三品京堂，命直总理各国事务衙门。十年，除太常寺少卿。

荫桓精敏，号知外务。骤跻巍官，务揽权，为同列所忌。给事中孔宪瑴摭其致苏松太道邵友濂私函为泄朝旨，劾之。诏出总署。又以语连同官，并罢周家楣等，朝列益衔之。左迁直隶大顺广道。

十一年，命充出使美日秘三国大臣。逾岁赴美，舟抵金山，税司黑假索观国书，荫桓谓非关吏所得预，峻拒之。电诘美外部，黑假踧踖惭谢。至伊士顿，地近洛士丙冷，华民箪食相迎。初，华民之佣其地也。为美工燔杀，数至二百馀人。前使郑藻如索偿所毁财产，久不得直，至是皆待命荫桓。荫桓既达美都，即与其外部辩论，凡偿墨西哥银十四万七千有奇。金山华民故好械斗，尝为文讽谕之。未几，美设苛例，欲禁遏华工。荫桓曰："与其系命他族，毋宁靳勿与通也。"于是倡自禁华工议。继乃徇众情，不果行。其他乌卢公司槐花园、澳路非奴、姑力、阿路美、的钦巴新蕾诸案，亦多所斡旋。又与日廷争论小吕宋设官事，卒如所议。是岁，除太常寺卿，转通政司副使。十三年，奏设古巴学堂，并筹建金山学堂、医院。后三年还国，乃直总署。历迁户部左侍郎。

二十年，中日议和，命偕友濂为全权大臣，东渡，日人弗纳。次年，复命与日使林董赓议商约，荫桓力争优待利益、征收税则二事，成通商行船二十九款，语具《邦交志》，二十三年，奉使贺英，上以其领度支，熟知外情，命就彼国兼议加税，坚拒免厘。荫桓历英、美、法、德、俄而还，条具闻见，累疏以陈。大恉谓宜屏外援，筹固圉，为箴膏起废策。二十四年，京师设矿务铁路总局，被命主其事。数言修内政以戢民志，治团练以裕兵力，敕并依行。

先是变法议起，主事康有为与往还甚密。有为获谴。遂褫荫桓职，谪戍新疆。越二年，拳乱作，用事者矫诏僇异己，荫桓论斩戍所。二十七年，复故官。

张之洞

南皮张之洞，起自儒臣，扬历中外几三十馀年。晚年内召时，清廷已不可为。盖其时亲贵用事，政以贿成，覆亡之祸已在眉睫也。惟南皮以儒术起家，清季兴学之始，尤以厘定学制为平生得意之事。京师大学堂开创之初，罗致人才及主持巴陵方氏藉没图藉纳诸大学。皆为士林称道。余以宣统初元入学。开学之日，南皮犹亲临主持入学典礼。时年事已高，两仆人挟之上讲台。身躯短小，须发皓然。其训辞则似已预拟，仆以稿进。南皮诵之，声至微细。至吾辈则皆衣冠（清制，补褂如举贡服。）肃立阶下，敬听如仪。今事隔三十八年，思之犹昨日事也。及宣统元年八月，南皮溘逝。余以诸生代表致祭于畿辅乡贤祠（张寓此地，与十刹海近）。入门，即见饰终上谕，矗立若屏。侍者引吾辈至礼堂，行跪拜礼，读祭文而退。及南皮灵輀出都，余以代表送至城外。当时亲见路祭者甚多，皆余所亲睹者也。

张文襄公遗摺，为陈仁先侍御曾寿属草，陈弢庵太傅润色，而公于枕上改定之。中有云："平生以不树党援，不殖生产自励，他无所恋。惟时局艰虞，未能补救，累朝知遇，未能仰酬。将死鸣哀，不敢不摅其愚，泣陈于圣主之前。当此国步艰难，外患日棘，民穷财尽，百废待兴，朝廷方宵旰忧勤，预备立宪，但能自强不息，终可转危为安。伏愿我皇上亲师典学，发愤日新，所有因革损益之端，务审先后缓急之序。满汉视为一体，内外必须兼营，理财以养民为本，恪守祖宗永不加赋之规。教战以明耻为先，毋忘古人不戢自焚之戒。至用人养才，尤为国家根本至计。务使明于尊亲大义，则急公奉上，自然日见其多。方今世道凌夷，人心放恣，奔竞贿赂，相习成风，尤愿我皇上登进正直谦洁之士，凡贪婪好利者，概从屏除。举直错枉，虽无赫赫之功，而默化潜移，国家实受无穷之福。正气日伸，国本自固，凡此愚诚之过计，皆为圣德所优为。倘荷圣明采择，则臣死之日，犹生之年。"（下略）先一日已拟特谥文忠或文正，此遗疏上，以不树党援，不殖生产二语，触某邸之忌，临时忽易前议，改谥文襄云。

南皮于光绪初年喜言事，与宝廷、陈宝琛、张佩纶等有四谏之称，时号清流。自七年后，以山西巡抚出任疆寄，嗣移督两广、湖广、两江。凡建铁路、练新军、创学校、定币制诸大政，皆规模宏大。庚子拳变，与刘坤一、李鸿章、袁世凯定保护东南之约，为最有功。然其人好大喜功，不谨细行，又盛气凌人，故毁之者亦不乏。顷见武陵陈锐《褒碧斋日记》云："张文襄用人成见甚深，及所甄录，一门第、二科甲、三名士。晚年提倡新学，兼用出洋学生，舍是无可见长矣。名位本高，于幕府宾僚，初不注意礼数，队渊加膝，亦所时有。初移节来两江，余惴惴焉，未敢进谒，恐其幕府我也。后以粮储胡研荪同年属撰刘忠诚祭文，获蒙传见。问答颇为投契，如师弟子然。又询以近时所看书，则以诸先正奏议对。文襄曰：'奏议以汝湖南陶文毅为佳。文毅之文于规行矩步之中，仍有一种灏气精光，不可磨灭。作文因当如是，作官亦何莫不然。'言时捋须摇头。余自觉醰乎有味。后文襄再还镇武昌，蒯礼卿观察果来言：宫保欲携君赴鄂。余婉辞乃止。闻文襄在鄂时，官场以'号令不时，起居无节，语言无味，面目可憎'十六字为公赠联。公亦微闻之。一日语人曰：'外间谓余号令不时，起居无节，事诚有之，面目可憎，则余亦不自知。至于余之语言何尝无味。馀人特未尝与余谈耳。'初余代撰祭文，文襄为改二句，已见存稿。旋命撰刘忠诚木主入祠文，尤为激赏。兹从簏中检得，附录于此。文云：'呜呼！髦头星陨，风驰甲马之声；箕尾神归，气壮山河之色。畏垒庚桑之社，永遗爱于馨香；成都葛相之祠，垂大名于宇宙。恭闻故实，式展明禋。奉栗主以告虔，缅桂梁之有赫。千人会舞，豪酋剺面而来；一诏旌忠，父老辍舂而听。伏冀灵旗来下，毅魄长依。荫江淮千里以安流，翊带砺万年于有永。岂直羊公名德，争看堕泪之碑；庶几召伯遗风，勿翦甘棠之树。'"又云："文襄镇广州时，林访西观察在其幕府。访西，名贺峒，侯官林文忠公长孙也。文襄欲以女妻访西弟。访西白庶母，意不可。文襄大惭恨，遂与林疏。后文襄督两江，犹以前事为嫌，访西终不得进用。吾郡易实甫，亦文襄所特赏，朝夕进见，靡会不从。后以奉命拟文稿，中颇用新名词，文襄大怒，戒从官以后易来谒，毋得通报。其喜怒有如此者，文襄奖新学，而喜旧文。又一日见一某君拟件，顿足骂曰：'汝何用日本名词耶？'某曰：'"名词"亦日本名词也。'遂不欢而散。"此皆可见南皮嗜好喜怒，与人自殊。至其在节镇时，挥金如土，尤人所共知者也。

南皮久任疆圻，自负资望，每以倨态对客，凡追随南皮久者，皆能言之。惟其慢袁世凯一事，则言人人殊。梁启超氏则云："光绪壬寅，张在江督任时，袁至南京，与张有所议，袁行之日，张饯之，酒及半，张乃睡熟，久而未醒，袁不及待而行。及醒，急命队请袁回。袁欲不返，幕僚劝之行。比至，重张宴谢罪，欢饮而别，时袁为北洋督也。"李宝嘉（**武进人，即南亭亭长，有《官场现形记》行世，此事见《南亭笔记》。**）则云："壬寅冬间，袁以母丧请假回籍，事竣，道出南京，与张相见，甚欢洽。袁作魏武帝语曰：'天下英雄，惟使君与操耳。'张不谓然，袁方欲有言，而张已隐几卧矣。袁出，张亦不送。袁大怒，径登兵轮，速令开船。南洋管驾以未奉张制军令，辞不敢，袁愈怒曰：'汝谓我北洋大臣不能杀南洋兵轮管驾乎？'不得已，乃启椗。迨张闻炮声惊醒，急遣材官飞马持令箭，谕管驾不许开船，制军即来答拜。张至江干，船已离岸。袁在柁楼，与张拱手曰：'他日再通函可也。'张嗒然而返。后张赴京觐见，虚悬半年，皆袁所为，盖修前日之怨也。"李氏所言，委曲若此，终近小说家装点语，恐不尽可信。近阅徐树铮《视昔轩遗稿》，中有《致马通伯书》，论南皮亦及此事，且得之目击，当为可据。其书云：

通伯先生道席：南皮公传稿，谛诵数四，裁翦严洁，惬心贵当，重事轻举，萧然若无觉矣。篇中多用侧笔，运以曲致，讽誉相孕，抗坠在心，殆合取龙门、六一之神髓，别造新妍，而不袭貌似者也。惟鄙见以为有清中兴以来，自合肥李公逝后，柱国世臣，资望无逾公干，干略无逾项城。公于爵齿德俱尊，而辈行又先。项城功名中人，仰公如神。其时公果涵以道气，驭以情真，两美䜣合，共忧国是。项城不愤亲贵之齮龁，尽其材画，戮力中朝。公虽前卒，而武昌之变，至今不作可也。讵公与相遇，殊形落寞，项城执礼愈恭，则愈自偃蹇以作老态。壬寅之春，公过保定，项城时权直隶总督，请阅兵。既罢，张宴节府，树铮躬侍陪席，亲见项城率将吏以百数，饬仪肃对，万态竦约，满座屏息，无敢稍解，而公欹案垂首，若寐若寤，呼吸之际，似䶎䶎然隐齁动矣。盖公去后数月，项城每与僚佐忆之，犹为耿耿也。一色息之细，不能稍自节束，以笼络雄奇权重之方面吏，徒使其心目中更无可畏可爱可敬之人，生与并世，渐滋其骄谲之萌，致力于拒纳之术，以遗后世忧，当日衮衮诸公，何人曾足语此？此亦清室兴废一大关键，而春秋责备之义所不容，不独严于公也。鄙见以为宜于传中，微书数言，俾后之读史者有所考，而知所以自处之道也。先生其谓可乎？惟幸教及之，不宣。

按此文得之目击，当视梁、李二氏所纪为可靠。惟南皮慢人，往往于广坐大庭中，若寐若寤，甚至鼾作，久而始醒，事所恒见。惟三人所纪，皆为壬寅年间事，而梁、李则皆云在南京，徐又铮则谓此壬寅春间南皮过保定事，显然殊异。徐氏所言于马通伯先生者，当不诬。惟南皮壬寅春间并未尝入京，其入觐则翌年癸卯春间事。徐云壬寅，又显然为癸卯之误，此应订正者也。

徐氏书中所称南皮公传稿，当为《清史稿》张传。惟《清史稿》各传，是否有窜易，或即马氏原文，今无马氏手稿比勘，不得尽知。姑录存于下。

张之洞，字香涛，直隶南皮人。少有大略，务博览，为词章，记诵绝人。年十六，举乡试第一。同治二年，成进士，廷对策不循常式，用一甲三名授编修。六年，充浙江乡试副考官，旋督湖北学政。十二年，典试四川，就授学政。所取士多隽才，游其门者，皆私自喜得为学涂径。光绪初，擢司业，再迁洗马。之洞以文儒致清要，遇事敢为大言。俄人议归伊犁，与使俄大臣崇厚订新约十八条。之洞论奏其失，请斩崇厚，毁俄约。疏上，乃褫崇厚职治罪，以侍郎曾纪泽为使俄大臣，议改约。六年，授侍讲，再迁庶子。复论纪泽定约执成见，但论界务，不争商务，并附陈设防、练兵之策。疏凡七八上。往者词臣率雍容养望，自之洞喜言事，同时宝廷、陈宝琛、张佩纶辈崛起，纠弹时政，号为清流。七年，由侍讲学士擢阁学。俄授山西巡抚。当大祲后，首劾布政使葆亨、冀宁道王定安等黩货，举廉明吏五人，条上治晋要务，未及行，移督两广。

八年，法越事起，建议当速遣师赴援，示以战意，乃可居间调解。因荐唐炯、徐延旭、张曜材任将帅。十年春，入觐。四月，两广总督张树声解任专治军，遂以之洞代。当是时，云贵总督岑毓英、广西巡抚潘鼎新皆出督师，尚书彭玉麐治兵广东。越将刘永福者，故中国人，素骁勇，与法抗。法攻越未能下，复分兵攻台湾，其后遂据基隆。朝议和战久不决，之洞至，言战事气自倍，以玉麐夙著威望，虚己听从之。奏请主事唐景崧募健卒出关，与永福相犄角。朝旨因就加永福提督、景崧五品卿衔，炯、延旭亦皆已至巡抚，当前敌，被劾得罪去，并坐举者。之洞独以筹饷械劳，免议。广西军既败于越，朝旨免鼎新，以提督苏元春统其军，而之洞复奏遣提督冯子材、总兵王孝祺等，皆宿将，于是滇、越两军合扼镇南关，殊死战，遂克谅山。会法提督孤拔攻闽、浙，炮毁其坐船，孤拔殪，而我军不知，法愿停战，廷议许焉。授李鸿章全权大臣，定约，以北圻为界，叙克谅山功，赏花翎。

之洞耻言和，则阴自图强，设广东水陆师学堂，创枪炮厂，开矿务局。疏请大治水师，岁提专款购兵舰。复立广雅书院。武备文事并举。十二年，兼署巡抚。于两粤边防控制之宜，辄多更置。著《沿海险要图说》上之。在粤六年，调补两湖。

会海军衙门奏请修京通铁路，台谏争陈铁路之害，请停办。翁同龢等请试修边地，便用兵；徐会沣请改修德州济宁路，利漕运。之洞议曰："修路之利，以通土货、厚民生为最大，征兵、转饷次之。今宜自京外卢沟桥起，经河南以达湖北汉口镇。此干路枢纽，中国大利所萃也。河北路成，则三晋之辙接于井陉，关陇之骖交于洛口；自河以南，则东引淮、吴，南通湘、蜀，万里声息，刻期可通。其便利有数端：内处腹地，无虑引敌，利一；原野广漠，坟庐易避，利二；厂盛站多，役夫贾客可舍旧图新，利三；以一路控八九省之衢，人货辐辏，足裕饷源，利四。近畿有事，淮、楚精兵崇朝可集，利五；太原旺煤铁，运行便则开采必多，利六；海上用兵，漕运无梗，利七。有此七利，分段分年成之。北路责之直隶总督，南路责之湖广总督，副以河南巡抚。”得旨报可，遂有移楚之命。大冶产铁，江西萍乡产煤，之洞乃奏开炼铁厂汉阳大别山下，资路用，兼设枪炮钢药专厂。又以荆襄宜桑棉麻枲而饶皮革，设织布、纺纱、缫丝、制麻革诸局，佐之以隄工，通之以币政。由是湖北财赋称饶，土木工作亦日兴矣。

二十一年，中东事棘，代刘坤一督两江，至则巡阅江防，购新出后膛炮，改筑西式炮台，设专将专兵领之。摹德人教练，名曰江南自强军。采东西规制，广立武备，农工商、铁路、方言、军医诸学堂。寻还任湖北。时国威新挫，朝士日议变法，废时文，改试策论。之洞言：“废时文，非废《五经》、《四书》也，故文体必正，命题之意必严。否则国家重教之旨不显，必致不读经文，背道忘本，非细故也。今宜首场试史论及本朝政法，二场试时务，三场以经义终焉。各随场去留而层递取之，庶少流弊。”又言：“武科宜罢骑射、刀石，专试火器。欲挽重文轻武之习，必使兵皆识字，励行伍以科举。”二十四年，政变作，之洞先著《劝学篇》以见意，得免议。

二十六年，京师拳乱，时坤一督两江，鸿章督两广，袁世凯抚山东，要请之洞同与外国领事定保护东南之约。及联军内犯，两宫西幸，而东南幸无事。明年，和议成，两宫回銮。论功，加太子少保。以兵事初定，乃与坤一合上变法三疏。其论中国积弱不振之故，宜变通者十二事，宜采西法者十一事。于是停捐纳，去书吏，考差役，恤刑狱，筹八旗生计，裁屯卫、汰绿营，定矿律、商律、路律、交涉律，行银圆，取印花税，扩邮政。其尤要者，则设学堂，停科举，奖游学。皆次第行焉。

二十八年，充督办商务大臣，再署两江总督。有道员私献商人金二十万为寿，请开矿海州，立劾罢之。考盐法利弊，设兵轮缉私，岁有赢课。明年，入觐，充经济特科阅卷大臣，厘定大学堂章程，毕，仍命还任。陛辞奏对，请化除满汉畛域，以彰圣德，遏乱萌，上为动容。旋裁巡抚，以之洞兼之。三十二年，晋协办大学士。未几，内召，擢体仁阁大学士，授军机大臣，兼筦学部。三十四年，督办粤汉铁路。

德宗暨慈禧皇太后相继崩，醇亲王载沣监国摄政。之洞以顾命重臣晋太子太保。逾年，亲贵寖用事，通私谒。议立海军，之洞言海军费绌可缓立，争之不得。移疾，遂卒，年七十三，朝野震悼。赠太保，谥文襄。

之洞短身巨髯，风仪峻整。莅官所至，必有兴作。务宏大，不问费多寡。爱才好客，名流文士争趋之。任疆寄数十年，及卒，家不增一亩云。（《清史稿》列传二百二十四）

李慈铭《越缦堂日记》云：

三代以下，惟恐不好名，其言诚是也。然好名亦有君子小人之别：严流品，峻崖岸，崇名节，尚清议，主持绝学，不耻沉沦，拒绝非分，不顾贫贱，此君子也；虽或议论少激，意见少偏，不少为圣贤之徒。广结纳，争声誉，逞浮辩，恃客气，索隐行怪，厚自标异，外骄内谄，敢为诡诞，此小人也。虽或饰诈行方，露才扬己，终入于下流之目。今有人焉，嗜欲满其中，囚垢饰其外，骛虚声以吓腐鼠，剿杂览以驱群羊，无一艺之可名，无一事之求是，而夜郎自大，凤皇不如，深妒道真，恶闻胜己，岂知转瞬之间，冰消日出，狐狢噉尽，草木同归，岂不悲哉？今日客坐间偶有所感，聊复论之。（光绪三年丁丑四月初八日日记）

按此一段通论小人之尤，似为张南皮而发，附记之。又按是年三月一十七日记云[1]："张香涛属刘氏孤邀江浙数人饮龙源楼，为赙镌山师归葬费，此事余已与同榜诸君有成言矣，不必听人指麾也。不往。"又四月十四

[1] 一十七日，《汪辟疆文集》本原作"二十七日"，据油印本改。

日记云："张香涛来，不晤。"据此则越缦是年春间不嫌于南皮，此二事可证。然则此泛论小人之尤者，必为南皮无疑也。

赛金花（附洪钧墓志铭）

赛金花即曹梦兰，或云傅彩云，樊樊山为赋《彩云曲》者也。妍丽为光宣朝冠，余于宣统间过析津曾见之，丰容盛鬋，不减畴曩。顷见林暾谷与李拔可手札有云："曹君小照前留在尊处，想必收好，千万记着带出来，至要，至托。此人已成广陵散矣！"诗集有二首亦及之，不谓倾城乃见眷眷于名士者若此。又有吉同钧者，著《乐素堂诗存》，中有《癸卯年狱中观妓赛金花感赋》一首并序。盖时以刑部主事，署提牢职，见之狱中也。其序谓："侍郎没后，不甘寂寞，复落勾阑理旧业矣。初居沪，旋携姊妹花入京，遂隶乐籍为诸录事长。五陵豪贵咸以先睹为快。庚子之变，联军入都，德督瓦某，僭居西苑。金花以能操德语，前往迎迓，瓦见而狎焉。瓦好杀，居民苦之，金花为缓颊，多获宥者。由是名倾一时，知与不知皆仰慕之。洋人至影其像以相夸异。其动人欣羡如此。今夏以毙小鬟逮入狱，人皆指为淫报。而怜香惜玉者流，又复群相惋惜，替花请命。嗟嗟！人各有心。憎花者固为方邻矩步之俦，而怜花者亦不尽倚翠偎红之辈，其用情固未可厚非也。余久耳其名，观其像，未获睹其容。今闻定谳拟递籍，行有日矣。窃谓薛涛、苏小，好事者想象其美，至于连篇累牍，相与歌咏于数百年后。今绝世名媛近在咫尺而不一睹芳容，讵非憾事！适代署提牢，入狱察诸囚，次及花，果然丽出肌表。虽徐娘已老，犹娇娆如处子，洵天生尤物哉！见余遥屈一膝，似有乞怜意。夫猛虎在山，百兽震恐，一入陷阱之中，摇尾而求食。赛金花当得意时，非达官贵人不得一接芳泽。及幽身圜扉，虽以余之卑老，犹若俯首贴耳，望其援救，岂不重可惜哉？"诗云："京都多名妓，艳说赛金花。车马门如市，宾客列座嘉。争求一识面，声价高云霞。腰乏十万贯，徒抱虚愿赊。一朝入囹圄，阴院黑云遮。娇星临贯索，泪雨湿荷枷。乞怜犬摇尾，束缚兔罹罝。我署提牢职，放饭趁晚衙。鸡鹜群争食，一鹤静不哗。见我曲一膝，请安礼有加。涂泽去脂粉，艳如碧桃葩。小蛮腰支细，杨柳新吐芽。花甲年逾半，犹如初破瓜。含情羞掩面，犹似抱琵琶。谛视未了了，忽被禁卒拿。须臾双扉阖，深锁不可挝。归来思不寐，深夜趺坐跏。"此诗及序，俱无足观。然赛金花以一妓女，既为洪文卿所惑，而外邦如瓦得西以及中外名流为所震荡者，实繁有徒。余过津门，以某君介，曾一至其妆阁。时年已三十八，而妍丽犹如廿许人。余因忆暾谷"颜色能骄西海花"之句，问："识林暾谷否？"赛曰："光绪丙申间，曾见林君于沪上（时赛方廿五六左右），不三年，而林君死矣。"及民国初元，赛尝往津沪及旧京，年已五十有几，望之犹卅许，可谓尤物。最后闻其再嫁吾乡魏斯炅。魏尝语人曰："吾以古法物视之，不犹愈于赝鼎耶？"魏氏不久亦卒。赛不知所终。千帆谨案：刘半农、商鸿逵撰《赛金花本事》，亦述其暮年生活，师殆未见此书也。

林暾谷《晚翠轩集》有二诗皆为赛作，极可诵，再迻录于此：

和友人韵

锦车使者归来晚，雾阁云窗又起家。楚岫梦回洵美矣，汉宫望久讵非耶！君王自失河南地，颜色能骄西海花。生不逢时尚倾国，也将续命托琵琶。

与石遗大兴里饮罢过宿，有叹

往日矜夸一任谩，远来共醉事殊难。高楼罢酒天初雨，短榻挑灯夜向阑。流落倾城同一叹，忖量终岁得交欢。此怀恐逐晨钟尽，留遣回肠报答看。

洪钧以赛金花而为人所知。然洪氏使俄时曾得回纥文元代旧史及中俄界图，尝据以撰《元史译文证补》，为光绪间研究元史者所推。其人亦非仅以掇巍科工馆书显者，世传其乡人台湾道顾肇熙所撰《洪文卿墓志铭》，可补《清史稿》本传之未备，移录之：

吴县洪文卿侍郎墓志铭并序（顾肇熙撰）

国家自道光二十二年始允泰西通商之请，阅二十年乃置总理各国事务衙门，以王大臣领之。又十年，而后遣使聘问诸国，慎简贤能，颁给钦差出使大臣关防，三年一任，盖递重其事矣。

同县洪公以阁学奉命出使俄、德、奥、比四国，就迁兵部侍郎。任满归，奏对称旨，充总理各国事务衙门大臣，光绪十九年八月二十三日疾终京邸。遗书上，天子轸悼，有“才猷练达，学问优长，尽心职守，办理妥协”之褒谕，赐祭葬，赏延后嗣，饰终之典，视各例有加。孤子洛既奉公之厝归里，乃邮状抵余台湾，言将以明年九月某日，葬公于县之西乡十一都十二图墩字圩赠光禄公茔次，请为之铭。忆同治纪元，同应京兆试，订交乡馆，虽在贫约，顾尝慨然有当世之志，洎同乡举忽忽三十馀年，而公已千古。余虽不文，又奚以辞。按状，公讳钧，字陶士，号文卿。先世自徽州歙县迁吴。曾祖讳士树，候选运同，妣王、李；祖讳启立，国学生，妣巴；考讳垣，候选从九品，妣潘。三世皆以公贵，诰赠光禄大夫，妣皆一品夫人。公年十八，入吴县学；同治三年，举于乡；七年，成一甲一名进士，授修撰，恭修毅庙实录。告成，赏戴花翎，加四品衔，擢侍讲、侍读、左右春坊庶子、侍讲学士、侍读学士、詹事府詹事，凡八迁至内阁学士兼礼部侍郎衔，时光绪九年也。以母病疏请开缺归。明年，丁太夫人忧服除，以原官充出使大臣，转兵部左侍郎。一为顺天乡试同考官，视湖北、江西学各一，典陕西、山东试各一。历充日讲起居注官、文渊阁校理、国史馆协修、功臣馆纂修、实录馆纂修、总纂、提调，本衙门撰文。及为卿贰，殿廷试阅卷，武试较射、覆核朝审、承修坛庙陵寝工程以十数。公性孝友，幼颖异。家适中落，父兄欲令习贾，涕泣跪请卒业。及通籍赠公，已即世，未逮禄养，哀慕终身。太夫人素刚严，意不惬，辄厉声谯呵，不少贷。公则竦息慑伏，怒解乃已。严事兄嫂如父母。歙县修宗祠需万缗，议按丁出钱盈其数，公立输半资以恤贫族。自廷试第一，未散馆，即视学湖北，感激知遇，锐志报国。屡司文柄，简阅精审，惟恐失人。光绪五年，主山东试，人文为各省冠。六年，视学江西，廉知抢替，重名诸弊，严行覆试，终日堂皇，儌幸遂绝。定经训书院规制，兴诸生讲经济之学，多所成就。俗有溺女风，檄各学官兴诸生收恤之，手书联额奖其勤，活婴无算。去任日，诸生于书院尸祝焉。九年，河决山东，朝廷命侍郎游百川驰往筹度，议开徒骇、马颊二河。公奏其未谙河务，且陈河当因时制宜。黄河宜合不宜分，止可宽展重堤，不可别谋分泄。若开引河通二渠，此数百里土性松浮，一旦溃堤北移，将为畿辅患，并条上治河事宜。臬司潘骏文熟悉河务，新获谴，无敢举者，力言其可用。疏入，旋命游百川回京，起用潘骏文。河患渐纾，实自公发之。会法越有事，条陈海防事宜，复蒙采纳，于是上结主知，駸向用矣。出使外洋，廉正自持，守约不挠，洋人感服。凡有裨军国者，密疏以陈。中外交涉繁要，多以电通信。外国用三马电，中国用四马电，费倍蓰。公创以干支代一十百千字，亦成三马电，岁省经费巨万。其精敏类如此。既入总理衙门，力持大体，勇于任事。沿江教案起，西人获谤书，牵涉湖南道员某，欲得甘心，当路亦思重惩以儆效尤。公持不可，谓："徇人意，如国体何？"其人卒得保全。边界瓯脱，间有违言，公以革离错互，非口舌所能争，不欲为国家生事。天子知公深，时赐独对。造膝敷陈，外不能喻于人。人徒见公之踔厉名场，不可一世，而不知其旁魄郁积，耿耿于中，非旦夕矣。向者使还，道经红海，感受暑湿，病伏甚深，一旦触发，遂以不起。公治事聪强，无所瞻避。与疆吏论公事，下笔辄千馀言。兵部复推公主持，不于私宅判牍。每入署，吏抱牍进，恒逾尺，或竟日不得休。在告疾少间，犹一日书二十馀函，不遑自恤。故闻公之薨，自同官自王以次临吊，无不哭失声。悲夫！公生于道光十九年十二月初八日，年五十有五。配何夫人。子一，洛，县学廪生，复由荫生通判改工部郎中。公薨，奉恩旨，服阕后，以本部郎中，遇缺即补。女一，庶出。于俄罗斯见元代旧史，本回纥文，凡更数译，审为元代藩属旧史，详于西北用兵。公得之甚喜，谓足补《元史》疏漏，于是遍考元人官私书，及关系《元史》诸记载，手自纂辑成《元史拾遗》若干卷，搜异域之佚闻，订中国之惇史，古未尝有也。铭曰：

昔班固氏传西域，慨叹汉使益得职。惟公三年历四国，平迁一官依品秩。明修《元史》病荒率，史官自贡惮考核。鄂罗斯文本回纥，纪翔漠事颇详实。公既觏止等珠璧，私幸谋于野则获。爰召舌人通累译，手自濡染奋大笔。俾阙者完疏者密，千秋裘非一狐腋。彼褚先生何足述？武库乃有《左传》癖。旁行斜上成都帙，宜进史宬藏石室。千秋不朽视方策，吾铭匪私秘真宅。（**按"千秋裘非一狐腋"句，秋为金字笔误，上石后乃知之，附记。**）

《清史稿》列传二百三十三卷有洪钧传，再录之：

洪钧，字文卿，江苏吴县人。同治七年一甲一名进士，授修撰。出督湖北学政，历典陕西、山东乡试。迁侍读，视学江西。光绪七年，历迁内阁学士。母老乞终养，嗣丁忧，服阕，起故官。出使俄、德、奥、比四国大臣，晋兵部左侍郎。初，喀什噶尔续勘西边界约，中国图学未精，乏善本。钧莅俄，以俄人所订《中俄界图》红线均与界约符，私虑英先发，乃译成汉字备不虞。十六年，使成，携之归，命直总理各国事务衙门。

值帕米尔争起，大理寺少卿延茂谓钧所译地图画苏满诸卡置界外，致边事日棘，乃痛劾其贻误状，事下总署察覆。总署同列诸臣以钧所译图，本以备考核，非以为左证，且非专为中俄交涉而设，安得归咎于此图？事白，而言者犹未息。右庶子准良建议，帕地图说纷纭，宜求精确。于是钧等具疏论列，谓："《内府舆图》、《一统志图》纪载漏略。总署历办此案，证以李鸿章译寄英图，与许景澄《集成英、俄、德、法全图》，无大纰缪，而核诸准良所奏，则歧异甚多。《钦定西域图志》叙霍尔干诸地，则总结之曰属喀什噶尔；叙喇楚勒、叶什勒库勒诸地，则总结之曰属喀什噶尔西境外；文义明显。原奏乃谓：'其曰境外者，大小和卓木旧境外也。曰属者，属今喀什噶尔，为国家自辟之壤地也。'语近穿凿。喀地正北、东北毗俄七河，正西倚俄费尔干，其西南错居者帕也。

后藏极西曰阿里，西北循雪山径挪格尔、坎巨提，讫印度克什米尔，无待北涉帕地。设俄欲蹑喀，英欲傴阿里，不患无路。原奏乃谓：'二国侵夺拔达克山、安集延而终莫得通。'斯于边情不亦暗乎！中俄分界，起科布多、塔尔巴哈台、伊犁，讫喀西南乌仔别里山口止，并自东北以达西南。原奏乃谓：'当日勘界，自俄属萨马干而东，实以乌仔别里西口为界。今断以东口，大乖情势。'案各城约无萨马干地名，惟浩罕、安集延极西有萨马尔干，《明史》作撒马儿罕，久隶俄，与我疆无涉。当日勘界，并非自西而东，亦无东西二口之说，不知原奏何以传讹若此？谨绘许景澄所寄地图以进。"并陈扼守葱岭及争苏满有碍约章状。

先是坎巨提之役，彼此争碁其间，我是以有退兵撤卡之举，英乘隙而使阿富汗据苏满。至是，俄西队出与阿战，东队且駸駸逼边境。总署复具《筹办西南边外本末》以上。钧附言："自译《中俄界图》，知乌仔别里以南，东西横亘，皆是帕地。《喀约》所谓中国界线，应介乎其间。今日俄人争帕，早种因喀城定约之年。刘锦棠添设苏卡，意在拓边。无如《喀约》具在，成事难说。唯依界图南北经度斜线，自乌仔别里径南，尚可得帕地少半，寻按故址，已稍廓张。俄阿交閧，揣阿必溃。俟俄退兵，可与议界，当更与疆臣合力经营，争得一分即获一分之益。"上皆嘉纳。十九年，卒，予优恤。

钧嗜学，通经史，尝撰《元史释文证补》，取材域外，时论称之。

袁爽秋

袁爽秋太常以抗言罹难。其未遇时，方应省试，祈梦于于忠肃祠。梦有冠服长髯者，所言皆天下事。袁急叩科名，于公曰："尔异日即我，何患不达？"且教以更名重黎。嗣复叩未来大局，曰："重黎之后，大局休矣。"太常耻更名，遂以重黎为字。洎官京师，或荐其出使俄罗斯。怵于前梦，坚辞之。不意居朝列亦以危言死。是事，张潜若同年言之。太常巡皖南时，潜若侨居芜湖，以

试书院见赏得执贽门下，盖亲闻于太常者。（郭则沄《寒碧簃琐谈》）

王乃徵

余于清末，在开封见曾刚父❶有《送王聘三之官抚州》诗云：“远下鸾皇闭九阍，更无鹰隼击秋原。匡床谏笔收残箧，归路荷花感圣恩。一郡江湖闲不握，五更朝鼓断无闻。王民虚有横流叹，又向新亭怅失群。”极喜诵之，以为李玉溪嗣音也。聘三官抚州时，政声甚著。及宣统年间，官河南布政使，先公上书言吏治及蠲去州县漏规积弊事，大为称赏。因檄彻查南阳等处州县漏规及预算事，归而并日记表册呈复之，益大服。余以曾和其《嵩岳游草》数诗，为其所见，许为年少有才。趋谒数次，论文谈艺，不及其他。晚近大官中不失书生结习者，惟聘三先生也。国变后，侨申江，与朱古微、陈散原相倡和，而生事极苦。尝一夕寓庐被窃，衣履尽去，几至不能下床，时冬寒甚厉，无以为生。郑夜起、余尧衢各赠以内外羊裘，陈庸庵馈金，而其他友好亦各有馈赠。今集中有《胠箧篇》一诗，即指此也。聘三有二子，长者早逝。次子阿瑄、年十八：颇文秀，极爱怜之，亦遘疾卒于沪，妾陶氏生一女，亦不育。未几，陶亦死。聘三亲送两榇至宜昌，葬于其前夫人墓侧，盖义地也。临去有诗云：“将离绕匝三号去，尺土庇棺从冢连。乱世异乡为此计，野烟荒草尽堪怜。有身奚塞无穷责，顾尔仍馀未了缘。待有老夫埋骨地，他时偎傍筑双阡。”诵其诗者，为之酸鼻（闻其诗尚未有刻本，余曾抄其一卷，庋藏之）。

聘三，又字病山，名乃徵。晚年侨沪上，易名潜，又号潜道人，四川中江人，光绪庚寅进士。庚子后在御史台，遇事敢言，颇负清望。光绪□□年，外简江西抚州府知府，下车问民疾苦，修水利，惩滑吏，政声流闻。未及五年，即由湖南岳常澧道，擢湖北布政使。时瑞澂督鄂，对僚属颇傲慢，乃徵亦不示弱，两人积不相能。会瑞澂将述职入都，时鄂抚既裁，藩司例当护篆。瑞澂不欲为一时之前后任，一日召王至署，曰：“兄弟近将进京，

❶ 曾刚父，《汪辟疆文集》本作“曾刚文”，据油印本改。

督署日行公事，烦老兄代拆代行。”乃徵曰：“藩司政务殷繁，益之以督署公事，一人之精神，势难兼顾，请大帅别委人署藩司何如?”无结果而散。瑞澂遂具摺请觐，奉旨著来见。同日，奉上谕，湖广总督，著王乃徵暂行护理。盖摄政王载沣颇重乃徵，或传有师生之谊，故有此命，非出瑞澂之请也。朝命既下，瑞澂无如之何。乃徵上院，瑞澂即向之道喜，曰：“老兄圣眷优隆，开府先声，兄弟当代择一吉期，以便履新。”意欲启行后，始使乃徵接任。乃徵曰：“司里历官数省，莅任向不择日。”下院时，即对巡捕言：吾奉旨护院，定于某日接印。瑞澂大恚，至京后，力言乃徵难与共事。政府知二人之相连也，遂将乃徵调河南布政使。到河南，又与巡抚宝棻不相能。南阳县知县潘某，因案为言官纠参，寄谕河南巡抚查覆，循例行司。乃徵查明后，一面详院，一面挂牌将潘某撤任，随即上院面陈此事。宝棻云：“适枢府某钜公方有函托，老兄何以不稍回护?”乃徵对曰：“大帅行司之公牍，但饬查覆，其他非所敢知。”宝棻虽不悦，亦无如之何也。会因争预算案，与财政监理官唐瑞铜龃龉，宝棻乃怂恿瑞铜向度支部以破坏预算讦乃徵。时载泽为度支部尚书，有瑞澂先入之言，即欲具折奏参。右侍郎陈邦瑞极力反对，云：“王乃徵如果破坏预算，河南巡抚何不奏参？即财政监理官亦无正式公文到部，仅凭私函，遽以入奏，本部向无此办法。且近时藩司之负时望者；甘肃藩司毛庆藩及王乃徵等数人耳。本部方将毛庆藩奏参革职，外间已人言啧啧。若再参一王乃徵，恐益滋物议。”事虽止，而乃徵亦不安于豫，未几，调任贵州。旋值国变，侨居上海，易名潜，以鬻医自食。康南海家有患疾者，恒召王医治之。初颇有名，后亦仍贫困，不能自存。余肇康、郑夔龙每佽助之。曾有《致于侍郎借时辰表启》云：“夜来司命见命，以昔尝戏我俾登膴仕，终作窭人，今谋偿我。凡我所临病家，为遣神巫先驱，祓除不祥。任我以平庸浅陋之术，治人困笃垂危之疾，信手拈药，无不立奏奇功，沉疴若失。积数月所得酬金，当能自置一表，即以原物还公”云云。其《鬻医篇》末云：“宣统乙卯春，门首悬一壶。夜来感异梦，起告东海于”者，即指此，然恢诡可见其胸次矣。

病山有《落叶》四首，咏庚子事也。其诗云：“秋撼三山奈别何，流光激箭下庭柯。金仙掌畔荒荒影，玉女池边瑟瑟波。此日韶华随水逝，旧时庭院得春多。娇姿一种芳菲色，不信冰霜意有颇。"（其一）"亭亭珠树植名园，黄蝶西风又几番。浓翠自迎朝地彩。清钟忽堕晓霜痕。一庭衰草争怜影，百尺寒枝不庇根。吹到师涓商调急，玉阶凄怨向谁论。"（其二）"自拂惊尘判玉条，雪埋冰冱几经朝。歌翻独漉伤泥浊，曲写哀蝉感翠凋。铜辇再过秋似梦，碧沟一曲怨难消。白杨路断鹃声急，谁向荒郊慰寂寥。"（其三）"依旧空庭碧藓滋，凄清日色冷燕支。轻来金谷飘烟地，又到银瓶合冻时。南雁叫群千里断，夜乌啼梦一秋悲。长空愿止回风舞，为惜飘零最后枝。"（其四）狄平子云："此诗婉而挚，沉而佻，哀音激楚，有类变雅。"余谓清末京朝，颇多哀楚绵邈之音，皆从玉溪、冬郎而出。如李亦元、曾蛰庵、丁叔雅皆工此体。病山则不时作。此亦因珍妃之死，感而为此。事既哀怨，题亦凄惋，遂不觉偶入此派耳。实则病山其他诸诗，皆骨力坚苍，而游山之什尤工，亦不全似此种也。

陈锐《裒碧斋诗词话》云："吾常为王荓衫方伯昔年备兵地，乱后来侨，与余书酝相劳苦，倡和有诗。朱古微次韵寄之曰：'极天兵火况修途，谁谓荓蓬匪定居。用意故须忧患外，告哀犹是乱离初。新知濡吻宜尊酒，旧颂流传尚井庐。日夕双江急东下，莫因人事损音书。'此与前赠李梅龛作皆为杰特。（朱祖谋《寄李梅庵》诗云："骨折心摧泪亦干，世人只作等闲看。犹闻下笔风雷起，便与临觞醉酒难。着想何人到青史，收身百计逊黄冠。寻仙采药诚非妄，期汝行吟创大还。"）荓衫原作云：'还轸兵戈九折途，寄巢风雨一廛居。妻孥尚在真成累，故旧相逢解念初。不死与谁消暮日？馀生何处是吾庐。余宗未返跫音绝（谓王梦湘），破涕缘君尺素书。'余次韵云：'相忘龟尾在泥途，犹胜当年葆棁居。形质虽存非复我，江山信美不如初。新愁突兀逃亡屋，旧梦依稀涑草庐。未可全无消遣法，篱根补读橐驼书。'"夏敬观《忍古楼诗话》云："中江王病山方伯向有《游径山天目诗》一卷，已印行。余架上本有之，不知为何人持去，遂不见归。其游天目，先识一径山老诸生，遂往径山，主其家十数日，笠屐登陟殆遍，后步行游天目。余凡游天目三次，未尝一涉径山。盖其时径山寺已为盗贼所焚毁，游者相戒未往。东坡游迹，惟到径山。揣当北宋时登径山易，登天目难耳。病山尝谓余曰：‘径山者，一缩小之天目也。然竹木殊盛，虽小而幽曲。’又曰：‘凡游山皆须有跻胜之具，且不择居止饮食。’此语诚然。今临安道中，知游天目者多矣，至于径山，人以为小而忽之，则不免交臂相失。病山又有《游邓尉》诗，其写景极避平易，亦不填塞，是为上乘。其《石壁精舍》（其一）、《司徒庙观宋柏》（其二）、《韩蕲王墓》（其三）、游邓尉第三日，偕甘卿、觉先、愔仲登灵岩，愔仲题名寺壁。是日仁先导散原游天平，涛园、诒书同谒韩墓，先返》（其四）皆佳，因已迻录，此不重出。”（按乃徵在抚州知府任三年，不名一钱。及宣统即位，载沣监国，立擢为岳常澧道，未几晋江西按察使，未之官，授顺天府府尹，甫莅任，外简河南布政使，移湖北。适陈夔龙督鄂，移北洋，继督瑞澂当在苏抚任，明令以乃徵护理湖广督。此与前一段微有不同，俟考。）又云：“中江王聘三方伯乃徵，晚更名潜，字病山，曾官吾省知府。予于三十年前，识之于朱古微侍郎座上。其诗沉着无凡响。没后，诗卷尚无刊本。闻西湖雷峰塔圮，感赋云：‘九百年前保土雄，中闺檀施矗穹窿。寰区妇孺呼名久，幻作飞埃夕照中。’（其一）‘破空危影倒波明，装点湖山古性情。十载南冠携酒至，一弹指顷断鸥盟。’（其二）‘成住佛空参佛谛，盛衰兴替总天心。曾无珠网前埋地，那得金铃再叩音。’（其三）‘白马虚鸣龙护休，水光山色黯生愁。为询结伴巢居子，残日荒冈可久留？’（其四）‘乱后湖壖气象更，输金卜筑使人惊。神州余此埋忧地，哭震青天霹雳声。’（其五）‘浪传蛇孽不知年，九百虞初古未删。莫怪村民滋谰语，眼中斯世岂人间？’（其六）‘万千残甓敌牟尼，一窍中函贝叶齐。倘幸六丁无力取，佛心今与散浮提。’（其七）‘雨态晴容亲咫尺，定香桥畔故人扉。而今应是昏鸦点，犹绕峰头散乱飞。’（其八）诗中所云巢居结伴，指陈仁先、胡晴初也。陈胡交最密，近忽有隙。世言萧朱结绶，王贡弹冠，交道难矣。晴初为病山所得士，品节极高。病山辛亥后，闭门不出，攻苦食淡，为遗老中最能忍贫者。其《七十初度》诗云：‘乱世获苟全，处约亦何病？吾生颠沛境，古人或又甚。乾坤疮痍里，养此星星鬓。犹能劳筋骨，未觉厌蔬组。所嗟蹇钝质，时迈学无进。于道未有闻，往哲何寥敻？百六数已级，妖沴势益横。验之平陂理，终俟天人应。漆园喻深根，子舆谈忍性。于中必有事，云何得其证。'于此诗，可见其处境之穷也。"

樊增祥

樊山于光宣间负才名，诗笔侧艳，而尤工判牍。顾其为人颇有可议者。樊山夙为李莼客所奖拔，且奉李为师。两人沆瀣，可于已印行之《越缦堂日记》知之。顾莼客晚年，亦颇致憾于樊。莼客捐馆时，樊山于其邸舍取去日记数册，皆莼客最后数年之笔，其后人故旧屡索不还。樊氏卒后，知交为理后事时，遍觅卒不可得。或云病笃之时，已取而纳诸火矣。此一事也。又，易实甫为樊山文字骨肉之交，晚年喜为调侃，曾举其流传故事及诗文中俊语为谐文，固世人所同知也。实甫晚年曾取平生所为诗，精选数百篇将镂板行世，缮写既定，送樊山覆阅。樊山亦久庋不还，屡索屡拒。其后此本是否归诸实甫，后人不可知矣。此又一事也。李审言详骈文，为江左作手。樊山为江宁藩司时，李以缪艺风介，谒见。先期，由缪呈李所为文一卷，樊亦留之不肯交出。及索回，则云："已杂置官文书中。不得。"此又一事也。此皆为樊山居心叵测，为士林不理于口者。亦不知是何居心也。李审言有《书樊云门方伯事》，即记其与樊山关系。文中极致不满之意，兹特录之于此，以备一说。

李详《书樊云门方伯事》云：

> 樊云门方伯官宁藩，甫视事，缪艺风先生劝余谒之，曰："子老且病，须赖人吹嘘。盍以骈文稿示我，当为先容。"后月馀，余往谒之。问："乡试几次？"对："九次。"曰："沉屈矣。"又问："受知系何学使？"余曰："入学为瑞安黄侍郎，补廪为长沙王祭酒。"曰："俱是名师。"又云："前见大作，骈文甚古。谭世兄尚在我署内。"盖见余骈文，前有谭复堂先生序也。又曰："江北有顾清谷先生善骈文，见过否？"余曰："《方宦酬世文》见过。"又曰："顾耳山先生是兄弟荐于鹿芝轩中丞者。"余起谢云："顾为姻亲，渠奉母留陕不得归。当时只知陕西主考泰州同乡黄君葆年所荐，不知为

方伯也。”又曰:“此时不尚风雅,但知阿、比、西、提字母耳。”余因进曰:“江宁藩司自许仙屏先生升任去。尚未有讲求文字者,方伯可以提倡提倡。”樊唯唯,余出告友人王君宗炎。曰:“子称谓太抗,当称大人。”余笑曰:“渠大人,我小人耶?”后友告樊方伯好收门生,不见某君齿逊樊二年,新经拜门,委办南洋官报局,岁可得数千元。余曰:“缪艺风先生可谓知己,余尚未执贽门下,何况樊山?”某君既办官报,果获数千元存储宝善源,折阅泰半。余告友人:“若如君言,得钱亦不可保。门生名湔洗不去矣。”余见樊后,樊有诗寄艺风。末句:“可有康成腻帢无?”盖用《世说·轻诋篇》著腻颜帢逐康成车后,戏艺风,即以戏余。遂薄之不往,而索回文稿甚亟。樊弃之不可得,艺风一再函问不复。艺风复余书曰:“前日方伯谈次寻大作未获,杂入文书中矣。昨又函催,亦未复也。”余复作书求之,亦未答。因知樊忌前害胜,善效王恭帖笺故事,且复仿吾家昌谷中表投溷之举,益叹息为有夙憾。改革后,樊遁上海,余复馆沪。徐积余观察谒樊。出问何往?云:“将候李审言。”樊似有眷眷之意,徐劝余往见,余不可。艺风又告:“云门知君在此曰:‘李是行家。’称之者再,君可趋樊一谈。”余又不可。后沈乙庵语余:“云门约我及散原打诗钟,君可同往。”余以事辞。樊名满天下,后生小子,唯樊为趋向。友人官京师,抄示樊山近诗,有“新知喜得潘兰史,旧学当推李审言”语,以是为重。数年后,上海有《当代名人小传》出,其《文人》一门有李审言、潘飞声同传云:往樊某有诗。潘兰史、李审言上各空方□四字,即京师友人抄示二语也。下云:“二人因得名。”余之得名,非由樊始,海内先达可以共证,然亦见世上拥樊者多。若余以一穷秀才,樊由庶常吉士官至藩司,一言之誉足为定评。岂知余数不慊于樊耶?樊今年八十有五,余今年七十有二,各有以自立,亦各不相妨。恐读《当代名人小传》者,不知余与樊山本末,故备书之,亦以见江宁藩司自许仙屏先生去后,驯至亡国,无一人可继也。庚午四月。

张百熙

长沙张冶秋百熙管学务时，局度恢张，喜宏奖，广延纳，极为士论所崇，而以同官荣庆与之意见不合，不克大行其志。后改设学部，荣庆为尚书，百熙遂解学权，盖抑抑不欢也。光绪丙午六十生日，陈巘宸所撰寿序有云："抑我尤谓公为朝廷柱石，出入鞅掌，昕夕急当世之务，其位可谓至贵，其事可谓至繁，其身可谓至劳，而推贤进士，顺于接物。一介之士，或修刺入门，至者无虚日。虽衣褐衣，穿敝履，公习见不厌恶。门者或阻之，公每立命入见，温温与笑语，如故旧家人，相对每竟夕无倦容。甚有抵掌高谈，拍案大言，评骘古今，纵论时事。扬人之善，则骤然立，忽然舞；疾人之恶，则戟而指，怒而呵，睥睨讥切，无所顾忌。彼亦见公推心置腹，直自忘其在大官贵人之侧者。哂之者则曰：此狂生也。诋之者曰：此不羁之士。怜之者曰：身居卑贱，更事未深，故语言无检束。而公独优容之，礼遇逾众人。当夫虚怀接下，吐纳包涵，百川走渠，大风吹壑，如奔如驰，有容乃大，非古大臣，其孰能与于斯？"云云。颇能道出百熙殷勤接士之态。郭立山序谓："京师首善之地，大学堂规制粗备，实始今户部尚书长沙张公。公于学之诸生，脱略权势，勤勤接近之。人或有非哂者，公不之顾，以谓此性之所乐。孟子所谓教育天下英才者是也，而学生亦独喜亲公。夫岂有为而然哉？"又谓："立山尝闻公言：'管学之初，甚欲网罗天下名宿，研明教育诸法，造就非常之才，以应世变。而事会之来，有不尽如初愿者。至今数年之间，不独人才难得易失，俯仰生感。即手自拔识之诸生，所望以报国者，亦未及卒业而观其成就何如。世之毁誉原不必计，而事体重大，其敢谓非我莫属，而天下不复有人耶？'呜呼！公之去学务，而流俗深以为惜。孰知公之心，固以天下为量，而时欿然不自足者乎？"云云。盖能道出其抑郁之怀。翌年，百熙卒。冒广生挽联云："爱好似王阮亭，微闻遗疏陈情，动天上九重颜色；怜才若龚芝麓，为数揽衣雪涕，有阶前八百孤寒。"颇为人传诵。湘潭赵芷荪启霖联云："宏奖见公之大，泛爱或偶见公之疏，脱去町畔归磊落；热心为世所钦，歉忱当亦为世所谅，艰难时事有欷歔。"则有微词焉。陈黻宸寿序，上所引者之下，为“或曰公容人多矣，而人之容于公者，或湮没不能见长短。其能出而为公用，相与撑危局，任艰巨者，未之见也。公不负天下士，天下士实负公。”下文虽有“虽然”一转，为解释之语，亦似微有不满处，可与赵联合看。百熙为邮传部尚书，与侍郎唐绍仪因用人事相争，致传旨申饬。以贿不入，为奄人丑詈，遂愤恚发病不起。绍仪挽联云：“好我同车，太息蔺廉成往事；断金攻错，谁知韩范本交亲。”措词颇善于斡旋。郭立山联云：“是大臣中最有热肠之人，转恨追随稀阔；其遗疏内所尤疚心诸语，堪令朝野伤悲。”盖百熙遗疏有云：“所最疚心者，先后充管学大臣、学务大臣，图兴教育，成效未臻，调任邮传部，创始失宜，上烦宸廑，自省愆咎，夙夜旁皇”云云。实其隐痛所在也。

吴圭庵

余有论吴圭庵观礼二绝句云：“西征幕府滞高才，邻女王孙意自哀。万里衡云梗胸臆，壻乡南望首频回。”又：“太息圭庵不假年，故人投老见诗篇。宣南秋夜虫声急，一老灯前说往贤。”章行严士钊亦和作云：“嘻嘻嗃嗃语寻常，才士从戎万里长。楚越一家父子俊，化龙池畔黯神伤。”（自注：圭庵为何贞老女夫，寒家与何有连，得见圭庵缄札甚夥。化龙池，长沙南城何府。）“翩联三士壮同光，一蹶鸡笼羽翼伤。漫道玉关春不度，柳围亲折却堂堂。”（自注：三士者，张篑斋、陈弢庵与圭庵也，鸡笼之役，篑斋一蹶不振。圭庵佐左文襄平定新疆，功隐不彰，士论均惜之。“漫道玉关春不度”用圭庵《送吴柳堂归皋兰》句。杨石泉赠文襄诗云：“亲栽杨柳八千里，引得春风出玉关。”）仁和吴子俊与张篑斋皆同治辛未进士，同官翰林，陈弢庵则先一科。三人至相得，而弢庵与圭庵皆于左文襄有知己之感。圭庵本为何绍基女夫，故弢庵有诗云：“坐上何郎旧饮仙，别来牢落亦华颠。人生畏友谁能少？太息圭庵不假年。”自注：“圭庵为篑斋至契，诗孙姑丈也。”圭庵既官编修，然早年曾随左文襄戎幕，后以随文襄平定新疆，随事献替，有功至巨。其集中有《邻家女》、《天孙机》二乐府，即自道平生遭际，而致憾于依人作嫁也。余早年在南昌，胡先骕示我《圭庵诗录》，为弢庵手写上雕。略为审视，极服其诗格高浑。其抚时感事之篇，得杜陵法乳。惟用事极核，非注莫明。及乙丑夏秋间在都门，侍座弢庵，即从容询圭庵事。曰："吴子俊与余及篑斋至契，居京师时，靡日不见。余视为畏友。惜频年在外，仅于尺素中商略学术，偶及时事，其见解尤高。故文襄倚之如左右手。子俊诗稿甚多，而芟剔至严。死后，余从其夫人索得自定本，遂手录一册，即后此据以上木者也。今闻版已不存，印者亦稀矣。"余诗"宣南""一老"句，即指此。

张幼樵

余尝有题张幼樵佩纶《涧于诗集》云："几年关塞忆累臣，热泪如潮忆苦辛。堪笑平生王霸学，却从诗笔见轮囷。"又云："相府怜才式好逑，王家作弼定伊周。谁知今日张张口，换取当年柳柳州。"篑斋一生以王霸之学自诩，光绪初元，与张之洞、陈宝琛、宝廷三人遇事敢言，有四谏之称。或以邓承修（一云黄体芳）益之，而称为五虎者。甲申基隆一役，篑斋以三品衔会办福建海疆事，一闻炮声，乃仓皇遁走。论罪谴戍。然合肥相国怜其才，以为篑斋将来勋业必出己上，戍所释还，以女妻之，然一蹶不振，竟以诗人老矣。篑斋于管仲书致力最深，而诗尤工，与张广雅尚书并称为北派二钜子。其诗得力于玉溪、坡公，而剽健精悍之气溢于字句，亦深至，亦蕴藉，确为光绪朝大手笔。其与广雅略不同者，广雅扬历中外，勋业烂然。感喟雍容，语无激荡。而篑斋则抑塞无俚，语多愁苦，忧时之言，回肠荡气。或谓其诗有过于广雅者，则境地所处之不同，非工力有高下也。弢庵阁学、广雅尚书，皆与篑斋为死友。两公咏吟，为篑斋而作者，无不工。如广雅《过张绳庵宅》云："廿年奇气伏菰芦，虎豹当关气势粗。知有卫公精爽在，可能示儆梦令狐。"弢庵《七月二十五夜山中怀篑斋》云："东坡饮啖想平安，塞上秋风又戒寒。久别更添无限感，即归岂复曩时欢？数声去雁霜将降，一片荒鸡月易残。独自听钟兼听水，山楼醒眼夜漫漫。"又《篑斋自塞上和前诗，叠韵再寄京师》云："观棋闻又入长安，金玦三年信誓寒。雨夜梦回疑妇叹（边夫人于谪戍次年没于京邸），竹林酒熟忆朋欢。肯将龟筴从詹尹，倘爱钟鱼对懒残。住惯烟波怕尘土，停云直北奈迷漫。”又《篑斋以小像见寄，感题却寄》云：“十载街西形影随，五年南北尺书迟。梦中相见犹疑瘦，别后何时已有髭。机尽狎沤原自适，声销卖药渐无知。江心忆拜张都像，热泪如潮雨万丝。”又《沪上晤篑斋，三宿留别》云：“相看短发未全斑，十五年来一瞬间。可似东坡遇莘老，安排浮白对青山。”“小阮匆匆去入朝（健庵约余相见，阻风逾期，至则行矣），阿瑛话旧最魂销。（绎庭）早知万事皆前定，秋雨横街说鬼宵。”“却将谈笑洗苍凉，三夜分明梦一场。记取吴淞灯里别，不须寒雨忆横塘。”又《入江哭篑斋》云：“雨声盖海更连江，迸作辛酸泪满腔。一酹至言从此绝，九幽孤愤孰能降？少须地下龙终合，孑立人间鸟不双。徙倚虚楼最肠断，年时期与倒春缸。”读此数诗，令人增气谊之重。

《清史稿·张佩纶传》

张佩纶，字幼樵，直隶丰润人。父印塘，官安徽按察，卒于军。佩纶成同治十年进士，以编修大考擢侍讲，充日讲起居注官。时外侮亟，累疏陈经国大政，请敕新疆、东三省、台湾严戒备，杜日、俄窥伺。晋、豫饥，畿辅旱，乃引祖宗训，请上下交儆，条四目以进：曰诚祈，曰集议，曰恤民，曰省刑。恭亲王奕䜣遭谗构，复请责王竭诚负重，上嘉纳之。通政使黄体芳继陈灾状，语稍激，挂吏议，佩纶力争，被宥。寻丁忧，服竟，起故官。时琉球已亡，法图越南亟，佩纶曰：“亡琉球则朝鲜可危，弃越南则缅甸必失。”因请建置南北海防，设水师四大镇；又荐道员徐延旭、唐炯知兵，堪任边事，并招致刘永福黑旗兵为己用。是时吴大澂、陈宝琛好论时政，与宝廷、邓承修辈号清流党，而佩纶尤以纠弹大臣著一时。如侍郎贺寿慈，尚书万青藜、董恂，皆被劾去。

光绪八年，云南报销案起，王文韶以枢臣掌户部，台谏争上其受赇状，上方意任隆密，乃援乾隆朝梁诗正还家侍父事，请令引嫌乞养，不报；又两疏劾之，遂罢文韶，而擢佩纶署左副都御史，晋侍讲学士。明年，法越构衅，佩纶章十数上，朝廷始遣兵征土寇、缀敌势，法人不便其所为，佯议和，而阴使人攻陷南定。佩纶请乘法兵未集，敕粤督遣水师护越都，而枢臣狃和局，虑佩纶梗议，令往陕西按事。已而法果袭顺化，胁越与盟，越事益坏。使归，命在总理各国事务衙门行走。

十年，法人声内犯，佩纶谓越难未已，黑旗犹存，万无分兵东来理，请毋罢戍启戎心，上韪之。诏就李鸿章议，遂决战，令以三品卿衔会办福建海疆事。佩纶至船厂，环十一艘自卫，各管带白非计，斥之。法舰集，战书至，众闻警，谒佩纶亟请备，仍叱出。比见法舰升火，始大怖，遣学生魏瀚往乞缓，未至而炮声作，所部五营溃，其三营歼焉。佩纶遁鼓山麓，乡人拒之，曰："我会办大臣也！"拒如初。翼日，逃至彭田乡，犹饰词入告，朝旨发帑犒之，命兼船政。嗣闻马尾败，止夺卿衔，下吏议。闽人愤甚，于是编修潘炳年、给事中万培因等先后上其罪状。时已坐荐唐炯、徐延旭褫职，至是再论戍。

居边，释还，鸿章再延入幕，以女妻之。甲午战事起，御史端良劾其干预公事，命逐回籍。庚子议和，鸿章荐其谙交涉，诏以编修佐办和约。既成，擢四品京堂，称疾不出。三十四年，卒。（按《清史稿》本传后，附：何如璋，字子峨，籍广东大埔。同治七年进士，选庶吉士，授编修。以侍读出使日本。归，授少詹事，出督船政。承鸿章旨，狃和议，敌至，犹严谕各舰毋妄动。及败，藉口押银出奔，所如勿纳，不得已，往就佩纶彭田乡。佩纶虑敌踪迹及之，绐如璋出。士论谓闽事之坏，佩纶为罪魁，如璋次之。如璋亦遣戍。后卒于家。）

八指头陀

寄禅又号八指头陀，俗姓黄。后为天童寺住僧。顷见《寒碧簃琐谈》云："法源寺住持道阶，其先湘人也。尝赠予《八指头陀诗集》四卷。其诗渊雅，颇有唐音。郭詷白同年言：曩在湘，尝见其人志行崭然，以矢志皈佛燃去两小指，故自称八指头陀。初失学，及皈禅，忽得灵悟。偶游洞庭，得‘洞庭波送一僧来’（原文作归）之句。以语王湘绮，王湘绮诧为天才，因略授以诗学，自是遂娴吟咏。然诗成必假手钞胥，使自书之，则点画讹舛百出。自云：‘每苦吟不就，则趺坐沉冥❶，忽然得句，如出神助。’年七十馀，云游京师（按寄禅于民元以中国佛学会代表入京请愿，因维持全国寺产事），怛化于法源寺。道阶以乡谊理其丧，且检其遗集锓行于世（按寄禅死时，其全稿即为杨度取去，杨略为编次镂板行于世）。余耽诗，颇谓妨禅，而八指之诗则通禅而有得者，虽出天机，终邻客慧。所作白梅律句十二首，钩深摘隐，别寓禅锋，虽诗人不逮也，可以传矣。”云云。寄禅自书诗稿，余于王伯沆处屡见之，却满纸讹误。其字虽别体百出，欹斜不整，却于指上见真气也，殊可怪诧。寄禅口吃，别有咏白梅诗一卷，陈散原悼敬安上人句云：“犹认期期咏白梅”，即指此（诗见《散原精舍诗》续集上六十四页）。

杨昀谷挽诗

昀谷死后，知交中多有挽诗。余忆陈石遗有《九一篇哭杨昀谷》云：“古今几诗穷，萃子一身夥。子诗无苦语，此中理不那。十年居长安，靡游不同輠。一官出无车，载之出尘堁（出游尝坐余车）。一第食无肉，太瘦逢饭颗。一麾不出守，空把江头柁（君改官四川郡守，同人出饯，余作《八况篇》送之，而不果行）。一庵卧白头，苦行证佛果。一种惓惓意，慰我邅坎坷（余丧子，君数数来慰，挽以沉痛之诗）。一纸最后书，迢迢寄海左。一朝天苍茫，囚山足终裹。故人半零落，陈赵罗胡我（弢庵、尧生、掞东、瘦唐）。盖棺初名闻，一棺付峨舸。遥接八况篇，寥空酹白堕。”又胡步曾（先骕）亦有《哭昀谷文》二诗。其一云：“中原久丧乱，耆旧日凋落。噩耗传海疆，此老亦解脱。握别曾几时，謦欬犹如昨。弹指成古今，闻讯遽惊愕。酸怀言可喻，哭奠阻途邈。深悔同城居，造请未肯数。惟公天人资，冲怀接冥漠。儒修与佛性，幽光蕴灵璞。郎潜久如梦，垂老翻守蜀。富贵本浮

❶ 趺坐，《汪辟疆文集》本及油印本均误作“跌坐”。

云（公出守西蜀，都人士祖饯赋诗，名《浮云集》），咄嗟返初服。自兹安大隐，踪迹俨云鹤。道心益精进，骨见肤自剥。冤亲证平等（公旧仆一夕无故戕公冢孙，已而自杀。公仍善视其家属），转觉遭非酷。云归杳何处？梦醒了无触。知公喻浮沤，沤灭即圆觉。后死能契然，清泪禁扑簌。”其二云：“同光盛诗教，瓣香在黄陈。散原主坛坫，遐迩争传薪。末流病粗犷，颇失涪翁真。公独契玄机，理圆韵自醇。高标揖靖节，弟蓄王储伦。并世寡俦侣，石巢庶知津。一卷妙峰诗，澜翻语通神。闻修得自在，末学安可臻？我亦好攒眉，宛若秋虫呻。河鱼膏自煮，满纸皆荒榛。公独谬许之，谓接支公尘。方期授句法，言笑时相亲。转眼隔人天，此恨宁可论？遥闻藏山业，付托欣有人。终矢宝遗编，视若璆琳珍。”步曾此二诗，未能精警。亦因门面语，未能刊落耳。惟醇伦二韵，恰到好处。小注可存轶事，遂连类存之。终不若石遗老人一篇之简老而有逸趣也。

清末五小说家（林纾　李宝嘉　吴沃尧　刘鹗　曾朴）

余年十四，随侍梁园，时五经甫毕，先府君日督课读《资治通鉴》、《三国志》、《文献通考》、《文选》诸书。日有定程，夜则疏记一日看读所得于日记册。日必三四百字，文事日进，即始于此。顾其时亦颇喜浏览今人所为小说。其最赏者，译著则以闽县林琴南纾，撰著则以李伯元宝嘉、吴趼人沃尧、刘铁云鹗、曾孟朴朴所著为笃嗜。其他虽时有胜处，然不甚重视，此亦少年时一段回忆也。及光宣之际，入京师大学堂读书，而林琴南则以五城学校教员，兼主讲京师大学堂预科。余尝谒之教员憩息室中，遂得挹其丰采，时先生御枣红宁绸皮袍，袖手踱廊下，体格中材，面貌在丰瘦之间。语时气粗而语重。其人卞急使气，顾对少年人颇谦退。余与立谈二十分钟，颇加奖励。及后数谒之寓庐，每语文则不相入。盖余时于唐人颇重吕和叔、刘梦得，于宋人推宋景文，清人自汪容甫、邵叔山外，殊不甚喜。琴南每欲劝予从惜抱、柏枧入手，意欲导诸桐城一派也。余甚不谓然，因叩：“先生译西稗，奈何不学方、姚，而效南北史、唐人小说语？今人推先生者，不在彼而在此，得无自相凿枘乎？”琴南不能为确切答复，而但云：“君不喜方、姚，此年少气盛之故，他日当思鄙言。”予曰：“桐城派中，吾以鲁通甫为第一人，曾涤生次之。至于惜抱，与其学其文，不如学其诗。”琴南大异之，徐曰：“君殆遇名师乎？”余笑曰：“生平未尝从师，更未遇名师。予所师者，乃师吾心耳。心所喜者，笃信之、守之；所不喜者，亦未尝薄之，但置而不论耳。即如先生译著满天下，予读而好之，久则不甚好，并未尝如它人加以轻薄之词。梁卓如之文亦然。”琴南益大异。时松江姚雄伯颇为林所称许，后亦曾效其说部体，颇有虎贲中郎之称。予则于林氏所为，未尝学，亦未尝非。或有攻之甚力者，予则云：“林先生自有不可及处，即如君所诋諆，恐力学二十年，尚未能企及。为学贵自得，无自得之处，诋諆他人，于自己声名仍无益也。”时有闽人游某，传其语于琴南，琴南颇重予。实则余与林氏遇时，始终未尝与论文艺，不过偶为竹林之游耳。及民国初元，林氏挈妻孥避乱析津，贫乏不能自存。《民约报》挽林为主笔，自署曰蠡叟。时余已随先府君商城任所。余初读蠡叟文，心颇讶之，以为非林氏莫能为。顾其文颇循时论，又喜用新名词，往往于文意不相照，至其言之忸怩不由衷曲，则于字里行间，一索而知之耳。一日，忽思姑定为林琴南，作一书以诤之。果得复书，云：“已辞席矣。”壬子夏、秋，徐又铮办《平报》，挽林为总主笔。林谢之，曰：“曩在析津，见屈于汪辟疆，不如其已。无已，姑以笔记塞责何如？”此即该报所刊之《铁笛亭琐记》，后又改为《畏庐琐记》者是也，惟林氏有一不可及处，即语及德宗，每于广坐中痛哭流涕。又待人颇诚恳，任侠尚气，为一时老辈所不能及。今日检行箧，余于民国元年致林书，赫然在焉。复书虽寥寥数语，亦可味。兹并录存之，以备谈助。亦晚近文坛一故实也。

与林琴南书（汪辟疆）

琴南先生座右：国垣浅学无状，大学时窃闻长者绪论久矣。同学友自北来，具道先生现主某报，私心自喜，以为报界文字骫靡，日入衰壤，得先生以振起之，当必有以移转世风于不觉者。及取而读之，则中所云云，按之初意，实相刺谬。岂习俗移人，虽贤者亦不能自免耶？抑媚世之文与传世者固不可同日语耶？先生将何以解于斯二者？昔李唐初叶，竞尚排偶，故当世所传文无一非俪体，韩愈氏起而返之醇古，风气一变。宋初科举之文，多尚新体，欧阳氏出而振之，风气亦一变。文字之盛衰，虽与世运相通息，要之有赖乎豪杰之士，以收救弊起衰之功，此无可疑也。清季之文学何如矣？其尤弊者莫如报纸以叫嚣为气盛，以粗豪为雄骏，以新词为奥衍，以俚语为雅饬。流风所播，举世披靡，而文字益坏矣。昔韩退之谓时时作俗下文字，下笔令人惭，示人则以为好。大惭大好，小惭小好，岂今日报馆之谓乎？先生学术文章，并世无偶，爱国之忱，坚贞之节，发为文章，定当冠绝一世，顾奈何泄泄沓沓，随世俛俯，几若东施之颦，效之惟恐不肖者，岂下走所望于先生者耶？虽报纸文字成诸仓卒，然欲自树立于此等随人之处，正宜审慎出之。窃愿先生摅其所学，本其道德，发为文章，言论尚平实，不尚奇诡；文字尚雅饬，不尚俊衍。务举报馆文字之弊铲除之，以挽颓俗，则国垣不惜以逆耳之言哓之于长者之前者，为不虚矣。更进而教之。临启悚息，伏惟少垂省览。汪国垣顿首。

复汪辟疆书（林纾）

辟疆同学足下：得书愧感，然身适裸国，不能无裸。迁就绳尺，吾亦知耻。奉书后，已作笺辞席矣。谨此奉覆，弟林纾顿首。

林纾、李宝嘉、吴沃尧、刘鹗、曾朴五家既以稗官擅名一时，其平生事实多不备详。兹略为记之于下：

林纾，原名群玉，字琴南，号畏庐，福建闽县人。幼孤，事母孝。叔父静庵鞠之成立。十岁，从同县薛则柯学。则柯读《礼记·檀弓》至防墓崩，即掩卷大哭，纾亦为饮泣。则柯赏其慧解，因授以欧文、杜诗。顾家贫不能得书，乃就市收断简残帙，用自磨励。偶发箧得叔父所藏《尚书》、《左氏传》及《史记》残本，则大喜过望，穷日夕力读之，因悟文法。自十三岁至二十以后，所校阅不下二千馀卷，学益大进，有文名。光绪八年领乡荐，家犹贫，尝馆其乡人某氏，为课子弟，束修极微。然纾得以奉母甘旨。有余则挈弟子入城，于冷摊中市杂书归，课隙读之。益肆力古学。壮渡台湾。再应礼部试，不遇。胶州湾割归德人，纾联公车上书某部堂，请代奏，力争之。某不敢代上，纾语侵之。事闻，革去举人，归客杭州，主东城讲舍。入京就五城学堂聘，任国文教员，时光绪二十六年也。复主国学。礼部侍郎曾炘以经济特科荐，辞不应。旋入京师大学堂为教习。初与长乐高凤歧、凤谦兄弟交甚笃，会纾丧其妇，牢愁寡欢。高有友人王寿昌（字子仁，号晓斋主人），新自巴黎归，精法文，亦与纾有素，因语之曰："吾请与子译一书，子可破岑寂，吾亦得以介绍一名著于中国，不胜于蹙额对坐耶？"遂与同译法国小仲马《茶花女遗事》。书成于光绪廿五年已亥夏间，托《昌言报》馆代印。书甫出，极为艺林称赏。不数年，重版及木刻甚多。而纾译文兴趣随之大增。值凤谦主干商务印书馆编译事，即约纾译欧美小说，前后凡百五十六种，千二百万言。民国时，徐州徐树铮为段祺瑞谋主，自谓有文武才。喜谈桐城之学，以纾为文章尊宿，引之入所办正志学校。及铮败，纾乃退居。民国十三年甲子秋卒，年七十三。门人私谥贞文先生。纾平生任侠尚气，性刚毅木强，善怒，责人每至难堪，然富有热情，好急人之急。业师薛则柯家绝贫，夏日尝不举火。纾归，既食，度师未炊，乃实米于袜中以饷师。居京师时，嫉恶尤严，见闻有不平，辄愤起。忠恳之诚，发于至情。念德宗以英主被扼，每述及常不胜哀痛，十谒崇陵，匍伏流涕，逢岁祭，虽风雨勿阻。尝蒙溥仪书"贞不绝俗"额，感幸无极。生前自言："死后墓碣应书曰清处士。"或以遗老嗤之，纾不顾也。忧时伤事，一发诸诗文。为文宗韩柳。少时务博览，中年后，案头唯《诗》、《礼》二疏、《左》、《史》、《南华》及韩欧之文，此外则《说文》、《广雅》，无他书矣。其由博反约也如此。纾论文主意境、识度、气势、神韵，而忌率、袭、庸、怪。文必已出，尝曰："古文唯其理之获，与道无悖者，则味之弥臻于无穷。若分画秦、汉、唐、宋，加以统系派别，为此为彼，使读者炫惑莫知所从，则已格其涂而左其趣。经生之文朴，往往流入枯淡，史家之文则又隳突恣肆，无复规检。二者均不足以明道，唯积理养气偶成一篇，类若不得已者，必意在言先，修其词而峻其防，外质而中膏，声希而趣永，则庶乎其近矣。"纾所作，务抑遏掩蔽，能伏其光气，而其真终不可自閟。尤善叙悲音，吐凄梗，令人不忍卒读。论者谓以血气为文章，不关学问也。然纾初本以译西稗得名，后乃肆力于桐城之学，由方、姚以规韩、欧。诗亦由吴骏公入手，及晚岁居旧京，乃始为唐宋人诗，亦颇清真健举。然有一事不可及者，其译西方说部书，多藉王寿昌、魏易、陈家麟辈口述，平生实不谙西文。惟于西方文家语气口吻，纾能以中土文曲曲达出，不爽黍絫，不知者读其译本，必以为精通佉卢文字者也。故有谓纾之译述西稗，可方六朝人译佛经，惜乎耶教之《圣经》、回教之《可兰经》无此高手译本也。纾文事之暇，兼工技击、书画。山水浑厚，冶南北于一炉，然精者亦不多；书则圆润自如，颇近吴挚甫，却非超绝。尝于书室中设两案，一作画，一作文译书。郑孝胥尝过其寓斋，戏之曰："此非畏庐，乃造币厂也。"又喜博簺，遇局辄负，而嗜之弥笃，至老弗衰。陈宝琛赠诗曰："读书博簺等伤性，多文虽富君勿贪。"盖讽之也。尝著《冷红生传》，言其木强状。其云冷红生者，所居多枫叶，因取"枫落吴江冷"诗意，以自号云。所著自译西稗外，有《畏庐文集》、《畏庐文续集》、《畏庐诗存》、《春觉斋论文》、《韩柳文研究法》、《畏庐琐记》及小说《金陵秋》、《官场新现形记》，传奇《天妃庙》、《合浦珠》等十馀种。

李宝嘉，字伯元，自号南亭亭长，江苏武进人。少时擅制艺及诗赋，以第一名入学。累举不第，乃赴上海创《游戏报》。体制别创，倾动一时。踵起效之者，无虑数十家，然风趣隽永终不逮也。宝嘉笑曰："焉有矩步而不变者哉？"又别创《繁华报》。光绪二十七年，清廷开特科征经济之士。湘乡曾慕陶侍郎以宝嘉荐，宝嘉谢曰："使余而欲仕，不待今日矣。"辞不赴。会台谏中有忌之者，竟以列诸弹章。宝嘉笑曰："是乃真知我者。"自是肆力于稗官家言，而以开智谲谏为主旨。初著《文明小史》，刊诸商务印书馆《绣像小说》，极为时人所推及。著《官场现形记》、《活地狱》等，尤风行一时。而《庚子国变弹词》、《南亭琐记》其次也。年四十卒。宝嘉夙抱大志，俯仰不凡，怀匡救之才，而耻于趋附，故当世无知之者。遂以痛哭流涕之笔，写嬉笑怒骂之文。每一脱稿，万口脍炙。坊贾甚有以他人所撰之小说，假其名版行以欺世者。其见重于时也若此。

吴沃尧，字小允，又字趼人。以其先卜居佛山，因自号我佛山人。广东南海人。早孤，家贫，岸然自异，无寒酸卑琐之气。年二十馀，走上海，佣书江南制造军械局，月得值八金以自赡。闻仲父客死于燕，电白季父，取进止，三请不报。逾月得书曰："所居穷官，兄弟既析爨，虽死何与于我！"沃尧大戚，乞哀于主会计者，假数月佣值，襆被北行。至则诸姬皆以财逸，两儿处篓人间，沃尧乃拯以俱南。后主《汉报》笔政。《汉报》实美人所营，时有华工禁约之事，沃尧念侨民颠沛，遽谢居停，遄返上海，与华侨人士共筹抵制。以善于演说，每一发语，听者为之动容，以是佣于美商，踵沃尧而引去者甚众。粤人旅沪者数万众，沃尧乃创立两广同乡会，开广志两等小学。其号召公益有如此者。光绪三十一年，休宁汪维甫创刊《月月小说》于上海，慕沃尧名，聘为撰述。先是湘乡曾慕陶亦耳其名，疏荐经济辟应特科。知交咸为称幸，沃尧夷然不屑曰："与物无竞，将焉用是？吾生有涯，姑舍之以图自逸。"遂不就征。宣统二年，以疾卒于上海旅寓，年四十四。沃尧夙志廉退，不竞荣利。天下之士靡然赴制科，而沃尧不治功令文如故。富有才艺，自金石篆刻以至江湖食力之技，无所不能，亦无能不精。在制造军械局时，尝自运机心，构二尺许轮船，驶行数里外，能自往复。旅居多暇，辄于阶前隙地莳花种竹，藉以自遣。斗室之中，位置彝鼎图书，井井有序。客至则衔杯共醉，望而信为轶世之士。所为文章，类皆稗官家言。每状一事，皆以委蛇之笔，尽淋漓之致。耳目遭际，孺人稚子所能喻者，一出其手，必蔚为巨观。性好酒，尝以酒为粮粻，逾月不一饭。余尝以宣统元年五月过沪访沃尧于旅寓。楼居湫隘，两侍姬环伺，并皆娴雅。闻初皆为勾栏中人，因从沃尧学，遂为脱籍。或以为信陵君之醇酒妇人，沃尧有焉。其说部以《二十年目睹之怪现状》、《九命奇冤》为最著。此外，《最近社会龌龊史》、《劫馀灰》、《上海游骖录》、《痛史》、《两晋演义》、《恨海》亦有名。今均传于世。

刘鹗，字铁云。又自署洪都百炼生，即其著《老残游记》所题也。原籍汤阴，后迁江苏丹徒。少精算学，好读书，而放旷不羁，颇为人所轻视。后忽自悔，闭户读书。岁馀，乃行医于上海，旋又弃而学贾，尽丧其资。光绪十四年，黄河决于郑州，鹗以同知投效于吴大澂，以治河有功，声誉鹊起，渐至以知府用。在京都二年，上书请筑铁道，又主开发山西煤矿。既成，而其时朝士昏暗，诟为汉奸。庚子之乱，鹗以贱值购太仓储粟于欧人。或云实以振饥困者，全活甚众。后数年，被人劾，以私售仓粟罪之。流戍新疆，窘困以卒。鹗以历来小说皆揭赃官之恶，而未有揭清官之恶者。实则赃官自知有病，不敢公然为非，清官则自以为不要钱，何所不可？刚愎自用，小则杀人，大则误国。此类所见，不知凡几。乃借铁英号老残者之游行，历记其言论闻见，暗相攻击；而叙景状物，亦甚为可观。名为《老残游记》初集，凡二十章。又有二集先后刊布，士林重之，鹗又于光绪二十六年庚子秋冬间，得福山王懿荣氏所藏龟甲文字千馀片，嗣又陆续从洹上搜得之，凡三千馀片，精研拓印为《铁云藏龟》十册。时罗振玉之书未出，鹗所影印者，实开罗氏之先云。（甲骨文字之发见，实在光绪廿四年戊戌间。先是，河南安阳县西北二十五里之洹水沿岸为水所啮，土人于其地拾得甲骨甚多，不知何物。或有言其为龙骨者，可以治病。试之有效有不效。然亦有偶然疾瘳，土人多藏于家以备用。惟甲骨上多有古文字，偶为北京书估收者所见，乃携多片走京师。福山王廉生懿荣喜治金石碑版文字，偶于海王村见之，乃穷力研索，知为三代时法物。而其地又即《史记》项纪所称之殷墟，颇疑为殷人所遗留，尽括而有之。前后所获已不下二千馀片矣。懿荣以庚子七月二十二日投井殉难，时鹗尚留京师，乃又尽得懿荣旧藏。而洹水之上，土人于农隙掘地，岁有所得，鹗又从而大收之。陆续所得又不下三千馀片。鹗既戍新疆，其藏龟亦渐渐流出。上虞罗振玉复得之，而英人哈同亦得鹗所藏之一部，约八百片。至光宣间，安阳新出土者，大半皆归罗氏。其前后所获几至二三万片。其余散在诸家者，当以万计。而驻彰德之英牧师明义士 J. M. Menzies 所收得者，亦近万片。罗氏有《殷墟书契》前编八卷、后编二卷，《殷墟书契菁华》一卷，《铁云藏龟之馀》一卷。哈氏有《戬寿堂所藏殷墟文字》一卷。迄民国二十口年，中央研究院遣人至安阳为有计画之发掘，更大有所获。其最巨大之甲骨，尤为诸家所未曾见者。且从地层分析，而以所刻文字比类而互勘之，知洹上土中之甲骨，皆以可以断定其时代。近人董作宾即从事斯役，更据之以撰《殷历谱》，颇足以证殷商年代世系云。）千帆谨案：师于此则复有批云："王懿荣子翰甫，尽以甲骨售与丹徒刘鹗。鹗又续得定海方药雨及范姓之藏，共计五千馀片，精选千馀片石印为《铁云藏龟》。”与本文略有出入，今两存之。

曾朴，初字太朴，后改孟朴，又字山木，又字籀斋。其所著《孽海花》小说，署东亚病夫。江苏常熟人。父之撰，为时文名手，著有《登瀛社稿》。朴龆龀颖异，极为父母所钟爱。从同邑潘子昭受学。课经之暇，即喜读杂书及说部。师长每呵之，朴不顾也。又喜为骈体文，偶为之撰所见，甚异之。朴亦觉其才情甚美，与邑人张隐南、胡君修、蒋志范游，文名日噪。年十九，入府学为诸生，光绪辛卯举人。时李文田、文廷式、江标、洪钧，皆喜为西北地理及金石考古之学。朴入京，主其外舅汪鸣銮家，即与李、文辈往还，备闻绪论。朴以开敏，偶与商榷，极为诸人所赏，且引为忘年交。因居鸣銮家，又备闻朝章国故及一时名流遗闻轶事，排日作记。后此撰《孽海花》，悉据以穿插其中，并非空中楼阁也。朴时因丧偶，心境郁抑，次年强应礼部试，自污试卷，被摈。翁尚书同龢、汪柳门侍郎鸣銮极表惋惜。之撰为纳赀，得内阁中书。逾年嗣婚沈氏，时往来京师及里闬。及甲午战后，朴极感研学西文之要，乃入同文馆学习法文。又应总理各国事务衙门考试，为张荫桓所摈，乃决意南归。逾年又至沪，计画实业。时康梁诸人方奔走革新运动，朴于丁酉、戊戌间，因得与谭嗣同、林旭、唐才常、杨锐相识沪上。朴有所眷妓花丽娟者，谭林辈遂得于花妓处为集议之所。谭林入京，约朴同行。朴因其父之撰丧未满，且须营葬，决缓期北上，遂未及戊戌之难。又以林旭为介陈季同精于法文，即从季同学法文，学益大进，且因得诵法国文学名家著作。又回里主持教育，与旧派绅耆，龃龉益甚，而志不稍夺。创塔前小学，延日人金井雄居其家虚霩园中。就园中设日文班，朴亦执弟子礼习日文，以其馀力兼营丝业沪上。后亏负甚巨，乃于光绪三十二年，与邑中同志丁芝孙、徐念慈、朱远生等创小说林社。撰著之外，广集西洋译著，与《小说林》月刊同时发行，而朴所撰之《孽海花》亦即于是时属稿。其书以名妓赛金花为主人，而穿穴以近三十年朝野名流轶事，以历史而兼社会小说体，立意既创，而文笔亦生动有致。初出书后，不意倾动一时，而自负译笔之高如林纾者，亦为倾服，认为近代自撰说部中第一流著作。惟此书初出二十回，因书中颇有穷形之笔，于当时达官贵人、名流学者不稍假借，张南皮曾电达上海道蔡某禁其出版。其后《小说林》所续，闻亦颇有删改回护处。或云朴曾以直笔受贿，亦殊无佐证。朴既《孽海花》得名，又久居沪滨，清末遂参预社会政治运动，如预备立宪公会，以及光绪三十三年拒绝浙抚张曾敭调苏抚。以民情激昂，张卒以此调陕西，皆朴之主策。清廷曾密电捕朴，朴亦不惧，盖其时清廷已日趋孱弱，知民众之不可侮也。端方督两江，招朴入幕，是为弃官后再从政治之始。端调北洋，朴以候补知府分发浙江。辛亥革命，乃弃官居上海，被选为江苏省议员。民国元年春间，朴被派为全国各界财政会议江苏代表，因入京，力争宜减缩苏省军事负担，颇为苏人所推。又清理江苏官产处亦由朴筹办，旋任处长。民国十三年卢齐之战，朴出任江苏财政厅长。及孙传芳督苏，任陈陶遗为省长，朴为政事厅长。未两年，孙氏势促，国民革命军入苏，而朴之政治生涯亦终矣。十六年，居沪，朴又与其子虚白设真美善书店刊杂志，再续编《孽海花》，按期刊行。然江郎才尽，虽竭力经营，已无前编精采矣。二十年，以书店亏折，始返常熟村居，以莳花种菜自娱。而心脏病日剧，遂于民国二十三年六月二十三日卒，年六十四。所著有《推十合一室文存》二卷、《执丹瑾语》二卷、《未理集》、《羌无集》、《雪昙梦院本》四卷、《吻沫集》、《补后汉书艺文志》一卷、考证十卷，小说自《孽海花》外，尚有《鲁男子》第一部——《恋》。朴自十六年罢官居沪，与沪上新文艺青年作者往来甚密。偶至其寓，宾朋甚盛。其年皆小于朴二十或三十岁者。朴日夕相对，谈笑甚欢，少年亦乐就之，群呼朴为老少年云。

林琴南逸诗

林琴南生平，既已述及。然晚年于画外，颇自喜其诗。所刊《畏庐诗存》二卷，早年之学梅村者，删剔甚多。而晚年居旧京所作者，亦间有遗佚。以余所知，以下数诗，皆不见《诗存》中，抄存于下。

段上将军以顾问一席征余。余老矣，
不与人事，独能参将军事耶？既谢使者，作此自嘲

中年尝读北山文，老隐京华百不闻。长孺固宜为揖客，安期何必定参军。悬知骨相难迁贵，自爱行藏愧备员。再拜鹤书辞使者，闭门闲画敬亭云。

丁巳七月乱后至校，检点残书，率成一律

骄阳微杀早秋天，景物陈陈未变迁。尘案仍留纤碎稿，风窗还咽两三蝉。本无得丧宁生感，自爱沉冥渐近禅。尚有濠梁馀绪在，观鱼来傍药栏前。

怀人三首

晞发庐山最上头，西风斜日满潜楼。可怜呜咽西江水，似带遗民血泪流。（刘幼云）

循吏清名满旧都，于今蓑笠作农夫。念年同看鸳湖月，未为沧桑变故吾。（劳玉初）

北直秋风动禅台，一官拂袖早归来。刘郎绝迹玄都观，桃李由他次第开。（刘伯绅）

琴南早岁，家境清贫，终岁以教私馆自活。及壬午乡闱获隽，然贫乏如故。因力学，事泛览，稍稍以文章显。惟囿于俗学，其格不高。余曾见其早岁所撰《闽中新乐府》一卷，即当时盛传闽中者。实则摭实传闻，略含讽刺，诗亦平平。后乃稍稍与文士往还，眼界较宽，而诗亦不出梅村末派。以其济以时务，在尔时风气中，固易得名也。及与王寿昌同译《茶花女》，名乃大显。居旧京时，海内诗人以陈散原、郑海藏为领袖，林氏遂亦弃其向所尊崇之江左派而不为，数年不作诗。辛壬改物后，乃又稍稍为之。已一变其故步，而清真挺秀之篇，往往遇之。陈弢庵尝语余："琴南本俗学，所谓中年出家也。"盖以此云。惟琴南亦颇以才自负。其《畏庐琐记》，有记其早年以诗触忌一事，云："甲申马江之衄，余曾有感事诗云：'禁垣特简出群才，父老倾城洗眼来。画省香炉夸侍从，赤车院牒耀舆台。期门秋老军容冷，夜月芦花鬼哭哀。自是符离关小劫，魏公鼻息正如雷。'偶尔感喟，出之无端，弃去不复存稿。不意竟为同里王某所闻。数年后，适某相国督粤，见余代王福昌所拟《火药条陈》，大赏其精采。立召人，询稿所出，王以余告，相国大为激赏，尝于广坐称之。已而询及同里王某，王力诋余，且诵此诗以触相国之忌，于是复加怒骂。及祥符沈公督学闽中，累擢余高第，以积劳卒于官，因挽以联云：‘吾师大节，得司马公一字之诚，生平兼道学儒林，余浀犹沾循吏传；闽士私评，与宋文正千秋为偶，贱子尤感恩知己，斜阳独吊去思碑。’此联为上海《万国公报》所访载，相国复见之，谓闽人郑君篯曰：‘某某良有才笔，惟持论不公耳。’郑君举以告，余均一笑置之。”云云。此一事亦可见琴南早年自诩其才笔之一斑。又有一则云：“余于前清某科应南宫试，文中偶用《管子》成句，曰：‘诸侯皆令已，独孤国非其国也。’某相国以淹雅称，被命为总裁，将令字下一巨点，斥曰：‘不通。’后余睹落卷，莞然。后十年，余至京师，相国忽以人介绍，与余相见，出王廉州及石谷画册见示，过从甚欢。一日，相国忽问曰：‘君曾应春闱乎？’余曰：‘老母见背后，遂不北来。’相国曰：‘仆为总裁时，君亦在试否？’余曰：‘是科荐卷，适经相国之眼。’相国大惊曰：‘卷落矣，吾作何语？’余笑曰：‘第三艺用《管子》，公斥为不通，故未获售。’相国大踧踖。余大笑，乱以他语。相国曰：‘老悖，老悖！’”此一则正可与前条参观。某相国，即张文襄也。

顾印伯

华阳顾印伯印愚，以书名一时。余尝在梅畹华处见其为梅书易实甫《数斗血歌》便面，极工。后又见其与程穆庵手札多帧，萧散多姿，可称能品。王仲惠更以其家所印顾氏集联一册见赠，尤为隽永。其书在太令、登善、元章之间，信手挥洒，自然疏秀。闻其平日每晨起小饮后，即临河南雁塔《圣教》数过，日以为常，则其工力可知矣。余初莅渝州，居青年会，时程穆庵、乔大壮皆先后来。穆庵为印伯弟子，师谊至笃，曾为顾刊遗集。大壮与印伯为同乡世谊，皆曾亲炙有素者。闻大壮述其遗事云：印伯为人，品貌英伟，而言词嗫嚅，早有斗方名士之谤。或以顾不写大字故也。印伯为王湘绮弟子。《湘绮楼诗集》有《华阳篇》一诗，即赠印伯者也。而顾却不作王派诗，大壮偶询及之，则云：“老子其犹龙乎！”顾与乔本世谊，大壮大父损庵先生，长于印伯，甚相契。印伯筮仕湖北，追随南皮颇久。然曾至旧京三次，清光绪乙巳年到京，即住乔寓。戊戌年，住南城伏魔寺。最后民国元年，则与弟同住也。印伯于书法之外，亦工吟咏。诗格在玉溪、玉局之间。或有疑其专从晚唐人出者，非其实也。其家收藏汉、魏、六朝、三唐、两宋人诗集极富。尤喜集唐宋人诗句为联语。有得，则书于自制便条上，最精美。华阳王菊饮所印集联真迹皆是也。其未印者尚多。闻成都有川军黄军长家，庋藏盈箧。当乙巳年印伯在旧京时，乔损庵先生因有四孙，偶然忆东坡诗"朋来四男子，大壮泰临复"二句，因谓印伯曰："大壮泰临复，君能集苏诗为偶语乎?"时损庵意此五字为四卦名，属对匪易。且长孙因苏诗有此，而字大壮，亦难稳切。印伯曰："吾行箧无苏诗。"损庵曰："吾架上尚有所馀施注苏诗。"因举以赠。印伯取出，实未寓目，但旋用坡诗泛颍句作对，即集成一联云："欧阳赵陈余，传呼草市来携客；大壮泰临复，下有孙枝欲出林。"天衣无缝，恰到好处。印伯随谓大壮曰："君若嫌此联尚短，吾尚可增数字，何如?"因书云："欧阳赵陈余，啸歌相乐，传呼草市来携客；大壮泰临复，丱妙侍侧，下有孙枝欲出林。"一气贯注，且皆坡句，然观者已叹服矣。（因此六句，不全在施注苏诗内，而实有散见于王注及纪评《苏文忠诗集》内者。）大壮又云：印伯平生最精饮馔，出游时，常命仆从挈竹丝食榼，量少而精。例如山鸡丁、酱瓜、冬笋，炒为一碟，但三物皆为大小同式正方形。是为冷食。每不喜啖牛羊葱蒜。馀如松花江白鱼、天津银鱼、马鞍桥鳝鱼，及广和居糟蒸鸭肝，必应有尽有。印伯食甚缓，每飡，辄再热数次。喜饮黄酒，量颇宽。余见有人赠彼黑色绒帽一袭，彼御之至于临终。余见印老景像，鲜有不御此帽者。彼尝咏帽云："不妨老去辽东皂，那得归从锦里鸟。"盖游戏之作也。印伯向不以遗老自居，但仅曾集联以赠名旦王瑶卿云："古董先生谁似我？落花时节又逢君。"上句出《桃花扇》，下杜公句。其风趣可知矣。

印伯诗，程穆庵既为排印于上海，然散佚者亦颇多。大壮尝写示二首云："桑园甚熟听流莺，柳巷萍圆荐玉鲭。发绿齿齐胡不乐？水流花谢若为情！百年已付天槃物，五斗终须日解酲。不见西邻忧不足，朝来油旆夕佳城。（自注：比邻某太守殁于行馆。）又云："且听深山四月莺，未须高馆五侯鲭。远游图史还为累，久住林池恰有情。客难漫从方朔唱，妇言宁止伯伦酲？南薰客易销红紫，多少青钱下夹城。”此二首遗集皆未收。声调圆美，不辨其为唐为宋，而却为塞向翁传神写照。印伯，字所持，又号塞向翁。光绪已卯举人，官湖北知县。

陈石遗云：“印伯与杨叔峤同为张文襄入室弟子。余识之二十年，惟见其饮酒、作字、斗诗钟，未见其作诗。梁节庵以为工晚唐体，及见其门人程穆庵所辑手稿，皆宋人语也。”故石遗题印伯诗册云：“廿年珍秘箧中词，身后幽光发太迟。终肖蜀山深刻处，梁髯偏说晚唐诗。”论印伯诗，以此二十八字为得其真际。

清诗汇

徐菊人世昌，于近三十年中，颇有振兴文教之志，既创四存学社，刊颜李遗书，又于其任总统时，创晚晴簃诗社，撰集《诗汇》，及退居津沽，则又编撰《清儒学案》。今其书皆早已陆续流布，惜传布不广，然在旧京，固俯拾即是也。《清儒学案》凡二百八卷，一百册。《清词汇》，凡二百卷，八十册。所收自明清间遗老，下逮民国初年已卒诗家，不下六千一百五十九家，可谓富矣。其撰选既出众手，去取亦多可议。然在此扰攘世局中，能留意及此，书虽不甚精审，但能保留如许材料，以待后人要删，亦不可谓为无益之事也。曩在金陵，见黄君坦孝平曾代撰《清诗汇序》一文。此文为王书衡属君坦所拟，即取《晚晴簃征诗启》点缀成文，挦扯掌故，于清代诗原，亦复详审，姑录存之。至此文与本书所刊有无异同，今日无《诗汇》在手边，无从对照，它日当再取而比勘也。

清诗汇叙（黄孝平撰）

《清诗汇》都为若干卷，御制外得若干家。岁在屠维。将付剞劂。甄采周纪，荟萃精英，乘遭之途，较然可监。挚虞《流别》，总集肇耑，昭明陈辞，沈思是尚。选诗故事，莫盛于唐。《国秀》、《箧中》、《极玄》、《御览》、《中兴间气》、《河岳英灵》，起例诸编，允为凯式。宋明纂辑，未餍缥缃。《江湖》，《中州》，《元音》，《国雅》，具体差微，流风未沬。顺康文学，照映昌时。七子馀波，见讥糟粕。胜流南北，姓字如林。凫盟覆舆，坦园秋水，孤芳夐响，矜服前修。江左岭南，宁云多让。渔洋既出，神韵独标，坛坫迭张，词流锋起，声光所被，爰逮乾嘉。支叶繁滋，更仆难数。归愚守宗法，随园重性灵，标榜偶缘，蔚成风会。道咸以后，湘乡低首西江，湘绮导源汉魏，广雅褒然，振奇郁起，宏开幕府，奄有众长。季世说诗，祧唐宗宋，初慕后山，嗣重宛陵，寖远苏黄，稍张杨陆。三百年间，诗满天地，综其卓绝，约有数耑。庙堂巨制，炳若日星，鸿博两征，召试累举。柏梁联句，朝元歌咏，雅道既兴，流飚斯广。查田太液，赐谕烟波，竹垞南斋，言思贱日。狨鞍酋长，湛露兴谣，麟窟天孙，采风载录，灵珠在握，蛮徼姚声。诗教之盛，此其一也。考据之学，后备于前，金石之出，今胜于古。海云鼎籀，纪事西樵；杜陵铜檠，征歌石笏。钟彝奇字，敷以长言；碑碣荒文，发为韵语。肴核《坟》《典》，粉泽《苍》《凡》，并足证经，亦资补史。苏斋备体，雷塘嗣音，滂熹洽闻，瓶庐精鉴。诗道之尊，又其一也。中叶而降，文网渐疏，党锢不兴，风人多刺。宝鸡题驿，秋螅成吟；龙壁从军，淋漓篇什。萝庵选韵，想望承平。感物抚时，微辞贞义。拾遗直笔，契厥精深；长庆新篇，举以讽谕。诗事之详，又其一也。海通以后，闻见日恢。三山引舟，八紘置译。倚衡奉使，梦咏波涛。人境羁宾，集开世界。兰阇唱诺，痟野谐声；槎路低徊，莼斋珥笔。能言四裔，散见诸家。兴寓竹枝，目营卉服。輶轩游履，极迹区寰；捃实摭华，夐长博物。诗境之新，又其一也。凡此四者，均异前规。陶镕英词，驰骛新作，春兰秋蕙，异畹同芳。蓝胁号钟，应蕣协奏。风美所扇，鼓舞方来，上轶元明，自成轨范。昔所著录，如贞庵《溯洄》，伯玑《国雅》，思九《诗选》，孝威《诗观》[1]，《感旧》《箧衍》之本，《别裁》《正雅》之音，《湖海

[1] 孝威，《汪辟疆文集》本作“孝咸”，据油印本改。

诗传》、《熙朝雅颂》，原其为体，取舍因时，虽各成书，殆同独赏。关河岁暮，往哲修然，裒辑闳篇，广为甄写，上自庙廊章制，下及山泽歌谣，宗室属国，闺秀方外，品酌往例，胥入网罗。吴之振《宋诗钞》，顾嗣立《元诗选》，虞山《列朝》之集，秀水《诗综》之编，取则差同，瞠尘恐后。石仓坠简，幸免劫灰；沧海遗珠，冀归冥契。江东昭谏，天祐登名；建昌季常，荆南缀咏。义非吾炙，任重藏山，采拾旧闻，羽翼惇史。民风升降，朝局隆汙，绩学藻镜，借曰匏宣，艺圃沉酣，自嗟蠡测。爰抒绪论，缀厥简端，诵诗观风，庶有择焉。

钱能训、周树模与徐世昌

钱幹丞能训，浙江嘉善人。周少朴树模，湖北天门人。能训丙戌进士，树模己丑进士，先后授编修为御史。二人皆方面大耳，树模貌尤丰腴，有天官之目，受知于徐菊人世昌。当清季辽东新建行省，世昌奉诏为总督，于署设承宣、咨议两厅，荐树模为左参赞兼领承宣厅事，能训任右参赞兼领咨议厅事。凡事咨商而后行，所谓倚若左右手也。世昌既内调邮传部，树模已擢黑龙江巡抚。所遗左参赞，奉天巡抚唐少川绍仪荐梁如浩代之。梁疏懒不治事，权尽操能训手，同僚侧目。世昌将入京，语能训曰："吾行矣，清弼乃故交子，宜善事之。"清弼，锡良字，继世昌之任者也。锡甫受事，睹能训独揽大权，将薄惩之，犹未决。幕客某曰："东海方与密勿，势不可侮。孰若疏请裁缺，避排挤之名，收默免之效？是能训不去而去矣。"锡颔首，如计而行。诏准之。为世昌所闻，不悦曰："吾同年钱幹臣固有功于辽东新政者，清弼竟不能容！傥果有劣迹，罢其职可耳。并缺而裁之，诚与人难堪。吾方在位，而为疆吏者，乃如此不论是非功罪，则为政尚堪问耶？"其时顺天府丞缺出，世昌力绳能训之才于奕劻，交荐于朝，遂获简授擢陕西布政使，甫莅任，护巡抚。辛亥之变，能训持刃自戕。遇救，易服至京师。或谓能训裁缺入觐，不蒙召见，世昌再入枢府为运动者久之，始授陕西藩司。又曰："其兄明训于辛亥权津海道，非也。明训由部曹外简津海关道，戊申没于任。代者粤人蔡绍基，后于辛亥大局鼎沸称疾退。直督陈少石夔龙檄候补道幕客沈铭昌权斯缺，乃实事也。”项城当国，于甲寅间废国务院，仿唐制建置政事堂。起世昌为国务卿，杨士琦为左丞。右丞初拟梁敦彦，而士琦荐其堪膺交通部长之选。一日，项城顾世昌曰：“左右丞，宰辅之位也，非资深才裕者莫理，相国于意云何？”世昌知恉，对曰：“能训明敏，足膺艰巨。”项城沉思半晌曰；“幹丞正贰内部，遽预枢要，不越次躐等耶？”世昌复曰：“然则少朴何如？”项城曰：“少朴方正，已虚平政院长一席待之矣。幹丞于相国为同年，(世昌亦丙戌进士)，杏城为姻家。两汉方兴，房杜并起，幹丞虽资望稍逊，宜为事择人，予始念未及此。”世昌退而告能训曰：“事谐矣，吾子于项城未尝一日共事，右丞虽尊，不宜越俎，或可久于其位，子毋忽。”能训唯唯。树模初得报，以为右丞已内定，颇露发奋意。令下，任平政院院长，疑能训私乞世昌攫其位，殊不怿。世昌为解释久之，乃已。

此三人皆出身甲科，颇能文。惟世昌后膺总统之位，颇思提倡风雅，创晚晴簃诗社，网罗一时文士诗人，从事《清诗汇》之选撰。其自为诗则非甚工，不过略有气势耳。周少朴泊园诗殊有真气，深得临川、东坡之意境，晚岁尤高，固一时巨手也。钱幹丞诗文则不少概见，想亦当优为之。三人关系甚深，特记之以备《点将录》要删焉。

秦幼衡

固始秦幼衡树声，文笔奇丽，傲倪一世，少所许可。自谓骈文突过六朝，散文仅不俗不乱，尤以书自憙，然不措意于词。夏孙桐闰枝、缪荃孙艺风皆词家，与先生集都门酒楼，将以穷先生，问：“能以词赌酒乎？”曰：“能。”乃以用古人原韵合词律为度。夏、缪皆立成，先生竟曳白，大受谯讥，苦无辞以对。次晨未晓，先生往叩闰枝门，形神惨澹。问：“何事？”曰：“词成矣。”闰枝视所作，叹服曰：“有一不能何害？竟如此！得无呕心死？”盖先生通宵未交睫也。于小品辄数为稿，尝曰：“凡选词未工，毋休，必有一天造地设之工者以俟焉。”其湛思如此！先生虽诙诡玩乎世，然于出处之节无稍苟。项城袁氏慕其名，将致之居仁堂。先生扺以书，故尽为僻典难字累数千言，不可句读。袁遍示僚属，罔测其意，竟无以复致之。沃邱仲子（**费行简，字润生，湖南人，即撰《中国名人小传》者也。**）谓其以万言书干袁者，非也。东海徐氏当国，遍请都中名士，先生与焉。徐致谦词求教，督所不及。皆逡巡，先生独曰："此时尚有可言乎？"曰："幸甚。"应声曰："公不作总统亦佳。"一座皆惊。徐又以东坡真迹夸示座客。先生殊不视，曰："东坡知书乎？"更以诗稿就正，曰："公无能，毋语此。"徐笑曰："他非所知，惟官未敢让公。"先生出，语人曰："东海徒以官傲我耳。"呜呼！其魁垒而骨鲠也，可以厉末世婀娜之风矣。（**出孙至诚《书秦幼衡先生轶事》**）

朱祖谋

"忠孝何曾尽一分？年来姜被减奇温。眼中犀角非耶是，身后牛衣怨亦恩。　泡露事，水云身，枉抛心力作词人。可哀惟有人间世，不结他生来了因。"此朱彊村祖谋垂死前五日所谱《鹧鸪天》词也，题为《辛未长至口占》，凄惋欲绝，最后之笔也。年七十五。祖谋，字古微，亦字沤尹，复字彊村。初名孝臧，以避庙讳易祖谋。浙江归安人。光绪癸未以二甲第一名及第，授编修。为书仿颜鲁公而肖。当会试时，户部尚书阎敬铭之子，字亦模颜，视祖谋如出一手。主考某欲媚阎，阅卷置前茅。拆封视之，盖祖谋也。嗣由侍读学士擢礼部侍郎，兼署吏部侍郎。历充国史馆协修、会典馆总纂。出为广东学政。乞病归。侨寓吴门，与郑叔问文焯填词自遣。宣统践位，起为典礼院顾问大臣，未之官。庚子之变，慈禧太后召百官入觐，命各摅所见。祖谋应声曰："皇太后蔽奸党，恃乱徒，以敌外国，是诚何心哉？今危机已迫，将以何人了之？"后曰："董福祥知兵善战，可胜其任。"祖谋曰："福祥昏庸老迈，如何可恃？"后正色谓祖谋曰："尔操南方语，予莫解。"及退，后犹怒目送之。众以为必获严谴。卒无事焉。其后后偶对人言，以祖谋虽越级言事，而忠诚可取。近岁居沪滨，词名益著。与散原老人诗，并推为诗词两大宗。又尝组沤社，一时词人，奉为盟主。一二不肖者震其名，请托得置身其间。祖谋虽鄙其为人而莫之拒，则长者忠厚之度不可及也。祖谋有诗一卷，似早年致力涪皤，后则称心而言，不主一家，而自然老澹，亦犹姜白石曾三薰三沐黄太史，后乃悟学即病，不如无学。居然是当时一作手。余已于前王乃徵条下，录其二律，可见一斑。又陈衍《近代诗钞》亦录祖谋诗十六首，此不重及。

易实甫

汉寿易实甫顺鼎，近代才士之最著者。晚年与樊增祥齐名。实则樊山涂泽为工，伤于纤巧(如专尚对仗是)。易虽恣肆，其真气犹拂拂从十指出，樊不如也。实甫童时陷太平军中，其父笏山方伯拒不以贿赎。获者爱护之，养为己子。僧格林沁夜追敌，得实甫。问知为易布政子，以付应城县。此事世多知之。通州范肯堂当世有述实甫事三首云："妻孥是何物？不信爱难休。寇盗焰方炽，风云气正秋。孤雏凤鸾似，一折死生差。曷怪中兴易，群才若是遒。""飘忽夜从贼，僧王盖有神。宁知尔孺稚，从此识天人。灯火千貂卫，风烟万马尘。田横古难画，何况迹云陈。""劫众亦非易，慈仁有大同。可怜全我友，不忍贼斯翁。恻怆井有孺，唏嘘莽伏戎。眼前生齿满，谁与祝天公。"肯堂以文为诗，大都气盛方直，如长江大河一泻而下，滋蔓委曲，咸纳其间。集中《戏书欧阳公答梅圣俞诗后》有二语云："文之于诗又何物，强生分别无乃痴。"盖肯堂自道其诗之旨趣，亦如是也。制长题须明诗意而不与诗复，极不易为，肯堂效东坡特工，然间亦稍冗耳。(节《忍古楼诗话》)

实甫笃好扶乩，谓尝遇李仙于并门，证其为张梦晋后身。其《题张梦晋画折枝长卷》云："月下仙人萼绿华，茶红竹翠影交加。凌寒写出真标格，不是徐熙没骨花。""纸尾亲题正德年，虎丘别墅印文鲜。山塘万古春愁海，谁遣名花一泊船？""双坟玄墓记曾寻，如雪梅花一尺深。绝代佳人为死友，天荒地老岁寒心。""吴下狂生跌宕才，早年情死亦堪哀。此图即是三生石，使我茫茫万感来。""黄茆熨斗记曾春，过眼云烟付达观。梦到昔年呼酒处，一天风色太湖寒。""梁园岁暮正无聊，魂断江南不可招。惭愧故人千里意，汴云燕雪寄迢迢。""飘零墨泪劫灰馀，知己平生几六如。旷代何人能鉴赏，怜才更有毕尚书。""时飙文雅未须称，数有封章在中兴，圣主即今前席待，岂容荀相老兰陵。"实甫在清代官至广西右江兵备道，为岑云阶制军所劾，(中有"名士如画饼不可充饥"等语。)罢官去，潦倒江湖。

辛亥后，遂屈居僚下，携一妾居京都，穷困抑郁以死，与孟晋乞食相类。一时假托戏言，竟成终身谶语，亦可哀也。实甫诗，生前陆续自刊。余在旧京，曾见有汇集易所著书凡二三十册，题曰《琴志楼丛刻》，恐亦好易诗文者为之耳。没后，宁乡程子大颂万，将为编定。子大旋亦下世，遂不果。其弟由甫顺豫，曾官江西□□□。诗才亦与相埒，其集罕见。有传抄其《赠陈伯弢诗》云："读汝新诗本，神州道不孤。独怜依幕府，何事在江湖？铁瓮朝来去，金台梦有无。秣陵花下路，相见泪应枯。"

实甫死后，意怠巢主人有诗挽之，云："井水旗亭姓字香，老沦贫病遇堪伤。一生颇类何平叔，九牧终怜盛孝章。未信楹书真失托，故应篋句未全忘。阳狂晚节休相诟，饮药从知举国狂。"其自注云："平叔七岁通神，实甫少有神童之目。平叔为阿瞒假子，实甫少陷贼，伪启王亦以小王子呼之。平叔粉白不离手，实甫早修边幅，老而自谓有少容云。"则此诗又较肯堂一篇为切也。

王涤斋（子世鼐）

近年在渝州，闻有王调甫世鼐者，颇以诗闻于时，年仅四十有二而卒。友人为刊其《猛悔楼诗》五卷。有才情而故为掩抑忧伤之语，秀发有余，素之惝恍，不若其父涤斋之诗磅礴灏瀚也。涤斋，名源瀚，安徽贵池人，光绪己丑举人。清季官度支部郎中。入民国，曾为众议院议员。当清光绪辛丑间，涤斋闲居皖上，曾有咏戊戌庚子事，步杜公《秋兴》八首云："潮落空江风满林，二龙山气晚萧森。天无炼石成遗憾，月有妖蟆变夕阴。北极朝廷儿戏事，南疆砥柱老臣心。小儒忧国终何补，散发行吟杂暮砧。"（其一）"回首金台夕照斜，不堪京国散繁华。红灯竟误妖人术，碧浪频来海客槎。沽上月明平旧垒，城头风紧响胡笳。江南此日仍黄菊，凄绝昭阳殿里花。"（其二）"鸡鸣问寝报春晖，风掣红旗力尚微。丹凤屡衔芝诰下，青蝇争傍棘丛飞。贾生忧国才原激，商鞅（上声）强秦愿已违。莫问兵权收吕禄，有人早已食言肥。"（其三）"全局刚输一局棋，鼎湖水冷蛰龙悲。可怜昨夜空前席，纵有雄心已后时。张俭望门人去远，范滂断脰子来迟。燕尘莽莽知何似，欲向征鸿问所思。”（其四）“不闻胡马度阴山，高鼻成群指顾间。七叶金貂乌啄屋，九天阊阖虎当关。滹沱有粥酬孱主，土木无人识圣颜。晋水未清秦树远，飘遥重与定朝班。”（其五）“鸾凤鸱枭各断头，凭谁史笔秉春秋。强从回纥驰单骑，空学张衡咏四愁。三十九年输岁币，八千馀亿付沙鸥。长鲸吸尽苍生血，憔悴山东二百州。”（其六）“齐唱胡歌诵首功，虬髯高踞殿当中。虞姬早下垓心泪，神女能生口角风。禁树经秋无意绿，宫花遇雨可怜红。玄宗已往徽钦远，浩劫千年问碧翁。”（其七）“狂吟楚泽独逶迤，野水参差不掩陂。南海月明鲛有泪，中原树老鹊无枝。鱼龙百态秋江冷，风露三更斗柄移。欲挽天河洗兵甲，九霄亲见绛云垂。”（其八）杜韵本不可一再赓和，然此数诗，却音节浏亮，且语多史实，韵亦深稳，足为后生学诗矜式，亦不可概为废弃也。又有《广州拱北楼刻漏歌》，自注：“刻漏，元宣慰司陈用和造。”诗云：“岭南八月独奇暑，一日炎蒸三日雨。冒雨来登拱北楼，中有刻漏青铜古。四壶高下各一阶，大小相承孙祢祖。大者高围五尺强，小亦庶几二尺许。满贮以水覆以盘，一窍中通滴如豆。上吐下纳声微铿，浮出时筹字可数。字始于卯终于寅，至寅陡落重徐吐。一吐一落成古今，我来正见日呈午。此中秘钥在挹注，此制朴质无螭虎。年深绿锈多斑斓，颖识微茫略可睹。延祐五年十二月，陈宣慰司置兹所。在昔文明未启时，测景长圭只挖土。成周挈壶始置官，汉宫漏箭初遗榘。从兹宫禁日增华，祖暅良工独辛苦。（事见《梁书》）用和此制殆空前，速率不曾差累黍。士衡作赋兴公铭，虽有繁词不能誉。迩来西学日昌明，时计缤纷番舶贾。柔钢绕指细如丝，机轮衔接森成龋。如兹笨重不可移，巧拙天渊似难伍。一事足令西人惊，铜驼几度埋榛莽。（叶母）此器流传六百年，历劫犹新足矜诩。从来大辂肇椎轮，漫将文野争良窳。余生好古亦云幸，周鼎商彝几摹抚。颐和园里见铜亭，武英殿上看尊甒。蛮荒睹此更足豪，坐叹流光转惭沮。典壶老叟恣神奇，短纸纷纷粘谩语。谓兹异物不可亵，谁其摩挲神则忤。摄影题签托尉佗，数典竟忘吁亦鲁（楼中有刻漏照片出售，其端题为“南越王制，迄今一千三百年”云云，殊可笑）。忆昨经过耿府前，狻猊啸天毛栩栩。又从六榕见铜佛，袈裟皱褶精于缕。扶胥之江黄木湾，波罗庙里双铜鼓。并此皆为世所稀，都应爱护珍璆瑀。昨者州前文告颁，毁城筑路无遗堵。此楼此漏亦当冲，是用作歌告官府。”前王法器，历年七百，犹在人间，非此大手笔，固莫能绘影绘声也。涤斋年已七十，足迹半天下，吟咏颇富，不失正声。著有《湛庐诗文集》，未梓。

调甫弱冠读书北京大学时，即喜为侧艳之诗。恩施樊增祥，偶于报端见之，颇以为奇。嗣调甫以书抵樊，并以所为诗四十篇来，樊为大异。且称其奇艳在骨，骫骳从心，生翠刻肌，冷红沁髓，食烟火人一字不能道，亦一字不能解也。又劝其不足效长吉、飞卿、蕊渊、卿谋之诗，专作闺帏语。此亦老辈提奖后进之常谈，不过言之大过耳。调甫后以曹郎旅进退于工商部，后乃为苏浙皖烟类专卖局局长。以民国三十二年三月卒于赣，年才四十有二。终身抑塞，未大行其志，亦才士之厄也。其诗自有才情，然喜为迷离恍惚之辞，若可解若不可解，与蕊渊、卿谋不相比类，即长吉、飞卿，亦不类。或有谓冷艳似龚定庵者，实则龚自有其学识以为干，调甫亦不能企也。兹录其稍清真者，如《月夕自防空隧归写岩隐诗》云：“夺梦长音杂信疑，朱灯遥自众哗知。云高铁羽飘沉响，月上银天写愤诗。一炬风横连虐尽，满岩人悴释囚迟。平生怀愿今粗验，蚁穴侯封证此时。”《嘉陵江晚眺次行严先生韵》云：“独静频传隔市哗，秋霖争损废园花。楼危犹坠衰时梦，境沸真疑煮后茶。急涨帆轻乱鸥舍，遥江雾重湿人家。沧夷岂必堪微叹，只此潜居鬓已华。”《岁暮》云：“慨念平生误夙期，九重挟策此何时？春来不信诗能好，境往方知意足师。岂必故山堪据卧，独寻心史作然疑。长淮浪浊长风壮，此意辛勤献岁迟。”《读和钧师防空隧诗依韵奉答》云：“疾雨轻雷散万埃，人真怒马忽衔枚。岂期浩渺湮波外，却送迷离忧患来。欲忘奇哀馀化石，略无枯泪亦成灰。平生欢喜从头记，好月千山菊一堆。”然此犹可相说以解者。其他有好句却无好篇，尤喜于文从字顺中必运以一二空灵奇僻语，使人读之，以为可味，按实以求，则每每不相连属。其病则在不能稍加以理，如牧之之论长吉也。昔吾友王思斋初学长吉乐府，甚可观。后改辙以宗黄陈，自谓奇崛奇丽，兼而有之。及细玩所作，亦复蹈此病，及欧游归来，差有理数，方期大进，不意年才二十九而殂谢矣。刊有

《思斋诗》二卷。

李博孙丈

余于辛丑春间，侍先公由九江遵江淮，绕道至亳州，再舍舟遵陆，入开封。其时临川李博孙太守翊煌长君康伯孝廉世钊，因赴汴，即附先公船同行。居梁园时，博孙丈常来往吾家，因得亲炙，且与上下议论。丈并以其先德春浦《临川四宝》及小湖先生《好云楼集》见诒。时余年才十四，因得窥经史要义及其拨灯法。此书启迪至深。今思之，犹前日事也。

临川李氏，本海内文献故家，博孙丈之本生大父韦庐公，从祖小韦公以诗名。曾从祖芸父公以画名。大父春湖侍郎及父小湖大理，并以书名。尤以侍郎平生所收藏之唐宋碑帖，多属人间孤本，有名海内。大理掌教金陵钟山书院，以经史词章训士。卢抱经后以大理为第一人，故造士尤宏。今江南人士，尚有称之者。大理始娶赵，继娶钱，皆无子，择于族子之贤者，以丈为之后。丈本生考锟，广西候补知县。丈举光绪乙酉乡试，丙戌成进士，用主事分发工部。充会典馆万寿庆典处诸役。累劳保知府，指发河南。至，督怀庆清化镇官磺局，保三品衔，历领瓷业总务厘税，杜私裕公家，皆有效。后监督陆军小学堂，课最，保以道员用。宣统二年，署光州直隶州。蔽狱达民隐，服其能恤我，去而为之立生祠。辛壬改步，遂弃官归南昌。久之，贫无以自存。稍稍捡携世守碑贴书画不甚贵爱者，走沪上售质，得金，葬其族浮厝者七棺。金尽，复留上海，假医推星命给空乏。当是时，避乱居上海，杂故旧文儒，从士大夫遨游，与陈三立尤数数往还。丈嗜饮，每会集酒酣，辄愤慨世难反覆，奸盗横恣，纲纪廉隅道德陵夷且绝。目张颜赤，高睨大谈。尤诋号耆旧闻人，靡从改操，反呢訾嚅唲诡托遗逸者。而首祸召亡，若奕劻、袁世凯，益喃喃不去口。退而为歌诗，亢厉激昂，不可逼视，亦与其辞语相表里。惜余偶见之，未及写副也。丙辰十月去上海。明年三月七日，病卒南昌里第，年六十有八。丈幼时依大理金陵，事大理及钱太君，敦敦孝谨，尝封股起大理疾，居内外忧，哀毁眩观者。所识多巨儒长德，交友接物，忠笃持一节，莫不信而敬之。丈原配石，早卒。侧室赵氏、杨氏。子世钊、世锴、世钰、世镕。世镕为余门人。丈所著书，有《缵述堂文集》若干卷，诗集若干卷。书既未梓行，今遭寇乱，存亡益不可知，是可慨也。丈旁耽相墓术。早年曾见其于□先公座上，口讲指画。颇用自嘉，以为今无抗手也。生平论学论治，每与南海康有为不合。及流寓申江一见，论相墓则针芥相投，契合无间。两人者更互倾写标举，相引重。盖康氏术推极五洲山川脉络，丈则称所兆兴帝王寻常耳。所览取，不啻以十数悬验来者云。（余在南昌时，曾晤其世兄仲麟，云：博丈墓在新建西山某原。）

吴眉孙

丹徒吴眉孙庠有寿梅畹华祖母《金缕曲》云："丝竹当筵奏。报私情缠绵乌鸟，何关门胄。早饮香名惊绮岁，万紫千红俯首。天赋与绵心绣口，灯火如山人似海，看幻身亲献麻姑寿。劝一酌、延年酒。　新诗百幅云笺剖。知多少五陵游侠、四朝耆旧。都为阿婆夸老福，此例千秋罕有。梨园史世家草就，合让梅花居第一，笑神仙蓬岛齐招手。播佳话、问谁偶。"樊山、实甫见之皆曰："恰到好处，为诸作冠。"又眉孙有挽汪衮甫联云："奉使记回槎，不用吾谋，密字枉传青鸟信；著书惊绝笔，无端妖梦，归期竟验白鸡年。"盖衮甫在日使任时，屡以倭人隐谋密告中枢，又言日本必亡，拟为论文证之。而中枢及闻者皆不之察。又尝入梦，自知五十六岁当死。癸酉元旦，偶翻《水经注》，见死虎亭三字，心甚恶之。因衮甫生于光绪四年戊寅，而其年恰五十六岁。自谓不祥，不料果以是年□月逝矣。眉孙此联，殊稳切。其弟妇江采南蘋（眉孙四弟静安妻也，已逝）为陈师曾弟子，工画，尝手写师曾遗诗，绝工。

梁节庵

梁节庵鼎芬于光绪六年庚辰入翰林，娶妇龚，时称嘉话。李莼客慈铭与同年进士。是年八月二十一日记云："同年广东梁庶常鼎芬娶归，送贺分四千。庶常年少有文而少孤，丙子举顺天乡试，出湖南龚中书镇湘之房。龚有兄女，亦少孤，育于其舅王益吾祭酒家，遂以字梁。今年会试，梁出祭酒房，而龚升宗人府主事，亦与分校，复以梁拨入龚房。今日成嘉礼，闻新人美而能诗，亦一时佳话也。"二十六日记云："诣梁星海、于晦若两庶常，看星海新夫人。"九月三十日记云："为梁星海书楹联，赠之句云：'珠襦甲帐妆楼记；钿轴牙签翰苑书。'以星海濒行，索之甚力，故书此为赠，且举其新昏、馆选二事，以助伸眉"云云，此节庵往年玉堂花烛，为一时胜流所艳称者。节庵年才二十三岁，后来之事，盖不堪回首云。（**录《凌霄一士随笔》**）

梁节庵以湖北按察使辞职得请，谢恩摺有云："伏念才非贾谊，学愧刘蕡，本孤苦之馀生，值艰难之时会，揆之古人致身之谊，岂有中年乞病之章。乃者，疾来无时，医多束手。群邪杂进，正气潜凋。外患既滋，内维又溃。既忧伤之已过，欲补救而无功。仰荷生成，曲加怜惜，戴山知重，临海知深。臣病入膏肓，圣恩实如天地。虎须曾捋，何知韩偓之危；鸾翮能全，不似嵇康之铩。归依亲墓，松楸之荫方长；眷恋君门，葵藿之心未死"云云，措语颇工。"虎须"云云，谓曾劾奕劻、袁世凯也。其以病情喻国事，尤有语长心重之致。又闻节庵去官之前，张之洞尝荐其堪任封疆，为奕劻、世凯所持，不获简畀，恒郁郁不自得，自撰一联云："读书学剑两无成，此心耿耿；钟鼎山林俱不遂，双鬓萧萧。"乞罢得请后，亟命取公服焚之，以示不再作官。众劝止，不听。夏口厅同知冯赟，其乡人也，徐曰："公虽不作官，家祭可以便服从事耶？"节庵瞿然曰："吾过矣，吾过矣。"乃止（**同上**）

梁启超由津南下从事讨袁时，临行亦有上袁世凯一辞呈，自序病情云："比觉百脉偾张，头目为眩。外强中干而方剂屡易；冬行春令则疠疫将兴。偶缘用药之偏，遂失丧生之主。默审阴邪内闭，灾沴环攻。风寒中而自知，长夜忧而不寐。计非澄心收摄，屏绝诸缘，未易复元，恐将束手。查美洲各属，气候温和，宜于营卫，兹拟即日放洋，择地休养"云云，表规刺之意，语亦精妙。盖其时启超官参政院参政也。因记梁节庵谢恩折，并附记于此。

节庵逸诗

余绍宋所辑《梁节庵遗诗》仅七百四十馀首，漏收甚多。余在沪尝见其所画山水绢本小轴，极荒寒之致。左角上方，自题三绝诗云："用笔萧疏自远人，残山剩水认前尘。为君略作云林意，月暗风欹好自亲。"（其一）"屡负空山廿载期，枉持忠孝与人嗤。多哀待抱西台痛，依旧冬青不满枝。"（其二）"浅渚荒亭地自幽，空枝冷石倚残秋。回天蹈海都难遂，纵有罗浮未忍休。"（其三）款题："忍冬诗家同年属画，丙辰，鼎芬酒后。"下钤"病翁呻吟"及"梁格庄"二方印。右端又题一绝云："一角荒寒照冷流，萧然木叶已深秋。此间正是非尘境，合有高人来系舟。"下署"老节再作"，钤"鲜民"长方印。忍冬为劳玉初国变后别字[1]。此画及诗，皆作于五十八岁时，凄惋之音，盖所南、晞发之遗也。

徐香雪

徐铸，字巨卿，一字香雪，广东番禺人。光绪乙酉举人，有《香雪堂诗稿》。香雪不独能诗，兼工倚声。汪彦平先人莘伯先生雁来红词册：画者余子容（士恺）及陶娱；填词者，有梁节庵（鼎芬）、王子展（存善）、杨叔峤（锐）、朱棣垞（启运）、陶子政（邵学）、文芸阁（廷式）、石星巢（德芬）、易实甫（顺鼎）、陈孔偕（庆森）、汪莘伯（兆铨）、汪憬吾（兆镛）及香雪。香雪《扬州慢》云："花片零霞，蒨丝沉水，秋人凄绝堪怜。恰新丛艳冶，媚比稚寒天。料池馆卑枝悄亚，一声筝柱，展向芦边。衬鹅屏，猩色尖风，剪碎湘烟。　　鸾绡粉舞，乍相逢曾障婵娟。记蜡蕊轻挼，瑀英私掐，滴粉芳研。留得瘦金体态，休排与锦字云笺。笑窥帘红燕，销魂输却年年。"香雪幼即能诗，壮有文誉，与填词诸人，及沈筠甫（宝枢）、陈庆笙（树镛）、朱蓉生（一新）、张晓帆（曾敭）等皆挚友。而与节庵为尤笃，盖同岁而总角交也。节庵《谢香雪遗双砚》诗云："徐生与我皆己未，三十不官自然贵。少小逢君

---

[1] 劳玉初，《汪辟疆文集》本作"劳至初"，据油印本改。

肺腑温，昂藏入世神姿毅。”礼闱屡黜，归乡酒别，节庵亦有诗慰之云：“流落仍相见，便旋过一春。嗟君不遇世，荐士竟无人。登馔江鱼美，开尊市醽醇。逸珠何用耀，盈椀亦贫辛。”“忆否桃花日，连镳出近郊？鸾刀真枉割，凤举亦纷嘲。耿耿心光在，萧萧鬓影交。明当送江上，有梦到衡茅。”香雪晚为端溪书院监院，多病，性益冲谈。《题美人春睡图》云：“细展冰绡雨后天，朦胧芍药浸寒烟。老夫莫道风怀恶，嚼蜡横陈已十年。”诏其子伯谋曰：“余诗不佳，本无可存，惟来日苦短，及今不录，将无一字留存。”乃每日追忆旧作，命伯谋录之。仅一月而疾剧，故所存不及十之一二，犹未付剞劂也。

李详与蒯光典、况周颐

合肥蒯礼卿观察光典，在清末颇负清望，尝荐兴化李审言详于江督端匋斋。李固一诸生，而以博雅能文称者也。李蒯二人深以文字结纳，然蒯没后，有一段文字公案为人所未具知者。兹见李审言有《蒯礼卿观察金粟斋遗集书后》一文，颇资文坛掌故。李氏卒于民国二十年辛未五月，此文为李辛未年所撰，当其晚年绝笔也。移录于此。

蒯礼卿观察《金粟斋遗集》书后（李详）

礼卿观察既没之后，余友合肥殷君孟樵搜其遗著，奇零琐屑，不足成集。其学博而识精，议论奇伟。在同治光绪初元，名都会胜流所集。君多预其列，成一谈士之魁，而名特闻，诗文为其绪馀。余馆君家五年，自言：“有笔记数十册，可名《三十年野获编》。”余请观之，则言语多时忌，不敢遽出。君没已二十年，又值易世，无所为讳。君之夫人李氏，颇知重君手泽。今君从子寿枢字若木者，刊其诗文，大都不外殷君集录之本，而未尝向其叔母求君笔记刻之，是失其所重轻也。集中《文王受命改元考》，为与梁星海辩难之作，亦本经生旧说而立为一干，余皆政治家言。君好谈诗，自为诗乃不越昌谷、义山家数，且不多作。但有一事可记，昔在光绪甲辰，张文襄奉朝命与江督魏午庄会勘湾沚工程，留江宁月馀，遍游名胜园林，得诗数十首。门生故吏，争写其稿，张子虞太守录副，遣一干送君处，属和。君请馆师山阳段笏林（**按笏林名朝端，晚号蔗叟，江苏淮安人，年逾八十尚吟咏不废，著有《椿花阁诗集》八卷行世。**）及余和之。段谦不敢任，余为和其金陵杂诗十六首。君自仪栈回扬州，揖余曰："承和张宫保诗，音调遒亮，部居秩然，足为鄙人生色。"会补淮阳海兵备道，与江北提督刘永庆不合，欲投劾归。缪艺风先生闻之，遗余书云："'可怜跋扈桓宣武，强迫兴公赋遂初'，礼卿诗也，恐意成谶。"此余代和文襄绝句中语。余意指袁世凯癸卯岁设计锢文襄不令回鄂事。此诗余集载之。《国粹学报》、《文艺杂志》并载之。余诗与君诗，体绝不相似。盘拿劲折，挈与轻倩婉丽者比，一望而知为异。今乃定为君作，误甚。且系十六首，而删去五首，不知何意？余之末一首云："诗吟佳丽谢玄晖，临水登山更送归。收拾六朝金粉气，庾公清兴在南畿。"此结束语，所以尊文襄，今乃无此，有识者固知其未竟也。余为礼卿代作，亦可附渠集中，唯读若木跋语，有云："叔父所撰文字诗词，随手散遗，此编所录，寥寥无几，而搜辑则极慎，然非亲笔不敢录；亲笔而非确知其为自作，仍不敢录；有得诸戚友者，非确知其代作，亦不敢录。"今当质诸若木，余此和诗果得之礼翁亲笔耶？抑亲笔而确知为礼翁自作耶？抑得诸亲友确知其非代作耶？又余所撰礼翁别传及礼翁行状，致于缪艺风，迄送之史馆者，乃不足登耶？抑或为审定编次之程先甲，挟爱憎之见有所去取耶？夫审定，当审定其误，如集中《答朝鲜贡使》诗："篱刹狡谋犹未已，绳冲遗恨极难忘。"篱刹即罗刹，冲绳应作绳冲耶？余不敢遽信也。抑闻之，古人编定师友文集，不欲录其誉已之作，恐涉标榜，今程君编次之本，载有礼卿致渠书，称其骈文，有："虽令屈原、宋玉、司马相如、杨子云、邹、枚、伯喈诸子执笔为之，亦不过如此，真可上抗周秦，奚止汉魏，更何有于六朝诸作、本朝八家耶？"又云："自合肥与鄙人书一首，昔尝叹为建安神境。”又云：“自来骈文家罕臻极则，贤竟登峰造峻，连夺前人之席”云云。余友礼卿五年，与论并世诗文，未尝有此屹然裁断，不顾嘲弄之语。若果有此，恐为礼翁一时风动（唐人谓郑畋语），或值病呓，失其常度。而余终不信者。往与礼翁评论同辈诗文，皆适如其分而止，或有过量之处，余必规之。如论俞理初、吴挚甫皆是。今乃徇一门生，如俗所谓灌米汤者，使据为许子将月旦之定评。又或谢太傅作狡狯语，为人遽传，而礼翁因之不免有失听妄叹之玷。此余为故府主争此得失，不禁愤懑而长叹也。此等和诗，因若木确字一说，乃谋收回，而礼卿于程溢美之言，又当执简而争，礼翁有知，宜陵云一笑，以余言为老宾客所当干涉。读此集竟，为悲诧者久之。（李详撰此文时，尚有《与孙思昉》一书云：“昨承复书，知随使节反扬。在前，菊坪寄示尊著《逍遥游释》，虚实并践，此支道林钻味所未及者。通敏之材，以馀事治他书，无不造入深际，真可叹服。第一闻含光之言，重以菊坪所荐，亟思入郡，趋晤台教，奈疾痛萦娆，先后踵起，扶杖槃散，艰于登陟。绿杨城郭，付公赏之。近文一首，略同白话，眼前岂有屈、宋、邹、枚、扬、马其人耶？伧人假师说自鸣，枕膝之伪，不可不为亡友辨也。作答附此，亦欲公诸海内硕流，助我张目耳。”）

审言以一诸生以善骈文为时流所推，晚年又在沪主刘聚卿世珩家，任西席，因得与郑夜起过从。郑氏以诗称之，因负盛名。实则审言本熟于《文选》、《世说》、颜公《家训》、杜韩诗，早年即有论述。又私淑江都汪容甫，为文颇模拟之。其所著《学制斋骈文》，自少数得汪氏隽永外，馀则皆颂寿文。连篇累牍，亦有近于饾饤者，不尽似容甫也。李氏博览之学，以宋元人笔记杂书为多。初为诗，略有才情，但无深诣。自与郑倡和后，始有深婉之致，而杂书僻典仍不免拉杂行间也。余早年为《光宣诗坛点将录》，于李详下有赞语云：“别才非学，不信仪卿，短书小册，拉杂并陈。”审言见之，大为不乐云。

审言尚有与况蕙风一段恩怨纷纠，兹将余日记一则移录于下：

乙酉八月日记云：阅章行严《论近代诗家绝句》。其李审言云："何人开府冶城隅，墨客相摩鬼一车。轻薄子云终出蜀，却须论盛一封书。"自注：君题《陶斋藏石记》云：'轻薄子云犹并世，可怜不返蜀川魂。'子云，似指刘申叔。申叔在陶斋幕，颇露才，闻有排挤李审言及朱孔彰事。旋随端入蜀，端死而刘亦不得出。太炎论救，谓杀刘师培则中国读书种子绝，申叔始免。"云云。以余所闻，此诗与自注皆误。审言轻薄句，系指况周仪，非指刘师培。刘入蜀，乃在宣统初元端去两江之后，非宣统三年端方督办川汉铁路、督兵入川时也。不过端入川时，刘适在蜀，任教国学院，端乃聘为顾问耳。至于审言与况蕙风构衅始末，就余所知者，亦可略言。先是匋斋之督两江也，合肥蒯光典以道员候补江宁，与缪艺风荃孙并为匋斋所器。审言以介先识蒯，又由蒯识缪。两人言之匋斋，端乃委李氏充江楚编译官书局帮总纂。时实无书可撰，支官俸，治私书，即《匋斋藏石记》是已。总纂即缪荃孙，时为匋斋撰《销夏记》，专论列书画，不遑兼顾，因举临桂况周仪领之。况择拓本无首尾及漫漶不辨字迹者，悉以属审言，而又时时探刺释文何若，将以抵巇送难。顾审言于王述庵、钱竹汀、阮芸台、翁正三、武虚谷之书，精研有素，况无以中也。况氏既负才，性复乖僻，时蒯颇右审言而诋况，每见匋斋，辄言况氏之短。一日匋斋召饮，蒯又语侵况，匋斋若不闻者。会督府议裁员，况名已在被裁之列。见者佥曰："活该饿死。"蒯又以语端，谓不直其人多矣。匋斋太息曰："我亦知夔笙必将饿死，但端方一日在，决不容坐视其饿死。"乃取笔抹去况名，并书打油诗以慰之，有"纵裁裁不到词人"之句，况氏为之感泣。于是况、李二氏构怨深矣。及匋斋于宣统三年十月初八日被杀于资州，事闻，审言适于案头骤睹新刻《匋斋藏石记》印本，为赋三绝以哀之。诗云："槐影扶疏红纸廊，（**红纸廊，南京街名，在朝天宫之东。**）冶城东畔又沧桑。摩挲石墨人空老，忆到江南便断肠。""脱略曾非礼数苛，上宫有女妬修蛾。濮阳金集儒书客，那得扬雄手载多。""觥觥含宪出重阍，传命居然奉敕尊。轻薄子云犹未死，可怜难返蜀鹃魂。"此事余闻之泰兴金蘅意太史鉽。蘅意与审言相谂，函札往来，余皆见之。审言知余，亦以蘅意也。惟金蘅意处有审言手稿，子玄作子云，川作鹃，与陈衍《近代诗钞》小异。第一首言曩时在南京红纸廊修书之事，今则因府主已逝，不胜存没之感。第二首言己之脱略，非疏于礼数，实以况嫉忌之故，然《藏石记》固多出于己也。第三首言况氏传端命以傲己，今则蜀魂难返，而况氏固怏然尚在人间也。此一段故实，世人间有知之而不能详，遂备记之。

俞恪士

山阴俞恪士提学明震，有《觚庵诗集》。伯严吏部称其托体简斋，句法间追钱仲文，感物造端，摄兴象于空灵杳霭之域。所论极当。清末，提学甘肃，适遇辛亥之变，遂罢官，辗转由草地归。晚居杭州南湖，诗境益胜。盖遭际坎坷，困而弥工，不特得山川之助也。《庚戌十一月出都口占》云："尘外阴沉觉有霜，天东初月照昏黄。十年错料成今日，一醉拚教进急觞。高树乱鸦呼晚霁，西山残雪剩微光。风幡自动心无着，留待沧桑话短长。"《宿新安县示子言》云："我从洛阳来，坦途无百里。峨峨见城阙，嶒陵列屏几。车马乱流渡，隐隐如浮蝗。莫吊古战场，中原事未已。风起远天黄，落日淡如水。况为行路人，茫茫谁遣此？须臾日西匿，回光射成紫。幻影逐明生，饥乌暗投止。此是古今情，悠悠吾与子。"《游山归，泛舟出里湖待月》云："山游腰脚疲，蜷卧如春蚕。漾舟出里湖，霁色明澄潭。群峰促使暝，若戒游人贪。一树尚残照，雨过南山南。湖光不能紫，细浪吹成蓝。濛濛觉远喧，渺渺穷幽探。月出天水分，始知风露酣。各有愁暮心，诗味从可参。清景何处求，湖燕飞两三。一失不可摹，此意吾宁惭!"夏剑丞尝称赏之。

陈散原《俞觚庵诗集序》云："戊午夏及秋之交，余病血下泄。觚庵亦卧病沪滨，皆几死。其九月，觚庵遽脱病，来视余。留十馀日而去。逾一月，自沪之湖上。复暴病，竟以不起。走哭，还，取其平生诗草稿审订，别为若干卷，付刊印。觚庵少年能诗，自矜重。通籍，浮沉辇毂间。后官江南、官赣、官甘肃，所作仅有存者。退隐后，诗乃稍多。遭遇巨变，避世孤往而然也。余尝以为辛亥之乱兴，绝羲纽，沸禹甸，天维人纪，寖以坏灭。兼兵战连岁不定，劫杀焚荡，烈于率兽。农废于野，贾辍于市。骸骨崇丘山，流血成江河。寡妻孤子酸呻号泣之声达万里。其稍稍获偿而荷其赐者，独有海滨流人遗老成就赋诗数卷耳。穷无所复之，举冤苦烦毒愤痛，毕宣于诗，固宜弥工而寖盛。然海滨流人遗老，踽踖番市楼壁之下，类足迹不窥境外。觚庵则金陵有宅青溪上，邻于余。复筑庐杭之南湖，与陈君仁先为邻。岁月之往还，游赏之频数，出一篇，辄有为余与仁先所惊叹者。盖觚庵诗，感物造端，摄兴象空灵杳霭之域。近益托体简斋，句法间追钱仲文，当世颇称之。觚庵亦或幽独自负，其信有无忝于后人之相知者耶？嗟乎！觚庵晚耽诗，略与余同。而侘傺余犹甚觚庵，猥为之稍勤，忘其惛且钝，楮墨传视，觚庵亦不以为非焉。然而生世无所就，□不得杀，瑰意畸行，无足显天壤。仅区区投命于治其所谓诗者，朝营暮索，敝精尽气。以是取给为养生送死之具。其生也，藉之而为业；其死也，附之而猎名。亦天下之至悲也。校觚庵遗诗讫，为发余所愧，而推论之如此。”此序语至委曲而悲痛，应得其言外之意。

恪士论诗，谓“诗人非闳抱远识，必无佳构”。又论作诗之法，谓“遣词宜用子部罕经人道语，方能壁垒一新”云云。余早年极服其言。及观其所为，抗精极思，语必造微，意必深婉，固自有其不及者。及来金陵，偶与王伯沆谈及俞诗，伯沆殊致不满。盖伯沆诗喜奥衍深厚一派，故深服散原之开阖变化，其直造单微，但取掩映而无直实理境者，皆不甚喜也。伯沆又在余处见晦闻诗，亦云：“诵之，初觉凄婉。再看，皆不落边际语。”余虽服伯沆，亦不以其言而易余所好也。

梁公约逸诗

江都梁公约菼工诗，顾不甚存稿。没后，其子孝詠搜集箧中写定本，印于《学衡》杂志中，名《端虚堂诗集》，不及百篇。公约诗才甚隽，所遗弃者，未必逊于所存，惜多散落，无由拾取也。夏剑丞处尚有其遗诗二篇，为写定本所未载，存之于此。《寿萧畏之》云：“一静脱万嚣，天许汝索居。渴饮已止水，饥餐无名蔬。役生徒录录，抱一能舒舒。眼中尘过隙，身外风翻车。先生梦独冷，清兴常有馀。艺菊得寄傲，锄药还自愉。蹇行不觉远，幽坐不觉孤。午夜香已歇，窗月生白虚。落叶打柴扉，有时来酒徒。进退无主宾，相视各轩渠。问讯醉与醒，真意无时无。汝贞自多寿，清味道之腴。冉冉江上春，将我尺一书。忽忽离乱中，我亦成老夫。执手重相镜，有未白髭须[1]？新歌定诒人，聊复踞灶觚。"《赠湘人萧莼秋》云："黄金销尽少年梦，萧寺穷居风雨残。曩日楚狂人不识，破衣沽酒大江寒。"

段蔗叟

光宣间，淮安有一老诗人，而海内鲜有知之者，则段笏林朝端也。笏林晚号蔗叟，垂老以脚疾废，年逾八十犹耽书嗜古，吟咏不衰。有《椿花阁诗集》八卷。其五七言古体雅健深稳，经籍外溢。近体善于使事，语隐而志微。李审言详、梁公约菼、吴温叟涑，皆与之沆瀣。而温叟诗中，推服尤至。几以韩门之籍湜自处也。余见其《闵斯曲》云："不见儿身长，但觉儿衣短。机中卖剩布，儿身遮不满。"(其一)"孩提怯生人，回身就娘抱，长大苦别离，悠悠四方道。"(其二)"母肠与儿脐，一气贯注之。堕地日以远，须念未截时。"(其三)《七日鲍紫来以近作见示，拈此奉酬，兼感近事》云："清夏四五月，曾作朐山游。儒冠愧土苴，素餐呼可羞。民气颓不扬，殷勤询所由。盐法日刓敝，卤薄花不稠。上官急科敛，闾左横戈矛。公私互欺蒙，谁为前箸筹。今读故人诗，恻恻如有忧。既痛浮惰习，复为耕凿谋。异哉盐筴中，乃有元道州。"《江都梁苍立寄示纪江北灾诗，依韵奉和》云："我是江北人，老病尚健饭。白首遭奇灾，忧极不暇叹。水旱已心恻，况乃蝗滋蔓。禾稻无孑遗，田庐付浸灌。流亡遍江淮，低头就鱼烂。残黎生意尽，有似灰中炭。纵横千百里，巧历那能算。万室迫饥踣，焉得不召乱？梁侯念乡里，披衣坐待旦。入府治文书，一纸发千万(苍立襄办赈务)。救亡与已乱，两事可并案。方今国势弱，刷耻贵果断。诛求不培养，经营只

---

[1] 有未，《汪辟疆文集》本作"尚未"，据油印本改。

得半。覆巢无完卵，苦心蒙愦唤。君久识此理，高吟南山粲。长夜何漫漫，晦明顷刻判。今岁又苦潦，降灾天已惯。儒生无寸柄，故纸聊讲贯。止溺知未能，燎原吁可惮。回斡祝苍天，一饱苏穷汉。”则古质激楚，绝去雕饰，《箧中集》之遗也。《李审言上海信来，许以〈藏书纪事诗〉七卷本借读，并媵以诗，次韵奉酬》云：“十年不见李伯纪，大患有身病垂死。跰蹶不用交头杖，箕踞惟凭折足几。平生癖嗜在书卷，昏眊善忘今老矣。海南群犬吠所怪，黔中神驴技只此。新书遮眼许相借，古诗入手呼可喜。珠还合浦尚有日，璧假许田亦其理（君亦假敝藏顾秋碧诗）。先生与我有同好，脱略名利犹敝屣。曾闻书淫与书痴，那及先生书丐名字美（君尝以此自称）？五兵纵横裴武库，七略戢舂刘中垒。支瓶隶事忘寝食，拓钵沿门遍井里。一朝沾丐及贫子，譬膏肓针废疾起。况复殷勤勖眠食，丽藻遒文一何绮。至今金粟旧书楼，尚有几人念凿齿。悬知宋椠富藏弆，空令痴儿出馋水。”《题张力臣符山堂图，为丁默存作》云：“荒溪敝庐人三个，闭户谈经作日课。张家兄弟都绝伦，符山一堂如斗大。主妇具膳方蹐闾，稚子能文亦入座。缥缃秘籍插架富，金石遗文塞屋破。作书师法追程邈，哦诗鬼胆堕李贺。江都朱生好画手（图为朱二玉作），隐趣一一资敷佐。酒枪茶臼工位置，想见伯倡仲叔和。门前风景太萧瑟，古柳寒鸦伴穷饿。庞眉书客满宾寮，那许高轩摇辔过。我昔京洛得遗集（同治甲子于京都市上得性符先生《符山堂诗集》，力臣手写付梓者，前有小像。亦力臣所摹），孤本直欲居奇货。尔来读此诧未见，摩挲老眼知无奈。丁生尔且慎藏弆，题句彪缤尽楚些。草堂图可配卢鸿，袖手须防寒具涴。”《阎征君潜邱居士小印打本为王觐卿题》云：“绘就新图号拜诗，濡毫题咏想经师（张叔宪为路山夫作拜诗图，曾属题句）。礼堂写定传谁某，记取猩红押角时。”（一）“欧舫风流富弆藏，印文三字眷西堂。司农倒用吾家事，满屋图书发古香。”（眷西堂印，予从山夫借归，遍印征君遗书。）（二）“此石流传又几时，瓦窑村里系人思（潜印今名瓦窑村，见《太原志》）。评量定出佳儿手（长君复申舍人，工铁笔，王渔洋剧赏之），付与月斋早护持”（此印本藏柘师所，后赠平定张石洲）。（三）则典雅俊逸，经籍之光，复初斋之亚也。今以播迁巴蜀，箧中无《椿花阁集》,不能广征。它日当从全集中,再为甄录。俾海内言诗者,知东楚尚有此一卓绝诗人也。

谈海藏楼

余于己未撰《光宣诗坛点将录》,以海藏楼配玉麒麟。其赞语有"日暮途远终为虏,惜哉此子巧言语"之语。此本就"卢俊义反"四字及后身陷水泊而言之。厥后,义宁曹东敷、顺德黄晦闻见之,以为海藏不过自附殷顽耳。终身为虏,何至于此?力主删去赞语。故《甲寅周刊》刊校时,遂将此赞及全部赞语皆剔芟。实则属笔时,以忠于觉罗即是为虏,孔子虽有不以人废言之训,而于其人出处大节,不可不以《春秋》之笔著之。不意甲子溥仪出走津沽。张园会议,海藏即主附倭以延残喘。辛未,倭入沈阳,寝占东省,而海藏果奉溥仪托庇虏廷矣。殷顽犹可恕,托命外族不可恕,而身败名裂,至此益显。然则吾言验矣。顾余敢于为此肯定之言者,亦有所自。忆宣统季年,余在商城晤张顨之孝谦,偶与评品艺事,遂及海藏。顨之曰:"孝胥书初学蝯叟,近则一变为刻露,不苏不黄,字变而人品亦变矣。"及民国乙丑夏秋间,侍坐陈弢庵师。师言:"太夷功名之士,仪、衍之流,一生为英气所误。余早年赠诗有'子诗固云然,英气能为病'二语,并非泛谈。"已而又曰:"彼尚欲有所为。"余大惊诧,因从容询曰:"彼既不肯作民国官,尚欲何为乎?"师言:"此当观其后耳。"时在九一八之前六年,附逆尚未大著。盖张园会议,弢庵最反对附日,海藏颇衔之。而与弢庵不相能,即始于此。及弢庵逝世,海藏挽诗犹有微词。至以"功名士"称弢庵,则反唇之讥也。陈甘簃有《记郑孝胥》一文,文笔轩举,足概平生。写存于下:

记郑孝胥(陈灨一)

郑孝胥之得名也,不以书,复不以诗。世独以美书工诗称之,斯固然矣。而于清季政事之起伏,固数数预谋,实一政客也。孝胥壬午举于乡,官中书,耻为下僚,有去志,语人曰:"仕官而任微秩,无日不趋承上,在外犹得温饱,居内有贫不能自存者,吾不欲久于其位矣。"遂去,改官江苏,后以领事驻神户。孝胥之接交日人自此始。鄂督张之洞耳其名，招入幕。具疏称其才堪大用，得旨赏道员。当时湖北官场，言必称郑总文案，其势可见矣。之洞宿交王可庄仁堪，其子某，以通判指省，思入督幕，自表襮。梁节庵鼎芬为言于之洞，之洞默然。固请，怒斥之。某营进甚亟，不得请不休。尝以此旨告鼎芬。鼎芬曰："必报。"会有事诣制府，如前言。孝胥适在座。之洞俟其辞毕，恚曰："吾幕非无人才，某或未能也。子掌两湖书院，待人治事，曷引为助乎？"鼎芬唯唯。孝胥搀言曰："帅之言，余独不谓然。天下人之文章孰若帅，天下人之公牍孰若帅？为他人之记室易，为吾帅之记室难。惟其难也，某必欲得之，将以求学耳。可庄固才士，其子当是通品，不可不察。"语已，以目视鼎芬。鼎芬曰："苏戡妙语，实获我心，欲言而未敢出口。"之洞微笑曰："苏戡言婉而讽，节庵亦复言外有意。不从，二子必皆不悦；从，则当试某以事，容吾熟审之。"未三日，令下。人情好褒恶贬，之洞何莫不然。孝胥善于词令，使鼎芬累求而不得者，寥寥数语谐其事，诚解人也。孝胥之佐之洞也，百政无不预，军事亦参赞机密。岑春萱在蜀。疏请孝胥往，朝命报可，之洞尼其行，乃止。已而春萱放督粤。广西"匪乱"炽，蔓延至滇边。举孝胥充边防督办。旨予四品京堂以宠之。孝胥遂率在鄂久练之师，赴龙州。居是二载，以故退。简广东按察使，辞不赴。家于上海，约张謇、汤寿潜之流，设立宪公会，被推为领袖。时清室已下诏预备立宪，期以九年而成。孝胥多所陈述，一时舆论从而附和之，声誉益著。锡清弼良督辽东，辟为锦朝铁路督办，并任胡卢岛开埠事。款绌，事莫举。良去，孝胥南还。其时盛杏荪宣怀入掌邮传部[1]，故交也。孝胥宿主借外债筑铁路。宣怀与计议，遂有铁路国有之说。宣统末造，起端午桥方督办汉粤川铁路，授孝胥湖南布政使，方力荐也。孝胥

[1] 盛杏荪，《汪辟疆文集》本及油印本均误作"盛查荪"。

对方曰:“吾欲行其志,匪疆吏不为。”方亟谋于宣怀,同请于枢府,畀以湘抚。枢府以余寿平诚格莅任未久,尚无劣迹。俟有缺出,将诚格他迁,即以孝胥擢任。孝胥因而之官。既至,乱作。仓皇遁沪,居海藏楼,鬻书年获万钱。书者,神气骨肉血缺一不可,全则上品矣。孝胥能书,气足露骨,晚年忽变瘦体,有时率意漫涂,惯作斜行,而笔画不整。世震其名,争宝之,不可解矣。诗则宗宋,人罕及者。五年前余居海上,偶见福山王汉章手执孝胥所书箑,书自为诗一首云:“泱泱渤海意如何?腾碧翻金眼底过。出世只应亲日月,浮生从此藐山河。南归不用怀吾土,东去谁能挽逝波!爱煞滔天露孤岛,弃船聊欲上嵯峨。”读此诗,想见其人其志。世方属目,吾不欲言。

陈氏谓孝胥此诗可以想见其人其志。按此诗为宣统三年四月二十四日渡海作。是年孝胥正往来京沪间,策画铁道国有之说。睥睨一世之气,冥心孤往之怀,感慨于中,情见乎外,不必即心驰三岛也。吾尝见孝胥为其侄孙彦纶书箑一诗云:“山如旗鼓开,舟自南塘下。海日生未生,有人起长夜。”此为其早年居福州南台山之作,凌厉无前,寄意深远。细细味之,颇有刘越石闻鸡起舞之意,而其人之不甘寂寞,低首扶桑,真可以窥其隐微矣。此诗未收入《海藏楼集》,盖不轻示人也。又徐又铮被刺身死,孝胥闻讯,有一诗云:“江哀汉怒此争流,断送才人又暮秋。今日中原应失望,莫将泪眼更登楼。”此诗甚佳,然用意不可测也。刘太希尝过余,亦写其二律云:“寥寥诗卷寄平生,惭愧才人意尽倾。已逼晚年成定论,那堪低唱换浮名,弥天纵有逢辰恨,倒海难为变徵声。谁惜英雄袖中手,枉教弄笔掣长鲸。”又:“绝胜张园二十年,消磨人物作云烟。繁华事散空馀恨,儿女情移莫问天。词客有才应赋此,老夫无梦亦凄然。后村秾至清真丽,为汝伤怀到酒边。”此当为关外之作。其自伤与自负之情,不难玩味而得也。晚年尝东游,有诗数卷,已刊。余丙子春间在上海曾见之。诗自是射雕手,然晚节不终,非惟不可与钤山堂并论,且下阮圆海、马瑶草一等矣。

吴温叟

清河吴温叟涑与王义门、梁公约齐名，诗思至清。《题赵玫叔村居图》云："半傍山村半水乡，北窗白日梦羲皇。停居载酒扬雄宅，落月张琴左氏庄。宾主能闲心共远，寂喧相对意俱忘。春秋佳日休轻负，薄醉何嫌侧帽狂。"《和段蔗叟》四首云："叟也据槁梧，威凤鸣天阊。涑也吟草间，凄切如寒螀。强我相酬和，汗流走且僵。微生甘衰白，夫子有耿光。奉手敬承教，愿言示周行。赠言过宠借，惊悚迷所方。韩门有籍湜，苏门为秦黄。倘焉不遐弃，问字来负墙。"（其一）"我与梁苍立，二年不相见。因风寄一纸，千里恍觌面。为言潘鬓凋，低首就曹掾。病馀酒户小，愁饶诗情倦。危时道德丧，乱世文章贱。我亦蓬蒿人，何词相慰荐。知否段蔗翁，孤吟寄遥眷。勿吝怀友篇，火急付邮传。"（其二）"壮岁作书佣，薢茩大小李。大李风骚人，小李温雅士。我乃骖其间，周旋执鞭弭。聚散二三年，如一炊顷耳。大李劳校勘，小李走万里。岁时遗我书，开缄一欢喜。陵谷忽陁陊，波云竞诡委。小李阴重瀛，大李泊海涘。一时段蔗翁，感旧怀二子。安得叙古欢，同醉淮阴市。"（其三）"凶岁孑遗民，苦望来年丰。昊天靳朔雪，得不忧忡忡。隔窗似淅沥，开门忽迷濛。眼眩观银海，手僵鞭玉龙。冬青婆娑绿，天竹的皪红。那管樵苏湿，何虑蹊径封。教儿暖尊酒，呼童剪畦菘。独酌酬造化，裁诗慰蔗翁。水旱勿预计，当无蝗与虫。多欣复多慨，渚陆遍哀鸣。"（其四）温叟诗世少传者，惟壬子癸丑间北京《平报》偶一见之，当为胡梓方处流布者。余曾录其最者入琐记，今已不可得矣。

张今颇都护

近代武人，以张今颇锡銮最能诗。而其人亦一振奇人也。锡銮，浙之钱塘人。仕清，以贰尹积官至山西巡抚，又官副都统，在辽东最久。张珍午元奇尝语郑孝胥曰："子闻辽东有快马张其人乎？吾都护张公今颇是也。"明日见之，长身赭面，眉目耸异。三十年间，驰骋关外，捕贼却敌，崛起牧令，以历监司。其间排难解纷、抑强扶弱，满蒙羌汉，望若神人，家人婢媪，恒举其名以止儿啼。诗存一卷，多怀人感事悲壮苍凉之作。此孝胥所为《张都护诗存序》中语也。锡銮入民国后，首膺直隶都督之任。旋移东三省，改任镇安上将军，督理奉天军务，兼辖吉、黑军务。当锡銮在清末任奉天巡防军左翼翼长，犹今之师长。时关外多匪，锡銮率兵驰骋白水黑水间，所至擒其渠帅。张作霖本为胡匪魁杰。锡銮与盛京将军赵尔巽，新民府知府曾韫苦劝之降，而锡銮之力为多。及后，再开府辽东，作霖方任二十七师师长，见必称师。偶以事传之至，立而待，命坐则坐。锡銮偶以事不悦，辄詈不绝口，作霖唯唯而已。东北外交，以中日间事为剧。每有交涉，锡銮语舌人，告以如何处置。日人亦不敢有违言。如要挟逾分，锡銮辄推词年迈重听，及舌人一再与日人申辩，而锡銮知事非转圜不可，则又诿过舌人，谓吾意本如此。其应付日人，常以此而致安堵。故其时日本关东都督福岛尝语人曰："此老装聋推哑，指东画西，与语若可解若不可解，若可信若不可信，吾未如之何也。"然中日交涉，本为棘手，樽俎之间，非以此不足应付狡黠之日人也。锡銮诗殊有抗爽之致。如《暮春感赋》云："去住真无计，行吟又暮春。如何天上月，长照未归人。故国青山在，关河白发新。飞花应有恨，片片过西邻。"《舟泊德州，尚会臣观察邀饮督粮道署，临行感赋》四首之二云："为爱平津馆，山林野趣长。板桥斜渡月，花径暗生香。丛苇碧沉水，疏灯红过墙。弟兄贤好客，相与倒壶觞。"之三云："墨波浓染指，醉写菊花看。仿佛东篱下，疏枝开未残。月来疑有影，霜后定能丹。何日归三径，滋培傍药栏。"《悼姬人痴吾》云："丈夫羞下泪，为汝一悲歌。卿命已如此，我劳将奈何。病深疑药误，情重悔恩多。美目知难瞑，无言尚转波。""好色成吾累，斯人岂偶然。关山风雪里，随我去筹边。烽火惊离后，莺花续梦前。沈阳太平日，悲喜只三年。"则蕴藉矣。如《甲午统军南进，马上口占》云："轻寒恻恻入春衣，大纛南征莽鼓鼙。峻岭摩天盘健马，临风一笑万山低。"《自团防暮饮归营》云："薄饮村醪趁醉归，长河一带晚烟围。暮天风紧雪平野，匹马冲寒山欲飞。"则本色矣。凡此皆可诵，正不必以武将少之。尚有海州邱心坦履平者，亦久经战阵，后为小吏。诗笔健举，迥不犹人。与朱铭盘交甚挚。今人多不能举其名，更无由知其诗也。

桂伯华

忆先府君于光绪三十年入都，返汴梁时，即为余兄弟道在京师九江郡馆晤德化桂牧仲，极称其开敏。语言有味。余时年甫十八，身躯瘦弱，先府君并言其状貌颇与余同。余曰："此即伯华之弟也。"时先府君未识伯华，余亦仅于梁卓如所办《丛报》见其诗词，心早识之。因为诵其《菩萨蛮》词，即"才华已为情销损"一阕也。府君大异之，曰："此真一门慧业也。"伯华，名念祖，丁酉举人，曾师善化皮锡瑞。初为今文家言，根柢深厚，中岁学佛于杨仁山先生，得善知识，因东渡习梵文，通密宗。弟牧仲及妹，亦以伯华故，皆精研内典。而临川李证刚翊灼，亦因伯华得受教于仁山，造诣尤深，竟与黎端甫、欧阳竟吾及伯华三人，称杨门江西四大弟子。然杨仁山先生门下，亦舍此四人外，更无与宏法者也。伯华以民国四年乙卯证涅槃于日本，年四十七。其病中，邻居失火，伯华居楼中，陈真如负之而下，得免于难，然不久即逝。此余闻之真如者。伯华早年诗工甚深，才气健举，于唐宋近玉溪、坡公，于近贤近范伯子。然后习禅悦，理智超澄。所为诗词，虽寻常酬对，亦能自拔于世谛文字之外，而不为何人所囿。吾乡梅伯鸾，曾以一石印本伯华遗诗贻余，寥寥数十番。余偶一浏览，觉其吐语澄旷，非从人间得来。在沪晤狄平子，余亟推伯华诗，平子亦为首肯者再，以为不阿其乡也。惜此本早弃之金陵，今不能尽记。亦有余所知，而此本不载者，今偶忆及之，悉举而笔诸此册。然此又何足以为伯华重哉。伯华所著书，余仅见《大乘起信论科注》刻本。

和友人扇头诗

客里风光劫外天，饮愁茹恨自年年。未成境夺还人夺，强说禅边胜侠边。何处须弥藏芥子，早知沧海有桑田。杜陵老子犹痴绝，苦向空山拜杜鹃。

将去金溪，酬余生赠别之作

对面山河深复深，庚郎清怨感难禁。顽云黯淡霾双剑，落月苍茫横一琴。此去薰兰芳可佩，几时桃竹蔚成林。凭君莫洒临歧泪，记取青天碧海心。

结习

堕落原知浩劫前，尚馀结习慕生天。魂归缥缈黄金阙，肠断销沉紫玉烟。几日灵飞书甲子，早时吉语彻中边。丹成九转须臾事，愁绝鸿濛未辟年。

秋海棠

娇憨从未识空门，不占金兰占玉盆。万古滴残犹有泪，千番断尽已无魂。书成彩笔怜花叶，唤醒痴云记梦痕。好共莲邦忏愁去，西风憔悴又朝昏。

次木仲除夕韵

七大充周水地风，循环谁复见初终。须臾鬼国蛮烟黑，倏忽扶桑海日红。有漏因成他力劣，无生曲奏自谋工。尘尘刹刹黄金佛，平等看来孰异同？

夜坐有感

黯黯长空暝，迢迢清夜徂。新欢云叆叇，旧梦雨模糊。九死劳苌叔，三生问鬼臾。悬知孤往者，为我大胡卢。

题陈芟潭心迹双清图

根尘难拣选，请试问文殊。但灭空花见，都无夹道呼。鹈膏重自莹，鹃血早来枯。安稳蒲团坐，今朝丧故吾。

次成上人韵

虚白远犹近，浓青低复高。看云循北郭，随水到东皋。默默对鱼鸟，喧喧隔市桥。清游信多趣，欲说已无聊。

和友一律

诗心淡后无奇句，世事谈多有泪痕。与子细寻无味味，共余相喻不言言。当来弥勒经生世，过去巫咸尚理冤。试把十方三际看，铁浑仑亦不须吞。

登关口台町最高处纳凉有作

登临爽气新，愁客渐怡神。草木都遗世，川云解媚人。趣幽双蝶见，凉早一蝉闻。那识家园路，炎天莽寇氛。

题慧居士集

半生愁里过，一笑卷方开。鹫岭云犹在，龙华会又来。幻缘征道力，苦终得天才。除却黄金父（黄金父即佛也。见内典），谁人识此怀？

题陈子言

吾哀谢灵运，心杂误清修。又爱李长吉，才奇预圣流。古今三语掾，天地一诗囚。言也真同调，何年结习休？（乙巳。散原云："古今天地皆大言，相对非偶。天地当改炉钵。"见陈诗《尊瓠室诗话》。）

往因

怪怪奇奇虚妄境，明明白白本来人。但须一扫空群障，才得千春侍二亲。慧命庄严无价宝，风花飘泊可怜身。谁欤大觉金仙者，善可痴儿说往因。

菩萨蛮（读《小山词》）

才华已为情销损，那堪又被多情困？珠玉女儿喉，新词懒入眸。　　清愁销不得，梦入莲花国。方信断肠痴，断肠人不知。

虞美人

凄凉十五年中事，苦了他和自。香残红退画堂空，早是柔魂销尽夕阳中。　　他生有分相厮守，拚共天长久。仙山楼阁也迷茫，只要双方一意向西方。

丁香结

积雨侵阶，同云蔽野，墙外屐声来往。依绳床经案，朝又暮，时霎龛灯都上。文园情绪减，才触发，禅关又放。人间天界，刹那轮转，肠回无像。　　惘惘！记三五年时，秋花春月同赏。绿酒红灯，银鞍绣毂，尽劳追想。无奈存没聚散，苦乐殊今曩。惟何恩何怨，尚隔莲邦肸蚃？

蓦山溪

春光欲尽，未得天涯信。早起镇恹恹，减裘带、馀寒犹嫩。古碑临罢，独枕故衣眠。魂无定，身慵困，酿就维摩病。　　谁家巷陌，红满香成阵。旬日雨风频，减多少、游踪逸兴。忏余烦恼，赖有贝多经。帘押静，香篆烬，终卷阴移寸。（按伯华词多不注意平仄，如此二词是也。）

伯华诗词，稿成不自爱惜，友人持去后，亦不省记，亦有已成而懒着纸笔者，故传者不多。然友人于其死后，曾为裒集。余曾见一石印本，一铅印本，皆寥寥数页。又邵启贤（字莲士，余姚人）官赣时，曾刊其友好遗诗，曰《江湖夜雨集》。中亦有桂诗一卷，与印本互有详略。今皆弃赣宁二寓所，惜无从搜集矣。

长沙章士钊曾示余所撰《孤桐杂记》，中有伯华遗札一通。其自为跋语中，亦有伯华逸闻。照录于此：

江西彭君出桂伯华先生遗札求跋，览之不胜慨然。乙卯，余在东京最后晤伯华，伯华尚言将从习英文事。此事愚盖许之甚久，迄未践约。伯华客死东京已数年矣，思之不怿。至伯华湛深内典，余未获请益，尚不过伯华未度众生中之一生而已。札如下：

十馀来年，未尝作一文，虽有见属者，而持之甚力，不少摇动。无疾时尚尔，况有疾乎？今序之不能作，早已内决。然愿数自摇感者，徒以足下待人竭诚尽力，能为人所不能为。某平日藉助处实多，而君于此序，又求之甚坚，故虽熟知力所不堪，然犹欲冒险为之，以副尊意，而不虞此举之竟不如愿也。盖作文之难，某深悉之；精力之惫，又自知之。然一见君之诚恳，则不禁意动；意动，则必试为之；为，辄大困；大困，则意复决；复决，而又晤君，则意又动；动，则大困，盖若是者，已数次矣。长此不已，将徒见受困之循环，而序亦终不能成，殊觉非策，故至此不得不汲汲知止。虽曰负君，然无可如何。此序有人作，固佳；即无一人肯作者，某亦不作。盖关系之重大，仅乃如是，而必至以身殉之，殊无谓也。若谬许老马识途，人已作就，而俯商于某，某则词意悉仍原本，而但就行文之章法，加之整理，使合矩范，此或可力疾为之。不若命意遣词，悉出于某之难为役也。

作一序耳，何至身殉？此函述序之不能作处，至为曲折。有作此函之气力心思，序亦可为。凡此皆伯华之拘执处。愚朋友中有两人负性特异，一杨笃生昌济，一桂伯华。伯华临死前一日尚有书抵余，为言已定一读书五十年之计划，甚觉得意。伯华求学英文，盖志在展转以学梵文耳。其衰惫不能学此，旁观至明，而彼抵死不悟。此二人也，愚皆有所负，而其方正不容一毫苟且处。以鄙性方之，愧无地也。

陈子言

庐江陈子言诗，余曾于沪上见之，言语期期，而诚恳之情，溢于颜色，固长者也。余闻诸于右任先生，言曩居申江，尝造吴彦复寓庐，而子言亦不时至。至则互为笑乐，恒至夜深不去。偶与彦复及朱彊村为竹林戏，非四人不能成局。子言来，皆强之配其一，而坚执不可。故每为此戏，恒以三人为之，亦颇有意致。彼则笼手作壁上观，亦不以未入局而遽去也。此事至可轩渠。子言生平无所嗜好，惟攒眉苦吟一事，视为日常生活。子言与吴彦复年辈相若，初亦相引为至友。彦复于诗札曾称为兄，后子言竟师事之。此一段因缘事实，他日当询诸章行严，或能知其详。子言于清末曾随俞恪士提学至甘陇，为诗甚富，诗皆绝佳。及定《尊瓠室诗》，则前后所作，有偶不惬意者，尽删剔之，不稍爱惜。知其苦吟自得，有非他人所能共喻矣。即如其《尊瓠室诗话》云："余与寄禅上人未相识也，读其诗而慕其人。光绪甲辰春有往天童者，附简一律云：'花落空山春气深，天涯瓶钵入微吟。长城过客称诗律，绝壑潜龙听梵音。会向东林起颓废，可怜人事日销沉。万松关下残阳路，蜡屐闲来试一寻。’此诗散原先生谓前后四语佳，余以中四句平平，遂芟去不存。（寄禅和诗云：“蛟龙战苦阵云深，黄浦犹闻白雪吟。大地烟尘无净土，林空猿鹤有哀音。休夸返日金戈奋，忍见横波铁舰沉。愿与高人论长道，万山寒翠肯相寻？”）是岁春暮余有《沪滨逢寄公夜话，即送还天童一律》云：‘老向空山洽隐沦，暂携吟钵走风尘。赤城霞举思游屐，雪窦梅开忆故人。肯使林峦怨猿鹤，却愁天地入荆榛。从容一舸飘然去，小语江头未厌频。’德化桂伯华见之，谓此首神似义山。余则谓仅有‘却愁天地入荆榛’七字可存耳。”云云。就此记观之，知其芟汰之故，并非漫然割爱。盖前一首中四句，是居山者皆可用，不必为寄禅也。且长城句为推人诗者习见语，可怜句则尤泛矣。次一首较前为佳，然亦无深意境。“却愁天地入荆榛”，即袭用义山“欲回天地入扁舟”句法，而无其深婉。伯华以神似玉溪称之，恐亦是强为之说。伯华非不知此中甘苦也。要之，子言自有真诗，偶举此一则，以见后学为诗，不可过于自是。子言尚尔，何论操觚。

余尝谓近五十年中，诗家多尚元祐而薄三唐。至陈散原、郑夜起二家出，世之言诗者，又不肯诵法苏、黄、王、陈，而群奉散原、海藏二集为安身立命之地。其人既少亲书卷，徒恃其一二空灵字句、生硬句法，可彼可此者，钩棘成文，已为宋派末路矣。并世诗人，子言终不失为卓然自立家数。盖子言之诗，植体中晚，益以深思，造语古澹，韵格凄清，故能拔戟自成一队。时贤评骘其诗，如陈散原云：“高淡凄清，韵格在宛陵、淮海之间。霾天海市，悬此诗隐，应有光芒夜吐。”吴仓硕云：“古澹中神味独到，一字一句，皆从苦心得来，非时手所能梦见。客中把读，如服清凉散，令人心脾一爽。”吴雁舟嘉瑞云：“冲微澹远，悱恻芬芳，已到金刚乾慧之地。”周彦升家禄云：“苍老浑成。”皆能辨子言诗酸咸者也。子言亦尝自举长律佳句。如云：“余《甲辰春暮游西湖》句：‘满湖新绿浓于酒，一片残春最可人。’《送寄禅上人还长沙》句：‘春风一扫生公石，敝箧长存死友诗。’《赠曾重伯太守》句：‘绮阁清歌呼姹女，玉霄餐气学神仙。’（曾云：‘世界化学极盛时，当能餐气。’）均为散原先生所赏。《乙巳赠卢甫茂才》句：‘竹箧纵横堆酒卷，柴门萧瑟梦菱租。'《秋日送张伯纯部郎赴津门》句：'九乌气慑中原日，一雁愁萦远塞烟。'《题刘申叔诗集》句：'家无卮酒供宾客，世有文章托死生。'均为桂伯华明经所赏。又《赠吴雁舟太史》句：'一线春江词客泪，万山寒草故人坟。'雁舟吟诵不已。"云云。此但就七律中摘句标举之，实则子言五律佳句至多也。此不胜录。即以七言全篇言之，如《闻乙盦先生徙宅，赋此奉简》云："眼中江柳尽成围，徙宅荒原叶乱飞。咄咄百忧无可说，栖栖一老竟何归？行歌心地莹禅窟，坐雨林塘梦钓矶。曾向皖城祀余阙，丛祠寒草已全非。"《三月二十二日，与文公达游龙华寺，时积雨甫霁，残桃落英，怅然有作》云："沪渎城南沙路微，馀香一径斗芳菲。愁霖浅雾过寒食，羸马单车叩竹扉。芳序暗更元足惜，幽禽闲道不如归。凭阑相视忘言说，塔影摩空万虑非。"《忆外家》云："烈烈孱魂化水仙，（孙氏姨，字中表舒城孙明绪。咸丰辛酉五月，粤贼普酋某援安庆过境肆掠，携一妹投河死。姨性刚烈，临难犹骂贼不绝云。）枕流园榭亦萧然。（沈流园在庐江北郭，余外高祖金水村先生智别业也。嘉道间台榭花木极一时之盛。其木有幽燕之胡桃，闽越之橄榄，佳实荐新，远近珍异焉。咸丰兵燹，悉摧为薪，近归曹氏矣。）水村处士家风在，池上至今开白莲。"《三月三十日华阴道中送春》云："河流已束潼关隘，云影遥遮岳帝祠。婀娜东负数株柳，华阴道上送春时。"数诗奇秀在骨，清拔之中，自饶蕴藉。此岂为宋诗者所能道其只字耶？诗以韵味为最上乘，惟韵味在，意境好，兴象好，再益镕铸烹炼，使眼前要说之话，多在脑筋中打几个盘旋，然后申纸奋笔，一气写出，使人读之有言外不尽之味，有馀不竭之韵，斯吾所服膺者也。至王阮亭但知搔首弄姿，姿本非威、施之容，愈弄愈见其捧心作态矣。

徐仲可

余于宣统间读书京师大学堂，恒以暇日偕友至城南陶然亭，于壁间见徐仲可所题谐诗。意讥附庸风雅者到此必以恶诗疥壁，深斥之。亦间有和之者。余之知仲可始此。后又读其所编《清稗类钞》，知仲可固勤于铅椠而能文者也。顷见夏剑丞《徐仲可墓志铭》，益知其生平。略节于下：

剑丞曰："余初从徐君游，闻君有端操，能文章，既从客觇君出处大节，读所为诗歌，益信而不苟。余卜筑沪西康家桥，君同来为邻。君素贫，无立椎地，尝名其意所构曰'天苏阁'。至是始果有，则日夕坐其下握笔倨几，历祁寒盛暑不辍。居三年，每见辄出所撰著商榷。或数日阻，必朝夕遣童持短札来。两家相距，中隔牛窌。余按北牖，自窌项望君南轩，日下舂，人影彳亍楼槛间，君与妇妾方凭眺也。而君妇与余妇相从亦濒数。君门前左右小径，邻辄壅闭，使不得通车辙。余方为君责谕，而君止勿较。凡沪居，水源自江来，始洁可酌。余与君皆就贸水者通铁筧入厨灶间，涓涓而清。君之邻乃日乞饮君所，君弗拒也。君平生鬻所著书换米盐自给，常不能有馀，然必节缩以旁赡戚族。与人书，尝取寄书囊背糊而再用之。或累叠置案旁以记所闻，而铭于座右曰：'一举两得，废物利用，六通四辟，好学深思。'与人谈宴，虽一事之微，一物之细，有可录者，归必书之，故晚岁所成笔记尤多。少尝从项城袁君练兵小站，为将校讲经史大义。与天津徐君奉新、张忠武为故人。张且与君结盟为昆仲。诸公贵显，君独弃去。或讽之曰：'君有贵交，往投之，富贵可立致，何勤勤作苦自给为?'君笑曰：'果取富贵，于吾何有耶?'亡何，君所教诲将校亦多贵，将廪给之，君谢不受。君有子学成游于英吉利，入伯明罕大学得理学士，又入维多利亚大学得商学士。仕为财政部秘书，不乐去，隐于商，能月进所得养亲，君约减其数取之曰：'无以是使吾子伤廉也。'以故终身食贫。君讳珂，字仲可，浙江杭县人。举于乡，数试礼部不第，试为内阁中书，改同知，然未尝一日为也。父恩绶，余姚县教谕，同治初，左文襄公克复浙江，佐公善后有功。母陆氏，配朱，继配何，妾某氏。子一，新六。女一，新华，未字而卒。皆何出。君所著凡诗文词集若干卷、《大受堂札记》五卷、《可言》十四卷、《五刑考略》一卷、《清稗类钞》四十八卷。其他校辑者，凡百数十卷。君卒前二旬，饮余家。明日会海盐张菊生所，遂得疾。疾二十日，亟谕其子以铭墓请于余。余往视之，已不能言矣。年六十，以戊辰二月十一日卒。呜呼！君于余交可谓笃矣，生而日以文抵余订可否，殁而以铭属余，余忍不铭耶！铭曰：'遗彼荣，修厥名。劳其精，文则莹。殁而扃，坚吾铭。'"据剑丞此文，则仲可固长者而弃遗人世者也。当此季世而有斯人，可以励俗，可以束身。呜呼，贤矣！

仲可诗文集有《小自立斋文》、《真如室诗》、《纯飞馆词》。诗清拔可味，石遗《近代诗钞》曾收其诗十三首。余喜其《乞汪社耆作画》云："频年旅食穷海隅，尘嚣蔽目溪山无。欲烦佳手为涂抹，使得置身于画图。十日一水五日石，君为能事吾为娱。何时入林共把臂，卧游同梦还西湖？"又有句云："非鹤我安访，有梅山不孤。"亦佳。

龙毅甫

攸县龙毅甫，绂年芝山太老师之子也。民国时避乱来江南，病心脏已久矣，遂没于沪。其丁卯除夕金陵诗云："才住真州又润州，便来白下暂勾留。旅怀扰扰风中纛，归思迢迢水上鸥。饯岁看儿调水果，残年与弟计干糇。全家半在危城里，剪烛观花卜未休。""虎口逃来胆尚寒，馀生当慰酒杯欢。长镵托命诗情健，短剑依人旅夜宽。去岁有梅香溢袖，今年无雪冷欺冠。商量置棹明朝事，一饱移家可便安。"毅甫诗才至清，惜其早逝，乃弟达甫，将为刊其遗诗，不知已杀青否？

李鸿枎与陈夔龙

浏阳李鸿枎，字春煦，清两江总督兴锐之孙。清末，以候补道分发直隶。年少有才，风流自赏，能为侧艳诗，亦复情韵不匮。时陈夔龙以湖广总督调署直督，有诗四律留别，题为《由鄂移寓津门，赋此留别》。到津后，又有《遣兴四首叠前韵》，又有《花近楼夜坐，再赋四律，仍叠前韵，示幕中诸君子》，前后共十二首。陈氏夫人为许庚身之妹，又拜庆王奕劻为义父。生日，陈又制诗为夫人寿，词甚都丽，亦用原韵。各诗传诵，和者风起，鸿枎改夔龙诗题数字，亦用原韵，为香奁诗十二律，传抄之广，几于洛阳纸贵。未几，陈氏亦见之，心殊愤恨，尤于"好语王昌绷绣褓，宁馨宁不称宫貂"二语，最所切齿，立召鸿枎入见，曰："世兄诗词很好。"（陈与兴锐相识，故云。）鸿枎鞠躬惟谨，连称职向来不会诗词，见陈竖眉睁目，瑟缩不安而退。知祸之将及，宵夜遁鄂投端方。越日，陈果奏参。民国后，鸿枤曾任军事参议院少将参议，僦居上海，萧然老矣。陈诗在集中，李诗则流传一时，今亦无人忆及者，然词固清丽可诵也。遂迻录于下，以存诗坛故实。

由鄂移寓白门，赋此留别

武昌官柳夹江干，醉眼颦眉感万端。竟日瞢腾如中酒，霎时缱绻此凭阑。擘莲作寸丝难绝，烧烛成灰泪自看。欲剪黄絁终未就，与奴方便问仙官。

泪痕心事竟谁知，昔昔倾身敢自私？隔座逢迎花气暖，留欢颠倒漏声迟。锦衾翻浪迷昏晓，绣帕馀香惹梦思。绮陌霄寒秋露重，花袍白马莫频驰。

披香姊妹尽英瑶，鸾唱遥闻驾绿轺。解佩只愁人漠漠，弄珠谁信自骄骄？胎含豆蔻腰移带，露浥芙蓉颊晕潮。好语王昌绷绣褓，宁馨宁不称官貂？

凤泊鸾飘又一年，每将归思对啼鹃。莫愁烟水长凝梦，淡粉笙歌欲散眠。顾影羞经桃叶渡，扫眉应和柳花篇。若为怜藉休相谑，又抱琵琶过别船。

遣兴四首叠前韵

儿家生小住长干，一曲清歌锦百端。花底吹笙忘月落，楼前斗草惜春阑。佯嗔贪索檀奴问，失喜还妨小妹看。记否眉楼宵宴罢，戏拈红豆打魁官？

画堂南畔没人知，一向相偎腻语私。瓜子含瓤初未破，青梅如豆那嫌迟。却无气力何曾惯，越样风情忍不思？往事只堪成后悔，刹那光景已云驰。

两鬟动翠复鸣瑶，云路钿车侣凤轺。灯火楼台人影乱，春风杨柳马蹄骄。麝脐一霎腾新暖，猩靥双红上晚潮。背面思量争忍俊，归来应笑肉污貂。

春花秋月自年年，长只春心托杜鹃。罗袜双翘刚半折，纤腰一把已三眠。仙郎久误收妆镜，狎客虚传赋侧篇。谁谓芳晨强梳掠，采莲羞上鄂君船。

姻娟楼夜坐，再赋四律，仍叠前韵，示曲中诸姊妹

悄倚红楼十二干，飞花乱点髻云端。一春消息愁仍阻，五夜凄惶梦易阑。刻骨寒从罗被觉，断肠诗在画屏看。珍丛休怨繁英谢，输与娇怜有蜜官。

窥帘明月始应知，极宠深怜恃眷私。对镜故慵撩鬓久，搴帷教恨解衣迟。薄妆粉退瀜珠汗，细炷香侵荡绮思。已锁雕鞍交少婢，斑骓系着漫狂驰。

楼头青漆覆青瑶，门巷枇杷驻桂轺。索酒来时鹦鹉唤，踏花归去紫骝骄。梦回历历犹行雨，信断沉沉忆弄潮。几欲咒伊呼薄幸，抛人何处换金貂。

懒把心情托少年，啼红朝暮恼愁鹃。枉传鸾镜收双影，料被花枝笑独眠。谁遣珍珠怜寂寞，自拈银管写歌篇。湖边春色休辜负，说与邻娃好放船。

冯君木

冯君木幵，原名鸿墀，字阶青。浙江慈溪人。著有《回风堂诗文集》、《词集》、《日记》，亦浙东积学能文者也。余尝求其集不得，惟于陈训正所撰《慈溪冯先生述略》知梗概。其人博闻强识，能文章。散文内纯外肆，诗则宗法杜韩，而所诣与玉溪为近。后又稍稍取法西江，晚更离乱，声华益刊落。每有吟咏，融冶情性而出之。尝曰："作诗当于无味处得味，无材处见材。"尝与里人结剡社，为诗酒之会。晚岁讲学申江，与吴仓硕、况周颐、朱祖谋相习。年五十九。

潘兰史

潘飞声，字兰史，广东番禺人，以民国二十三年甲戌三月卒。在晚清亦尝以诗文词知名于时者也。兰史尝受业于叶南台先生，故与叶誉虎恭绰为至友。此外如黄公度遵宪、唐薇卿景崧、邱菽园纬萲亦友之。尝游欧

洲大陆，归而寄迹南洋群岛间。怵国势危急，慷慨建议救亡。侨民知内向，自兰史与菽园启之。会清廷开经济特科，茂名杨侍郎以君荐，未赴而有诏罢举。于是兰史浮沉于名场者几五十年，而老犹一诸生也。性耿介，接友直谅肫诚。晚岁鬻文海上，颜所赁庑曰剪淞阁。有三子皆食力于粤，惟一妾从。虽贫甚，未尝贷粟于人。有馈之者，非其人，拒不纳。饮酒辄尽数小觥，貌益温克。然当宾客前，或臧否人物，所许可不与苟同。诸不悦者恒诋諆君，君亦不以为意也。生平文成，辄弃去，不录副。喜倚声，所为词多矣。曰《海山》、曰《花语》、曰《珠江低倡》、曰《长相思》，刊于粤；曰《春明》，刊于北都。世传弗广。兰史卒后，门弟子谭敬、汤安经纪其丧，就家取遗稿十六卷。叶恭绰又因其词最者六十馀阕附集后，总名曰《说剑堂集》，而吾乡夏敬观序之。

陈石遗曾称兰史罗浮纪游诗（附《罗浮游记》后者），以为清响可听。余尝取其全稿读之，状山水空灵处，自亦有致，惟有意学青莲，强为奇警语。青莲又何可轻学耶？尝谓岭南近人诗，自以黄公度、康长素、邱仙根为有名。公度最能卓然自立，康则故为雄奇，邱亦泥沙并下，皆不及稍前之李绣子、朱九江二家。若梁鼎芬、曾习经、二罗（惇曧、惇㬎）、黄节，虽为粤产，以久居京国，不甚瓣香其乡，则又为粤中别派也。

黄晦闻

清季种族革命论，其远源实自黄太仲、顾亭林、王而农发之。光绪中叶后，满族政权日趋昏暗，孙逸仙、章太炎始昌言排满，同时继起者，若刘申叔之作《攘书》，黄晦闻之草《黄史》，尤为攘夷论之中坚。学子承风，清祚遂屋，晦闻《岁暮吟》所谓“栖迟以迄辛亥秋，作始攘胡至是毕”者是也。顾辛壬改步，向时志士，乘时崛起，高踞要津者，颇不乏人。而晦闻乃遁迹岭南，吟咏自适。或有询其翰墨策勋，今当出膺新政，晦闻唯唯而已。久之，乃入北京大学都讲，中间曾一度返粤长教育，但不久亦去，仍执教北雍，迄于民国廿九年乙亥一月，竟以疾卒于北都矣，年六十有二。余于乙丑夏秋间，与君相遇宣南。知君在北雍，任诗学讲席。先后成《诗学》一卷，及《汉魏乐府风笺》十五卷、《曹子建诗注》二卷、《阮步兵咏怀诗注》一卷、《谢康乐诗注》四卷、《鲍参军诗注》四卷、《谢玄晖诗注》四卷、《诗律》六卷、《诗旨纂辞》三卷，最后乃为诸生讲蒋山傭诗，已成笺注初稿，曾以油印本若干页寄余。此其最后作也。晦闻晚岁以世变乱亟，人心日坏，道德礼法尽为奸人所假窃，惟诗教可以振作，有转移风教之效。穷老益力，虽心脏积疾，罔敢告劳。及所陷益深，喑口哓音，难挽毫末，又叹为无望，幽忧所感，悉发于诗。其诗由晋宋以出入唐宋诸贤，惟不落前人窠臼，沉厚悱恻，使人读之，有惘惘不甘之情。梁节庵谓为三百年来，无此作手（梁尝以此语余绍宋，据余氏《寒柯堂诗》小注）。郑太夷亦谓近人诗如晦闻、真壮，又自成一派（据诸真壮与黄氏书）。陈散原向亦闻其能诗，及癸酉冬间入都，晦闻乃出全稿就质，散原至为叹服。且尝对人云："吾早知晦闻能诗，而不知其诗功之深如此。"题其卷耑，有"格澹而奇，趣新而妙，造意铸语，冥避群界，自成孤诣"之语。又云："卷中七律疑尤胜，效古而莫寻辙迹，必欲比类，于后山为近。"（梁节庵亦称其诗，有类涪翁称后山诗于王云。语见《蒹葭楼集》诗内小注。）晦闻亦尝自负其诗，曾刻小印曰"后山而后"，盖定论也。晦闻生平友好，以诸贞壮、刘栽父、余樾园为最笃。其没也，樾园在杭州，后樾园闻其婿李韶清言，晦闻易箦时，频呼请余樾园来诀。余氏于甲戌秋游北都，晦闻为题其所画娱亲图卷云："养志丹青亦孝心，不缘文采动吾吟。才名翰墨都收拾，老去从君语特深。"（此诗作于晦闻没前仅月馀。）又余氏藏归玄恭墨竹及诗稿长卷，晦闻叹为甚得其所。盖尝以归高士期余氏也。及樾园与别于北都，晦闻又赠诗云："国计身谋未尽言，又倾残泪入离樽。明朝送别归高士，一醉灯前似郈原。"则以余氏能断饮，引顾亭林《送归高士之淮上》诗意以相勖。（顾诗句云："此日郈原能断酒，不烦良友数萦怀。"）盖绝笔也。晦闻早年即愤东人凭陵，有"国亡无日"之叹。又言："日本必来犯。"此语在君没十年之前，听者殊疑似，未尝诩其先识也。余樾园有《读亡友黄晦闻蒹葭楼诗集，凄然有感》二律云："当年谁倡辨华夷，空负才名信足悲。念乱君真先见及，追怀我悔学吟迟。平居深识思垂教，穷老伤心反辍诗。三百年来成绝响，悠悠难望后人知。"又："如君岂仅以诗鸣，一卷空留死后名。意到忘言成绝诣，老来深语见交情。相称多愧归高士，垂尽虚期范巨卿。闲展遗编和泪诵，天涯宿草已重生。”樾园初不作诗。丁丑秋七月，中倭战起，余氏转徙避寇于遂昌、丽水、龙泉诸县之间，而以居□□之沐尘为久。其时余氏有母，年逾九十，尚在衢州。家国之感，乃始以诗写之。虽非其至，然即此已难能矣。有《寒柯堂诗》四卷，皆丁丑迄癸未七年间之作，约六百馀篇云。

晦闻《蒹葭楼诗》二卷，始乙未（光绪廿一年），迄癸酉（民国廿二年）。此二诗为甲戌冬间所作，去其卒仅月馀，当为绝笔，故不见集中，弥可贵也。近六十年间诗派，赣闽尚元祐，河北宗杜苏，江左主清丽，惟岭南颇尚雄奇，如康有为、黄遵宪、丘逢甲尤其著者。惟梁鼎芬、曾习经与晦闻三家，敛激昂于悱恻，寓秾郁于老澹，有惘惘不甘之情，与粤中诗人，迥然异趣。余尝拟选辑三家诗，曰《粤三家诗钞》，以资讽诵，病懒未就耳。

潘若海

潘博，原名之博[1]，字弱海，后改若海。广东南海人。幼颖异。尝与任子徽元熙、邓秋枚实、秋门方兄弟、黄晦闻节，同问学于简竹居。而若海又师康南海，故与麦孟华、梁启超相习。及秋枚、晦闻于清季创国学保存会、《国粹学报》于沪渎，若海实助其成。宣统间，尝往来津沪，与党人通声气，所交皆一时豪俊。时归安朱祖谋、义宁陈三立，并以诗词领袖坛坫。若海皆与之往还，有诗词见二家集中。他如赵熙、二罗（惇曧、惇䝤）、何翔葆、诸宗元、梁爰居、黄意息，皆缔交。梁卓如纳交赵克山，且因若海为介，时卓如尚在日本也。民国四、五年，若海尝佐江苏军幕，与散原往还更密。而青溪复成桥侧之吴氏鉴园，往往有若海之踪迹。园主人吴剑泉学廉，并与投分亦深也。乙卯，袁世凯帝制议起，若海在苏督幕，假兵符趋黔桂，起兵以抗项城。项城悬重金购捕之，乃走香港，匿亚宾律道康南海宅，悲愤呕血而死，时民国五年丙辰□月也。吴剑泉以诗哭之云：“勃郁移山志，沉

---

[1] 之博，《汪辟疆文集》本及油印本均误作“又博”。

冥蹈海行。乖逢逐客令，甘徇党人名。司马资王郄，河汾重董程。空馀寝门涕，风义感平生。”陈散原挽诗云：“鼙鼓声中数往还，就余弹泪倚钟山。帝秦孤愤天应鉴，走越奇踪梦与攀。落拓虞翻疑骨相，遨游陆贾补时艰。起衰二士移眸尽，忍过辛园话铸颜。”盖若海与麦孺博同为南海弟子，时南海在上海，居辛园。孺博亦以前一岁逝也。故末二句及之。

余有论近人诗绝句，其潘若海一首云：“危城玉貌挹深谈，晚得朱陈许共参。谁识读书堂下客，流传佳句遍江南？”余于乙卯至金陵，与若海晤于秦淮酒楼，坐上谈旧京诸诗人近状甚悉。读书堂，即简竹居讲学所也。若海诗词并工，曾与麦孺博蜕盦诗词合刊，名曰《粤两生集》。然亦有未收入者。如别后寄魏瓠公天津《木兰花慢》云：“慢相逢湖海，怪豪气、减元龙。叹尊酒天涯，聚原草草，别更匆匆。雕虫。耻谈小技，只长歌当哭豁愁胸。不复貂裘夜走，时忧炊米晨空。　　孤蓬。飘转任西风。身世苦相同。念少误学书，老犹弹铗，归去无从。途穷。我今不恸，且闭门种菜托英雄。万里俱伤久客，百年将近衰翁。”

刘龙慧

刘慎诒[1]，字逊甫，又号龙慧，安徽贵池人。清末官江苏候补知府。有《龙慧堂诗》。李国松序曰：“刘君逊甫卒之二年，余重校其诗印行，乃为之叙曰：诗于文艺，一端而已，然非性情相近，生有美才，虽学弗善。才美而性近矣，为之苟不专且勤，终亦莫能诣其精而就其业。故诗之成，有天有人，而得年寿以究极才性，又有命存焉。吁！其难矣。逊甫之于诗，其庶几天人兼至者乎！盖君赋性温醇而通敏，侨家江南都会，濡染风雅，自少即耽吟咏。光绪丙申春，余为馆甥君家，始与君习。君及从弟恭甫方为诸生，治举业，而于诗学稽讨尤勤。越岁，余偕仲弟来居江宁，过从益密，常为文酒之会，连日酣嬉不厌。恭甫兼工绘事，间复倚声。君则专壹于诗，笃嗜深研，尽世间可欣可喜可慕可娱乐之事，无以易其好也。未几，恭

[1] 刘慎诒，《汪辟疆文集》本及油印本均误作“刘诒慎”。

甫夭逝，余家还合肥，既而外舅卒，余来合葬，寻复别去。于是君家中落，北去齐燕求职事自效，旷不见者逾五年。及丙午先君自桂林归，余迎觐金陵，复与君会。君以知府发江苏，就江洲盐局为吏隐。地僻事简，局舍濒江有小阁，日挟书哦诵其间，所得诗句时时流播人口。自后余往来江上，间一二岁辄相见，见必论诗。既别，则邮书传视，新篇骆驿也。辛亥国变，余奉亲避地海上，君亦解常熟榷厘，挈家来沪，流离困厄中，仍自吟啸不辍。久之，迫生事，复出走四方谋食，举身世无穷之感，幽忧孤愤，毕宣于诗，诗亦弥工而寖盛矣。余子家煌渐长，学为诗。君喜其似舅，以爱女妻之。旧姻重媾。情好逾笃。既移寓吴门，岁常至沪相聚。甲子秋，余携儿炜就婚京师，君偕往，同居僦舍，联床谈艺数月。余归，君亦出都，监税南通，半岁而罢。其间数过余，每与君尊酒对语，追溯盛时觞咏嬉游之乐，邈如隔世，而孰知此憔悴相保之一日，亦不可常，而君死矣。君诗由山谷入杜韩，博涉唐宋诸家，综括众美，归于自得。其论诗无门户派别，以谓诗者性情之事，非可袭而轻蹈也。故造端摅怀，深探情本，真气涵演，悱恻而芊绵。生平所作至多，顾不自矜惜，稿出率为人持去，往往散佚。侨沪时，室延邻火，零章旧什，仅有存者。其虞山纪游五言诸篇，尤杰出，悉委煨烬。君既不复省记，而友朋亦无传本，惜哉！余夙好君诗，颇为搜辑，煌复从旁掇拾，录成两卷。癸亥冬，君年五十，曾为付印。嗣略有增收，起丙申以迄丙寅君没之岁，存诗四百馀首，盖十之三四而已。始余之排印君诗也，君自视欲然，曰：‘是区区者曷足存？吾胸中积郁结盘者，未尽出；意中所酝酿欲变化者，亦未达也。天苟假以岁月，当卒图之耳。’呜呼！君言犹在耳，不及待而长往矣。其胸中郁积结蟠者，意中所酝酿欲变化者，终古閟藏无复可见，其得见者乃止于是矣。是固未尽君所蓄，然览者即是以求君，因其诗可得其人，更思其汲汲无穷之心，即君诗之所由侪于古人欤？其所以善承天授者，亦从可知矣。戊辰中秋，李国松。”（逊甫侨居苏州盘门外）

龙慧有《题王壬秋诗集》一律云：“白首支离将相中，酒杯袖手看成功。草堂花木成孤喻，芒屩山川送老穷。拟古稍嫌多气力，一时从学在牢笼。

苍茫独写平生意，唐宋沟分未敢同。”此诗于湘绮有不满词，然君诗及论诗大旨可见矣。（方湖丁卯二月日记）又读《龙慧堂诗》一过。颇有健举之笔，惜意尽于词，声调亦有近浮响者。逊甫尝自言：其诗尚有一段孤怀远抱，蕴酿胸中，未能尽摅出，以自成其至者。信乎诗人不可无年也。逊甫民国十五年丙寅食鲍鱼刺喉而卒，年才五十三云（方湖壬申五月日记）。金松岑天羽，谓其诗坚苍蕴藉，中涵禅理，句法时学散原云。

爰居阁

谶语之说，本不足凭，而梁、黄之死，其兆皆著于生前朋侪之文字，斯亦奇矣。乙丑丙寅之交，安福系既败，方地山戏以二人姓名作嵌字联云：“梁苑嗣音稀，众议方淆，异古所云今世免；黄庭初写就，哲人其萎，维子之故我心夷。”哲维，黄别字也。邓守瑕戊辰题秋岳诗册云：“闽派诗人佞宋贤，石遗法乳藉君传。中更丧乱多危语，却恐牢骚损盛年。吾辈宁从人作贼，京曹几见尔登仙。群儿自贵休相吓，且向歌郎贳酒钱。”作贼云云者，本以喻黄诗之不事剽窃；京曹云云者，则拟之班生登仙。不谓未十年，而黄遽以通敌罹大辟。更九年，梁亦叛国伏辜。守瑕以辛未殁，地山以丙子没❶，皆远在梁黄变节以前。方联则手录以示吾友陈颂洛。陈亲为余诵之。邓诗则载于壬申所刊《荃察余斋诗存》再续集中，气机感召乃至是耶！

又宁乡程穆庵（康）在渝州曾告余：当抗战起之前一年，众异以在沪与舞女某婚变事郁郁无俚，乃至西湖小住。时秋岳亦至杭与梁相遇。友好宴之于湖滨楼外楼。酒酣，众异忽瞋目视秋岳曰：“君必不免。”梁本自谓能相人。秋岳亦漫然答之，不以为意。已而，梁又曰：“君必不免。”座客有曰：“君既善相人，曷自相以断休咎乎？”众异起，至壁镜前自视良久，曰“我亦不免”者再。时距卢沟桥战役尚早，座客虽以为异，然二人固一则沉冥下僚，一则放浪江湖，决无杀身之可能，咸以酒后故作惊人语视之，绝不经意。不意事

❶ 地山，《汪辟疆文集》本及油印本均误作“地上”。

隔年馀，黄以泄漏国防于日寇，先罹大辟。隔九年馀，梁亦服上刑。岂姑布子卿之术果足征乎？颂洛忆癸酉在陈病树处，见有梁答黄诗中一绝句曰："君到钟山定跨驴，南朝令仆莫轻渠。更休鄙薄能言鸭，饥凤生涯或不如。"病树谓："得不嫌亢否？"颂洛答云："诗祸足以杀身，君与交好，宜加规戒，勿以刻薄取快也。"因记诗谶因附及之。（节采《朋谈杂记》）

陈彦通《题爰居阁诗集后》云："去秋旅沪，一日冒孝鲁见访，出《读爰居阁集书后》诗相视。余与爰居交最久，知之弥稔。论者类以其诗可传，人则伤于局度褊狭，用世之念太急。功利贡高之心牢固于中，不能自拔，其罹祸也固宜。余顾不能有以非之。惟观其临命之际，赋诗不迫，掷笔就刑。苟非素养有自，天怀淡定者，未易臻此。因继赋一律。孝鲁见之曰：'子诚不失忠厚，吾辈有愧色矣。'余曰：'忠厚则吾岂敢，亦性情流露不能自已耳。'至末句以周忠介事相喻者，只断章取义，读者毋以词害意可也。诗云：'亦因人患抑天懠，同异元难世论齐。祸乱不常诗总好，交期如在意为凄。杀身毕竟真名士，行己终疑副品题。要是知君容未尽，请看掷笔小云栖。'庚寅立夏，陈彦通记。"

章士钊有《酬陈道量惠爰居阁集》一律云："投我江南精椠书，此书当日价何如？事同狙食迷三四，人忘禽言吐众诸。溪刻略同林颖叔（名寿图，爰居外王父），功名漫拟管夷吾。怜才我辈宁须说，世恐惩狂竟废儒。"按此诗末句，语长心重，吾辈正有同感也。

丙丁之交，上海中华书局拟以《爰居阁诗》，及夏敬观《忍古楼诗》、黄濬《聆风簃诗》同时印刷问世，三家皆先后与中华订有合同。不意排印未竣，事变忽起，黄以通敌服上刑，书局畏祸，印事搁浅。爰居急赴书局将《聆风簃诗》稿收回，合同取消，时爰居诗已全部排印，托陈道量任校雠，嗣因中华故稽时日，未予发行。爰居以其违约，驰函取消其发行权。故中华行世者，惟《忍古楼诗》一种而已。翌年戊寅，改交文楷斋雕板，属黄孝纾就近料理。即刻成，邮递白下，经陈道量等复校后寄去上板，己卯初春蒇事。当时商讨板式良久，结果决定以闵葆之《云海楼诗存》为定式，甚觉朗润悦目也。爰居曾以初印本赠陈道量，并题云："余刻诗，寥士校勘至勤，尝以一夕之力校至四五卷，余心识之。比刻成，细审尚有十数讹字。信乎此事如扫落叶也。平生诗功甚浅，但深入显出，有我不俗，尝标此八言以自纠，或有几分实践处，愿寥士共此甘苦也。以少许胜多许，以一语胜千百语。前述八言为法门，此二语则正果，寥士以为何如。己卯二月，梁鸿志记。”

爰居阁诗既刊成，陈伯冶（增绥）为之作注，而李太疏、黄嘿园、李霈湫、陈彦通等佐之。伯冶遇有疑难，辄以问爰居。爰居亦以兴会所到，扯挦故实。心知其意而不能确定其出于何书何篇者，漫然应之，且颇以为苦。但其中本事有可明言者，有不可明言者，伯冶多以臆测之，殊乖本旨。诗注既成，唐桐轩为缮写一过，即托沪上某印刷所付排。后排印打有样本一部，交陈伯冶处校正，惟印刷所闻以工价未付清，延不肯装订发行，后竟撤板以不了了之，故今此注印成之全部，仅伯冶处仅有一样本也。陈颂洛知之甚悉，并记之。

今传是楼主人狱中诗

今传是楼主人旧有《逸塘诗存》一卷，所收诗至民国廿九年庚辰止，近则以事伪入狱，年已七十矣。对簿公庭，噤不一言，然在狱中固尝吟咏自遣。玩其意兴，亦殊无衰飒颓唐之气，可异也。山阴陈中岳于丙戌冬曾有酬第一典狱长吴访丞（峙沅）一律，传至狱中，主人亦次韵奉酬。陈原诗题云《访丞先生招饮，赋此奉酬》，下注：“君夙掌北都狱政，军兴南下，昨岁凯旋，仍领旧职。珂里多贤，宋渔父、覃理鸣等，并君称桃源三杰。君差同行辈，功名正未有涯也。”诗云：“莫便相惊狱吏尊，雅人风度自温温。和声不作蒲牢吼，阴德先开驷马门。三杰乡耆馀几在，一樽情话独吾敦。渡河旧事劳追忆，还喜春回满棘樊。”主人和作云：“底羡醇醪酌满尊，春风偶拂座能温。纷纷世尚甘投石，仆仆谁犹肯到门。君昔题诗惊湜籍，我今画虎愧严敦（谓子美诸兄子）。半生焦烂都无补，悔不追随学稼樊。”又一首云：“沽上雄谭渺若烟，严陵说士十年前（谓范生丈）。不须标榜文心美，肝胆如君也自贤。"又《望京华》一律云:"闲依北斗望京华,往事弥漫梦影赊。白首问年犹是客,赤心报国已无家。故关云锁迷荒径,近郭声喧隐暮笳。何日萋萋芳草绿,春风开遍自由花。"其《九九尽后,恒祯求题消寒图》诸诗,并录于下。诗云:"尺幅含春气,盈盈老眼娱。好风频入户,馀热肯因炉。窗外花争媚,天涯草不枯。名流题咏乞,记事赛仙珠。"(一)"仗汝挥毫力,馀寒已不威。喜将冰冽冽,换得柳依依。到处山皆笑,连朝燕亦归。未须嗟我老,才会惜芳菲。"(二)"添线声中日渐长,赢他九十好春光。不须重付丹青手,冰雪精神郁异香。"(一)"冻颖勤呵日日描,潜从腕底报寒消。春如佳客遍迟到,分付东风著意邀。"(二)"摩挲墨渖未全干,大地难留九九寒。春色何人关不住,好花如锦笑中看。"(三)"朝朝搦管镇从容,逝水光阴送一冬。耐得岁寒天特许,眼中谁是后凋松。"(四)"匆匆寒去不堪寻,渐有黄花似散金。白发它年闲话旧,好凭片纸认冬心。"(五)"不嫌依样学鸦涂,转绿回黄景乍殊。拭目三三风日美,莺飞草长写新图。"(六)又云:"不是烟云画一张,传家珍品比琳琅。三冬豹变回天易,九字蝉联下笔忙。神肖蛰龙足生动,势疑矫鹤宛飞翔。前番积雪今何似,酿作春风扑面香。"诗兴象尚好,传之他年,亦一珍贵史料也。

陈彦通《适屦集》

刖足适屦,言非顺也。然庄生有谓忘足屦之适也,忘要带之适也,忘是非心之适也,则有几乎道矣。予于壬申九月末居匡庐,自秋涉冬,屡衍归軑。时迫岁暮,云雪荒荒,空山寂寥。伏处小楼,轧沕昏旦。每至深夜,狂飚撼屋,石落有声,一灯荧然,饥鼠出壁。彷徨偃啸,无复自聊。枕函适有彊村老人辑刻《观堂长短句》一卷,为海宁王君静安所著。喜其清丽有则,且为词仅二十三阕,率多小令平调,因尽取而和之,不若长调有锵声揣韵之烦也。每夕少则二三阕,多至五六阕,始则比辞按律,句句而为之;继则令家人挹卷于前,随诵而成之,仅数宵而全什毕矣。举凡夜之所思,昼之所接,少之所经;有情无情,有意无意;如吃如呆,如讔如谲;有因有感,无感无因，一寓于此。不独它人读之不知所谓，即自读之亦不知所谓何也。亦唯曰藉以自遣而已。或曰：为遣之具多矣，博簺弈棋，胥足以为欢，何必自苦若是？不知予夙好遐思，且厌苦宾对。博弈，皆非一人之事也。苟为遣则同，亦讵定彼之为乐，斯之为苦乎？初则就其韵以域吾思，久之乃滂洋自恣。不知其果有韵无韵也。古之人所谓既得而忘筌蹄者，非耶？是吾有刖之忘，而得屦之适矣。更何有执著于其间哉！于是家人请录一通，藏于家。夫所遣者既逝矣，则遣之者，亦可以不存。姑委之箧衍，俟它日读之。可以验当时情事，聊志岁月而已。并取王君原作附于后，戏题曰《适屦集》。至谓可以言词而示世，则吾岂敢？岁在昭阳作噩，夏正元夕，鸾陂居士识于庐山羖岭之松门别墅。

少年游

青山衔郭，青溪绕步，巷口夕阳斜。咽暮悲笳，倦秋疏柳，几点挂寒鸦。　　归来庭户清如水，白发语交加。侍坐盘餐，下帷灯火，争忍数年华。

阮郎归

岭云一径护松关，鞭梢眉月弯。壶觞萧寺驻雕鞍，秋寻山外山。　　欹雾鬓、绾风鬟，枫林图画看。玉笙遥隔翠微间，清欢重会艰。

蝶恋花

却似无情应有恨。梦里相逢，欲引还相近。不照菱花知瘦损，搴帷怕倩人人问。　　过尽铜街车隐辚，拂槛柔荑，恼煞春韶讯。好雨良宵刚一寸，清眠不与愁人分。

虞美人

梦魂惯识春庭路，不抵仙源误。争知重到尽魂销？最是当时、依样月华娇。　　画廊检点泥痕在，漫共辞巢悔。断肠何处说酬恩？一度花开，一度卷帘人。

浣溪沙

意气拿云忆昔年，当筵借箸画山川，功名欹枕看飞鸢。

草檄未成憎命达，酬恩何计受人怜，一龛云卧送华颠。

点绛唇

匍匐归来，平生意气频虚左。狂澜虚舸，呼马呼牛可。一气洪钧，鼓就祥金我。阎浮大人天敷坐，纷碎空花堕。

蝶恋花

楼畔辛夷吹霁雪。楼上黄昏，已挂纤纤月。徙倚旧情浑忆彻，纹窗六扇风簧咽。　一抹墙腰侵草色，墙外生憎，缓缓闲车辙。欲住还抛无那说，百般滋味都缘别。

蝶恋花

禁暖禁寒风信恶。雨滴空阶，闲扬秋千索。满眼情怀还似昨，翢缳故故吹罗幕。　漫道新欢迷旧乐，窥宋墙东，未许三年约。直抱此情归碧落，他生铸就今生错。

蝶恋花

竹屋蛎垣低夹道，翳紫珍丛，露颗迎初晓。一曲遥峰青窈窕，野塘嫩绿鱼鳞小。　指点江村烟树渺。如许韶光，直恁啼鹃老。陌上游骢嘶不到，落红几点粘新潦。

蝶恋花

池上碧桃开又落。一枕瞢腾，欲起浑无著。满箧尘笺虚旧约，不成禁受难抛却。　屡数归期谁可博？还怕归程，步步荒葵藿。才敛斜阳零雨作，流光也似人情薄。

浣溪沙

一鳰思春总万端，春来何意转顽顽，放教容易又春残。故国飘零迷影事，美人清瘦罢朱铅，看花对酒不成欢。

清平乐

枣花西院，弄语闲莺燕。已是闻声情不浅，况道恁时相见。
尊前别有风流，三年同梦杨州。剪取吴淞江水，输他一段凝眸。

浣溪沙

凤葆霓旌列画看，兰舟箫鼓荡漪澜，更飘仙乐满人间。

廿载华胥惊梦破，三秋烟柳倦凭栏，西征往事忆长安。

谒金门

回廊侧，欲辨香踪无迹。秋入蛩声无气力，晓风吹恻恻。兰烬灯窗狼藉，篱角露珠荧碧。几点流云河汉密，梦痕来处觅。

苏幕遮

强支颐，慵整髻。疑喜疑嗔，离合回还意。门外日高犹睡里，不管春风，浩荡移人世。会时难，轻别易。晓月残星，心事嗤迷际。欲草鱼笺偏不寐，几许安排，饤饾相思字。

浣溪纱(戏效海日楼体)

漏泄瑶台事有无，香心密约未模糊，一编衔袖蕊珠书。广乐既张天酩酊，模觞初阕地清娱，人间差认白鸠符。

蝶恋花

扑面濛濛飞弱絮。一霎溪山，萧瑟浑如许。云脚四垂天景暮，小楼夜半闻微雨。　　每到春来愁欲诉。诉尽愁肠，依旧成虚度。苦道离人留得住，长亭几送征鞍去。

蝶恋花

吹转番风天未许。小草墙花，犹有残春住。燕子飞来浑不语，双双又向人家去。　　卷尽蕉心桐半乳。才度庭阴，荏苒纱窗暮。拈取绣絣还倦与，生生端被伊谁误。

清平乐(重效沈体)

于讴副墨，圣圣衔陈迹。读尽阴符开口说，两界山河都别。南冥地陷云昏，齐州一发如痕。惭愧夷门老矣，蒯缑何处酬恩。

浣溪纱

重见萧娘鬓未凋，当时争看舞尘高，一声啰唝最魂销。秦苑莺花烟月丽，汉家宫阙日华昭，归来拥髻可怜宵。

蝶恋花

人病恹恹春过半。春意人情，恍隔银河汉。独下沁芳亭畔看，春风吹尽无人管。　　杨柳阴浓笼四面。谁在浓阴，弹彻流光怨。已是酴醾飞片片，看君合取伊谁殿。

菩萨蛮

溪山输却斜阳半，江城一例秋蝉乱。秋老独还家，东篱菊始花。　　锦鳞书十二，不寄蓬瀛字。一觉我何人，潮音枕上闻。

点绛唇

渐近归程，惺忪翻觉羁愁益。等闲轻掷、旧梦何因觅？沙岸渔灯，望里星星灭。江波白。云车駃月，浪卷千堆雪。

溥心畬

近三十年中，清室懿亲，以诗画词章有名于时者，莫如溥贝子儒。溥儒，字心畬，为□□□之子[1]。清末未尝知名，入民国后乃显。画宗马、夏，直逼宋苑，题咏尤美。人品高洁，今之赵子固也。其诗以近体绝句为尤工。余见其《寄腴深游岳麓》云："湘水萧萧木叶疏，麓山风雨似匡庐。何时更乘浮云去，回雁峰前数寄书。""乱后长沙问旧栖，尺书遥寄隔云霓。骖鸾横笛从君去，直过潇湘北渚西。"《过赵山木故居》云："不见高人旧草堂，断桥斜柳亦堪伤。西山墓树秋风起，乱后无人吊夕阳。"（山木墓在西山）《题寺门松》云："青青松树寺门前，晚带斜阳晓带烟。昔日山僧曾挂锡，如今黛色已参天。"数诗皆有风致。其所为词，有《寒玉堂诗馀》。题倚楼仕女《南浦》云："秋雨湿潇湘，向晚来吹起，满怀愁绪。转眼甚堪惊，碧窗寒，年光尽，不见柳花飞絮。楼头悄立，幽情无恨谁能语。霜天欲暮，空惆怅佳期，几时还遇？　　朱窗碎玉声寒，正

---

[1] 此处所缺三字，据朱则杰先生考证，当是"滢贝勒"。参朱则杰《〈汪辟疆说近代诗〉考论》，《浙江大学学报》（人文社会科学版）2003年第3期。本书《光宣以来诗坛旁记》、《光宣诗坛点将录》的校勘得益于朱先生此文甚多，谨此致谢！馀不复及。

人倚西楼，雁横南浦。烟柳渐萧疏，悲秋意、都付断烟残雨。连天草色，开帘日日凭栏处。韶光虚度，空翠袖凄凉，轻寒难御。"题灵光寺辽咸雍塔残砖《望海潮》云："压塞寒山，凌空孤塔，兴亡阅尽年华。满月金容，庄严妙相，无端影灭尘沙。鼙鼓乱纷纷，是何处兵火交加？断土零烟，有谁凭吊梵王家！　　荒城古戍鸣笳。见萧萧衰柳，落落飞鸦。检点残云，低回片瓦，前朝旧事堪嗟。烟外夕阳斜。叹虚空粉碎，乱眼昙花，携酒重来，只馀清泪洒天涯。"暮春西郊《庆春泽》云："荒井桃花，平桥苑水，碧天寥阔春深。残月横斜，清光犹在疏林。呢喃燕语随波去，听宫门法曲仙音。恨难禁，倚遍残红，吟遍江浔。　　潜行况是宫前路，怅池台春去，歌管声沉。劫后精蓝，是谁肯犹布黄金。乐游原上萋萋处，送残春此日登临。助悲吟，岩柳园花，掩泪相寻。"山中暮春《望江南》云："云影淡，空翠落松坛。紫燕不来春欲老，断烟零雨杏花寒，春怨正漫漫。"又《山居》二阕云："清磬远，萧寺在云端。翠竹含烟侵佛座，碧松飞雪落松坛，流水石幢寒。""斜日落，十里晚枫林。秋色夜生千嶂雨，露华寒点万家砧，凉意润丝琴。"题画《北新水令》："西风疏柳带秋蝉，画桥边。绮霞红乱夕阳寒，照水衰草暮连天。何处里，笛声怨？"❶芍药《临江仙》云："飞尽落花池上雨，斜阳剪破新晴。碧波摇影不成明。倚阑多少恨？商略系离情。　　千转绕花无一语，玉阶仿佛寒生。溪烟淡淡柳青青。六畦春不管，流怨满芜城。"《减字木兰花》云："一溪春水，着雨杨花飞不起。寂寞黄昏，年年芳草忆王孙。　　碧云吹断，几处朱楼莺语乱，不似残秋，衰草斜阳易惹愁。"《浣溪纱》云："荒亭落叶雨连宵，何处相寻旧板桥，不堪秋尽水迢迢。　　楼外夕阳平野渡，寺门衰草记前朝，故宫残柳日萧萧。"诸词虽非极致，然自是麦秀黍离之音。**千帆谨案：末二词皆有舛律处，心畬当不至是，未悉厥故也。**

---

❶　溥儒《凝碧余音词》之《北新水令》作："西风疏柳带秋蝉。画桥边，绮霞红乱。夕阳寒照水，衰草暮连天。何处羌笛声怨？"详溥儒《寒玉堂诗集》(新世界出版社 1994 年 5 月第 1 版)第 97 页。

瞿蜕园《西园王孙草书墨竹歌》

西园王孙，名溥伒，为清成哲亲王之后。至君之父，承嗣宣宗长子隐志郡王。君髫年受封镇国将军，晋加公衔，夙精声律，兼擅书画。今年七十馀，隐居沪市，以翰墨自给。近见瞿兑之蜕园所为《西园王孙草书墨竹歌》，颇有湘绮老人《圆明园词》笔意。此体溯自白傅《长恨》，微之《连昌》。后来郑嵎之《津阳门》词采虽不逮，然固一脉相承，不失其矩矱者也。清人惟梅村、湘绮，可谓独出手眼，词旨恢宏。蜕园虽不能上沿下溯，但于此义乖雅废之后，起而效之，固一时特起之异军也。兹录于下，以存艺林掌故。

西园王孙草书墨竹歌

自湘绮赋《圆明园词》叙述掌故，感慨兴衰，一时盛推诗史，尔后颐和继兴，事变弥烈，而作者罕闻，余何人斯，敢为东施之效？昔微之之咏《连昌》，郑嵎之赋《津阳》，皆感物造端，别具机杼。今兹邂逅，实非寻常，宜制长篇，以申苑结，但存故实，非逞词华。鉴戒之旨，有不忍云；危苦之词，情胡能已？哲工达识，其有取焉。蜕园自记。

曼殊王孙客江海，腰下珊瑚閟光彩。临霞玉羽落芝田，清唳犹应动真宰。昨来赠我鸾鹄书，笔势昭陵玉匣馀。背写琅玕洒寒绿，便似连昌满宫竹。连昌宫竹已阑珊，露染秋筠泪竹斑。金床玉几无人问，紫气黄旗又不还。水天闲话招凉地，遥望昆湖落烟翠。竹马曾嬉大历春，金銮试问开元事。当年东第有辉光，大道朱楼十宅王。明善书藏堆玉锦，瑶华名迹韵缣缃。（**怡王府藏书称明善堂，今惟知贵其角花笺。瑶华道人画出士大夫上。**）宗潢礼法称严肃，诒晋家风更清淑。（成哲亲王诒晋斋，即君本生高祖。）端闱早受夏侯书，勾陈敢戮扬干仆。（**近支子弟入上书房读书者，严事师傅过于民间，有过跪圣人堂。**）九岁蒙恩入上斋，平明旭影候宫槐。貂襜侍直横黄带，黼座临轩递绿牌。慕陵（宣**宗陵名**）冢嫡承华贵，王乔早列灵香位。嗣皇花萼重宁申，（宁、申诸王，唐玄宗兄。）别子桐封侪鲁卫。（宣宗长子隐志郡王早世，咸丰初追封立嗣。）千牛亲卫佩弓刀，翠管翎飘马上袍。黛耜春耕咏莒叶，牙盘夏荐熟樱桃。奉常尝酹频修敬，雍雍湛露桐椅盛。丹墀只自肃班行，上苑从无豫游幸。凭几谁闻末命申，唯贪长信立冲人。纂祀不教迎代邸，撤帘无复望宣仁。（慈禧不肯谢政，惮立长君，实倾覆之由。）异日秋衾梦铜辇，鸡翘凤觜长游衍。不觉君王怒偃师，惟闻玉女投骁箭。（德宗深疾郑声，而太后偏嗜观剧。）颐和新构接圆明，水殿云廊别样清。谐趣笙歌凝水步，排云宫阙冠山楹。每岁称觞万年乐，正如十月朝元阁。（唐代骊山事）黄菊堆盆锦作山，白鱼行炙缇为幕。中珰传捧鸾舆至，兰阪秋风送笳吹。敌骑频闻近紫台，从官还许呈如意。江汉经营忆中兴，北辰猷拱壮觚棱。亲贤渐欲疏宗衮，戆直偏教守股肱。（同光初元，中外属望恭、醇夹辅。中叶而后，二王颇怀忧畏，台臣敢言者多出守郡矣。）省中常侍衔天宪，大抵任安多巧宦。孙寿曾偷龋笑来，少儿自倚微风惯。（晚年外吏多夤缘交通内竖女谒。）蜃气遥传海上楼，芙蓉小苑入边愁。深宫帝子悲青雀，少府卿曹舞沐猴。君臣自是忧时切，瓜分已兆黄图缺。谁知金虎祸宫邻，枉倾东市朝衣血。（甲午后索地纷纷，发愤变法，阻于宫掖。戊戌庚子两次以中旨诛朝士，近古未闻之奇局也。）从兹天子不当阳，舜死尧幽堕杳茫。空见珠襦陪武帐，可怜银汉限红墙。西内波平香扆殿，瓮山垣隐玉澜堂。（两处皆德宗寝殿，今防护之迹犹存。）碑衔石阙那能语，酒劝长星相尔汝。彩翼心推紫凤皇，红襟哽咽青鹦鹉。十二层城思若云，三千殿脚花如土。精卫难填总碧波，重华不见空瑶圃。（戊戌后，德宗恭默无言。）西上嵊山又却回，新排鹤仗集灵台。藁街昔笑蛮夷邸，什库今筛锦绣灰。（庚子西什库教堂受祸与东交民巷等。库中自明以来历代所藏尽矣。）当时载笔兴元者，奉引辛勤沙苑马。总为金鸡乞赦来，终然鸣凤同音寡。（按此诏作者先德入直行在，扈从还京,秉笔七年。尝请特赦党魁,卒以此忤太后旨,被放。)宗臣正则泣椒兰,能向尧年记雪寒。苍梧野望云萧瑟,黄竹歌传路杳漫。残山碣石连长白,华盖文昌黯无色。大石林牙枉向西,应昌庐帐难归北。东丹画里辨唐装,太白诗中念永王。不独邹枚词赋客,尽来吴越山水乡。蓬莱眼见还清泚,每听牙弦知政理。不应亡国坐伶官,只怪淫声乱官史。法曲初烦侍从臣,内官学唱奉仙宸。后有秦腔兼汉调,外传四喜与同春。排当日日仙韶院,答刺都昙柘枝遍。珠灯明处掩晶蟾,彩扇回时下宫燕。协律闻君诣最工,绿云清响切悲衷。每于变转三终际,能使潺湲四座同。横塘水满潇潇雨,依约冰弦闻雁语。借问吴趋子夜歌,何如月里霓裳谱。王顺何戡旧擅名,李娟张态也含情。昔年曾教伊州曲,讵忍重逢唱渭城。凄凉鬟影弹琴石,茂陵风埽苔无迹。仙班便隶蕊珠来,布衣等是咸阳客。(君今躬自佣作,以布衣为乐。)四海为家莫更论,江湖满地一销魂。长望乌头燕太子,重怜燕尾汉王孙。

按西园王孙溥侗,号西园,即世所称为红豆馆主也。余尝于罗志希处见之。时年已六十馀。善皮黄,又喜书画,精于鉴别。时志希新得石涛、石溪大幅山水,西园叹赏,以为世间希见。谈吐隽永,终日对之,使人意消。后闻其在上海演《长生殿》,悲歌慷慨,陈庸庵尚书闻之至为堕泪。(是日为庸庵生日,老友请西园奏技。)兑之此作自谓颇具苦心,常人未易领会。又云:"愿得知音者为之点拍,庶可更倾四座。"兑之为止庵相国之子,清末见排于奕劻、项城。据此歌则相国于庚子回銮前后曾请特赦党禁,卒以此忤太后而被放,固一时铮铮也。

近人诗评

昔敖陶孙、洪北江曾有诗评之作,类皆取数语比拟巧似之,颇称隽永。往在金陵,曾见上海陈甘簃主编之《青鹤杂志》(第一年第十二期至第二十期)刊有无名氏之《时人诗与女性美》一稿,不知为谁氏之笔,亦复名隽。

兹迻录如下：

陈弢庵如象服山河，珊珊微步；
陈散原如姬姒徽音，化行南国；
郑海藏如飞行女侠，剑气逼人；
陈仁先如去国宫人，黄絁入道；
赵尧生如唐宫仙侣，游戏人寰；
吴董卿如扫眉才子，对镜簪花；
杨昀谷如禅诵老尼，时作偈语；
夏剑丞如蕉萃姬姜，躬操井臼；
冒鹤亭如天宝宫人，喜谈旧事；
何枚生如空谷佳人，无言倚竹；
李拔可如健妇持门，自饶风矩；
许疑庵如水边丽人，态浓意远；
谭瓶斋如姑射冰肌，自然绰约；
胡展堂如中山阴后，眉目非常；
汪衮甫如瑶台姝女，微睇通辞；
梁众异如美人绝代，佳侠含光；
赵芝生如茂漪书法，沾溉右军；
费仲深如披香博士，教习陈宫；
黄晦闻如江上湘灵，独弹瑶瑟；
罗敷庵如浣纱越女，秀色天然；
汪辟疆如和靖梅妻，寒香入画；
陈徵宇如隋宫绛女，秀色疗饥；
陈彦通如锦伞夫人，别张壁垒；
叶遐庵如公孙剑器，浑脱浏亮；
郭蛰云如天香国色，不碍环肥；
黄季刚如夏氏丹珠，吞刀吐火；
李释戡如女郎学母，随手晓妆；

林宰平如潘姬织室，愁貌感人；

黄秋岳如凝妆中妇，仪态万方；

曹纕蘅如吴姬窥客，盼倩多姿；

杨云史如汉皋游女，解珮留欢；

谢无量如林下风姿，善谈名理。

以上共三十二家，其评语是否允当，凡读过诸家诗者自能领会，但亦有微词者，可于言外得之。撰者当诗学湛深，惜未能详究为何人也。

《汪辟疆文集》

论高密诗派

定远赵生，有诗才。一日以诗来谒，余赏其“野水过桥响，松风落磵寒。”“十里踏青路，千山寒食烟。春江莺唤渡，花坞柳吹棉。”等句，曰：“此高密诗派家法也。”生请其详，乃为述高密诗派之源流宗趣，及其流衍区域以答之。并记所语于此：

高密诗派，始于清乾隆朝高密李石桐怀民、叔白宪暠、少鹤宪乔兄弟。世所称为“高密三李”者是也。惟三李之诗，亦自有异。语其开派，则石桐实为首倡。故其诗，守律严，措意深，卓然中晚张贾矩矱。少鹤五言，近贾为多，正与石桐骖靳，故有张贾门下二客之称。惟五七言古体，则尝出入韩苏，气体稍大，与石桐专事峭刻者不同，要皆不失为高密派重镇也。若叔白，则自负其经世之学，诗似为其馀事。故体格孤峭，上不及乃兄；骨格开张，下不及阿弟。且涉猎较广，独不喜规模形似（案：“模”，《汪辟疆文集》本原作“撫”，当是“橅”字之误），无以定其专主，然意兴固自超也。以故二百年中，言高密诗派者，必首二李，而鲜及叔白焉。

先是，清初诗学，以虞山渔洋为主盟，天下承风，百年未替。然末流之弊，宗虞山者，则入于饾饤肤廓；宗渔洋者，则流于婉弱空洞。李怀民生于乾隆国势隆盛之时，亲见举世皆阿谀取容，庸音日广，慨然有忧之。乃与少鹤精研中晚唐人格律，而救以寒瘦清真，一洗百年以来藻缋甜熟之习，虽当时排斥者实繁有徒，然数十年中清才拔俗之士，多有闻而信之者。则石桐摧陷廓清之功，要亦不可磨灭者也。今按高密诗派，其在齐鲁之间者:老辈则有高密单书田楷、单青侅烺、单绍伯三先生。羽翼则有胶州王新亭克绍、王颖叔克纯,高密王蜀子夏,王希江万里、王子和甯闓,是曰:“王氏五子。”他如高密单子记襄棨、单子受、单廉夫鋁、单子山嵇、王东溪令闻、任大文任子升兄弟诸人,皆与石桐少鹤为倡和之友。后辈则有李五星诒经、王熙甫甯焯、王丹柱甯娗、单子固□□,是曰“后四灵”,俨然为石桐护法。他如宋步武绳先、单平促憻、单师亭可玉、单了庸可墉、王蕴先炪、福山鹿木公林松、莱阳赵庆孙曾、邱县刘崧岚大观诸人,与后四灵皆从二李问诗法。而崧岚官位较达,且躬任为二李校刊遗书者也,高密诗派流播之广,崧岚与有力焉。晚,有平阴朱星海道衍又从崧岚学诗,亦大张二李之学,是为高密诗派之后劲。是二李首创风会,而乡里群彦云集景从,数十年中蔚为极盛,此班班可考者也。

自少鹤筮仕粤西,其交游则有临川李松圃秉礼、桂林朱小岑依真、长洲孙顾崖□□、赵松川廷鼎、刘正孚、江西胡茂甫森诸人。其弟子则有归顺童九皋敏灵、介岦、葆元兄弟,唐梦得昌龄、袁子实思名、马平叶亮工时哲。又有黄鹤立、曾传敬、农大年日丰诸人,皆从少鹤问诗法。其造诣亦高,于是广西有高密之派。临川李松圃,以业鹾籍桂林,因得与少鹤相习,既馆少鹤于其家,死后又为之归丧刻书。春湖先生宗瀚,守其家法,并及高密二李绪论。而胡森亦以江西人,与少鹤往来,自是江西诗人多有传其《中晚唐诗主客图》者,于是江西有高密之派。孙顾崖以吴人官粤西,而最服膺石桐少鹤诗说,以为今日诗道之存,实赖二李。则顾崖固能为二李之诗者,于是东吴有高密之派。逮于清季,临川李梅庵瑞清,侨居金陵,尝称其家学,曾举其家藏钞本《中晚唐诗主客图》,授和州胡俊。而胡氏《自怡斋诗》亦远宗张贾,近法石桐,并以身丁世变,枨触万端,辞旨诡谲而不失于正。至其穿天心出地肺之语,见之者罔不惊走却步,目之为怪,惟陈伯严、王冬饮知之。盖胡氏正从高密出也。然则高密二李之诗派垂二百年犹未绝也。

高密诗派之起,奖掖提携则同里单书田、单青侅、单绍伯开其先;诗派成立,则石桐少鹤抉其奥;羽翼酬倡,则以王氏五子为专功;绍述光大,以后四灵为独至。刘崧岚则有流布宣扬之勋，孙顾崖则有识曲听真之赏，此其可征者也。今姑就此而分述之：

高密三李之称，初非以诗而著。盖李氏三世，皆以宦绩冠于乡里，而石桐之父憨村元直先生，以翰林改官御史，雍正间，曾连疏劾用事大臣，直声震天下，世所称为戆李者是也。憨村之卒，石桐少鹤兄弟年才弱冠，相与砥励学行，又以名臣之子，屡以文受知督学使者，先后与两兄弟同补子弟员。少鹤又以选贡高第，以故胶西远近数百里之内，几无人不知有高密三李者，其时固未尝专意于诗也。顾此后试辄不利，石桐戏效时格，愈益困场屋，乃愤而尽弃其举制之文，专壹于诗。先是，同里有单书田、单青侅、单绍伯三先生者，行辈视三李为早，而书田尤固穷力学，贫困至食木叶，吟哦不辍，故石桐《赠单书田先生》诗有："时时金石句，纵横出饥肠"之句。

又有诗云：

食尽门前树，先生空忍饥。只应到死日，始是不贫时。古性原无怨，高情独有诗。即今三日雪，坚卧又谁知？

少鹤亦有《投单丈书田》诗云：

迹近不相识，深惭等世人。能除众有句，独得古无贫。釜煮后雕叶，门堆绝客尘。还嗤玉川子，乞米仗僧邻。

其《再赠书田翁》诗句云：

贾孟骨已霜，冷径无人造。岂谓千载下，复得见孤峭。

此数诗，皆可证其人，可证其诗。至书田与二李关系，如少鹤《再赠》诗云：

我闻径相访，侯门不敢敲。自袖新成诗，片羽投壶峤。伛偻降相迎，唇舌屡为掉。大雅久衰歇，顽艳日袭盗。独握怀中冰，有得非世要。我聆始惊叹，但觉气浩浩。见许坐蓬荜，荣我等朝庙。况复致拳拳，瓜李费琼报。新得足自雄，前功吁可悼。倘使行走随，执鞭甘所效。

石桐赠诗句亦云："我对交敬愧，大论何坚强。"据此，知单书田奖掖二李之衷怀，纸上知见。近人杨留垞乃谓高密三李受学于单书田先生宗元

(见《雪桥诗话续集》卷六十三、四页)或有所本。

单青侅以进士官龙门县,累官至铜仁府,政声流闻,好学工诗。石桐《单青侅太守见过》诗句云:

仰聆金玉垂,稍容怀抱写。世路空悠悠,谁念苦吟者。

少鹤赠青侅句云:

夫子岂其俦,好古日不足。身为二千石,书积三万轴。近益力为诗,动使能者伏……

又《再赠青侅太守》句云:

诗人冻卧百回死(自注谓书田翁),趋走扶将强以粒。酸吟苦句喻者少,独喜咀嚼甘比蜜。

是青侅亦以乡先达而最媛二李者。诗非俗尚,观于二李之推许,从可知矣!

单绍伯行事,不少概见,然石桐《哭绍伯先生》诗(《石桐集》三首存一,惟《二客吟》并录之)句云:

先生笃幽静,清苦本能诗。古性少堪许,菲才时见推。

又云:

生时无禄位,没后有诗篇。在日曾相托,无名恐不传。

其《赠单绍伯先生》诗云:

一家背溪水,郭外有柴关。野近每独往,僧来相伴闲。病犹恋诗酒,老复爱云山。愿得捧琴杖,逐君泉石间。

皆可想象其生平。此三单先生者,或隐或达,并皆与石桐、少鹤相习,且皆工于诗,而其诗亦必力排当时浮靡空洞之体,戛戛独造,不肯作犹人语者,故称之曰高情,曰孤峭,曰清苦,曰坚强,宜其沉滏也。二李集于此三单先生投赠哀挽之章,皆称为先生,或丈,或翁者,知其为二李先辈。即二李诗派之兴,而此三单先生者,实有奖掖倡导之功焉,此又言高密诗派者所宜知也。

李石桐既不得志于举业,乃专一志虑而为诗。李氏三世仕官,家固多藏书,而单青侅太守,尤富于坟籍,少鹤诗所谓“身为二千石,书积三万轴”

也。石桐与少鹤互为师友，每得一家诗，效之辄似。然誉其诗者日多，心中之慊愈甚，以为能悦于人者，必无得于己，于是取离骚、乐府、汉魏六朝、三唐、两宋、金元，迄于清初以来诸名家所作，遍览之。又十馀年，而诗日益工。石桐古体宗陶韦，律法中晚唐人，尝教人曰："唐律大备于中晚，所谓格律也，学律而不入格，唐音邈矣。"故尤自喜其五律，尝与少鹤依张为《主客图》，搜集元和以后诸家五言律诗，辨其体格，溯其宗师，奉张藉贾岛为主，而朱庆馀、李洞以下为客焉。名曰《重订中晚唐诗主客图》，一一指示其用意造句之法，以圈点别之，自谓精审，书既成，并自题其卷末云：

古来耽此道，清味本酸寒。思入如中病，吟成胜拜官。物生皆不隐，情动即教看。未识成何用，凭将鬓髮残。

又：

前生应有罪，天谴作诗人。但见无双士，常膺不次贫。青山穷道路，白首役精神。独为求知己，淹流万古身。

《少鹤集》亦有《校唐人格律》诗云：

此中多苦辛，脉脉自相亲。料得知深处，应难说与人。情于过后甚，景比见时真。张贾今犹在，偕君试一询。

石桐既定《中晚唐诗主客图》，复裒已与少鹤所为五言律，为二卷，曰《二客吟》。此书为刘崧岚手校，并题其卷首曰"石桐律体初学王右丞，浑沦不破，因抄张王乐府，改学张王五七律，于仲初尤笃好，后复专攻水部五言，得其律格，及选《主客图》，遂奉水部为清真雅正主，盖有意附为及门云，得诗五十七首。"又曰："子乔（少鹤字）律体，初学李太白，把捉不定，因学韩昌黎孟贞曜古诗，得贾生诗，大悦之，遂改学其五七律，后益专攻阆仙五言，及兄怀民选《主客图》，遂相与尊阆仙为清奇僻苦主，而自附为门下，得诗五十二首。"二李学诗之经过，此数语略可考见。《二客吟》并自加圈点，其篇中命意著眼处，识以墨点，一字关键处，字旁识以双圈，其神理融洽处，句旁识以连圈，学诗者得此一编，即知其家法所在。今此书已不易得，余家尚有之。石桐少鹤既各附张贾门下二客，故石桐《过和州怀张水部》诗云：

高瞩博望孤，对峙梁山道。行识乌江渡，斜入洪波流。感缅张水部，格韵千载幽，诗义齐韩孟，岂止翱湜俦。师之三十载，力罢道逾修。冷编藏怀袖，风尘谁见收。怅望古城在，遗踪应尚留。依依夕阳树，漠漠带看洲。如此江山好，骚人何处求。

少鹤亦有《读贾长江诗》云：

险僻时皆诧，孤清帝遣哦。全身生肉少，一卷说僧多。壁隙风潜入，衣棱冻可呵。每欣当此际，持用砭沉疴。

统此数诗观之，是二李固直追张贾。以寒瘦为高境；以独造为本领；以真挚见情景；以融合见苦辛；而所谓起沉疴者，即戒熟戒俗与不作一平直语，而能直穷造化神理混含而已。故《主客图》《二客吟》一出，学者遵奉。于是渔洋所谓“羚羊挂角，无迹可求”之说破矣。此二编刘崧岚刻之，李松圃再刻之。世稍稍有传者，今时移世异，久已视为秘册矣。

当高密二李之定《主客图》创诗派也，清才之士，信之者固多，然鸿博之才，攻之者亦不乏。大兴翁方纲《复初斋集》有云：“近人有仿张为《主客图》，取张司业贾长江以下五律成集者，赋此正之。”其诗云：

五子论中晚，谁将杜法参。宗支从渭北，甲乙到樊南。是有君形者，宁从正味含。罪言如不朽，绮语又何惭。**自注云：唐五言律诗，继少陵者，樊川玉溪耳！**

又云：

十子钱郎后，谁升李杜堂。寓言原楚些，古赋自班香。力挽千钧上，神同万象旁。弦歌韶武接，岂止律三唐。**自注：浓薰班马香，谓《上林》《两都》诸赋，非迁固史也。**

又云：

律句趋平弱，人心学术关。声虽严黍尺，气可敌江山。五字推敲处，千秋祖述间。如何凭窘步，骚雅欲追攀。

又云：

捻断吟髭者，牙弦叩轸徽。沁心非僻苦，放手乃精微。长律申之秘，中园彀者机。借他评画说，打破作家围。**自注：五七律，同彀率也。而谓**

唐人捻髭句，不属七言可乎？近日恽南田谓打不破画家一字围。曰：窘也。此作《主客图》者，正坐一窘字。

覃溪为乾嘉间肌理派巨子，又与浙派钱载共尊山谷，由山谷上溯义山昌黎杜公，下逮东坡临川遗山道园。所谓气可敌江山，放手乃精微者，直欲摩古大家之垒而穷其奥窔。然则俯视张贾之寒瘦一派，而目之曰窘者，固其宜矣。

然吾尝谓古今诗人才性各异，而大小亦殊，其才力恢张赋万夫之禀者，自当力崇正声，驰骋康庄，自不适于秋虫之响。其才力内敛具深沉之思者，自能勉效一隅，蚕从独辟，亦自谢于寥廓之鸣。韩孟并称，韩则硬语盘空；而孟则暗泉凄切，并不害为名家。苏黄同时，苏则噌吰镗鞳；而黄则凿险缒幽。要不能掩其光彩，则才力自知甘守弱之说也。苏斋论诗，不尚此种，自是导人以康衢。而此种会心惬志与从事于声光气焰相率而为伪者，固有间矣。即就二李平生论诗之见于本集者观之，亦自有同异之处，如石桐《叙吟和朱庆馀》云：

> 计较平生业，端知属苦吟。此中若无意，何处更劳心。时过追还在，情生写始深。遇形多铸象，听响乍留音。不怕头先白，凭教性益沉。古人如可作，千里也相寻。

自题《秋萎集》云：

> 旧卷闲来读，苦吟今几春？尚多远古意，渐不悦时人。气味全宜冷，平生合得贫。无须问千载，看取此中真。

《答客劝止吟》诗云：

> 自于人事远，僻性日深沉。岂敢厌时宠，其如乖众心。瀹中成独赏，尘外或知音。重感相期意，尊前劝止吟。

又有句云：

> 诗以道性情，不能掩其恶。宁有市侩心，而慕高贤乐。高言不宜俗，闲性始有托。不高定不闲，有吟皆强作。（尝爱放翁示友诗，近日间云先生读《剑南集》即广其意。）

少鹤《答张汝安》云：

耻为当世文，不学亦能云。纵屈惊人句，犹堪轶马群。来书苦自责，偶得未为欣。早识坚贞意，相期独有君。

《北林僧舍咏蝉》云：

生事只关吟，声声清入心。欲停疏露滴，方急暮烟深。无食亦常在，有营谁肯寻。惟应与道侣，终日守祇林。（**此二首皆借题以论诗，不必泥看。**）

《叙吟示正一》云：

此境与夷邻，重来已七春。不将吟度日，那免瘴缠身。世味苦不入，古情反觉新。以兹得相喻，岂是眼前人。

《题敬之秋卷》诗云：

琴格高来岂自知，商山路转竹风吹。从今莫更遣人听，已是独弹秋思时。

又《谢友人寄琴弦》云：

晶晶数条丝，中有万古声。皎皎百里心，中有万古情。古情非今尚，古声非今听。君子为其难，日饮沆瀣情。（**此亦借琴弦托意论诗者。**）

此二李自道诗中甘苦之作，其从同者也。然石桐平生自负其五言，而尤喜其《岑江集》以后之作，尝谓："如得数年不死，便可尽删前作。"其《回帆集自序》亦言："余才钝，诗必数改，每一诗起稿，经数州郡而后定。"故其诗劳而不多。今观其全集，五律用意最深，他体亦自老澹，不敢放笔以骋其才思。而少鹤则自五言律体，确守长江格律以外，转益多师，规模较阔，又能运以己意，体虽巉削，真气旁流，观其《留上窦东皋宗丞》诗，所谓"僻吟偏近岛，上国喜逢韩"者，虽为颂窦之辞，然少鹤诗不以贾自囿，即可于二语觇之。此其不同者也。

原载《中华文史论丛》1962 年第 2 辑

又载《南京大学学报》1962 年第 4 期

汪辟疆诗学分论

何谓诗

诗歌为文学大辏。文学有广狭二义，诗歌亦然。❶ 语其荦荦，可得而言。

诗必有韵，今古无更。在心为志，发言为诗，言之不足，嗟叹永歌，情发于声，声韵遂起。继此有作，凡属诗歌，靡不有韵。有韵者皆为诗，其容至博。匪但骚、赋、乐府，宋词、元曲，举可称诗；即如刘勰所举颂、赞、祝、盟、铭、箴、诔、碑、哀、吊、谐、讔诸体，下至流俗所称之医方歌括，凡有韵者皆得为诗。以工拙论，诗人词客，容或鄙夷；以体裁言，固亦诗歌之流也。❷ 此就诗歌之形式而言之也。或又曰：诗歌为体，本非一端。形式精神，阙一不可；形式宜区，精神尤贵。何谓精神？旨趣是也。《虞书》称"诗言志，歌永言"。卜商论"在心为志，发言为诗"。无韵非诗，初无定律。可知古人论诗，但明旨趣。后人习于韵语，胶柱之见，已自不侔。其能窥见诗之旨趣者，如东坡称"王维画中有诗"。此真不拘拘于诗之形式者也。

---

❶ 《论语》："博学于文。"指诗书六艺而言，为义较广。余杭章炳麟谓："凡有文字载于竹帛者谓之文。"皆推本其说，所谓广义也。梁萧统《文选序》云："赞论之综缉辞采，序述之错比文华，事出于沉思，义归乎翰藻。"萧绎《金楼子》云："吟咏风谣流连哀思者谓之文。"又云："至于文者，惟须绮縠纷披，宫徵靡曼，唇吻遒会，情灵摇荡。"刘勰《文心雕龙·总术篇》云："今之常言，有文有笔：以为无韵者笔也；有韵者文也。"与西方但以诗歌剧曲小说及一部分以情感为主之散文为文学等，皆狭义也。

❷ 余杭章氏主此说最力。见所著《国故论衡》及答《曹聚仁论白话诗书》中。

根诸情感，精于艺术者，有韵固诗，无韵亦诗；平铺直叙，不带情感者，无韵非诗，有韵亦非诗。是故昌黎古近，乃属韵文；❶道玄《水经》，咸寓诗意。❷ 辨微知味，宜具别裁。此就诗歌之精神而言之者也。皆广义也。

至于《七略》著录，分列歌诗。❸ 钟嵘品藻，标榜五言。诗歌分界，于此为严。匪惟箴、铭、哀、诔，画诸诗外，即以附庸蔚为大国之辞赋，亦复别成分野，不与诗淆。嗣是以还，诗歌领域，仅及歌谣乐府，五七古近，而宋词元曲，体虽出于诗歌，徒以众作纷繁，自成体制，遂亦脱离诗歌而独立。治词曲者，亦于诗歌鲜措意焉。❹ 此就诗歌之本体而言，不规规于形式旨趣者也。所谓狭义也。

夫诗歌为体，以韵律为形貌，以旨趣为神采，两者备具，乃为真诗。使执有韵无韵之说，判诗文之标准，则是遗神采而重外形，势必举隐语窾词，被以诗号；但求趁韵，奚裨感情。反之则专求旨趣者，又必尽去声律，求诗歌神采于散文小记之中。❺ 偶见一二短篇，笔具感情辞兼描写者，惊为创获，宝若球琅，则文章之囿，采获何限；必尽锡以诗名，亦乖体制。以二者之交讥，乃知合则双美，分则偏搿。虽复持之有故，言之终难成理也。至于狭义者，但求本体。既非同主形式者之兼容并包，亦殊尚旨趣者之进退

❶ 宋王十朋《读东坡诗》云："日光玉洁一退之，亦言能文不能诗。"又《序》云："学江西诗者，多言韩诗乃押韵文耳。余不敢以其说为然"。

❷ 郦道元《水经注》描写山水，极妍画态。其佳者直逼诗境。唐宋诗人多取之。近人尝刺取其模写景物者，用西诗排写法，目之曰散文诗。

❸ 《汉书・艺文志・诗赋略》叙诗赋为五种，而歌诗二十八家，与《屈原赋》二十家，《陆贾赋》二十一家，《孙卿赋》二十五家，《杂赋》十二家四种并列。观其列《歌诗》二十八家，自《高祖歌诗》以下，共三百一十四篇。大抵皆乐府及歌声曲折。乃知所谓歌诗者，皆乐府也。《汉志》出于刘歆《七略》，班氏《自序》已言之。

❹ 此但就大概言之耳。宋词大家，如清真、梦窗；元曲大家，如关、马、白、郑，不以诗著。宋元后诗人，虽旁及词曲，多不可歌。词如东坡，曲如蒋藏园，皆不尽协律。兼之者，惟秦淮海、姜白石、汤玉茗、洪昉思。

❺ 如近人标举《水经注・江水巫峡》一条，与韩昌黎《送董邵南》《王秀才含》《廖道士》《杨少尹》诸序为散文诗。而《符读书城南》《谢自然》等诗，则指为有韵文耳，皆是。

无定。就诗言诗，界限较确。

至于诗之为义，其说不一：有以志释诗者，始载《虞书》。则“诗言志”是也。《大序》承之。《说文》：“诗，古文作䛐，从言，从㞢，㞢亦声”。“诗，志也”。嗣后言诗，以志释义者，远溯唐虞，近沿洨长者，无虑佰什。❶ 有以持释诗者。《诗纬·含神雾》云：“诗者持也。”又云：“在于敦厚之教自持其心，讽刺之道，可以扶持家邦。”孔颖达《毛诗正义》引之。且疏说其义，则曰：“持人之行，使不失队。”而刘勰《文心雕龙·明诗篇》亦云：“诗者，持也。持人性情。《三百》之蔽，义归无邪。持之为训，有符焉尔。”有以承释诗者。《礼记·内则》说负子之礼云：“诗负之。”郑玄《注》云：“诗之言承也。”孔颖达《疏》复加申说，谓：“作者承君政之善恶，述已志而为诗。”有以情释诗者。《诗大序》云：“情动于中，而形于言。言之不足，故嗟叹之，嗟叹之不足，故永歌之，永歌之不足，不知手之舞之足之蹈之也。”以情释诗，此为最早。继此立说，洞见症结者，则如班固所谓“哀乐之心感，歌咏之声发”。陆机《文赋》所谓“诗缘情而绮靡”。博稽众说，此其扼要者也。❷ 有以声释诗者。诗必依声。《虞书》《诗序》，已括此旨。后贤探索，要莫能外。其标举立义者，则如郑玄《六艺论》云：“诗者弦歌讽喻之声也。”以声释诗。远溯上世，所谓“婴儿孩子，则怀嬉戏忭跃之心；玄鹤苍鸾，亦含歌舞节奏之应”。上世虽无文字雅颂，必有讴歌吟呼。诗之兴起，声音为先。

---

❶ 以志释诗。如《礼记·孔子闲居》：“孔子云：志之所至，诗亦至也。”《乐记》云：“诗言其志也。”《庄子·天下篇》云：“诗以道志。”《荀子·儒效篇》云：“诗言其志也。”《意林》引《慎子》云：“诗往志也。”《春秋说题辞》云：“在事为诗，思虑为志，诗之为言志也。”《贾子新书·道德》云：“诗者，此之志也。”《吕氏春秋·慎大览》云：“汤渭伊尹曰：尽如诗。”高诱《注》云：“诗，志也。”刘熙《释名》云：“诗，之也。志之所之也。”《尚书伪孔传》云：“诗言志以导之。”皆本于《虞书》而诠释诗义者也。

❷ 以情释诗。如《初学记》引刘歆曰：“诗以言情，情者，性之符也。”翼奉曰：“诗之为学，性情而已。”王符曰：“诗赋者，所以颂善丑之德，泄哀乐之情也；故温文以广文，兴喻以尽意。”刘勰曰：“人禀七情，应物斯感；感物吟志，莫非自然。”钟嵘曰：“气之动物，物之感人，故摇荡性情，形诸舞咏。”黄庭坚曰：“诗者人之性情也。”严羽曰：“诗者吟咏情性也。”戴复古曰：“夫诗者，吾侬平日愁叹之声。”魏泰曰：“诗者，述事以寄情。”此类不备举。

持此说诗，容无不合。故阐斯旨者，亦复有人。❶

综此数说，诗之为义，略可识矣。顾居今衡古，终觉未安。盖举偏而遗全，执一而多窒。自非疏通众说，钩稽微言，鲜能包举内蕴，变易旧观。此犹待商榷者也。

夫思虑为志，(《春秋说题辞》)心之所之为志。(《说文》)是志之为物，不过言语之造端。述事达怀，何所区别？以志释诗，似亦未谛。惟古籍言志，皆括情感而言。如《左传》昭公二十五年，子太叔对赵简子曰："民有好恶喜怒哀乐，生于六气。是故审则宜类，以制六志。"杜《注》："为礼以制好恶喜怒哀乐六志，使不过节。"则古人言志，实混于情。即就《诗大序》"情动于中而形于言"观之。志为情志之称，益可取证。诗歌以情感为第一义。旧所诠释，虽主一偏。然于诗歌根诸情绪之要旨，远在虞廷，早已决其大窦矣。惟志之伸引，曰持曰承，一名三训，歧而又歧，牵合之迹，至可哂笑。至于声音者，远溯古初，近征众制，诚莫能外。惟立论仅引一端，含义遂难周匝；与专以情释诗者，同其得失。此皆不足以诗歌界义也。

遍稽往籍，其能窥见诗之本体，诠释较为完备者，惟唐人白居易氏所论次，为得其真。白居易《与元九书》论作文大旨曰："感人心者，莫先乎情，莫始乎言，莫切乎声，莫深乎义。诗者，根情，苗言，华声，实义。上自圣贤，下至愚騃，微及豚鱼，幽及鬼神，群分而气同，形异而情一，未有声入而不应，情交而不感者也。"虽然，白氏之论诚卓矣！顾尚有未尽善者，则以诗之本体功用，迥不相侔。其言诗者，根情，苗言，华声，实义者，诗之本体也；其言群分气同，声入情感者，诗之用功也。白氏以诗为感人心之具，

---

❶ 声为乐之原。《礼记·乐记》云："凡音之起，由人心生也。人心之动，物使之然也。感于物而动，故形于声。"又云："情动于中故形于声。声成文谓之音。"郑玄以声释诗之所本也。后人如孔颖达云："情发于声，谓人哀乐之情，发见于言语之声。于时虽言哀乐之事，未有宫商之调，惟是声耳。"方孝孺曰："诗者，文之成音者也。"王叔武云："诗者天地自然之音也。今途咢而巷讴，劳呻而康吟，一唱而群和者，其真也。斯之为风也。"宋振麟云："诗者心声也。感思而记之声，以写其意，皆可谐声律吕而谱为乐章，时而扬之，风化成而事功兴。"凡此皆以声释诗之说也。

而遂推论无贤愚幽微之阻隔，语涉含混，厥病为均。至其言诗之定义，以情言声义四事并列，诗歌要义，囊括靡遗。固唐宋诸家所未诠次者也。夫诗之为体，当括内质外形而言。所谓内质者，有情感有想象有实义之谓也。他种文学，举莫外是，而诗为尤贵。所谓外形者，有规律之句语，有谐美之声韵，有简炼之辞采之谓也。本此二端，其由主观而发舒心境之感觉者，可谓之抒情诗；❶其由客观面叙述流传之事实者，可谓之本事诗，❷或曰乐府诗。白氏以根情实义说明诗之内质，以苗言华声说明诗之外形，差为确当。准斯以谭，则白氏所论定者，姑取之以为诗之界义可也。

原载《时代公论》第十四号(1932年)

---

❶ 《唐书·艺文志》集部：有卢瓌《抒情集》二卷。

❷ 《唐书·艺文志》集部：有孟棨《本事诗》一卷。

编述中国诗歌史的重要问题

诗歌史是什么？我们可以作下面的答复：

诗歌史就是文学史中的一部分。我们欲编撰一部比较完善的《中国文学史》，必先要努力文学史上的局部研究，使局部文学，归于细密的，正确的，然后就局部研究所得的结果，提出纲要，以从事于《中国文学史》的撰述。故《中国诗歌史》，就是治《中国文学史》的初步。

文学本来包括了歌诗，小说和戏曲，其它一部分富有情感的骈散文或小品。个人因为嗜好不同的缘故，不能遍治文学各体，定然本其性之所近，认定文学中的一体，为研究对象。若非有专学史，为之指示其源流，启发其涂径，必至茫无头绪。故《中国诗歌史》，就是专学史的一种。在专门研究中国诗歌的人们，不可不加以深切注意。

照上面所举出两点看来，我们要编述一部《中国诗歌史》，必定要另出手眼，作为编述的标准。前人随意寄兴的论辩，和零碎片断的诗话，只管汗牛充栋，大都不足为凭。我们要放大眼光，统观中国诗歌数千年在历史上的演变，顺着他自然的分野，寻出他来源去路，本客观的态度，作公正的评判。使过去诗家，各还他一个本来面目。推之某一时代的风气，也是如此。忠实叙述，则传统之说，不受前人拘泥；新奇之谈，不为今人蒙蔽。我们理想的正确诗史，乃有可言。至近人编撰诗歌史和文学史的几种通病，尤其是要首先避免的先决问题。

其一、鉴定材料，不能以己意为去取。

作史以鉴定史材为具眼。中国诗歌，经过数千年的长期演进，自然随着时代而变化。但是变化的痕迹，好像波浪纹的前水覆后水，决非同天风海立平地拔起绝无依附的奇观。虽然有不少的豪杰之士，不肯随波逐流，顺着当时潮流走去，冥心孤往，别求他们安身立命的所在。但是他们的作品，只好弊帚自珍，在当时的文章巨公，决不会赞许他，标榜他，便他的声名，厕诸当时作者之林，也不过像扬雄的话"只好等待千百世后的扬子云"罢了。作史的人们，倘若遇到了这种无名作家，确是能够认识他们的真价值，也只好留下篇幅，在某种派别盛行的时候，略为提示，使读诗史的人们，加以深切注意，决不能专章叙述，把这种作品，放在"当时体"的上面，因为这类阐幽发微的工作，只能在论文内极力推阐，不能采入史材，致与事实上不相符合。例如语体文学，在前人虽然有不少的创作，但皆是一时兴到，随笔挥洒，不但前人未尝重视，即作品亦已早成刍狗，现在提倡语体文的作家，因为要使人明了语体文是有他们历史的缘故，于是尽量在文艺上搜求历来白话诗文，居然撰出了许多的《白话文学史》，影响其他许多的文学史家，也要于文学史上，存他相当的地位，甚至攻击文言为贵族文学，至不惜摧毁而后快，不知但快已意，实际上与史实相去太远。

复次，谈到中国诗歌的范围，本来只包括了歌谣，乐府，五七言古诗，五七言近体，和其它的杂体诗歌，就诗谈诗，界限极为明了。自从清人焦理堂(循)在他所著的《易馀籥录》上说"楚骚汉赋魏晋六朝五言唐律宋词元曲明八股文，都是一代之所胜"。焦君就整个中国文学史上，看出每代文学的特长，照此区分，当无不可。今人编述《中国诗歌史》，硬要扩大中国诗歌的领土，也袭用焦君的主张，把宋词元曲搬进来，绍诗歌的统绪。他们意思："就理论方面说：诗的定义，与词曲本来相同，不过形式上略异罢了。就事实方面说：以谓若承认狭义的诗，则编述诗史时，便大感困难。因为不叙《诗经》和《楚辞》，则汉魏以前的诗，只有几篇真伪杂揉的古逸，诗史上便失去了头部；不叙汉乐府诗，则魏晋的五言诗便无从发生；不叙六朝乐府诗，则唐人的绝句无来历；宋元时代无词曲，则疑中国诗坛到了唐末便中断了。但是有韵的散文，如同赋赞箴诔；有韵的戏剧，如同杂剧传奇；有韵的小说，如同佛曲弹词，当然不在内。”我们认定他们这种主张，是完全错误。与诗歌定义相同而形式上略异的韵文，尚不止宋词元曲：在六朝尚有典丽华贵的小赋；在唐代尚有声调稳顺的试帖；在明清尚有婉转曲尽的弹词。如果承认宋词元曲是诗，则叙到了六朝唐代，也要留少许篇幅，来叙述小赋和试帖；叙述了元曲而后，更要大大的把明清弹词尽量的寻出它来源去路，它的数与量，也要和词曲相等。为什么呢？因为它的定义，正是和诗的定义一样，不过形式略有不同；决不能以“当然不在内”数字，轻轻地撇去了。就事实方面讲，更是不能自圆其说。《诗经》《楚词》和汉魏六朝乐府诗，本来在诗歌史的范围以内，并未尝把它划出诗史范围，编诗史时有何困难。宋元人的诗，只有比较唐人更加进步，李、杜、苏、黄，向来推为唐宋诗家四大宗，今但取李、杜，硬把苏、黄撇开不讲，竟敢肯定唐以后无诗。这种主张，非自己承认无了解欣赏宋人诗的能力，就是震于偶像人物的谬论，尚谈不到以己意为去取的话了！我们也承认汉人的赋，宋人的词，元人的曲和明清人的弹词，并皆为诗之支与流裔，但既以附庸蔚为大国，它们自有它的领土，自有它的专史地位，即使要把诗支与流裔，掺入诗歌的范畴，也只能给它相当地位，决不能用喧宾夺主的主张，把宋元后的诗歌一概抹煞。这种以意去取的主张和畸形的编制，编述《中国诗歌史》，是断断不能盲从。

其二，辨别真伪，不能以孤证为定谳。

伪托古人，在文学作品中，当为不能免的事实。惟因辨伪而疑古，因疑古而疑其所不当疑，甚至先存主观，更多方尽力搜求丛残内种种异说孤证，去判断某体某篇，非某一时代所应当产生的作品，决定为某时代人的伪托，在作者只顾其立说新奇，往往不根据事实，编诗史时，若贸然采入，这是最危险的事。即如五言诗的产生问题：自日本人铃木虎雄推本东坡疑苏李伪作之说，在他作的《支那文学》内，极力辨西汉时代决无五言诗，至少也要到东汉章和之世，才有五言发生的可能。国人近来言文学者，多本其说，并且根据他们的主张，来编《中国文学史》了！西汉五言古诗，如《古诗十九首》和《苏李赠答》诸篇，在六朝时候，既已具论于颜延之《庭诰》

和钟嵘《诗品》；徐陵《玉台新咏》和萧统《文选》，已把它采入书中。《文选》不载明作诗的主名，概题古诗，徐陵更举出《涉江采芙蓉》等七篇为西汉枚乘所作。可见《十九首》在六朝以前，确认为汉人的作品，是西汉有五言诗，本来不成问题。颜延之、刘勰、萧统、钟嵘诸人，并在六朝，那距汉朝不过四百几十年，在当时已无从证明《十九首》和《苏李诗》为后人伪托，我们去他们又在一千五百年以后，更无法去获到比较更有力量的确凿证据，徒以《汉志》不载和东坡一时兴到的话，据为西汉无五言诗的铁证，这种敢于肯定的主张，我们终始不敢相信。况且乐府诗中如《陌上桑》《羽林郎》，用五言作乐府者尚有多篇，岂不是认乐府可以用五言来作诗，而《十九首》《苏李诗》竟不可用五言来作诗吗？这种无确凿证据的话，决非作史的人所宜采用。又如钟嵘的《诗品》，把陶潜列在中品，旧本皆无异文。唐宋以后的，皆纷纷议论钟氏评品的失当。此事亦无问题。但北宋初年所修的《太平御览》，在明人黄正色的活字板本，内中曾引了《诗品》上品十二人，而陶潜却是列在上品十二人以内。我们若仅仅根据明活字本的《御览》，认定钟嵘《诗品》，在五代以前确列陶公在上品。现在通行的《诗品》，断为两宋以后的妄人改动，或刊本的谬误，不仅与宋元后人所讥钟氏的话不符，并且与钟氏评语亦不类。似这类的单文孤证，作史者若迳行采用，定和事实不符。至若王嘉《拾遗记》所载的《白帝》《皇娥》二歌；《古文苑》《艺文类聚》内所载的《李陵录别》诸诗；《陶渊明集》内所收江淹的《种苗在东皋》一首，顾长康的《四时》一首和不知作者的《问来使》一首（此篇不详为何人的诗，或称江淹，或称晚唐人作，或称为宋苏子美的诗，迄无一定），则伪托显然，自然不能阑入诗史。若汉武帝《柏梁台诗》，前人皆认为七言古诗和联句诗的远祖，确是齐梁以前的制作。（六朝人如颜延之的《庭诰》，刘勰的《文心雕龙》，任昉的《文章缘起》，皆称之。）惟此篇出自辛氏《三秦记》，颇有疑它非西汉的作品，尚无确实的证据。到了清初，顾炎武在他所著的《日知录》上，始详考汉代的官名人名，与此篇下面所注的官名人名，有种种歧异，证明了许多作伪的痕迹，几乎成了定案。但是清代乾嘉时的学者，仍然不能完全相信。是此篇至今尚在疑信参半之间，编史的人，也只好疑以传疑罢了。

其三，评品诗家，不能以时代宗尚失真相。

文艺批评和诠述史实，是截然两件事。批评家站在现代文艺的立场，为他进退过去诗家文家的标准，其合乎时代精神者，则极力表彰它，不合乎时代精神者，则极力抨击它。他们的目的，是在求文艺的进步，高下随意，这也原无足怪。史家是在叙述过去诗家文家努力所得到的总成绩，叙述事实，在确实而详赡，评品作家，要公正而平允。故对于某一时代所谓“当时体”，重在追溯它的远源，详考它的要旨，条具它的流品，和此派作者忽盛忽衰的原因，方才尽史家征信的能事。换一句话说，就是批评家多用主观，史家是要重客观。例如钟嵘的《诗品》和萧子显的《南齐书·文学传论》，他们同生在萧梁的时代。但钟嵘《诗品》。站在六朝宗尚华绮的立场，他对于诗的体制，则抑四言而申五言：对于诗的作家，则退嵇陶而进潘陆。这是批评家。萧子显的《南齐书·文学传论》，却不和钟嵘一样。他却别具手眼，把魏晋到齐梁的诗家，分作三派：谢灵运的“启心闲绎讬辞华旷”为一派；应璩的“全用古语用申今情”为一派；鲍照的“发唱惊挺操调险急”为一派。他以谢派为“当时体”，以应派为复古体，或过去体；而鲍照一派，则为新兴作家，他认定他的诗派，有开新的可能，不能不替他存一地位。他又看出这三派中，各有各的短处，如谢派则病其“巧绮”，应派则病其“偶说”，鲍派则病其“淫艳”，立论最为公允，毫不凭主观去抑扬。简直和《汉书·艺文志》论诸子的话，同一论调。这是史家应守的態度。照钟、萧两家评品看去，批评家和史家不同之点，岂不是更加明显吗？但是现在不少的编文学史和诗史的人，他们以国语文学的观点，来衡量过去的文学和作家：如汉魏时代的古赋本来是当时文学的重心，他们偏要说它是古典的贵族的死文学。而王褒的《僮约》，《汉书·外戚传》所载司隶解光《奏事》，他们硬要推为平民的通俗的活文学；六朝时代的骈文和潘、陆、颜、谢的诗，本来是当时崇尚的体制，他们却撇开他不讲，定要把当时民间流行的《子夜》《读曲》一类的小诗，认为极宝贵的史材；唐宋时代不少有名的诗家如韩、孟、苏、黄等，他们大胆的加上“诗匠”不美的名称，而王梵志寒山拾得邵康节的俚语偈词，他们倒认为无上上品，在珍贵的篇幅上大书特书而加以过分的赞美。他们的错误是在没有把批评家和史家的使命认清。照这样的主观去作史，前人面目，无端的加上了不少的灰色。

在上面所讲的三件通病，都是属于消极一方面。我们从事编述《中国诗歌史》的时候，不可不深切注意，而且要极力避免的。在积极一方面，我们编述诗歌史，也有我们遵守的信条：

一、在某时代一种诗派盛行的时候，皆有它的时代背景。我们在未叙作者之前，应加以详确的说明。

二、在某一种诗体产生，皆有它的来源去路，叙述一种新诗体时候，应加以综核的说明。

三、从一时代内请出几个代表作家，应当根据各派在当时所占的地位，作客观的观察，不能以自己宗尚不同，随意轩轾。

四、评品作家，在编史时也是不能免的事实。但前人的观点，多站在自己诗派的立场，不无偏袒见解，我们论到一个作家，不但要加以矜慎的采择，并且还要重新估定他们的真价值。

五、摘述诗人小传，依据各史的文苑传和同时可靠的记载。后人据传说所辑的丛谈笔记，加以慎重的鉴别。

六、附载作家代表作品，必从各家专集内，择尤选出，前人选本和近人随意的凑集，我们断断不能盲从。

本文系讲演记录（1932年在中央大学诗歌史班讲演，南昌章璠笔记）

原载《国风半月刊》第2卷第7期（1932年11月出版）

汉魏诗选按语

汉古诗

按钟嵘《诗品》，首列古诗。据嵘所见，犹存四十五首。昭明《文选》取其可讽诵者，题曰《古诗十九首》。嗣后沿袭，几成定名。徐陵《玉台新咏》虽以《青青河畔草》、《西北有高楼》、《涉江采芙蓉》、《庭中有奇树》、《迢迢牵牛星》、《东城高且长》、《明月何皎皎》七首属诸枚乘，刘勰《文心雕龙》亦以《孤竹》一诗归之傅毅，稍存异说。然言诗者，仍从萧选，不从徐、刘。非《文选》不可移易，实以时异代迁，无从是正，不如概称古诗，为较有根据也。今十九首固已为后人所传诵，此外古诗仅存者，亦难尽废。钟记室云："人代冥灭，而清音独远。"学诗者固不可不先肄及之也。

[《古诗十九首》]按此汉人选汉诗也。汉时去古未远，《三百篇》之遗意犹存，故汉人甄录一代之诗，亦不著作者姓氏，传诵到今，遂多臆说。徐陵《玉台新咏》乃谓《青青河畔草》、《西北有高楼》、《涉江采芙蓉》、《庭中有奇树》、《迢迢牵牛星》、《东城高且长》、《明月何皎皎》七首，为西汉初年枚乘所作。刘勰《文心雕龙》则以《孤竹》一篇为东京傅毅之词。二子并在六朝，淹贯宏博，当有所本。惟萧选以失其姓氏，虽有传说，疑莫能明，并题古诗，而编在李陵之上。昭明之疑以传疑，慎之又慎，用意固未可厚非也。今细绎其词，《明月皎夜光》以促织、秋蝉而系孟冬，颇与《汉书·任敖传》所云"高祖十月始至霸上，故因秦时本十月为岁首"合。是汉初之孟冬，正

今之七月，促织秋蝉，正资点缀，此诗或在太初以前。《驱车上东门》，“上东门”，《文选·咏怀》诗注，引《河南郡图经》云：“东有三门，最北头曰上东门。”登上东门而望郭北之墓，当是北邙。《青青陵上柏》一篇，言游戏宛与洛者。以东汉始以南阳为南都，洛阳为东都。宛即南阳，并称宛洛，故有王侯第宅宫阙之事。此皆辞兼东都之证，未可尽归诸西京诗人之手者也。至旌德饶勉庵解说此诗，断为汉末党锢诸贤之作，且谓成于汉桓二年孟冬下弦夜分之际。诠次义法，几类制义，武断穿凿，至可骇笑。江弢皮乃以读书甚细许之，真不知何所见也？要之此十九首诗，虽不得作者主名，然汉家五言诗之菁华，略备于此，已无疑义，不必一人之辞、一时之作，而逐臣弃妻，朋友阔绝，游子他乡，死生新故之感，或寓言、或显言、或反复言，初无奇闢之思、惊险之句，而寄奇情于温厚，寓感怆于和平，可谓深合风人之旨者也。若夫组织工巧，天衣无缝，一字千金，惊心动魄，昔贤推许，当非妄叹。钟记室云：升堂者公幹，入室者陈思，景阳、潘、陆，自可坐于廊庑之间。下此者记无论矣。

汉苏李诗

按苏武、李陵，世所称为五言之祖也。钟记室列李都尉诗于古诗之次，而评为源出楚辞，文多凄怨；下及班婕好、王粲、魏文帝，推论源流，皆出都尉。苏武诗虽未论列，然萧选曾取古诗四首，次于李陵。《玉台新咏》亦录其别妻之作，则是齐梁以前，固万口传诵者也。隋唐以来，迄无异说。自苏子瞻疑《文选》苏、李诗为后人拟作，而又谓非曹刘以下诸人所能辨，洪容斋至摘其盈尊之盈字，不应触讳，子瞻更举江汉之语，非长安送别所称，世遂疑《文选》所录苏、李诸诗，以为伪作。其它《古文苑》、《艺文类聚》所收李陵录别诸诗及武答陵诗、别陵诗各一首，本在疑似间者，更无论矣。杜子美云：“李陵苏武是吾师。”韩昌黎云：“五言出汉时，苏李首更号。”杜、韩二公，宁无所见？即东坡晚年题跋黄子思诗云：“苏李之天成。”推尊甚至，其曰出后人伪撰者，特一时鄙薄萧选之词耳。时易代迁，与过而疑之，宁过而存之，亦孔氏多闻阙疑之意也。

[《玉台新咏》苏武《留别妻》诗、《文选》苏武诗三首、李陵《与苏武诗》三首]按以上甄录苏武、李陵诗共七首，皆见于昭明《文选》、《玉台新咏》，在苏李诸诗中，较为可信者也。顾后人疑此诗者，亦有数说：其曰汉初五言靡闻，曰苏武、李陵是否能诗者，则就诗体之演进与作者品性言之也；其曰江汉非长安送别所称，曰盈字不应触讳，曰本传及《艺文志》不载者，则就本诗考证言之者也。异说既滋，而苏、李诸诗，显为伪造，众口佥同，几成定谳。鄙意苏、李诸诗，晋宋以来，传诵万口。《文选》《玉台》既经甄录，当有本源，果出后制，则以选楼诸子与徐孝穆博洽，当不无所见。今二书具在，并无传疑之辞，则流传之久可知矣。钱大昕误解刘勰"西京遗翰，莫见五言"之语，遂有"五言之兴，不在景武之世"之论(见《十驾斋养新录》)。不知彦和此言，正所以推言疑李陵五言之故，故下文复云："《召南·行露》，始肇半章；孺子《沧浪》，亦有全曲；《暇豫》优歌，远见春秋，《邪径》童谣，近在成世。阅时取证，则五言久矣。"彦和不疑李陵之诗，观其推论，益可证明。晓征引此以见五言之兴，不在景武之世，则与彦和本意，适得其反。此汉初无五言诗之说不足信也。至有疑苏、李结发为骑吏士，未更讽诵，似不能诗。其说本诸臆度，并无佐证。诗歌根于性情，性情未亡，则人当忧愁惨怛之时，必不甘于伊郁，情感所结，发为至文。彼曹景宗、沈庆之，斛律金之伦，目不知书，而竞病、南冈、勒勅之章，无害佳构。况李陵"径万里兮"之歌，有《汉书》本传可证乎！则苏、李未必能诗之说不足辨矣。惟就诗中所用江汉与盈讳两事，据为后人拟作之证，立说似坚卓矣，然亦有未可尽信者。苏轼《答刘沔书》曰："李陵、苏武赠别长安诗，有江汉之语，而萧统不悟。"嗣后论苏、李诗者，颇以此为借口。然《文选》仅题曰《苏子卿诗四首》。《玉台》录其"结发为夫妻"一首，题曰《留别妻》。六朝人未言此四诗为别李陵也。李善注亦未及，惟《艺文类聚》、《初学记》有之，则别陵之作，为唐时流传之说无疑。子瞻素薄《文选》，且不检据本书，摭拾流传之词，轻致呵诋之语，至因六朝人诗文，亦有疑河梁携手为由长安者。(如江淹《别赋》云："至如一赴绝域，讵相见期，视乔木兮故里，决北梁兮永辞。"江总《赋得携手上河梁应诏》诗云："秦川心断绝，何悟是河梁。"刘删《赋得苏武》

诗云："奉使穷沙漠，收泪上河梁。"皆指由长安别于河梁者也。其实由虏中别友，亦有用河梁者，不必为由长安送人，乃始有河梁之别也）遂意子卿答陵，亦在长安，强为牵混，歧中有歧，更无论矣。诗既非别陵，则如蔡宽夫所谓"安知武未尝至江汉耶？"必欲直指为使匈奴时之诗，其实无据。（蔡说详《西清诗话》）即以诗论，诗家用事，与考据殊科。仰视则见浮云之在空，俯观则见江汉之行地。感物寓兴，非惟长安送别可用，即虏中酬倡，瞻望乡邦，亦无不可。使必以考据绳之，则固哉高叟之说诗也。触讳之说，始自容斋，亭林《日知》，亦沿此说，据证本诗，较有力矣。然秦汉以还，庙讳虽兴，尚未大严。《汉书》宣帝诏所谓今百姓上书多触讳者是也。今姑以盈字考之，《汉书》如贾谊疏曰："秦王置天下于法令，而怨毒盈于世。"《食货志·谏除盗铸钱令疏》曰："以调盈虚。"韦孟《在邹诗》曰："祁祁我徒，负戴盈路。"刘向封事曰："吕产吕禄，骄盈无厌。"诸如此类，指不胜屈。彼以陈告之辞，尚多触讳，则诗人吟咏，讵能独严？洪氏身处忌讳之朝，臆测炎汉之世，自矜创获，未晓广稽，立说未坚，难以取信矣。若夫史传不能广收诗文，《艺文志》之多漏略，前人立论，时用叹息，故《瓠子》、《秋风》之辞，未入班《志》；贾生政事之疏，不见马书。诗文必待征史，则真诗亦仅有矣。诸证既不足以证明伪作，则苏、李五言与《古诗十九首》，同为汉诗之菁华可知，钟记室曰："使陵不遭辛苦，其文亦何能至此。"颜延之《庭诰》曰："陵善篇有足悲者。"刘彦和论古诗曰："比采而推，两汉之作乎？"本此以读苏李五言，当可以奠万哗矣。

［**李陵《录别诗》**］按苏、李诗自《文选》、《玉台新咏》所录外，《古文苑》及《初学记》有苏武《别李陵诗》一首。（《初学记》误作李陵《别苏武》）《艺文类聚》及《古文苑》有苏武《答李陵诗》一首，李陵《录别诗》八首。章樵《古文苑》注，皆不信为真苏、李诗。明人选录古诗，始题曰《拟苏李诗》。此虽前无所承，或者臆而能中。今就上所录二章观之，如"晨风鸣北林，熠熠东南飞。"乃用陆士衡《拟古诗》"晨风思北林，熠熠生河侧。""明月照高楼，想见馀光晖。"乃用曹子建《七哀诗》"明月照高楼，流光正徘徊。""玄鸟夜过庭，仿佛能复飞。"乃用曹子建《杂诗》"孤雁飞南游，过庭长哀吟。""思得琼枝

树”乃用江文通杂体诗《古离别》“愿一见颜色，不异琼树枝。”至“招摇西北指，天汉东南流”二句，本陆机《拟古诗》。李善注引李陵诗曰：“招摇西北驰，天汉东南流。”今直以陆句为陵句，补缀显然。又小谢诗曰：“泻酒置井中，谁能辨斗升？合如杯中水，谁能辨淄渑？”今直合作二句，其为伪补，不能无疑。（《修文御览》书已不传，惟严可均《典论叙》云：“杨用修、王元美集，屡引《修文御览》。钱受之书目亦载之。邢佺山云：‘汉中府张破有藏本，邢不谩言也’”云云，待考。——千帆谨案：检《铁桥漫稿》及《全三国文》之《典论叙》均无此数语。）然相传已久，齐梁以来，注家亦征引及之，明知依讬，要为近古，颜延之《庭诰》曰：“李陵众作，总杂不类，元是假讬，非尽陵制。至其善篇，有足悲者。”颜氏所谓“总杂不类，元是假讬”者，或即指此。然云“非尽陵制”，则中固有陵制在矣。

汉诸家诗

按五言古诗，至汉而寖盛。其为人所传诵者，自古诗、苏、李外，不乏名篇。惟体制总杂，又时时出入乐府，语直而肆，与五言诗之和平温厚者稍殊，则抉择之不可不慎也。乐府诗既已别录，然如班婕妤、秦嘉所作，皆足继苏、李而恢宏之。班诗怨而不怒，温婉多风，自是西京人吐属，可以上承古诗者也。秦嘉《赠妇》，已在汉末，温厚之旨，至此渐漓，然清婉蒨丽，已开魏晋，诗道蜕变，灼然可寻，则又肄汉诗者所不可废也。

[班婕妤《怨诗》]按此诗题无定称，《文选》作《怨歌行》，江淹杂拟题为《班婕妤咏扇》，则隐括诗意而命名也。然李善注谢朓《和王主簿怨情》诗，江淹拟班婕妤诗，并作《怨诗》，当与乐府《怨歌行》古辞有别。钟记室云：婕妤“团扇短章，辞旨清绝，怨深文绮。”又云：“有妇人焉，一人而已。”则其推崇也至矣。

汉乐府诗

按古诗皆可歌，无所谓乐府也。汉武崇礼，始立乐府。专官职掌，声律遂崇。然乐府所收，厥体有二：其一采自民间者，有赵、代、秦、楚之讴，所谓风诗也；其一制出文士者，有安世、郊祀之乐，所谓颂诗也。二者不尽合律，于是因袭秦旧，益以曼声，谓之新声曲。刘彦和讥其"《桂华》杂曲，丽而不经；《赤雁》群篇，靡而非典"者，盖与韶夏中和之响，区以别矣，今录汉乐府一卷，区为二大类：曰乐府颂辞，即颂之遗；曰乐府风诗，则民讴也。至《鼓吹铙歌》十八曲，既殊雅诵，仅可度之鼓吹笛笳，为马上之曲，今亦酌录数章，附于篇末云。

一　乐府颂辞

按乐府颂辞，即所谓郊庙歌辞也。《乐府诗集·郊庙歌辞》叙曰："《周颂·昊天有成命》，郊祀天地之乐歌也；《清庙》，祀太庙之乐歌也；《我将》，祀明堂之乐歌也；《载芟》、《良耜》，藉田社稷之乐歌也。然则祭乐之有歌，其来尚矣。两汉以后，世有制作。其所以用于郊庙朝廷，以接人神之欢者，其金石之响，歌舞之容，亦各因其功业治乱之所起，而本起风俗之所由。"郭氏推论源流，至为明确。《汉书·礼乐志》称高祖时叔孙通因秦乐人制宗庙乐，有《嘉至》、《永至》、《登歌》、《休成》、《永安》诸篇名。今其辞已亡，惟高祖唐山夫人所作之房中祠乐，本出楚声。孝惠二年，使乐府令夏侯宽备其箫管，更名曰安世乐。又汉武以李延年为协律都尉，举司马相如等数十人，造为诗赋，略论吕律，以合八音之调，作十九章之歌。今其辞备存《汉志》。虽汲黯致讥《天马》，刘勰极论《桂华》，然于雅诵寖微之时，韶夏绝响之后，求诸炎汉，要亦典则可诵，固未可以前贤讥弹而尽废之也。至若东京以后，题制相仍，魏晋以还，音节平靡，篇章总杂，置而弗论可也。

［**唐山夫人《安世房中歌》十七章**］按《汉书·礼乐志》"房中祠乐，高祖唐山夫人所作也。周有房中乐，至秦名曰寿人。凡乐，乐其所生，礼不忘本。高祖乐楚声，故房中乐楚声也。孝惠二年，使乐府令夏侯宽备其箫管，更名曰安世乐"云云，盖亦因金石丝竹造歌以被之者也。（《晋书·乐志》曰：是"因丝竹金石，造歌以被之，魏世三调歌辞之类是也。"又《旧唐书·音乐志》曰："平调、清调、瑟调，皆周房中曲之遗声也。汉世谓之三调。"又有楚调，汉房中乐也，与前三调，总谓之和调。）至周诗所谓房中乐者，人伦始于夫妇，故首以《关雎》、

《鹊巢》，汉安世乐虽曰《房中歌》，直视祀神之乐，故曹魏初年，易名正世，后因缪袭言，又改名《享神歌》也。

二　乐府风诗

按乐府风诗，即世所谓民歌也。汉时声诗既判，雅亡而颂亦仅存，所可歌者，惟民间所采之风诗耳。《汉书·礼乐志》："武帝立乐府，采诗夜诵，有赵、代、秦、楚之讴。"盖皆风也。而朝庙所作，则《安世房中乐》《郊祀歌》，为颂之遗。今所传鼓吹曲之《铙歌》，率皆边地都鄙之谣，所用乐器，亦沿朔北，故音制崎岖淫僻，仅可度之鼓、吹、笛、笳，为马上之曲。崔豹《古今注》虽有"天子所以宴乐群臣"之语，然恐与被之琴、瑟、金、石之乐异矣。郑渔仲氏乃谓《铙歌》中之《上之回》、《圣人出》，为君子之作，雅也；《艾如张》、《雉子斑》，为野人之作，风也。强为别区、创获自矜，宜后人讥其不辨风雅矣。今《房中歌》、《郊祀歌》，既已前录，而汉乐府风诗，辞多可诵。兹择录若干篇，以资讽诵。至其曲折声和，既已不传，学者亦但习其辞艳趋乱而已。（辞者其歌诗也，艳在曲之前，趋与乱在曲之后，大曲有之。若声，则其辞之音也。古者辞与声别行。《汉书·艺文志》有《河南周歌诗》七篇，别有《河南周歌诗声曲折》七篇，有《周谣歌诗》七十五篇，别有《周谣歌诗声曲折》七十五年篇，是其证也。是故古辞一句之中，五声相和，而有曲折之度。古乐既亡，声篇亦佚，今论乐府，但求其谐而已。）

相和歌辞

[《孤儿行》、《妇病行》]按上录二章句语不整齐，用韵亦变幻，是呜咽痛绝口吻。其实字字古劲，章法奇横，至情流露之文，与藻绘者不可同日语也。

按右录相和歌辞共十七首〔注〕，皆可诵者也。《宋书·乐志》曰："相和，汉旧歌也。丝竹更相和，执节者歌。"《晋书·乐志》曰："凡乐章古辞，今之存者，并汉世街陌谣讴，《江南可采莲》、《乌生十五子》、《白头吟》之属也。"其后渐被于弦管，即相和诸曲是也。今按汉相和歌辞相和六引已阙，吟叹则自魏晋后，已无能歌之者。大曲不入调，惟相和平调、清调、瑟调、楚调，尚详器数。《旧唐书·音乐志》曰："平调、清调、瑟调，皆周房中曲之遗声也。汉世谓之三调。"又有楚调、侧调。楚调者，汉房中乐也。高祖乐楚声，故房中乐楚声也。侧调生于楚调，与前三调总谓之相和调。《诗序》曰："以一国之事，系一人之本，谓之风。"今录汉乐府，首相和歌辞者，盖即本诸诗之六义先风也。

〔注〕《江南》、《鸡鸣》、《陌上桑》、《长歌行》两首、《相逢行》、《善哉行》、《陇西行》(一云《步出夏门行》)、《西门行》《东门行》、《饮马长城窟行》、《孤儿行》、《妇病行》、《艳歌何尝行》、《艳歌行》、《白头吟》、《梁甫吟》。

杂曲歌辞

按右录杂曲歌辞共四首〔注〕，入乐府者，为相和歌辞；未入乐府者，为杂曲歌辞。兹所甄录，皆汉杂曲歌辞中之可诵者也。

〔注〕《伤歌行》、《悲歌》、《羽林郎》、《董娇娆》。

附汉鼓吹铙歌

按汉时短箫铙歌二十二曲，《汉志》不载，《宋书·乐志》始录其十八曲。(务成、玄云、黄爵、钓竿四曲已亡)与《古今乐录》数同，盖已亡其四曲矣。今所存者，声辞并写，故沈约谓其训诂不可解。然陆机《鼓吹赋》云："咏《悲翁》之流思，怨《高台》之登临。"又云："奏《君马》，咏《城南》。惨《巫山》之遐险，欢《芳树》之可荣。"则其辞旧矣。《古今乐录》、《宋书·乐志》并以铙歌入鼓吹曲。《宋书》卷十九，并论鼓吹曲之源流云："鼓吹，盖短箫铙歌。蔡邕曰：'军乐也，黄帝岐伯所作，以扬德建武，劝士讽敌也。'《周官》曰：'师有功则恺乐。'《左传》曰：晋文公胜楚，'振旅，凯而入'。《司马法》曰：'得意则恺乐恺歌。'雍门周说孟尝君，'鼓吹于不测之渊'。说者云，鼓自一物，吹自竽籁之属，非箫鼓合奏，别为一乐之名也。然则《短箫铙歌》，此时未名鼓吹矣。应劭汉《卤簿图》，唯有骑执箛。箛即笳，不云鼓吹。而汉世有黄门鼓吹。汉享宴飨食举乐十三曲，与魏世鼓吹长箫同。长箫短箫,《伎录》并云,丝竹合作,执节者歌。又《建初录》云,务成、黄爵、玄云、远期,皆骑吹曲,非鼓吹曲。此则列于殿庭者为鼓吹,今之从行鼓吹为骑吹,二曲异也。又孙权观魏武军,作鼓吹而还,此又应是今之鼓吹。魏晋世,又假诸将帅及牙门,曲盖鼓吹,斯则其时谓之鼓吹矣。"《宋志》之推论如此。后郭茂倩《乐府诗集》,又据晋《中兴书》载,汉武帝时,南越加置交趾、九真、日南、合浦、南海、郁林、苍梧七郡,皆假鼓吹。《东观汉记》亦曰:"建初中班超拜长史,假鼓吹麾幢。"则短箫铙歌,汉时已名鼓吹,不自魏晋始也。崔豹《古今注》曰:"汉乐有黄门鼓吹,天子所以宴乐群臣也。短箫铙歌,鼓吹之一章耳,亦以赐有功诸侯。"然则黄门鼓吹、短箫铙歌与横吹曲,得通名鼓吹,但所用异耳。细玩沈郭所论,则于鼓吹铙歌之源流,与其歌辞之应用,从可识矣。汉铙歌既列于鼓吹,及魏受命,又使缪袭改其十二曲,而君马黄、雉子斑、圣人出、临高台、远如期、石留、务成、玄云、黄爵、钓竿十曲,并仍旧名。魏晋以后,或别制新辞,或沿用汉曲,而侈陈受命,追述战阵之辞较多,与汉辞异矣。汉辞声艳既杂,沈休文已叹其难通,流传至今,益不可晓。清儒庄述祖、陈沆、谭仪,并有笺解(庄有《汉铙歌句解》,陈有《铙歌十八曲笺》,谭有《汉铙歌十八曲集解》。)爬罗疏剔,功不可没。今录其辞旨古艳者数章于此,俾便省览。欲窥其全,则庄、谭之书俱在,学者取而观览可也。

汉杂体诗

按汉诗以乐府诗为极则,次则新体之五言诗,即十九首及苏李诗是也。前者为朝野所重视,后者则体出新制,不为时人所称。逮于建安,作者云起,厥体始立。故言两汉之诗,则乐府诗与五言诗尽言之矣。顾二体之外,尚有短歌、四言诗、七言歌辞、古绝句诸体,为治汉诗者所不可废。短歌原出楚风,高祖雅好楚声。"风起"之诗,即沿楚辞。踵其制作,不乏名篇。四言为风雅之遗,渊源甚早。韦孟《在邹》,傅毅《迪志》,尤极于古。魏晋以后,虽偶有佳篇,典赡殊逊,则五言夺之也。诗歌既变为五言,而七言歌辞,亦肇端倪。武帝《秋风》之辞,渐开斯制。平子《四愁》,几于具体。

降及魏文《燕歌》，孤篇横绝，遂为大观。虽魏晋以来，作者不及五言之盛，然追溯远源，则两汉所孕育也。古绝句体本五言古诗，实为后代《子夜》、《读曲》之所出。李唐一代，厥体益皑，凡此皆治诗史者所宜肄及者也。兹录汉杂体诗一卷，疏说如下，俾览观焉。

一　短歌

[高帝《大风歌》、《鸿鹄歌》、四皓《采芝操》]按以上甄录短歌三章，皆汉初乐府先声也。其辞于横奇瑰丽之中，有规模宏远之意。孟德“月明星稀”诸篇，即出于此。惟今所传乐府短歌，如项羽《垓下歌》、武帝《瓠子歌》、乌孙公主《悲愁歌》、李陵《别歌》、《李延年歌》、《华容夫人歌》、杨恽南《山歌》、王昭君《怨诗》、梁鸿《五噫歌》、马援《武溪深行》、李尤《九曲歌》、窦玄妻《古怨歌》，以及乐府所收之杂曲歌辞，大抵辞旨古艳，韵味绵渺，岂值繁音促节而已。观于汉世乐府诸歌，则知与此消息相通，正不可不肄及之也。

二　四言诗

按以上甄录韦孟诗二章〔注〕，皆汉初之四言诗也。其时五言尚未大行，故流传绝少。然四言诗以《三百篇》为极则，后世能墒守矩矱，力追古人者，实为汉人。刘彦和所谓“汉初四言，韦孟首唱，匡谏之义，继轨周人”者也。踵此而兴，则如韦玄成《自劾》、《诫子》，司马相如《封禅颂》，班固《明堂诗》，傅毅《迪志诗》诸篇，典赡肃穆，雅颂之遗音也。张衡《怨篇》，秦嘉《赠妇》四言诗诸篇，婉曲多风，国风之嗣响也。惟四言一体，降及东汉，作者渐稀。傅毅《迪志》，已逊马、韦，然东京整赡，独见此章。盖文辞之要，渐趋五言。四言文约意广，人罕传习。观于钟仲伟评隲之言，亦可以觇风会矣。

〔注〕《讽谏诗》、《在邹诗》。

三　七言诗歌

按七言之兴，由来已久。刘彦和谓出于《诗》、《骚》。孔颖达举“如彼筑室于道谋”为七言之始。顾亭林谓楚辞《招魂》、《大招》，去其“些”“只”，即是七言。是汉以前未尝无七言也。汉诗通体七言者，世多称《柏梁》，遂有七言始于汉武之说。不知《柏梁台诗》，本出《三秦记》，拉杂成篇，官名时代，多不相及，其为伪撰，已属显然。（《艺文类聚》及宋本无注《古文苑》，但有官名。俗本于官名之下，又多添注人名，益不可解。顾炎武《日知录》据其人名官名反复考证，无一合者，断为后人拟作。）然则七言讬始柏梁之说，不尽可据也。凡百事物，递嬗递变，必前有所承，方后有所袭，诗歌体制，何独不然。兹编取舍，虽略具源流，固不能无限制。特录汉武《秋风辞》、张衡《四愁》二篇，以便讽诵。至《柏梁》传诵已久，虽出伪撰，然其辞则奇警可玩，亦附录之，而著其说于篇末云。

［汉武帝《秋风辞》］按吴汝纶曰：“此七言诗所讬始也。以前虽有歌辞，皆止数句，或尚近骚赋，至此始开门径耳。”余谓汉初短歌，皆介于骚赋七言之间。此辞亦用骚体，去其兮字，实亦六言。但诸歌音节短促，无开阖顿挫之妙，此较有抑扬，通体气势，固隐然七言短古也，特录于此，以见源流。

［张衡《四愁诗》］按此诗忧来无端，情清语挚，此风骚变格也。杜公《同谷七歌》，音节本此。

［附《柏梁台诗》］按《柏梁台诗》，出于辛氏《三秦记》。《古文苑》、《艺文类聚》并载此诗。任昉《文章缘起》曰：“七言诗自汉武帝柏梁殿联句始。”颜延之《庭诰》曰：“《柏梁》以来，继作非一，所纂至七言而已。”（《太平御览》五百八十六引）刘勰《文心雕龙·明诗》篇曰：“孝武爱文，柏梁列韵。”又曰：“联句共韵，则《柏梁》馀制。”晋宋以来，艺林推重，既如上述。宜乎后人言七言起源，与夫联句共韵之滥觞者，莫不导源于《柏梁》一篇也。鄙意诗体演进，皆几经蜕变，方有定形。其始皆由不整齐之杂言，其继乃有画一固定之体制。专家倡首，相习成风，流播艺林，蔚为大国。必欲执胶

柱之见，而迳指某人某篇为斯体之独创，罔稽初祖，截断众流，鲜有不失之者矣。盖七言之始，《风》、《骚》、荀况，已启其先（钱大昕《十驾斋养新录》曰："楚词《大招》、《招魂》多四言，去些、只助语，合两句读之，即成七言。荀子《成相》，荆轲《送别》，其七言之始乎。）《安世房中》，亦有变调。（汉初唐山夫人《房中歌》多四言，而第六章云："大海荡荡水所归，高贤愉愉民所怀。"则七言也。）至衍为长篇，体虽出自《柏梁》，然开阖顿挫之节，尚不如《秋风》、《瓠子》之辞，是七言不始于《柏梁》也。刘向《列女传》云："《式微》二人之作"，则联句本诸风诗。宋方勺《泊宅编》，亦谓联句始自《式微》，且引刘向之说为证。沈存中亦谓虞舞作歌，皋陶扬言赓载。唱和联句，其源远矣。至共韵之说，则《卷耳》之半章，与《十亩之田》，每句有韵，早有先例。是联句共韵之说，亦不自《柏梁》始也。要之，此诗虽出自宋齐以前，顾亭林尝以官名人名考之于史，多不相符，则为后人拟作，不无可疑。其诗既在传疑之间，则所谓联句共韵之讬始者，亦不足辨矣。

又按顾炎武《日知录》二十一曰："汉武《柏梁台诗》，本出《三秦记》，云是元封三年作。而考之于史，则多不符。按《史记》及《汉书》《孝景纪》：中六年夏四月，梁王薨。《诸侯王表》：梁孝王武立，三十五年薨。孝景后元年，恭王买嗣，七年薨。建元五年平王襄嗣，四十年薨。《文三王传》同。又按《孝武纪》：元鼎二年春，起柏梁台，是为梁平王之二十二年。而孝王之薨，至此已二十九年。又七年，始为元封三年。又按平王襄，元朔中以与母太后争樽，公卿请废为庶人。天子曰：梁王襄无良师傅，故陷不义，乃削梁八城，梁馀尚有十城。（原注："《汉书》言削五县，仅有八城。"）又按平王襄之十年，为元朔二年来朝。其三十六年，为太初四年来朝。皆不当元封时。又按《百官公卿表》：郎中令，武帝太初元年更名光禄勋。典客，景帝中六年更名大行令。武帝太初元年，更名大鸿胪。治粟内史，景帝后元年更名大农令，武帝太初元年更名大司农。中尉，武帝太初元年更名执金吾。内史，景帝二年分置左内史，右内史。武帝太初元年更名京兆尹，左内史更名左冯翊。主爵中尉，景帝中六年更名都尉，武帝太初元年更名右扶风。凡此六官，皆太初以后之名，不应预书于元封之时。又按《孝武纪》,太初元年冬十一月乙酉,柏梁台灾。夏五月正历,以正月为岁首,定官名,则是柏梁既灾之后。又半岁而始改官名,而大司马大将军青,则薨于元封之五年,距此已二年矣。反复考证,无一合者,盖是后人拟作,剽取武帝以来官名,及梁孝王世家乘舆驷马之事以合之,而不悟时代之乖舛也。”又曰:“按《世家》,梁孝王二十九年,(原注:“表,孝景前七年。”)十月入朝,景帝使使持节乘舆驷马迎梁王于阙下。臣瓒曰:‘天子副车驾驷马。’此一时异数,梁王安得有此”云云。按顾说取证史文,断为后人拟作,其说可信。

又按联句滥觞,刘向以为原本《式微》,沈存中乃远溯虞廷赓载,其说既著于前矣。《柏梁》诗虽不出于孝武元封之世,然据任昉、颜延之、刘勰之说,则拟作亦当在宋前。似此联句长篇,固晋宋以来所仅见也。钱大昕《十驾斋养新录》卷十六有《联句》一条,具言此体流别甚详,亦录存于此,以便省览。《养新录》云:“七言联句,人各一韵,韵必七字,汉武《柏梁》,滥觞于始。厥后谢太傅之咏雪,殷仲堪之危语、了语,流播人口。五言联句,陶靖节始有之,人各两韵,所与联者愔之、循之,其姓与爵里不可考。谢元晖《阻雪》一篇,与江秀才革、王丞融、王兰陵僧孺、谢洗马昊、刘中书绘、沈右率约联句。又有联句六篇,盖在宣城作,故署府君而不名。其与联者,何从事、吴郎、陈郎、曹丞、齐举郎,惟纪功曹晏称名。唐中宗降诞日,内殿宴群臣联句,帝首作‘润色鸿业寄贤才’句,宰相李峤以下至上官婕好凡十四人继之,用柏梁故事。嗣后御大明殿观吐蕃骑马戏,重为柏梁体联句,则韦后,长宁、安乐、太平公主皆预焉”云云。按钱氏详述联句流别,溯其起源,以为滥觞《柏梁》,而不复辨其伪作,非不知风诗已肇其端,然就诗论诗,则固后世长篇联句之足式者也。其说与顾氏不相悖,而皆可为本篇参考资料,并录存之于此。

四　古绝句

按古绝句四首,郭茂倩《乐府诗集》入杂曲歌辞。杂曲本入乐府,故出之以入此章。其辞既古艳,其体又开后代《子夜》、《读曲》等歌之先声,汉诗杂体之中可诵者也。

汉末故事诗

按故事诗起源甚早，其近于史诗者，则大雅之《生民》，商颂之《玄鸟》，国风之《黄鸟》等篇是也；其近于民间故事者，则国风之《氓之蚩蚩》，小雅之《巷伯》等篇是也。至衍为长篇，稽诸古籍，亦少概见。汉代风诗，号称极盛。乐府中如《孤儿行》、《上山采蘼芜》、《日出东南隅》诸诗，皆陈叙故事，其长篇亦不过二百六十馀言，从未有如汉末《焦仲卿妻》诗，长至一千七百四十五字者也。逊乎此者，则有蔡琰《悲愤诗》，亦五百四十字。二诗并出汉末，一则自述遭际之艰屯，一则追叙殉情之始末。悲忆之辞，出以温厚，具风人之旨，无难显之情，可谓一时鉅制矣。惟蔡诗见收范史，焦诗始载《玉台》。后人颇有致疑于后世伪作者，或征诸史事，或证诸风格，无验而必，其诬甚矣。兹特录二诗，而为之辨证于后，至其诗之影响于后世诗体至大。杜陵、白傅，时有取裁，亦学诗者所不可废也。

[蔡琰《悲愤诗》]按此汉末长篇叙事诗也。汉代五言，寄兴多而直叙少。此诗用五百四十字，叙述被乱入胡，别子归汉，季婉详尽，悲恻动人，与庐江小吏诗，可并垂不朽矣。惟东坡《答刘眄书》则谓"范晔作蔡琰传，载其二诗，亦非是。董卓已死，琰乃流落。方卓之乱，伯喈尚无恙也。而其诗乃云以卓乱故，流入于胡，此岂真琰语哉？其笔势乃效建安七子者，非东汉诗也"。《蔡宽夫诗话》则谓"《后汉书·蔡琰传》，载其二诗。或疑董卓死，邕被诛，而诗叙以卓乱流入胡，为非琰辞。此盖未尝详考于史也。且卓既擅废立，袁绍辈起兵山东，以诛卓为名，中原大乱，卓挟汉帝迁长安，是时士大夫，岂能以家自随乎？则琰之入胡，不必邕誇之后。其诗首言'逼迫迁旧邦，拥王以自强。海内兴义师，共欲讨不祥。'则指绍辈固可见。继言'平土人脆弱，来兵皆胡羌。猎野围城邑，所向悉破亡。斩截无孑遗，尸骸相穿拒。马边悬男头，马后载妇女。长躯西入关，迴路险且阻。'则是山东兵所掠也。其末乃云：'感时念父母，哀叹无穷已。'则邕尚无恙，尤无疑也"云云。蔡氏此言，指斥苏氏之误，可谓明确。惟"长驱西

入关”，似指董卓所将之羌胡兵，非山东兵也。至其诗以赋体行之，实能以真气自开户牖。汉代诗体为之一变。杜公《述怀》、《北征》，即从蜕化而出，此学诗者所宜肄及者也。

[《古诗为焦仲卿妻作》]按此汉末故事诗第一长篇也。篇中叙次多人问答，声容笑貌，如绘如话，艺事之工，古今无两，真绝作也。顾此诗始载于徐陵《玉台新咏》。据“时人伤之为作此诗”之语，厕之于汉末徐幹、繁钦之间。盖以其事出于汉末建安年间，而时人追伤作诗，当在建安之末，或竟在三国初年。据《南史》、《隋志》，晋宋间人撰集古今诗总集颇多。徐氏编诗，当有所本，非尽无依据也。乃近人言此诗者，多疑为出于六朝伪作。其所借口者，不外三事：一曰，诗体风格，不类建安；二曰，制度称谓，汉代蔑有；三曰，华山、交、广，地不相接。总此三端，皆足为此诗出于六朝之证。今略为疏说，乃知无征而必，尽属響言。其谓诗体风格不类建安者，则以叙事长篇，前古绝罕。自东晋间宝云无谶，译行《佛本行经》及《佛所行赞》，将佛氏事迹，谱为长歌，晋后诗歌，乃有此体，又诗中渲染服饰，语皆妍丽；叙述事实，文又质朴。诗体总杂，汉诗所无。不知《佛本》、《行赞》，洵为晋末长歌。但其中叙述佛氏事迹，文辞鄙俗，全不相类。使果孔雀诗出于佛赞，则于惨怛之中，应参悟脱之旨。今诗除黄泉相见，沿用经史旧说外，绝无与佛教相合之处。至于点缀服饰，则《陌上桑》、《羽林郎》古辞，已有先例。叙述质朴，正为汉代歌辞本来面目，安能以总杂不类，疑非建安之诗？则是第一说之主张不足信也。疑诗中制度称谓不合汉代者，曰“青庐”，曰“龙子幢”，曰“下官”。其意以为青庐为北朝婚礼异俗，龙子幡则出于南朝宋时，下官又为晋后同僚之通称，此三名者，皆具见于孔雀诗中，则诗为六朝人所作无疑。按《世说·假谲》篇云：“魏武少时，尝与袁绍好为游侠，观人新婚，因潜入主人园中，夜叫呼，云有偷儿贼，青庐中人皆出观。”则汉世已有青庐。《汉书·司马相如传》注引文颖曰：“龙子为螭。”龙子之称，已见汉季。其曰龙子幡者，亦犹《续汉志》所谓“建乘舆大旗十二，书日月升龙”耳。下官虽属晋制，然《汉书·贾谊传》已有“下官不职”之语。是

汉初早有此称，晋宋乃成为习用。要之此三名者，汉氏已具，不得谓为六朝所专有，则是第二说之证明亦不足据也。诗序既云仲卿庐江小吏，而诗末又有合葬华山之语，西岳庐江，一在西北，一在东南，相距数千里，地不相及，而辨者乃据乐府《华山畿》，谓宋少帝时有南徐士子从华山往云阳，与客舍女殉情合葬华山故事，断定仲卿诗中华山，即用此故实，以为殉情点缀，不必果葬西岳。此事既在宋时，而孔雀诗之出于六朝，尤为确证。不知南徐为丹徒，云阳在丹阳。华山当属高淳县之花山，与西岳华山实不相涉。云阳附近既有华山，则旧日庐江，安见不有华山？则合葬之语，有何抵牾？交广分置，虽在吴黄武五年（《三国志·吴志》），其时与建安相距，不过五载，诗既出于汉末，则“交广市鲑珍”之句，不得指为时不相及，则是第三说之推测不足凭也。要之此诗既出汉之季年，其体则在叙述民间故事，传诵既久，诗中之句，或有增润，今尚有痕迹可寻者。如“新妇初来时”句下，“小姑始扶床，今日被驱遣”二句，为宋刻《玉台新咏》所无，或后人据顾况《弃妇词》添入，（唐顾况《弃妇词》末段云：“忆昔初嫁时，小姑才倚床。今日辞君去，小姑如妾长，回头语小姑，莫嫁如兄夫。”）亦未可知。“守节情不移”句下，“贱妾留空房，相见日又稀”二句，《艺文类聚》作“交文象牙簟，宛转素丝绳”；“人贱物亦鄙，不足迎后人”二句，《艺文类聚》作“鄙贱虽可薄，犹中迎故人”。或辞句异，或经润饰。其它字句异文，所在多有。据此以观，则此诗流传魏、晋、六朝三百年间，未经徐陵收入《玉台》之前，其中删润，当不止此。顾必摭拾增删润饰之一二语，加以臆测，实以孤证，遂疑其非建安季年之作，强为附会，创获自矜，真因噎废食之论也。录此诗竟，而附著其说于此云。

建安七子诗

按汉诗至建安，风格渐变，易朴质为精警，变自然为锤炼，色泽则以渲染而愈工，音调则以咏叹而益协，能谓两汉之殿军，六朝之先导也。曹氏父子雅好文学。一时才俊，并集邺中。魏文《典论》曾举鲁国孔融文举、广陵陈琳孔璋、山阳王粲仲宣、北海徐幹伟长、陈留阮瑀元瑜、汝南应玚德琏、东平刘桢公幹七子，平量殿最，而推其“于学无所遗，于辞无所假，咸自以骋骐骥于千里，仰齐足而并驰”。世遂有建安七子之目。陈寿《三国志》曾采其说入《王粲传》，而附以陈、徐、应、刘诸子。又云：“自颖川邯郸淳、繁钦，陈留路粹，沛国丁仪、丁廙，弘农杨修，河内荀纬等，亦有文采，而不在此七人之列。”则是尔时文学蔚起，彬彬之盛，固非七子所能限也。窃以《典论》举志，品评标举，总括众制，匪尽诗歌。且所论只及属车，而位尊不预，即此以求，实难包魏。今就诗而谭，魏武横槊赋诗，才雄思挚；子桓典赡清越，力绥虑详；陈思骨气奇高，词采华茂，情兼雅怨，体被文质。一门之内，独擅篇章，宜其冠冕群伦，汗流馀子。王粲微伤绮丽，而真实有馀。“霸陵”一篇，休文称其不傍经史，直举胸臆。皎然许为知诗。四言温厚典则，小雅之遗。刘桢逸气飚举，魏文称其五言之善，妙绝时人，陈思以下，当推独步。徐幹栩栩生情，自是诗中小品。他如应玚稍失靡曼，而巧思逶迤。应璩《百一》仅存，而独标真率。其时世差后，而孕育建安，上承风雅之遗，下开典午之体，则有嵇康之清峻，阮公之深醇，又其殿也。夫建安太始，中间相距，才七十年，顾制作之盛，彪炳若斯，岂生才之独钟，抑运会之偶际？揆厥原因，不难推溯。文学之兴，多在叔季。兵戈扰攘，则衽席兴怀；上下猜疑，则阿谀取悦。故酬献多藻饰之辞，咏吟致深曲之感。篇章所播，旷代同悲。此其一也。诗歌体制，代有变迁，故递嬗之交，作者弥众。五言虽启于两京，而篇什实盛于汉末。穷情写物，远胜于四言；振采摛辞，易会于流俗。新声既奄，风靡云蒸。抱玉者联肩，握珠者踵武。此其二也。庙堂好尚，易洽群伦。宣帝起自闾阎，而循吏集于五凤；光武习于经术，而儒将备于云台。魏武以相王之尊，雅好歌诗；子桓以副君之重，妙精词赋。风声所树，才俊景从。此其三也。综此三端，则建安诸子之望路争驱，纵辔骋节，彬彬之盛，大备于时者，非偶然矣。兹述建安迄太始诗一章：曰建安七子诗，曰魏三祖诗，曰陈思王曹植诗，曰魏诸家诗，曰阮籍诗，曰魏乐府诗。一代诗篇，粗萃于此。至吴、蜀方隅僻处，吟咏罕称，今姑不具论云。

又按清儒钱大昕《补〈续汉书·艺文志〉》:《孔融集》十卷、徐幹《中论》二卷、《王粲集》十一卷、《陈琳集》十卷、《阮瑀集》五卷并列其间,实为允当。今特出此数人,置于魏三祖之前,俾知诗体嬗变,实在汉末。而魏晋五言之盛,罔不导源建安,正不必沿用陈寿、钟嵘之旧例,悉冠以魏号也。

孔融

按孔融在七子中,年辈较早。魏文《典论》曾举融与王、陈、阮、应、徐、刘诸子并论,而以融冠首。至《与吴质书》及陈思《与杨德祖书》,皆平量今世作者,而不复及融。后人论汉魏诗者,或取殿汉末,或附论七子。今仍取以冠七子者,从《典论》也。魏文既推其文为杨、班之俦,李弘庆亦言文举之书,可谓成矣。刘彦和复称融气盛于为笔,才有偏美。则文举未尝以诗歌著称,从可知矣。惟《杂诗二首》,风格各别、"岩岩"一章,激昂慷慨,使人气王,刘琨《赠庐谌》之所出也;悼子以(?)篇,深至凄恻,不事藻饰。杜陵、东野、宛陵之所出也。篇什不多,关系实巨。古诗以后,魏晋之前,则文举《杂诗》不可不肄及也。至《文章缘起》所称之四言《离合》诗,将鲁国孔融文举六字,离合为四言诗二十二句,奇思独辟,殆彦和所谓明于图谶,子桓所谓杂以嘲戏者欤!

王粲

按建安七子诗,除孔文举,其馀略同,而仲宣、公幹,又为陈、徐、阮、应所不逮,五言之美,媲于平原兄弟,差足继响。后人评论,或称曹王、或称曹刘。钟记室平品五言,至举刘桢、王粲、次于陈思之后,步兵之前,而同列上品,则其推崇也至矣。惟仲宣气体阔大,似胜公幹。虽铺陈繁冗,颇嫌其尽,究非馀子所能抗敌。钟氏谓其"源出李陵,发愀怆之辞,文秀而质羸,在曹刘间别构一体,方陈思不足,比魏文有馀。"此亦专就五言而论。若其四言诗,如《赠蔡子笃》、《赠士孙文始》、《赠文叔良》及为潘文则作《思亲诗》,为挚虞所称,所谓文当而整,近乎雅者,钟氏固未尝论列及之。究诗歌变嬗之源,则风雅之后,乃有此种,又未可尽置也。

[《七哀诗》第一首]按杜公《无家别》、《垂老别》诸篇由此蜕化而出。沈休文谓仲宣“霸岸”之篇，不假经史，即指此诗。

陈琳

按孔璋以檄移见称，不以诗著，故钟记室平品诗歌，不复论列。今其诗亦不多见，《游览二首》、《宴会》半章，了不异人。惟拟汉瑟调曲之《饮马长城窟行》，叙述边地之苦，颇为切至。篇中述及官吏督责，夫妇书问，其声辞之严厉哀戚，如话如绘，则固《羽林》、罗敷之流亚也。所异者轻剽矫捷，深厚差逊。中唐歌行，导源于此，则汲流不可不穷其源焉。

徐幹

按《与吴质书》既称“伟长怀文抱质，恬淡寡欲，有箕山之志。”而裴松之《魏志》注引《先贤行状》亦云：“幹清玄体道，六行修备，聪识洽闻，操翰成章，轻官忽禄，不耽世荣。”是伟长固粹然有道君子也。子桓又谓其“著《中论》二十馀篇，成一家之言，辞义典雅，足传于后。”又称其词赋“时有齐气”。《文选》李善注，言“齐俗文体舒缓，而幹亦有斯累”。《汉书·地理志》曰：“齐诗曰：‘子之还兮，遭我乎猺之间兮。’此亦其舒缓之体也。”今幹诗所传甚稀。即就其《室思》一首，及《为挽船士与新娶妻别》诗、《情诗》诸篇观之，语多婉约。殆子桓所谓时有齐气者欤！惜其与公幹往复，钟嵘所推为闲雅者，今不尽传，(答公幹诗，今只存《与子别无几》一篇，语意未完，当非全诗。)致足憾也。

[《室思一首》]按此诗各本皆以前五章为《杂诗》，最后一章为《室思》，殊谬。《文选》未录，惟徐陵《玉台新咏》始载之，而标题为《室思一首》，中间则以其一其二等字夹注。细玩前后辞意正复联属，当属一诗，而后人以意强为分别，不知何所取义。《艺文类聚》载《浮云何洋洋》一首，正作《室思》，又载宋孝武《自君之出矣》一首，亦作《拟室思》，不云杂诗，可以取证。今据《玉台新咏》入录而附志于此。

阮瑀

按阮元瑜与陈孔璋并典记室，以章表书檄见称魏。魏文《与吴质书》所谓书记翩翩者是已。诗不甚著，钟氏品诗，列之下品，訾为平典。后人选录建安诗，遂亦罕及，固不能与王刘并论也。《杂诗》二章，亦复清远。其“三星守故次，明月未收光。”情景如见，正汉魏本色。至《驾出北郭门》一篇，意本汉乐府《孤儿行》，易长短句为五言，质直平衍，乏奇屈奥折之致，然写哀深至之处，如“上冢察故处，存亡永别离。亲母何可见，泪下声正嘶”，又为唐宋开一法门矣。

应玚

按德琏、休琏，并以文辞著称。德琏名列七子，而休琏不与。厥后钟氏品诗，列休琏中品，称其善为古语，雅意深笃，而德琏又不复论列，(《诗品》卷下有晋文学应璩，次于欧阳建之下，恐为应贞之误。)斯又评品之各异也。魏文《与吴质书》谓“德琏常斐然有述作之意，其才学足以著书。”《典论》复称其和而不壮，辞并通脱，未详何指？若其建章宴集，声调自壮，未坠古音，且颂不忘规，摆落恒境，固和而壮矣。至于应休琏五言诗百数十篇，指事殷勤，笃意真古。李充、钟嵘，并推有诗人之旨。刘勰《雕龙》亦称其辞谲义贞，魏之遗直。今就其仅存者观之，盖知所评不谬，而仲伟所称陶公原出应璩之说，虽未尽当，要亦不无所见。然后知徐昌穀伤媚之说，乃强作解事也。

刘桢

按建安七子中，公幹、仲宣，最为杰出。钟氏品诗，同列上品。后贤评骘，取俪平原，允非馀子所可及也。然仲宣才思富健，悲慨苍凉，公幹胸臆直舒，清警悱恻，斯其异耳。惟以直抒胸臆之故，不用装点比兴之体，故昔人持论，颇推其气。如魏文称公幹有逸气，但未遒耳。谢灵运亦称卓荦偏人，而文最有气者皆是也。迄钟氏品诗，乃云：“气过其文，雕润恨少。”以气盛为讥议，则以齐梁风尚，风力丹彩，并所重视。而仲伟品诗之旨，标准在斯，故于推崇之中，隐寓讥弹之旨。实则公幹之诗，卓然自立之处，正在于此，不能以句法字法绳之也。三百篇中，如《载驰》、《氓》、《园有桃》、《陟岵》诸篇，既开其先，后人如鲍明远、谢惠连，亦具公幹之体。清绮紧健，往复缠绵，安得以气盛少之？其卓然大家，陈思、步兵、陶、杜、韩、白亦兼擅，惟诸家局度壮阔，公幹则只此一种，变化恨少，此谢客所以有卓荦偏人之论也。

[《赠从弟三首》]按何焯曰："钟记室所谓峻骨凌霜，高风跨俗，要惟此等足当之。"三章全用比而意自见，末章用凤凰结出圣君，更不再露正意，甚高。

魏三祖诗

按建安文学，当推曹氏，一门之内，见于钟氏《诗品》者五人（武帝、文帝、明帝、陈思王植、白马王彪），烜赫三世，可谓盛矣。顾五人之中，陈思而外，当推三祖。《宋书·谢灵运传论》云："曹氏基命，三祖陈王，咸蓄盛藻。"钟嵘《诗品》云：'曹公古直，甚有悲凉之句。睿不如丕，亦称三祖。"则论定久矣。自世论竞推陈思，《诗品》抑置魏武，而孟德、子桓，视此反愧。实则孟德为乐府之遗，子桓具都尉之体。一则直抒胸抱，不尚时趋；一则境处欢娱，辞谢雅怨。迹其所诣，曹公雄健苍凉，文帝雍容典赡，取拟陈思，实堪骖靳。惟明帝遭逢末运，前徽未远，追踪已难，明秀婉丽，仅存具体。斯又风会使然。钟氏取与曹公并列，则评品之失也。

魏武帝

按邺下诗体，竞尚五言，群伦宗尚，时号新体。至于四言遗制，乐府短歌，诵习既罕，继武遂难。惟魏武以雄鸷之才，负匡时之略，鞍马论文，横槊赋诗，于激昂慷慨之中，有规模宏远之意，不拘拘于绳尺，不屑屑于时名，而其辞之横绝瑰丽，傲岸自喜，则诗如其人。宜其高视一时，跨越百代，同时作者，咸莫能及。此体既出于乐府古辞，而《史记·留侯世家》之

《黄鹄歌》、《乐府诗集》所引琴曲之《采芝歌》，以及瑟调曲之《善哉行》等篇，并为孟德歌行所祖述。渊源具在，不难缕指。钟氏品诗，但取五言，鲜及乐府。即以五言论，其所标举，亦在风格彩藻兼擅之作。清刚若越石，冲远如陶公，不列上品，则于孟德之雄厉独绝者，安能具真赏耶？

魏文帝

按魏文诗歌，流传齐梁，颇不为时论所许。刘勰《雕龙》称旧谈谓去植千里（彦和亟推魏文，此引旧说：见《才略篇》），钟嵘《诗品》，亦谓鄙直如偶语，皆足取证。平情而论，子桓生长华膴，一门之内，文学鼎盛，雄健如魏武，富艳若陈思。子桓对扬其间，独能以清绮之才，寓感怆之思，宏赡高古，已属难能。且早正副君，继跻大位，"放志不竞于先鸣，俗情以位尊而减价"（二语本彦和），抑扬之论，宁得谓平？惟刘彦和谓"魏文之才，洋洋清绮，力缓虑详，而乐府清越，《典论》辩要，迭用短长，亦无懵焉"，数语足为子桓张目。余曩诵《芙蓉池》、《燕歌行》诸篇，颇疑魏文不减陈思，继诵《雕龙》，已具申辩，信乎文章之事，不可以时论较短长也。贺贻孙《诗筏》曰："邺中诸诗，子不如父，弟不如兄，臣不如君，宾客不如主人。然千古以来，独陈思与徐、王、应、刘、陈、阮得称才子者，瞒、丕之才，为功名所掩，而陈思所遭不幸，故特以诗文著耳。然陈思诗文，丰骨气概，皆逊父兄一筹，使当时贾诩无属思之对，杨修成羽翼之谋，又安知绣虎之誉，不在五官中郎将哉？"贺氏此言，又继彦和抗辩于千载之后，虽不免过当，然其不肯随俗抑扬，雷同一响者，犹彦和之志也。

魏明帝

按刘彦和云："魏之三祖，气爽才丽，宰割辞调，音靡节平，虽三调之正声，实韶夏之郑曲。"盖讥其辞之不雅也。实则孟德、子桓，音节抗爽，去古未远。其稍近平靡者，明帝而已。明帝文秀质羸，与仲宣为近，发愀怆之词，亦复相同。树义敷辞，几于具体，所未慊者，气体骨干，终逊祖父耳。胡应麟《诗薮》曰："诗未有三世传，既传而且烜赫者，仅曹氏操、丕、叡耳。"

论曹氏一门之诗，则明帝歌诗，亦不可不肄及也。

陈思王曹植诗

按山阳丁晏曰："诗自三百篇、十九首以来，汉以后正轨专门，首推子建，洵诗人之冠冕，乐府之津源也。其接武子建，杰然为诗家大宗，若陶之真挚，李之瓌逸，杜之忠悃，而其源皆出子建。陶、李、杜三家诗盛行，而子建传之者少，非数典而忘其祖乎？惟梁《文选》甄录颇富，梁《诗品》谓人伦之有周孔，麟羽之有龙凤。又谓孔门用赋，陈思入室。萧、钟二君，允为知己，自斯而后，称之者希矣。至其人品之高，志量之远，忠君爱国，情见乎辞，观于洛神之咏、屈灵均之嗣声；求试诸表，刘更生之方驾。《与杨德祖书》不以翰墨为勋续，辞赋为君子，其所见甚大，不仅以诗人目之，即以诗论，根乎学问，本乎性情，为建安七子之冠，后人不易学，抑亦不能学也。"又云："紬绎讽诵，聆于耳者，黄钟之元音也；咀于口者，太牢之厚味也；耀于目者，锦绣纂组之章也；洽于心者，兴观群怨之旨也。泝而上之，觉国风，小雅之遗，温柔敦厚之教，去古未远。"丁氏所言，隐括昔贤平论陈思之语，最为昭晰。虽曰一人之私言，实天下之公论也。惟其称萧、钟而外，称之者希、殊不尽然。钟、萧以外，下逮明清，亟推陈思，允为知己者，如谢灵运云："公子不及世事，但美遨游，然颇有忧生之嗟。"(《文选》:《拟魏太子邺中集诗》)沈约云："子建、仲宣以气质为体，并标能擅美，独映当时。是以一世之士，各相慕习，原其飚流所始，莫不同祖风骚。"(《宋书・谢灵运传论》)刘勰云："陈思以公子之豪，下笔琳琅。"(《文心雕龙・时序篇》)又云："若夫四言正体，雅润为本；五言流调，清丽居宗。华实异用，唯才所安。故平子得其雅，叔夜含其润，茂先拟其清，景阳振其丽，兼善则子建、仲宣，偏美则太冲、公幹。"(文心雕龙・明诗篇》)又云："子建思健而才俊，诗丽而表逸。"(《文心雕龙・才略篇》)颜延之云："五言流靡，则刘桢、张华；四言侧密，则张衡、王粲。若夫陈思王，可谓兼之矣。"(《太平御览》卷五百八十六引《庭诰》)萧绎云："曹子建、陆士衡皆文士，观其辞致侧密，事语坚明，虽不以儒者命家，此亦悉通其义也。"(《金楼子》)此齐梁以前人推重之语也。王通云："君子哉思王也，其文深以典。”(《文中子中说·事君篇》)骆宾王云：“子建之牢笼群彦，士衡之籍甚当时，并文苑之羽仪，诗人之龟镜。”(《和道士闺情诗启》)杜甫云：“文章曹植波澜阔。”(《追酬故高蜀州人日见寄》)释皎然云：“邺中七子，陈王最高。”(《诗式》)敖陶孙云：“曹子建如三河少年，风流自赏。”(《诗评》)王世贞云：“子建天才流丽，虽誉冠千古，而实逊父兄。何以故？才太高，辞太华。”又云：“子建‘谒帝承明庐’、‘明月照高楼’，非邺中诸子可及，仲宣、公幹，远在下风。吾每至‘谒帝’一章，便数十过不可了，悲惋宏壮，情事理境，无所不有。”(《艺苑卮言》)陈绎曾云：“陈思斵削精洁，自然沉健。”(《诗谱》)沈德潜云：子建诗五色相宣，八音朗畅，使才而不矜才，用博而不逞博，苏李以下，故推大家。(《古诗源》)此隋唐以后人推重之语也，约略举之，不觉累纸。其它或衡人品，或诠文章，如刘勰、王通书中所论次者，实难更仆。誉冠千古，安见后人称之者希耶？惟平原兄弟，并旷代逸才，指事造怀，咸蓄盛藻，故彦和有纵辔骋节之言，仲伟有郁为文栋之论。同辞并美，简册昭然，徒以子建地处忧疑，辞多危苦，魏文位跻通显，语近欢愉。文士喜索隐幽，鲜随世论，如刘勰谓文帝之才，洋洋清绮，虑详力缓，故不竞于先鸣。但俗情抑扬，雷同一响，遂令文帝以位尊减才，子建以势窘益价，要非笃论。贺贻孙亦谓易地而居，绣虎之誉，或属子桓。抑陈思而申魏文，虽异俗情，语或可信。吾人平衡古今，自可存为一说，正不必以此为抨击思王也。今陈思之诗具在，迹其所至，洵可与陶公、李、杜，并推四宗。昔贤衡品，蚤成定论，固无烦后人重为论定也。

按诗至建安，易朴质为精警，变自然为锤炼，色泽则以渲染而益工，音调则以咏叹而益协，已于篇首论之矣。但此亦就建安以后诸家诗体大概言之耳。实则孟德、文举，不失汉音；阮公、休琏，笃意真古。刘桢有卓荦之才，陈琳具乐府之体。其它诸子，或植体两京，而稍易面目；或步趋三祖，而微伤气格，皆未能尽如所言。其真能副此四语，隐然为两汉之殿军、六朝之先导者，则陈思王诗，殆此时期之中坚也。今略为疏说之。古诗气体浑穆，比兴自然，通篇鲜奇辟之思，发端有纡徐之妙，每诵一过，辄移人情。至子建则精思妙绪，喷薄而出，其发端之精警者，如《赠徐幹》之“惊风飘白日，忽然归西山。圆景光未满，众星灿以繁。”《杂诗六首》之“高台多悲风，朝日照北林。之子在万里，江湖迥且深。”《泰山梁父行》之“八方各异气，千里同风雨。”皆劈空而来，语异凡响。前人类此者，若苏李赠答、《古诗十九首》，偶一遇之，而子建诗为独多，此其一。古诗用字造语，多近自然，故气骨奇高，无句可摘。子建则于气骨而外，兼擅铸语，其诗如“清风飘飞阁”、“朱华冒绿池”“明月澄清影”、“清池激长流”，曰飘曰冒曰澄曰激者，皆能状物达情，深入显出，此用字之矜炼也。又如“重阴润万物”、“凝霜依玉除”、“神飚接丹毂”、“长啸气若兰”等句，树骨坚苍，用意浑厚，此造句之矜炼也。琢不伤气，巧不伤朴，连辞振采，令人目眩。昔贤论诗，至建安始有句可摘，理或然欤？此其二。古诗重意，不以色泽为工。子建诗意境而外，色最煊妍。其诗如“石榴植前庭，绿叶摇缥青”、“秋兰被长坂，朱华冒绿池”、“阊阖启丹扇，双阙耀朱光”、“上下涌醴泉，玉石扬华英”、“明珠交玉体，珊蝴闲木难”等句，古人有此思致，无此设辞，迄于谢客，遂成巨丽。此其三。音调之美，四言则《三百篇》尚矣。五言诗之音韵铿锵，至于子建而益协，集中可举者，如《薤露行》之“天地无终极，阴阳转相因。人居一世间，忽若风吹尘”。《赠白马王彪》之“中逵绝无轨，改辙登高冈。修坂造云日，我马玄以黄”。《又赠丁仪王粲》之“山岑高无极，泾渭扬浊清。壮哉帝王居，佳丽殊百城”。《箜篌引》之“盛时不可再，百年忽我遒。生存华屋处，零落归山丘”等句，音调谐美，嗣响风骚。降及齐梁，此风益鬯。此其四。此所标举，显殊往制，若其言情婉曲，逸气飙举，赠答启酬应之端，公宴备颂献之体，斯又建安所擅美，要非陈思所独专。虽然，时至思王，美矣备矣。而诗歌一体，由拙而巧，由朴而华，东京以后，晋宋之前，则子建诗歌，实为嬗变之一大关捩。葛稚川尝以文章后作胜于前事，著论推阐，究极精微。（语在《抱朴子·钧世篇》）盖文章之事，笃意本真，今不逮古；沉思翰藻，古不如今。升降之会，即寓于此。读陈思之诗，此又应知之一义也。

魏诸家诗

按诗自建安以后，变化渐开，体制渐备，卓然大家，陈思、阮公而已。顾尚有数家，足为羽翼，则建安时之繁钦、吴质，与正始之嵇康、何晏诸家是已。前者出建安曹王之体，后者启东晋名理之风。究诗体嬗变之原，则此数家者，不可不述及也。顾谈艺之士，嵇、阮并称。实则二公之作，体不相袭，相提并论，微觉不伦。今阮诗既列专篇，而叔夜之名章隽语，旧评虽有嫌其峻直之论，要为正始之雄，取殿曹魏诸家，亦一代之奇作也。至《魏志·王粲传》所称之七子外，如路粹、邯郸淳、丁仪、丁廙、杨修、荀纬之伦，本不尽以诗传，即有诗者，而篇什流传，寥寥无几，今不备论云。

吴质

按吴季重诗，《文章叙录》存其《思慕诗》，为文帝作也，其体格与刘桢为近。

嵇康

按正始文学，嵇、阮并称。然昔贤持论，亦殊有别。《文心雕龙·时序篇》云："正始馀风，篇体轻淡，而嵇、阮、应、缪，并驰文路矣。"此兼就正始王、何诸家而统言之也。《才略篇》云："嵇康师心以遣论，阮籍使气以命诗，殊声而合响，异翮而同飞。"此就嵇、阮诗文而分言之也。若夫"正始明道，诗杂仙心，何晏之徒，率多浮浅。惟嵇诗清峻，阮旨遥深"，《文心雕龙·明诗篇》语似就诗体而并论矣。然嵇、阮二家，体制各殊。钟记室曾谓阮公《咏怀》，"可以陶性灵，发幽思，言在耳目之内，情寄八荒之表"，"会于风雅，厥旨渊放，归趣难求"。而评嵇康之诗也，则谓"过为峻切，讦直露才，伤渊雅之致，然托喻清远，良有鉴裁，亦未失为高流"。辞意之间，显有区别。近人仪征刘氏，亦谓"嵇、阮二家，为体迥异。大抵嵇诗清峻，而阮诗高浑。彦和所谓'遥深'，即阮诗之旨，非谓阮诗之体"。（刘师培：《中古文学史》）准此以谈，则嵇诗不能与阮公并论之旨，昔贤所论，最为昭晰。要之魏初诗歌，曹刘为至，诸家竞爽，轻靡遂开。嵇康具高世之才，不肯随俗，而矫以雄秀。迹其所诣，大启晋风，是叔夜之诗，虽不能与阮公并论，然其振当涂之轻靡，具风人之微旨，固一时高绝者也。至叶梦得《石林诗话》谓叔夜不肯附晋，绝高于阮，岂得嵇阮连称？陈绎曾《诗谱》谓嵇康人品胸次，自然流出。就诗品人品而并论，此又一义也。

按叔夜诗篇，四言为至，昔贤评论，咸推峻切。刘钟既以此评叔夜矣。其后推本此意更申言之者，如陈倩父云："叔夜婞直，所触即形。"又云："婞直之人，必不能为婉转之调。"王元美云："叔夜土木形骸，不事藻饰，想于文亦尔，诗少涉矜持，更不如嗣宗。"陈祚明云："中散诗如独流之泉，临高赴下，一往必达。不作曲折潆洄，然固澄澈可鉴。"皆是也。至其人品，不肯偶世，则叔夜《幽愤诗》所云："性不伤物，频致怨憎，昔惭下惠，今愧孙登。"固已自言之矣。颜延之《咏嵇中散》亦云："立俗迕流议，寻山洽隐沦。鸾翮有时铩，龙性谁能驯！"则又推本《幽愤》而言之。诗品与人品合论，斯又足征刘、钟评论之所出矣。

又按叔夜为司马昭所害时，当涂之祚未终，则康当为魏人，不当为晋人。《晋书》立传，实房乔等之舛误，今乃入魏诸家诗，不以弁晋也。

何晏

按平叔有重名，与魏姻戚，内虽怀忧而无复退也，著五言诗以言志。(《世说新语》注引《名士传》)钟仲伟所谓"《鸿鹄》之篇，风规具见"者，即今所传之"鸿鹄比翼游"一篇是也。诗载《名士传》，刘孝标注《世说》引之。平叔篇章零落，赖此仅存，仗奇振绝，公干之俦。观于仲伟《诗品》，列诸中品，则晏固以诗著称魏晋间矣。"常畏入网罗，忧祸一旦并"二语，颇有讽世自规之意，惜乎自知之审，不能自克，卒与祸会，斯古今所同悲也。

魏乐府诗

按魏乐府诗，存者寥寥。刘勰《文心雕龙》曰："杜夔调律，音奏舒雅，荀勖改悬，声节哀急。"此言魏复雅乐之始也。又曰："汉世铙挽，虽戎丧殊事，而并总入乐府，缪袭所致，亦有可算焉。”此言魏鼓吹曲之改制，亦足尚也。宋郭茂倩曰：“魏郊庙歌辞不见，疑亦用汉辞也。”则是杜夔之远考诸经，近采故事，所教习讲肄者，只在乐器。荀勖之较量短长，时称精密者，亦在尺度。（参看《魏志·杜夔传》、《晋书·律历志》及《隋书·律历志》诸文）汉本无雅，夔所肄习，乃制氏所传《文王》、《伐檀》、《驺虞》、《鹿鸣》四诗之音节耳，非别有所谓汉雅、魏雅也。其篇既不传于晋宋，则知其无所创定矣。文帝使缪袭造短箫铙歌十二曲，用汉曲而易其名，如《思悲翁》为《战荥阳》，《上之回》为《克官渡》是也。郑樵谓魏晋仿汉铙歌短箫，叙其创业以来伐畔讨乱，肇建区夏之事，即古之雅颂。岂知短箫铙歌，本为军中马上之所奏，汉制尚不可登之殿廷，况仿为之耶。今但录缪袭所改鼓吹曲十二首之四首，并《挽歌》一首，以备一体。其它拟制本不入乐之乐府，已散于各家者，今亦不备论云。

阮籍诗

按建安后诗，曹、阮为至。顾二派各殊，词采巨丽，情文交至，陈思也；笃意古淡，恉远忧深，阮公也。钟仲伟探溯源流，于曹则谓源出国风，于阮则谓源出小雅，衡铨至当，可谓知言。小雅多念乱忧时之作，阮公身仕乱朝，常惧遇祸，故比兴多于赋颂，奥诘发其渺思，百世之下，归趣难求，即在宋齐，已劳扬扢。颜延年、沈约以相去未远，并为《咏怀》作注。李善注《选》兼收二家，虽删存仅及粗略，诠解具鲜发明。然阮诗非无谓而作，与其故为隐避之旨，昔贤讽诵，已发其端。特以时易代殊，语难尽晓，心知其意，不以迹求，但为虚揣之辞，不蹈穿凿之诮，疑以传疑，盖其慎也。乃后贤智过古人，实以史实，评品诠次，几若与步兵对扬其间，斥沈、颜为肤浅，指名物为隐辞，比类虽详，姑存一说云尔。

按颜延年云：“阮公身事乱朝，常恐罹谤遇祸，因兹发咏，故每有忧生之嗟。虽志在刺讥，而文多隐避，百代之下，难以情恻，故粗明大意，略其幽旨也。”延年之说当矣，蕲水陈沆作《诗比兴笺》，比类其章，援据史实，不无穿凿之嫌，要裨寻求之便，其书尚在，学者取而观览可也。何焯解“徘徊蓬池上”，谓嘉平六年九月司马废帝为齐王，十月立高贵乡公，嗣宗诗盖为此作。“王子年十五”一篇，谓明帝不能辨宣王之奸，轻以爱子付托，最为深永。陈沆并采之，此殆其近实者乎？

《汪辟疆文集》据中央大学讲义摘抄

校定宋临川内史《谢灵运集》后记

影写明成化刊本《谢灵运集》，勘校断手，乃系以后论曰：谢客为人，其特异有四：谢既生长世族，又以祖父之资，生业甚厚，不惟车服鲜妍，器物新异；抑且凿山浚湖，穿池植援，驱课公役，邪许无已。居则极顾盼之娱，出则侈徒党之盛。登山蜡屐，有前齿后齿之分，别业营栖，尽傍山带江之胜。享乐既极于生前，声华遂动于朝右。是曰豪奢。平生爱好，莫若遨游。到郡必历名山，选胜必依曲水。千重岩嶂，经旬而不归；百数门徒，结队以惊众。永嘉作郡，号山水之乡；始宁卜宅，尽幽居之美。临海有山贼之称，临川被叛逆之号。昔孙登寄啸，只眷苏门；石崇思归，但美金谷。即同时陶公，解组归来，衡门息影。栗里上京，不逾庐阜；柴桑彭泽，鲜过百里。蜡屐所经，烟岚所赏，未有逾于谢客者也。是曰游放。谢公生长华膴，鋭志功名。自怀济世之才，鲜有斧柯之假。胸怀抑塞，遂流放而不归；梦想超迁，卒讥弹以获谴。刘宋之初，以非毁执政，而出守永嘉；元嘉之时，以称疾不朝，而坐罪免职。成佛生天，既构衅于周顗；抚坟解剑，复申痛于庐陵。若斯愤懑，皆由怀才未遇所致也。上书自试，永契陈思；列军河桥，近慕陆子。临终见志，亦可哀矣！是曰怨憝。夫摛辞掞藻，多本情文；即景贮兴，皆由顿悟。故河梁赠别，出自武夫；秦徐叙答，亦由小吏。其学术皆非卓绝也。六朝诗家，学术之博，谢公为最。整齐世传，则有《晋书》之作；研精流略，则有四部之编。阐扬漆园，义深于郭象；典窜《涅槃》，领袖夫南宗。上至经史百家，下及书画艺术，罔不钩稽要义，镕铸篇章。

(王敬美云:“曹子建后,作者多能入史语,不能入经语,谢康乐出,而《易》辞《庄》语,无不为用。”王士禛又引此语于《池北偶谈》,且谓用经宜以谢康乐为主。)记诵之博,择别之精,诗人以来,未尝有也。是曰淹洽。凡兹四者,迥绝人伦。发为诗歌,宜其矜式百代,冠冕当时矣。惟淹洽游放,为诗人之本怀;怨憝豪奢,乃士流之微眚。在他人则以为溺志,在谢公则适成济美。盖谢公以世胄之家,处豪华之境,又能留意坟籍,雅爱篇章,结习所存,任情适志。在魏阙则思江湖,处江湖则思魏阙。思虑靡常,动定失节。故见于诗者,有江山重复之观;具气格回荡之妙。鹤声一一飞上天,其敻绝之境,远非颜鲍所能望项也。虞伯生赞谢公云:“刊山木以遐眺,抗浮云而脱屣。望高秋兮极浦,见夫容之出水。”因论谢客,载诵斯言。

原载《中国文学》第一卷第一期(1944年)

唯美诗人李义山

楔子

在未讲到本题之先，我先举一首人人皆知的李义山诗：

君问归期未有期，巴山夜雨涨秋池。何当共剪西窗烛？却话巴山夜雨时。

这一首诗，太流利，太美丽了！义山有一句诗："水精如意玉连环。"假如拿来评这一首诗，真是字字确切。固然，义山诗里所说的巴山，未必就是今日巴县的山，（唐巴州是巴中一带。若春秋巴国，又当东至夔巫矣。）然亦不妨通用。现在又不是秋天，窗外也没有下雨，但是这里也有巴山，我们正在巴山作夜谈，而且谈的又是义山诗，自然联想到这一首诗的情境。那么，正好引来作我们的开场白。

义山的生平

我们要了解义山诗，必先要了解他的生平。在义山文集补编高锡蕃的序文里面，有这么几句话：

嗟！嗟！蜀水湘云，总才人之落寞；恩牛怨李，本季世之讥弹。惟是上计淹车，芳华抛瑟。年年针线，只办嫁衣；朵朵红莲，空依幕府。

这几句骈文，虽是滥调，却也确实包括了义山的一生。我们只要从这一段话去细细寻味义山一生沉沦幕府的生活，真是使千载后的人抛尽了无限的同情泪水。但是功名只管蹭蹬，奔波只管劳碌，没有同情，没有温暖，我们的诗人，还是忍受着，挣扎着。他虽然有时也免不了怨天尤人，或者因为偶然的关系，从甲党跑到乙党，又从乙党跑到甲党，我们只可原谅他的心迹，不能像两《唐书》一样，加上什么“放利偷合”和“恃才诡激”的罪名。要是从另一面看去，这位诗人处境那样艰苦，反因此更充实了他的生活感情，增加他的人世经验，倒帮助了他的诗歌的伟大成就。谈到这里，那又不能不感谢环境给与他的礼物真是太丰厚了！

他是怀州河内人，曾祖妣卢氏移居郑州荥阳，所以有人误会他的老籍是荥阳。义山又尝在洛阳、济源、永乐和关中等处住过。现在山西永济县（唐永乐县）的南境，尚有桃花溪，水木明瑟，桃花如锦，相传就是义山的故居。在义山的诗上，也说过“乌鹊失飞常不定”。这也就可证明他一生是到处流转。

陇西李家，本来裔出凉武昭王暠，和唐朝皇室算是一脉。不过义山自他高祖以下，都是小官，父亲只做了一任获嘉令，后来终于两浙从事，义山十岁的时候，父亲死了，他只好奉母扶榇回到郑州，一面从他的叔父读书，一面弄弄文笔，去干求当时的达官贵人（这是唐时的风气，少年人亦是如此。）他十六岁时作了一篇《才论》和一篇《圣论》，颇有相当的文名，旁人或不睬他，却为崔戎、令狐楚所赏识。在唐文宗太和三年，义山还只十七岁，令狐楚做了天平军节度使，就把他带到郓州，一面教他学些章表笺记的文章，一面给他一个小小名义（巡官）。令狐楚本来是一代大手笔，义山才情艳发，跟了他几年，居然青出于蓝。后来义山的骈文成就，反成功了唐宋文体上一个大枢纽。

幕府的生涯，当然不是久远之计，在他不过是救贫罢了！正当出身，还要从考试找出路。他在令狐幕府时，每年都是由令狐佽助他去长安应举。但是几次的考试，都为贾餗、崔郸等所斥，名落孙山。在开成二年，高锴知贡举。那时令狐楚的八子令狐绹，已做了左拾遗，高锴一天看见他，说：“八郎的朋友，哪一位最好？”绹说：“李商隐”。一连说了“李商隐”三遍。果然发榜时，义山是中了进士。不过唐朝中试进士，不能马上做官，还得经过吏部试判，才算释褐。义山在那一年当然很得意，一面回到济源去省亲，一面又因为令狐楚在兴元节度使任上，（唐时兴元，即山南西道治所。在今日陕西的南郑县。）那年冬初，正患病危急，他又赶到兴元去替楚草遗表。在令狐楚死时，他祭文上说："故山峨峨，玉溪在中，从公而归，一世蒿蓬。"意思是说，你死后我只好归卧故山了。那时义山对令狐父子的感激确是非常真诚的。

义山在开成二年确是实在感激令狐，但是和令狐家渐渐生疏，也就在这一年里开始。为什么呢？因为他在那年登第后，就和泾原节度使王茂元的女儿论婚了。唐时的风俗：新进士宴曲江的那一天，公卿士大夫家照例要装扮他们的女儿，由家长带领到曲江去看新进士，因此进士们中东床之选者十占八九。（此事见王定保的《唐摭言》）义山和王小姐演了一幕《惊艳》，这一次大有可能。那年的秋天，义山又到招国坊去访李十将军，恰巧那天李十将军正挈家游曲江，这位王小姐或者也在其内。为什么呢？因为李十将军就是李执方，王茂元的夫人和执方是兄妹，他带他的外甥女儿一起去游曲江，不是什么稀罕的事。我们的诗人，就写了这样一首诗：

十顷平波溢岸清，病来谁梦此中行。相如未是真消渴，犹放沱江过锦城。

在这首诗内的"病"字，我们要大大的注意，恐怕曲江宴后义山就病了！措词最妙的，还是下二句，真是异想天开。寻味他的意思：是说相如的消渴病本来不是真病，假如当真是有了消渴疾，那沱江之水就应该一口喝干了，为什么现在的沱江，还是静静地流到锦城去呢？那么相如的病，还不是为了文君吗？他那别天生面的措词求李十将军和他作合，我想许多其它的文艺家都想不到。同时还有他的同年韩瞻（韩偓的父亲）也和王茂元家论婚，（当然是另一位小姐）而且先成功。那时，韩同年携了他的新夫人在肃洞度蜜月，他恼了！恨了！他又有寄恼韩同年两首诗，说：

帘外辛夷定已开，开时莫放艳阳回，年华若到经风雨，便是胡僧话劫灰。

又说：

龙山晴雪凤栖霞，洞里迷人有几家？我为伤春心自醉，不劳君劝石榴花。

前一首是艳羡韩同年，后一首是说：我心愿尚未了，我本来已心醉，你不必再劝我的酒了！(石榴花可酿酒)辛夷也是戏言。所以冯浩说："未几便称曰阿姨矣。"(古乐府多借丝为思，借淮为怀，借莲为怜。义山借辛夷为新姨，正此例。)到了次年，义山和王氏的婚事，总算是得着李十将军和韩同年的帮助，就很顺利的进行而终于达到目的了。

太太是得到了，但他的官运却从此蹭蹬了！真是鱼与熊掌不可得兼。我们知道，唐时有牛僧孺和李德裕两个党派。令狐父子是牛党，王茂元却是李德裕提拔的人，自然算是李党。在义山和王小姐结婚时，令狐绹或不至于十分怪他，但是牛党中人是不会饶恕他的。至少要说他负恩忘义，而且婚后不久，又跑到泾原王茂元的幕府，这又是不能隐瞒的事实。结婚的次年(开成四年)义山由吏部试判，总算合格，到此时才算释褐，做了秘书省校书郎的官。秘省是唐时最清贵的官，也是因为可由此待选翰林学士，在义山是很美满的一件事。但是不到几个月，忽然调补宏农尉，于是由清贵一变而为风尘俗吏了！此中原委，史传不言，但我们总可想象得到。义山在宏农尉不久的时候，又因为对囚犯免处死刑的事，和陕虢观察使孙简闹了一次撇扭，孙简免了他官职。恰巧那时候诗人姚合来代孙简，姚合为了文章气谊的关系，下了一道手谕，叫义山仍旧回任供职。义山当然感激他，但这一个小小的尉官，哪又在义山的眼里。他集中有一首《有感》诗说：

中路因循我所长，古来才命两相妨。劝君莫强安蛇足，一醆芳醪不得尝。

他说作尉是画蛇添足，而秘书省的芳醪，则始终是值得惋惜的。结果义山的尉官，不久还是辞了。一直到武宗会昌二年，因为李党得势，义山才又由书判拔萃，一度做了秘书省正字。但不到几月，义山的母亲又死了，仍然不能供职。三年服阕，虽可回原职，但一两年后，又从郑亚至桂管。义山在秘省的时期，前后两次，实在算起来，不到三个年头。此外总是长年奔波，做人幕僚。他所跟的府主，自令狐楚、王茂元外，尚有崔戎、杨嗣复、郑亚、卢宏正、柳仲郢诸人。令狐楚、杨嗣复是牛党，王茂元、郑亚、卢宏正是李党，柳仲郢本来是周旋牛李之间的一人，待遇他也很好。自宣宗大中五年到大中十年，义山是在川东节度使做节度书记，那时义山年纪，已是在四十几岁。在这六年中，他奉命到过成都推狱，也曾奉命到过渝州界首送杜悰。柳仲郢于大中十年回朝任盐铁使，义山又在他那里做推官。中间还因事出差到过江东一次，但不久就回来了。《唐书》本传里说他病废还郑州，卒于大中末年。这就是诗人一生的境遇。

义山的家庭组织及生活

义山的家庭组织，十分庞大，生活的艰苦，也就因此感受严重的威胁。

据我们从他的诗文集里可以考见的：他父亲死于穆宗长庆元年，那时义山刚刚十岁。家庭中除了母亲而外，尚有弟弟羲叟一人，他只小义山一岁，在宣宗大中元年也登了进士第。在义山《祭徐氏姊文》里面，叙他丁母忧一段说："三弟未婚，一妹处室。"《祭仲姊文》也说："天神降罚，艰棘再丁，弱弟幼妹，未笄未冠。"是义山除了三姊一弟而外，尚有三弟一妹。裴氏姊死于元和八年，那时义山才一岁有馀。徐氏姊是死于太和元年，那时义山十六岁。但徐氏姊有子二人，(徐嵩、徐奂)又有养女一人，这都是由义山担负教养婚嫁之事。处士房叔父的两个儿子(李瑊、李顼)也在义山家里。此外羲叟的女儿寄寄，虽然她四岁就死了，据他《祭小侄女寄寄文》说："况吾别娶已来，胤绪未立，犹子之义，倍切他人。"可知寄寄也是养在义山家里。他前夫人死于何年，文集内不可考。他和王夫人结婚是在开成三年，生过一子一女，子就是衮师，女无考。据宋人蔡宽夫《诗话》说："白香山晚年极喜义山诗，云：'我死得为汝子足矣。'义山生子，遂以白老名之。既长，略无文性。温飞卿尝抚之曰：'以汝为乐天后身，不亦忝乎！'"此子不知是否衮师，抑另外有一子？但白氏卒于会昌六年，衮师确以是年生。只好存疑再考。从上面所举看来，义山家庭组织，真是太复杂了!

以一个刚刚十岁就丧了父亲的孩子。就要担负这些人的生活,这是多么可惨的一件事。这不是我的想象,在义山集里是可以找出证据的。他《祭裴氏姊文》说:

某年方就傅,(十岁就傅,见《礼记》。)家难旋臻,躬奉板舆,以引丹旐。四海无可归之地,九族无可倚之亲,既祔故邱,便同逋骇,生人穷困,闻见所无。及衣裳外除,旨甘是急,乃占数东甸,(洛阳)佣书贩舂。

《祭徐氏姊文》也说:

某兄弟初遭家难,内无强近,外乏因依,只奉慈颜,被蒙训勉。

这就是他父亲死后一幅凄惨的流离图。后来他虽然中了进士,他在《偶成转韵七十二句赠四同舍》诗里面,又说到他作京官的生活:

归来寂寞灵台下,著破蓝衫出无马。天官补吏府中趋,玉骨瘦来无一把。

另外的诗中还说:"十年京师穷且饿"。又说他流转在外:"乌鹊失飞常不定"。做京官为什么骨瘦如柴?为什么作幕僚却像乌鹊无依?还不是为了无情的生活吗?

党局与义山

谁都知道,义山是以作无题诗著名的。但为什么作诗不作有题诗而偏偏作无题诗呢?后人因这些诗中都是美人香草的字面,一律把它当作艳情诗去看,大家起而效法,《疑云集》、《疑雨集》之类的作品层出不穷。这真是义山想不到的恶果。要知道义山当时何以要作无题诗,对义山时代党局的对立和党人的排笮情形,要先有确切的明了。

牛李两党,并不是有什么确定的党网,像现代各国的政党一样。他们完全是由个人恩怨而起的,事实上是"朋党"。起原之初,又是因为科第出身和非科第出身而成为人为界限。简单一句话,牛李二党,是以科第而分，牛党重科举，李党重门第。他们的是非很难辨白，但就事功上说，李党是比较负责任肯做事，所以在武宗会昌一朝，李德裕执政，居然“外降黠戛，内平泽潞”，这就是李党的表见。在穆宗长庆初年，李德裕为翰林学士。以李宗闵早年对策，讥切其父(李吉甫)德裕恨他。那一年恰巧杨汝士、钱徽掌贡举，宗闵婿苏巢和汝士弟殷士皆以关节及第，李德裕、元稹等皆主覆试，黜殷士、苏巢等十人。是为宗闵、德裕各分朋党之始，(牛僧孺、李宗闵同党)再则李德裕是以仕荫起家，又喜读书，虽有文才，但很看不起科第。本传说：“德裕耻与诸生从乡赋，不喜科试。”《通鉴》亦载：“太和七年，德裕谢上曰：‘今朝士三分之一为朋党，上干执政，下挠有司，为士人求官及科第，无不如志。’上闻而恶之。德裕因得以排其所不悦者。”旧纪又说：“会昌四年，德裕曰：‘臣无名第，不合言进士之非。’”这都可算十分表见德裕深恶进士的态度。故他平生所提拔的人，都是寒畯。但牛党就完全不同，杨虞卿等皆以科第起家，又喜汲引举子，一时如白香山、杜牧之辈，都很右牛党，这也不过是为广植党徒藉厚自己势力的地步罢了！在牛李两党对立的时候，牛党得势，李党自然不得抬头；李党得势，牛党也要下台。义山的东家而兼恩师的令狐楚是牛党，八少爷当然不能例外。其他与义山有往来的达官贵人，像杨嗣复、萧澣、杜悰、卢钧这一般人，没有一个不是牛党。同时因为义山和王茂元成了翁婿，王茂元又是李党，那郑亚、李回、卢弘正诸人，也是李党。柳仲郢本来是牛党人物，德裕执政时，因为他很有公正的名声，用他为京兆尹。仲郢说：“不意太尉恩奖及此，仲郢仰报大德，敢不如奇章公门馆。”义山的府主，总算柳仲郢是一个两党间的缓冲者。但仲郢与义山发生关系，是在大中五年，以前的义山总是介于两党的中间，出处语默，无论如何，总要得罪许多人。他最伤脑筋的时候，就是在大中元年随郑亚到桂林，那时候最触令狐绹的怒。在桂林不到一年，令狐绹一天一天的高升，眼见他马上就有拜相的希望。那时王茂元已死，(会昌二年)李德裕已经下台，并且李氏党人，也罢斥干净。义山在大中二年回到京城，去找令狐老八吗？但他就婚王氏和从郑亚这两件事，总是一个大大的芥蒂。不去找他吗？那马上就要流离失所。后来毕竟是去看他了，但令狐绹对他，总是在不即不离之间。义山集内的无题诗和其它有题等于无题的诗，大半是这时候所作，我们只要用缜密的心思去体会，他的希望和失望的心情就都呈现在我们面前，虽然他距离我们有一千一百年的长时间。

总之，谈到义山在党局的关系，他只算偶然的碰到令狐楚的知遇和他的指导，所以感恩知己，后来论婚王氏，也不过是婚姻的正常关系，也算不得叛牛党李，而且茂元也不见得特别帮忙。他不但够不上党里的中坚人物，就是三四等的脚色，也谈不到。他只有知己的感恩，他只有听人驱策的功能，作《唐书》的人，硬要把牛李两党的争斗史，在他的传记上记下一笔总帐，还要加上什么“背恩无行”和“恃才诡激”的话。这完全不是事实。

义山诗的来源去路

现在，我们可以进而谈义山的诗。

一个有名的诗家，总有他的来源和去路。诗歌自风骚以下，中国的文学，就分为南北两大派：南派的文学尚辞彩，北派的文学尚朴质。在南北朝时，无论经学文学，都因南北地域的不同，形成了天然的分野。一直到隋文帝统一天下，南北二派开始作初步的接触，结晶品却产生在唐朝。在这南北两派互相接触互相摩擦的时期中，搅起了无量数五光十色的浪花。假如我们照普通的划法，把唐初——开元这一百二十四年间，叫做初唐；天宝——贞元这六十四年间，叫做盛唐；元和——天佑这一百零二年间，叫做晚唐。那么，在初唐时，就显然看出两派的不同：一是齐梁派——继承南派——王、杨、卢、骆为代表。一是反齐梁派——继承北派——王绩、陈子昂是代表。在这两派摩擦和交流中，结果南派的沈佺期、宋之问奠定了律体；北派也在古体诗里表现他一种雄浑肃穆的气格，终于成为一个中和的融合，从而产生了中国诗坛的黄金时代。这两派由敌视而携手而结婚的结果，已经产生了健硕的宁馨儿。后辈们不但不敌视，反时时称述他的母家，如杜甫说：“颇学阴何苦用心”，又说：“王杨卢骆当时体”都是坦白的自白。诗坛既然有了康庄的大道，于是各人本其性之所近，选择他合宜的体裁，显出他们奔轶绝尘的本领。就内容说：李白近玄想，近道家；杜甫切人事，近儒家；高、岑多边塞之篇；王、孟有山水之致。从外形说：李白、高、岑长于七古歌行；储光羲、孟浩然长于五古；王维、孟浩然长于五律；王昌龄、王之涣、李白长于七绝；杜甫更无体不工、古今独步。这时候已到了古代诗歌的极峰了！但是盛唐的诗，虽然难乎为继，后来的人，却总想起而压倒前人。在盛唐的末期，晚唐的初期，忽然又产生几个苍头特起的诗家，他们都有另辟世界的野心，这就是硬语盘空的韩愈一派；清空如话的白居易一派；冷艳奇古的李贺一派；这三派都不落前人窠臼，却都成就了晚唐的李义山。义山的五七言古诗，是承继昌黎，另一部分是承继长吉，香山似乎与他无关系，但如“枢言草阁”一篇，不能说不是白傅的法乳。结果，他成为晚唐的诗体革新者。在义山同时的杜牧、温庭筠两家，多少和义山有桴鼓之应。韩偓、唐彦谦直接受他的影响，也很成功。宋初，西崑杨亿、刘筠、钱惟演这几人，仅得其皮，不得其骨。我记得在宋人说部上，有这么一件故事，说：国初馆阁诸公，诗尚李义山，号西昆体，后进多偷窃义山的语句。有一次内庭演戏，那戏中就有李义山。义山出台时，穿了一件破衫，而且败裂。小丑拉住义山说：“义山先生！你为什么穿得这么蓝缕？”扮义山的优人说：“你还不知道吗？我这件衣服，早已被馆阁诸公撕得不成片段了！”于是哄堂大笑。我想这一位演员，倒是个诗家内行！幸而好，义山的衣服，虽被撕破，他的筋骨，倒没受伤。后来一个王荆公，一个黄山谷，都学义山，而且专学其骨。荆公初作诗，本来就直率，后来从宋次道家借唐诗观之，方得深婉不迫之趣，他服膺义山，韵味极好。山谷学李，剥去他的肉采，专去学他的骨干，教人看去，完全不像。久读自然知道他和义山的声响没有两样。有一次我在北平，看见胡适之先生，他说：“山谷是江西大家，我始终看不懂好处，在他一部集中，只有‘夜听疏疏还密密，晓看整整复斜斜’两句做通了！”我不好同他辩，只说：“你还是看看《曾文正公诗集》吧！”曾国藩有《读李义山诗》云：“渺绵出声响，奥缓生光莹，太息涪翁去，无人会此情。”宋代的词人贺方回的诗，也是学义山，情韵倒有几分相同。朱弁略得他雍容气象，总算很难得。元朝有一个诗坛怪杰杨老铁(维桢),他也学义山,但又太险怪,有时还走上淫艳一路。明朝的王彦泓就是《疑雨集》的作者,诗才倒不坏,但他是误认义山的无题多半是艳体,变本加厉,满纸艳词,不是正宗。清朝初年有两个大家,一个是钱谦益,一个是吴梅村。钱氏专学义山的词采属对,吴氏专学“窦融表已来关右,陶侃军宜次石头”和“雪岭未归天外使,松州犹驻殿前军”一路,这两家总算难得。此外像冯班、黄任、杨芳燦、陈文述诸人,也都是从肉采上去打主意,哪里会好?近代的王闿运、曾广钧、李希圣、曾习经、曹元忠、汪荣宝诸家,他们倒是用比兴来发挥自己的感慨,与义山又遥遥相接了!

义山诗的评价

谈到义山诗的本身,许多人都说他冶艳和晦涩,我姑且先作一个简单的辩正:

诗本来就是从情感中发泄出来的。所以古人有“发乎情,止乎礼义”和“温柔敦厚诗教也”这一类的话。陆机《文赋》上说:“诗缘情而绮靡。”这倒是很正确的定义。况且在诗的六义上,比兴尤其重要;这就是孔子删诗不废郑卫的本旨。我们在前面已说过,义山的无题诗,确有他难言之隐,尤其在那时候的党派分歧,五花八门,稍一不慎,动辄得咎的处境;义山又是一个多愁善感的人,哪能够禁止他不哼几句。因为这个缘故,他一面故意做出来许多迷离恍惚的词句,一面加上一件镂金错彩的外衣,自附于楚骚的美人香草之意。(李贺、韩偓正同。)一些不善于读他诗的人,还有自己的心地本来不大光明,还要摆着道学面孔的人粗心浮气,匆匆的看过几首,当然要说义山的诗,是冶艳和晦涩了。

义山诗是冶艳吗?我们只觉得他是充满了忠爱,充满了同情。他这种襟抱,只有杜公和他配得上,后来的韩偓,算具体而微。其馀的诗家,简直望尘莫及。义山诗的大篇,大家总不会忘记《韩碑》和《行次西郊作一百韵》吧,《韩碑》是学韩,《西郊》是学杜。学杜的这一篇,自然赶不上杜公《北征》那一篇的浑然元气;学韩的一篇,不但是学《石鼓歌》,却连韩文也神似了,这还是艺术上的问题。至于“上雪圣耻”,归功圣相,已经是把自己和国家打成一片，国家有了戡乱的神圣功勋，也就是奠定了国家万年的基础，你想他下笔时，是何等的忠义愤发！何等的慷慨激昂！再说他的《有感二首》和《重有感》，这都是为了太和九年甘露之变而作的。在《有感二首》排律内，他替文宗危，替王涯诸人痛，中间含有切齿中官的情绪，这又是言人所不敢言的。《重有感》一律，极言刘从谏不赶快带兵勤王，安定国家，又是何等愤慨？像这样的大议论大篇，你还说他不是忠爱吗？义山对一切都富有同情心，这就是诗人的襟抱。再如："刘蕡下第，我辈登科，何其厚颜！"我们对这个人该不面生吧？他因为在文宗初年对策，指斥北司，考官不敢取他。他也曾到过令狐楚和牛僧孺的幕府。会昌初年贬柳州司户时，义山与他相遇于湖南，深感他的忠义，和自己是同志，在《赠刘司户蕡》诗中说：

江风吹浪动云根，重碇危樯白日昏。已断燕鸿初起势，更惊骚客后归魂。

开首二句，看去好像写景，实在是说当时宦官专恣，威柄凌夷，国家有朝不保夕之危；犹如江风吹浪，山为之动，而日为之昏。(陈简斋喜学此种)第三句说：蕡对策不第；第四句以骚客比蕡，也就是比自己，确是赋而兼比。下半首说：

汉廷急诏谁先入，楚路高歌自欲翻。万里相逢欢复泣，凤巢西隔九重门。

四五两句，皆用楚地故事：一言其希望内召像贾谊；一言其狂歌像接舆，而且赠诗的人和所赠的人双方都顾到。"万里"句，是言两人相逢时悲喜交集，即此截住；忽然以凤巢远隔收住。一则以两人皆居京职，一则明两人之不忘君门。气类的相怜，君国的眷眷，尽在不言中。这真是杜公的怀抱。后来刘蕡死了！他哭了又哭，一共有四首诗，没有一句一字不是真情流露。这不过是我随便的举例。义山集里面，像《随师东》、《蜀中离席》、《筹笔驿》、《安定城楼》、《一片》、《井络》等篇，哪一篇不是大声音、大议论？何况他的用笔，像五色线里的钢条，又沉重，又美丽！

义山诗是晦涩吗？不错。假如匆匆地把它读过，为它的辞采所掩，自然不会了解。这又不但是义山的诗，谁的诗也是一样。在我个人初读他的诗，也正是如此。后来将他的诗集亲手钞过一遍（用钱牧斋校北宋本），把前人所有的笺注本，都取来比看，又把两《唐书》里与义山同时诸人的纪传，仔细读过。我渐渐发见几个读义山的条例。就是：

（一）深晦的诗要浅看。

（二）明显的诗要深看。

（三）用事繁缛的要看虚字。

（四）纯用白描的要看呼应。

我把这四个条例定下来，再参以史传和诗意，义山的诗，不懂的已就很少了！举几个例：《锦瑟》诗总算古今人难解的第一首诗，或说锦瑟是令狐青衣；或说是悼亡；东坡以"适怨清和"四字配中间四句，那更是笑话了！元遗山、王渔洋都有解人难之叹。我早年就断定这一首诗不要去深看，很显明的是义山年近五十时自伤生平的诗。何以见得？锦，是有文彩可看的东西；瑟，是有声音可听的东西。五十弦，是取年已五十或近五十的数字，而华年两字，又正与锦瑟相应。所以开首便说：

锦瑟无端五十弦，一弦一柱思华年。

此处"思华年"三字，是全诗的眼目。下面：

庄生晓梦迷蝴蝶，望帝春心托杜鹃。

这两句最易惑人，其本意就是：庄生即蝴蝶，蝴蝶即庄生，杜鹃即望帝，望帝即杜鹃。千万不要呆看。他的意思是说：以我的才华，不应功名蹭蹬到这样地步，他在怀疑到底是天命呢？抑是人为呢？故借用庄生梦蝶的寓言，他实在著重一迷字。第四句说他内心上的悲苦无从发泄，只好垂空文以自见，故借用望帝精魂化为杜鹃的神话；这句又著重在一托字。下文又说：

沧海月明珠有泪，蓝田日暖玉生烟？

"沧海月明"，譬喻清时。"蓝田日暖"，譬喻自己抱负。"珠有泪"，犹言沉沦下僚，只好自伤。"玉生烟"，犹言光彩终不可掩，这是指文章而言。珠玉都有自负的意。他以"沧海"句应"庄生"句，以"蓝田"句应"望帝"句，更见紧凑。戴叔伦说过："诗家之境，如蓝田日暖，良玉生烟，可望而不可置于眉睫之间。"戴是义山前辈，王应麟说："义山句本此。"(《困学纪闻》)更可证明。结句说：

此情可待成追忆，只是当时已惘然。

此情者，即上四句文情，"成追忆"者，即追忆已往之华年，又与第二句相应。可待的"可"字，和"岂"字同。唐人诗中用"可"字来代替"岂"字的很多，不但是义山如此。最后一句，说我不但到今天始有这样的伤感，就是在过去任何时期，已不胜其怅惘之情了！逆挽来说，意味更无穷。仔细寻味，又何尝难解？这就是我先说的深晦的诗要浅看和用事繁缛的要看虚字的两个实例。再举一首《夕阳楼》诗：

花明柳暗绕天愁，上尽重城更上楼。欲问孤鸿向何处？不知身世自悠悠。

这一首诗，谁都看得懂，全用白描，而且意思好像很明显。第一句写晚景，第二句说登楼，第三句写晚景所见的事物，末句略有感慨罢了。但是读时可不要太忽略了！我们先要晓得，夕阳楼是在郑州荥阳。唐文宗太和七年三月，萧澣为郑州刺史，未数月，又内调刑部侍郎。在萧氏初到郑州时，曾约义山到郑州；萧不久内调，义山尚在其地。他这诗就是作于此时。那时义山二十二岁，他在前一年应举为贾餗所卡；是年太原府罢，正是他傍徨无依的时期，也是他最抑郁无聊的时期。首句"花明柳暗"四字，是兴而兼比，犹言我的前途，在半明半暗之间；"绕天愁"，更有四顾茫茫都是昏暗的感想，只用一"愁"字略透本意。此七字已足耐人寻味。第二句不仅仅是说登城登楼，他是说一层一层的增加，增加什么？还不是愁吗？第三句打开，故意设一问，并没有答。他心里好像想说："天际的孤鸿你将往哪里去?"结句说："你不要问孤鸿吧，你得先要问问你自己!"这样一来，义山的漂泊无依，萧澣的宦迹不定，却从这几个平淡的句子，完全逼出，那第一句花明柳暗更见精神了！这是叫做明显的诗要深看，纯用白描的要看呼应。义山的诗，本来就很深曲，用意像天空的游丝，造句也要打几个弯转。他造句变化很多，但是七字句，他最喜在上四字说一件事，下三字又是一件事，似断而非断。《锦瑟》诗的“沧海”二句是其例。又如《一片》诗：

天泉水暖龙吟细，露畹春多凤舞迟。

“天泉水暖”，用来比国家的基业可凭；“露畹春多”，比在野的人才甚众。（楚骚：“树滋兰之九畹兮。”）下面三字，“龙吟细”是说当时的号令不出国门；“凤舞迟”是说朝廷登用的人才太少。这两句的“细”字、“迟”字，都是关键。正与“沧海”二句同例。这些，皆是读义山诗必要注意的。

义山诗构成美的条件

不错，义山诗的确太美了！但是对于其美的论述，什么“百宝流苏，千丝铁网”，什么“如木兰兜牟裲裆，驰逐金戈铁马，一离沙场，仍复理鬓贴花”（贺裳《载酒园诗话》）。这些捕风捉影的话，还是太抽象了。我常常说：要认识一个天才学力都到的诗家，与其看后人的批评，不如看他自己的批评。这就是杜公所说的“文章千古事，得失寸心知”。义山一生，好像最喜欢的就是“玉”。在他的诗里，什么“玉池”、“玉盘”、“玉京”、“玉殿”、“玉楼”、“玉辇”、“玉山”、“玉水”、“玉女”、“玉郎”……俯拾即是。单用一个“玉“字的，那就更多。他的《锦瑟》诗：“沧海月明珠有泪，蓝田日暖玉生烟。”假如照戴叔伦所说：“诗家之境，如蓝田日暖，良玉生烟，可望而不可置于眉睫之间”的话，那义山诗的美，再没有像他自己说的那样确切。我们再看他早年学仙的地方叫“玉阳”，他最喜欢的故乡叫“玉溪”，（《祭令狐楚文》云：“故山峨峨，玉溪在中。”）而且用玉溪作他的别号，用玉溪名他的诗集，更十足表现他爱玉的心理。

义山何以这样喜欢玉？何以拿玉来象征他诗的美？很难答复。一定要勉强替他作一解释，那我只好诵几句古人的话。《礼记·聘义》上说：“君子比德如玉焉：温温而泽，仁也；缜密以栗，知也；廉而不刿，义也；垂之如队，礼也；叩之其声清越以长，其终诎然，乐也……诗云：‘言念君子，温其如玉。’”注家又说：“古人用玉，皆象其美。”我想义山或是有取于这样说法，因此特别爱玉，爱玉就是爱美。如果大家仔细读过他的诗，你自然感觉到他的美，也只有这几句话才能形容它。为什么呢？因为义山诗的本身，显然的有四种美，就是意美、韵美、辞美、声美。假如我们断章取义，拿《聘义》所颂扬玉的美德和这四种美比傅说，那么："廉而不刿"就是意；"温润而泽"就是韵；"缜密以栗"和"垂之如队"就是辞；"叩之其声清越以长，其终诎然"就是声。义山的爱玉，不但是有取于此，并且他的诗却也确实表现了这些。

现在，我就这构成美的四种条件，略为举例：

一、情意的美　　诗的感发在乎情，本乎情而用巧妙的思维写出来就是意。但情意是人人所有的东西，为什么同一样达情意的诗，在甲只能直率的道出，使人一见就懂，懂了就无馀味；在乙却能婉曲的道出，使人一读便觉得新，再读更有橄榄回甘的妙处。这关系还是在意。义山的诗，用意像天空的游丝，断而不断，不断而断。当它在天空中游离盘旋夭矫时候，真是教人不可摸捉。比如《宿骆氏亭寄怀崔雍崔衮》诗：

竹坞无尘水槛清，相思迢递隔重城。秋阴不散霜飞晚，留得枯荷听雨声。

这分明是怀人的诗。他不说雨夜无眠，但说枯荷聒耳，反像秋阴不散，秋霜不降，正是爱护这枯荷，留伴我今夜来听雨。怀人情味，更加深刻一层。又如《寄恼韩同年》诗，本是托韩作合他的婚姻，他却说：

帘外辛夷定已开，开时莫放艳阳回。年华若到经风雨，便是胡僧话劫灰。

这分明是杜秋娘的"花开堪折直须折，莫待无花空折枝"的意思。他不这样的说，却说年华一去，味同嚼蜡，那你们今日正该好好爱惜春光，而自己求婚王氏的急切，就不言而喻了！这还是他的小诗，用意却那样地婉曲。至于他的大题目大议论，立意更和他人不同。如《马嵬》诗：

冀马燕犀动地来，自埋红粉自成灰。君王若道能倾国，玉辇何由过马嵬？

他只在第二句用两个"自"字，把杨妃的死，国家的倾，一齐都归到三郎身上。居然史笔。读了这二十八字，只觉《长恨歌》和《津阳门诗》太费辞了！又如《贾生》诗："可怜夜半虚前席，不问苍生问鬼神。"我们读了，又不免对文帝的粉饰太平要怀疑了！还有"玉玺不缘归日角，锦帆应是到天涯。""此日六军同驻马，当时七夕笑牵牛。""永忆江湖归白发，欲回天地入扁舟。""惟有梦中相近分、卧来无睡又如何。"都是出人意表的句语。这不是情意之美吗？

二、韵味的美　　韵味本来是唐人诗的本色，宋人就薄了。义山生在晚唐的初期，正是唐诗风气转变的一个关捩。诗的韵味，既不是初盛时期的苍凉雄浑一派，也不是大历十子的清秀明媚一派。即就同时诸家比较：杜牧、温庭筠两家，总算当时最有成就的。但是，杜牧的诗，骨多于肉；温歧的诗，肉多于骨。义山却骨肉亭匀。再就温、李比较说：温、李同是以浓丽著称，但是温的诗，丽在肉采，李的诗，丽在骨格。同时，因为丽在骨格，所以他一举一动，自然和凡艳不同，别有一种风韵。假如把杜公所说的："态浓意远淑且真，肌理细腻骨肉匀"这十四个字移来象征义山诗韵味的美，倒是很确当。

义山诗的韵味，只可从讽诵时去领会。我曾经说过："义山诗独到处，是在咽处见厚，放处见滀，密处见疏，直处见曲，繁缛中见大议论，动宕中见大结构。"现在姑就这几句话，略举数首。

何处哀筝随急管，樱花永巷垂杨岸。东家老女嫁不售，白日当天三月半。溧阳公主年十四，清明暖后同墙看。归来辗转到五更，梁间燕子闻长叹。(《无题》)

高阁客竟去，小园花乱飞。参差连曲陌，迢递送斜晖。肠断未忍扫，眼穿仍欲归。芳心向春尽，所得是沾衣。(《落花》)

一片非烟隔九枝，蓬峦仙仗俨云旗。天泉水暖龙吟细，露畹春多凤舞迟。榆荚散来星斗转，桂花寻去月轮移。人间桑海朝朝变，莫遣佳期更后期。(《一片》)

上帝深居闭九阍，巫咸不下问衔冤。广陵(当作黄陵)别后春涛隔，湓浦书来秋雨翻。只有安仁能作诔，何曾宋玉解招魂！平生风义兼师友，不敢同君哭寝门。(《哭刘蕡》)

身属中军未得归，木兰花尽失春期。偷随柳絮到城外，行过水西闻子规。（《三月十日流杯亭》）

待得郎来月已低，寒暄不道醉如泥。五更又欲向何处，骑马出门乌夜啼。（《无题》）

梓潼不见马相如，更欲南行问酒垆。行到巴西觅谯秀，巴西惟是有寒芜。（《梓潼望长卿山，至巴西复怀谯秀》）

树绕池宽月影多，村砧坞笛隔风萝。西亭翠袖馀香薄，一夜将愁向败荷。（《夜冷》）

毛延寿画欲通神，忍为黄金不为人。马上琵琶行万里，汉宫长有隔生春。（《王昭君》）

君到临卬问酒垆，近来还有长卿无？金徽却是无情物，不许文君忆故夫。（《寄蜀客》）

三、辞采的美　　辞采的美，到义山真是登峰造极。宋人张戒说："义山只知有金玉龙凤。"不错，义山诗里，确是喜欢用这几个字面，但仅仅金玉龙凤，哪足以尽义山的诗？宋人论诗的浅薄，太可笑了！义山诗修辞的美，凡是故事、地名、人名、物名等等，选辞择声，设色属对，哪一联不是精绝无伦，铢两悉称？随便举几个例：他用故事，如"敌国军营漂木柹，前朝神庙锁烟煤。""金舆不返倾城色，玉殿犹分下苑波。""南省恩深宾馆在，东山往事妓楼空。""不须看尽鱼龙戏，终遣君王怒偃师。"用地名，如"思子台边风自急，玉孃湖上月应沉。""阵图东聚夔江石，边柝西悬雪岭松。""广陵别后春涛隔，湓浦书来秋雨翻。""雪岭未归天外使，松州犹驻殿前军。"用人名，如"但惊茅许同仙籍，不道刘卢是世亲。""贾氏帘窥韩掾少，宓妃留枕魏王才。""萼绿华来无定所，杜兰香去未移时。""管乐有才原不忝，关张无命又何如。""军令未闻诛马谡，捷书犹是报孙歆。"用物名，如"但须鸑鷟巢阿阁，岂假鸱鸮在泮林。""垂手乱翻雕玉佩，折腰争舞郁金裙。""金蟾啮锁烧香入，玉虎牵丝汲井回""珠容百斛龙休睡，桐拂千寻凤要棲。""蜡照半笼金翡翠，麝熏微度绣芙蓉。""春蚕到死丝方尽，蜡炬成灰泪始干。""红壁寂寥崖蜜尽，碧帘迢递雾巢空。"等句，这是何等巧丽？何等精警？

无论宋人是望尘莫及，就是浣花翁也要叹一声“后生可畏”了！

属对是义山的绝技。我在这里再介绍他两首句中有对的诗。前一首当句有对，后一首前六句，句中皆有对。

密迩平阳接上兰，秦楼鸳瓦汉宫盘。池光不定花光乱，日气初涵露气干。但觉游蜂饶舞蝶，岂知孤凤忆离鸾？三星自转三山远，紫府程遥碧落宽。（《当句有对》）

流莺漂荡复参差，渡陌临流不自持。巧啭岂能无本意，良辰未必有佳期。风朝露夜阴晴里，万户千门开闭时。曾苦伤春不忍听，凤城何处有花枝？（《流莺》）

句中有对，在前人未尝没有，但在全篇中八句，每句内各自为对，尚是创格。即就技巧上说，组织也很工丽，读了更不见得累重；尤妙在“池光”、“花光”和“日气”、“雾气”，故意重一字，全诗仍觉动宕无迹。真是人巧天工！义山自己也说过：

沈宋裁辞矜变律，王杨落笔得良朋。当时自谓宗师妙，今日惟观属对能。

属对的绝技，后人都叹观止矣！但是，他悔了！他懊丧了！他想不到今日之操笔事人，仅仅靠这一点本领。然而恐怕这也是他自负的地方。

四、声音的美　　诗歌本来就是声音的事，所以《三百篇》、《九歌》和汉魏的乐府，都能歌唱。但古诗的声音是天籁，后代则是人为。齐永明间，周颙、沈约的声病论起来，中国诗文的声调，就发生一大变动。到了隋唐以后，沈佺期、宋之问等，又利用声病的理论，奠定律诗体格。在初期尚有拗体，在盛唐时就稳顺多了！晚唐初期，尤其注意声音，故唐诗的声调铿锵，抑扬抗坠，的确是后人所不能到。义山的诗，向来人都知道读了好听，有时探喉而出，字字圆润，调协口吻，就是有一二拗捩的地方，也不见得龃龉。这不是另外有什么秘诀，不过在作诗的时候，注意平仄的稳顺，尤其在转捩处，多用声近的字，使读时不知不觉的随口滑过去，那诗句自然流利而成为声音的美。声近的字，本来有同母之字，有同韵之字，同母的字叫双声，同韵的字叫叠韵。（六朝人用双声作诗，如：“园蘅眩红葩，湖荇燡黄花。回鹤横淮翰，远越合云霞。”）义山最喜欢用双声叠韵字作对，或者把双声叠韵的字分散在句中，这就是声音好听的缘故。例如：“梦为远别啼难唤，书被催成墨未浓。”这里“啼难”是双声，“墨未”也是双声，而且用双声对双声。不但如此，“书”、“成”、“被催”，“梦”、“别”、“为远”等字，皆双声字，不过把它分散句的上下罢了！又如：“红壁寂寥崖蜜尽，碧帘迢递雾巢空。”“迢递”、“寂寥”都是双声，“红”、“空”是叠韵，“壁寂”又是叠韵，“迢”、“寥”、“巢”又是叠韵。又如：“蜡照半笼金翡翠，麝熏微度绣芙蓉。”“笼”、“度”是双声，“蓉”、“笼”是叠韵。像这样的例子，你只要打开义山集，随处可以见到。

我想这四项，就是构成义山诗的美的主因。他如篇章的构结，句法的变化，用字的新巧，设色的调和，自然也是构成美的因素。大家只要在我今天所举出的诗句中去体会，总可欣赏得到。

义山的诗的确太美了！他作诗甘苦又怎样？这里，恕我不能替他作正面的答复。假如一定要说几句，那我只好请义山亲自出来作答：

> 晓用云添句，寒将雪命篇：良辰多自感，作者岂徒然？熟寝初同鹤，含嘶欲并蝉，题时长不展，得处定应偏。南浦无穷树，西楼不住烟，改成人寂寂，寄与路绵绵。星势寒垂地，河声晓上天。夫君自有恨，聊借此中传。（《谢先辈防记念拙诗甚多，异日偶有此寄》）

尾声

话说得太多了，在这里，我还得郑重的说几句话：

诗文的诗，在我国以往的学者，认为小道，在西方人却认为纯文学；以为诗歌根於情绪，只要有深刻的想像和精娴的技巧写出来就得了！于是把学术人品撇去不谈。我认为这是很偏狭的主张，却不是固有文化的真谛。读义山诗，固然要知道他技巧的成功，同时也要知道他的学术思想和立身大节。从学术方面说：义山年方十岁就傅的时候，据《樊南文集補编·叔父誌状》说：“商隐与仲弟羲叟再從弟宣岳等亲授经典，教为文章。”

据他文集里《与陶进士书》说:“始仆小时,得刘氏《六说》读之,(《旧唐书》:“刘知几子迅,右补阙,撰《六说》五卷。”《国史补》:“刘迅著《六说》,以探圣人之旨,惟《说易》不成,行于代者,五篇而已,识者伏其精峻。”新书《刘迅传》:“迅续诗、书、春秋、礼、乐五说。”)尝得其语曰‘是非系于褒贬,不系于赏罚;礼乐系于有道,不系于有司。’密记之。盖尝于春秋法度,圣人纲纪,久羡怀藏,不敢薄贱,联缀比次,手书口咏,非惟求以为已而已,亦祈以为后来随行者之所师禀。”又有《上崔华州书》说:“夫所谓道,岂古所谓周公、孔子者独能邪?盖愚与周孔俱身之耳。”据此,是义山早年受经立志,固欲以圣道自任,和韩愈没有两样。他后来备受党人的排笮,功名的蹭蹬,颇有厌弃世事的思想,或逃于仙道,或逃于禅悦,这不过是他饱尝世味,偶然的寄托他的精神生活罢了!再从人品和立身大节上说:他对于君国是很忠爱;对于府主是很忠实;他对于父母是很纯孝;对于朋友是很真诚;他在夫妇间有真挚圣洁的爱情;(悼亡后诗处处可见。)他在兄弟姊妹间有友于敬爱的情谊,(集中《祭仲姊文》、《祭徐氏姊文》极哀楚。)至于子侄戚属,尤见顾覆教养的恩义。(集中祭姊文、《祭小侄女寄寄文》皆可见。)这都是儒家传统思想的美德。他虽然有去牛归李的嫌疑,但卫公究竟是一个肯负责、肯做事的人物,不能说他不明去就。他只有希望国家好,他绝无恩牛怨李的成见。这就是他的人品,是他的立身大节。

还有些人读了他的诗,只见他满纸都是美人香草的字面,(其实不全是如此。)又疑到他是章台走马的浮薄少年,或者骂他为浪子,甚至有许多老辈,戒人不要看李诗。这些捕风捉影,绝无事实的见解,实无抗辩的必要。我们只要看他在梓幕时,柳仲郢想把乐籍女子张懿仙赐给他,他绝对不肯答应,情辞悱恻,千载如见。现在把它抄录在下面,代我们的结论。一切的疑团,总可冰释了!

商隐启:两日前,于张评事处伏睹手笔,兼传指意:于乐籍中赐一人,以备纫补。某悼伤以来,光阴未几。梧桐半死,才有述哀;灵光独存,且兼多病。眷言息胤,不假提携,或小于叔夜之男,或幼于伯喈之女。检庾信荀娘之启,常有酸辛;咏陶潜通子之诗，每嗟漂泊。所赖因依德宇，驰骤府庭；方思效命旌旄，不敢载怀乡士。锦茵象榻，石馆金台，入则陪奉光仪，出则揣摩铅钝。兼之早岁，志在玄门，及到此都，更敦夙契。自安衰薄，微得端倪。至於南国妖姬，丛台妙妓，虽有涉于篇什，实不接于风流。况张懿仙本自无双，曾来独立，既从上将，又托英僚。汲县勒铭，方依崔瑗；汉庭曳履，犹忆郑崇。宁复河里飞星，云间堕月，窥西家之宋玉，恨东舍之王昌？诚出恩私，非所宜称！伏惟克从至愿，赐寝前言，使国人尽保展禽，酒肆不疑阮籍。则恩优之理，何以加焉？干冒尊严，伏用惶灼！谨启。

本文系讲演记录，原载《中国文学》第一卷第五期(1945年)。《汪辟疆文集》题作《谈李义山的诗》。

玉溪诗笺举例

有唐一代诗家，能自辟宇宙者，唯李、杜、昌黎、玉溪。玉溪虽取法少陵，而上能规模屈、宋，接武国风，意在言外，得比兴之遗。至其词之优柔敦厚，亦非宋欧、苏所敢企，遑论馀子。惜注家如道源、长孺、午桥、孟亭、悔翁辈，诗工既不深，擿埴索涂，骊珠自诩。不知焦寮已翔于寥廓，而罗者犹视乎薮泽。千年迄今，有如长夜。中宵抚卷，叹息弥襟。

笺注此集，先宜注意四事：其一、由太和至大中政治党派及国家大事。其二、本集显达之迁转、岁月久暂，生卒交游之仕履出处、言论著作。其三、义山由少至壮年晚年之家庭、游踪、仕宦荐辟。其四、唐代之选举、职官、节镇、地域之现行制度。凡此四端，必须根据两《唐书》、《通鉴》、《唐会要》、《唐大诏令》、《文献通考》、及《本集》、《樊南文集》、《樊南文集补编》(较《樊南文集》多二百有三篇)。酌采《唐摭言》、《北梦琐言》、《酉阳杂俎》、《云麓漫钞》、《太平广记》、《长安志》(宋敏求)、《唐两京城坊考》(徐松)，一一钩稽，必尽必实。旧注之当者取之，支蔓无当者汰之。第一、征事。第二、数典。第三、达旨指笺。事，核而不诬。典，赡而扼要。旨，安而不凿。则义山诗之真面目出矣。世有闳达，曷起而从事乎。

一九四三年四月十二月夜，方湖。

一片

一片非烟隔九枝，蓬峦仙仗俨云旗。天泉水暖龙吟细，露畹春多凤舞迟。榆荚散来星斗转，桂花寻去月轮移。人间桑海朝朝变，莫遣佳期更后期。

方湖曰：此义山有感于朝局，托辞寓慨之诗也。胡震亨以为期津要之能荐士者，固非；何焯以为艳情之作，亦非也。唐自贞元以来，内制于中官，外逼于方镇，群小杂进，正士窜逐，王室微弱，朝政日非。忧时者早有瞻乌谁屋之叹矣！此诗首二句即极写夜色朦胧，犹言朝局昏闇。曰隔九枝者，言不见光明也。曰俨云旗者，仅存空号也。天泉水暖，喻国家基业之可凭。露畹春多，喻在野之人才尚众。《离骚》："余既滋兰之九畹兮"可证。但一曰龙吟细者，则号令不出朝门也；一曰凤舞迟者，则忠正多沉下僚也。朝局若此，则星移月落指顾间事耳。故五六一联即慨乎言之。七句则直说人间桑海之变，为全篇点睛。末句即早自为计，毋贻后悔之意。忧时之切，忠爱之忱，与杜公遥遥相应也。前人所笺，皆模糊影响之词，今特为揭出，为读者进一解。

锦瑟

锦瑟无端五十弦，一弦一柱思华年。庄生晓梦迷蝴蝶，望帝春心托杜鹃。沧海月明珠有泪，蓝田日暖玉生烟。此情可待成追忆，只是当时已惘然。

方湖曰：此义山自道生平之诗也。第二句思华年三字，即一篇眼目。庄生句，喻已功名蹭蹬，以彼其才，又似非终身郁郁下僚者，天为之抑人为之也。故用庄生梦蝶事以见迷离恍惚，而迷字已透露之。望帝句，喻己抱一腔忠愤，既不得信，而又不甘伊郁，只可以掩抑之词出之，即楚天云雨尽堪疑之意也。沧海月明喻清时，然珠藏海中，不能自见，以见自伤之意。蓝田日暖喻抱负，然玉韫土中，不为人知，而光彩终不可掩。则文章之事也。二语又从陆士衡石韫玉而山辉，水怀珠而川媚，变化而来。然戴叔伦尝论诗之境界：如蓝田日暖，良玉生烟，可望而不可置于眉睫之间。戴卒于德宗贞元五年，为义山前辈。此句又全本戴氏。详戴之言，则此句指其诗文又无可疑。末二句总结此情，即上四句之情。成追忆三字，正与思华年相应。第八句仍不肯直说，以当时已惘然五字逆挽，为上文作不即不离之咏叹，益增怊怅矣。此诗精深华妙，而唐宋解者，最多亦最枝。元遗山王渔洋皆有解人难之叹。盖未尝深思也。至冯孟亭谓锦瑟为悼亡之诗，当误认房中曲之锦瑟而言，不知与此无涉也。

又曰：用锦瑟二字起兴，亦非无意。锦者，有文采可见者也。瑟者，有声音可闻者也。用此二字，不惟可括全篇，且与华年相应。其曰五十弦者，以瑟古为五十弦，而五十正合大衍之数。人生五十之年，又为由壮盛而衰老之界，借以追忆已往之华年，皆不可易。按义山生平，据冯浩定为宪宗元和八年生，宣宗大中十二年卒，则义山得年只四十六岁。然冯氏定义山生年又云：或有先后，是虽定犹未定也。又《旧唐书》本传言大中末商隐还郑州，未几病卒。则义山卒年亦不限于大中十二年，或至大中十三年，或再迟一二年，义山方卒亦未可知。余尝疑义山当生于元和四年卒于大中十三年，得年五十有一，然则此诗即姑定为五十初度之作，亦无不可。其以锦瑟标题而不云五十初度者，盖以诗意甚明，不如取首二字为笼括一切也。

重过圣女祠

白石岩扉碧藓滋，上清沦谪得归迟。一春梦雨常飘瓦，尽日灵风不满旗。萼绿华来无定所，杜兰香去未移时。玉郎会此通仙籍，忆向天阶问紫芝。

圣女祠在今陕西陈仓大散关之间，即《水经注·漾水篇》所谓武都秦冈山，悬崖之侧，列壁之上，有神像妇人之容，其形上赤下白，世名之曰圣女神者是也。开成二年义山驰赴兴元过之。大中十年，义山随柳仲郢还朝，又过之。此云重过者，当为大中十年作。借圣女寄慨身世，与锦瑟诗略同，本集有圣女祠诗三首，各有所指，与此又别。

方湖曰：此义山借圣女以寄慨身世之诗也。前半写圣女祠，后半写重过，此全篇布局大略耳。然读古人诗不能如此疏忽，当更求其寓意所在。此诗次句沦谪得归迟，即为全篇寄慨主旨，亦明说自伤身世之意。然首句言岩扉碧藓滋，则沦谪久矣。三四寄慨半生壮志，全付梦中，蹭蹬功名，终难美满，而常飘不满，即其见意。至于仆仆道涂，数更府主，则去来无定，所由致叹于仙踪之飘忽也。亦紧扣重过。结则回忆开成二年经过此地，正令狐绹助己登第之年。当时自谓平步青云，上清同证，今则全付梦中，宁堪回首乎！全篇皆以仙真语出之，空灵幽渺，寄托遥深，而结二句打开说，与上文之上清沦谪，春梦灵风，混茫承接，精细无伦。大家换笔之妙，一至于此。

蜂

小苑华池烂漫通，后门前槛思无穷。宓妃腰细才胜露，赵后身轻欲倚风。红壁寂寥崖蜜尽，碧檐迢递雾巢空。青陵粉蝶休离恨，长定相逢二月中。

方湖曰：此当为义山闻子直渐贵，而冀其援引之诗也。题为咏蜂，故托以见意。首二句喻己有托身之地，三四喻己人地寒微，非有倚托不能自致青云之路。五六则向所赖之人，今皆不在朝列，因宣宗大中三年，卫公之党，已罢斥殆尽矣。则此后不能不属望于子直。结二句言相见不远，虽子直于己初有不谅，而己则心实无他，则此后之会合不难矣。句句咏蜂，却句句写己。诗家比兴之义，不难相说以解，细玩词意，极为明显，不当以咏物视之矣。

流莺

流莺漂荡复参差，度陌临流不自持。巧转岂能无本意，良辰未必有佳期。风朝露夜阴晴里，万户千门开闭时。曾苦伤春不忍听，凤城何处有花枝。

方湖曰：此义山借流莺寓感也。起二语曰漂荡，曰参差，即隐寓身世飘蓬之感。三四喻己屡启陈情与见之诗文者，自有肺腑之言，而他人未必能共谅，此良辰佳期之所以不至也。五六风朝句，言朝局之万变。万户句，言党派之分歧。结二句则归到自身。词哀心苦，茫茫人海，无枝可栖，字字血泪矣。

回中牡丹为雨所败二首

下苑他年未可追，西州今日忽相期。水亭暮雨寒犹在，罗荐春香暖不知。无蝶殷勤收落蕊，有人惆怅卧遥帷。章台街里芳菲伴，且问宫腰损几枝？

浪笑榴花不及春，先期零落更愁人。玉盘迸泪伤心数，锦瑟惊弦破梦频。万里重阴非旧圃，一年生意属流尘。前溪舞罢君回顾，并觉今朝粉态新。

回中乃安定地。《汉书·武纪》所谓元封四年，行幸五畤，通回中道遂北出萧关者也。（应劭曰：回中在安定高平，有险阻，萧关在其北。方湖按：右扶风、汧亦有回中。见《后汉书》《三辅黄图》。此取安定回中以为名，非武帝所通之道。小颜辨之甚明。）文宗开成三年，义山应宏词试不中，赴泾原王茂元幕。泾原军治安定。义山有《安定城楼》诗，此二篇亦当时所作。

方湖曰：此义山在安定借牡丹以寄慨身世之诗。题意已明，非专咏牡丹也。下苑即长安东南隅曲江池。《汉书·元纪》所谓宜春下苑即此。西州谓安定。此诗首言下苑未可追，则秘省之势难再入，令狐门馆之势难再依，以今日泾原之行而可决定之他年也。其试宏词不中，当必有摈逐之者，故三四一联以寒字写外间排笮之人正多；以暖字写暂时之合少慰。此二句已不胜其怅惘凄迷之感。五六则极言失意。无蝶句，即落花满地无人管之意。有人句，即翠衾归卧绣帘中之意。则歌以当哭矣！结则撇去正面而叹。回中如是，他处可知。牡丹如是，他卉可知。犹言同我之沦落者，恐亦有人。凄惋之中，自然意远，深情妙绪，触手纷披。细玩全篇，无一滞笔。最妙在前六句，皆从对面衬出，属对奇变。而三四一联，尤其显然易见者也。次章首句，用唐初孔绍安咏石榴诗意。（孔绍安应诏《咏石榴诗》云：只为来朝晚，开花不及春。）言榴花开时本晚，而牡丹先春零落。喻己本遭遇蹭蹬，而谗人复从而排笮之也。浪笑二字，极见用意。三四一联，正面写牡丹为雨所败。玉盘句，写花含雨。锦瑟句，写雨打花。体物精细，故精紧乃尔，亦所以喻己之横被摧残，故曰伤心，曰破梦也。泪迸弦断，悲苦可知。五六则浓阴万里，障蔽重重，生意一春，流光畹晚，非旧圃，则殊于下苑也。属流尘，则困于轮蹄也。嗟叹之间，出以凄惋，不能卒读矣。结则言今日之零落如此，而他日之零落或更有甚于今日者，必反觉今日之雨中粉态，犹为新艳。此进一层写法，与前篇之罗荐春香暖不知，遥遥相发。然无聊之慰情，可于言外得之矣。此二诗假物寓慨，隐而能显，是徐熙惠崇画法。

无题二首

昨夜星辰昨夜风，画楼西畔桂堂东。身无彩凤双飞翼，心有灵犀一点通。隔座送钩春酒暖，分曹射覆蜡灯红。嗟余听鼓应官去，走马兰台类转蓬。

闻道阊门萼绿华，昔年相望抵天涯。岂知一夜秦楼客，偷看吴王苑内花。

方湖曰：此当为开成四年调尉宏农留别秘省同官之诗也。赵臣瑗谓义山窃窥王茂元家姬，大谬。首二语言其时与地，星辰喻其高，风喻其清，而画楼桂堂，则秘省也。三四分隔情通欣羡如见。五六则状内省诸公，联翩并进，宴游之乐，得意可知。结二语，则谓己不得长在此间，而有转蓬远扬之恨。比类达情，意深而婉，又覆诵之，味弥永矣。

方湖又曰：次章盖窃幸因王氏而自进于卫公之诗也。萼绿华比卫公，次句言向于卫公而不可亲，今何幸而有此机遇也。秦楼客，谓为茂元壻二语，谓岂意以论婚王氏之故，而得自附于李党耶？吴王苑内花，当指李卫公门下英俊之士，细玩此诗，又可知义山再入秘省，其为李党汲引无疑也。

又按：李卫公以文宗开成二年五月由浙西观察使调充淮南节度使，至开成五年四月召回以为吏部尚书同中书门下平章事，此二诗如作于开成四年义山由秘书省校书调补宏农尉之时，则卫公时正在淮南，此云阊门者当在扬州。据旧纪：宝历二年盐铁使王播奏扬州旧漕河水浅，今从阊门外古七里港开河向东，取禅智寺桥东，通旧官河是也。然则此阊门，即指淮南，更无疑义。

无题

来是空言去绝踪，月斜楼上五更钟。梦为远别啼难唤，书被催成墨未浓。蜡照半笼金翡翠，麝熏微度绣芙蓉。刘郎已恨蓬山远，更隔蓬山一万重。蓬山即蓬莱山，此用汉武帝求仙事，集中屡见。

飒飒东风细雨来，芙蓉塘外有轻雷。金蟾啮锁烧香入，玉虎牵丝汲井回。贾氏窥帘韩掾少，宓妃留枕魏王才。春心莫共花争发，一寸相思一寸灰。

方湖曰：此二诗原编共四首，计七律二，五律一，七古一，盖编者取其用意从同，故统括以无题耳，当非一时所作也。此二律冯张二家皆有见到语，惜未能融洽，今更为诠释之：首章前四句写梦中，后四句写梦觉，来去即不常，故言曰空言，踪曰绝踪，已非醒眼时境界，从古诗既来不须臾又不处重帏脱化出也。次句点时地入梦之时地也。三四梦中之情事极恍惚迷离之境，决非果有其事。而张冯二家必泥上绚书云令代书太清宫寄张相公旧诗，抑何可笑。五六则为梦醒时之景况，故云半笼，云微度，即为梦醒时在枕上重理梦境之感觉。七八则叹蓬山本远而加以梦中障隔，较之醒时之蓬山更远也。此诗变化不拘常格，宜冯张辈不能知之也。

又曰：来是空言一首前人所笺或以艳情，或以为令狐绚来见，其说之不可信，可于本诗证之。如为艳遇之作，则既于深夜翩然肯来，而又翡翠被中、芙蓉褥上既极燕妮之欢，何又忽云蓬山远隔？同前后之不合也。如为子直来见，无论子直贵官，不常下顾，即感念故人亲来存问，又何为待至五更深夜月斜楼上之时乎？冯氏自知不可通，则谓令狐为内职，此句点入朝之时，牵强附会而不知为瞽说也。惟解为梦中梦觉两层，则通体圆融，诗味深远。

方湖曰：次章言事已如此，然终似有几希之望而终断之无益也。起二句曰细雨，曰轻雷，喻膏泽之不能大霈。然香炉虽闭，而金蟾可以啮通之；井水虽深，而玉虎可以汲引之。况已与令狐，乖隔虽深，旧情犹在，则援手亦不难也。但所疑虑者，窥帘以韩掾之少，留枕以魏王之才，而我何有哉。

转念至此，则寸心灰尽，其无益也可断言之。此二首或为一时之作。

无题

相见时难别亦难，东风无力百花残。春蚕到死丝方尽，蜡烛成灰泪始干。晓镜但愁云鬓改，夜吟应觉月光寒。蓬山此去无多路，青鸟殷勤为探看。

方湖曰：此当为大中五年徐府初罢寓意子直之诗也。欲绝不忍遽绝，中怀悲苦，故以掩抑之词出之。然诗意固自显然也。起句言相见既难，即决绝亦不易。此别字，非离别之别，乃决别之别。次句言绹既无意嘘植，而已则必就沦落。东风指绹，百花指已。如此接法，钝根人百思不到。三四极言已心不死，如蚕必至死而丝尽；烛必成灰而泪干，乃始绝望耳！丝可代思，犹泪可代怀。古《子夜歌》："春蚕易感化，丝子已复生。"古乐府屡用之。五句即诗人维忧用老之意。六句即极言孤独无偶，然犹对绹有几希之望，不能不藉青鸟之探看也。青鸟主为西王母取食者，见《山海经》。史所称屡启陈情，此当其时所作。词苦而意婉，百诵不厌。

辛未七夕

恐是仙家好别离，故教迢递作佳期。由来碧落银河畔，可要金风玉露时。清漏渐移相望久，微云未接过来迟。岂能无意酬乌鹊，惟与蜘蛛乞巧丝。

义山于大中五年春徐州府罢还朝，复以文章干绹，绹意稍解，为补太学博士，此乃绹之情不可恝，非美迁也。本篇题为辛未七夕，当作于是年。

方湖曰：此当为大中五年补太学博士后借七夕寄意之诗也。是年绹意既稍解，而博士亦非美迁，义山于感激之馀，仍难副其厚望，细玩诗意，从可知矣！张遯庵曰：首二句反言之，实则深喜之。清漏句，旧好将合。微云句，属望尚奢。岂能二句，言博士一除，我岂不感激厚恩，而无如所得仅此。或者仙家故教迢递，以作将来之佳期未可知也。用意极为深曲，然不详考本事，固难领其妙，此释得之。至本篇结构，首四句，为设问之辞。

后四句，即就事论事，又逼入一层问之，超忽跌宕不可方物，命意高则下笔得势耳。惟其望久来迟，故幸得渡河，当酬乌鹊，此二句是起下二句地步，非但叙事也。或误以为补叙七夕，故有末二句另化一意之说，失之。此河间纪氏说，可为读此诗者进一解。

无题二首

凤尾香罗薄几重，碧文圆顶夜深缝。扇裁月魄羞难掩，车走雷声语未通。曾是寂寥金烬暗，断无消息石榴红。斑骓只系垂杨岸，何处西南待好风。

重帏深下莫愁堂，卧后清宵细细长。神女生涯元是梦，小姑居处本无郎。风波不信菱枝弱，月露谁教桂叶香。直道相思了无益，未妨惆怅是清狂。

方湖曰：此大中五年义山应柳仲郢辟将赴东川，绝意令狐之诗也。冯张二家笺释略同，大约可信，然尚有未尽融者。兹再为详笺之：首章起二句，虽点房栊中景物，然曰薄、曰缝，则寄慨人地寒微，宛言愉色，操心苦矣！三四则言自伤沦落，愧对故人，尽有高轩，难通情愫，所谓羞难掩语未通也。以此二故，自知命途乖舛，寥寂是甘，佳音旷绝，遇合无期。曰曾是、曰断无，则肯定之辞也。结则谓事已至此，不能不有西南之行。垂杨寓柳姓，西南指蜀中，此无可疑。次章上半，状不寐凝思，即承首一首寂寥而极言之。首句莫愁二字取字面，非赋莫愁也。重帏深下，愁并宵长，此时自念前尘如梦，似神女之生涯；门馆无依，类小姑之独处。此梦即庄生晓梦迷蝴蝶之梦也。五六言菱枝虽弱，而惯经风波，亦自有其劲节，喻己之素操，所谓不信也。桂叶本香，而独标月露，固自有其使然。言令狐之提携，所谓谁教也。结二句，则言我虽有感激之忱，而彼终不谅，则思亦无益，不得已只有清狂自处，子不我思，岂无他人，则惆怅之深也。如此说诗，则神理交融，了无凝滞。

玉山

玉山高与阆风齐，玉水清流不贮泥。何处更求回日驭，此中兼有上天梯。珠容百斛龙休睡，桐拂千寻凤要栖。闻道神仙有才子，赤箫吹罢好相携。

方湖曰：此当为义山大中二年由荆巴归洛时，希望于令狐子直之作也。大中二年二月，令狐绹召拜考功郎寻知制诰充翰林学士，义山于是年秋间，由荆巴归洛，冬初还京。其时子直有骎骎向用之势，义山铩羽而归，不能不冀其援手。胡震亨《统签》疑为津要之能荐士者。故吴乔发微，乃断为绹而作，皆确不可易也。今再详释之：此诗借玉山以托意。首句，言其地位高。次句，谓其鉴别审，而玉山策府非翰林学士莫当也。三四一联则言彼力可回天，故设为问答之词，以为由此凭藉，可以青云平步，何必他求。希冀之情，千载如见。五六一联，珠容句，微露警戒之意，意谓地位之愈高者，则小人之包围必愈甚，劝其勤于职事，以免奸人乘隙，欲自附君子爱人以德之意。回到第二句，尤见周匝矣。桐拂句，则直说求进之意；更无须隐饰。结仍归到急思援手本意。冯浩曰：绹为楚子，故曰才子，官为翰林，故曰神仙，必点明才子者，冀其承父志而爱我也。冯释亦可参，且用意正如此。

原载《中华文史论丛》第四辑（1963 年）

《玉溪诗笺举例》补录

汪辟疆先生为当代著名学者，长期执教于南京大学，其学出入文史，在《水经注》、目录学、唐人小说、近代诗等方面均有精深之研究，夙为学界所重。20世纪80年代末，程千帆先生整理出版了《汪辟疆文集》(上海古籍出版社，1988年)，将汪先生的散见文字萃为一编，为学界提供了方便。然此书之外，仍有一些汪先生著作未曾刊行，其面貌仍不为学界所知，有待整理。

在汪辟疆先生的遗稿中，有一部李商隐诗笺注的稿本，颇堪珍视。该稿本共五十七叶，半叶十四行，行三十字左右，以毛笔工楷写成。撰成时间未详。从《玉溪诗笺举例》(原载《中华文史论丛》第四辑，1963年)题记作于1943年4月来看，稿本此时或已完成。从上世纪50年代汪先生与古典文学出版社编辑的通信中得知，其曾有出版"李义山诗选"、"义山诗选注"的计画，终因尚需删改、增补及身体原因，未得最后完稿。又，在汪先生自撰的著作目录中，有"李义山诗笺释六卷稿本"，今亦不见。现存稿本，虽叶数无多，但仍可视为汪先生《李义山诗笺释》以及未完成的李商隐诗选注的一部分，弥足珍贵。其笺语的部分内容，如《锦瑟》等诗，在《玉溪诗笺举例》中已经发表，但仍有部分诗作笺语未曾刊布。今年是汪辟疆先生诞辰一百二十周年，为了纪念这位久享盛誉的学者，俾先生之学术得到进一步发扬，兹将前者未备者依序别择录出(注中有关诗意者，亦酌情录出，以"方湖注"表示)，名之曰"《玉溪诗笺举例》补录”,以飨读者。

此外,南京大学中文系所藏冯浩《玉溪生诗笺注》,系汪先生旧藏,此本前有汪先生手书题记,为《汪辟疆文集》所未录,其云:“李义山诗,即用冯注为课本,堂上口讲颇为详覈,此本眉间所称方湖案者是也;然诸生所记,互有详略,他时当荟萃为一编,撰《义山诗笺注》以行。廿八年二月。方湖题记。”此本有汪先生之批语,亦可宝重,此次选录批语较完整者六则,殿于最后。诸诗题后标以《李商隐诗歌集解》(刘学锴、余恕诚著,北京,中华书局,1988年)之册数与页码,系整理者所加,以便参读。稿本之整理,除对标点及徵引处进行了一些技术处理外,一般不作改动,以存原貌。

最后,感谢汪先生裔孙汪定民先生、南京大学中文系资料室任素琴先生对整理工作的支持与帮助。

后学金程宇丁亥孟夏谨记于金陵近江楼

令狐舍人说昨夜西掖玩月因戏赠(2/898)

昨夜玉轮明,传闻近太清。
凉波冲碧瓦,晓晕落金茎。
露索秦宫井,风弦汉殿筝。
几时绵竹颂,拟荐子虚名。

方湖曰:此是干谒之诗而讳言戏赠也。令狐绹拜中书舍人,系在唐宣宗大中三年,此诗当作于是年。全篇因令狐说西掖玩月之事,而希望彼于无意之中,能如汉时客荐扬雄之故事。故末二句直点出此意也。全诗意不待详说,而自然明了。今更为略言之。首句言月,次句言令狐近在西掖,正天子左右也。此句尤为一篇之主,意在双关。二四玩月正面,且言“晓晕”,且流连一夜可知。五六二句打开一步说,一则汲之使出,一则纵之使高,在一举手之劳耳;此二句又为七八二句透出本意。至结句曰“几时”,暗结“昨夜”,亦结“近太清”也。一篇之中,脉络相生,首尾照应。玩诗者能明乎此,则诗律不难知也。

霜月(4/1629)

初闻征雁已无蝉，百尺楼高水接天。
青女素娥俱耐冷，月中霜里斗婵娟。

方湖曰：此诗首二句，极写岁已云暮登高视远，已不胜摇落高寒之感，而青女素娥所谓霜月者，正于此时搔首弄姿，自鸣得意者，则小人之窃弄国柄，时事可知也。纪昀曰：此诗妙不说破，只以对面映衬之。笔意深曲，耐人寻味。

人欲(4/1534)

人欲天从竟不疑，莫言圆盖便无私。
秦中久已乌头白，却是君王未备知。

方湖曰：徐龙友云："此诗似为李德裕贬崖州作。李氏之贬，当时有深快之者，如温庭筠题卫公诗二首，痛诋之至。所谓人欲天从也。末二句盖言天意虽知其冤，而无如人君为群小所蒙，至死不悟也。"此解似较为深警，然此类诗所含比兴之义太广，终不如阙疑为愈耳。

蝉(3/1027)

本以高难饱，徒劳恨费声。
五更疏欲断，一树碧无情。
薄宦梗犹泛，故园芜已平。
烦君最相警，我亦举家清。

方湖曰：此真得杜公咏物之一体也。意内言外，而意在笔先，斯为高格。今再分疏言之：首句言蝉本无求于世，自抱清操，而一饱为难，故所以有不平之鸣，所谓"恨费声"者也。其鸣则萧然，而在五更则疏而欲断，其止则寂然，而在一树则碧而无情，此实咏蝉而兼自咏也。诗至第四句，思路断绝，几无可著笔，而忽然转入自己之功名，象梗而漂摇水中；故园之近状，象芜已埋没空庭，其穷困如蝉，其不平之鸣如蝉。非君相警，几忘与君同调也。下四句虽自咏而却未离蝉；真合作也。屈复曰：“通首自喻清高，三四承‘恨费声’，五六又应‘难饱’，七结前四，八结五六，而翻写不鸣，盖除却‘五更欲断’，此外无不鸣时也。高，即清也。”此亦能分晰言之，并录于此。

潭州(2/750)

潭州官舍暮楼空，今古无端入望中。
湘泪浅深滋竹色，楚歌重叠怨兰丛。
陶公战舰空滩雨，贾傅承尘破庙风。
目断故园人不至，松醪一醉与谁同。

方湖曰：此义山随郑亚南迁时经过潭州而感叹时事而作之诗也。按郑亚以桂州刺史而兼桂管防御观察使之时，在唐宣宗大中元年，义山正随幕。其时武宗前一年死，宣宗嗣位。李德裕一党，罢斥殆尽。李义山此诗，第二句即言“今古无端入望中”，则下二联即就潭州古今事而指出之。如“湘泪”、“楚歌”、陶侃、贾谊，古也。而“竹色”、“兰丛”、雨、风，今也。其曰“湘泪浅深滋竹色”者，追悼武宗也。曰“楚歌重叠怨兰丛”者，《楚词》以“兰”比令尹子兰，盖指白敏中、令狐绹辈耳。刺宣宗也。五六句则谓会昌将相名臣流落殆尽；而今则战舰只在空滩，承尘只馀破庙耳。其感怀古今兴衰，皆“无端入望”四字而来。用事造句，皆义山家法。但末二句落登高望远套语，无甚意味，谈者仔细寻味之，当悟其力尽。

又曰：“纪昀(云)：起结皆滑调，结句尤滑，不可学。”余谓首二句则慨国事日非，人才流落，故登高一望，所见皆增悲感。故云“潭州官舍暮楼空”，实亦几经锤炼而出，不得谓之滑调；但欠精警耳。至纪氏谓“五六似乎激壮，实亦浮声，一摹此种，即入嘉隆七子门墙”，此实入微之论，学诗者宜知之。

赠刘司户(2/701)

江风吹浪动云根，重碇危樯白日昏。

已断燕鸿初起势，更惊骚客后归魂。
汉廷急诏谁先入，楚路高歌自欲翻。
万里相逢欢复泣，凤巢西隔九重门。

方湖曰：此义山于武宗会昌元年游江潭时，遇刘去华所赠之诗也。义山与刘去华，意气相投，相聚未久，遽尔离别，则胸中一段忠愤之情，真有不择地而涌出者。此诗起首二句，是比时局，盖江风吹浪，而山马之动，日为之昏。只此十四字，将当日北司专恣，威柄凌夷，一齐写出。三四则追溯去华于太和二年被摈，遂致流落江潭而不得归，谓运贬也。五六则言汉廷终有宣室之召，楚地欲翻接舆之歌，则括两人言之耳。末句则直以两人作收，悲喜交集，喜者万里相逢，悲者惜“凤巢西隔九重门”耳。东坡诗“九重新[扫]旧巢痕”者，即出于此。全诗精警，首尾四句尤佳。

哭刘司户二首（3/962）

离居星岁易，失望死生分。酒瓮凝馀桂，书签冷旧芸。
江风吹雁急，山木带蝉曛。一叫千回首，天高不为闻。

有美扶皇运，无谁荐直言。已为秦逐客，复作楚冤魂。
湓浦应分派，荆江有会源。并将添恨泪，一洒问乾坤。

方湖曰：此二首纪评最为得之。纪云：前一首，先渲“江风”二句，末二句倍觉黯然。与右丞《济州送祖二》诗，“天寒远山静”二句同一法门。后一首，一气转折，沉郁震荡，神力尤大。合二首而言之，前虚后实，前暗后明，前述相悼之情，后乃说到大关系处，不见重复，亦不容倒置，此章法也。又曰：“无谁”二字不解，大约即无人之意。冯浩曰：大江自蜀流入荆州界，谓之荆江口，即洞庭水与江水合处。二句似喻刘与已迹不同，而心相合。

乐游原（5/1942）

向晚意不适，驱车登古原。
夕阳无限好，只是近黄昏。

方湖曰：说此诗者，多谓作者迟暮之感，沉沦之痛。实则义山有慨于唐室之衰微，而有瞻乌谁屋之痛，若作叹老嗟卑观之，复何意谓。

北齐二首(2/539)

一笑相倾国便亡，何劳荆棘始堪伤。
小怜玉体横陈夜，已报周师入晋阳。

巧笑知堪敌万几，倾城最在著戎衣。
晋阳已陷休回顾，更请君王猎一围。

方湖曰：此咏史最有含蓄最有风致之一体也。陈义甚高，足为炯鉴；选词必雅，甚耐讽诵。尤妙在因小见大，因谐见庄，使读之者，不见其纤小，而见其大方；不见其亵昵，而见其雅正。此其过人者也。

南朝(3/1372)

玄武湖中玉漏催，鸡鸣埭口绣襦回。
谁言琼树朝朝见，不及金莲步步来。
敌国军营漂木柹，前朝神庙锁烟煤。
满宫学士皆颜色，江令当年只费才。

纪云：以南朝为题，实专咏陈事，六代终于陈也。旧解牵于首二句，故兼宋齐言之，实无此诗法。宋齐游幸之地，何妨至陈犹在乎。三四言叔宝荒淫，不亚东昏，“谁言”、“不及”，弄笔取姿，十四字流水句也。五六提笔振起，七八冷语作收，义山惯法。

咸阳(4/1537)

咸阳宫阙郁嵯峨，六国楼台艳绮罗。
自是当时天帝醉，不关秦地有山河。

方湖曰：此言秦与六国，皆以宫殿嵯峨，楼台罗绮，争事斗靡，同一亡国之征。至秦能兼并六国者，非秦地之山河足恃，盖自是天帝之醉有以使之然也。亦蕴藉，亦沉着。

桂林(2/621)

城窄山将压，江宽地共浮。
东南通绝域，西北有高楼。
神护青枫岸，龙移白石湫。
殊乡竟何祷，箫鼓不曾休。

方湖曰：此偶赋风土而自伤留滞于此之诗也。遣词雅饬，直追工部。首二句状难写之景于目前。三四正不必偶同古诗为嫌，适见其高亮雄壮。五六则僻壤灵怪，偶涉笔端，亦题中应有之材料。结二句本即指此，而故作不知所祷者何神，而愁在言外矣。

夜雨寄北(3/1230)

君问归期未有期，巴山夜雨涨秋池。
何当共剪西窗烛，却话巴山夜雨时。

方湖曰：此种绝句，妙在不说尽，最耐人寻味。否则单薄，小有丰神而已。其为寄内寄北，正不必泥看。

初起(3/1206)

想像咸池日欲光，五更钟后更回肠。
三年苦雾巴江水，不为离人照屋梁。

方湖曰：此为义山留滞于东蜀而思入京华之诗，“咸池”日所出处，当泛指京师。冯氏必以令狐绹当之，谓当系绹初任内相，殊可不必。

韩碑(2/828)

元和天子神武姿，彼何人哉轩与羲。
誓将上雪列圣耻，坐法宫中朝四夷。
淮西有贼五十载，封狼生貙貙生罴。

不据山河据平地，长戈利矛日可麾。
帝得圣相相曰度，贼斫不死神扶持。
腰悬相印作都统，阴风惨淡天王旗。
愬武古通作牙爪，仪曹外郎载笔随。
行军司马智且勇，十四万众犹虎貔。
入蔡缚贼献太庙，功无与让恩不訾。
帝曰汝度功第一，汝从事愈宜为辞。
愈拜稽首蹈且舞，金石刻画臣能为。
古者世称大手笔，此事不系于职司。
当仁自古有不让，言讫屡颔天子颐。
公退斋戒坐小阁，濡染大笔何淋漓。
点窜尧典舜典字，涂改清庙生民诗。
文成破体书在纸，清晨再拜铺丹墀。
表曰臣愈昧死上，咏神圣功书之碑。
碑高三丈字如斗，负以灵鳌蟠以螭。
句奇语重喻者少，谗之天子言其私。
长绳百尺拽碑倒，粗砂大石相磨治。
公之斯文若元气，先时已入人肝脾。
汤盘孔鼎有述作，今无其器存其辞。
呜呼圣皇及圣相，相与烜赫流淳熙。
公之斯文不示后，曷与三五相攀追。
愿书万本诵万遍，口角流沫右手胝。
传之七十有二代，以为封禅玉检明堂基。

按:《韩碑》一篇，为义山刻意学韩之作，非但学韩诗，且学韩文也。典重排奡之中，间以清新，此真异人处。首四句，先叙宪宗为平淮西一役之主动。“淮西”四句，则言吴元济坐致强大之故，非一朝夕。有此八句，则全篇乃为振起，而平淮西之师出不为无名。“帝得圣相”四句，遥与起四句相接，而裴度为此役之关键，更可知矣。如此郑重提出，方见正面。以下六句，乃直叙入蔡之勋，简洁有法。“帝曰汝度”二句，再提度功，为正面之正面。此下一段至“咏神圣功书之碑”十二句，波澜壮阔，方见顿挫曲折，尤为是篇之最精采处。“碑高”六句叙碑兴废。“公之斯文”四句，真撑得起。凡大篇皆宜有此坚柱，方足撑拄全篇。李杜异于元白，界限即在此。“呜呼”以下，总结上文，典重高华，足为全篇生色。张逐庵谓变化未纯，疑其少作。冯孟亭谓“淮西覆辙在前，河朔终于怙恶，作者殆以铺张为风戒”，皆蠡测之见也。

离思(2/764)

气尽前溪舞，心酸子夜歌。
峡云寻不得，沟水欲如何？
朔雁传书绝，湘篁染泪多。
无由见颜色，还自托微波。

按：程午桥谓：“《离骚》古乐府，多托妇人女子以为言，唐人往往效之。如献主司，则曰‘妆罢低声问夫婿，画眉深浅入时无’。辞辟聘则曰，‘还君明珠双泪垂，恨不相逢未嫁时’。此诗亦其类也。”按程说是也。但不能指为谁人而作。或又有指谓令狐绹者似之，亦未可泥。

宿骆氏亭寄怀崔雍崔衮(1/71)

竹坞无尘水槛清，相思迢递隔重城。
秋阴不散霜飞晚，留得枯荷听雨声。

按：此分明是怀人诗，不说雨夜无眠，而止说枯荷聒耳，反若秋阴不散，秋霜不降，正是爱护枯荷，留伴我今夜听雨。如此，则怀人情味，更深刻一层矣。

风雨(3/1400)

凄凉宝剑篇，羁泊欲穷年。
黄叶仍风雨，青楼自管弦。

新知遭薄俗，旧好隔良缘。
心断新丰酒，销愁斗几千。

按："新知遭薄俗"，大约谓婚于王氏。"旧好隔良缘"，指令狐。两党方排笮不已，所以自叹身世之遭遇也。令人想郭马两公之奇遇，在今日万不可得。其曰"羁泊"，故冯氏疑为江乡客中作。

寄令狐郎中(2/529)

嵩云秦树久离居，双鲤迢迢一纸书。
休问梁园旧宾客，茂陵秋雨病相如。

按："嵩云"，作者自谓，"秦树"，谓令狐绹。盖会昌五年义山自郑州卜居洛阳，方患疗恙，子直有书问讯，故诗以报之。未久令狐即出为湖州刺史矣。

漫成三首(3/929)

不妨何范尽诗家，未解当年重物华。
远把龙山千里雪，将来拟并洛阳花。

沈约怜何逊，延年毁谢庄。
清新俱有得，名誉底相伤。

雾夕咏芙蕖，何郎得意初。
此时谁最赏，沈范两尚书。

按：冯氏曰：此开成三年初婚王氏而应鸿博时作也。末首上二句，借谓初婚。下二句谓周李两学士举之也。次章首句，指爱我者。次句指忌我者而言。皆属文人，何为争名相忌，盖时在不中选之前，虽已遭忌，尚未大甚，故语犹婉约。三首皆以何逊自比。首言范不如何，三言沈范同赏，盖所重不在范，不妨错言之。冯氏语，盖较诸家为得之。

哭刘蕡(3/954)

上帝深宫闭九阍，巫咸不下问衔冤。
黄陵别后春涛隔，湓浦书来秋雨翻。
只有安仁能作诔，何曾宋玉解招魂。
平生风义兼师友，不敢同君哭寝门。

按：此亦痛忠直之不见容于世而终流窜以致死也。义山之于去华，有气谊之感。于其死，哭之又哭，无诗不工。此诗尤沉郁矣。首二句上帝深居，巫阳不问，而沉冤莫白矣。黄陵一别，湓浦讣音，而去华已矣。虽有安仁、宋玉，不能使之复生。然与君义兼师友，不敢[与]仅哭于寝门外之友朋相等也。或曰："此诗疑和友人之作。'安仁作诔'，指其人言之。'同君'者，同原作诗之人。"说诗不可如此拘泥也。

杜司勋(2/875)

高楼风雨感斯文，短翼差池不及群。
刻意伤春复伤别，人间惟有杜司勋。

按：推重樊川，亦即所以推重自己。盖首句指伤春，次句指伤别，义山一生，亦只有伤春伤别，与樊川固同一怀抱也。

杨本胜说于长安见小男阿衮(3/1214)

闻君来日下，见我最娇儿。
渐大啼应数，长贫学恐迟。
寄人龙种瘦，失母凤雏痴。
语罢休边角，青灯两鬓丝。

按：此题已明显，诗无庸注释，只从中四句领略其叙情之语已足。但结二句，须深味之。"语罢"，结上六句，"休边角"，夜深也。

八句更悲惨。屈复曰："一二破题太直率。题略者诗详之，题详者诗略之，题已详甚，复述有何意味。"此读诗宜知之也。

西溪(3/1185)

怅望西溪水，潺湲奈尔何。
不惊春物少，只觉夕阳多。
色染妖韶柳，光含窈窕萝。
人间从到海，天上莫为河。
凤女弹瑶瑟，龙孙撼玉珂。
京华他夜梦，好好寄云波。

按：此义山间步西溪偶尔寄意之作。虽曰伫兴而成，然一往情深，亦复绵远，正未可以流连风景视之也。一二点题，兼叹佳景。三四则言其佳处，承“怅望”来也。“色染”四句，则溪水之美；但望其东流到海，莫至天上为河，阻牛女之会合矣。“凤女”四句，则因悼亡未久，余哀犹在，尚冀梦中，无阻云波，则又承“天上莫为河”之意矣。屈悔翁曰：“此诗想成于游览之顷，不暇獭祭，遂能爽利近情，全无堆聚之病。在本集中最为难得，在排律中尤难得矣。”

杜工部蜀中离席(3/1169)

人生何处不离群，世路干戈惜暂分。
雪岭未归天外使，松州犹驻殿前军。
座中醉客延醒客，江上晴云杂雨云。
美酒成都堪送老，当炉仍是卓文君。

按：此诗解者甚多，然支离可笑。题曰“杜工部蜀中离席”，当为拟杜之作。然义山何为而拟之，正以心有所触，而语又激直，特制此题以避人耳目而已。义山于大中六年，奉仲郢命至西川推狱。其时镇西川者，即杜悰。前此五年(大中三年)义山即尝留滞巴荆。本有干谒杜悰之意，而不果。则此来必有感于功名蹭蹬，抱负未展，故藉此以发其胸臆。首点离席。次句，“世路”、“干戈”是两事，“惜暂分”是投弃。盖言干戈方急，世路又艰，遂致己独不能乘世难以就功名，所由深惜也。“雪岭”二句，即用杜公时事以实之(代宗时李之芳等使吐蕃久而始放还。又广德元年吐蕃陷松维二州)，以暗射武宣时西番时事。而“干戈”二字，有著落矣。五六醉、醒并举，晴、雨并举，即冯氏所谓相背相轧之情而已之为人所扼，则清浊之异也，邪正之不容也。此喻甚显，故激直易见，而"世路"二字又有著落矣。结则云成都美酒，本可送老，奈何以文君旧里，而马若辈所盘踞哉。张遯庵所谓"离群之恨浅，蔽才之叹深"者，今乃知其不可易也。义山与杜悰虽有戚谊，然其人非义山所心许。本集有《献杜四十韵》二篇，亦因有求于杜，故竭全力以赴之，决不可与彭阳、濮阳、华州、河东相提并论也。惟其不能开罪于悰，故此诗必托之拟古。

隋宫(3/1395)

紫泉宫殿锁烟霞，欲取芜城作帝家。
玉玺不缘归日角，锦帆应是到天涯。
于今腐草无萤火，终古垂杨有暮鸦。
地下若逢陈后主，岂宜重问后庭花。

按：此吊古之诗。诗意明显，不必诠释。读者但赏其沉着典丽，变动不居。可谓极律体之工，泯排偶之迹。惟结二句，终觉佻甚，使工部为之，必另有办法也。

二月二日(3/1203)

二月二日江上行，东风日暖闻吹笙。
花须柳眼各无赖，紫蝶黄蜂俱有情。
万里忆归元亮井，三年从事亚夫营。
新滩莫悟游人意，更作风檐夜雨声。

按：此义山在东川时怀归之作。随意挥洒，自然锤炼，与寻常人不同，真老杜之遗也。何焯曰："此亦是客中思乡，说来温雅清逸，此等诗，其神似老杜处，在作用不在气调；"又曰："同一江行也，耳目所接，万物皆春，不觉引动归思。及忆归未得，则江上滩声，顿有风雨凄凄之意。笔墨至此，字字俱有化工矣。杜荀鹤诗：此时晴景愁于雨，是处莺声苦似蝉。当以此求之。"

筹笔驿(3/1318)

鱼鸟犹疑畏简书，风云长为护储胥。
徒令上将挥神笔，终见降王走传车。
管乐有才真不忝，关张无命欲何如。
他年锦里经祠庙，梁父吟成恨有馀。

按：此诗在《玉溪集》中，可谓精力弥满，到底不懈之作。首二句，将武侯擡得甚高，几令人无可措手。细味“犹疑”、“长为”四字，虽千百年后尚可想见。三四句，忽然抹倒，然后以五句解首联，以六句解三四一联，而此前半首之精神，活跃纸上，开阖动宕，真神妙欲到秋毫巅矣。然其下笔时，胸中恐先有五六一解，方有此前四句之杀活本领。否则不能如此之横绝稳绝也。结则谓当年之经其祠庙，吟《梁父》而恨有馀，况今日亲见其行军之地乎。“他年”谓当年。有此一结，所谓加一倍写法，而全篇乃无一钝置语矣。纪昀曰：“此篇淋漓尽致，结处犹能作掉开不尽之笔，圆满之极。”义山之真本领在此。

屏风(4/1635)

六曲连环接翠帷，高楼半夜酒醒时。
掩灯遮雾密如此，雨落月明俱不知。

按：此诗必当有所指，但不可强为说耳。

武侯庙古柏(3/1135)

蜀相阶前柏，龙蛇捧閟宫。
阴成外江畔，老向惠陵东。
大树思冯异，甘棠忆召公。
叶凋湘燕雨，枝拆海鹏风。
玉垒经纶远，金刀历数终。
谁将《出师表》，一为问昭融。

按：此排律诗也。排律诗，以铺叙妥帖见长。如此诗前四句，点题。

"大树"四句，方是题中正面。最扼要处，亦最精采处。惜"湘燕"、"海鹏"无著落，不过言柏树之叶与枝，屡经风雨而凋折耳。后世西昆体诗，专学此种，所以空洞无实，专工涂泽，令人生厌。最后四句，乃始归到武侯，与"大树"二句遥遥相应，即不关照古柏，原无妨碍。乃后人议其落句，不能双关，终是一病，则吹毛求疵矣。

即日(3/1251)

一岁林花即日休，江间亭下怅淹留。
重吟细把真无奈，已落犹开未放愁。
山色正来衔小苑，春阴只欲傍高楼。
金鞍忽散银壶漏，更醉谁家白玉钩。

按：此似府罢失职，彷徨无依，因而托意于春光晼晚也。"重吟细把"，即回思在职之时，而"已落犹开"，即去住无定之候，"山色""春阴"，前途已趋暗淡，"金鞍""银漏"，分散即在目前，征实以求，其在大中三年桂府初罢时乎。

九成宫(4/1490)

十二层城阆苑西，平时避暑拂虹霓。
云随夏后双龙尾，风逐周王八骏蹄。
吴岳晓光连翠巘，甘泉晚景上丹梯。
荔枝卢橘沾恩幸，鸾鹊天书湿紫泥。

按：此诗解者颇多，有谓讽刺太宗者。惟姚廷谦曰："此过九成宫而忆承平盛事也。宫在凤翔麟游县西，去京师三百里，本隋仁寿宫，贞观间修之以避暑。诗极言承平时巡幸气象。云逐双龙之尾，风生八骏之蹄，言其从臣之英俊也。晓光则吴岳为之献翠，晚景则甘泉差可望[丹]，言其形势之极弘敞也。以至'荔枝卢橘'，皆得自进于上；鸾鹊天书，时沛恩膏于下；生其时者，抑何幸哉！独言'荔枝卢橘'者，夏熟故也。"此释颇平正。

汉宫词(2/535)

青雀西飞竟未回，君王长在集灵台。
侍臣最有相如渴，不赐金茎露一杯。

按：此首言恩不下逮，非讽刺学仙也。朱鹤龄、纪昀所笺，皆求之过深，窃所不解。

无题四首(其三、其四)(4/1467)

含情春晼晚，暂见夜阑干。
楼响将登怯，帘烘欲过难。
多羞钗上燕，真愧镜中鸾。
归去横塘晓，华星送宝鞍。

何处哀筝随急管，樱花永巷垂杨岸。
东家老女嫁不售，白日当天三月半。
溧阳公主年十四，清明暖后同墙看。
归来展转到五更，梁间燕子闻长叹。

按：三章，作者或以上二诗意旨含浑，致后来读者，或推求字面，疑为狎邪之作，故此一首，略将迟暮沉沦之意微露之也。首二句，曰“春晼晚”，曰“夜阑干”，喻岁不我与也。此情即上诗之情。其云“含情”，云“暂见”者，言己尚有几微之希望。即上二诗之所以作也。三四，“楼响”“帘烘”，喻彼声光之盛，而于己仍无益。

“将登怯”，即足将进而趑趄，“欲过难”，即人可望而难即之意也。五六，言燕在钗上，犹得近人，鸾睹镜中，一奋而绝。言羞者，进不如燕也。言愧者，退不如鸾也。结语言事已绝望，不如归隐。末句，即《楚词·九歌》“彼滔滔兮来迎，鱼邻邻以媵馀”之意。丽词作结，义山本色。(杜诗“岸花飞送客，樯燕语留人”，亦此意。)

四章，则视前诗更明显矣。首句，即指前诗说，所谓“哀筝”“急管”也。“何处”，乃故为设问之词，非必指令狐门庭也。次句，“永巷”“樱花”，有永闭之意。“垂杨岸”，有离绝之意。“老女”二句，自谓。即承次句而来。“溧阳”二句，指绹。喻其得时通显。结二语，则痛切言之。“五更”“长叹”之声，他人不能闻，只“梁间燕子”闻之耳。意深至而痛绝。千古才人，同声一哭矣。

无题二首（录一首）（1/22）

八岁偷照镜，长眉已能画。
十岁去踏青，芙蓉作裙衩。
十二学弹筝，银甲不曾卸。
十四藏六亲，悬知犹未嫁。
十五泣春风，背面秋千下。

按：此无题中之绝有古意者也。惟不可学，彼固从模拟古人来者。大抵义山早年失父，奉母北还，年才十五六，即著《才论》、《圣论》，以古文出入公卿间。后联为令狐楚、崔我所怜。此诗写少年澳涊依人之态，与《上华州书》“五年读经书，七年弄笔砚”相同也。

隋宫（3/1392）

乘兴南游不戒严，九重谁省谏书函。
春风举国裁宫锦，半作障泥半作帆。

按：何焯曰：“借锦帆事，点化得水陆绎骚，民不堪命之状，如在目前。”按义山集，似此类诗，明白如话，不须诠释。

落花（2/505）

高阁客竟去，小园花乱飞。
参差连曲陌，迢递送斜晖。
肠断未忍扫，眼穿仍欲归。
芳心向春尽，所得是沾衣。

按：此宜细玩其惘惘不甘之情而非可言说者。冬郎《惜花》七言一首亦然，录之于后：

皱白离情高处切，腻红愁态静中深。
眼随片片沿流去，恨满枝枝被雨淋。
总得苔遮犹慰意，若教泥污更伤心。
临轩一醆悲春酒，明日池塘是绿阴。

访隐者不遇成二绝(5/1874)

秋水悠悠浸墅扉，梦中来数觉来稀。
玄蝉去尽叶黄落，一树冬青人未归。

城郭休过识者稀，哀猿啼处有柴扉。
沧江白石樵渔路，日暮归来雨满衣。

按：此章想其归途。既不入城郭，则当从渔樵之路而归矣。非作者自归也。

柳(3/1258)

曾逐东风拂舞筵，乐游春苑断肠天。
如何肯到清秋日，已带斜阳又带蝉。

按：此诗杨升庵所谓形容先荣后悴之意，真不堪卒读者。

留赠畏之(录其第二首)(3/1101)

待得郎来月已低，寒暄不道醉如泥。
五更又欲向何处，骑马出门乌夜啼。

按：声调绝似古《竹枝》，是艳体，是寄托，不必强为解说，且亦不能解说也。

碧城三首(4/1600)

碧城十二曲阑干，犀辟尘埃玉辟寒。

闽苑有书多附鹤，女床无树不栖鸾。
星沉海底当窗见，雨过河源隔座看。
若是晓珠明又定，一生长对水晶盘。

对影闻声已可怜，玉池荷叶正田田。
不逢萧史休回首，莫见洪崖又拍肩。
紫凤放娇衔楚佩，赤鳞狂舞拨湘弦。
鄂君怅望舟中夜，绣被焚香独自眠。

七夕来时先有期，洞房帘箔至今垂。
玉轮顾兔初生魄，铁网珊瑚未有枝。
检与神方教驻景，收将凤纸写相思。
武皇内传分明在，莫道人间总不知。

按：此刺女冠不守清规，纵情幽会之诗也。首章，言密约欢踪。次章，言所欢甚众。三章，言迹已彰著，至于私产。今略疏明之。首章起二句，泛指清修之地（《枕中书》“扶桑大帝住碧海中，宅地四面并三万里，上有太真宫、碧玉城”，注未及。）入道为“辟尘”，寻欢为“辟寒”，冯说甚是。三四，书凭鹤附，树许鸾栖，则居此清修之府者，必空床难守矣。五六，言“星沉海底”，而当窗可以见之，虽深亦难掩。“雨过河源”，而隔座可以看之，虽高亦难匿。即“莫道人间总不知”之伏笔也。结二句，如果日有明无暗，则幽期密约之事，未必能纵情极欢，只有清冷之境而已。正收住“寒”字。次章起二句，“玉池荷叶”，本似有濯污泥不染之意。故闻声对影，已自可怜，此倒装句法。然以古诗“鱼戏莲叶间”推之，则是其人既美色，故追逐者实繁有徒也。三四，直言用情不专一，既回首于萧史，又拍肩于洪崖，则人尽可夫也。五六，“紫凤”“赤鳞”，极写狂且放纵，不必再释，然已不堪。结句，谓淫纵至此，而他人为彼颠倒而未得者，只有舟中怅望而已。三章起二句，溯欢会。三四，谓始孕及堕胎之事。五六，“神方”句，即《药转》诗“换骨神方上药通”之“神方”也。“凤纸”不为书青词之用，而为写相思之用。一承上句，一点女冠。末二句，则谓仙女之事，多见《内传》，其事似秘，然莫谓人间不知也。收束全篇意指自见。早年余亦疑此诗为杨妃而作，但本集言杨妃事者，绝无隐讳。且“平明每幸长生殿，不从金舆为寿王”，露骨至此，何独于此而讳之，且亦非人间不知之事也。

按胡震亨《唐音统签》，疑此诗似咏其时贵主事。唐初公主，多自请出家，与二教人媟近。商隐同时，如文安、浔阳、平思、邵阳、永嘉、永安、义昌、安康诸主，皆先后出为道士，筑观在外。史即不言其秽行，然云复行召人则颇著微辞矣。味诗中萧史一联及引用董偃水晶盘故事，大旨已明，非止为寻常闺阁写艳也。胡氏此说，已发其凡。余按义山《赠华阳宋真人兼寄清都刘先生》一律，有句云：“玉检赐书迷凤篆，金华归驾拎龙鳞。”又有《月夜重寄宋华阳姊妹一绝》云：“偷桃窃药事难兼，十二城中锁彩蟾。应共三英同夜赏，玉楼仍是水精帘。”此华阳姊妹，亦女冠之与义山往来者，故两见赠寄之诗。刘先生则不能确指为何人，恐亦永道士之流，当为义山学仙王屋时之道侣，故题曰“清都”也。至义山何以得与宋家姊妹往来，亦略可踪迹。考华阳观在长安永崇里。《唐文粹》有欧阳詹《观月于永崇里华阳观诗序》可证。又《白居易集·春题华阳观》，注云：“观即华阳公主故宅，有旧内人在焉。诗所谓头白宫人扫影堂者也。此观既为宫人清修之所，而唐时应试者，又多寓居观中，取其与建福门相近，便于候谒宰相也。”香山应举时，亦曾居之。故白集又有《重到华阳观》诗。按《南部新书》云，新进士翌日排建福门候谒宰相，故当时有诗曰：“华阳观裹钟声起，建福门前鼓动时。”据此，尤为应试者多居观中之证。义山自文宗太和二年，每年至京应举，虽未必曾居于此，(《两唐书》本传皆言：令狐楚岁给装资，似在京当居令狐邸。)然与其他应试举子往来，自意中事。或亦有道侣为之绍介者，故义山得与宋家姊妹相识。其赠宋华阳诗，所谓“沦谪千年别帝宸，至今犹识蕊珠人”者是也。细味诗意，详稽群籍，义山与宋华阳姊妹往来之迹，斑斑可考。至“三英”一语，固可指三珠树，(陶诗：“粲粲三珠树，寄生赤水阴”，即本《山海经》。郭璞有《三珠树赞》，后人以喻道要。)然亦可指粲者。《诗·郑风》“三英粲兮”是也。后人每以三英、三珠树，互相假用。故义山《赠永道士诗》，亦有“君今并倚三珠树”之语。则义山三英、三珠树之取义，似借用，以比此三人，且寄宋诗，有“十二城中”“玉楼水精帘”诸语，与《碧城三首》有关。不仅此也，“偷桃”是男，“窃药”是女，昔同赏月，今则相离，怅望之情，千载如见，岂鄂君“绣被焚香”之喻乎？蛛丝马迹，不无可寻。惟事实隐约，疑莫能明，惟早年读李诗，颇觉《碧城》、《药转》、《当句有对》，与赠寄宋华阳姊妹二诗，皆有脉脉相通之迹。“忆事怀人兼得句”，在《药转》已明白言之。至《碧城三首》，所咏之本事，其事之为清都刘先生，为永道士，为义山；则不能妄测，以重诬前人也。

牡丹(4/1548)

锦帏初卷卫夫人，绣被犹堆越鄂君。
垂手乱翻雕玉佩，折腰争舞郁金裙。
石家蜡烛何曾剪，荀令香炉可待熏。
我是梦中传彩笔，欲书花叶寄朝云。

按：咏物诗之极工丽者，恰与题相称。他人有此浓至，无此才情，此等诗，亦不宜求之过深，但赏其才藻而已。张遁弇曰：《长安志》《酉阳杂俎》注云：“开化坊令狐楚宅牡丹最盛。”观结语，诗当自崔幕寄者，非太和三年义山在京作也。姑存之再考。张又曰：石家、荀令，一富一贵，时楚还朝为左仆射，故又祝其拜相也。玩诗意，张说亦可参。

冯浩曰：“《长安志》曰：《酉阳杂俎》载开化坊令狐楚宅牡丹最盛，近刊《酉阳杂俎》脱此语，而《长安志》所引明甚也。楚《赴东京别牡丹诗》：“十年不见小庭花，紫萼临开又别家。上马出门还首望，何时更得到京华。”以史传考之，当为太和三年楚赴东都留守时作，是年即镇天平，而义山受其知遇，此章义山在京所作。上四句，状花之秾艳，五六，言花之光与香，楚犹在镇，故兼祝其还朝。七句，谓授以章句之学，结句，远怀也。晚唐人赋物，多用艳体，非可尽以风怀测之。徐说甚是，约在太和五六年。

华清宫(4/1508)

朝元阁迥羽衣新，首按昭阳第一人。
当日不来高处舞，可能天下有胡尘。

按:此诗以指斥杨妃竟为致天寅乱离之原，最为直笔。乃纪昀以不为尊讳斥之，此御用文人之见也。

梓潼望长卿山至巴西复怀谯秀(3/1127)

梓潼不见马相如，更欲南行问酒垆。
行到巴西觅谯秀，巴西惟是有寒芜。

按:何焯曰:都会既空，岩壑亦寂，穷老失路，友朋阔绝，求二似人者以解寂寞而不可得，真欲下阮途之泣也。按此诗与《夜雨寄北》一诗，纯用白描，而自然意远。

又按:自伤不遇也，相如有杨得意之荐，谯秀有桓温之表，今日何有哉!

十一月中旬至扶风界见梅花(1/304)

匝路亭亭艳，非时裛裛香。
素娥惟与月，青女不饶霜。
赠远虚盈手，伤离适断肠。
为谁成早秀，不待作年芳。

按:避庵断此诗为开成四年冬调尉宏(弘)农请假至泾原迎家室之作，似是，而笺解则非。余谓此义山途中见早梅寄慨之诗也。首二句，借花自负，实有天涯沦落不偶之慨。“素娥”句，言清晖仅照，喻己之在秘省不久。“青女”句，言严霜摧残，喻令狐辈排笮外调。“虚盈手”，言长安无可赠之远人。“适断肠”，言己已得清职而不能久居。“伤离”，指离秘省，非思家之恨也。末二句，却有怨令狐狐埋狐掘之意。如此解之，则通体圆融矣。

青陵台(S/1041)

青陵台畔日光斜，万古贞魂倚暮霞。

莫讶韩凭为蛱蝶，等闲飞上别枝花。

按：冯浩曰：此诗之眼，全在“莫讶”二字，言虽暂上别枝，而贞魂终古不变。盖自诉将傍他家门户，而终怀旧恩也。疑为令狐作于将游江南时矣。《太平御览》引《郡国志》：“青陵台在郓州须昌县。”疑义山受知令狐，实始郓幕，故以托意欤。

又按：此诗有大病处。首句既曰“日光斜”，次句又曰“倚暮霞”，不但如纪氏所云，此三字无著落，且亦与上文“日光斜”嫌微复也。纪氏钞诗或问云：问“倚暮霞”从“日光斜”生来，何以云无著落？曰：此咏青陵台事，非咏青陵台景也。“日光斜”已是旁文，何得又因旁文而波及也？就此三字论之：暮霞如何云“倚”？就本句七字论之，如何与“万古贞魂”相连？凡下字无关本意，便是无著落，不必严霜夏零，明月画起也。问后二句何以如此说？曰，只一两不相负之意，因有化蝶一事，故留住韩凭，另一层写，借事点染，生出波折，此化直为曲、化板为活之法，若直说，更少味矣。

东还(1/74)

自有仙才自不知，十年长梦采华芝。

秋风动地黄云暮，归去嵩阳寻旧师。

按：张遯庵曰：下第东归，借学仙寄慨。义山自太和二年应举，至此将十年矣。故云“十年长梦采华芝”也。冯说同。按此无可疑，不必□测。

汉宫(2/557)

通灵夜醮达清晨，承露盘晞甲帐春。

王母不来方朔去，更须重见李夫人。

按：此刺求仙之诗。仙不可求，乃求见已死之魂，不亦重可哀乎？

读任彦升碑(3/1016)

任昉当年有美名，可怜才调最纵横。
梁台初建应惆怅，不得萧公作骑兵。

按：此亦寓升沉之感也。言以任昉高名，尚多惆怅之感，而己之依人幕府，反不如任，当如何哉，言外可想。

灞岸(2/421)

山东今岁点行频，几处冤魂哭虏尘。
灞水桥边倚华表，平时二月有东巡。

按：纪氏曰，前二句粗浅，后二句以倒装见吐属之妙，若以后二句意作起，前二句意作结，则索然矣。此用笔之妙。

谢先辈防记念拙诗甚多异日偶有此寄(4/1487)

晓用云添句，寒将雪命篇。
良辰多自感，作者岂徒然。
熟寝初同鹤，含嘶欲并蝉。
题时长不展，得处定应偏。
南浦无穷树，西楼不住烟。
改成人寂寂，寄与路绵绵。
星势寒垂地，河声晓上天。
夫君自有恨，聊借此中传。

按：此诗马义山自道作诗甘苦之作，语语可味。前云“作者多感”，后云“夫君有恨”，然则义山诗中《无题》及取首二字为题者，决非无谓之作，不啻自白。至其何以必须隐晦者，盖以身处党人嫌疑之际，而已身又非可以谢绝世事，操心甚苦，所谓“含嘶欲并蝉”也。孝辕惜重“晓”“寒”二字，不知后“晓”“寒”二字，乃正与前呼应，且郑重说明其诗之高远，安可以帖括绳之。

又按：此诗首四句，言我诗非无为而作。“熟寝”四句，紧承多感，言苦吟之状。“南浦”四句，言送别怀人，以及改诗寄诗之事。虽不专指谢，而谢亦括其内，诗不可死看也。“星寒”四句，自负其诗，兼回到“良辰多感”，尤见周匝。细味之，义山作诗甘苦，尽于此矣。

马嵬二首(1/307)

冀马燕犀动地来，自埋红粉自成灰。
君王若道能倾国，玉辇何由过马嵬。

海外徒闻更九州，他生未卜此生休。
空闻虎旅传宵柝，无复鸡人报晓筹。
此日六军同驻马，当时七夕笑牵牛。
如何四纪为天子，不及卢家有莫愁。

按：纪氏《瀛奎律髓刊误》曰：义山此题共二首，此第二首也。因第一首乃七言绝句，选诗家分体各编，沈归愚不考本集，遽议其起无头绪，未免孟浪，至谓虎鸡马牛犯复，末句拟人不伦，则确不可易。

又按：归愚议此诗有三失：其一，起无头绪。其二，用虎鸡马牛犯复。其三，末句拟人不伦。纪氏曾辨起无头绪之误，由不知第二首之前，有一绝句。而谓其二其三，为不可易。故其抄义山诗，不取此律，以此首多毛病也。实则纪氏惑于归愚之说，因二氏生于忌讳之朝，而又为公令之学所束缚，遂以试律禁忌，动议前人，皆不知文学之真谛也。文学之本，妙在真实。鸡人、虎旅、驻马、牵牛，或有关制度，或当时事实，既非滥用典故，亦非捏造名词，何不可用？又何重复之有？至若郁金少妇，民间传说已久，取之例四纪之天子，不能自保其妻子，反不如匹夫匹妇，何伤尊严？何伤轻薄？如沈纪所议也。故此二句，不足为病。是又读此诗所宜知之也。冯浩曰：“此首起句，破空而来，最是妙境，况承上首已点明矣，古人连章之法也。次联写事甚警，三联排宕，结句人多讥其浅近轻薄，不知却极沉痛，唐人习气，不嫌纤艳也”云云。冯氏此言，最为平情。余谓前六句，典重排奡，结二句以轻松之笔出之，尤见疏宕有致。

望喜驿别嘉陵江水二绝(3/1122)

嘉陵江水此东流，望喜楼中忆阆州。
若到阆州还赴海，阆州应更有高楼。

千里嘉陵江水色，含烟带月碧于蓝。
今朝相送东流后，犹自驱车更向南。

方湖注:“自注:此情别寄者，以当日正牛李两党嫌猜，中有难言之隐，故不得不出以寄托耳。”“诗以东流赴海，喻彼之无情，更有高楼，喻己之怅望。”

按:此二绝似就江水吟咏，并无所指，其实不然。不知义山在宣宗大中二年，桂管府罢，曾为巴蜀之游，欲依李回、杜悰皆不果，竟铩羽归洛。此亦有慨于遇合之不偶，故假江水以舒其怅望耳。冯浩、张采田必欲钩稽当日义山行踪以证之，如亲见事实，不亦凿乎。

过郑广文旧居(2/906)

宋玉平生恨有馀，远循三楚吊三闾。
可怜留著临江宅，异代应教庾信居。

按:此诗纯用比体。

宫妓(5/1863)

珠箔轻明拂玉墀，披香新殿斗腰支。
不须看尽鱼龙戏，终遣君王怒偃师。

按:冯班曰，此诗是刺也。唐时宫禁不严，托意偃师之假人，刺其相招，不忍斥言，真微词也。

宫辞(5/1866)

君恩如水向东流，得宠忧移失宠愁。
莫向尊前奏花落，凉风只在殿西头。

按:此诗实讽在位者互相排笮者。

瑶池(2/567)

瑶池阿母绮窗开，黄竹歌声动地哀。

八骏日行三万里，穆王何事不重来。

按：此诗讽当时人主好神仙之作。

钧天(2/823)

上帝钧天会众灵，昔人因梦到青冥。

伶伦吹裂孤生竹，却为知音不得听。

方湖云：此义山自负高才之诗。钧天喻其高孤，生竹喻其独。

无题(3/1266)

万里风波一叶舟，忆归初罢更夷犹。

碧江地没元相引，黄鹤沙边亦少留。

益德冤魂终报主，阿童高义镇横秋。

人生岂得长无谓，怀古思乡共白头。

方湖云：此义山留滞荆南时，感叹李回不能援引之诗也。义山再由李党转向牛党，属望子直，此诗实为一大关键。盖义山由桂使荆，逾年而郑亚贬循州，由是流落荆门，去住无从。其属望者，只有李回、杜悰二人。李为卫公之党，杜为奇章之党。其时李左迁湖南，杜在西川，皆义山所徘徊却顾、愿依其一，以竟流转江潭者也。惟其时义山与回相遇荆州，回之不敢相收，非其疏义山，实忧谗畏讥也。此诗首二语言桂州府罢欲有所待。三四言已既与回相遇，而回本同党，未尝不可援引。五六则以益德之报主，比卫公之乃心武宗，以王浚委厄王浑功高得谤，比李回因李党而贬官，终不负卫公之知。回本由西川左迁，此二典皆蜀事，尤见义山隶事之精。结谓回既不能携已赴湖南，去住两难，而怀古思乡，安能忍此以终古，此所以不能不有巴蜀之游也。

井络(3/1177)

井络天彭一掌中，漫夸天设剑为峰。

阵图东聚燕江石，边柝西悬雪岭松。
堪叹故君成杜宇，可能先主是真龙。
将来为报奸雄辈，莫向金牛访旧踪。

方湖云：此诗当为大中六年作。是年二月，蓬梁二州间鸡山贼起，寇掠东西川及山南西道，诏梁州刺史王赞弘讨之，味后二句，意更可见矣。又云：首七字是全蜀形势，亦精警，亦包举，七字笔力万钧；次句虽点蜀中门户，然“漫夸”二字，即虽险不足恃之意。三句东川，四句西川，五六分引蜀中亡帝，“故君”终化杜宇，“先主”亦非真龙，他更无论矣。特举以为奸雄辈者也。诗中曰“漫夸”，曰“堪叹”，曰“可能”，曰“莫向”，皆见意处。第二句与第八句，遥遥相应。又云：布局造句，全学崔颢《行经华阴》一首。

北禽(3/1193)

为恋巴江好，无辞瘴雾蒸。
纵能朝杜宇，可得值苍鹰。
石小虚填海，芦铦未破矰。
知来有乾鹊，何不向雕陵。

方湖云：此义山自言不见杜悰之诗也。义山在荆门不见收于李回，乃至巴西，欲就西川诣杜悰，由此诗及下一绝观之，则成都之行，似已中止。盖以杜悰不恤亲戚，义山与杜姻娅，知之者深，知虽至成都，亦无益也。诗曰“杜宇”，即点其姓，起即下一绝“更欲南行问酒垆”意也。五六言杜本牛党要人，如小石未必能填海，铦芦未必能破矰，纵得谒见，而于我何济乎？我本令狐门客，与其虚此一举，何如竟向子直告哀之为益乎？

赠句芒神(5/1954)

佳期不定春期赊，春物夭阏兴咨嗟。
愿得句芒索青女，不教容易损年华。

此自伤牢落之诗。

谒山(5/1952)

从来系日乏长绳，水去云回恨不胜。

欲就麻姑买沧海，一杯春露冷如冰。

方湖云：古辞《董逃行》"吾欲上谒从高山"，此题"谒山"者，或在徐幕时，借谒高山以悼府主耳。与《海上》一绝同意。首痛卢弘正之薨，次伸其恨，三言本欲依卢以共功名，结言春露已成冰，虽有子强之厚爱，而事实遽变，犹云浆未饮结成冰也。

此诗乃登山望海之作。

原载《中华文史论丛》2007年总第87辑，整理者金程宇系南京大学中文系副教授，本文的使用得到金程宇副教授的慷慨授权，谨此致谢！

评方回《桐江续集》

戊辰己巳间，与黄季刚同在南雍，平居燕集，相与致慨往古坟籍，散轶实多；吾人所见，正复有限。轶者毋论矣！即孤本流传如元方回之《桐江集》《续集》，自文征仲、季沧苇、曹倦圃、顾秀野数公犹得及见外，二书久庋中秘，世间即鲜有窥其全者。近人言文学批评者只从《瀛奎律髓》中讨消息，恐二集中语学评诗者正复多也。今时如能流布，宁非人间秘笈？乃时阅五稔，库书杲出。季刚仅于病榻中偶一检视，未遑细绎也。盖季刚论诗笃守师说，不及箫《选》以下；故所作多邻鲍、谢。四十以后，涉览既多，县鹄亦降。偶事吟咏，称心而言。心模手追者，不仅开宝诸公，即宋之临川坡公，金之遗山，元之道园，下及清人钱东涧、厉樊榭，亦复时时拟之。宋、元诗论，在季刚晚年固未尝废弃也。乃知齿及《桐江》一集，宁非无故？余避寇西迁，藏书尽失；行箧所携只有经史数种。寄身藕孔，所赖以破寂历者实惟大学所庋《四库珍本》是赖。籀览所获，记以别纸。今承《文史杂志》顾颉刚先生之属，乃就《桐江续集》所笺识者略加排次，草成此篇。惜未能起季刚一共参证也。暑雨初晴，可亲笔研，遂志其缘起于此。民国三十年八月十日，方湖汪辟疆。

一 《桐江续集》作者方回

元方回所为诗文有《桐江集》八卷，为南宋末年所作，所谓前集是也。阮元《四库未收书目》曾著录之。上之内府。在《宛委别藏》内。入元罢官以后，有《桐江续集》。自序作二十卷；而《千顷堂书目》作五十卷；当为自序后所增益。此本流传绝少。清乾隆间诏修《四库全书》，浙江孙仰曾进呈文征明、季振宜旧藏元刻残本，尚为元刻五十卷之旧。惟诗集内缺卷一、卷二、卷三、卷二十一、卷二十三、卷二十四、卷二十六、卷三十二、卷三十四、卷三十六、卷三十九、卷四十、卷四十一共十三卷，仅存二十九卷。文集共八卷，就中亦有缺页。馆臣即据此仅存之残帙重为写定，而就其原存之卷改题卷数。定为三十六卷。即今《四库珍本初集》所据以影印者也。考虚谷生于宋理宗宝庆三年丁亥（一二二七）五月十一日。宋亡厓山，虚谷年已五十三矣。《续集》始于元世祖至元二十年癸未（一二八三），其时虚谷已休官，年五十有七。集止于元成宗大德九年乙巳（一三〇五），虚谷时年已八十。其卒年不可考。然由癸未至乙巳，此二十三年中之诗文略备于此。虚谷生平颇为清议所不齿，初以廷试为贾似道所抑，致憾最深❶。及居朝，见贾势甚盛，乃又以《梅花百咏》媚贾。后贾氏丧师鲁港，众颇虑其复入枢要；虚谷迎合众意，上书数似道十可斩之罪，继又言贾似道与其客廖莹中皆当即诛，又请罢王爚平章以佚其老。虽为中外称快，然鄙其为人者亦不直也。方氏两除御史谏官，又得知严州。元兵将至，方氏语僚吏以死封疆自誓，其言甚壮，众方信之；及元兵迫城郊，已而不知其所在，多方踪迹之，则知方虚谷已迎降于三十里外矣！居心巧诈，又不仅周密《癸辛杂识》所诋为人品卑污也❷。顾虚谷立身虽不满人口，然当宋、元之交，主持文章坛坫几数十年。当时名流硕彦与夫山林隐逸罔不与之有缟纻之雅，亦以其学问议论不无可听。其学私淑紫阳。又亟称真西山、魏

---

❶ 见本集卷二十五《送男存心如燕》诗，其自注云："廷试，文公天祥，赵公陟起，常公挺拟为第一，似道降为乙科首"云云。

❷ 周密《癸辛杂识》：方回，徽人也。其父南游殂于广中。回，广婢所生，故其名及字如此。喜作诗，以放肆为高。……其处乡为专以骗胁事，乡曲无不被其害者，怨之切齿，遂一向寓杭之三桥旅栖而不敢归。老而贪淫，凡遇妓则跪之，略无羞耻之心。有二婢曰周胜雪、刘玉榴，方酷爱之，而二婢实不乐也。既而方游金陵，寄二婢于其母周姬之家，胜雪竟为豪客挟去。方归，惟有怅惋而已。遂为《恨惋诗》二首，自刻之梓，揭之通衢，无不笑者。

鹤山两翁。治经以注疏为先❶，析理以宋五子为至❷。求掌故于《通典》，明治乱于《通鉴》❸。文则秦、汉、韩、柳以及欧、苏，诗则骚、经、苏、李、建安、陶公以及李、杜、韦、柳、欧、梅、黄、陈❹，而又语以博约之要，参伍之方❺，皆趣向甚正，迥异其行事。至于诗学尤为一生致力所在。虚谷尝尊杜甫为“一祖”，黄庭坚、陈师道，陈与义为“三宗”。又手定唐宋五七言律体诗曰《瀛奎律髓》，论诗之外，兼及遗闻旧事。元、明而后，流传弗衰。清厉鹗《宋诗纪事》亦多采其议论，又未尝以其人而废之。盖虚谷平生论诗：以骨干苍劲意境老淡为宗趣，而以偶俪妩媚婉畅丰腴为诗家戒律之首，工之极丽之极皆非所以言诗也。如谓即以杜论，“鱼吹细浪摇歌扇，燕蹴飞花落舞筵”，“自去自来梁上燕，相亲相近水中鸥”，“林花著雨燕支落，水荇牵风翠带长”，“风含翠筱娟娟静，雨裛红蕖冉冉香”，学者能作此等句，未足为难。至于扑枣诗云：“不为困穷宁有此，只缘恐惧转情亲。”忆梅诗云：“幸不折来伤岁暮，若为看去乱乡愁。”《立春》诗云：“巫峡寒江那对眼，杜陵野老不胜悲。”送僧诗云：“念我能书数字至，将老不必万人传。”此等诗不丽不工，瘦硬枯劲，一干万钧，惟山谷、后山、简斋得此活法，又各以数万

---

❶ 方氏《赠邵山甫学说》云：“九经及《左》、《公》、《谷》、《仪礼》先读注，次读疏；参伍以考之，左右以核之，至于旁通吻合而后无疑。”

❷ 方氏《吴云诗集序》云：“古之学者出于一，曰义理之学，无他学也。《易》以阴阳言义理，《书》以政事言义理，《诗》以吟咏性情言义理，《春秋》以明辨名分言义理，乐亡无经，二《礼》非全经，然义理微言尚不绝于方策者，人心未尝泯也。接孔子之儒者曰周、二程、张子以及朱子。朱子取《小戴礼》内《大学》、《中庸》与《语》、《孟》著为《四书》，而义理愈明愈精。学者欲舍是以求所学，可乎？”《徽州路修学记》云：“自羲画以来，有孔、嘉、曾、思、孟之言，不可无周、二程、张之言。文公陟衡岳，沿婺渚，参考互订，无一书无论著。由吾文公之言上达于周、二程、张子之言，又上达于孔、颜、曾、思、孟之言，心学也。”皆极推重宋五子。

❸ 见文集卷三十《赠邵山甫学说》。

❹ 见文集卷三十《赠邵山甫学说》。

❺ 见本文注三。又《赠邵山甫学说》云：“是故经，约也；注流，博也。若子，若史，若集亦穷日夜之力读而揽其大纲，博也。其主在乎经之大旨与夫诸先儒之已断而不可易者，约也。类书、韵书、稗官书博之助也。学之入门，则《近思录》与真西山《读书甲记》约之又约者也。”

卷之心胸气力鼓舞跳荡。初学晚生不深于诗，而骤读之，则不见奥妙，不知隽永，乃独推许丁卯体，作偶俪妩媚态，予平生极不然之，而江湖左朋未易以口舌争也，云云❶。皆为虚谷平日持论主旨。惟流弊所极，则以粗率为真朴，以生硬为老境；学之不善则槎枒拙劣，几同符咒，温柔敦厚与夫援情绮靡之旨澌然尽失。故《律髓》一编，首则致二冯之讥弹，终则有河间之刊误❷。迄于近代，则又以举世崇尚宋诗之故，反有奉为枕中鸿秘者，是又钝吟、观弈所未及料也。虚谷自所为诗在《桐江续集》内，所存不下数千首，皆晚年往来严、歙间之作。五古有陶、阮意格，而参以后山、简斋，在集中颇有可观。七古则出入宛邱、东坡，间有名作。五七言律佳者可继武二陈，率意之作则野滑生硬，了无馀味，皆力破唐人馀地之过也。平心而论：宋诗至乾淳以后，江湖一派❸风起云蒸，诗格卑靡侪诸魔道。虚谷生际其间，远宗栗里、近法浣花，而又标举宛陵、山谷、后山、简斋、紫薇、二泉（赵蕃及韩淲父子）、二赵（赵汝谈、汝谠）力辟四灵、后村江湖之学姚合、许浑一派，斥为亡国之音，力挽颓流，最诸古澹，则又未始非卓然自立者也！今日取《桐江续集》重为点勘一过，就所紬绎，随所见而辨证之，傥亦治文学批评史者所乐闻欤。

二 《桐江续集》识语—诗集之部

《桐江续集》元方回撰（《四库全书》别集类四） 按方氏此集元时刊本

❶ 见本集卷八《读张功甫南湖集诗》并序。

❷ 二冯，即清冯舒、冯班。二氏曾有评《才调集》，中多抨击宋诗及方回《瀛奎律髓》语。河间，指纪昀《瀛奎律髓刊误》。纪昀又号观奕道人。

❸ 宋理宗宝庆初年，史弥远废立之际，钱塘书贾陈起字宗之，能诗，凡江湖诗人俱与之善。宗之乃搜集当时诗家，合刊为《江湖集》以售，刘克庄《南岳稿》亦与焉。宗之赋诗有云："秋雨梧桐皇子府，春风杨柳相公桥。"本袭刘屏山也。或嫁秋雨春风句为敖器之所作。言者并克庄《梅》诗论列，劈《江湖集》版。二人皆坐罪，而宗之坐流配，于是诏禁士大夫作诗。绍定癸巳，弥远死，诗禁乃解，见《瀛奎律髓》。今所传之陈起《江湖小集》九十五卷，凡六十二家之本，实为后人掇拾，非宗之之旧也。故南宋末有"江湖派"之目，即本此。

传至明中叶间，流传绝少，盖以嘉隆何、李七子宗法盛唐，宋代诗家不复齿及，何论元人？放绝之故，此其主因。明季仅存孤本。何、李之风渐熄，此集乃为人重视。清初顾嗣立首选《元百家诗》，网罗一代，极称赅备。初编所录《桐江集》数百首，世人争宝。今取而细校，乃知顾氏所录皆悉出于此；然秀野见闻之博裁取之精，得此集益可证也。此本旧藏文征明家，后归泰兴季振宜，犹为元初旧椠。原书已轶十三卷，清修《四库全书》就其仅存者以次移其卷第，即今本也。卷一始于仲夏书事十首，此仲夏为元世祖至元二十年癸未四月，时方氏已罢官归隐，年已五十有七。诗集末卷迄于元咸宗大德九年乙巳，方氏已七十有九。是本集为方氏晚年所编，其五十七岁至七十九岁之诗悉备于此。惟原书轶其首三卷，今不可确知其原编托始之年矣！

《独游塘头》五首　《五月十一日早问政山房》三首（卷一）　按方虚谷歙县人，元初，卸建德路总管职后，即返徽州歙县，而别有宅在严陵，其长子存心所留存也。此所云塘头与问政山房即歙县东门外之小塘园屋，地傍问政山，方氏先茔所在；问政山房盖墓庐也。其《问政山房》三首之二云："四十里苍翠，中环万屈盘。望城藏谷底，觅路上云端。笋出一春醉，樵深三伏寒。山翁无将相，只是敬黄冠！"此诗前四句写景如画，在今日犹可踪迹得之。余早年从顾氏《元诗选》见此诗，每诵辄为神往。

《重阳吟》五首。其末首云："战尘漠漠草荒荒，兵过村空菊自黄。死尽亲知身偶在，干戈丛里见重阳。"（卷二）　按虚谷此诗在今日读之，殊令人生无穷之感。余避寇西迁，赣、宁旧业早陷虎狼，毅弟殉难，亲知流散；坟籍全失，庐里为墟，盖干戈丛里已五度重阳矣。金陵珍珠河新宅颇有园林花木之胜，黄菊始花，每与季刚、瞿安觞咏其下。今二君化为异物，而此宅亦门庭非旧，诵虚叟此诗，只日饮亡何耳！方氏《重阳吟》有序云："兴有不同，而皆极天下之感，君子以之冥心焉。陶渊明曰；'闲居爱重九之名'，此闲寂之极感也。苏长翁曰：'菊花开时即重阳'，此旷達之极感也。潘邠老曰：'满城风雨近重阳'，此衰谢之极感也。吕居仁曰：'乱山深处过重阳'，此羁旅之极感也。予不肖，何足跂前人？尝有诗曰：'干戈丛里见重阳’，此亦乱离之极感也。世人徒赏邠老之句，窃意未必得斯句之意耳。”方氏极推此句为前人未道。余谓：时地为之。近贤以文学为时代反映，义即本此。又按：虚谷每岁重九皆有诗，诗皆有苍凉迟暮之感，其最者如本集卷十六《九日约冯伯田、王俊甫、刘元煇》云：“山雨初开一望之，似无筋力可登危。每重九日例凄苦，垂七十年更乱离。今岁江南犹有酒，吾曹天下谓能诗。肯来吊古酣歌否？恰放黄花一两枝。”卷二十八《九日》诗云：“楼前楼后独徘徊，更当登高百尺台。海内共知吾辈老，江南未见菊花开。细思去岁人谁健，遥想中原雁已来。我似少陵亦赊酒，不妨剩举两三杯。”此二诗看似寻常，然气象阔大，老骨秋筋，味之弥永，此为诗人独到之境，唐人自杜公外无人可领会矣！虚谷别有句云：“荒寒试与登临去，奇崛能随感慨来。”又云：“漫沾老笔雕空阔，迳命芳樽洗郁陶”，其曰奇崛，曰老笔，曰空阔，曰郁陶者政可于此二诗仿佛遇之。

《喜刘元煇至》二首（卷二） 按刘光旧名寅，字子敬，入元后改名光，字元煇。本集三十二卷有《刘子敬吟稿序》。 又按：刘元煇有《晓窗吟卷》，见《宋诗纪事》七十七。 又按元煇《初寒夜坐》诗云：“四壁儿糊如暖障，一灯妻占补寒衣。”虚谷曾和之，而推此联为清洒有味。《宋诗纪事》七十七刘光条下，采断句皆出《桐江续集》，独遗此联，盖樊榭亦不取也。

《茅田汪王庙》句云：“绪德垂千古，全功保一隅。”（卷三） 按方氏自注云：“茅田亦曰临河。”盖在今歙县迤西岩寺镇至渔亭之间也。或在休宁。唐越国公祠遍于皖、浙，则“全功保一隅”之德也。余族由歙而饶，由饶而彭泽，皆同出一本，至今子孙聚族而居者约数十万家。彭泽汪氏居黄花坂者亦千数百人。正月十八日为王诞辰，子孙拜庙，至今犹盛。

《青山道中》句云：“闻说南塘赵书宅。”（卷六） 按馀杭二赵，赵汝谈、汝谠兄弟也，太宗八世孙。汝谈字履常，号南塘，淳熙十一年进士，理宗时历给事中，权刑部尚书，卒，谥文懿。汝谠字蹈中，号懒庵，嘉定元年进士，累迁司农丞，知温州。两人皆有诗名。本集卷三十一《陆太初晓山、乌衣圻南二集序》所谓：“懒庵、南塘，二赵为有声”者是也。《后村诗话》：“本朝全盛时，宗室贵显而负诗名者有德麟，近岁有南塘兄弟。诗工而命穷者有柴芝、仲白，而南塘遂为一代骚人之宗。”按二人诗集皆不传。方虚谷最折服之，每与上饶二泉、馀杭二赵并举。今治宋诗者乃至不能举其姓字，爰为著其大略于此。又按《宋诗纪事》八十五赵汝谈条下录其《环锦亭》、《翠蛟亭和巩齐》诗，二诗从《咸淳临安志》《洞霄诗集》内逐录。又同卷赵汝谠条下录其《题会春苑》、《翠蛟亭和巩丰》诗，前首出《后村诗话》。后首出《洞霄诗集》。以樊榭见闻之博，搜讨之勤，所得亦仅此，知二赵诗散佚殆尽矣。

《读张功甫南湖集》并序（卷八）　按序中论诗大旨已见本文总论中，兹不重出。虚叟一生论诗大旨，此序最为具体。其标举作诗能参活法者亦可于序中论杜公一段知之。实则宋人善学杜者黄、陈为最，而黄、陈之学杜亦不若是之狭隘。陈诗绝句略有此意。然五古五律亦从大处落笔，不过剥肤存液，不肯作人云亦云之语而已。虚叟专从枯澹生硬处着眼，以为参活法者在是。自作如此，选《律髓》亦如此，宜乎后人深致不满也。善学古人者知其所以得，亦当知其所以失，则不为其所蔽也。　又按虚谷之论亦可以医庸俗，如下笔平弱全无意境者从此入手，究可去陈就新，先植骨干。余有友学诗十年，句句妥贴，横卧纸上，因赠以纪评《瀛奎律髓》。初读，格格不入，余劝其勉强读之。三月不窥园，竟大改故辙，出手生新，此其效也。然诗境广大，触处可通，唐贤法律尤为备具，千门万户无在不可以安身立命。既有悟入，自以转益多师为是。若专一家一派之言，则终身无涣然自得之乐矣！

《赠孙元京》二首句云：“稍工仍要拙，宁古不为今。”（卷八）　按此即后山“宁拙毋巧，宁朴勿华”之说也。　又按孙元京名嵩，宋末遗民。宋亡后，隐居海宁山中，自号艮山，示不复再仕新朝也。其人品高绝，虚谷愧焉。元京有《艮山集》，如：“芳草何心知世事，闲云肆意绕天涯。”“流莺一任无来意，直恐梅花半树稀。”“前时绝喜王官谷，此去聊堪阿里街。”“悠悠岁月山林老，纳纳乾坤道路非”等句，皆凄断悲壮，无宋末噍杀之音。本集卷九有《题孙元京近诗》，句云：“忽似再生萧德藻，已应突过李之仪。”元京行辈差后，即虚叟亦敛手叹服也。

《二月十七日偕宾暘市饮》二首句云："我辈相逢唯酒可，桃花如许奈春何！"又云："人老自于春色淡，花开最恨雨声多。"（卷十） 按此二联极骀宕之妙，吾辈读之真足回肠荡气也。 又按虚谷诗不乏清挺之句，余所取以气象恢张格局浑成者为多。盖诗之工拙全视意境情韵两者交织而成，其至者必浑成，否则但有奇创而已，其神理必不属也。

《西斋愁感》二十首，其第十首云："听雨胜观雨，观雨须高楼。细雨或终日，高楼令人愁。不如空斋夜，听雨诗思幽。雨作叶声汹，万叶鸣飕飕；雨止檐声绝，忽续一滴秋。此时佳句来，自得不待求。暮年识此味，蘧庐真宜休。何如大醉眠，红日生床头。" 按此境非诗人不能领略，然诗固高绝矣。

《木棉怨》并序（卷十三） 按序云"亡国权臣"，即贾似道也。宋德祐元年乙亥十月，似道在漳州，郑虎臣杀之木棉庵，时贾尚有侍妾十馀人，虎臣拘其子与妾于别馆。此王、沈二姬后展转为张宏范所得，即序中所称"清河万户"者也。宏范卒于至元十七年庚辰正月，此王、沈二姬又南还而为人妾矣。虚叟此序辞旨隐约，盖有所忌讳故也。此诗可存史实，因为揭明于此。又按王、沈二姬，贾死后似先为谢堂所得，即序所谓"乌衣枢使"也。待考。

《醉吟》五首。其第一首句云："吾尝蓄万书，田亦殖数亩。一旦忽破散，此事悟已久。醉卧一衾外，馀皆非我有。无钱不必忧，有钱即沽酒。"（卷十三） 按此真达人之言也！余家薄有楹书，三十年中节衣缩食，购藏坟籍不下十馀万卷，嗜好所存，旧椠名校为多。又以历年都讲，类书、总集、图表、谱牒，以及名贤日记、通人丛说罔不赅备。田产二百亩，足赡衣粥。自军兴以来，破散殆尽，今亦不复置忆矣。

《自释休官之意》句云："七载休官学老农。"（卷十三） 按此诗为元世祖至元二十四年丁亥秋间作，时虚叟年已六十一矣。此诗云"已休官七载"，逆推之，则至元十八年辛巳，虚谷已卸建德路总管职矣。又《乙未岁除》诗："五十五时官早休"（卷二十一），亦可证。

《过李景安论诗，为作长句》句云："三百年来工五七，追骚媲雅谁第一？独闻彭城陈正字，向来得法金华伯。”又云：“由陈入黄据杜坛，当知掬水月在手。”又云：“梯危磴绝不可近，尚有简斋横一枝。”（卷十四） 按方氏素持“一祖三宗”之说，即杜公为一祖，山谷、后山、简斋为三宗也。此诗仍本此意。

《送胡子游学正泳》（卷十六） 按此昌黎《原道》、永叔《本论》也。虚叟所学，何尝不正？乃晚节不终，媚敌固宠，又不知所读何书也。

《次韵王俊甫山长九日登乌聊》二首（卷十六） 按此卷《九日》以下俱诗，皆能开阖动宕，词意并胜。其妙处在能从大处着眼，无颓唐之笔，瘦而能腴，朴而能绮，虚叟集中最胜境也。略摘数联于下，如：“荒寒试与登临去，奇崛能随感慨来。”“漫沾老笔雕空阔，迳命芳樽洗郁陶。”“新息今须乘果下，襄阳惟漫钓槎头。”“奏书方朔三千牍，饮酒渊明二十诗。”“最宜旷野开诗思，未觉他乡动客愁”，“欲遵饭颗山头路，合问深明阁里人。”“草堂诗到夔州后，竹马年思大历中。”“静赏奇云临翠巘，醉呑朗月上银河。”“我有孤舟自天地，沙头问渡苦无人”等句，皆挥洒自如，无攒眉苦吟之迹，亦动荡亦浑成。《桐江续集》中不数数觏也。

《寄还程道益直谅道大直方昆季诗卷》云：“山水吾州称绝奇，间生杰出当如之。不行天上五岭路，焉识人间二程诗。无逸幼槃金华似，才翁子美欧阳知。怒流汹涌各分派，万折倒海夫奚疑。”（卷十六） 按拗体律诗杜公颇喜为之，山谷、师川则以避谐俗，效之尤多。要以骨干内质俱臻极诣，方为高格，若貌袭老苍，意义匮乏，亦但有其表而已。方氏此诗为随意酬应之作，篇中自誉程诗之外了无它义；惟一气舒卷，峭厉清激，浅人学宋诗者或以为江西法乳即在乎是，则僨矣。因特为拈出之。辨微知昧，是在会心！

《山茶花》句云：“犀甲鹤头傲霜雪，入春犹见岁寒姿。”（卷十九） 按“叶厚有棱犀甲紫，花深少态鹤头丹。”此东坡咏山茶诗也。虚叟用此语，然远逊坡句工致。

《秋日古兰花》十首句云：“握兰故事人谁识？夙世庞眉汉署郎。”（卷二十） 按“握兰”见《汉官仪》，梁天监元年诏所谓：“郎署备员，无取职事。

空有趁墀之名，了无握兰之实”者，即用《汉官仪》也。

《次韵俞好问庆余七十》句云：“初筵敢拟卫公篇。”自注云：“卫武公九十五入相于周，作《抑之》诗自警。今毛诗《宾之初筵》是也。此诗五章。其前陈古饮酒有礼，其后时时饮酒无度。有‘威仪抑抑’之句，故《国语》名其诗曰《抑》。《韩诗异义》则曰：‘《宾之初筵》，卫武公饮酒悔过也。’九十五方悔饮酒之过，无乃晚乎？当从《毛诗序》文为是。”（卷二十一） 按《宾之初筵》与《抑》二诗虽同为卫武公作，然《宾之初筵》毛序谓刺幽王，韩序谓武公饮酒悔过；《抑》则毛序谓刺厉王，《国语》则谓卫武公自警。此云诗五章，则是《宾之初筵》而非《抑》矣。且《国语》亦只云“作懿戒以自儆”，韦昭曰：“懿谓为《抑》”，不迳云作《抑》也。二诗牵扯为一谈，岂虚叟耆年误记耶？

《七十翁吟》，其第四首句云：“此女抱恨久，嫁不得其所。厥夫实鸱鸮，厥舅乃狼虎。”（卷二十二） 按厥舅当指程淳祖也。虚谷有女嫔程氏子。此云：“厥舅乃狼虎”，即本集卷二十五《送男存心》诗中所谓：“奸鬼伏肘腋，两贼程与黄；门生讦座主，婿不顾糟糠”是也。至其构衅之由，似虚谷总管建德路时，黄斯觉、程淳祖辈控告虚谷于大府也。此诗黄、程句下有自注云：“程亲家、黄门生也。”可与本篇互参。

《送缪鸣阳六言》序云：“陆象山文集二十八卷，袁燮为序。外集四卷。杨慈湖所为行状，孔熔所为谥议，附与人书，凡十七卷。可议甚多。第十九卷记八篇，《王荆公祠堂记》疵病为甚。叶靖逸《四朝闻见录》记象山三事。一为僧光拙庵所喝，二谓危逢吉气粗，三学子焚香欲下拜，持其手曰未可。此皆朱文公所谓陆子静分明是禅学也。鸣阳重刊象山集，流布北方，所至作诗，盛称其学紫阳，晚学方回未敢以为然、赋六言八句送之。”（卷二十二） 按朱、陆异同，截然两派，虚叟自附紫阳而訾诋象山，此即所谓门户之见也。然虚叟又岂真知紫阳者哉？

《写心》五首，其二云：“今日忽不愁，脱然体无病，餬饰窗棂明，整齐书册正。生无快意事，适此悦我性。雨足明当晴，更喜天宇靓。”（卷二十三） 按此真人生快意事也！吾平生无他嗜好，最喜风日晴和，扫除一室。临轩棐几，皭然无尘。书不必多，但得精槧名校数十种，名贤墨迹十馀帧，更番把玩，罗列整齐，暝写晨钞，微吟薄醉，自谓此中别有天地，非局外人所得知也。因续二语云："此乐吾知之，三复虚叟咏。"

其第五首句云："学不取临川，文不取永嘉，诗不取晚唐，有正宁无葩。真魏吾所师，未觉朱程赊。此身修至此，馁死曾何嗟。"（卷二十三） 按此虚叟一家之言也；平生论学宗主，此数语足以括之。南宋以还，程、朱之学衣被天下，师以诏弟，父以诏子，舍是则畔道也。惟尊崇紫阳，亦仅于《四书集注》、《或问》讨消息，而不能深究其全体。朱子治经，曷尝废注疏？彼所自为之书，十九袭用汉、唐经师之言，人自不觉耳！真西山、魏鹤山皆有体有用，与宋、元陋儒之空谈性命者不可同日语。观于《读书记》、《古今考》可知。鹤山《九经要义》尤见熟精注、疏，删繁揭要，神明焕然，皆非绝不读书之人。虚叟极意推崇，实则去之甚远，不知所师者果何在也？即就其所不取者言之：虚谷每以宋亡归罪荆公，如云："青苗法令初为祟，玉斧封疆半已休。"青苗是否为病民之政？在两宋名贤已有争议，即朱子亦尝言为善政，虚谷安能遽断为亡宋之征。荆公学行不但为南丰所重，即敌党亦多私心叹服焉。永嘉学系以薛士龙、陈止斋、叶水心为世擘，其渊源本出程子，但舍心性而重事功，耻依附而贵自得，史学以为干，经济以为用。发之于文者，于精深闳肆之中有密栗坚苍之质，故多切于实用，以视南宋末流冗沓庸滥者，倜乎远矣！晚唐之诗，就体格言固逊初、盛，就纂组言实迈三唐，盖以声律采藻至晚唐而极矣。虚谷每以姚合、许浑概其馀，恐于晚唐人诗并未深入，殆以四灵、南岳而迁怒及之乎！不然，启黄、陈如玉溪，孕简斋如韩偓，而虚谷一生俯首瓣香者乃至昧其初祖，说诗之谓何？准此而谈，则是程、朱、真、魏，自有真诠，临川、永嘉要足不朽，晚唐之诗虽未能方驾开、宝，亦足以俯视宋，元，而惜乎虚叟皆不识也。请为易其语曰："学不知临川，文不知永嘉，诗不知晚唐，有正必有葩。真魏何尝师？程朱路益赊。此身修至此，馁死真可嗟！"虚叟有知，或不以为谑而虐乎？

《题渊明像》云："慧远无此冠，修静无此巾。此巾要亦有，无此漉酒人。"（卷二十四）按此诗二十字简括而意义无限。

《送天目吴君实馆越》句云："洪平斋集亲抄否？陆放翁诗背诵无？"（卷二十四）　按南宋末有两洪平斋：一洪咨夔，字舜俞，号平斋，於潜人，嘉泰二年进士[1]，理宗朝累官刑部尚书翰林学士，知制诰，加端明殿学士，提举万寿观，卒谥文忠，有《平斋集》。一《谢叠山集》附录有洪平斋挽诗云："千古精忠日月光，恨无麟笔写堂堂！还家耻作梁江总，辟谷谁知张子房。后死十年应有待，轻生万里故非狂。有儿可拾江边骨，须信人亡道不亡。"此洪平斋与咨夔时不相及，当别一洪平斋也。虚谷诗当指咨夔，因方诗首句云："天目山人客鉴湖，清言近世两鸿儒。"咨夔浙之於潜人，陆放翁山阴人，故有"鉴湖两鸿儒"语。

《三竺道中》三首句云："莫道江湖风浪阔，此中涓滴是源头。"（卷二十四）　按朱子《观书有感》诗云："半亩方塘一鉴开，天光云影共徘徊。问渠那得清如许？为有源头活水来。"虚谷此诗即用朱意，但朱诗已落理障，虚谷则更直而无味矣。

《闻过》句云："旧管钓台时入梦。"（卷二十四）　按旧管新收，公牍语也，山谷亦尝用以入诗。然山谷诗如"旧管新收几妆镜？"则风趣矣！此则用以指治属，殊乏味。

《正月十九日四更起，读〈朱文公年谱〉至天大明，赋十二首》。其第十首自注云："文公诗绝妙，在黄、陈上。"（卷二十五）　按晦庵学术邃密，诗则昌黎所谓馀事耳。文公固极推重陈无已，虚叟乃云诗在黄、陈上，则阿好之私，非由衷之论也。

《送男存心如燕》（卷二十五）　按此虚叟自传也。篇中述与贾似道构衅甚详，似道抑其廷试，尤恨之次骨，故诗云："廷试复第一，考官文与常。易置乙科首，尔岂识臭香！萧艾压兰蕙，我心亦不忙。仕宦有天命，岂由人低昂？"继又云："鲁港出师败，虮臣叫九苍。数其十可斩，乃先窜炎荒。

---

[1] 《宋史》本传误为嘉定二年，《宋诗纪事》又据《咸淳临安志》有嘉定元年郦自诚榜无二年榜，改定为嘉定元年。《格平斋文集·题陶崇诗卷》云：某与宗山同壬戌进士，则实嘉泰二年壬戌也。史特误泰为定耳。

诛之木棉庵，身死国亦亡！为相亡人国，自合以命偿。匪我快私愤，人欲抽尔肠。”愤恨之意情见乎辞矣！及叙鼎革，则云：“大物既归周，裸士来殷商。夷齐与箕微，均为识三纲。”虚谷时知严州，不能死封疆，降元固位，乃自拟于箕微，以附裸士之列。巧为开脱，则险诈之尤也。

《送李伯英孟淳》句云：“文名第一欧永叔，诗名第一黄庭坚，节名第一文丞相，三士鼎峙撑青天。”（卷二十六） 按此三人诚天水一朝之冠冕也。惟文山为虚谷并世之贤，文章节义彪炳当世。乃虚叟既深知之，推重之，而所行乃适相背，吾不知其作此诗时，其私衷有愧悔否也？又本集卷二十八有《题文山遗墨》诗云：“年踰弱冠唱枫宸，海内文章第一人！孰谓国家无厄运？从来天地有忠臣。此身不朽垂千古，今岁犹存仅七旬。二十五年九原底，刚风夜夜薄星辰。“虚谷以垂暮之年而诗中屡及之，岂所谓“是非之心人皆有之”乎？

《寄题朱信州自闲堂》句云：“吾师魏华父，庵以自为名。自庵有类稿，其文世盛行。吾友陈寿夫，堂以自为号。谓余可言诗，玉成有大造。”下自注云：“魏鹤山《自庵类稿》专刊靖州所为文，回至永嘉郡斋次，令嗣知州静斋先生俾回监刊，总为《大全集》。南昌陈寿夫名杰，为江西提刑，有诗声，号自堂。”（卷二十六） 按《魏鹤山全集》原本一百卷，见焦竑《国史经籍志》，前有淳祐己酉宛陵吴渊序。时虚谷年二十三，当为至永嘉郡斋之年。监刊《鹤山全集》，或即此时。又本集二十五卷有《读魏鹤山先生渠阳集》五首，其第一首有自注云：“回壬子，年二十六，静斋先生知徽州。十二月，先生以回诗请入书院”云云，则鹤山子静斋知徽州又在监刊《大全集》之后三年矣。今《桐江前集》未见，无从确定。它日当从《宛委别藏》细察之。又按陈杰字寿夫，分宁人，《宋诗纪事》六十六称：“杰淳祐十年进士，制置司属官。”方氏自注：“杰为江西提刑”，此可补《纪事》所未备也。寿夫有《自堂存稿》十三卷，宋椠全帙，今尚存长沙叶氏。乾隆间编《四库全书》，仅从《永乐大典》辑出诗四卷，而又误收他人之作，非其至也（库本又有胡思敬《豫章丛书》本）。方回与自堂师友关系，除虚叟自述以外无可取证，故世多疑之，如朱绪曾《开有益斋读书志·自堂存稿四卷》云：“自堂之诗学，方回尤喜称之”，又云：“自堂乃回所从受诗法，其年必长于回，今自堂集中与刘须溪、邓中斋、徐子苍、谢叠山倡和，无一字与方回相往来，盖回以严州降元，大节已亏，故回屡借自堂为引重，而杰则鄙回之为人也”云云。宋刻《自堂存稿》卷三有《和虚谷》二首，又《和虚谷蛛网》一首（此诗阙下半首）。朱氏未见宋刻十三卷本，故有此说，当不可据。然虚谷生平虚憍之气每见于诗文议论，当时文章节义之士尤时时称道之，如鹤山、文山是也。自堂与叠山、水云皆甚沆瀣，宋亡不仕，尤遗民之皭然者。虚谷于自堂极致拳拳，一则曰吾友陈寿夫，再则曰吾师友自堂陈公（见本集三十二《送罗寿可诗序》），而深自附于师友之列，朱氏所谓方氏借自堂为引重之语当非无因。至自堂之诗源虽出江西，然风恣峭蒨，又与石湖、放翁为近，不落南宋末派，亦与虚谷《律髓》之宗主不同，皆读方集者所宜知也。又此诗自注：“南昌陈寿夫”。按陈杰分宁人，宋刊《自堂存稿》寿夫作寿甫，则小误云。

《赠叶宗贵一山》句云：“近世后生宗许浑。”（卷二十七） 按六朝沈休文、晚唐许丁卯二家诗皆诗中之乡愿也，余往岁颇恶之，嗣见王船山《古诗选》、《唐诗选》亦深恶痛绝，虚谷亦屡以为言，乃知公论尚在人间也。顾虚谷未必真恶丁卯，特以南宋末派之尊崇过甚，遂因而迁怒及之耳。又本篇“轲死不传”七句皆论道统，与全篇论诗无涉，横亘中间，殊不可解。

《次韵灵鹫清长老》二首句云：“得句无僧字不清。”（卷二十七） 按南宋末年，诗家有句必及“梅”、“僧”，以为非用此等字则句不清也。诗之清浊岂果系此二字耶？江湖派诗人之可厌在此。

《学诗吟》十首（卷二十八） 按方氏论诗持“一祖三宗”之说，此外平生服膺而时时见于诗文称道者若陶公，若二谢，若陈子昂、李白、元结、韩愈、柳宗元、刘梦得、白居易、郊、岛、张籍，若梅尧臣、欧公、苏舜钦、张耒、曾茶山以及尤、萧、杨、陆、范至于方氏先后者则韩南涧父子，赵章泉、赵汝谈、汝谠兄弟，而最推朱晦庵高古清劲，尽扫馀子。皆方氏极口称道者也。然方氏为诗，体亦屡变，随所标举，亦至不一，其自言：“学诗初学张宛邱，次学子美、都官而出入于诚斋、放翁，后乃悔其腴而不癯也，恶其弱而不劲也，束之以黄、陈之深严，而参之简斋之开宏。古体诗其始慕韩昌黎而惧乎博之过，慕柳柳州而惧乎褊之过，慕元道州而惧乎短涩之过，慕韦苏州而惧乎谆澹之过。既而亦于子朱子有得，追谢尾陶，拟康乐，和渊明，亦颇近然矣。然此皆少年之狂论、中年之癖习也。至六十一岁始悟已往六十年之非，以其所作滞碍排比，有模临法帖之病，于是翻然弃旧从，信笔肆口，得则书之，不得，亦不苦思而力索也。"（卷三十二《桐江续集》自序）云云。据此则方氏"一祖三宗"之说亦中年之论定，至于晚岁亦不主之；惟于陶公、朱子则为始终服膺之人。而痛恶许浑、四灵、南岳以及刻翠题红之什，则虽在耄年亦坚持之矣。虚叟一生诗学之所得，此其荦荦者也。又按《桐江续集》中论诗之诗颇有可观，今摘其篇名于下，如：《秋晚杂书》三十首（卷二）《西斋秋感》二十首（卷十一）《次韵汪以南闲居漫吟》十首（卷八）《醉吟》五首《卷十三》《以采菊东篱下悠然见南山为韵赋》十首（卷十六）《七十翁吟》十首（卷二十）《学诗吟》十首（卷二十八）《诗思》十首（卷二十八）《读放翁诗作》（卷九）《题郭熙雪晴松石平远图，是日读杜诗》（卷十二）《过李景安论诗，为作长句》（卷十四）《赠江东李提学浩》（卷十四）《赠叶宗贵一山》（卷二十七）《走笔送僧宣无言归东南》（卷二十八）《桐江集续稿九卷，卷百首，书其末》（卷六）《说诗》（卷八）《题魏公辅诗卷》（卷十一）《读张功甫南湖集》有序（卷八）《题孙元京近诗》（卷九）《夏自然希贤惠五言古体，久之，以律体和谢》（卷十一）《次韵赠上饶郑圣予沂》（卷十五）《送紫阳王山长俊甫如武林》五首（卷十七）《赠程君以忠、杨君泰之》（卷十九）《次韵徐子英读予所抄赵章泉诗》（卷二十）《以桐江集十五卷呈范君泽》（卷二十五）以上皆就集中论诗之诗随手写记，其不及备列者尚有绝句数十首，皆足征虚叟平日论诗宗主也。忆早年阅秀野《元诗选》初集，于《桐江集》选卷内，见其《秋晚杂书》十馀首，即喜诵之，近人陈衍亦摭起论诗之语入《石遗室诗话》，以为宋人论诗之最谛者也。实则上列诸目中如：《西斋秋感》、《次韵汪以南闲居漫吟》、《醉吟》、《七十翁吟》及本篇皆五言古体，与《秋晚杂书》持论多从同，而详略互异。其分疏古今诗家派别与作诗甘苦之语，取较《秋晚杂书》尤为过之。秀野皆未选入元诗，而《桐江续集》久閟中秘，外间绝少流传，石遗皆无从窥见也。治文学批评者皆宜取而共参之。

三 《桐江续集》识语——文集之部

《桐江续集》二十九卷至三十六卷，凡八卷，皆赋、铭、箴、说、序、记、碑诸杂文。按虚叟诗文自言过万篇，六十岁以前所作不免滞碍排比，有摹临法帖之病，六十一岁以后乃翻然弃旧从新，脱然涣然有自得之趣，信口肆笔，无复绳削。然则《续集》晚年之作固其最得意者也。今日偶一检视，殊难相副。盖虚叟为学极推程、朱、真、魏，为文盛崇韩、柳、欧、曾，而于朱子则尤其心模手追，自谓具体者也。实则诸家之学与文皆深醇渊懿，深入理窟，发之于文者自然肃穆，挹之无尽。而虚叟则虚憍之气，连犿之辞，无体格，无节制；而又矜气好胜，强词夺理，自谓脱然涣然者，实信口肆笔者也。又虚谷文中凡涉性命理气者皆迂腐冗沓，攻击辨难者皆空洞无实。其尤乖体制者往往于序记杂说中扩采篇章，不厌繁冗；寻章摘句，绝类诗话。如：卷三十二《孔端卿东征集序》内载孔氏《莫忘吟》至数百字之多，其诗但凑险韵，了无馀味。末段又录其《苍苔吟》五律，许为奇创。卷三十《天下夕阳佳说》则通篇摭采唐、宋诗家句中之涉及"夕阳""天下"者以为诗眼。谓俗人不能识，惟虚叟能识之，纤佻可厌。卷三十二《刘子敬吟卷序》末段杂举刘氏近体佳句，仿禅宗参禅语体，自谓名隽。诸如此类，尤为恶道。余尝谓近人侯官陈衍平生著述颇近桐江，方氏喜言理学，陈氏喜谈考据，实皆藉以装点门面，而所造皆不深。方氏文推韩、欧，陈氏文法桐城，实则仅有外表，而皆未能造微。方氏主"一祖三宗"之说，陈氏唱"三元""同光"之论，颇为人所信从，实则两家自为之诗皆未能与其说相副。方氏晚年极推陶公，陈氏晚年极推香山、诚斋，浅人或以为高诣，实则生硬野滑，去之甚远。方氏守严州，倡死封疆之说，而首先迎降；陈氏则倡国府不用郑孝胥遂有沈阳事变之谬论，而其徒黄濬、梁鸿志则为出卖民族之罪人。至方氏晚节不修细行为周密所举发者，陈氏亦颇类之。要之，方、陈实遥遥相契也。至陈氏之以诗话体行文，尤与方类。陈氏为郑孝胥作《海藏楼诗集序》，连篇累牍，杂引古今人诗句，与桐江此集诸序尤为酷似。岂叔季之文果有此一种体制乎？

《古斋箴》并序（卷二十九） 按古斋，张受益燕居之室也。文内记张氏之话谓："吾之好古有三：专心致志者得之读；触目兴怀者得之游；寄情寓意者得之玩，非拘拘于年岁之间也。读以《易》、《书》、《诗》、《春秋》为据，而准此判定诸子、诸史之是非。《仪礼》古而不完，《周礼》为歆窜改，《礼记》杂汉儒，言不纯古。近世朱氏《四书》，吾服膺以窥关、洛之正传，过邹、鲁而知孔、孟，登泰山而想封禅，经平阳、九疑、会稽、豳、郃、丰、镐，而究尧、舜、禹、后稷、公刘、文、武之所以治。鼎彝书画则宜别其真赝，博观约取。庋藏一二，时出阅之，友朋取去亦无顾惜。聊寄寓情意而已，非真有所执着于其间也"，云云。此当为虚叟之言，特借张说以发之。立论通达，可为好古者进一解。惟谓三礼杂以汉儒，言不纯古；而朱子《四书》乃反古于汉人。陋儒必抬出紫阳以装点门面，可厌在此。

《王一初名字说》："古有姓氏名字称号官爵赠谥之异，以别亲疏贵贱，不相越也。《史记》书黄帝姓公孙。又曰：黄帝二十五子，得姓者十四人。又曰：自黄帝至舜禹，皆同姓而异其国号，分五帝为有熊、高辛、高阳、陶唐、有虞氏。又曰：禹姓姒氏，契姓子氏，弃姓姬氏。又曰：禹姒姓，其后分封，用国为姓，故有夏后氏及斟氏、戈氏之类。近世鹤山魏文靖公用《汉纪》著《古今考》，于高祖书姓刘氏，则辟之。谓《左传》有云："因生赐姓，分土命氏，姓自姓，氏自氏。马班乃混言之，盖姓一氏不一，鲁三桓，郑七穆，同姓姬而异氏，不通婚姻。后世殽杂无辨。智为辅，娄为刘，范雎为张录，项伯为刘缠，或冒外姓，或祝异姓，族谱不分，而姓氏乱矣。（卷三十） 按太史公书多出《世本》、《世系》及《帝系姓》，其云"姓姒氏姓姬氏"云云者当有所本。且《易·系辞》云："黄帝、尧、舜氏作。"尧、舜非氏，而《易辞》以尧、舜为天子当一代，故从而氏之，是不拘姓氏之例已见于孔子，则姓氏混言又非自马、班始矣。又按姓氏之辨，见于载籍者如：郑玄《驳许慎五经异义》曰："《春秋》隐八年传：无骇卒。羽父请谥与族。公问族于众仲。众仲对曰：'天子建德，因生以赐姓，胙之土而命之氏。诸侯以字为氏，因以为族。官有世功，则有官族。邑亦如之。'公命以字为展氏。以此言之：天子赐姓命氏，诸侯命族。族者，氏之别名也。姓者，所以统系百世使不别也。氏者所以别子孙之所出。故《世本》之篇言姓则在上，言氏则在下也。"唐柳芳《论氏族》云："氏于国则齐、鲁、秦、吴，氏于谥则文、武、成、宣，氏于官则司马、司徒，氏于爵则王孙、公孙，氏于字则孟孙、叔孙，氏于居则东门、北郭，氏于志则三马、五鹿，氏于事则巫乙、匠陶。"宋赵彦卫《云麓漫钞》云："姓氏后世不复别，但云姓某氏，虽史笔亦然。按姓所以统系百世使不别也，氏者所以别子孙所自出，如周姓姬氏所以别子孙，如鲁、卫、毛、聃、邗、晋、应、韩之分。"郑樵《通志·氏族略》云："三代之前，姓氏分而为二，男子称氏，妇人称姓。氏所以别贵贱。贵者有氏，贱者有名无氏。故姓可呼为氏，氏不可呼为姓。姓所以别婚姻，故有同姓异姓庶姓之别。三代之后，姓氏合而为一，皆所以别婚姻而以地望明贵贱。于文女生为姓，故姓之字多从女，如姬、姜、嬴、姒、妫、姞之类是也。"据上诸说，是姓因所生而命名，氏因有土而殊号。姓统于上，氏别于下，姓氏二字在三代以前显有区别；然姓别为氏，则氏亦有称"氏姓"之可能。其见于经者如《春秋》隐九年天王使南季来聘，《谷梁传》曰："南，氏姓也；季，字也。"是"氏姓"二字之明文。郑玄《驳异义》云："炎帝姓姜，大皞之所赐；黄帝姓姬，炎帝之所赐。"是炎帝、黄帝之先固自有姓，而炎帝、黄帝之姜、姬实为"氏姓"之创始。夏之姓姒，商之姓子亦同。然则单云姓者未尝不为"氏姓"，单云氏者其后以为姓，古则然矣。是《史记·五帝本纪》、《陈杞世家》，往往以"氏姓"并称，与其云姓项氏刘氏者，皆不可轻议其混淆也。若《风俗通》、《潜夫论》皆以氏姓名篇，更持之有故矣。

《赠邵山甫学说》(卷三十)　按此文为方氏自言其治学治文之所得，颇有不易之论。其说略删存于本文总说及附注，兹不赘。

《晓山乌衣圻南集序》有云："无位于时不足悲，有可传于世犹足幸。"(卷三十一)　按二语极郁勃。记太炎《庐山志题辞》云："人之情求仕不获无足悲，求隐而不得其地以自窜者，毋乃天下之至哀欤？"调正同，而郁塞过之。

《俞鑑山月相士诗序》(卷三十一) 按本篇论古今相人法颇可听。

《送汪復之归小桃源序》(卷三十一) 按此文辟《参同契》多引道家言。惟魏伯阳纳甲之说与虞翻纳甲图合，不知果谁窃也？全文可一读。

《送家自昭晋孙自庵慈湖山长序》(卷三十一) 按本文言王尚书应麟伯厚尝语余曰："朱文公之学行于天下，而不行于四明；陆象山之学行于四明，而不行于天下。此言亦复有味。"四明四先生即杨慈湖简、沈端宪涣、舒文靖璘、袁正献燮也。四先生皆师事象山，称金溪高弟。犹程门之有游、杨、吕、谢也。此文讥讪象山、慈湖甚至，而末句自言："不妨如老僧住寺，呵佛骂祖一巡"云云。俚鄙不成文。猖狂若此，乃尚以程、朱正统派自诩，多见其不自量也。伯厚虽为洛、闽正传，然袁正献《絜斋书钞》解"儆戒无虞"诸条，亦采入《困学纪闻》，并不以袁氏为金溪高弟而摈之，恐虚谷所记伯厚之言亦不可信。

《应子翱经传蒙求序》(卷三十一) 按应子翱名翱孙，四明人。《经传蒙求》自《易》至《论》、《孟》皆括为韵语，傍及诸子百家；而杨雄方州部家之书亦与焉，盖训后进之书也。王应麟、戴表元皆称之，虚谷亦言尝摘其奇语难字以供刀笔。子翱早年中童子科，伯父衔尝参大政，此序中可考见者也。虚谷序极阐道不离物之旨，皆宋儒门面语，殊无足观。

《瀛奎律髓序》(卷三十二) 按清初吴之振重刊《律髓》，颇疑书首一序非虚谷所作。今本集载此文，可证其非伪托也。序甚恶劣，其命名之义，乃取"十八学士登瀛洲"与"五星聚奎"之说，尤为俗滥。其尤谬妄者乃欲以所标举唐、宋生硬粗犷之五七言律体，用革八代五季之文弊，大言不惭莫此为甚。盖虚叟平日论诗既不满意西昆，复痛恨四灵、南岳之学姚合、许浑一派。刻翠题红之语，镂心鉥骨之词，在虚谷眼中皆以为亡人家国之音，所见不无一隙之明。乃以笃信西江之过，变本加厉，以生硬为健笔，以粗毫为老境，以炼字为句眼，以拗捩为中声；去取既故为立异，扬榷复背乎人情，执己见以衡人，强古人以就我，宜乎为二冯所讥也。黄、陈之诗渊源杜甫，又能上沿下溯，尽其流变，尽得古人之所长而不袭面貌，曲尽事理之情态而不落言诠。黄致其大，陈究其精，二人皆胸罗数万卷书，故锤炉在手，抽绎寸心，自有迈往不屑之韵，决非别参活法如方氏所云云也。虚谷于诗非绝无所得，其病在过信吕居仁宗派之说，而益广之为“一祖三宗”，标举情景虚实，娓娓不倦；其所谓“句眼”、“活法”者皆诗话家拘方板腐之论，恐黄、陈作诗亦不若是之拘执也，此书自冯已苍、冯定远讥弹以后，乾隆间纪昀复有刊正，名曰《瀛奎律髓刊误》，逐卷评校，足为虚谷诤友。近年操觚之家每藉此窥识宋人门径，是此书虽为虚谷一家之言，然以纪评之故亦未始于初学无小补也。

《送罗寿可诗序》（卷三十二） 按此文评品两宋诗家，颇能详尽，顾嗣立《元诗选》曾节录之，附存于《秋晚杂书》之后，是秀野亦尝称之矣。

《仇仁近百诗序》（卷三十二） 按仇山村与虚叟倡和甚沆瀣，年甫四十，有诗二千首有奇，虚谷为选四百篇，犹以为多，则删削之严也。后山村有赠虚谷诗云：“老尚留樊素，贫难娩范丹。”人以为笑，虚叟大不乐也。及牟献之七十生日，山村寿牟诗，誉牟毁方，遂致龃龉。记周密《癸辛杂识》曾详其始末，它日再检之。

虚谷《桐江续集序》（卷三十二） 按序称“自桐江休官闲居，万事废忘，独于读书作诗未之辍也。”诗自壬午至戊子，二十卷，卷百首。据此可知二十卷本者为至元十九年至二十五年七年之作，此集曾否镌行抑或写本今不可考。然虚谷年逾八十，虽在耄年不废吟咏。则戊子以后二十年之诗文[1]合编之当有五十卷之数，然顾嗣立已议其不加持择矣。又按此文铺张所学，芜杂支离，极可厌。

原载《文史杂志》1941年第11期

---

[1] 本集迄于成宗大德九年乙巳，时虚谷年已七十九。

南雍学术经典

主编　张一兵　周　宪

汪辟疆诗学论集

下册

张亚权　编撰

南京大学出版社

汪辟疆诗学散论

论学书札7则

复徐中玉书

中玉仁弟：

去冬接滇中手笔，事冗未及作复。今年七月，又奉牂州途中一札，知中山大学迁回南雄，想早已抵粤矣。世局扰攘，吾辈尚得以从容讲习，不可谓非天厚。想贤者播迁流离之中，又得名师指导，其振奋孟晋，又当何如？甚盛！甚盛！两宋诗歌，力破三唐馀地，冀以新巧取胜唐人，而实不逮唐。三百年中，其才高学赡者，莫如梅、王、苏、黄，次则范、陆；而范、陆但侈篇章之富，又未能别出手眼，独造夐绝之境。外此者，更无足论矣！诗论之作，三唐以前，此风未鬯。仲伟、表圣，亦异标扬。至两宋之间，家操月旦，观其奖借同体，指摘异派，知其不慊于人，乃有溢量之美，以扬私说而尊门户者多矣。迄今平品，尤宜慎择，屏阿好之私，取衡平之论，则以宋还宋，真面自存，而宋人诗之不及三唐，即可于平品中识之矣。又元初有方回者，其人生于宋末，入元已五十馀岁。平生论列宋人诗最多，并散见于所选《律髓》及《桐江集》。《律髓》世多有之，惟《桐江集·续集》收入《宛委别藏》、《四库全书》。今库书已出，不难抽绎。方氏为江西派后劲，分宁、彭城之法乳，由此可窥其全。取以殿天水一朝，亦批评史主要史料也。至两宋说诗巨制，如阮阅、胡仔、魏庆之、刘克庄之书，孕育较富。披沙简金，往往见宝。而何溪汶之《竹庄诗话》二十四卷，所采书如《五经诗事》、《欧公馀话》、《潘子真诗话》、《桐江诗话》、《笔墨闲录》之类，皆无传本。即所引吕氏《童蒙训》论诗之语，极有可听，而今本皆不载，亦足供佐证者也。其它名贤扬榷，未勒专书，散见文集序跋书札中者，尤为不乏，皆宜博综广览。庶几采铜于山，而非收废铁以充铸，如顾宁人所讥也。削稿初定，甚愿一浏览之。馀不备具！十月三十日，汪辟疆。

原载《中国文学》第一卷第一期

复沈祖棻书

祖棻贤弟：

迭奉手毕，迄未函复，非恝然也。盖相知者不以形迹拘，亲厚者难以言辞慰。故每诵来翰，神魂飞越，及伸纸握管，反无一辞，且不知所以为慰者。稽迟之咎，仆实负之。前日由徐仲年转来一札，今日又得十一日手简，展诵数过，抑何言之凄婉而情之敦挚也！置书怀袖，悒悒累日。窃念南雍旧侣，清才丽藻，无过吾弟，又以盛年，得谐佳偶，兰苕翡翠，相得益彰，复何所憾？即偶婴小极，善自调护，亦易痊可，慎勿过信医言，自致沮丧；此于心理影响至大，非细事也。窃以养病莫善于养心，心强则病祛。忆仆年甫二十馀，右腹痛楚，呼号彻夜，如是者累日，已愈而复发，因走沪求诊断，医者断为盲肠炎，非割治则危殆。时体为瘦弱，决不胜刀圭，自改服中药，痛楚遂减。但尔时仆方醉心科学，雅不信中医，所恃者，私心甚信此非不治之症，故无恐怖。痛时则呻吟不绝，痛减则伏案校读，若无事者，此后非惟不求医，即痛时亦不告人。年馀以后，亦不复发，恐亦心理坚强之効也。弟流转馀生，备受艰苦，体力荏弱，自在意中。子宫瘤症，前人亦有患之者，如别有他术诊治，即不施行手术为佳，否则神经以麻醉受伤，亦不可不顾虑也。此事望慎之！前闻弟在雅安，填词甚多，千帆所寄者，恐不止此。弟小令骎骎追古作者，而幽忧沈痛之语，使人读之，回肠荡气。家国之痛，身世之感，亦不宜过于奔迸。仆意固非如前人诗谶之谓，实以文词过于悲伤，发之至诚，有伤心气。习之既久，即觉天地间皆呈一悲惨之境，力不能自破，则身亦甘之矣，即以身世论：弟以美才，腾连词场，凡所造述，罔孙前哲；又以家世青箱，抗心希古，人世所竞逐之声华，在弟则弊屣而不屑一顾；此固不可求之于今世者。千帆行谊学术，亦自卓绝，取俪吾弟，适成双美。今人所患，政惟不迂，惟迂，则不失为诚笃谨厚之士，脱今人果有毫末及吾千帆之迂者，则尸祝之矣。凡此，皆他人必不能得，而吾弟得之者。此大好光阴，当细细茹之。吾家小蕴女士，梁楚生之女甥，陈云伯之冢媳，而裴之司马之室也。才华照世，不后长离，所业诗词，沈博绝丽，卢牟众有，视漱玉、鸥波，蔑如也！中岁，忽翻然弃而弗为，叹曰："名士牢愁，美人幽怨，都非究竟，不如学道。"今籀其所定明诗，究有明治乱之源，衡一代得失之数，固卓然有关世运之书也。此所谓务其大者远者。弟才视小蕴不远，而千帆之学，或过裴之。词姑少作，易移其力以事当世之务，则所以辅翊千帆者，不既多乎？仆自任教金陵大学时，初见千帆，即许为美才，为之延誉。其时弟虽在研究班，与千帆固未稔也。沪杭归来，仆始知弟等过从之密，私心窃冀其婚事之谐，而又恐不无顾虑，脱有波折，则仆甚愿函请穆庵先生力成之。忆尔时，弟亦微露其意，口虽未言，然仆固已心许矣。今果相得益彰，此为仆平生第一快心之事，而弟又何所憾乎？仆莅渝三载，忧患侵寻，赣宁旧业，早陷虎狼，坟籍全失，林闾荡然；每诵那孟贞"烧罢林闾残趾在，战馀茆屋几家归"之句，真有瞻望乡关，何心天地之感矣。发虽斑白，然精神尚佳，诗书至味，盎然在胸。去年取汲古阁本《史记》，以南宋黄善夫本重校一过，手加句读，一字不苟，今早已蒇业。近则校读《水经注》，就所自信者，加以笺识，细行密字，丹黄粲然。前有论杨守敬《水经注疏》一文，约万二千字，布之《学灯》；不知弟与千帆曾寓目否？酒已不进，客来，则偶一饮之，然亦不逾量也。知注并闻。旭初早赴牂柯，来札当转示之。日内别有函讯素秋。昨日见弟书，郁郁不怡，适案头有《后山集》，因集句成二十绝句，已写存拙集中。今将此卷抽出寄上，不别写副也。匆匆作覆，手候俪福百益。四月二十一日，汪辟疆。

原载《中国文学》第一卷第四期

复金启华书

启华老弟：

叠接来函，具审一一。弟笔札较前雅饬，足征进步之猛，可喜可贺。杜诗专书，吾乡刘凤诰《存悔斋集》集中，有专论杜诗二卷。又吴旦生《历代诗话》已集，全部皆有之，此必先参考者也。馀诗话中多有之，但不及此二书之丰富也。莘田先生处，今日已有一函奉复。前日因校学报稿件，致稽裁答，见面时烦代达歉意。又上星期日嘱小女碧城由农行寄上千元，聊以将意，不得云稿费也。希询之。《诗榜》甚佳，其以陈东浦为首选，正与鄙意相同。曩者曾为季刚、伯沆言之，季刚则以鄙言为乡曲之私，惟伯沆则首肯。今《诗榜》亦然，乃知早有定论也。实则清诗殊无自立之地。道咸后，只有巢经卓然自立。巢经以前，东浦、箨石、覃溪、陋轩自有不肯随人处，而敦拙堂为官所掩，故世人未尝侪于翁、钱、吴诸家，此为一因。游君久所钦迟，能为文以实学报，极所欢迎。烦弟代为致候。又有致蔡枢衡弟一函，烦面交。专此，即候文几。孟非老弟代候。方湖手复，十一月二十一日。

——以上出《论学书札》

致曹熙宇

看云先生左右：

前蒙枉驾，有失倒屣，谦仄之至。承赠《疑庵诗》写本，读竟快慰。但弟向所见者，此本多不存，然尝鼎一脔，足知全味，极感！近日因开会频仍，诗思不属，稍俟，定当以诗致谢，此固大好题目也。大诗敬诵数过，风骨高骞，韵味尤美，抱冰翁所谓“宋意唐格”者，庶几遇之。先此奉复，即颂吟祉！弟方湖上，二月九日夜。

亚权案：此信札为方湖裔孙汪定民先生提供。曹熙宇，字靖陶，号惆生。安徽歙县人。工诗，为许承尧（疑庵）弟子。著作有《看云楼诗集》。

致赖维周

岐生老弟：

十年不通音问，从甦盦先生讯近状，略采一二，苦不能尽也。兄自违难入蜀，蛰处巴山九年，还都又三年，惊魂甫定，不意又遘流离。今由沪携子女抵南昌十馀日矣。今日周邦道来谈，具谈弟办福幼中学，偁其懿美，至为颔迟。兄在巴时，蜀中老诗人如赵尧生、林山腴、庞石帚，或接燕谈，或通书问，颇有吴士所不能及者，然舍此亦殊足语也。今尧生已逝，山腴亦过七十，石帚年差少，亦垂垂老矣。返京后则与陈仁先、李拔可、林子有、陈君任（号病树）、江翊云、章行严颇有往还。而尤以今年夏秋间与仁先、病树、拔可，过从为尤密。先是有绍兴陈诵洛者过沪邀仁先、病树为金陵之游，而二公果以六月十二日莅止，下车后即同作后湖之游。兄于是夜呈苍虬一诗，云："看遍长安弈局新，尊前忽对义熙人。须知此后成何世，转觉馀生是幸民。风概因应韩偓重，篇章惟许裕之邻。满湖菱芰微馨界，犹喜相从寂寞滨。"次日苍虬和云："不知今夕是何夕，自笑昔人非昔人。北固江声淘噩梦，南朝山色冷遗民。欢沉大府汪洋彦，（甲辰岁余来时，端忠敏督两江，幕府宾客极盛。）魂断青溪寂寞邻。（青溪有散原、恪士故居，余数下榻。）渔艇剩从辟疆老，温焬旧事话湖滨。"是日，又陪苍虬、病树登鸡鸣寺豁蒙楼，兄又用《广雅堂集》鸡鸣寺韵成一诗云："十载别鸡鸣，足未涉荒埭。埭阻北城闉，隐约烟中寺。今朝从耆英，美此登临地。钟山俨列屏，卢龙森拱卫。北湖落眼底，尽洗金粉气。鸡笼势稍偏，回睇正拊背。往年抱冰翁，眼力觑天秘。作楼傍经堂，一旷收万翠。冠盖为飞觞，游冶亦停辔。我来值燹馀，缅想艰难际。浮云在西北，宗臣有默识。题榜见孤怀，妙墨已其细。楼回迹已陈，谁与发今蔽。"此诗病树、诵洛并有和作，今不悉记。兄又有《灵谷寺归途和病树》云："定岩已劫定林空，怊怅精蓝一磬风。原庙只馀山突兀，高僧不见塔穹窿。回车顿减跻攀兴，过客虚寻晻霭中。想得闭门陈正字，即多新句亦情东。（是日游兴甚恰，惟二公见某公墓，颇为败兴。）"又《莫愁湖次病树韵》云："君相盘游事杳茫，何缘得傍莫愁堂。

推枰早定全输局，系艇应留半面妆。去兴游人谈野史，好凭佳日试瓯香。题诗未有云卿笔，合让前朝爱为王。”次日，携龙瀞再游仍用病树韵云：“郁金少妇句荒茫，点缀湖山剩此堂。系艇已非前度影，倚栏顿失旧时妆。山横远黛幽闲意，风动残荷寂寞香。欲借坡公诗举似，一杯当属水仙王。”又有《二十日雨夜游玄武湖明日苍虬病树行矣次病树韵》云：“欢悰每为惜离前，夕岸呼灯意转便。雨似留人时拂席，荷因倾盖不妨船。偶论世劫身何补，强语文章私自怜。后夜相思隔烟水（借后山句），梦回还仞太平年。”又《陪苍虬湖堤候车仍用前韵》云：“恨不从公廿载前，湖堧深语晚方便。车灯隔水疑无地，荷气挟风香半船。未信燕谈成世忌，得供诗本岂天怜。烟霞亦有推迁感，犹自低回大定年。”苍虬返上海……

亚权案：此信札为方湖裔孙汪定民先生提供，原件缺后半部分。

附：陈诵洛致汪辟疆书札二通

方湖道兄：

日前承寄示尊作《后山生日》《九日分韵》两诗，适翌日墨巢翁约作展重阳会，方拟携往，而临时以事未果往。是夜，病树归，言到者翊云、兑之、蔬畦、道亭、渊雷、佩秋、小坡、二適等多人。适大函暨前两作定稿亦邮至，因同披读。同人谓公工力湛深，世应无并。病树亦极爱此二篇，谓为公乘兴之作。弟则尤爱《鸡鸣寺》一首，以简严扫繁缛，寓新巧于浑成，非时手可能也。昨日临李木公丧次获晤墨巢云：“公长函极婉妙。”惜弟尚未往观。又此二篇定稿与曩寄弟者有无异同，亦待一校，姑俟三数日耳。吴游三日，一登灵岩，弟诗强而后成，病树颇致叹赏，云：“通首不敷衍，题目自出机杼，首尾尤好。”座有杨祇菴云：“居然简斋！”公盍一评骘，非议求标榜，欲以验我工力也。苏州旅邸，与病树共一房，一日谈至夜午，畅所欲言。病树谓：“世无苍虬，仆诗不甘示弱。”予答以：“并世诗才，确无逾君者。但君诗伤俊，长处或即短处。”病树颔之，不以为忤。渠于公推挹甚至，微以爱好为疚。宛陵之所以高出千古，端在心狠手辣，无不可入诗之事，正要不顾流俗人讥弹。（方湖眉批：苍虬亦有爱好之病，究郑夜起、散原，故只能算名家，不能到大家。语俊则意薄，故初读甚新，再读则味尽句中矣。按此即名家与大家之分野，仆病未能也，然良友之期望何可负也。）弟近自觉才退，颇思多读书以资灌溉。病树谓颂洛质美而不肯用功，未免可惜。（方湖眉批：以质美评颂却精当。余曩年亦劝其多读书，少作应酬诗。书味胜于诗则庶美矣。）彦通诗有时极好，有时极凑。颂洛诗虽不凑，而其好者却赶不上彦通。如此次之灵岩诗，则所谓妙手偶得者也。（方湖眉批：彦通性情语极真挚，不但颂洛赶不上，仆亦赶不上，其凑者亦不易到。）时过蔬畦出示彦通九日来字居字七律两首。弟觉得居字韵诗做得太著力。（方湖眉批：却不见著力处，但不及来韵婉至耳。）病树《九日怀徐绍周》诗，弟谓似荆公，渠则自病其伤俊，但颇喜第二联，尤以"没骨"句为工，公视之何如？（方湖眉批：二句却伤俊，然尚能深至，无害为佳句也。）器伯兼到近诗各径寄拔、释，同人均得见之。弟颇愿器伯加洗练兼到求深远。又，程植梅诗曾持以似拔、病，均称其粹美。闻程将返皖，已成行否？二適猛志为诗甚倾服病树。时程窳堪自北京寄诗来，云有函径达，公已见及否？伯鹰论诗亦具眼，对公尤拳拳，前致公一函已作覆否？不可辜其意也。何叙甫拟于十月初旬约弟及剑霜作苏锡虞山之游，公能乘兴否？望答。眉孙时得晤，一日谈及公战前手批荆公诗，渠曾见之，以书贾索价昂未能购，事隔八九年矣，但有过录本，今由弟借阅，兹录其一跋奉詧知。二公文字因缘固不自今日始矣。匆匆布复，顺问吟祉，不一一。

弟颂洛手上

彦通兄即以此函似之。邓诗菴函告，彦兄将于本月一日入山西路图书分馆供职，此事大可喜！彦和患病，似系膀胱炎，木公殓时，其夫人代到而向病树言之也。

辟疆先生文几：

自得四日尊札，颇欲为长信相报，然作而仍辍。兹拟以论诗者别陈左右，而先疏其事之应告与可告者。为醒目计，胪列为次：

一、时得拔可翁电话云，辟翁信读过，为此错爱，感佩之至，惜因病不能握笔作复，嘱代道拳拳，且探听究能何日来上海。

二、孤桐过上海，曾两晤谈，询及尊况，因举所知语之。适尊札在手边，即以出视。渠谓不特论学警辟，即此细字密行，静穆功夫，何人及得。又谓年来怀念友朋，作诗每留稿而不写寄。记得去岁在北京曾有答辟疆、颂洛数诗。此次北返，当以全稿邮致伯鹰检点。

三、孤桐谓解放后全部诗稿邮沪一事，到京即办。嘱伯鹰、颂洛为精选一二百首，印行一小册。鄙意俟仆等选抄毕，仍请公作最后审定。

四、茅店公宴孤桐，到三十八人。眉孙因病、谢稚柳因事均未到，孤桐亦嘱加入题名。(是日备宣纸题名)此题名将来即由渠作跋语，送交华东当局，以代山公启事。其意甚盛，但亦有人以为此举大可不必者，此则见仁见智也。

五、十二夜尊札于昨晚车到，径于今日晨间往晤翊云，读公所致渠一信，极以为妥。以渠自接公先一日信，又兼读公四日致弟信，因道及禺生在湖北省政府有任务，显然于中南、华东两区待遇丰啬之殊，恐当局避嫌不肯作类似调用之举。此次尊札无此痕迹，转易说话。如禺老决计东下，不妨即舍去鸡肋，直来海上，尤便促成如何？请与刘夫人商之。

六、公致翊老函内大意凡关于眉孙者，弟亦备告眉孙，渠极感盛意。亦有致翊一函交弟转去，并附简历及冷御秋等为渠推毂函稿。

七、翊对病树亦甚关念，嘱弟代其写履历却是难事，经与宋小坡商榷，拟为填写前清候选同知、民国曾任湖北省长公署秘书，曾问业马通伯、陈散原二先生，著有文稿、诗稿各若干卷待梓。

八、翊云庚寅诗稿前经告其径寄南京六七册备分送，或即寄彦通存转，想已收到。今日下午又在冒鹤亭家遇到翊云，云午间有信致公论亭林诗，兼录去黄晦闻集外诗一首，翊谓未见过徐笺，允觅一部贻之，海上不难致也。

九、翊更拟为彦和说项，且云张东荪在京表示愿为彦和推毂，如张函来则双管齐下，事更利矣。(张与彦和未相识)翊将赴天津了私事，电来即走。日内急于觅房他迁，但据今日言，尚未觅定也。

十、伯鹰将遵嘱写其诗稿二三十首成长卷求月旦，仲陶亦将有信达左右。渠寓上海四川北路北头志安坊三号，希便告李雁晴君。

十一、苏渊雷血性之士，闻公名久，极欲自通，又颇盼公能来沪。眉孙、小坡、伯绳此数人皆虚识荆，亦同此悃。顷接器伯信，云南大同学下乡土改，停课一二月。果尔，公得闲矣，似可一来。墨巢病难遽痊，公来何啻千金药也。

十二、尊论书法，取轨晋唐，眉孙、伯鹰同深叹服，伯鹰并以转语尹默矣。

十三、二適原任教职已成问题，此次长沙公来，特以二適事亲向渊雷致感谢之忱。此后二適出路，仍由长沙托苏设计，俟有眉目，再由章加以促成。

十四、拙作《欧公生日诗》，承抄示《邵氏闻见后录》一条，已照尊意改正二句，仍乞正定。

十五、《山谷生日诗》，闻器伯云，公谓有小病，幸见告。

拉杂布闻，馀续详。就颂

道祺！

弟诵洛拜上

十五夜三鼓

附拙稿一纸

寅恪在岭南大学新刊《元白诗笺证稿》一厚册得见否？

欧阳文忠公生日分韵得留字

醉翁自喜明妃曲，李杜即在莫己侔。功甫高诵庐山高，宛陵击节为低头。吾更作诗三十年，不能一句吐出喉。宛陵之语盖如此，翁亦乐从宛陵游。观其太白戏圣俞，飘然拟以神仙俦。引吭强和知非敌，蟠桃篇犹琳琅球。隔江径欲呼子美，甘让二子交戈矛。古人文字增爱重，正用德行相绸缪。入宫见妒蛾眉修（方湖改作“修蛾见妒不自羞”），吁嗟末俗毋乃偷。荷塘六月行报秋，缘（方湖改作“为”）翁生日花添稠。李髯要我庚歌讴，愿征故事佐清庶，此义可有于今留。

此篇读者颇绳其美，走亦自喜之。有似宛陵处，亦有似坡老处。自矛韵以上，句句有来历。“入宫见妒”一句，嫌未做好。“缘翁生日”之“缘”字太老实。此两疵必求公赐药并转诸公同正。盼切！

颂洛

燕九日上海上

此纸务乞评改寄还

亚权案：此书札为方湖裔孙汪定民先生提供。

文集序跋12则

题乐元淑《青芝山馆集》

《青芝山馆集》传本稀于星凤。道光间，张南山撰《国朝诗人征略》，尝道出章门，留数日，遍访此集不可得，慨叹久之。故《诗人征略》仅寥寥数断句也。莲裳诗于绮密秾蒨之中，有简质清刚之气。在当时作者刘芙裳、吴兰雪，郭频迦、孙子潇之间，植体为高，但不及黄仲则耳！余尝谓江右人诗有江左人气息者，惟兰雪与莲裳，亦以莲裳久客扬州曾宾谷幕中，与吴人习处既久，故肸蠁相通也。格高不及陈奉兹、蒋士铨，然以肩随香苏山馆，则允无愧怍矣！此集，余于章门得诸崇仁谢氏，完好如新，宜保藏之。丁丑八月，将游渝州，束装题记。方湖。

题《瞻园词续》卷首

次珊通参旧有手定词集二卷曰《瞻园词》，光绪乙巳刊于金陵者也。此本为陈小树从其孙忠似处移录手稿，续刊行世，视定稿似为过之。杜公晚年细于诗律，词笔亦然，不当以集外视之也。戊寅避地渝州，行箧萧然，小树以此册见贻，足破客中沉寂也。三月七日泚笔题记，方湖汪辟疆。

题《北山楼集》卷首

己卯四月，行严属勰丞以此册集见贻。《北山楼集》余曩从厂甸得一铅印本，久已弃置都中。今鹤柴补葺全帙，视旧印更为详备，然如陈衍《近代诗钞》有《和石遗论诗》一首、《答石遗》一首，皆为此集所未收，不知何故。岂薄陈氏而有意去之耶？北山人品高洁，直声满天下，在清末周旋于保皇、革命两党之间，而皆为人所翕服，则清风亮节之故也。北山晚年以醇酒妇人自掩其锋棱，集内如许君男、王威子皆其旁妻。晚在津沽，又有彭嫣者，亦出乐籍，愿以身事北山。闻嫣嗜阿芙蓉，不久亦去。然陈散原诗有云："酸儒不值一文钱，来访瘿公涨海边。执袂擎杯无杂语，喜心和泪说彭嫣。"又云："彭嫣不独怜才耳，谁识彭嫣万劫心。吾友堂堂终付汝，弥天四海为沉吟。"则彭嫣固有怜才之意，故为北山倾倒如此，乃竟不能偕白首之约，则世人所共惜也。北山夫人黄恭人今尚健在，此集重印时，坚持删去《悼君男》及《示王威子》诸什，后经子言及亲友劝导，乃解。姑记之于此。己卯四月二十六日，方湖汪辟疆题记。

题《惜抱轩诗集》后

姚诗十卷，犹抱翁生前刊本也。余曩日曾语王冬饮：姚氏平生造诣，字第一，诗第二，文第三。冬饮亟称其诗，时余颇推箨石，以为乾嘉诗家之冠，虽知其诗工之深，顾不欲以姚压钱。后冬饮从余借钱集，余亦向其假姚诗一读之，却心服其燥释矜平，而语无从设，近人唯广雅、沧趣略可仿佛。冬饮亦亟推钱诗，恨相见之晚。此一事至可记也。此本从金陵购得，书既损毁，又不知谁何妄加圈识，然以初刻不易得，亲为线装，装毕，遂题记于此。辛巳冬月，方湖。

题成都邓守瑕（瑢）《荃察余斋诗存》再续本卷首

丁亥四月，陈颂洛自北平来京，持此册见贻。忍堪诗早年以才情胜，晚年苍秀，尤臻高境。余方草《光宣诗坛点将录笺注》，得此尤可见其生平也。读竟题记。方湖。

题梁鸿志《爰居阁诗续》卷首

丁亥十月瑞京以此册见贻，诵其《佳日》一篇，言外似有悔恨之意，然已晚矣。邓守瑕题黄秋岳近诗句云：“吾辈宁从人作贼，京曹几见尔登仙”，真谶语也。又程穆庵语余云：乙丙之间，众异游杭州，秋岳亦来。一日，集湖滨楼外楼，谈笑甚洽。众异忽熟视秋岳曰：“君定不免。”黄虽惊，然以为戏言，众异更申言者再，座客忽诘之曰：“君既精相法，曷自言其休咎乎?”梁对镜久之，叹曰：“我亦不免。”此抗战前一二年事，穆庵所亲见亲闻者。不谓逾年黄果以通敌死国法，又十一年而梁亦被极刑。姑布子卿之术果足征乎？亦异事也。偶忆及，遂记于此。丁亥十月，方湖题记。

附：佳日

抛却文书即酒杯，骎骎佳日去难回。身疑春茧重重缚，心似劳薪寸寸灰。阶下弓刀类儿戏，眼中幢节几人才。鞭笞六国寻常事，只惜秦人不自哀。

题《盩庵诗存》卷首

刚甫、晦闻二家诗向所嗜诵。二家皆于玉溪致力甚深，而参以后山孤往之境，亦韶令，亦坚苍，异乎明清间之宗温李者也。陈仁先亦从李出，但以寝馈杜、韩、王、苏，诗境益拓，视二家为大。梁节庵亦凄婉疏秀，别成一队，亦平生所服膺也。此本于戊子开岁得之苏州护龙街市肆，车厢展诵，遂为题记于此。戊子正月人日，方湖汪辟疆。

题清世恩堂陈氏刊本《桐野诗集》❶

丁亥冬月瑞京所贻。方湖记。

黔中诗人继桐野而起者，莫如玉屏田端云榕、平远潘南垞淳。田有《碧山诗集》，潘有《橡林诗集》。田诗苍劲，密栗中自饶气韵，故为钱箨石所亟称。或有谓近新城者，则谬论也。潘诗调遒气逸，自然轩举。二人并

---

❶ 《桐野诗集》，《汪辟疆文集》本误作《桐墅诗集》。

以康熙辛卯领乡荐，谈诗亦相契，今人但知薛君采、周渔璜[1]，而此二家者顾鲜及之，何耶？戊子方湖再记。

题霍松林藏《杜诗镜铨》

诗三百篇

庄子用郭庆藩集释本

屈原赋《楚辞》。用山带阁本

太史公书用张文虎金陵官局校本

水经注用武英殿戴校本

杜工部诗用九家集注本

右六书，为治文者必须熟诵而详说者。首训诂，次语法，次考证，最后通义旨，不可放过一字，不可滑诵一句，不可忽略一事物，寝馈勿失，终身以之，有馀师矣。《文选》、《通鉴》，纂辑之书，取供浏览，抑其次焉。方湖为霍松林题记。

《诚斋集》跋

《诚斋集》只有两种人必须看：一、钝根人；一、思路蹇涩人。实则蹇涩即为钝根，由于胸中只少此一段灵妙心机耳。前此惟蒙庄、楞严、陶公、白傅、坡公、击壤，后则隐秀、伏敔，皆与此集因缘甚深，互为鼓吹。若庄定山之村野，袁简斋之儇薄，皆不得与诚斋作舆台。读此集者，宜辨别之。庚寅山谷生日，方湖识。

诚斋绝句，妙绪环生，使人读之，头目清醒。与山谷之清挺渟滀，恰有相互调济之妙用。余曩年拟写临川、白石二家绝句为一卷，以示正鹄；别写诚斋、山谷为一卷，以尽变格。作绝句者，必具王姜之韵致，兼黄杨之恢奇，方不落唐人窠臼，亦不落宋贤直率，某窃有志焉然未逮也。辛卯五日，又识。

---

[1] 周渔璜，《汪辟疆文集》本误作"周渔潢"。按：周起谓（1664—1713）字渔璜，号桐野，贵州贵筑（今贵阳）人。著有《桐野诗集》四卷。

江翊云《庚寅诗稿》跋

荣州诗派，以清切典韵四字为主旨。香宋一派，故能卓立颓流，不为宋派所移，却又与宋派遥遥相接。丹渊、陵阳，其矩范固在也。翊云独张师法，几于具体。荆公诗云："看似寻常最奇倔，成于容易却艰辛。"可为读此集者进一解。辛卯社日，方湖记。

附和作

诗派荣州特起军，一楼海滥断知闻。生朝白下聊同醉，彩笔江郎忽见分。胜略匡时金作砺，清词回雪玉为群。要知濯锦江边客，不用霓裳月色裙。

题郑子尹《巢经巢集》

清人集部余平生所服膺者仅有四家：昆山顾宁人、鄞县全绍衣、江都汪容甫、遵义郑子尹而已。四十年间奔走南北，此四家著述未尝不以自随，且收庋各种板刻，晨昏展玩，心目开朗，亦人世之一乐也。孱守斋记。

——以上出《文集序跋》

小奢摩馆脞录 32 则

铃山堂集

严分宜，人品心术一无足取，而诗文实有不可劘灭之处。《钤山堂集》中，前稿三卷，冲邃闲远，在孟襄阳、王右丞之间。《使粤稿》以后，则应酬之作太多，而辞旨大雅，气象从容，终是大家轨范。序、记、志、铭，则纡徐宛洁，直追六一翁而高占一席，无愧也。记其《览游大仰山，宿东溪方丈》云："城中望灵山，缥缈隔云雾。沿回至山麓，山形始呈露。大仰摩青穹，鸟道不可度。邓仙与木平(俱峰名)，隐若森拱护。岚烟迷近远，明霭变朝暮。伊余猿鹤姿，探赏惬幽愫。岩峦纷合沓，一步屡回顾。徘徊青莲宇，延竚古松路。缘茑或褰崖，飞泉亦当户。永念区中人，畴能息尘务。"《仰天冈》云："石磴盘秋萝，危亭出峰树。行人上山道，望望云飞处。洞口晚钟声，林僧独归去。"《山塘》云："山塘深且广，逦迤抱山麓。隔浦见人家，依依桑柘绿。日落烟水寒，遶塘飞属玉。"《登郡城南楼，见仰山迟人》云："楼压春城迥，山连晓雾寒。身高百林上，兴绕一峰端。盘踞开雄镇，登临耸巨观。所欢犹未至，惆怅凭栏杆。"《途中晴》云："山游苦奔峭，会意乐有馀。大仰寻真隐，蟠龙回我车。湿云收绝壁，高柳媚清渠。陂岸生新水，期来坐钓鱼。"《登宜春台》去："沙清江练绕城回，霜净花枝拂槛开。小阁昼闲宜对酒，病身秋尽始登台。潇湘木落闻猿啸，彭蠡云长见雁来。郡僻渔樵堪卜隐，时危戎马转兴衰。"他如"泉流一壑响，云度数峰阴。""病骨成萧爽，秋光入荡摩。”“仙家鸟道迥莫到，石壁猿声清忽闻。”“流水声中一犬吠，白云深处数僧闲。”“峰势插江溪路小，峡门横石水声多。”“竹林啼鸟关幽事，石磴松风生古寒。”皆不愧作者。集首有湛若水、张治、王廷相、唐龙、刘节、黄绾、崔铣、孙伟、王维桢、杨慎、赵贞吉、唐顺之序。其荒诞可笑者，则莫如湛甘泉一序。如谓“知天之所以为天，文王之所以为文王，则知钤山之文所以为文矣。”又谓“富矣哉集乎，娴矣哉文乎，有诗不戾乎《风》、《雅》、汉、唐矣，有言不戾乎训、诰、诏、令矣。”又如“夫神者，道之妙也，文之本也。子不闻钤山之降神乎？吾于留都已形于歌咏矣。介翁生而神气以灵，疏朗开豁。童言宿生之事，矢口成章之能，应机万变之妙，辛甘调剂之宜，履历于艰难，允媚于天子，良工心苦，人莫与知。然则非公之神之精之为之乎？”云云。满纸贡谀之词，荒诞支离莫可究诘。甘泉以一代大儒，乃以受知权奸之故，至不惜牺牲名誉，为此谄谀之语。信乎专制国之权臣足以镇摄群伦也。否则年将九十，亦伏生言语支离之时，即夫子自道耶？呜呼，异矣！

彭嫣

彭嫣，或云彭云嫣，北里人也。性耽风雅，工书善诗，夙慕吴彦复风节，委身事之，一时传为美谭，比之李香之委身侯雪苑。义宁陈散原有《过天津戏赠彦复》诗云：“酸儒不值一文钱，来访瘿公涨海边。执袂擎杯无杂语，喜心和泪说彭嫣。”又云：“彭嫣不独怜才耳，谁识彭嫣万劫心。吾友堂堂终付汝，弥天四海为沉吟。”江浦陈亮伯有《怀彦复》诗云：“走马天桥又一时，彩鸾何处说相思？酒阑灯灺浑无事，自看彭嫣理鬓丝。”一时以彭嫣入吟咏者颇多，而散原为最风趣。

小商桥

河南许州属小商桥，北宋岳忠武部将杨再兴与金人战死处也。曩吾友某君曾过之，云于某旅馆中见题壁诗云：“恶风猛雨郾城路，蒙首车中酣睡去。小商桥畔一开帘，要认英雄流血处。”末署“癸卯二月二十八日，谪星”，诗后尚有一绝句云："为读苍茫吊古词，恼人风雨苦无诗。英雄流血原无恨，未及金牌下诏时。"较前更进一解，但不知出谁氏手，诗尾但署"谪溪居士"而已。

苗沛霖诗联

咸同间太平、捻军并起，其党中颇有人物，如石达开、李秀成、洪大全、苗沛霖辈为尤著。石达开文学最为优美，洪大全临命时吟咏自若，至李秀成临难之前，在囚中草口供数千言，裒然巨帙，尤昭昭在人耳目者，惟苗沛霖则少表见。一日余与友人翻家中旧书，忽于乱纸堆中检出一纸，中书苗沛霖诗联二章。语近俚俗，不及达开之吐属隽永。然当日起义原因，与其愤恨地方官之耑横暴敛，情见乎词，录之以备野史稗官之采。诗云"故园东望草离离，战垒连珠卷画旗。乘势欲吞狼虎肉，借刀争剥马牛皮。知兵乱世原非福，卧死寒窗不算奇。为鳖为鱼终不免，将归大海作蛟螭。"联云："甚么天主教，敢称天父天兄！丧天伦，灭天理，竟把青天白日，搅得天昏。何时伸天讨天威，天才有眼；这些地方官，尽是地痞地棍。暗地鬼，明地人，可怜福地名区，闹成地狱。到处抽地丁地税，地也无皮。"

袁督师墓

袁督师之死，天下冤之。督师被戮后，其仆佘某窃负公尸葬之京师广渠门内广东旧义园中。佘仆终身守冢不去，死后亦葬其旁。至今守冢者，仍佘姓子孙。余曩在京师时，闻每岁清明，粤人之官京师者，咸于是日携遗像至墓前展拜，岁以为常。偶偕友人访之，果见巨碑屹立。上题"明袁大将军墓"六字，为南海吴荷屋先生手书。大书深刻，笔画古秀，拜者莫不唏嘘欲涕。赵尧生前辈有《吊督师墓》诗云："谁云乱世识忠臣，山海长城寄一身。不杀文龙宁即福，空嗟银鹿亦成神。遗闻玉貌如佳女，亡国天心胜醉人。万古大明一抔土，春风下马独沾巾。"又《袁大将军仆》诗云："天留忠骨伴将军，一撮田横岛上坟。守祀不刊千古节，裹尸曾藉九边云。穷途似子思交道，大石何年刻墓文。野草荒荒春不绿，自将清泪一浇君。"二诗音节高亮，皆来吊者人人所欲言。

山歌

山歌不知所始，吴、越、皖、粤之间多有绝妙好词，不事雕饰者，如梁绍壬《随笔》所载皆是已。吾乡《牧童谣》云："打掌掌，百花开，风吹杨柳过江来，酒在觥里做，花从叶里开。"闻诸长老云，此歌出于咸丰间。"打掌"犹打仗也；"杨柳"谓洪、杨也，金田诸公多藉广东花县，亦古童谣之类。

广和居题壁诗

前清末叶，内治腐败。贿赂公行，奕劻尤为巨擘，盘踞政局十馀年，炙手可热。外省大吏，半属亲旧。其中详细原委，具见清宣统元年江春霖前后折中。江竟以此去官。时都中顺治门内广和居酒肆有题壁诗二章云："居然满汉一家人，干女干儿色色新。也当朱陈通嫁娶，本来云贵是乡亲。莺声呖呖呼爷日，豚子依依恋母辰。一种风情谁识得，问君何苦问前因。""一堂两世作干爷，喜气重重出一家。照例自然呼格格，请安应不唤爸爸。岐王宅里开新样，江令归来有旧衙。儿自弄璋翁弄瓦，寄生草对寄生花。"二诗谑而近虐，虽失风人之旨，然确是当日实情也。后吾友闽县某君语余：出小三吾亭主人手。曾记清乾隆中叶，金坛于文襄当国，一时门下士，皆知名人。惟探花某文学疏浅，无从见知文襄，特遣妻拜文襄之夫人为干母，遂得进用。后文襄出枢垣，继之者为梁天官。探花又使其妻拜天官为干父，以珊瑚珠为寿，竟置文襄而不顾。时人亦有诗讽之云："昔曾相府拜干娘，今日干爷又姓梁。谖赫门楣新相国，凄凉庭院旧中堂。君如有意应怜妾，奴岂无颜只为郎。百八牟尼亲手捧，挂来犹带乳花香。"闻一日，广庭中，梁相朝珠忽散于地，时某探花妻侍侧，即取己所戴者置之梁相项中，一时传为笑柄，故末韵及之。探花见此诗，即日挂冠归里。此事与前载一事相类，但某探花尚知廉耻，而广和居诗传遍都门，弈劻乃置若罔闻，行所无事，寡廉鲜耻，殆有甚焉。其品格乃又在某探花下也。或曰：是诗也，出纪文达公手。

邵飞飞《薄命词》

邵飞飞，福州人，或云西湖女子，色艺绝佳。前清康熙中，耿精忠以闽南应吴三桂，有满州罗某随北师入闽，道经其居，见飞飞浣衣湖畔，惊为绝艳，乃贿媒佯为欲娶继室，遗母千金。既从罗北归，其大妇妒悍不能容，以飞飞配一奴。弱质苟延，香魂旋化，临命之前，曾作上下平《薄命词》三十首，以自抒哀怨。此事屡见近人笔记，惟《薄命词》三十首所录不备，且字句间多有异同，盖出诸后人改窜者多也。余于家中故纸中得其全稿。诗尾跋语，谓传钞自《芦中集》。兹集为清初人著述，久无传本。而此《薄命词》三十章，则又与近人传钞之本不同，亟录存于此，俾爱读飞飞《薄命词》者，庶得窥其真面目而无遗珠之憾也。诗云："韦韝仍是紫台宫，马上琵琶曲未终。嫁得伧夫双足健，报人佳婿好乘龙。""烟树关山几万重，残妆零落为谁容？如何掌上明珠掷，只爱金钱不爱侬。""疏风冷雨对银缸，心自酸辛泪自双。高垒愁城坚似铁，酒兵十万总难降。""荻帘日影上迟迟，乱绾乌云不画眉。羡杀隔邻谁氏女，金钱闲掷买胭脂。""鹣鹣比翼两相依，文彩蹁跹世所稀。不料风涛生洛浦，铩翎又逐野鸡飞。""空嗟薄命更谁如？兰蕙当年竟自锄。回首五年成底事，风流好似梦华胥。""无端遴婿慕金珠，堪恸双亲一样愚。寄语故园诸姊妹，荆钗裙布好欢娱。""白云飘渺望中迷，独倚窗棂掩面啼。万里飘零亲念否？碧梧不是凤凰栖。""积雨污泥已没阶，行行湿透小弓鞋。遥思多少侯门女，指点青鬟对对排。""骡车阵阵响如雷，门外风吹百尺灰。可惜春葱纤似玉，自生炉火簇烟煤。""土屋茅檐扑面尘，可怜触目也伤神。看他赫赫司晨牝，端坐华轩常带嗔。""炎天斗室秽难闻，蒜蒜葱葱尽日薰。记得故园风景好，白罗纱衬石榴裙。""狮子容他吼独尊，却将侬去妇司阍。儿郎薄倖真堪恨，不记添香枕畔温。""忆昔双双倚画栏，名花曾对并头看。何期捐弃如秋叶，忍把琵琶别调弹。""哮言猞语侉多般，翻道奴侬鴂舌蛮。怅望夕杨芳树外，娇声嘹呖话家山。""挑灯含泪叠云笺，万里函封报可怜。为问生身亲父母，卖儿还剩几多钱？""淡淡青山楚楚腰，菱花自对亦魂销。如何愿食鸧鹒妇，相见谁怜竟不饶。”“奈尔鸣鸠居鹊巢，啄将红蕊出枝梢。堪嗟薄命愁如织，却与诗人作解嘲。”“自悔当初望太高，今成明月水中捞。风筝本是无情物，莫怪丝丝线不牢。”“鲛鮹染血感双蛾，搔手呼天怎奈何？俗子不知人意懒，灯前只管唱燕歌。”“想后思前恨转加，误人多是浣溪纱。既然负却当年意，何必寻春到若耶？”“良宵无奈酒人狂，雨怨云愁总断肠。一枕难成乡国梦，凄其残月照空梁。”“丰韵全消病已生，人人犹道妾倾城。郎心何似春江水，一任桃花逐浪萍。”“蜀魄啼残不忍听，断肠最是雨淋铃。红颜千古同凄恻，我又如斯恸小青。”“豕圈鸡栖暑气蒸，嗡嗡满屋闹苍蝇。有人水阁珠帘里，犹说今朝热不胜。”“十里湖西忆旧游，而今无复泛兰舟。孤山曾吊真娘墓，此日相思泣素秋。”“不须重赋白头吟，入骨忧煎死易寻。赢得芳魂归去好，一丘黄土百年心。”“柳色依依逐汉南，树犹如此我何堪？输他邻妇无思虑，碗大葵心满髻簪。”“朔地风高凛冽严，漫天风雪压檐前。炕头不是金炉火，马粪如香细细添。”“裤褪郎裆短短衫，金箍头髻更巉岩，教侬依样更妆束，满汉平分道不凡。”诸诗凄楚欲绝，所述诸困苦，确是满洲情景。想见北兵入关时，南方良家子，被掳入北方者如邵飞飞、宋蕙湘辈，何可胜述。宛转哀鸣，求死不得，读飞飞诗，又不仅为飞飞一人恸也。

无题诗

余学诗颇不喜西昆、冬郎，以其无寄托而专事绮语，殊乖大雅。友人袁君练湖颇非余说，尝曰：“广平铁石，犹赋梅花；双井恢奇，不删绮语。有龙无蚓，岂江海哉？”余笑而不应，即夕成《无题》十章。袁君大讶之，然十章实有本事也。诗云：“恼侬歌曲倡匆匆，往事无端入梦中。神女高唐成畹晚，嫦娥碧汉记微濛。相思泪渍桃花雨，结想情牵柳絮风。咫尺蓬山应未远，殷勤青鸟可能通？”“香囊斗帐碧罗缝，笑靥云鬟记乍逢。泥我情怀怜豆蔻，因君花貌媲芙蓉。三生碧海征前劫，一闭红楼隔几重？别后闲愁深似海，梦回何处访临邛。”“红阑干外碧纱窗，镇日低徊意未降。南阁鸳鸯多比翼，西园蝴蝶总成双。二分烟月知何处？一曲琵琶听隔江。撩乱个侬心上事，排愁无计倒银釭。”“梁闲春燕影差池，日日思卿六六时。风纸教题苏锦字，乌丝乞写比红诗。镜中眉目能传恨，梦里心情未是痴。细数中庭莲印在，那堪重谱十香词。”“锦屏曲曲闭门居，瑟瑟春寒二月初。谢女才华宜柳絮，萧娘风度丽芙蕖。愁来怕种相思树，望去情牵比目鱼。欲采蘼芜隔湘水，轻雷不见六萌车。”“大罗天上梦依稀，半掩珠帘半掩扉。乍见遽怜栀子瘦，相逢都讶牡丹肥。博山炉暖沉香在，宝镜尘昏黛影微。肠断碧城阑十二，斑骓嘶绝在征扉。”“一道垂杨似剪齐，碧栏干外手重携。沈郎别后腰曾减，崔护重来路易迷。无可奈何花堕溷，不曾真个絮沾泥。夜吟应讶霜华重，香炧灯光月正西。”“生来原不解当垆，蛱蝶丹青细腻摹。解事羞呈连理袹，含情频整合欢襦。珠帘璧月寒深浅，冰簟银床梦有无。最是相思怊怅处，酒阑人在碧纱橱。”“夜气沉沉净玉阶，素心人与素心谐。百花待设红珠帐，九子空施白玉钗。碧幌青灯添别恨，绣屏罗荐助春怀。多情更有难忘处，销受飞卿赋锦鞋。”“花开花落静妆台，正则何须怨鸩媒！镜槛芙蓉人绰约，香罗团扇自徘徊，锦裀已许乌龙卧，乐府曾歌赤凤来。好是绿窗残梦断，相思一寸易成灰。”隔夕又成《定是四章赠小宛》云：“定是凌波玉女身，明姿不许近纤尘。人间清福知前种，世外仙心悟夙因。绰约可能金作屋，聪明端合璧为人。自怜憔悴无人识，艺是针神貌洛神。”“转凤回鸾意自娇，手中明镜未曾抛。传来消息频频寄，讳说相思故故教。晓梦怕闻金钿落，夜谈时悔玉钗敲。茜窗镇日无多事，一卷楞严手自抄。”“宝鸭龙涎尽日薰，夜来真个唤灵芸。爱题红药诗千首，淡写明蛾月二分。梦里笑挥桃叶扇，尊前偷解藕丝裙。博山香重人如画，半是炉熏半是云。”“中庭月色映莲江，一曲红牙别是腔。茧里蚕丝抽乙乙，箧中红豆寄双双。秋风萧瑟仙人掌，春雨阑珊玉女窗。最忆江南明月夜，梦回身已落吴艭。”前后所得类此者约百馀章，曾编入《燃脂剩稿》中，此其弃草也。

郑成功诗

成功勋业著海南，世鲜知其能文者，日本人相传其遗诗二章，真伪不可知，然亦足传矣。《七月登岘山》云：“黄叶古祠里，秋风寒殿开。沉沉松荫老，瞑瞑鸟飞回。碑碣空埋地，阶砌尽杂苔。此间人到少，尘世转堪哀。”又墨迹诗云：“破屋荒畦趁水湾，行人渐少鸟声闲。偶迷沙路曾来处，始踏苔岩常望山。樵户秋深知露冷，僧扉昼静任云关。霜林犹爱新红好，更入风泉乱壑间。”深微淡远，殊不似武人吐属。

无定河

唐人诗，“可怜无定河边骨，犹是春闺梦里人。”无定河在今直隶固安县西北十里，前清改为永定河。王渔洋《池北偶谈》曾辨之，非陕西之无定河也。河水东奔，潮汐无定，故有是称云。

石钟山

湖口石钟山，下有巨洞。洞滨江倚湖。冬潮落，则洞门高出水面，透漏玲珑，莫可言状，蜿蜒行岃崱如龙。枯蛤满峭壁，俨然鳞甲也。左右旁通，上下数垒，曲折宽敞，可容千人。最上层，烛而登，平坦温暖，老蝠如扇。石峡有子洞，蛇而入，复广，高三人，可坐。有“丹房”二字题于壁。旁歧多镌小诗，作仙怪语，石皮剥落，多不能读。仅见“我来醉卧三千年，且喜尘世无人识。”又“小憩千年人不识，桃花春涨洞门关。”等句，大约皆曩时游人狡狯戏作，诗尾无年代可考。盖全山皆空，如钟形覆地。湖口之有石钟山，实以形论，非以声论。苏子所谓窾坎镗鞳噌吰如乐作者，乃过其门未入其室也。郦子《水经注》之论更非矣。前清彭玉麟曾一人入探，颇讶其奇，有诗云：“沿崖幽僻洞崆峒，曲屈湾环路路通。百折蜿蜒鳞甲紫，千年蝙蝠羽毛红。天工巧劈湖山胜，鬼斧玲挥玉壁空。顶上丹房无恙在，不知何代住仙翁。”“怪石凌空枕大江，噌吰镗鞳浪淙淙。千秋名士文章老，百战河山寇垒降。上下松篁笼夕照，高低楼阁敞疏窗。彭湖风自今犹昔，夜夜渔讴出钓艭。”

僻性

文人有僻性，为常人所不可思议者。有精感之至，至形诸梦寐者。如扬雄梦五脏出地，纪少瑜、江淹、李峤、和凝等皆梦人授笔，李白梦笔生花，韩愈梦吞丹篆，王仁裕梦剖肠胃涤以江水之类甚多。或有成痴成病，变生常态者。如扬子云作《甘泉赋》，病至一岁。桓谭作《小赋》，亦以成病。薛道衡空斋构文，闻户外有人便怒。杨钦有文癖。江总为文，至得意时则起草窗上，不堪则投置溷中。王维苦吟，至走入醋瓮。贾岛敲诗，至冲长官仪仗。周朴吟诗，日旰忘返。张祜苦吟，妻孥唤之不应。王勃引被覆面。杨亿作文，必饮博欢笑。范蜀公终日默坐。万适构思，必匿深草中。欧公作文，多在马上、枕上、厕上。罗玘每有著作，必栖乔树之颠，或闲坐一室，容色枯槁，有死人气，尝为人誌墓，晕去四五度，所传《圭峰稿》，大率树颠死去所得。及欧西诗人希利作诗，喜原野外，或屋脊上。格利读他人之诗，兴涌时始执笔。披雪罗于卧床作之。撒第于暗室作之。李白斗酒诗百篇，西诗人亦言不带酒气，不能发挥其思想。皆是已。

杨度

湖南杨皙子度，于北方光复时，颇著斡旋之绩。近复有议之者，然皙子初志，实未少渝，攻者或未谅耳。记前清庚戌以路事主持借款，得罪国人。次年春间，皙子道经汉口，忽被拘禁，幸经人解救，得免于险，出后曾有诗三章，传诵于京师。诗云："湖海年年惯独行，偶然微服困江滨。一身解脱求先死，满目疮痍念众生。四塞风烟方惨淡，中朝歌舞自升平。独怜揽辔澄清意，肯向长沮一问津？""苍茫人世数年华，也自无涯也有涯。来去独随千古月，死生重见一春花。空江烟水曾亡国，万里西风独忆家。今日贾生休痛哭，人间随处是长沙。""江草青青似洞庭，湖南回首不胜情。乱中母弟音书断，客里风波骨肉亲。末世人才恩怨重，济时豪杰死生轻。扁舟此日沧波远，谁识中流击楫心。"（时湘省有饥民之变，故三四云云。）三诗意态沉郁，性情语逼真老杜。当时情事，主持者固别有人，实不能归罪皙子，正谓豺狼当道，安问狐狸也。

随园

随园为乾嘉间诗家广大教主，诗名之盛，为向来所未有，近日又稍稍有诋毁不遗馀力者。余则谓尊者病空疏，毁者失矜躁，要未足以服随园。子才于诗并非无所得，特天分过高，以文为游戏耳。使汰去其应酬庸滥之作，仓卒率成之篇，未始非长庆后劲也。吾乡欧阳石甫先生，早年嗜简斋诗，曾有《过随园故址吊简斋》诗四章，刻意摹袁，真得近似。此诗未刻入《亦吾庐稿》，盖弃草也。诗云："耳公名字读公诗，文采风流想见之。今日剧怜人去远，此来应悔我生迟。繁华事业空陈迹，零落河山感故知。一幅云山遗像在，瓣香低首诉相思。""阆苑归来闭竹关，江南一席据名山。挂冠头尚留青鬓，卖赋钱都买翠鬟。纵使风流滋口实，未妨文字重人寰。群公莫漫讥前辈，如此才华岂易攀？""白下高风剧可怜，卜居犹剩买山钱。名园诗酒生无负，才子亭台死亦传。遗迹尚留萧颖士，落花谁吊杜樊川。栖霞山色秦淮水，风景依稀似昔年。""随著阑干邃曲行，一花一石费经营。楼台绝少金银气，山水犹馀丝竹声。行乐直须关福命，多情只为太聪明。林宗死后风流歇，孤负南来孺子情。"或曰本出高炳驯。

纳兰容若

世传《红楼梦》为述前清明珠家事者颇不乏，然无佐证。近见某君作《石头记评论》，中述贾宝玉即纳兰侍卫，引《饮水词》《别意》六首之三曰："独拥寒香冷不胜，残更数尽思腾腾。今宵便有随风梦，知在红楼第几层？"又[于中好]一阕云："别绪如丝睡不成，那堪孤枕梦边城。因听紫塞三更雨，却忆红楼半夜灯。"又[减字木兰花]一阕云："莫教星替、守取团圆终必遂。此夜红楼，天上人间一样愁。"又其亡妇忌日作[金缕曲]一阕，首三句云："此恨何时已？滴空阶寒更雨歇，葬花天气。"红楼凡三见，而云梦红楼者一，葬花二字，亦始于此。取此以证其说。然诗人与小说家之用语，常多吻合，况"红楼""葬花"字面，尤属普通用语，不足为据，苟执此以求，吾恐可傅会者，又不止《饮水》一集也。

古桥题壁诗

古桥即魏铜雀桥，某旅馆中有题壁诗云："美女名篇对酒歌，香焚铜雀袜凌波。二乔已嫁宓妃死，自是君家恨事多。”语近刻薄，诗则有风致矣。吾友王易过其地，录以示余。

欧黄诗格

山谷云：“欧阳公极赏林和靖《梅花》诗：‘疏影横斜水清浅，暗香浮动月黄昏。’而不知和靖别有一联云：‘雪后园林才半树，水边篱落忽横枝。’似胜前句，不知文忠何以弃此赏彼？文章大概亦如女色，好恶止系于人。”说见《苕溪渔隐丛话》。余尝谓细玩欧、黄二公诗格，当知二公各有领会处，二公诗格可于此处分别矣。

洞庭女子

洞庭女子遭乱沉江，题诗寸帛，事累见前人随笔。陈其年《妇人集》与《长沙府志》、《彭泽县志》所载，传闻异辞、各持一说，而诗句尤互有出入，究莫能悉其真伪。湖南某君为余言：《长沙府志》所载诗十章，确是从原稿录出，绝无粉饰。录之以证诸家之伪。志言：宝庆推官朱某之长沙，舟中见一尸，逆流而西，心异之。百计拯出，则绝色少艾也。密缝其衣，无寸隙，怀中有《绝命词》十章，裹以油纸。诗云：“家乡一别已遭兵，此日含羞到汉城。急听将军搜括令，从容江上毕馀生。”“厌听营儿带笑歌，几回肠断岭猿多。青鸾有意随王母，肯教人间设网罗。”“骨肉轻抛弟与兄，依人千里梦长惊。归魂若返家园去，为报双亲已不生。”“照影江干只自悲，永辞鸾镜敛娥眉。朱门空许谐秦晋，死后相逢总不知。”“遮身犹是旧罗衣，梦到潇湘何日归？远涉风涛谁作伴，申申遥祝两灵妃。”“当年闺阁惜如珍，何事牵裾逐水滨。寄语双亲休怅恨，入江犹是女儿身。”“少小丁宁画阁时，诗书曾托父兄师。涛声夜夜悲何极，犹记挑灯读楚词。”“征帆又说过双孤，掩泪深深泣夜乌。宁葬江鱼波底没，不留青冢在单于。”“生平曾许未簪笄，深入狂澜叹不齐。河伯有心怜薄命，东流直到洞庭西。”“图史当年讲解真，杀身自古要成仁。簪缨虽愧奇男子，犹胜王家共事臣。”《妇人集》云：“耕坞老人云，女性蔺，名玉真。”或曰湘潭人，或曰即吾邑人，不知何据。

咏紫牡丹

清初人《咏紫牡丹》诗云："夺朱非正色，异种亦称王。"当时据此以兴诗狱，罹祸者百馀人，可谓惨酷无人道矣。此事稗史所载，究莫实指为何人诗。或曰金人瑞，或曰郑涛，或云戴田有。已言人人殊。近见仪征刘申叔笔记，谓此诗为沈归愚作。且云清乾隆帝搜归愚遗稿得之，大怒。时归愚已久归道山，乃命戮其尸以示戒。未知何本。

汪小韫

昔沈文慤公读王慧《凝翠楼诗》，推为闺阁第一，谓王新城赏其"一缕游丝"二语，犹以寻常闺阁视之，非知凝翠楼者也。余则谓慧诚佳矣，然钱塘汪小韫女士殆将驾凝翠而上。小韫名端，字允庄，处士天潜先生之季女，陈云伯文述之子妇也。襁褓夙慧，早辨四声，七岁赋《春雪诗》，读者谓不减"柳絮因风"之作，因以小韫字之。及归陈氏，得云伯父子互为商榷，诗格益进，尝读唐宋元明清大家诗，一过辄弃去。取高青邱、吴梅村两家，最后又弃吴取高，曰："梅村艳而无骨，不若青邱淡而有品。"遂奉高为圭臬。选明三十家诗，于别裁之中，寓阐幽之意。以视牧翁《列朝诗集》，固未易企及，然较沈选《别裁》，倜乎远矣。女士事翁姑以孝慧闻，曾为夫小云纳秣陵王氏女紫湘。不二年而紫湘卒，女士哭之恸。嗣后小云以通判筮仕江南，客死汉皋，伤恸几废诗，而触景伤情，犹时有追悼之作。女士诗根底盘深，歼除浮艳，风味隽永，亦沉亦丽，识者谓格律在温李之间，而最得风人温柔敦厚之旨，信矣！录其《紫湘词》八律。序云："紫湘名子兰，秣陵王氏女，碧玉韶颜，绿珠慧性。家近青杨之巷，门临白鹭之洲。姊妹十人，姬其季也。画遍十眉，旧名花蕊，绾来双髻，小字桃根，其归我小云夫子也。春江打桨，官阁飘灯。壁月凝辉，前身定呼明月；琼花照影，几生修到梅花。姬复性厌铅华，夙耽词翰。兰馐佐馂，燕寝怡颜。椒颂流馨，鸾台浴德，颍川之门，无歧訾焉。客冬余卧病殊剧，姬伫苦哺糜，含辛调药，中宵结带，竟月罢妆。余疾既瘳，姬颜始解，呜呼贤矣。岂知瑶华萎雨，琼屑销尘，扶病归宁，卒于母氏，萱帏雪涕，兰阁招魂。羌渺渺兮予怀，伫姗姗之入萝。瑶情玉色，谁撰馆陶仙子之铭？霞袂云軿，侍读宝懿夫人之传。诗成八律，泪绠千丝。”诗云：“泪洒西风黯碧纱，钿蝉零落吊明霞。云中紫凤长离鸟，池上夭桃薄命花。夜月空床呼妙子，晓钟残梦见瑶华。疏星三五光初掩，愁看银河络角斜。（华谭妾石瑶华没后见形如生，见《抱朴子》。）”“蕊结同心九畹芬，渡江桃叶美人云。画眉菱镜花双笑，记曲珠帘月二分。篆玉鸳鸯犹剩字，泥金蛱蝶尚留裙。早梅官阁经行处，莲屧苍苔印碧纹。”“月照香婴画阁虚，谢娘新咏丽芙蕖。枣花帘箔调鹦鹉，芸叶窗纱辟蠹鱼。红衲道人工写韵，白云仙子最知书。兰膏翠羽留遗迹，奁艳香翻恨有馀。（《妇人集》：陆孟珠号红衲道人。史忠妾何白云。《奁艳》，董小宛辑也。）”“寒闺侍疾夜迟眠，药裹劳君细意煎。彩胜倦簪挑菜节，罗屏静掩试灯天。解歌芳草朝云慧，洁奉兰羞络秀贤。犹记江城砧杵动，春纤叠雪劈吴绵。（太夫人及余夫妇御寒襦褐，近年皆姬手制。）”“琼肌病怯杏罗轻，眉翠颦多画未成。虚幌药烟愁拥髻，小窗花影罢吹笙。金猊火冷香慵炷，玉马风驰梦易惊。惆帐红冰凝别泪，满天梅雨阖闾城。”“皁荚桥边问故家，晚乌啼断六朝花。女墙静夜潮初上，水榭新凉月正华。衔到玉鱼愁豆蔻，拨残金凤怨琵琶。退红衫子空裁制，白蝶飞灰散晓霞。”“新月蛾眉忆晚妆，凄风繐帐泣归航。哀蝉落叶秋如水，早雁明河夜渐凉。锦瑟惊弦怀梦草，玉箫旧约返生香。画帘微雨黄昏后，谁念檀奴鬓欲霜。”“女坟湖冷殡宫遥，旧日妆楼锁寂寥。露砌碧苔吟蟋蟀，风廊翠竹网蟏蛸。秋云罗帕温香渍，明月琼杯艳影消。留得玉梅遗挂在，亭亭素质带愁描。（愁云罗帕见《丽情集》，明月杯见《神仙传》。）”又《题小云澄怀堂遗集后》四律云：“经年鬘髻感茹荼，小阅沧桑守药炉。杞妇城崩悲未竭，湘娥竹尽泪难枯。椿庭梦渺横江鹤，萱寝愁听绕树乌。肠断遗文扶病校，忍哀还抚膝前孤。”“负米蹉跎鬓欲星，玉龙骑折恨难平。倦经燕赵悲歌地，饱听潇湘夜雨声。烟浪有山愁大别，（君诗云：“请看大别山前水，流下长江更不回。”盖诗谶也。）人天无石问三生。清宵纵到芙城路，残月疏钟梦未明。”“紫玉伤心久化烟，定知相见及黄泉。碧螺分供灵筵茗，白蝶同焚塔院钱。怜汝乘鸾馀画扇，嗟余别鹤感惊弦。虎山芳草难亲奠，寒食梨花血泪绵。”“淡墨题襟不忍看，故乡秋雪梦渔竿。虚传旅况《襄阳乐》，早识人情《蜀道难》。正则长沙联古侣，悔存瓶水共诗坛。（君诗学黄仲则，而前辈中最与舒铁云契。）敬容残客今如雨，谁念西华葛帔寒。”又《翁大人得隙地于孤山，为菊香、小青两女士修墓，并建兰因馆。其上为夕阳花影楼，楼左右为绿阴西阁，以祀小青。右为秋芳馆，以祀菊香。先是为明女士杨云友修墓于智果寺西，因以祔祀。遍征海内题咏，裒为兰因集。端亦赋四律》诗云：“郑家娇婢解吟诗，和靖风流想见之。遗址误寻高菊磵，（翟晴江《湖山便览》以菊香墓为高菊磵墓，非也。）前身应是谢芳姿。踏青春访琼姬墓，（朱竹垞、毛稚黄、叶奕皆曾访之。）飞白宵题玉女碑。更乞茂漪书一纸，簪花楷法妙临池。（咏菊香也）”“焚馀诗草返生香，遗集真应号断肠。齐国淑妃原著姓，蒋家小妹是同乡。镜湖桃叶鸥盟远，画阁梅花鹤梦长。最忆横波摹小影，眉楼一角写斜阳。（顾眉香曾摹小青小影，咏小青也。）”“又见杨娃小印红，容华才笔丽惊鸿。从残著录留湖上，（诗见《湖上编》）轻薄姻缘说意中。（笠翁《意中缘》，谬说也。）谢逸画图寒翠晚，（谢彬曾摹云友及林天素小像一纸。）汪伦潭水夜星空。（云友、天素尝客汪然明春星草堂。）依然智果西头路，绝胜仙霞万点枫。（云友死，天素归闽。咏云友也。）”“碧城坛坫久名家，多少蛾眉礼绛纱。仙子玉炉三涧雪，美人湘管一枝花。隔湖香冢秋飞蝶，映水红楼晚噪鸦。更访吴宫双玉墓，牡丹厅畔竹阴斜。（翁大人近营琼姬、紫玉墓于虎邱塔院之牡丹厅下。琼姬，阖闾女，亦名胜玉。紫玉，夫差女，亦名小玉。）”其它类是者，几于触手纷来，每读一篇，惟恐遽尽，不止“一一鹤声飞上天”也。小韫性素高迈，于九流道释家言，蔑视谓不足学。自以读儒书而未登圣人之堂，心以为歉，乃于释菜前期肃叩墀下，瞻仰殿庭，循两庑观宋元明以来从祀诸儒，慨然曰：“吾闻翁言，道学是儒家最上乘，非讲不明，但须去三事，谓道统、理障及辟佛也。象山之尊德性，子思之言，即孔子之言。阳明之致良知，即《大学》之明明德，曾子之言，亦即孔子言，何至今聚讼不休也。此门户而非道学也。”呜呼！此岂闺阁中所能见及者耶？又尝语人曰：“名士牢愁，美人幽怨，都非究竟，不如学道。”

诗人结习

昔郑谷以《鹧鸪》诗得名，号郑鹧鸪，赵嘏以“长笛一声人倚楼”，称赵倚楼，此亦诗人标榜结习也。海澄邱菽园又广其例，就清诗人论，呼张维屏为张柳色，冯询为冯秋草，王渔洋为王秋柳，袁仓山为袁落花，黄莘田为黄西湖，杨次也为杨虎邱，孙子潇为孙红豆，乐莲裳为乐绿春，周栎园为周仙霞，厉樊榭为厉秦淮，李啸村为李青溪，张药房为张湘水，朱竹垞为朱风怀，黄仲则为黄绮怀。以上皆各集之近体诗，摘其篇目，僭作俪称，颇称一时之巧合。余尝谓古今诗人得名之诗，以才情见赏者，皆一时狡狯伎俩，装点色泽，运用僻书以欺世耳，并非至者。而此种之诗，又最易投时人之所好。洛阳纸贵，和者万家。若举以冠冕平生之诗，恐大非作者之意也。

琴南说诗

吾师林畏庐先生，尝论前清六家诗，谓宋荔裳为游侠语，朱竹垞儒生语，赵秋谷瞿昙语，查初白清客语，施羽山羽士语，王阮亭则十七八岁燕姬语也。其说本于渔洋而推广之者也。渔洋《居易录》尝论唐人诗，谓王维佛语，孟浩然菩萨语，刘昚虚、韦应物祖师语，柳宗元声闻辟支语，李白、常建飞仙语，杜甫圣语，陈子昂真灵语，张九龄典午名士语，岑参剑仙语，韩愈英雄语，李贺才鬼语，卢仝巫觋语，李商隐、韩渥儿女语。宋苏子瞻有菩萨语、有剑仙语、有英雄语，不能为佛语、圣语耳。

谢四新终身不仕

新安谢四新，明季诸生，负异才，讲王佐之学。崇祯洪承畴督师辽东，谢参其军，时吴三桂偕十三镇官悉隶麾下，吴故与谢结纳。松山之溃也，三桂突围而出，谢劝承畴殉节。不听，竟降。谢乃脱身归里，明亡后戢影不出。顺治初，洪经略东南五省，具书币复请谢入幕，固辞，答以诗云：“孤城血战若睢阳，折臂书生枉断肠。天地鬼神皆草草，君臣父子两茫茫。南阳尚有刘文叔，博浪犹存张子房。当日君臣浑是梦，梦中复梦梦何常。”“角弓珠勒紫骝骄，夹岸旌旗饮饯遥。舞出天魔娇队队，兵连番汉马萧萧。还乡大将无南举，入塞中书统北僚。借问元戎谁得似，姓名原是旧征辽。”“难将一饭报松楸，每念攀髯此日休。厚禄有谁悲子卯，无田空尔忆春秋。笳声满地龙蛇斗，杀气横天草木愁。闻说采苹南涧近，乘风急送木兰舟。”“自从公去未南还，憔悴君王泪暗潸。设奠空怜冀北雁，招魂长忆玉门关。多才何幸逢知己，新主殷忧肯许间？为报素书珍重意，顽民性僻爱溪山。”三桂兵起于滇，亦遣使来聘。答以诗曰：“李陵心事久风尘，三十年来惟卧薪。复楚未能先覆楚，帝秦何必又亡秦？丹心已为红颜改，青史难窥白发人。永夜角声应不寐，那堪思子更思亲！”三桂得诗，痛骂之。

秋瑾遗诗

山阴秋璿卿女士既就义，时有传其诗文者，颇不乏佳制，兹存数首于此，以甘一脔。其《申江题壁》诗云：“又是三千里外程，故乡回首倍关情。高堂有母发垂白，同调无人眼不青。懊恼襟怀偏泥酒，支离心绪怕闻莺。疏枝和月都消瘦，一枕凄凉梦未成。”《感怀》云：“飘泊天涯无限感，有生如此复何欢？伤心铁铸九州错，著手棋争一著难。大好河山供醉梦，催人岁月易温寒。陆沉危局知难挽，莫向东风倚断栏。”“危局如斯百感生，论交抚案泪纵横。苍天有意磨英骨，青眼何人识使君？叹息风云多变幻，存亡家国总关情。英雄身世飘零惯，惆怅龙泉夜夜鸣。”“河山触目尽生哀，太息神州几霸才。牧马久惊侵禹域，蛰龙无术起风雷。头颅肯使闲中老，祖国宁甘劫后灰。何限伤心家国恨，恨歌天地莫徘徊。”《日人石井君索和，即次元韵》云：“漫云女子不英雄，万里乘风独向东。诗思一帆海空阔，梦魂三岛月玲珑。铜驼已陷悲回首，汗马终惭未有功。如许伤心家国恨，那堪客里度春风。”《感时》云：“炼石无方乞女娲，白驹过隙感韶华。瓜分惨祸依眉睫，呼告徒劳费齿牙。祖国陆沉人有责，天涯飘泊我无家。一腔热血愁回首，肠断难为五月花。”《黄海舟中》云：“片帆飞渡浪沧溟，回首河山一发青。四壁波涛旋大地，一天星斗拱黄庭。千年劫尽灰全死，十载淘馀水尚腥。海外神山渺何处？天涯涕泪一身零。”“闻道当年鏖战地，只今犹带血痕流。驰驱戎马中原梦，破碎河山故国羞。领海无权悲索莫，磨刀有日快恩仇。天风吹面泠然过。十万云烟眼底收。”《题江山万里图应日本人之索》云：“万里乘风去复来，只身东海挟春雷。忍看图画移颜色，肯使江山付劫灰？浊酒不销忧国泪，救时应仗出群才。拼将十万头颅血，要把乾坤力挽回。”《赠徐小淑》云：“素笺一幅忽相遗，字字簪花见俊姿。丽句天生谢道韫，史才人目汉班姬。愧无秦聂英雄骨，有负阳春绝妙词。我欲期君同救国，莫抛心力苦吟诗。”《对月》云：“愁见帘前月影圆，思亲空剩泪潺湲。衔泥有恨空填海，炼石无才莫补天。湘水燕云萦旧鹿，碧山红树噪新蝉。十分惆怅三分恨，往事思量只自怜。”《感愤》云：“莽莽神州叹陆沉，救时无计愧偷生。抟沙有愿兴亡楚，博浪无椎击暴秦。国破方知人种贱，义高不碍客囊贫。经营恨未酬同志，把剑悲歌涕泪横。”《渡海即事》云：“四望浑无岸，洋洋信大观。舟疑飞鸟渡，山似毒龙盘。万派潮声迴，千峰云际攒。苍茫烟水里，乡思入眉端。”“水天同一色，突兀耸孤峦。望远胸怀畅，凭窗眼界宽。银涛疑壁立，青海逼人寒。咫尺皇州近，休歌行路难。”《长崎口占》云：“曙色推窗入，岚光扑面来。行行无限意，搔首一低徊。”“我欲乘风去，天涯咫尺间。何当登帝阙，一叩九重关。”《临行留别小淑》云：“莽莽河山破碎时，天涯回首岂堪思。填胸万斛兴亡涕，不到伤心总不垂。”“此别深愁再见难，临歧握手嘱加餐。从今莫把罗衣浣，留取行行别泪看。”又[满江红]词云：“佳节中秋、大好是庭前月色。想此夕平分秋景，桂香催发。斗酒休辞花下醉，双螯喜向樽前列。算蟾光、难得是今宵，清辉洌。　　移篱菊，芬芳接；歌水调，唾壶缺。问楼头谁倚，玉箫吹彻。风味何人能领略，襟怀自许同圆洁。诉幽情、暗地问嫦娥，从容说。”又一阕云：“肮脏尘寰，问几个男儿英哲？算只有蛾眉队里，时闻杰出。良玉勋名襟上泪，云英事业心头血。醉摩挲、长剑作龙吟，声悲咽。　　自由香，常思爇；家国恨，何时雪？劝吾侪今日，各宜努力。振拔须思安种类，繁华莫但夸衣玦。愿天涯、开遍自由花、灿英撷。”女士诗文不多，类皆有苍莽之气，不规规陈法而颇合格律，要非寻常闺阁所有也。

京洛题襟集

世外论文，清谈霏雪，此乐胡可得哉！余蹇踬风尘中，谬有以能文相推者，顾真能知者，亦殊无闻。在河南时，周子公阜，王子晓湘，及张丈晋芝太守，相为解难，颇不寂寞。入都以后，姚鹓雏、林忏慧、胡雪抱、胡诗庐、程风笙诸子，昕夕论文、一时投赠之作繁然。今检行箧，稿积寸许矣。他日当仿小三吾亭主人编《同人集》例，汇为一编，颜曰《京洛题襟集》。光怪弥足宝矣！择其尤者，汇录于此，以为他日成书之券。张晋芝丈赠诗云："肯向曾郎拜路尘，后山衣钵火传薪。钟谭变体么弦疾，吴越淫哇绮语新。自古扶轮归大雅，从来识曲听其真。庐山面目凭君认，宗派西江第几人。"松江姚鹓雏赠诗云："怀此欲谁语，惘惘付独适。眼中君可人，坚执故不易。短语绝可味，文戏深致力。昔闻搜夏文，（君昔集吾乡夏内史父子诗文，裒然成帙矣。）古鬼拜丹墨。自待此可想，弃置应不惜。吾乡恨无人，抗手视今昔。"又《讯笠云》云："惘惘轻寒上短蓑，饧箫声里奈愁何。忧多颇似发难数，贫甚兼无雀可罗。逝水华年明镜在，半晴天气落花多。数声鶗鴂关心甚，输与诗人解放歌。"《题笠云诗集》云："扪舌犹存足自奇，袖中短笔郁蛟螭。吾侪未死终成是，天下皆狂可语谁？直以性灵收片纸，颇宜风雨助淫思。尖义斗韵心犹壮，起看残阳灭没时。"《似汪笠云》云："我如乐广爱神检，多君爽类徐师川。好藏文字惜心力，一落江湖惊岁年。怀人爱看梅子雨，挟梦自刺鄱阳船。不道道人无一事，缥缃万轴生云烟。"闽县林忏慧学衡《次清明韵》云："闭门自作清明节，寥落朋侪意亦疏。归思已随流水远，闲情未信落花如。春阴弄暝伤迟暮，柳色含烟待展舒。今日真成中散病，平生孤赏敢忘诸。"《学诗一首和笠云》云："但得神完亦已足，时无李杜定谁师。心机果细应如发，骨格能清不在肌。弦外审音吾所佩，闲中得趣子能持。要将绮语删除尽，淡写风怀托远思。"又赠诗云："日下相逢拂袖来，雄心莫便委蒿莱。时艰无补难为用，年少能狂亦可哀。伧父何人讥我拙，知交几辈让君才。会当跃马平胡虏，大漠尘区取次开。"余居里闬时，忏慧又由京寄一诗，题为《武昌变起，余赴国难，别笠云于都门，嗣是不相见者年馀，时犹闻朋好述其近作，皆不愧名世，比读题壁一诗，辄有所触，依韵奉寄》云："沙虫进命怜余瘁，环堵题诗觉汝闲。古有奇才天所宥，人传近句艳犹顽。剩携别梦归花事，粗说春愁损玉颜。国论时宜凭一恸，劫馀已自厌生还。"桂林周公阜，有调寄[桂枝香]，题余小像云："风神奕奕，认彭泽清芬，蛟门标格。放眼乾坤，不问沧桑陈迹。著书那数兰成策，尽堆残素缣盈尺。题襟汴水，载酒燕台，春怀今昔。　肯辜负，昂藏岸帻？看百年兴废，壮心消得、大好湖山，宁作五湖游客？但将风月酬今夕，问人间、何处荆棘？故乡未远，庐云江水，醉里堪忆。"铅山胡诗庐赠诗云："但闻秋虫伏地响，安得巨刃摩天扬。病中读句为之快，枕上裁诗浑已忘。吾十九年于外矣，世一再乱其堪伤？报书达汝知何日，回首关山烽火长。"张晋芝太守有赠别诗云："漭漭鄱阳湖，一碧泻千里。峨峨小孤山，终古江山峙。磅礴出词客，啸傲湖山里。荡胸生云烟，涤胃无尘滓。肩拍六一翁，袖握山谷子。瓣香不出乡，敬为桑与梓。伊余久闭关，宦情淡如水。行吟俚自娱，敝帚千金视。汪子本通家，邂逅今伊始。孔融早知名，李膺为倒屣。示我斜川集，传灯世济美。浮响谢嘈囋，清夜闻角徵。帆影马当来，剑气丰城起。王后肯久居，郐下安足齿。有唐昌黎公，文振六朝靡。亦越杜陵人，咏事诗成史。历宋逮元明，殊途仍同轨。沿流上溯源，可以观天咫。倏忽百年间，艺苑塞棘枳。瓦釜竞雷鸣，蛇神杂牛鬼。厥名曰诗妖，劣魔入腠理。灾祲缠枣梨，叫呶声盈耳。撼树群儿愚，雕虫壮夫耻。非擘巨灵掌，谁与扫穅秕。青春子勖哉，白发吾衰矣。倘修五凤楼，愿助浣溪纸。"都昌胡雪抱赠诗题余诗卷云："金台过我说诗因，绕笔萧森已动人。别后芳华重缆结，餐来瑶柱益鲜新。河流海色嘘成字，洛佩湘弦感入神。羡杀林姚尽才子，骅骝参伍出风尘。"

磁涧题壁诗

由洛阳至潼关道中诸旅馆题壁诗，不乏佳句。忆庚戌间，先君奉檄赴陕州公干，途中曾录寄数章见示，皆南人于役彼间所作也。江左杜琢磁礶

《旅馆题壁》云："半城原上半城堤，山色苍茫望欲迷。水岸曲通红树里，人家围住小桥西。萦丝芳草含烟润，织柳流莺藏叶低。最是斜阳新雨后，万家烟火有鸡啼。"又顾燕卿《磁涧旅次》诗云："霜风当晓劲，衣袂觉寒生。车疾双骡健，秋高一雁征。泉声咽繁石，山色隐荒城。萧索临街柳，相看动客情。"又断句云："鸦背绿分千树晕，马蹄青拥万山来。""花月空歌三妇艳，秋风吹冷五铢钱。"皆工致。又南昌王香如丈言：由潼至洛，路极窄险，车不并轨，马不并辔，有髯公题某旅馆七字云："知难敢谓过来人"，卒无对。墨渖渍壁，历久犹新，遍访髯公，卒不知为何许人。

鹧鸪村

石城黄仲通有书，年少有隽才，世居江右石城鹧鸪村。在京师时，与余及忏慧、鹓雏最契。一日集忏慧斋中，余曰："鹧鸪村名大佳且韵，此大好诗料也。"未几，仲通年假遄归，余寄诗讯之曰："江关憔悴几诗魂，叔度汪汪待细论。遥忆章门风雪里，红衫青笠鹧鸪村。"次年春，仲通南旋，余赠诗送行，仍用前韵，诗云："江郎赋罢暗销魂，小别江南未足论。两岸青山人独往，淡云微雨鹧鸪村。"仲通南旋后，忏慧亦寄诗相问，仍叠前韵云："春风春雨易消魂，不见黄滔孰共论？回首西江风景好，夕阳红树鹧鸪村。"仲通得诗后，亦报以一绝句云："故人诗句定惊魂，此日闲情待子论。满地落红浑未扫，东风吹遍鹧鸪村。"一日，姚鹓雏在余案头见仲通诗，讽诵不置，题一断句于纸尾云："云树苍茫托些词，鷃鹛江海欲何之？十年枉把谭元笔，心折黄郎七字诗。"

汪芝衫诗

吾尝怪古今传人，有幸不幸，其传者未必尽佳，不传者未必不古人若，而诗人为尤甚。吾邑先辈，如高少云炳驯、刘耕扬黼、欧阳霜介鹤龄、周芥舟子庄，其诗才皆有独到不可劘灭之处，声名皆不出里闬，吾宗芝衫先辈亦然。先辈名皓，年少博览群书，不屑举子业，亦不事家人生产。工诗善画，终其身未博一衿，缘不习举制，每试辄作书牍体或骊体文以应，常见斥于有司；而诗才独异，零词片纸，迥出时辈。稿本颇富，印者仅初稿一种，余往岁尝携至京师，番禺沈孝耕、昭文孙师郑，皆向余借钞。师郑辑《诗史》、袁瞿园辑《绿天香雪簃诗话》，采录尤备。一时都门文酒之宴，无不交口道汪芝衫诗者，为余生平表章遗逸之快事也。初稿百余篇，篇篇皆善，其断句如"江月皓边塞，夕阴生远汀。"《僧至》云："鸟声堕地碎，云影上花红。"《湖上》云："湖水湿人影，山光落橹声。"《春馆即事》云："茶烟忽上树，花影暗摇春。"《江楼集宗弟维诚茂才诸好》云："云浸波光湿，舟行人语摇。"语瘦劲而味隽永。其清新刻镂处，实在姚武功，贾阆仙之间。记其全首如《代闺思》云："明灯怨遥夜，寂寞怀远人。人远道阻长，一别三年春。君滞鳌溪源，妾怨龙溪沚。君泪附江流，可以达乡里。妾泪附江流，茫茫化海水。"《拟古大人先生歌》云："昨日手弄盘古顶，一瞬天地忽至今。今夕何夕我孰我，皓月一樽秋一林，万籁请息听我吟。"《寻隐者不值》云："一云压帽影，直到泉声穷。茅茨访今雨，山松响古风。少烟知径绝，多洞讶山聪。何处问鸡犬，隔溪来牧童。"《怀江右诸同学》云："楚水吴山夹道周，日斜王粲独登楼。十年东郡鸡声舞，一客南天雁影秋。桑梓白云无恙在，关山黄叶动乡愁。霜寒夜听乌啼月，忍说男儿尚壮游。"《月夜》云："故国砧寒木叶初，江风吹月上锜芦。三更鼓角荒城远，半枕星河客梦疏。花马壮心馀酩酊，白衣供奉老居诸。潮声并作离鸿怨，盼断梁园一纸书。"《再过屈子庙》云："大江夜半读《离骚》，万柳萧森楚月高。游子昊天帷幕远，孤臣日落蟪蛄号。事都委命心犹铁，天问无言首自搔。忠烈祠前一挥泪，发船打鼓壮风涛。"《大观亭值查梅史明府消寒宴集》云："何年此辟小蓬莱，百代琼仙韵府开。梅雪渡江春有脚，水云落雁客登台。寸心倚槛人千载，几辈消寒酒一杯。怪底山僧今早起，袈裟迤逦待君来。"《归山闻方云庄母舅调任闽清》云："旧岁桃湖花盛开，种花闻又到梅溪。翠屏山色天涯远，黄耳音书海上回。落月半林归马急，悲笳九月塞鸿哀。官闲若上相思岭，应念阳元尚未栽。"《冬夜有怀凌从舅云亭赞府》云"残月银弓挽一弯，疏星珠斗点斑斑。背琴腰剑人千里，夜鹊霜猿屋半间。短梦已飞天外去，长安可自日边还。宦游自昔艰知己，莫等风尘老素颜。"又《秀水河》云：

“九十春光半未过，南城门外冶游多。漫天红雪东风起，十里桃花渡秀河。”此又意态沉雄，音节高旷，仿佛王右丞、李东川之遗音，才人之不可方物有如此者。邑先达周献臣题《芝衫集》二绝句云：“一方寒砚苦吟身，字字镌镂思入神。记得新城传昌谷，能诗多是布衣人。”又云：“鬼才争说李长吉，瘦句真如贾阆仙。独辟空灵诗世界，也通易理也通禅。”

宋诗

诗学风气，往往随世道而变迁，即宗尚亦各异。明嘉隆以还，尊重汉、魏、盛唐，鄙宋诗为不足道。锺、谭乃起而救以幽深镵刻之辞，世又稍稍尚宋。清初诸老，半奉宋为依归。宋诗之宗尚，以当时为极盛。盖其时承明季之后，七子极敝之时，其学宋不过藉以救末流之弊，然于宋人之真实本领，尚未能批郤导窾也。乾嘉以来，厉樊榭、黄仲则、袁简斋、张船山、龚定庵，相继代兴，风会之宗尚，又不在唐宋而在诸子。厉黄辈原本学宋而变其面目。至何子贞、魏默深、陈太初、曾涤生、郑子尹、莫子偲辈，乃复言宋。至同光间沈子培、郑太夷、陈石遗、陈弢庵、陈伯严诸公而极盛。当时有号为同光体者，即沈郑陈诸公也。今则宋诗宗尚，举国皆是。余前年在都中，见海王村宋人专集，其价倍昂，而《宋诗钞》、《宋百家诗存》、《宋诗纪事》，每部售至二十馀金，廿年前皆无人过问者也。按宋人诗流别，其大概见于方虚谷、吴孟举、周凤奕、奚士柱所论定。方虚谷云：“诗学晚唐，不自四灵始。宋刬五代旧习，诗有白体、昆体、晚唐体。白体如李文正、徐常侍昆仲、王元之、王汉谋。昆体则有杨刘《西昆集》传世。二宋、张乖厓、钱禧公、丁厓州皆是。晚唐体则九僧最逼真。寇莱公、鲁三交、林和靖、和仲先父子、潘逍遥、赵清献之徒，凡数十家。欧公出焉，一变为李太白、韩昌黎之诗。苏子美二难相为颉颃，梅圣俞则唐体之出类者也。苏长公踵欧公而起。王半山备众体、精绝句、五言或三谢。独黄双井专为少陵，秦晁莫窥其藩。张文潜自然唐风，别成一宗。惟吕居仁克肖陈后山，弃其所学学双井。黄致广大，陈极精微，天下诗人北面矣。立为西江派之说，诠取或不尽然。陈简斋、曾文清为南渡之巨擘。乾淳以来，尤、范、杨、萧、陆其尤也。高古清劲，尽扫馀子。又有一朱文公。嘉定而降，稍厌西江；永嘉四灵复为九僧晚唐体，然尚有馀杭二赵，上饶二泉，典型未泯。今学者不于三千年间，上溯下沿，穷探邃索，往往追逐近世六七十年所偏向，非区区所敢知也。”吴孟举云：“嘉隆以还，言诗家尊唐而黜宋，宋人集覆瓿糊壁、弃之若不克尽，故今日搜购最难得。黜宋诗者曰腐，此未见宋诗也。宋人之诗，变化于唐而出其所自得，皮毛落尽、精神独存。不知者或以为腐。后人无识，倦于讲求，喜其说之省事而地位高也，则群奉腐之一字，以废全宋之诗。故今之黜宋者，皆未见宋诗者也。虽见之而不能辨其源流，则见与不见等。此病不在黜宋，而在尊唐。盖所尊者，嘉隆后之所谓唐，非唐宋人之唐也。唐非其唐，则宋非其宋，以为腐也固宜。曹子佺序宋诗，谓取材广，命意新，不剿袭前人一字，然则诗之不腐未有如宋者也。”太仓周凤奕云：“宋兴以后，得唐人遗意，各自成家：骑省出自元和，杨刘出自西昆，庐陵出自昌黎，后山学少陵，和靖学韦孟，宛邱学乐天、张籍。此其章章者。若圣俞之淡远，子美之超迈，临川之精严深刻，山谷之荟萃百家，究极历代，皆自为机杼，尤其杰出者也。至于波澜宏阔，铺叙宛转，为有宋大家，则唯东坡而已。此北宋诗人源流之大略也。屏山淡宕遒练，紫阳冲雅浑涵，四灵之精苦，石屏之醇和，刘后村之新警，周益公之雅淡，谢皋羽之幽峭，莫不由宋人之门造唐人之域。其中号为大家者，杨诚斋、尤遂初、范石湖、陆放翁四人，而放翁为最，此则南宋诗人大略也。”嘉定奚士柱云：“间尝上下南北三百馀年，天圣以前，盖以西昆为源也。晏同叔、钱希圣、刘子仪、杨大年诸人皆准绳玉溪，古风荡然。迨六一洗削西昆，以退之为法。而圣俞则学东野者也。介甫、子美，则宗工部者也。又若师乐天者王元之，踵微之者王禹玉，祖应物者盛公量，效牧之者石延之。一时风雅，彬彬称盛，西昆之体，于是乎一变矣。苏黄挺出于元祐，犹李杜之擅于四唐也。其初东坡、山谷共师李杜，而能自开户牖，以极宋人之盛。后此诗人迭起，要不越乎二家。江西宗派，苏门四学士，海内奉为衣钵。宋之濬其源而衍其流者，其在斯乎？南渡诸家，紫阳亦诗豪也。读《斋居》、《感兴》诸篇，实溯源伯玉，微此则宋代五言古益寥寥矣。奈何以理学掩之？他如尤、杨、范、陆，或以清婉胜，或以深刻胜、或擅宏丽，或擅敷腴，非不各极其美。要其步武，不离熙丰、元祐间者近是。迨其季也。赵师秀、翁灵舒辈，喜贾岛、姚合而学其清苦。江湖诗人，多仿其体，然气局窘而音节促，等诸自郐以下，岂刻论哉?”诸说于宋诗源流派别，可谓发挥无遗，因见近人喜宗宋诗，存录于此，参观互证，可以观一代之会通矣。

千里鹅毛

沈子惇《日南随笔》:“《山谷外集》《长歌谢陈适用惠送吴南雁所赠纸》诗:‘千里鹅毛意不轻。’史容注:‘《复斋漫录》云:谚云:是人眼里有西施。又曰:千里寄鹅毛，物轻人意重。盖鄙语也。’”《通俗编》:“东坡《以土物寄少游》诗:‘且同千里寄鹅毛。’山谷集亦有‘千里鹅毛赠，所重以其人’之句。二公用之为诗，或是古谚有此。”青藤山人《路史》:“俗传土官缅氏遣缅伯高贡天鹅于中朝，过沔阳浴之，飞去，俄堕一翎。高拾之，至阙下，上其翎，作口号云:‘将贡唐朝，山高路远遥。沔阳湖失去鹅，倒地哭号咷，上复唐天子，可饶缅伯高?礼轻人意重，千里送鹅毛。’恐属附会之说。”按此说从《鲁连子》脱胎来。徐坚《初学记·奉使类》引《鲁连子》:“展无所为鲁君使，遗齐襄君鸿。至渑而浴鸿，鸿失，其装在。御者曰:‘鸿之毛物可使若一，能买鸿耳。”无所曰:‘吾非不能买鸿也，是上隐君，下易币，无所不敢’”褚先生《补史记滑稽传》:“齐使淳于髡献鹄于楚。”《说苑·奉使篇》:“魏文侯使舍人无择献鹄于齐。”《韩诗外传十》:“齐使献鸿于楚。”与鲁连子所言事略同。盖本假设之辞，而传之者又不同耳。千里鹅毛，得毋类是?

徐釚《本事诗》与《秋笳集》

徐电发《本事诗》称吴汉槎惊才绝艳，数奇沦落，万里投荒，驱车北上时，曾托名金陵女子王倩娘题诗驿壁，以自寓哀怨。情词凄断，两河三辅间，多有和者，故改亭《甫里》诗云:“最是倩娘题诗句，吴郎绝塞不胜情。”庚戌夏月，时余读书大学，于藏书楼检读《秋笳集》，诗具载集中，题为《虎邱题壁二十绝句》,有序,则作豫章刘素素,倩娘乃其姊云。诗二十章具在,而《本事诗》所选二首中之“毡帐沉沉夜气寒,满庭霜月浸阑干。明朝又向渔阳去,白草黄云马上看。”则又为此二十绝句所无,乃知电发《本事诗》所称托名金陵女子王倩娘与所载“毡帐沉沉”一首,或当时传闻之误也。录存汉槎原诗叙于此,以见《本事诗》所载与《秋笳集》互有出入云。序曰:“妾刘素素,豫章人也,少随阿母,育于外氏。长姊倩娘,雅工属文,刺绣之馀,每教妾吟咏,自是闺阁之中,屡多倡和。丁亥之岁,姊年十八,嫁于某氏。妾时十六,发始总额,阿母以妾许聘于同郡熊生,生一时贵公子也。是年豫章大乱,妾随母避乱山中,既而北兵肆掠,遂陷穹庐,痛母姊之各分,念家山之入破,肝肠寸断,血泪双垂,薄命如斯,真不减土梗浮萍。今岁某从役浙中,彼人以戎事滞迹白门,因停舟吴阊门外,以俟其来。兀坐蓬窗,百愁总集,因觅纸笔作绝句二十章,以写哀怨之思。夜半诗成,窃与侍婢泛舟虎邱,吊真娘之墓,因粘诗寺壁,欲与吴下才人,共明妾意。嗟乎!峡里猿声,镜中鸾影,千古哀情,在此诗矣。”诗云:“天明吹角数声残,百将传呼上玉鞍。却忆当时闺阁里,晓妆犹怯露桃寒。”“一别慈帏已十年,倚门消息有谁传?莫嫌儿去增悲涕,阿姊犹堪在眼前。”愁对吴阊江水春,愿凭蝶梦去寻亲。遥知今夜南昌月,独照高堂白发人。”“一身飘泊到江湄,泪落连珠那可挥?薄命不如春燕子,年年犹傍旧巢飞。”“欲说相思已断肠,多情却逐野鸳鸯。他生愿入天台路,流水桃花候阮郎。”“毡裘貂帽卷风沙,红粉飘零自可嗟。已逐乌孙成远嫁,乡心几度怨琵琶。”“自入穹庐已数春,香闺行乐付埃尘。党家太尉真伧父,强炙羊羔劝美人。”“回首家山似断篷,蛾眉欲画怨春风。自怜憔悴无人问,惟有慈亲入梦中。”“远随边马到榆关,纱罩双眸任往还。梦断故园云树里,可怜谁是豫章山。”“昨岁从军下武昌,征帆夜半过浔阳。起来遥望滻门树,不得随风到故乡。”“滕王阁下动飞旌,铁柱宫前画角声。惆怅从军星散尽,却教红粉落边城。”“暗把香绵拭泪流,相逢已分此生休。陇头流水声呜咽,未抵萧娘一半愁。”“夜夜思君梦里回,朱门旧事总成灰。妾身已逐杨花去,孤负温家玉镜台。”“深深芳草葬红颜,满地飞花染泪斑。莫道贞娘多薄命,犹胜青冢在阴山。”“满目东风散柳丝，虎邱山寺独题诗。吴下才人知不少，也应肠断蔡文姬。”“忆昔雕窗锁玉人，盘龙明镜画眉新。如今流落关山道，红粉空娇塞上春。”“镇日思家自倚栏，朱愁粉瘦更谁看。相怜惟有湘江竹，抱笋抽篁泪不干。”“长将幽恨诉空王，一盏禅灯泪数行。死去纵教谐凤侣，人间那得返魂香。”“江行曾见豫章人，欲寄家书泪满巾。我欲南行君北去，相逢空说故乡春。”“对酒难禁红泪垂，天涯何日是归期？愁心却是春江水，日日东流无尽时。”伤离念远，哀感顽艳，苏子卿之河梁耶？蔡文姬之笳拍耶？语虽出之戏笔，而汉槎投荒之祸，实隐兆诗中。言为心声，理无或爽也。

原载《小说海》一卷一号至十二号

——以上出《小奢摩馆脞录》

读常见书斋小记31则

今文家攻击古文之诗

宋于庭(翔凤)《虎坊桥杂诗》云:“漆经非散佚,北斗宿当中。王肃词难合,刘歆说已通。古文真朽蠹,大义付冥蒙。寥落尘寰里,何人识宋衷。”此今文家掊击古文之诗。于庭、申受,并庄述祖甥。庄尝云:刘甥可师,宋甥可友。

章实斋佚文诋諆戴东原

敖士英来言:“北平厂肆,近有《章实斋遗书》钞本十六册,纸墨暗弊。审其图记,似为实斋子华绂所録副本。且有佚文,为嘉业堂《章氏遗书》所未收者。因托北平友人比勘。葺录佚文。今日邮递果到。则章氏佚文二十篇也。余再取刘刻覆按之,就中三篇,已收入刘刊《章氏遗书》。其馀写目于此:《与孙渊如观察论学十规》、《与朱少白论文书》、《又与朱少白书》。《与史馀村》、《答邵二云书》、《与史氏诸表侄论策对书》(原卷九卷十)、《史考摘录》(卷十五)、《书宋孝女附录案牍》(卷二十二)、《书李孝妇事》、《书李节妇事》(仝上卷)、《家石亭封君七十初度屏风题词》、《许可型七十初度幢子题词》(卷二十六)、《清漳书院留别条例》、《定武书院教诸生识字训约》、《定武书院教诸生集经传文字异同凡例》(卷二十七)、《寇难》(卷三十二通志稿)。《熊倩》(卷三十二通志稿孝友传)。此十七篇,皆为刘刻所未收。实斋力诋戴东原，已见于其它论著。此佚稿如《与史馀村》、《答邵二云》诸篇，皆平品东原学行，及自道为学制行本末，皆足以考论章戴二家学术同异。惟实斋原文云："此时未可举以示人，恐惊时人之耳目。"又曰："辨戴诸说，不欲遽为今人所知。"又曰："藏其稿不敢示人，恐惊曹好曹恶之耳目。"一再言之。后人或亦以其言贬戴过甚。恐召戴门弟子之争，故有意芟削之，以免去无谓之争执耳。是亦未可知也。戴氏声韵历算经学，当不可掩。实斋欲以文史课虚之学胜之，言辩而坚，难以取信。惟戴氏有二事滋人疑虑者，则《水经注》与《畿辅安澜志》二书之攘美是也。戴氏在四库馆手校《水经注》，自言据大典逐条校勘，依文諟正，排比原文，与近代本钩稽校勘，凡补阙者二千一百二十八字，删妄者一千四百四十八字，正臆改者三千七百一十五字。神明焕然，顿还旧观，世人推重，皆无异辞。今大典本《水经注》已影印行世，与戴校违异甚多。而戴校与赵东潜《水经注释》正合。东原素负征实之学，不知何以闇取东潜，托辞大典。此不解者一也。《畿辅安澜志》十卷，王履泰撰。其实王本窃东原旧稿，排比成书。惟戴书亦非自出，实窃赵东潜。近人孟森有《畿辅安澜志与赵戴两公书案》一文，钩隐发微，佐证赅备。此不解者二也。东原经学为乾嘉大师，至史地或非留意，因人成事，终嫌攘美。古今人类此者正多。又不仅休宁一人也。因章氏佚文，诋諆东原，遂连类及之。

清儒别集写目

余藏弆清儒别集约计二百五六十馀家。然皆于寝兴之际，略备省览。其舟车所携未曾去手者，不过四五十种，而学人为多。即以文论，以其学有馀而文亦无不工者，每于风清日和，睡足饭饱，振襟危坐，醰乎味永，而余平生之所趋向，治学之所准绳，亦可于此占之。垂老都讲每以此诏学子。在博涉者或讥其弇陋，在心识者或许其别裁。余固不暇置辨，且亦非辨所能折服也。笃信弗失，自适己事而已，丁亥冬月初度日方湖记。

亭林集　曝书亭集　南雷文定**前十一卷后四卷诗历一卷**　姜斋集**文十卷诗十卷**　上湖分类文编　果堂集**十二卷家刻本**　鲒埼亭集**正三十八**

卷外五十卷经史部问答十卷　陈司业先生集经咫一卷掌録二卷文四卷诗四卷　陋轩集此清初诗家第一人，世人不知也　南江文钞　潜研堂集文五十卷、诗二十卷　春融堂集　存悔斋集　述学　校礼堂集　授堂集　东原集　经韵楼集　顨轩所著书　孙渊如先生集　洪北江先生集　雕菰楼集　复初斋集　簳石斋集　揅经室集　思适斋集　晚学集　铁桥漫稿　七经楼文钞　左海文集　衎石斋记事稿续稿　甘泉乡人稿　月斋集　养一斋集　定庵全集　简学斋集　东洲草堂集　巢经巢集　伏敔堂集　䌹飢堂集（案："堂"当作"亭"）　通甫类稿　通义堂文集　刘礼部集　章氏丛书　刘申叔遗书　王静安遗书

老成忧国之言

陈子龙著述最富，散佚亦多。嘉庆间王昶搜集遗文，凡赋、诗、词、文，及公自撰年谱共三十二卷，与夏完淳集合刻之，曰《陈夏二公集》。忠裕《论中兴疏》有云："今入国门再旬矣，人情泄沓，不异升平；从无有哭神州之陆沉，念中原之榛莽者。"又有云："陛下宜尝胆卧薪，宵衣旰食，而群工庶尹，亦宜砥砺锋锷，奋发志意，以报仇雪耻是务。庶中原可收而旧京可复。"

说　诗

武生元亮来问诗法。余言法无定程，随宜变化，必诗工深者乃可相喻以解。初学先宜明体段，知趋向，择其性所近者而研习之，诵读之，斯其要也。诗话之作，汗牛充栋，旁搜广涉，徒乱人意，亦宜屏绝。然近三百年中，确有不易之论而为诗话家所忽者，或于操觚有益，因历举数事以应之。

陈允倩云："世徒知汉魏古诗，不知其体有二：其深而永、隽而多思，言有尽而意无穷者，古诗也。缠绵太息，低昂以尽情，曲折以尽变者，乐府也。汉之乐府，沿袭楚风，苏李五言，溯源三百。自嗣宗、太冲之流，激昂伉爽，穷态尽妍，浸淫于少陵，率以乐府为古诗，声繁而词杂，两家之风荡如矣。数百年来，惟渊明为最近古，惜其体弱不足以起其文。康乐虽复蕴

藉自矜，而渐趋排偶，又其别派。”又曰“变风变雅之君子，非不能为中平之音，其所激然也。”

王念孙曰：“古体诗当以汉魏六朝为宗，下逮有唐诸大家，以正所趋。近体则唐称极盛，而中晚气格渐弱，已无足法。有宋以后，古近体皆可涉猎，当知其佳处得力于唐人而新其壁垒，不可转袭宋人之貌，世徒嗤明代七子规仿盛唐为优孟衣冠，而不知去唐学宋又出七子之下。至古体用韵，当依唐韵部分，无若填词家信笔出入也。”

管世铭曰：“乐府古词，陈陈相因，易于取厌。张文昌、王仲初创为新制，文今意古，言浅讽深，颇合三百篇兴观群怨之旨，乐天尤工此体。至欲借以感悟宸聪，敷陈民瘼，其积愈厚，故其言愈昌，亦天地间不可少之一种文字也。

李文藻曰：“唐诗于本朝事，每无所忌讳，犹变雅之遗也。忠厚如宋，而苏子瞻犹以诗下狱。至乐天为乐府讽时政，遂召入翰林。唐诗所以不可及者，岂独字句之工哉！”

恽敬曰：“唇齿之差，父不能得之于子。宫徵之易，君不能强之于臣。轻重相承，疾徐相生，毫厘之间，可以千里，况广之以四海，引之以千古哉。是故圣人之作《尔雅》也，广轮之变曰释言，山河之隔、都鄙之囿是也。古今之变曰释诂，岁月之积、时代之迁是也。其不变者，圣贤所录，方策所传，别之曰释训。经语史论，以义为重，故无所变焉。言韵者，以广取为宗，用韵者，以通时为大。易之韵，归之易；诗之韵，归之诗。秦汉之韵，归之秦汉。唐宋元明之韵，归之唐宋元明。为繇为颂为箴，吾以从乎易焉。为诔为铭为四言诗，吾以从乎诗焉。为骚为赋，吾以从乎秦汉焉。为五言诗，吾以从乎唐宋焉。为词曲，吾以从乎元与明焉。”

按：用古韵亦有宜知者。方展卿（绩）撰《屈子正韵》三卷，以《广韵》为主。《广韵》之谬者，以古音正之。又以朱子《集注》，专用吴才老《韵补》，其中沿讹，多所订正。邓嶰筠（廷桢）为审定疑义数事，如：《离骚》“好修以为常”，与下“惩”字为韵。邓云：“常本恒字，汉人避讳改作，非阳可通蒸也。”《九章》“岂至今其庸亡”，与下“完”字为韵。邓云：“亡、完不叶。据王逸注，完当作光。"《离骚》"惟庚寅吾以降"，方云："降，古音户工反，《广韵》入四江。古音东冬锺江阳庚为一韵。"邓云："顾亭林《唐韵正》、孔巽轩《诗声类》、段懋堂《音韵表》，皆不言东冬锺江与阳庚相通。"《九歌》"风飒飒兮木萧萧"，与下"忧"字为韵。方云："忧字古与萧宵肴豪同韵。《广韵》入十八尤，误。"邓云："《诗声类》以幽尤萧为一部，《音韵表》以尤忧为一韵，而以萧茅等字隶之。萧从肃字，读若牖。《广韵》与游求忧等字入十八尤，不误。"皆甚精确。据此，是又知遵守古韵亦不可不严加辨别也。

包世臣曰："诗文有由选本得者，有由全集得者。由选本得者，途径窄而词句净；由全集得者，词句杂而途径宽(见王西御和莲子词题识)。"

古今诗歌选本之善者，杨留垞曰："张翰风(琦)《古诗录》，较稽留山人所选，陈义广博，诗道为之益尊(《雪桥诗话》卷十一，十七页)。"姚春木曰："管缄若侍御所选《唐诗钞》，备正变，具劝惩。其自言所得，则曰以讽谕为主，以音节为辅，以独造为境，以自然为宗。"

姚春木又曰："元裕之以后无大家。"于明初推刘诚意，谓在高季迪上。

按：此言与余早年日记正同。余甲子日记云：唐宋人真正可称为大家者，仅太白、杜公、右丞、昌黎、香山、东坡、山谷、剑南、遗山、道园十家。盖此十家者，包罗众有，各成面目，虽间或蹈袭，实已金丹换骨，别开户牖，袭犹未袭也。名家甚多，吾只取元结、孟郊、李商隐、韩偓、梅尧臣、王安石、陈师道、陈与义、顾炎武、吴嘉纪、厉鹗、郑珍十二人。此外备浏览而已。

冯浩曰："初学诗，乍知诗味，每易堕尘浮轻率之习以自喜而不其自画也。若从晚唐李义山入，便无此弊。"

欧阳礀东曰："唐人惟玉溪生善言情，尤善使事。世人讥其獭祭，乃指其文，非诗也。"韦慎旃诗："千秋若欲求诗史，合把西郊配北征。"杨翠岩谓"玉溪生近体诗，与山谷古风异貌同妍"。均是义山知已。

汪丰玉曰："山谷为诗家不祧之祖，元明以来，无人齿及。虞山、秀水皆近时巨老，而动有贬词。余素酷嗜其诗，任史所注，行止辄以自随。惟同里钱箨石、万柘坡、兄厚石以为然也。"丰玉病中杂诗云："黄诗翻阅枕函亲，学杜先宜此问津；宗派百年谁漫识，解人弦外两三人。"

钱箨石曰："姜白石诗，自是南宋一大宗。以其皆和平中正之音也。读《昔游》诗，可见其大概。"

按：上四条次第，略具微旨。凡学诗以沉着稳顺为首事，故以义山为入手，稳顺而无变化，故必进以山谷，方能尽变化权奇之妙，庶免凡响。由李黄而归依杜公，乃能尽杜公之妙而不为其所震慑，然后归到蕴藉和平，而诗之真实本领具矣。宗法既正，始可语三成。三成者，即成句、成章、成家也。成之云者，有我之谓，否则才轶于法，理窒于词，虽有性灵，终归湮没。亦有见于客气易尽，求一章一句之传，不可得也(三成说本吴嵩梁)。再作诗最忌自欺欺人，一字未惬，随便放过，是为自欺。中无所得，犹前人高谈陶谢，今人高谈黄陈，自谓俯视一切，是为欺人。二欺不祛，是又三成之绝大障碍也。

学　诗

学诗首在寝馈玉溪、冬郎，以挹其绵远之韵；继在诵法杜、韩，以见其骨律之坚苍，胸怀之超绝；终在细玩荆公、山谷，以求其体势之变化，措语之清拔。于此以极诗家之能事，缓游变化而出之，自然无一近人语，而自家体成矣。世有通识，当契斯言，方湖记。

作诗必将《毛诗》、《楚辞》、《庄子》、《览》、《烈》、《史》、《汉》、《世说》、郦《注》读百遍，方不患无辞采。又记。

论作诗

诗怕作为保守，保守则才退，多作为迅奔，迅奔则笔放，凡学诗将成要成之时皆有此感觉。用字有离合之妙，太合则伤板滞，离则有远神，诗好往往在离。

常用之典反用之，陈熟之典如上下文能新亦无妨，人所不用者偶用之。

大抵诗之工拙，以高超为最难。意超笔超，则人人意中所有，人人不能言。明于此，则诗必能超脱凡近，俯视一切。古人如此，今人如陈郑皆如此。

造句易到古人，造意难到古人。

谈双声叠韵

同母之字，谓之双声；同部之字，谓之叠韵。杜公《何将军山林》诗“卑枝低结子，接叶暗巢莺”。“卑枝”、“接叶”是叠韵。《赠鲜于京兆》“奋飞超等级，容易失沉沦”，“奋飞”、“容易”是双声。《送郑司户虔》云：“苍惶已就长途往，邂逅无端出饯迟”、“苍惶”为叠韵，“邂逅”为双声。王西庄曰：“大凡摹拟情事景物，一字不能尽，则叠字以形容之。《雎鸠》之关关，《葛覃》之萋萋是也。或用叠韵，则‘山之崔嵬，马之虺隤’是也；或用双声，登高曰高冈，马曰玄黄是也。苏子瞻《口吃》诗，纯用双声，结屈可笑。（按王融诗“园蘅眩红蘤，湖荇燡黄花。回鹤横淮翰，远越合云霞。”已纯用双声字，东坡盖仿而戏为之耳。）若于稳顺声势中勿羼以二字，使齿舌击触，因涩得平，迟其声以媚之。此律诗妙法也。”卢绍弓曰：“诗言志，歌永言，声依永，律和声。三百首篇，‘窈窕’为叠韵，‘之差’为双声。其它不胜枚举，盖上古人人皆明之。”钱竹汀之言曰：“轩辕、栗陆以纪号，皋陶、庞降以命名。股肱、丛胜，虞廷之赓歌也；昆仑、沧浪，禹贡之敷土也；童蒙、盘桓，文王之演易也。瞻天象，则有蝃蝀、辟历；辨土性，则有瓯娄、污邪。宣尼删诗，斯理弥显。伊威蟏蛸，町疃熠耀，则数句相连；崔嵬虺隤，高冈玄黄，则隔章相对。诗三百篇，声韵之至善者也。魏世儒者，创为翻切，六朝人好言双声叠韵，故其诗文铿锵流美，异于伧楚之音。杜子美圣于诗，其自言曰：‘老去渐于诗律细。’不徒得三百篇之性情，并三百篇之声韵而毕有之。组织缠绵，自然成章。良工之用心，通于天籁，此之谓律细也。何屺瞻评李义山诗，凡句中双声，皆一一标举之。并有隔一字两字而遥应者。海宁周芚兮春著《杜诗双声叠韵谱》。朱梓庐为宗弟子鸿作《杜律双声叠韵表引》云：‘试举唐人诗，无不合者。盖自永明以来，至于沈宋，约句凖篇，迴忌声病，以为律诗。唐人相传……’”

五言古诗

五言古诗有四境界：汉魏一也，六朝二也，唐三也，宋四也。汉魏间古诗意味最高，最难学，学则仅得其皮也，神采不可企。六朝人五言古辞采过缛。唐人有汉魏六朝格调，而神采不同，亦意境高耳。宋人则意境尤高，格老气苍，又善出新意。故五言古诗惟唐宋人尚可学，至汉魏六朝则惟有涵咏其味而已。

律　诗

做律诗对句最易犯上四下三之病，最好要变化、要动宕，不可平板，细玩陈黄句法，即可知此中消息。

宋人及老杜诗皆讲句法，如一首诗中造句一律为诗家大忌。

上四下三句法当然很难免，但四字紧凑，下面对句又与上一律无变化，此大忌也。

再上四下三之句法最好能避免或以动宕行之尤妙。

凡一首律诗上四下三可用但不可再用。

律诗结句要有兴会，不宜衰飒。

王怀祖论诗

王念孙曰："古体诗当以汉魏六朝为宗，下逮有唐诸家，以正所趋。近体则唐称极盛，而中晚气格渐弱，已无足法。有宋以后，古近体皆可涉猎，当知其佳处得力于唐人而新其壁垒，不可转袭宋人之面貌。世徒嗤明代七子规仿盛唐为优孟衣冠，而不知去唐学宋，又出七子之下。至古体用韵，当依唐韵部分，无若填词家信笔出也。"王怀祖为清代小学家，以善读古书有名，而论诗精当若此，不愧为通人也。惟中晚唐人如刘宾客、杜司勋、李玉溪，诗格要自不弱，宋大家多从此出，稍有未谛。然大体多确论也。今诗人已不能解此，故多入两宋末派。

商略之一

包世臣曰："诗文有由选本得者，有由全集得者。由选本得者，途径窄而词句净；由全集得者，词句杂而途径宽。"（王西御和莲子词题识）按包氏此语，是否定论？愿与学人共证之！

商略之二

吴修龄（乔）曰："诗与文体制不同，而同本于意，盖意同而所用者不同耳。文之辞达，诗之辞婉。书以道政事。故宜辞达；诗以道性情，故宜辞婉。意喻之米，饭与酒所同出。文喻之炊而为饭，诗喻之酿而为酒。文之措辞，必副乎意，犹饭之不变米形，啖之则饱也。诗之措辞，不必副乎意，犹酒之尽变米形，饮之则醉也。"（《围炉诗话》卷二）吴氏此语，是否即诗与文区别之真谛？愿与学人共证之！

诗家自评其诗举例

诗成家数，其人胸中必有一种境界，只可自喻，而难以喻人。诵习既久，往往遇之。杜公云："文章千古事，得失寸心知。"殆谓是乎？今学者试取建安后专家集，先辨体格，深切体会，然后随宜俯拾，拈出一二语，统摄全诗，贴切不易，觉他人平品皆枝叶也。诗、骚、建安诸家勿论矣。阮公云："高鸣彻九州，延颈望八荒。"陶公云："倾耳无希声，在目皓以洁。"谢客云："扬帆采石华，挂席拾海月。"谢朓云："喧鸟覆春州，杂英满芳甸。"试细味之，是何等境界！李白云："清水出芙蓉，天然去雕饰。"又云："兴酣落笔摇五岳，诗成啸傲凌沧洲。"杜公云："笔落惊风雨，诗成泣鬼神。"又云："元气淋漓障犹湿，真宰上诉天应泣。"又云："矫矫龙性合变化，卓立天骨森开张。"韩愈云："横空盘硬语，妥贴立排奡。"又云："若使乘酣骋豪怪，造化何以当镌劖?"又云："将军欲以巧服人，盘马弯弓惜不发。"白居易云："未尝劳气力，渐觉有心情。"又云："有时婉软无气骨，有时顿挫生棱节。急声圆转促不断，轹轹辚辚似珠贯。缓声展引长有条，有条直直如笔描。"他如孟郊云："食荠肠亦苦，强歌声无欢。"李商隐云："沧海月明珠有泪，蓝田日暖玉生烟。"梅尧臣云："野凫眠岸有闲意，老树着花无丑枝。"王安石云："风亭对竹酬孤峭，雪径寻梅认暗香。"苏轼云："当其下手风雨快，笔所未到气已吞。"黄庭坚云："琢磨十年烟雨晦，摸索一读心眼开。"是又唐宋人独到境界，前此无有也。若陈师道之"有声当彻天，有泪当彻泉"，陈与义之"微波喜摇人，小立待其定"，文同之"我尝爱君此静坐，胜见无限寻常人"，曾几之"胸中自无俗子韵，下笔乃有此气骨"，唐庚之"但觉秋来更韶润，却从瘦里带敷腴。"姜夔之"曲终过尽松陵路，回首烟波十四桥"，诗而人耶？人而诗耶？抑会诗与人优而柔之耶？是又任读书之赏会耳。

六　山

白香山　真挚　王半山　深婉

李义山　缛丽　陈后山　孤往

韩玉山(偓)　凄咽　元遗山　精警

予尝谓学诗必寝馈唐宋，自李、杜、王、韩、苏、黄而外，尚有六山。必精研熟读，方足以博其趣而抉其微者，即此六山是也。六山真实本领虽从大家出而绝非诸大家所能囿。如置而弗取，则学李杜者必流于肤廓，学苏黄者必流于粗率，必不能有独到之境。香山自有真面目，浅者辄薄之，非真知香山者也。丁亥九日，方湖。

汪仲鈖论山谷诗

苏黄并称，然今人多轩苏而轻黄；或有诋山谷为钝根。此自关乎诗工浅深，非山谷果有轻重也。汪仲鈖曰："山谷为诗家不祧之祖，元明以来，无人齿及。虞山、秀水，皆近时钜老，而动有贬词。余素酷嗜其诗，任史所注，行止辄以自随，惟同里钱箨石、万柘坡、兄厚石以为然也。"仲鈖《病中杂诗》云："黄诗翻阅枕函亲，学杜先宜此问津。宗派百年谁复识，解人弦外两三人。"汪氏癖好山谷如此，使生于今世，恐不仅费口舌而已。仲鈖，字丰玉，桐乡人。诗蒨丽峭刻，与兄孟鋗并有名，有《桐石草堂集》。王伯沆极赏之。

杨诚斋

诚斋天分太高，造语太聪明，李白后一人而已。

诗家报世仇

钱牧斋与锺伯敬同年进士，伯敬又介谭友夏于钱，固文字交也。后钱与锺、谭有隙，晚年选列朝诗，乃极诋二人，至目为诗妖、为鬼趣，而总之曰不学而已；谭尤谫陋。丑诋不遗馀力，可谓风雅中罗织经也。牧斋本与杜茶村相契，及清初竟陵谭侍讲主试江宁，侍讲致敬于茶村，如燕太子丹所以事荆卿者。茶村叩之，则长跪流涕曰："欲先生为吾家报世仇也。"茶村默然。是日杜饯别侍讲诗，有云："海内于今极可怜，江南遍唱李龟年。"指牧斋也。而后操戈于《初学》、《有学集》，实由此始矣。全谢山闻之唐南轩，因纪以诗云："门户纷纶祸未休，可怜文字亦戈矛。当年宿老先挑衅，易世儿曹继复仇。彼我相观均一笑，古今歧视实同邱。须知根柢皆疏薄，谁是江河万古流。"

贵州四名家

贵州有四名家：杨龙友文骢、桃花扇内人，谢君采三秀，周渔璜起渭，郑珍子尹。花溪即诗人周起渭吟咏之地也。周诗为筑诗家之冠，后为郑子尹。郑子尹诗骨重神寒学昌黎，善述人情学香山，以学为干，精三礼，小学深厚。

子尹诗从韩昌黎、黄山谷入手，而又参以白香山古乐府，最能善道人所不能言者，其格高，其味永，咏之而意境尤妙。

周介存之言

宜兴周济尝言：方今天下，善读书者李申耆，善书者包慎伯，于诗称陶杜，而痛诋谢康乐，而以亭林诗为少陵后一人。此说颇与余少年时议论相合。三十岁后，已不作此语。惟亭林诗究竟是一家数。

诋谢诗者，家韩门在周先。

余甲子日记：清学以亭林为极通，高邮为极核（专指《广雅疏证》）；文则家容甫，诗则郑巢经，书法只有海日楼耳。此后恐亦无以易之。因与座客谈及，连类附记于此。

展庵醉后论诗

莲洋、陋轩、翁山皆高。莲洋秀、陋轩苦、翁山逸，三家诗同时读之，殊有奇趣。

五百年中诗能入乎古人，出乎古人者只有一顾宁人，学雄才高，故言皆有物。东涧、阮亭、竹垞、骏公非不能言，然对之有愧色。

乾嘉间老笔纷披，空实相间，在坡、谷之间者，惟一箨石。复初斋稍逊，亦可为枹鼓之应。翁实钱奇，奇而近理，实则伤滞，故钱又胜翁。若确士、简斋，不足为钱翁之舆台也。

巢经巢却是清诗家之一大转捩，以学为诗而非填死语；以性情为诗而不落率滑。学杜、学韩、学东野、宛陵、学坡、谷，皆能哜其胾、啜其醇，而适为巢经之诗，元、虞而后只有巢经。

海藏能尽，苍虬能不尽。词能尽而味不尽，故真挚；词不尽而味内蕴，故深婉。知海藏之能尽，乃知苍虬之能不尽。然尽亦惟海藏能之，他人若尽，则味索然矣！

以达官而为诗人者，近代只广雅、沧趣、淯园三家：张诗沉着，陈诗隽永，周诗恢张，并能虚实并用，浓淡相间，亦以其骨干能撑柱此二事也。意足于辞，故有力有味，否则为纱帽诗，何足取？

散原能生，能造境。能生故无陈腐诗，能造境故无犹人语，凿开鸿濛，手洗日月，杜陵而后，仅有散原。惜晚年用字造语略有窠臼，全集中能删去酬应之作，存其至者，则一时豪杰为之敛手。

粤人而不落粤派者，有梁鼎芬、曾习经、黄节、二罗。能秀、能丽、能婉、能雅，似胜江左，洪稚存以雄直推粤诗，亦元裕之所讥识碔砆也。

涧于有学问、有胸襟、有惘惘之情，故能与广雅、沧趣为援枹之应，北人诗中之射雕手也。

香宋味不厚，梅生体不大，学之则才卑力弱，不取也。

墨巢早年学后山，能老澹、能孤往，瞰谷而外，无与抗手。惟晚年只有枯窘，不能再进，然此枯窘亦非寻常人所能到。

石遗说诗颇可听，诗笔早涩晚易，不及阿兄远矣。

再评近人诗

石遗诗早年最高，晚年学长庆、诚斋，不免滑易。此公晚年为秋岳、纕蘅、鹤亭辈所误，往来京沪岭表间，颇近似宋末之方虚谷，则甚可惜也。

张文襄主宋意唐格。近人学宋诗多有参唐人者，最好。黄节、梁鼎芬、杨昀谷、李拔可皆是。若陈子言庐江陈诗则纯唐人矣。

曾克耑履川有才气，但未深醇。

刘襄宇诗于乐府、唐李义山诗有功夫，天分亦高，惟此道走不通，因为未能胜过唐人也。如精研北宋诗家，则浮响艳词一变为清健，则高手矣。

杜惕生诗清婉可喜，律诗不如绝句。

夜　起

"山如旗鼓开，江自南塘下。海日生未生，有人起长夜。"此郑太夷早年居福州南台山诗也。旗山、鼓山为南台附近山名。此诗太夷甚自负，以为有英雄气也。郑在沪时，尝自署名为夜起，本此。

近人诗文用事亦不苟

樊樊山诗有句云："乡心苦忆瓢儿菜，官品低于鼓子花。"或有称其对仗工绝者。然鼓子花用《后山诗话》杭妓胡靓事，则不知也。

黄季刚《陈玄婴六十寿序》，首云：四明文章之士立言粲盛者，自任中丞后，于宋则攻媿，元则剡源、清容。全谢山所谓为吾鄞文雄是也。攻媿、剡源、清容，人咸知之；任中丞则多有疑者，是又不知有朱育对濮阳兴也。

明人妄改《诗品》

余家旧藏明黄正色活字本《御览》，文部五百八十六引锺嵘《诗品》。其上品十二家之末，下有陶潜二字，分注平列，张海鹏、鲍崇城二本同。颇疑元明间人不满记室平品，因除去古诗一家不计外，擅移中品之陶公于小注，以足十二人之数。此明人妄改古书之明证也。今日偶取涵芬楼景印宋本《御览》覆按之，果无陶潜，而以《诗品》评陶一条，别行引之，益足取证。刘彦和《明诗篇》云："宋初文咏，体有因革。庄老告退，而山水方滋。俪采百字之偶，争价一句之奇。情必极貌以写物，辞必穷力而追新。此近世之所竟也。"陶公笃意真古，貌枯神腴，在宋齐为旧格，与彦和所标举之宋初体制，迥不相侔。故时流亟推颜谢，颇不重视陶公。颜延之、萧德施辈为文张之者，亦以节概皎然足以风世，非论其诗也。记室平为古今隐逸诗人之宗，又云："陶公文体省净，殆无长语，至于'欢言酌春酒，日暮天无云。'风华清靡，岂直田家语耶?"其有意抑扬，语有分寸，亦未可与上品曹植、谢灵运诸家平品之语等量齐观也。

清诗略记

清诗无虑百数十家，余只取二十家：

顾亭林诗集　变雅堂集　陋轩集　莲洋集　托素斋集　樊榭山房集　箨石斋诗集　復初斋诗集　惜抱轩诗集　敦拙堂集　东洲草堂集　禐朹亭集　槈经庐诗集　巢经巢集　伏敔堂诗录　广雅堂诗集　海藏楼诗　沧趣楼诗集　散原精舍诗　苍虬阁诗集

上苏人三家、浙人二家、河北人二家、湖广三家、晋人三家、闽人三家、赣人二家、黔人一家、皖人一家，凡二十家，可谓与俗殊酸咸矣。

高密诗派

高密诗派始自乾隆间高密李德民(宪暠)、少鹤(宪乔)兄弟，二李并鉴于当时诗坛风气皆奉新城王氏为职志，末流之弊，空洞无实，而日趋甜熟侧媚，故主中晚张籍、贾岛之清真雅正与清奇僻苦二境界，戛戛独造以救之。其派颇足易一时观听，乡人闻风景慕者颇不乏人。而王氏五子后，四灵之目乘时而起，皆诵法二李者也。自李少鹤服官广西。尝与临川李秉礼投分甚深，又尝主李氏家。时李石桐(怀民号)定《中晚唐诗主客图》，李秉礼为刊行。秉礼亦能诗，颇受其薰化，于是高密诗派又渐渐流衍江右。桂人士亦多有师法少鹤者，师友益多，声气益广，惟翁覃溪颇非之，亦不能禁其流布也。顷因披阅清人乾嘉以来笔记短书有涉及高密诗派者汇抄于下：

吴振棫《养吉斋馀録》卷七云："乾隆间高密李石桐怀民，因《杨升庵诗话》言晚唐诗，一派学张籍，一派学贾岛。遂仿张为《主客图》，为《中晚唐诗主客图》二卷。上卷以张水部为清真雅正主。上入室，朱庆馀。入室，王建、于鹄。升堂，项斯、许浑、司空图、姚合。及门，赵嘏、顾非熊、任翻、刘得仁、郑巢、李咸用、章孝标、崔涂。下卷以贾长江为清奇僻苦主。上入室，李洞。入室，周贺、喻凫、曹松。升堂，马戴、裴说、许棠、唐求。及门，张祜、郑谷、方干、于邺、林宽。石桐诗学水部。弟少鹤宪乔学长江。及门之士，皆守师法，时谓之高密派。"

评陈石遗《近代诗钞》

陈衍《近代诗钞》，甄录道咸后诗家凡三百七十一人。以籍贯计之，八旗八人，直隶六人，山东一人，山西三人，奉天一人，河南四人，安徽二十七人，四川十六人，湖南三十七人，湖北十七人，江西二十人，江苏五十四人，浙江四十三人，福建九十四人，广东二十七人，广西四人，贵州四人。云南、陕西、甘肃、吉林、黑龙江，则无一人入选，而闽籍诗人，至九十四人之多，收入诗篇，几占全书三分之一以上，此真乡曲之私也，其尤可异者，凡例中有云："此钞不录拟古诗、咏物诗、寿诗，而长庆体、柏梁体、长短句体，亦在少钞之列。"不知诗至明清以后，不出唐宋窠臼。题不拟古，诗固未尝戾古。学汉魏固拟古，学六朝三唐亦拟古。即学宋，亦何尝非拟古？陈氏自言学宋，必欲举汉魏六朝三唐而空之，使天下诗人，尽祖两宋，抑何所见之不广耶？即以宋论，派别亦多。陈氏步趋，不过宛陵、山谷、后山、简斋、诚斋诸家，又未能得其真实本领，但以粗率生硬为老境耳。它如永叔之《庐山》、高朱子之《感兴》、文山之《指南录》、皋羽之《晞发集》，陈氏皆不足以知之。咏物之诗，实得比兴之旨，且多自抒胸臆之言。许洨长释词字，言外意内，惟咏物诗与宋人长短句足以当之。并此割弃，亦不可解。至于寿诗本无足取，然亦视其人而定。陈氏于林长民卷，仍附录林氏寿梁卓如诗一首，虽未入正选，然未能抛弃之意可知。此又自乱其例也。陈氏早年草《石遗室诗话》，不无可取。晚年自为之诗，自谓兼香山、诚斋之长，实则才退笔孱，非往时刻意苦吟之作可媲。取偭木庵，瞠乎后矣。

诗歌选本

古今诗歌选本，张琦《古诗录》、管世铭《读雪山房唐诗钞》差可取。杨留垞曰："张翰风《古诗录》，较稽留山人所选，陈义广博，诗道为之益尊。"（见《雪桥诗话》卷十一）姚春木曰："管缄若侍御所选《唐诗钞》，备正变，具劝惩。其自言所得，则曰：以讽谕为主，以音节为辅，以独造为境，以自我为宗。"是前人已有重之者。

钞师友诗成集

清初钱牧斋曾手钞师友诗为一集，名曰《吾炙集》。吾炙者，即己所嗜者也。此集至今犹存。与陈其年《箧衍集》、渔洋《感旧集》同。今诸家专集多不传，惟考明清间诗人，则赖此以见。且多史料，尤可贵。

智珠诗

族妹智珠，十一岁从真州张笠樵学诗，有奇悟。年十七得诗数百首，严加删剔，仍存二百数十篇，题曰《智珠绣馀集》。尝以全稿寄余金陵，清远可喜。如《采莲》云："画船穿藕花，娇小越溪女；不见花中人，但闻花中语。"《梅花》云："开花落自早，花与人同老。花落年年开，人老年年少。人老花莫笑，花落人莫扫。寄语看花人，爱惜春光好！"《送许浣青姊回里》

云:“料得蒲帆一棹轻,登舟日日数归程。黄花黄叶家何在,秋雨秋风梦不成。千里关河谁作伴,一江烟雨总无情。蓬窗不用愁孤寂,高枕翛然听浪声。”《病中》云:“天涯未卜有归期,又过黄花晚节时。襟上血痕和泪湿,胸中情绪只灯知。每惊寒重添衣早,似厌宵长就枕迟。一种情怀无着处,漫将心托数行诗。”《落花》云:“韶光浑似梦初惊,谁解东风反复情。吹得花开又吹落,个中恩怨不分明。”余谓此真闺阁诗也。诗固不足称,然在今日衡量之,翛然远矣。

——以上出《读常见书斋小记》

方湖日记幸存录32则

建安七子

建安七子有以孔融为冠而去陈思者，本子桓《典论》也，如明鄞县范尧卿司马所彙辑《建安七子集》是。有以曹子建为首而去北海者，本陈寿《魏书·王粲传》与谢灵运《邺中集》诗也，（但原作八首有魏文帝。）如明人杨承鲲《建安七子集》是。子建几夺嫡，魏文深忌之，作《典论》而不及厥弟，至修、仪辈亦以稍涉嫌怨，黜而不录。此全由忮刻之私，非公论也。仍以从承祚粲传为允。宣统元年己酉（一九〇九）二月初五日

荆公诗摘句

看荆公律诗十七卷至二十五卷，抄出全篇凡□□首。其未抄而中有佳句极可玩味者摘句如下：

"山蟠直渎输淮口，水抱长干转石头。"（《次韵酬朱昌叔》。二语确为金陵实境，造句可法。）

"世事但如吹剑首，官身难即问刀头。"（同上）

"句誉子真矜谷口，事功新息困壶头。"（同上）

"投老始知欢可惜，通宵豫以别为忧。"（《次韵送程给事知越州》）

"白傅林塘传画去，吴王花鸟入诗来。"（《送程公辟得谢归姑苏》）

"江月转空为白昼，岭云分暝与黄昏。"（《登宝公塔》）

“论众势难专可否，法严人更谨谁何。”(《详定试卷》)

“相知不必因相识，所得如今过所闻。”(《奉酬扬乐道》。此等句并非超诣，不过能道人意中语耳。)

“功名盖世知谁是，气力回天到此休。”(《将次相州》)

“于总持门通一路，以光明藏续千灯。(《和平甫招道光法师》。此宋人法乳亦清挺可喜者。)

“南狩皖山非故地，北师淮水失名王。”(《和微之重感南唐事》)

“势合便疑包地尽，功成终欲放春回。”(《次韵和甫咏雪》)

“生才故有山川气，卜筑兼无市井嚣。”(《不到太初兄所居遂已十年，以诗攀寄》)

“高论每为衰俗废，壮怀难值故人倾。”(《偶成二首》)

“新蕊漫知红簌簌，旧山常梦直丛丛。”(《季春上旬苑中即事》)

“风亭把盏酬孤艳，雪径回舆认暗香。”(《与微之同赋梅花，得香字》)

“向人自有无言意，倾国天教抵死香。”(同上)

“委翳似甘终草莽，栽培空欲傍藩篱。”(《和晚菊》)

“诗书千载经纶志，松竹四时潇洒心。”(《郑子宪西斋》)

“挂席每谙东汇水，采芝多梦旧游山。”(《送僧无感归鄱阳》)

“山今岁暮终岑寂，人更天寒最静便。”(《寄育王大觉禅师》)

“卓荦想超文字外，低徊却寄语言中。”(《寄无为军张居士》)

“青眼坐倾新岁酒，白头追诵少年文。“(《次韵酬宋玘二首》)

“平日离愁宽带眼，讫春归思满琴心。”(《寄余温卿》)

“人怜直节生来瘦，自许高才老更刚。”(《与舍弟华藏院此君亭咏竹》。此或荆公早年作，所谓略无含蓄也，然荆公人品，二句正可见。)

“杀青满架书新缮，生白当窗室久虚。”(《和杨乐道见寄》)

“飞花著地容难冶，鸣鸟窥人意转闲。”(《寄友人三首》)

“看沙更觉蓬莱浅，数日空惊霹雳忙。”(同上)

“聊为薄宦容身者，能免高人笑我不?”(《次韵昌叔怀濡楼读书之乐》)

“坐对高梧倾晓月，看翻清露洗新秋。”(《酬净因长老楼上玩月见怀有

“疑君魂梦在清都”之句》）

“水底旧波吹岁换，柳梢新叶卷春回。”（《呈柳子玉同年》）

“意气未宜轻感慨，文章尤忌数悲哀。”（《李璋下第》）

“旷野已寒谙独宿，长年多难惜分违。”（《送杨骥秀才归鄱阳》）

“清多自悔登临数，目极因惊怅望赊。”（《登西楼》）

“花枝到眼春相照，山色侵衣晚自迷。”（《出城访无党，因宿斋馆》）

“全家欲出岭云外，匹马肯寻山雨中。”（《奉寄子思以代别》）

“柳条不动千丝直，荷叶相依万盖阴。”（《长干寺》）

“远引江山来控带，平看鹰隼去飞翔。”（《清风阁》）

“久埋瘴雾看犹湿，一取春波洗更鲜。”（《元珍以诗送绿石砚，所谓玉堂新样者》）

“槛窥山鸟有真意，窗听海潮非世音。”（《平甫与宝觉游金山思大觉，并见寄及相见得诗，次韵二首》）

“豪华尽出成功后，逸乐安知与祸双。”（《金陵怀古》）

“种竹乱抽青节瘦，刻绘轻染绛花圆。”（《石竹花》。此句刻画石竹花颇工致。）

“万壑风生成夜响，千山月照挂秋阴。”（《古松》）

“瞑聒一堂无客梦，晓悲千嶂有猿惊。”（《次韵董伯懿松声》）

“长树老阴欺夏日，晚花幽艳敌春阳。云归山去当檐静，风过溪来满坐凉。”（《次韵答平甫》）

“辛夷屋角抟香雪，踯躅冈头挽醉红。”（《寄吴成之》）

“高论几为衰俗废，壮怀难值故人倾。”（《寄曾子固》）

“风助乱云阴更密，水争高岸气尤雄。”（《苦雨》）

“春风似补林塘破，野水遥连草树高。”（《江上》）

“崎岖冯衍才终废，索寞桓谭道不谋。”（《严陵祠堂》）

“树外鸟啼催晚种，花间人语趁朝虚。”（《次韵酬吴彦珍见寄二首》）

“糟粕所传非粹美，丹青难写是精神。”（《读史》）

“尚有闲襟寻水石，更留佳句似池塘。”（《每见王太丞事甚冗，则剩剧

之暇，能过访山馆，兼出佳篇为赠。仰叹才力，因成小诗》）

“久闻杨羡安家好，自度渊明与世疏。”（《寄虞氏兄弟》）

“均输北转荆门鹚，劝课西临蜀市蚕。”（《送江宁彭给事赴阙》）

其起句最精警者，如：

“握手东冈雪满篸，后期惆怅老吴蚕，”（《次韵酬龚深甫二首》）

“断芦洲渚落枫桥，渡口沙长过午潮。”（《送项判官》）

“箨龙将雨绕山行，注远投深静有声。”（《北山三咏·道光泉》）

“缭绕山如涌翠波，人家一半在烟萝。时丰笑语春声早，地僻追寻野兴多。”（《示俞秀老》）

“省中何忽有崔嵬，六幅生绡坐上开。指点便知岩石处，登临新作使君来。”（《次韵和吴仲庶池州齐山画图》）

“灯火匆匆出馆陶，回看永济日初高。似闻空舍鸟乌乐，更觉荒陂人马劳。”（《永济道中寄诸舅弟》）

“青山如浪入漳州，铜雀台西八九丘。”（《将次相州》）

“怒水凭风雪垄高，乱流追我祗鱼舠。忽看淮月临寒食，想映江春听伯劳。”（《李君畀弟访别长芦，至淮阴追寄》）

“韶山秀拔江清写，气象还能出搢绅。当我垂髫初识字，看君挥翰独惊人。”（《贵州虞部使君访及道旧，窃有感恻，因成小诗》）

“不得黄花九日吹，空看野叶翠葳蕤。”（《和晚菊》）

“一春强半勒花风，几日园林几树红。”（《四月果》）

“洗雨吹风一月春，山红漫漫绿纷纷。”（《次韵酬宋玘六首》）

“扪萝路到半天穷，下视淮州杳霭中。”（《登小茅山》）

其结句最可法者，如：

“更想杜郎诗在眼，一江春雪下离堆。”（《次韵和吴仲庶池州齐山画图》）

“知忆旧游还想见，西南枝上月徘徊。”（《次韵宋次道忆太平早梅》）

“亦见岭头花烂漫，更将春色寄相思。”（《送刘和父奉使江西》）

“婵娟一种如冰雪，依倚春风笑野棠。”（《与微之同赋梅花，得香字三

首》)

“犹疑甫里英灵在，到日凭君为舣船。”(《送裴如晦宰吴江》)

“坐听楚谣知岁美，想衔杯酒问花期。”(《筹思亭》)

“故人亦见如相问，为道方寻木雁篇。”(《送李璋》)

“从此暄妍知几日，便应鶗鴂损年芳。”(《春寒》)

“知汝此悲还似我，欲为西望涕先横。”(《寄张氏女弟》)

“三十六峰应好在，寄声多谢欲来游。”(《送西京签判王著作》)

“殷勤话此还惆怅，最忆荆溪两岸春。”(《送沈康知常州》)

“知君不为山川险，便忘吾家叱驭人。”(《送复之屯田赴成都》)

“他日卜居何处好，溪山还欲与君同。”(《送灵山裴太博》)

“嗟予足迹飘尘土，一对孤峰几厚颜。“(《赠老宁僧首》)

“览德岂无丹穴凤，到时应让向南枝”(《王浮梁太丞之听讼轩有水禽三，巢于竹林之上，恬而自得。邑人作诗以美之，因次元韵》)等句，皆可诵也。

余旧读吕本中《江西诗派图序》，(略见《通考·经籍考》)颇以吕专推黄双井，心窃非之。实则江西诗派，渊明启其宗风；唐无大家；至天水一朝，则欧阳修、曾巩、王安石、三孔(武仲、文仲、平仲)曾几、杨万里、姜夔、裘万倾；迄元则虞集。(本蜀仁寿人，父汲为黄冈尉，还，侨居江西临川府崇仁县。)江西派诗乃极盛。今时阅八百年，当为重定诗派图，此志他年必一偿也。又江西派诸人以陶潜、欧阳修、王安石、黄庭坚四家为最大家数。陶、欧、黄，人所共知，惟临川以新政为世诟厉，攻之甚力，向不推其诗。即偶及之，亦谓其有工致无悲壮，学之使人才据而笔退，或又有谓其直劲无回旋者。皆仅从一二篇而肆意诋诬耳。余谓坡、谷大敌不在欧、梅，而在荆公。晚年在金陵诸作，即坡公亦深致叹服。文章有真赏者，决不为世论所惑也。今日手抄荆公诗一册，约三百篇，其未入抄者存其摘句于此。

宣统元年己酉(一九〇九)二月十六日

《典论》不及陈思

曩谓《典论》不及陈思，今日看陈朝辅《陈思王集序》，(《建安七子集》本)有云："魏文作《典论》，弃陈思而冠以孔少府，或以为子桓妒肠。然陈思度越诸子，如钟参军所云：'人伦之周孔，鳞羽之麟凤。'岂容混总辔者并置分镳？而北海材大卓荦，罕有其俪，则子桓妒肠，未必不别有具眼也。"文中子谓子建以天下让，固予之太过。乃考《魏书·苏则传》，"禅代事，子建发服悲泣，是殆司马孚一流人，系心汉室者。康乐谓'公子不及世事，但美遨游'，岂其然乎？上表求试，亦或假擒吴馘蜀之名，以自掩其不忘故国之心。而所云'取齐者田族，非吕宗；分晋者韩魏，非姬姓。'则知司马氏篡夺之祸，而痛切语之。是其识盖魏室诸人所不逮，何论文章之士哉？"云云，此亦可备一说。然窃谓古今持翻案文字，皆必有佐证。按诸事实，恐未必然。子桓之忌陈思，在承祚书中所载，显然可见，终不能以陈说而夺前论也。

民国元年壬子(一九一二)三月

湘绮论诗

湘绮为近代诗坛老宿，湖湘派领袖，世无异议。才雄学赡，不肯作开天后语。其自定《湘绮楼诗集》皆乐府、五言、七言古，间存五言律诗；而晚年偶为七言律、绝，今刊于蜀中《杜若集》、《夜雪集》者，概不滥入，则其严立界限可见矣。平生论诗之语，《王志》、《湘绮楼说诗》诸书载之綦详。其要云："唐无五言，学五言者，汉、魏、晋、宋足以尽之。"又云："诗贵以词掩意，使吾志曲隐而自达，非可快意骋词，供世人喜怒也。"又云："宋、齐游宴，藻绘山川；齐、梁巧思，寓言闺闼。皆缘情之作，情不可放，言不可肆，婉而多思，寓情于文，虽理不充，犹可讽诵。近代儒生深讳绮靡，故风雅之道息焉。"又云："今人诗莫工于余，余诗尤不可观，以不观古人诗，但观余诗，徒得其杂凑摹仿，中愈无主矣。"侯官陈衍曰："湘绮五言古沉酣于汉、魏、六朝者至深，杂之古人集中，直莫能辨。正惟其不能辨，不必为湘绮之诗也。”陈氏《近代诗钞》仅录其有关史事者若干篇，而湘绮平日自负之作概从芟剔，要未足以深知湘绮也。湘绮弟子有湘、蜀二派：湘则有杨度、杨庄、杨钧、夏寿田、谭延闿、陈光奎；蜀则尊经书院诸生，皆祖师说，后亦不尽效其体。有酉阳王简者，以医受知湘绮，委质为弟子，撰《湘绮楼说诗》八卷，皆摭拾文集、书牍、日记、《王志》而成。其所自为之诗则未之见也。

年月日不详

湘绮轶事

当陈右铭中丞之抚湘也，湘绮为上客。惟中丞及其子三立方厉行新政，湘绮则笃旧甚至。中丞虽敬之，而又恐三立为所移。一日散原侍座，中丞顾而语之曰：“尔知古代绝代佳人作何状乎？”散原错愕，不知所答。中丞笑曰：“尔不知耶？若王湘绮先生者，真个绝代佳人矣。尔幸自持，万勿堕入旧学涡中，一往而不返也。”此事甚趣，可入《世说》。

湘绮翁长髯凤目，仪观至伟。平生以言谈恢恣著称，晚年尤嬉笑怒骂。当辛亥改步，年近八旬。会揽揆之辰，贺客皆短衣剪发，作西人装束，翁蟒袍貂褂，道貌岸然。或有诔者，翁曰：“客人皆著外国服，吾独不可耶？”后为项城强起入都，车经新华门，翁搴帏叹曰：“嚇，新莽门！”后有传其语于项城者，终无可如何。有周姥者，旦夕不离左右，其子妇辈皆事之惟谨。尝见翁有致子妇杨叔姬书云：“汝送温水壶、水果并周妪十元，我性不喜鸦梨，得壶为喜，尤喜不忘周妪，有屋乌之爱，是可赏也。”日记、书牍中语及妪事者尤多，颇致蜚语。实则翁年高，饮馔起居之役非妪不能审其素习也，是何足异？

年月日不详

查初白《东坡编年诗补注》

同季刚雇车至状元境萃文书局。季刚购《藕香零拾》、《尔雅》等数种，余购查初白《东坡编年诗补注》。初白因不慊邵子湘订补施注苏诗，乃勘验原书，厘正其窜乱。施注所未及，又搜采诸书补订其缺漏，而于编年错乱之处考订尤勤，虽偶有乖误，(《四库提要》所举诸端并皆小节。)要非邵注可能望项。冯应榴订正其讹漏，王文诰讥弹其编年务胜前人，终嫌枝节，于查书固无损也。此本为乾隆辛巳其侄查开香雨斋原刻，虽非初印，尚未至漫漶。

民国十七年戊辰(一九二八)九月十七日

顾奎光《元诗选》

至图书馆借顾奎光《元诗选》。秀野选元诗，所收合附见者三百四十家。兹选据以取材，仅及二百馀家。遗山及与遗山唱和之龙门二段、河东二陈，并河汾遗老画入金诗，刘须溪隐居不仕，应入宋诗，断限较明。惟玩其入选旨趣，仍求力合唐音以救宋弊，元诗真面已难尽识，此一弊也。(乾嘉中如张景星《宋诗百一钞》、吴翌凤之《宋金元诗选》等旨趣皆同，不备举。)所选多仅存大概，然如静修、陵川、松雪、清容、德机、曼硕、道园、仲弘、晋卿、雁门、铁厓、梧溪、玉山、大灵、清江诸家甄录稍宽。惟渊颖歌行竟一字不录，且谓其古诗牵率不足观，则未免持论太苟也。(吴诗仅录五古一、律诗二首而已。)

民国十七戊辰(一九二八)九月二十六日

苏诗得失

阅苏诗一卷。坡公诗句法能新能巧，惟太过则味薄。又世多以超脱推之，不知超则可也，脱则不可。舞剑在空，超也，非脱也；弹丸脱手，超也，非脱也。苏诗如“青山偃蹇如高人”，此超也；下接“常时不肯入官府”，则无中生有，脱而非超也。至“高人自与山有素，不待招邀满庭户”，虽极力弥缝其脱，骤读即讶其新巧而味薄矣。故读坡诗知其胜亦当知其失也。

民国十七年戊辰(一九二八)九月二十六日

苏诗选本

授苏诗、诗歌史各一小时。苏诗卷帙颇多，其中可诵者至少有五百馀首。向来选本以意去取，多强古人以就我，而苏诗面目不可识矣。钱塘汪韩门尝选有《苏诗选评笺释》六卷，即世所传《唐宋诗醇》底本。乾隆九年甲子诏选《诗醇》，梁文庄实董其事，御制序所谓“去取平品，皆出梁诗正等数儒臣之手”者也。韩门未与修纂之役，而与文庄为乡人，且同居京师。文庄即以苏诗一卷相属，此书即其原稿也。平品去取尚无偏絜，拟稍为删削补苴，益以评论，当可为一定本矣。

汪氏此书在乾嘉间未便单行，故藏庋箧笥，即有残缺。按《上湖纪岁诗编》卷四，壬午（时韩门五十六岁）有《旧书簏中检得辑评苏诗残稿诗》云：“百种书钞散碎存，十年梦断往来论。涂鸦稿脱成猜忌，故纸重翻滴泪痕。”细味猜忌之句，似尚有一段故实在也，他日当再考之。

又按韩门所著书尝于乾隆中自为刊行于世，曰《春星草堂诗集》、《上湖纪岁诗编》、《上湖分类文编》、《观象居易传笺》、《孝经约义》、《韩门缀学》、《谈书录》、《诗学纂闻》八种。道光初年，裔孙贤衢（字水亭）又续刊十四种于珠江。彼时搜罗颇富，而《苏诗选评》不与焉。迨清末裔孙铁珊太守（名篚）以经乱零落，旧椠残篇屡濒于险，乃为收拾丛残，益以未刊稿本，而《苏诗选评》与《金丝录》、《叶戏原起》、《礀村集》乃得汇集重镌于长沙。是苏诗选本閟诸汪氏箧笥几二百年矣！《诗醇》既为御定，词臣草创底本多不敢出，或即焚弃以灭迹。此稿竟未毁弃，而汪氏子孙乃出之于季世文网渐弛之后，可谓不幸之幸者也。惟原本藏弆既久，其中不无残缺，如卷二缺去熙宁六年以后四年之诗约四十馀首，刻时亦未据《诗醇》补入。其它与《诗醇》亦互有出入，如原稿本用查初白《东坡编年诗》先后选辑，故以《南行集》之《过宜宾见夷牢乱山》冠首。《诗醇》乃移《辛丑郑州别子由》于前。年代颠倒，不知何所取义。（按施注苏诗本以辛丑别子由诗冠首。惟施注《南行集》诗未编入，邵子湘乃从王十朋注本汇录附之补遗。其书自另有体例，不能以此籍口也。）此外《诗醇》所录之诗，诗后无评语者皆为韩门原选所无，其为临时以爱憎加入无疑。即原稿评语亦与《诗醇》本互异，则此稿进呈后之窜改可知矣。

又闻钱唐人言：光绪丙戌汪铁珊太守所重刊之《丛睦汪氏遗书》，印书极少，且板片亦残毁，坊间至不易购，故此选亦不甚通行也。

民国十七年戊辰（一九二八）九月二十九日

何蝯叟《东洲草堂诗》与近代诗风

至状元境购蝯叟《东洲草堂诗》。蝯叟诗向所素嗜，惟未窥全集。近年曾向坊间求之，至不易得。嘉道以后，诗道一变。清初及乾隆间之标举神韵、性灵二派渐为人所厌弃。识者多欲以学力救之，意境独高。厉鹗之《樊榭集》、钱载之《箨石斋集》、翁方纲之《复初斋集》、祝德麟之《悦亲楼集》、陈奉兹之《敦拙堂集》始变风格，其诗皆不为人所称。嘉道以后，程恩泽、祁寯藻、邓显鹤、何绍基、郑珍、莫友芝、江湜诸公，乃以开元、天宝、元和、元祐诸大家为职志，率能本其学力，浚发才思，华妙精深，蹊径独辟，降而至于渐西、沧趣，无错、散原、海藏、苍虬，风斯大矣。今天下又竞师陈郑矣。惟根底未厚，徒袭面貌，无病之呻，嚣然并起。盖本无其学，空响是崇。宋调之讥，其来有自。读东洲、巢经之集，益知其才优学赡，决非枵腹者所易学步也。（程恩泽有《程侍郎遗集》、祁寯藻有《䜌䜣亭集》、邓显鹤有《南村草堂集》、何绍基有《东洲草堂集》、郑珍有《巢经巢集》、莫友芝有《郘亭诗》、江湜有《伏敔堂诗录》。又袁昶有《渐西村人集》、陈宝琛有《沧趣楼集》、范当世有《范伯子集》、陈三立有《散原精舍诗》、郑孝胥有《海藏楼诗》、陈曾寿有《苍虬阁诗》。）

评何东洲诗

阅《东洲草堂集》。东洲诗天才学力皆有独到之处，惟力破馀地，过于本色，亦时多粗率之笔。如"湘省厘捐薪水宽，湖边例外起波澜。见人倨傲无规矩，坐卡如斯况做官。"与"鹦州试上火轮船，自鸣洋钟将报十"等句，颇为人所诟病。（此等句法惟杨诚斋集中多有之。）至其工者则有巢经、郘亭所未能及者也。集中题画及碑刻诗颇多。长篇短语，绝似题跋。此体在《复初斋集》为之最工最多。蝯叟于碑版致力独深，书名满海内，与覃溪固肸蚃相通也。但覃溪质实，蝯叟隽永。源流虽同，而韵味则胜之。此才力不能强同也。律句如“政馀读画千峰雨，别后看花万里杯。”“墨井能收诸相寂，风幡难得此心降。”“名酒好风乌夜曲，快云奇雨白公祠。”“诗心到处能听雨，画里凭虚自作楼。”“酒面匀时真燕婉，荷花开处即江湖。”“待倾除岁冻醅酒，来看破春油菜花。”（又“快倾学舍新醅酒，共醉田家老瓦盥。”与此法同。剑南、遗山集中，诗意句格也多重复，不仅东洲也。）“独自抗怀期尚友，不嫌低首阅时人。”“酷暑枕边诗思涩，今宵衫上酒痕多。”“班传循良先蜀守，唐贤苍莽有嘉州。”“沉阴直接蓉城雨，快霁全收剑阁云。”“蟠冢一山开两渎，秦疆四路出三巴。”“荷花如月隔千里，竹院有风宜五更。”“使车愧未周天下，游记今才补粤西。”“飞湍疾下贪听水，缓棹徐行好看山。”“晚花入眼如耆旧，胜境随缘即轴薖。”“闰重九日叹复叹，看十三陵山外山。”“珍护奇花得微月，商量寒绪入冬初”等句，皆真气黱沸意兴绵远，可诵也。古体树幹杜、韩，又出入于东坡、山谷之间，巨制尤多。陈叔伊《近代诗钞》犹未能尽其什一也。

有关《元诗选》之倡和公案

得季刚札，知昨日阅《郎园读书志》，乃知前月让与之《元诗选》不知其难得如此，（郎园有《元诗选》题跋，言配齐此书之始末甚详，见《郎园读书志》卷十六。）意未能释然，欲余以一飡奉报。其实余亦不知此书近日流传之少。曩在汴中于好古堂书肆，曾见一初印全集，惜未购置。近年在南昌从心远大学崇仁谢氏捐藏书中籀读，颇惊其搜葺之富，校刻之精，视吴孟举之《宋诗钞》、钱蒙叟之《列朝诗集》犹为过之，即拟购全帙以配吴、钱二书。今年八月初间重来金陵，过访季刚，即于案头见有两部，季刚慨然以一部见让，余极感良友厚贶，乃不知因郎园一语而有此一段公案也。尝阅厉樊榭集中有《和女士陈坤维卖元人百家诗》一首，题云：“桑弢甫水部买得《元人百家诗》，后有小笺黏陈氏坤维诗。盖故家才妇以贫鬻书者，惜不知其里居颠末尔。读之有感，次韵一首，并征好事者和焉。”“姓字深闺岂易知？偶传纸尾卖书诗。难追写韵仙家事，应共牵萝绝代悲。彤管更添高士传，墨师别注有情痴。回肠似共缣缃往，惆怅令人展卷时。”原作诗云：“典及琴书事可知，又从案上检元诗。先人手泽飘零尽，世族生涯落魄悲。此去鸡林求易得，他年邺架借应痴。亦知长别无由见，珍重寒闺伴我时。”（自注：丁巳又九月九日，厨下乏米，手检《元人百家诗》付卖，以供饘粥之费。手不忍释，因赋一律幐之。陈氏坤维题。）此事颇韵，是日季刚因忆及此诗，即用陈氏韵以诗调余云：“卖却明珠不自知，（小说有此事。自注。）只将别恨幐元诗。书归邺架应求伴，剑合延津略解悲。（余又有一部乃陈士可、冒鹤汀二残本拼凑而成。自注。）此物在君原得主，他年借我莫嫌痴。西仓巷畔秋灯静，想见披寻满意时。”余即晚次韵和之云：“味勺西江不自知，尚留微契托元诗。残缣早已髫年重，（早年从汴归，从家中旧藏检出桐江、渊颖、梧溪、段氏二妙诸家零种，为家伯祖朗渠殿撰旧藏，印极精好，亲为线装。）古鬼应无异代悲。（秀野选元诗成，曾梦古衣冠者数百人拜而谢焉。见《随园诗话补遗》。）邺架分来疑有失，璇闺典去事同痴。（用樊榭集中坤维女士卖元百家诗事。）数行纸尾从君乞，韵事流传又一时。”次日，余招季刚饮于秦淮酒楼，盖谢书也。季刚复成一诗云：“万货低昂岂易知，一餐轻换百家诗。便疑杯化何烦问，若比弓亡较可悲。好古剧怜同辈少，耽书亦是有情痴。他年归棹宜珍护，须畏蛟龙遶艋时。”余和之，题为《季刚社长以元诗选让余，意犹勌勌，诗以广之》。诗云：“割取书城却未知，琼瑶入手百家诗。珍同海石人争夺，别较杨枝事更悲。泡影山河留达语，（纪文达言：‘赵清常没，子孙鬻其遗书，武康山中，白昼鬼哭，何所见之不达耶！大地山河，佛以为泡影，区区者复何足云？我百年后，倘图书器玩散落人间，使赏鉴家指点摩挲，曰：此纪晓岚故物。是亦佳话，何所恨哉！’语最旷达。然文达又尝见媒媪以北宋《公羊》四页裹玉佩数事，怊怅久之，仍未达观。）凄迷篇什见情痴。亦知神物归天壤，终胜单舸去国时。”季刚后亦无诗，而此书之一段公案留示他年又可为续《书林清话》者添一故实矣。

【注】

【注】本月二十日日记复云：“返校，旭初为言：季刚前日见让之《元诗选》，顷因其所留之一部为徐行可索回，原让一部季刚仍拟以原值易去。

余以此书亦非难得，且元明诗不过取备一格，实非急需，因慨允之。”

民国十七年戊辰（一九二八）十月十二日

汪寂照旧藏龚孝拱《诗本谊》

至奇望街，于旧书摊中购龚孝拱《诗本谊》一册，为谭仲修《半庵丛书》零种。审其印记知为汪寂照旧藏。寂照又号霾照，名允宗，安徽黟县人，光绪末年侨寓沪滨，曾为《神州日报》主笔。能文章，喜藏书，闻其寓庐插架万卷。捐馆未久，藏书散失，平生文字，亦无人为之收拾，恐今亦不存片楮矣。此书为新刻通行之本，无足珍贵。因龚氏家学敢为披猖大胆之语，孝拱怪癖又过乃父，而近人谈《三百篇》文学者，又标举其书，不可不一观其议论也。

民国十七年戊辰（一九二八）十月二十日

诗本谊

阅《诗本谊》。袭氏此书，多本三家诗遗说，正其世次，以明古人作诗之本谊。其大要以诗谊有数类：有作诗之本谊，有读诗之谊，有太师采诗瞽矇讽诵之谊，有周公用为乐章之谊，有孔子定诗建始之谊，有赋诗引诗节取章句之谊，有赋诗寄托之谊，有引诗以就已说之谊。读诗者当先求作诗之心，以通其词，而后知古太师与周公、孔子之用与后人赋诗、引诗之用，方为得之。汉初三家多说本谊，毛义多说采诗、讽诗，用诗之谊。毛义既行，而古者劳人、思妇、怨女、旷夫，贞淫、邪正、好恶、是非，自达其情之旨不显。序义大半为太师之谊，已多牵合。加以卫、郑曲说，（如《关睢》，序传皆言后妃之惠，而卫宏益以《论语》《关睢》乐而不淫，哀而不伤之说。郑康成又谓后妃欲得贤女能和众妾之怨者，助己共祭祀。如斯之类，岂毛传序义之失乎。按《后汉书·儒林传》以为卫宏作《毛诗序》。郑玄又谓诸序本自合为一编，毛公始分以置诸篇之首。则序，毛公之前，其传已久，宏特增广而润色之耳。说见朱子《诗序辨》。）强傅诗谊作者之心，因之益晦，故用诸家所葺三家遗说为《诗本谊》，涵泳诗词，别为疏说云云。其实此种见解前人亦有言之者。如贺贻孙《诗触》已开其先，袭氏传益其说变本加厉。流弊所极，必至尽摧故训，人自为说，皆自谓得作诗者之心。毛、郑所不及知，而二千载以后之人，反若亲诗人之謦欬者，畴能信之？如此，益叹吕伯恭、严坦叔之谨守绳尺不敢为异论者，其所得为独多也。

民国十七年戊辰（一九二八）十月二十三日

祁叔颖《䝞䝘亭集》

夜阅祁叔颖《䝞䝘亭集》。（正集三十二卷，后集十二卷。）春圃相国出陈石士门，又与程春海、吴兰雪、张石洲，苗先路友善，治训诂、地理之学，以其馀事发为诗歌，取径杜韩，浸淫坡谷，亦能于乾嘉诗派以后别辟一境，惟变化之妙差逊巢经耳。

《颜氏家训·勉学篇第八》："吾尝从齐王幸并州，自井陉关入上艾县，东数十里，有猎闾村。后百官受马粮在晋阳东百馀里亢仇城侧。并不知二所本是何地，博求古今，皆未能晓，及检《字林》《韵集》，乃知'猎闾'是旧䝢馀聚，'亢仇'旧是䝞䝘亭，悉属上艾。时太原王劭欲撰《乡邑记注》，因此二名闻之，大喜。"春圃以太原县本晋阳故地，北齐移晋阳县于汾水东。颜氏谓䝞䝘亭在晋阳东百馀里，当即今之寿阳县地。春圃爱其奇字，因取䝞䝘以自号，且拟筑亭以复古迹，并写《䝞䝘亭图》装池成卷，故集中有"奇字得家词，故乡存地形"之句即指此也。

民国十七年戊辰（一九二八）十一月二十日

购　书

夜检书室新购各书，计广州刻《太平御览》一百二十册、《马氏绎史》、《孔顨轩所著书》、《甘泉乡人稿》，《冯注苏文忠公诗合注》、《施注苏诗》、《查注苏诗补注》、《历代诗话》（刘翰怡刻本）、《从睦汪氏遗书》、（湘重刻本，极足。）《东洲草堂诗钞》、《䝞䝘亭集》、《月斋全集》、包刻《名臣言行录》（洪刻包补本）、戴望《论语注》、（王伯沆先生赠）《滂喜斋藏书题跋》（吴瞿安赠）《春秋大事表》、《经义杂记》、《揅经室全集》（初印）、《汪容甫遗诗》

（摆印木字）、《苏诗择粹》、《韩非子集解》、《庄子集释》、《郎园读书志》、《札樸》（黄季刚赠）、《诗本谊》、《一切经音义》、《说文声读表》（伯沆先生赠）、《世说新语》（明刻本），皆留京。其在宁所购已带回者，计有秦刻《九经白文》、《宋诗钞》（初印全种）、《词苑丛谈》（原刻本）、《陈司业全集》、《韩门缀学》（原刻初印）、《樊榭山房集》、《王右丞诗集注》（原刻初印）、《温飞卿诗注》（秀野原刻后印本）、《潜夫论汪氏笺》、《三十家诗钞》（同治都门刻）、《苏刻九子全书》、（嘉庆甲子苏州聚文堂原本，内少《淮南子》、江西有翻刻本。）《方望溪全书》（抗希堂原刻足本）、《王文诰苏文忠公诗编注集成》、莫刻巾箱本陶集、万斯同《纪元汇考》、《章氏遗书》（刘翰怡氏新刻足本）、冯浩《玉溪生诗注》、《樊南文注》。

比年旧籍益稀，售直遂巨。通行典籍在十年前所谓易得之本，今皆以奇货视之。其原因一以累经兵燹，板片散亡；一以西方喜究东土学术，名都书藏以网罗中国旧籍为矜异。精椠名钞轶在海外，即新刻通行之书，亦复捆载去国，宜古籍之益稀也。金陵旧称文化之区，近则新出之短书小册充牣市间，花牌楼尤为总萃之地。其售旧籍者，则在状元境附近。收藏较多者有朱姓之萃文书店，□姓之保文堂。惟售直奇昂，如上目所列之《孔顨轩所著书》二函，直二十金，《揅经室集》直二十金，《王右丞诗注》直二十金，《宋诗钞》直三十金，《陈司业集》四册，直十金；《缀学》四册，直十金；《月斋全集》八册，直二十金。皆视十年前所直倍蓰。他如湘刻《从睦汪氏遗书》直二十八金，广州重刻鲍本《御览》直六十金，王文诰《苏诗编注》直十四金。此皆新刻之本而售直之昂若此，得书真不易也。惟原刻抗希堂方集计八函六十四册，仅售二十金，马氏《绎史》原刻本（印稍后，然旧印与通行本不同。）仅售十六金，直颇廉。

清末光绪初年以后，沪上石印书通行海内。纸墨精工者有同文书局、蜚英馆、鸿文书局。脉望仙馆虽属缩印，然字清悦目，在今日亦不易得。余尝搜求经史要籍，用备行笈稽考。历年所得如《十三经注疏》（脉望仙馆景江西本）、《泽存堂五种》、《古经解汇函》附《小学汇函》、段氏《说文解字注》、《说文通训定声》、《高邮王氏四种》、《经籍纂诂》、《小学考》、《康熙字典》、《史记》、《汉书》、《后汉书》、《三国志》(蜚英馆景殿本)、《国语》、《国策》、《资治通鉴》、《历代通鉴辑览》、《文献通考》、《四库全书提要》附《简明目录》、《揅经室外集》、《史通通释》、《世德堂六子》、《太平御览》(日本印)、《全唐诗》(同文印)、《文选》(同文印)、《大清一统志》、《汉魏丛书》、《困学纪闻翁注》、《日知录集释》、《水经注合注》、《文心雕龙》、《渊鉴类函》、《韵府》、《骈字类编》等皆精审。惟石印书皆以原书数叶并为一页,且底本漫漶,局员描写多以意为之,故错误仍不免。如粤人徐氏首创同文书局,纸墨绝精。然所印殿本二十四史全据原叶,当无误矣,惟局员擅描底本,不复检校、误字最多。杭州竹简斋复仍其误,亦未校定,而以同文四页并为一页,并割之误,又有甚焉。此本后归仁和高氏,又由高氏转售沪肆,得价三千元。旧为四开大本,至是更缩为六开,价廉(初售二十元)而误仍旧,然较他局及铅字本尚为可读。近年沪上各局争印古籍,惟商务涵芬楼景印者绝佳,他局如用原书影印上石者,亦多可取。如写本上石则错误百出,等于废纸矣。又丁氏仿宋字用聚珍法印书,归中华书局经理,承印私人著述尤多,其校雠精审者尚可用。惟中华用聚珍仿宋印《四部备要》,书籍既多,校雠当不能精审。姑俟全书印成后再为评论,今不能预测也。

民国十七年戊辰(一九二八)十二月三日

注古人诗文

注古人诗文,征事第一,(指与作者及本文事实,非注不明者。)数典第二,摘句第三,平文第四。(如王文诰注苏,兼论诗文。)至于训诂,本为最尊,然施诸古书,如颜监之注班,李善之注《选》,为用自宏。唐宋以后,文家奇僻之字究属不多,偶一有之,博稽前说可也。古书注最博大者,《汉书》颜师古注,《三国志》裴松之注,《世说》刘孝标注,《文选》李善注,夐乎尚矣。宋人如施元之注苏,任渊注黄、陈,李壁注荆公,胡稺注简斋,以宋人而注宋人诗,故注中于数典外皆能广征当时故事。俾后人读之,益见其用事之严,此其所以可贵也。(陆游序施元之苏诗注曰:"东坡诗援据闳博,指趣深远。某顷与范公至能会于蜀,因相与论东坡诗,慨然谓余:足下当作一书发明东坡之意，以遗学者。某谢不能。他日又言之。因举二三事以质之曰：'五亩渐成终老计，九重新扫旧巢痕。''遥知叔孙子，已致鲁诸生'当若为解？至能曰：东坡窜黄州，自度不复收用，故曰：'新扫旧巢痕。'建中初，复召元祐诸人，故曰：'已致鲁诸生。'恐不过如此耳。某曰：此某之所以不敢承命也。昔祖宗以三馆养士，储将相材。及官制行，罢三馆，而东坡盖尝直史馆。然自谪为散官，削去史馆之职久矣，至是史馆亦废，故云：'新扫旧巢痕。'其用字之严如此，而'凤巢西隔九重门'，则又李义山诗也。建中初，韩、曾二相得政，尽收用元祐人，其不招者亦补大藩，惟东坡兄弟，犹领宫祠。此句盖寓所谓不能至者二人，意深语缓，尤未易窥测。至如'车中有布乎'，指当时用事者，则尤近而易见。'白首沉下吏，绿衣有公言'，乃以侍妾朝云尝叹黄师是仕不进。故此句之意戏言其上僭。则非得于故老，殆不可知。必皆能知此，然后无憾。至能亦太息曰：'如此诚难矣'云云。按剑南此言明诗文注，必以征事为贵，亦最难也。）宋人注宋人诗文，尚有任渊之《宋景文集注》（见渭南集，称其详赡。）曹杓之《清真词注》，（见《直斋书录解题》。杓字季中，号一壶居士，有《清真词注》三卷。）必有可观，惜今不传。清人注古人诗，惟钱受之之注杜详于史事；查初白之注苏明于地理，兼订编年；陶文毅之注陶，考订异文、精于雠斠，差可继武。至于自注之闳博，则惟钱牧翁之《初学》、《有学集注》一家而已。

民国十七年戊辰（一九二八）十二月十五日

宋词选本

钞陈世宜（字匪石，号小树，江苏江宁人。）《宋词引》竟。（千帆谨案：此书后改名《宋词举》排印出版。）陈氏尝撰编《宋十二家词选》，即晏几道、柳永、贺铸、苏轼、秦观、周邦彦、辛弃疾、史达祖、姜夔、吴文英、王沂孙、张炎也。此为横舍讲习时所编，仿近人编史之法，逆溯而上，厘为二卷。上卷始玉田迄稼轩，题曰《南宋六家》。下卷始清真迄小山，题曰《北宋六家》。选词甚约，多者八首，少者仅二首。全书共选词五十二首，每首之后，先校异文，次斠律，再次疏作法，使学者欣赏本词，用意良佳。惟玉田、碧山二家疏校似因初次创稿，略孙诸家精审，如再加订补，庶更完善。此稿徐仲可、邵次公皆极称之。次公间有订正，余皆据以入录，存诸箧笥，为子侄辈肄词之助焉。余向不治词。近年汪旭初、黄季刚、吴瞿安、王伯沆皆喜为之，而陈彦通、邵次公、乔大壮尤专精此事，卓然名家。推分既久，薰习亦深，偶有继声，实无专诣。然此荦荦十数家者，固心好之矣。

词选以《花间》、《尊前》为最古。宋人选宋词，以《乐府雅词》(曾慥)、《阳春白雪》(赵闻礼)、《花庵词选》(黄昇)、《绝妙好词》(周密)四家为最有名。《草堂诗馀》则最下最传者也。明人盲于家法，不晓声律，无知妄作，益不足观。自清初秀水朱氏手辟榛芜，为《词综》三十卷，而词之途径始正。宜兴万氏力排旧谱、为《词律》二十卷，而词之声律始严。继此选本如张惠言《词选》、周济《宋四家词选》、朱孝臧《宋词三百首》，皆精诣入微，去取不苟，允宜矩矱词林者也。它如成肇麐《唐五代词选》、冯煦《宋六十一家词选》、戈载《宋七家词选》亦自精绝，抑其次焉。若陈氏《宋词引》一编，本为初学说法，不过举家数以端趋向，藉篇章以便说明，既非同茗柯之选词，却有似宜兴之斠律，举一反三，足开神智，由近溯远，藉识阶梯，不得与短书小册等量齐观矣。

民国二十九年庚辰(一九四〇)十月一日

词重想像贵清空

夜阅《褒碧斋词话》。陈氏谓“古人文字难可吹求，尝谓杜诗国初以来画马句，何能着一鞍字？此等处绝不通也。词句尤甚，白石【齐天乐】咏蟋蟀最为有名，然开口便说庾郎愁赋，捏造故典。豳诗四字，太觉呆诠。至铜鋪石井，堠馆离宫，亦嫌重复。其(扬州慢)‘纵荳蔻词工’三句，语意亦不贯。至张玉田之(南浦)咏春水一首，了不知其佳处。今人和者如牛毛，何也’云云。”此皆鄙见相同。惟白石【齐天乐】咏蟋蟀尚有待商榷者。宋于庭曰：“【齐天乐】，伤二帝北狩也。”邓嶰筠亦言：“有周京离黍之感。”此当为常州派之说。然就词而言，哀怨无端，确有寄托。开口便说庾郎愁赋，即指《哀江南》一篇。以虚辞笼罩全局，而通首之哀音愁绪，由蟋蟀与闻蟋蟀者引出更深之感觉，则非有此虚笔透露，不能揭一篇之主旨矣。是庾郎愁赋不必有蟋蟀典实，正可以意得之。豳诗四字，亦即旧邦勸勸之意，且为下呼灯儿女正作反映，亦不能以呆诠少之。盖以词重想像，贵清空，固非同考证家之必语语踏实地也。

《词旨》列白石【扬州慢】“波心荡冷月无声”入警句。余以此句诚佳，惟觉描写细腻，与通首之抗爽溜亮微嫌不称，至“荳蔻词工”三句，本用杜牧之诗意，亦不觉其语意不贯也。

民国二十九年庚辰（一九四〇）十月二日

词籍举要

夜校阅《宋词引》。此编卷末有论宋词选本，余以其范围太狭，广为《词籍举要》。审定再三，分为丛刻、选本、觏律、正韵四目，皆治词学者必读之书也。丛刻列《六十家词》（汲古阁原刊）、《名家词集》（侯文灿原刻）、《四印斋所刻词》（王鹏运原刻）、《宋元名家词》（江标湖南原刊）、《彊村丛书》（朱孝臧家刻）、《双照楼所刻词》（吴昌绶景宋元刻本）、《涉园所刻词》（陶湘景宋元精槧）、《全宋词》（商务排印）、《词话丛编》（唐圭璋家藏排印本）附总集《历代诗馀》（内府原刻）一种，共十种。宋人单行词集或附刊全集，或别槧单行，今皆不易得。此十种搜罗殆尽，得一书不啻得数百十种单行词集。如一时不能全购，则姑先购《全宋词》以稽人，《历代诗馀》以辨体，《词话丛编》以博识，庶乎不陋矣。惟《全宋词》、《词话丛编》二巨籍校刊未精，能就图书馆借每家每种原底本细校一过、则尽善尽美矣。选本列《花间集》（汲古阁重刊宋本）、《尊前集》（明万历顾梧芳刊本）、《草堂诗馀》（汲古阁刻）、《乐府雅词》（《词学全书》本）、《花庵词选》（《词苑英华》本）、《阳春白雪》（《词学全书》本）、《绝妙好词》（查氏原刻厉笺本）、《词综》（朱氏原刻）、《词选》（《茗柯全书》本）、《宋四家词选》（原刻或潘刻）、《唐五代词选》（冯刻巾箱本）、《十六家词录》（心日斋原刻）、《宋七家词选》（冯刻巾箱本，又杜文澜批本）、《宋六十一家词选》（冯氏巾箱本）、《宋词三百首》（朱氏原刻、重刻二本）共十五种。选词最难，其词有独到者，则强古人以就己派；词无专诣者，则攟篇什而乏鉴裁。

若能尽古人所长，不囿于己见，甄采名篇，矜式词苑者，斯难能可贵者矣。《花间》、《尊前》，取其近古。《草堂》则乐伎唱本也，流播最广，实由于此。存此一种，以见征歌。《乐府雅词》、《花庵词选》、《阳春白雪》、《绝妙好词》为宋词之四大总集，可以辑逸、可以考异，而《绝妙好词》尤胜。至《词综》则稍有别裁矣。茗柯、止庵、顺卿、沤尹四家之书，能约能精，乃造精诣。由此入门，庶无流弊。斠律列《词律》（堆絮园原刻，又杜文澜重刊最为完备）、《钦定词谱》（内府刊本）共二种。明人填词，以《啸馀谱》、《填词图谱》为依据，缪妄相沿，习非成是。宜兴万氏起而稽调名之异同，顺字数之多寡，正分段之误，辨代平之声。其取材以宋元为断，而不收明以后。至其严别上去，百世莫易。《钦定词谱》即本万律而推广之，然大体莫能外也。《词谱》所增，多羼曲调；徐（本立）戈（载）所订，亦有出入。宜万氏之书，至今犹奉为圭臬也。正韵列《词林正韵》（四印斋刊），共一种。宋人无所谓词韵，朱希真有《应制词韵》，今佚不传。绍兴刊《菉斐轩韵》（名《词林韵释》）似为曲设。清初沈谦始辑《词韵》，红友（万树）、电发（徐釚）颇矜视之，然亦不合。踵事而兴，则有赵（钥）、曹（亮武）、李（渔）、吴（烺）、程（名世）、郑（春陂）、许（昂霄）诸家，或诗韵曲杂糅，或古韵今韵牵混，或以乡音妄析，或以宋误相沿。惟戈载之书，区部析韵，条理秩然。道咸以降，几定一尊。今但存此一种，不及其馀者，（友人吴梅仍守菉斐轩不变，盖吴本曲家而词非其长也。）盖为学词者，正其趋向耳。

民国二十九年庚辰（一九四〇）十月十日

《洞仙歌》展转造伪

夜校阅宋翔凤《乐府馀论》一卷、邓廷桢《双砚斋词话》一卷。清人论词，焦理堂、刘融斋、宋于庭、邓嶰筠、谭仲修、王静安，皆以学人而兼工声律，所论多甘苦有得之言。若专门之业，则周止庵、孙月坡、冯蒿庵、陈亦峰、况蕙风所撰述，其尤著也。唐编词话，止庵诸家论词之书，搜葺颇备。惟《蕙风词话》未收，盖以其书流传最广且易得也。

《双砚斋词话》校阅竟，有识语，写副于下：

东坡因眉州老尼能诵蜀主孟昶暑夜摩诃池上词，晚年仅记首二句："冰肌玉骨、自清凉无汗。"乃为足成【洞仙歌】云："冰肌玉骨、自清凉无汗。水殿风来暗香满。绣帘开，一点明月窥人；人未寝，欹枕钗横鬓乱。起来携素手，庭户无声、时见疏星渡河汉。试问夜如何？夜已三更金波淡。玉绳低转，但屈指西风几时来？又不道流年，暗中偷换。"此词出坡公足成，便觉气象万千。邓叔问手批《东坡乐府》，以为此词如空山鸣泉，琴筑并奏也。乃《渔隐丛话》引《漫叟诗话》云："尝见一士人诵全篇：'冰肌玉骨清无汗，水殿风来暗香暖。帘开明月独窥人，欹枕钗横云鬓乱。起来琼户启无声，时见疏星渡河汉。屈指西风几时来，只恐流年暗中换。'"此明为后人隐括坡词，删去数虚字，而伪托蜀主全篇也。渔隐不信此词，云："当以序为正。"自是具眼。独怪秀水朱氏《词综》不录坡词，而收赝作，且云："东坡【洞仙歌】本隐括此词，然未免有点金之憾。"淄渑莫辨，非只千虑之一失矣！（宋翔凤曰："冰肌玉骨清无汗"一词，不过隐括苏词，删去数虚字，语遂平直，了无意味。）又宋赵闻礼《阳春白云》卷二载宜春潘明叔云："蜀主与花蕊夫人避暑摩诃池上，赋【洞仙歌】，其词不见于世。东坡得老尼口诵两句，遂足之。蜀师谢元明因开摩诃池，得古石刻，遂见全篇。词云：'冰肌玉骨、自清凉无汗。贝阙琳宫恨初远。玉阑干，倚遍怯尽朝寒。回首处，何必流连穆满。　　芙蓉开过也，楼阁香融、千片红英泛波面。洞房深深锁，莫放轻舟瑶台去，甘与尘寰路断。更莫遣流红到人间，怕一似当年，误他刘阮。'"此亦南宋人伪托蜀主原词也。此篇词意糅杂，既云"清凉无汗"而又云"怯尽朝寒"。且坡序云夜起，而此则俱写昼景。至词中贝阙、琳宫、楼阁、洞房、瑶台，拉杂凑集，尤为显然。是东坡赋【洞仙歌】后，宋人伪托孟氏全词者，有二伪作矣。南宋典籍散亡，短书杂出，遗文轶事，臆造甚多。如《宋诗纪事》、《绝妙好词笺》所引据，率不可据，又不仅【洞仙歌】展转造伪一事而已。余以此三词比类互参，可悟作法，特记之。

评宋词

阅《双砚斋词话》昨日所录识语，尚有数则未写存日记中，今补录之。

屯田为慢词之祖，虽语涉闺幨，然其词善于铺叙，大开大阖，气体清刚，决非两宋诸家所可企及。清真、梦窗皆从柳出，遑论馀子。邓氏但赏其【甘州】【雨零铃】等句，（【雨零铃】之“今宵酒醒何处，杨柳岸晓风残月。【八声甘州】之“渐霜风凄紧、关河泠落、残照当楼。”佳处时一遭也。）亦人云亦云之论，非柳三变之真赏也。

稼轩自有一种浑茫气象，不屑拘拘於绳尺间，而自无不合。豪宕、婉约，后人举以论定宋词。在稼轩只是相题发露、独往独来，本无此种见解也。焦鷯已翔於寥廓，而罗者犹视乎薮泽，此类是也。

“枝上柳绵飞又少，天涯何处无芳草。”朝云每歌此词，辄为泫然，自是女子善怀。然坡诗“怊怅东阑一株雪，人生看得几清明。”又何尝不令人感怆无已耶！

“春色三分，二分尘土，一分流水”句，坡公从叶清臣之“三分春色二分愁，更一分风雨”脱化而来。若黄孝迈之“柔肠一寸，七分是恨，三分是泪。”则又从坡公脱化者也。

民国二十九年庚辰（一九四〇）十月十三日

词　综

午后阅《词综》。竹垞此编所取以清空妥溜者为主，而真气磊落者反多删剔。盖竹垞心模手追玉田、草窗一派，而异量之美未遑留意之故也。然摭拾甚富，存词亦宽，鉴别既精，评品不苟。在明清之交，学者守《草堂》三集（顾从敬、沈际飞所编有续集、别集、新集诸目。）以问途，则此编者，固航海之南针也。校阅时，就记忆所及为略笺之，其为茗柯、止庵、彊村所选者亦为标识。

民国二十九年庚辰（一九四〇）十月十八日

与圭璋谈词学课程配置

夜同圭璋谈词，并商定词学教学次第。入手初步用夏瞿禅《作词法》，用誊写油印散发，使学者先明词之构造与韵律。第二步即用圭璋《宋词三百首笺》，择其名篇逐一讲授，使其欣赏往制以为楷模。第三步述词之演变与唐五代两宋金元词学之风会，及每一时期之重要作者，并平论得失，则词学通论与词史也。如此配置，庶令学者循序渐进，不致迷惘。

民国二十九年庚辰（一九四〇）十月二十九日

明 诗

看《明三十家诗》。此本为川中遂宁坊刊，仅有初集。原刻有圈点，而此本无之。卷首有裘文弨题记，谓"钱朱选明诗失之过繁，沈选则太简，汪允庄明三十家初、二集，博约适中，恒以自随，略能成诵。"是裘氏于明诗有偏嗜也。忆友人桂林周维华（字公阜，嵩尧子），曩与予同读书北雍，示嗜明诗，曾服膺汪选，日于藏书楼（京师大学堂时初名，多庋巴陵方功惠碧琳琅馆珍本。）手自抄写。予之知汪选自此始（时年十八）。及予遍历南北，收庋较多，而总集尤富。历览明诗总集，实以钱谦益《列朝诗集》、陈济生《启祯两朝遗诗》、卓尔堪《明四百家遗民诗》为善。盖予论明诗，与人异撰。尝言，明诗以初明、晚明为最可观，而明初之犁眉、畸叟，明末之亭林、集之，（此人与顾并列，未免不伦，然准孔子不以人废言之旨，则诗固高绝也。）皆非有明一代诸家所可及。至于弘正四杰、嘉隆七子，郎园刻之，太炎称之，予皆不敢附和也。若夫审风气、考得失、征史实、广异闻，则不仅就诗论诗，而钱陈诸家之所撰集，尤至可珍贵也。汪选推重文成、昆山，自是巨眼。青邱但有清新之致，却未成家数，汪极称之，未为知言也。但为初学计，其详略得中，平品允当，固远胜归愚叟耳。

民国三十二年癸未（一九四三）四月十二日

《列朝诗集》、《启祯两朝遗诗》之版本

予旧藏毛氏汲古阁代刊之《列朝诗集》，犹清初印本，纸墨绝佳，通体玉洁，可为棐几清娱。《启祯两朝诗》予仅有旧钞本，缺小传甚多。其原刻本，予曾于朱逷先处得见之，行款字体与《列朝诗集》正同。此集在清初销毁殆尽，藏者绝稀。逷先所庋为海宁吴兔床藏书，同邑管庭芬又手葺补

传,完美可爱。予所庋钱氏《列朝诗集》弃诸故里,已不可问。未知逷先之启祯诗曾否带出,抑亦弃之休宁戴氏祠也?他日当询之。

民国三十二年癸未(一九四三)四月十月十二日

顾炎武集外遗札及诗《赴东》六首

夜校阅朱逷先《郦亭读书记》清本。记内有《启祯两朝遗诗》一条,即予昨日所记者。其云:"康熙七年,顾炎武且以此书牵连入狱。盖此狱去南浔《明史》案仅四年,人皆惴惴于藏书之被杀,故流传绝少"云云。至亭林何以牵涉此诗案,则未详言,因检盛百二(秀水)从曲阜颜氏名人手札中录出顾亭林遗札关于此案原委者,写存于此,而亭林集《赴东》六首附焉。

顾炎武集外遗札

在都时,极荷惓惓之爱。今姜元衡攀及弟名,具题奏旨,弟已赴济南投到矣。先有一札致谭年翁,业详此事始末。念知已闻之必倍悬切,谨此布启。前沈天甫所指造陈济生逆书,有序有目有诗有传,原状称共三百一十六叶。今元衡所首之书,无序无目无诗,止传一百馀叶。知部中原书已毁,删去天甫状中已经摘出者,称另是一书。据元衡南北通逆情由一揭,欲借此书另起一大狱,而罗书内有名之三百馀人于其中,以翻主仆名分之案。不知就此百馀叶中,篇篇有济生名,则即此一书之明证也。奉旨为沈天甫指造之书,即已故之陈济生尚属诬罔,而况馀人乎?弟敢不惜微躯出而剖白。此事尤望大君子主持公论。此札仍乞传与谭年翁一观,并以告诸吴越之同声气者。《广韵》留程宅候取。不尽。

康熙七年二月十五日,在京师慈仁寺寓中,忽闻山东有案株连,即出都门,于三月二日抵济南,始知为不识面之人姜元衡所诬。姜元衡者,莱州即墨县故兵部尚书黄公家仆黄宽之孙、黄瓒之子。本名黄元衡,中进士,官翰林,以养亲回籍,揭告其主原任锦衣卫都指挥使黄培,见任浦江知县黄坦、见任凤阳府推官黄贞麟等十四人逆诗一案,于五年六月奉旨发督抚亲审。事历三载,初无干涉,忽于今正三月十日,抚院审时,禀称有《忠节录》即《启祯集》一书，（元衡口供《启祯集》二本，皮面上有旧墨笔写《忠节录》字样。）陈济生所作，系崐山顾宁人到黄家搜辑发刻者，咨行原籍逮证。据其所告此书中有《黄御史（宗昌，即坦之父）传》一篇，有云“家居二年，握发以终”，以为坦父不曾剃头之证。有《顾推官（咸正）传》一篇，有云“晚与宁人游”，有云“有宁人所为状在”，以为宁人搜辑此书之证。不知此传何人授稿，何人亲见，刻板见在何处，此书得之何方？而就此“握发”一语，果足以证已故二十馀年黄御史之不剃头否？就此与游二语，果足以证宁人之即顾宁人，又即搜辑此书之人否？且读邸报，此书已于六年二月，曾经沈天甫出首矣。请略言之，昔敝郡有陈明卿先生（讳仁锡），以壬戌探花，官至国子祭酒，好刻古书，有《资治通鉴》、《大学衍义》等书一十二种行世。其子济生亦好刻书，济生已故。有光棍施明者，从海外来，与沈天甫等合伙伪造此书，假已故陈济生之名，而罗江南北之名士巨室于其中以为挟害之具。又伪造原任阁辅吴甡一序，以骗诈其子现任中书吴元莱。奉旨圈议。部议书内有名之人共七百名，内有写序写诗讥伤本朝之人五十馀名，合行查究。奉旨：“沈天甫、夏麟奇、吕中、逃走之施明、未来之吴石林，及代主控告之叶大等，合伙指造逆诗，肆行骗诈。虽称逆诗从海外带来，茫无凭据。”又云：“编诗之陈济生久经物故，而从海外带诗之施明又经逃走。此等奸棍，嚇诈平人，摇动良民，诬称谋叛，以行挟害，大干法纪。尔部即将沈天甫、夏麟奇、吕中、叶大，俱行严审，拟罪具奏。逃走之施明，未来之吴石林，俱着严行缉拿，获日，也着拟罪具奏。”刑部审得沈天甫等供称：骗诈吴中书银二千两，未给，将此书出首，欲图三品前程是实。奉旨：将沈天甫、夏麟奇、吕中、叶大四人，于闰四月二十二日押赴西市处斩。施明、吴石林缉拿未获。今元衡所首之书，一百二十馀叶，与沈天甫之三百一十六叶者，虽删去颇多，而诗，启祯之诗，传，即此诗之传，编造之人即陈济生，其为一书，不问可知也。恭绎明旨，不直曰：编诗之陈济生而加以“又云”二字。“又云”者，据沈天甫之所云，是已故之陈济生，圣明犹烛其诬罔，而元衡欲以此牵事外之人，而翻久定之案。其南北通逆一禀云：“据各刻本，山左有丈石诗杜，有大社；江南有吟社，有遗清等社。皆系故明废臣，与招群怀贰之辈。南北通信书中，确载有隐叛与中兴等情：或宦孽通奸，或匹夫起义，小则谤讟，大则悖逆。职系史臣，宜明目张胆，秉笔诛逆，故敢昧死陈揭。逆刻种种，罪在不赦。北人之书，削我庙号，仍存明号，且感愤乎鸱张，虎豹乎王侯。南人之书，以我朝为东国，为虎穴，以伪王为福京，为行在。北人之书曰斩虏首，（黄培刻《郭汾阳王考传》中有“斩首四千级，捕虏五千人”，乃子仪败安录山兵纪功之语。）拥胡姬，征铁岭，（黄培诗有云：“怨女金闺里，征夫铁岭头。”）杀金微，又有思汉威仪，纪汉春秋。南人之书有黄御史握发一传，又有起义，有举事，有劝衡王倡义及迎鲁王浙东，王上益王等事。又有吴人与鲁藩舟中密语，又有平敌将军，有悬高皇像恸哭及入闽入海等事。北人之书有《含章馆诗集》、《友晋轩诗集》、《夕霏诗》、《郭汾阳王考传》；南人之书有《启祯集》即《忠节录》、《岁寒诗》、《东山诗史》、《仿文信国集子美句百八十章》。其北人则黄培所刻十二君唱和序跋等人；其南人则《启祯集》所载，姓名籍贯俱在刻本中，约三百馀人。”是元衡之意，不但陷黄坦、陷顾宁人，而并欲陷此刻本有名之三百馀人也。不知元衡与已斩之沈天甫，逃走之施明何亲何故，何以得此海外带来之书，而前唱后和，如出一口？其与不识面之顾宁人，刻本有名之三百馀人，何雠何隙，而必欲与黄氏之十二君者，一网而尽杀之？推其本意，自知以奴告主之罪，律所不赦，欲别起一大狱以陷人而为自脱之计，遂蹈于明旨所谓“吓诈平人，摇动良民，诬称谋叛，以行挟害”者，而不自觉也。天道神明，不僭不滥。今于三月四日束身诣院投到伏听审鞫。至教唆陷害，别有其人，尚容续布，统惟详察。江南布衣顾宁人顿首。

五月十九日院审。先取有同案中年老者四五人，保识黄御史曾已遵制剃头口供。次辨《启祯集》中，有宁人字无顾姓，又不在黄御史一篇传内。并审出衅起章邱地土情由。惟问姜要顾宁人辑书实证，无词以对，又扳即墨老诸生杜述交为证。此人从不识面。又展转推出所从得书之人为莱阳孙荣。荣乃历年走空之人，今并行提去矣。虽未保出，而是非已定。此皆上台秉公持正，及大人君子孚号壮拯之力。惟有世世尸祝，兹因便羽，先此奉闻。弟名宥具。

弟于九月二十日保出。十一月十日一案之人，俱已赴院画供，想有题结之望。凡所以入险能出，困而不踬者，皆知己扶持之力。当世世尸祝，不敢以楮墨宣矣❶。

赴东六首（有序）

莱人姜元衡讦告其主黄培诗狱株连二十馀人，又以吴郡陈济生《忠节录》二帙首官，指为炎武所辑。书内有名者三、四百人。炎武在都闻之，亟驰投到，幽系半载。抚院刘公审鞫，即去年奸徒沈天甫陷人之书，得蒙开释，因有此作。

人生中古馀，谁能免尤悔？况余庸驽姿，侧身涉危殆。窫窳起东嵎，长鲸翻渤海。斯人且鱼烂，士类同禽骇。禀性特方刚，临难讵可改！伟节不西行，大祸何由解？

行行过瀛莫，前途憩广川。所遇多亲知，摇手不敢言。尔本江海人，去矣自足全。无为捋虎须，危机竟不悛。下有清直水，上有苍浪天。且起策青骡，夕来至华泉。

苦雾凝平皋，浮云拥云隰。峰愁不注高，地畏明湖湿，客子从何来？彷徨市边立。未得诉中情，已就南冠系❷。夜半鸺鹠鸣，势挟风雨急。廷尉望山头，嗟哉亦何及！

荏苒四五日，乃至攀髯时。夙兴具衣冠，稽首向陵墀。诗人岸狱中，不忍恭敬辞。所秉独周礼，顛沛犹在斯。北斗临高轩，三辰照九疑。可怜访重华，未得从湘累。

羲仲殷东方，伶伦和律管。阴厓见白日，黍谷回春暖。柔艣下流澌，轻车度危栈。草木皆欣欣，不觉韶光晚，大造虽无私，薰莸不同产。奈此物性何，鸠化犹鹰眼。

天门詄荡荡，日月相经过。下闵黄雀微，一旦决网罗。平生所识人，

---

❶ 楮墨，《汪辟疆文集》本误作“褚墨”。

❷ 南冠，《汪辟疆文集》本误作“南寇”。

劳苦云无它。骑虎不知危，闻之元彦和。尚念田昼言，此举岂足多！永言矢一心，不变同山河。

曲阜颜子运生集其先世所得诸名人手札，装潢为三十馀册。余得见者，乃第九卷，并顾亭林、李天生书，因悉即墨姜元衡讦告其主黄培始末。牵引者三百馀人，几成大狱，卒得昭雪。圣朝宽大之恩，及当事治狱之平允，千古未有。若如明洪永之时，不知如何罗织矣。已亥秋，秀水盛百二书。

方湖按：张石洲《亭林年谱》当记此案始末，它日再检之。

民国三十二年癸未(一九四三)四月十三日

筹笔驿诗

看《蜀中广记·名胜记》。筹笔驿在今四川广元县北二十里，今名神宣驿。旧传诸葛公出师曾驻兵于此。盖由驿而北百七十里之七盘岭，(即荒耳山，由嶓冢山迤逦南来，折而东，横亘川陕界。)为秦蜀分界之处。踰岭即陕西宁羌。是此处不仅为巴蜀门户，且为兵家所必争。及亮出散关，围陈仓，深入秦境，则此驿当为转饷运兵之要地，更可知也。唐宋诗人之咏筹笔驿者，以殷潜之、杜牧、李商隐、罗隐、石延年为最有名。然殷、杜长律二篇(《唐诗纪事》卷四十九)实无高意。曼卿之“意中流水远，愁外旧山青”，虽想像音徽，传神空际，终难免马首之络(本王安道语)。以十字随处可用，不必筹笔驿也。惟义山一律精思健笔，一字一句动摇不得。罗诗似有意与李角胜，(“时来天地皆同力，运去英雄不自由”，稍见用意。)惜结语力尽，且落窠臼。若李则真力弥满，只略让杜公。

民国三十二年癸未(一九四三)四月十五日

李商隐诗注

看《全唐诗录》李商隐诗三卷。(七十五至七十七)李诗有刘克、张文亮、释道源、朱鹤龄、程梦星、姚培谦、冯浩、屈復诸家注。说诗有吴乔(一名殳，字修龄)《西昆发微》。撰谱有张尔田《玉谿生年谱会笺》。今刘克、张文亮书不传，道源注为阮亭所称，朱鹤龄之书即芟取其什一，补其什九，馀并见在。余早年颇病孟亭《详注》，词繁不杀；修龄《发微》，肊测失真，即征事亦有失之眉睫者。方拟剔其繁芜，补其挂漏，并略为疏说，以自怡悦，卒以因循，未及削草。然旧所批校之冯本，及补笺之程本，一为纯如借去，一弃诸故里，今皆不可得。偶阅方虎所录，去取不尽恰意，忽忆旧藏，曷胜怅网？

民国三十二年癸未（一九四三）四月十六日

玉溪诗平

李商隐诗，为唐宋诗家一大关捩。由此可上溯《诗》、《骚》、乐府、建安、齐梁、李杜、长吉，下开临川、山谷、东涧、梅村。至宋初西昆，犹皮相也。

李诗咽处见厚、直处见曲、密处见疏、放处见渝，又善于驱遣虚字与分散双声叠韵字于句中，故音调極抑扬抗坠之能，非宋后人所能知也。

李诗使事极繁缛，妙能于繁缛中见大议论。后人不能得其用意，反以晦讥之，知真赏之难也。

冬郎是义山后一人，幽咽骀宕皆極似，惟即景寓兴，出之感伤，又不事襞绩。此其略异也。

李学杜皆从正面下手，几有与杜公不可辨者，决非貌袭而实具神采。宋人只陈后山庶乎近之，其次临川、山谷。后有作者未之先也。

后山学杜、尚有窘於边幅处。李则能放得开，故李又非陈所及。

临川诗初伤劲达，略无渟滀，从宋次道尽假唐诗读之，晚年得深婉不迫之趣。然王诗以韵胜，实从义山出也。或有举其"小姑未嫁与兰支"一篇逼真义山，可谓皮相。

荆公学李，人多知之。山谷学李，人所未喻。知之者，其曾涤生乎！曾诗集《读李义山诗集》云："渺绵出声响，奥缓生光莹。太息涪翁去，无人会此情。"山谷学李，此足以见之。

义山人地寒微，但知有知己之感，实无恩牛怨李之成见。观其受笺奏于天平后，又论婚茂元，与应郑亚、卢弘正、柳仲郢之辟，殆文士之轻於去就耳。及绹入相，义山仍屡启陈情，寄诗见志。绹意似稍解，并为补太学博士。绹有憾于义山之去就，事诚有之。至谓令狐为险刻之尤。则非事实也。李诗于绹多掩抑之词，用心甚苦。其《无题》诸作（集中摘首二字或咏物，亦准此）有确为绹作者，有属于艳情者，亦有纪流传之事实者，不能如吴乔之一概尽归于令狐也。至其忠愤所发，如《器刘蕡》、感甘露，《随师东》，以及感时抚事诸篇，则别有一种面目。沉郁顿挫，只略让杜公，不仅得其藩篱而已。

民国三十二年癸未（一九四三）四月十七日

汤西厓《怀清堂集》

晨看汤西厓《怀清堂集》。集凡二十卷，乾隆十年乙丑，其子学显等所刊。卷首有纳兰常安、潘思榘、黄叔琳序。卷尾有丙寅冬受业吴趋缪曰藻跋。学显又别录文光果倡和诗冠于卷首。（右曾原作外，有揆叙、张廷玉、蒋廷锡、励廷仪、陈邦彦、赵熊诏、王图炳诸作，而清圣祖御制一首不在录。）字体劲润，雕椠精工，与宋牧仲所刊苏子美、梅圣俞二集为近，犹清初佳椠也。西厓卒于康熙六十一年。此集刊于乾隆十年乙丑，次年竣工，（常序题乾隆丁卯，当为书成后加入。）距西厓之卒后二十五年。西厓以诗鸣康熙朝，又为新城所赏，在浙派中与竹垞后先，然雍容健举，未脱清初风尚。浙派前期固推朱、汤为巨擘也。其《使黔草》、《嵩洛吟》、《辽海吟》诸集似早有刊本。此集中《嵩洛》、《辽海》、《黔中》诸什并在，盖已汇编集中矣。兹录其有关吾邑者于此。《彭泽》云："宿云初卷雨斑斑，迎棹神鸦杳霭间。烟里柳遮彭泽县，夜来潮落小孤山。青螺峰色寒应敛，锦瑟年华客未还。欲折梅花寄归信，尚怜踪迹滞江关。"《马当山》云："喉吻从来说吕梁，古今夷险已茫茫。君看白日青天在，弄水乘潮过马当。"千帆谨案：师次日日记又云："二诗但略有秀句，略无精采。前一律自山韵一联外，随处可用，不必彭泽也。"

民国三十二年癸未（一九四三）六月一日

旧刊本《玉台新咏》、《诗林广记》

彭承恺君携来旧书三种：一《玉台新咏》三册，一《诗林广记》十册，一《韩诗外传》五册。《玉台新咏》彭谓宋刻，余审定为明仿宋槧。每半叶十五行，行三十字。有吴兴姚氏邃雅堂鉴藏书画图籍之印，又湘乡曾氏考藏金石书画印。卷七卷八抄配，有慕陶印。《诗林广记》十卷，元大字本，八行，上下大黑口，有传是楼珍藏印，与通行十行本及弘治张鼒刻不同，然已难得矣。

民国三十二年癸未(一九四三)六月五日

——以上出《方湖日记幸存录》

中华小说界 7 则

俞麟洲诗

近日诗人，首推吾乡陈伯严。所著《散原精舍诗》，渊懿高古，六百年无此作矣。不知其夫人俞麟洲女士，其诗才清丽秀婉，与散原诗适成双璧。时有传其《晓起》云："卷帘看燕子，池水腻如罗。草色花朝雨，箫声子夜歌。晓寒因霭重，春恨为谁多。抛绣依亭石，微吟带薜萝。"《庚戌寒食病中作》云："病中忘却是春时，开过辛夷了不知。强起如烟疑化柳，未眠有梦欲成丝。年年药椀违寒食，夜夜残灯隔酒卮。雪外园林花满眼，纵能临赏已空枝。"《和次云女士山居杂咏》云："钟声摇落万山巅，残醉模糊欲曙天。怪杀小鬟呼不醒，竹篱门外雨如烟。""登楼携得一枝箫，曙色含山浅欲描。风点疏星数枝柳，行人扶梦过平桥。""松杉蓊郁小窗幽，午梦初回懒下楼。检点茶铛无个事，一双新燕落帘钩。""隔帘烟雨望中迷，然竹人家住水西。闲倚小栏数残菊，晓云如縠一声鸡。""一声清磬掩柴扉，若有人兮住翠微。惆怅西风去年事，满庭梧叶雁初飞。"

宦途口头禅

先府君平生政绩，具见于《豫垣文录》，诗则不多作。今所存二十馀章，皆公馀偶暇率尔吟咏者也。尝有《和新建程道存宦途口头禅》八章，见于今人某君《滑稽诗话》者也。录存于此，亦輶轩采风之资料也。题为《友人封秋甫见示程太守道存〈宦途滑稽诗〉八章，读之粲然。盖讽刺时事，语虽浅近，而愤时嫉俗之心，溢于言外，亦足见近日官场腐败之习，可深扼婉。因就原韵，率尔成和，以示程公，亦当相视而笑也》。《糊顶棚》云："谁在官厅握主权，顶棚罩满势无边。昂头未见浆糊迹，举手先筹纸绽钱。尘土中藏添压力，司阍内线共瞒天。可怜篾片经营苦，鼠啮蝇钻总不全。"《戴高帽》云："何来傀儡帽崇高，重压头衔亦太劳。信口逢迎狐献尾，快心推戴犬同牢。黑奴持戟夸牛首，优孟登坛露雉毛。炭窭多多堆益善，迩来大吏尽时髦。"《开棹面》云："人满官多共患贫，钻营财帛可通神。填来欲壑原无底，剥尽脂膏只有银。竹板乱敲囊自富，铜符紧握贿常亲。贫赃白妙遮天术，犹见中台荐剡新。"《提裤腰》云："面皮太厚笑同僚，暮夜干祈只折腰。袴下蝇营甘逐臭，裈中虱处俨趋朝。胁肩谄笑真无耻，摇尾求怜不自聊。得意昂头归去早，居然白昼向人骄。"《敲竹杠》云："绿林豪客与谁同，白面官场亦个中。丁幕分肥群盗夥，江湖撒网一渔翁。半途嚇诈恣中饱，巨棍高持逞毒凶。腰有黄金仍得路，又闻升调驶长风。"《撞木钟》云："要路争传狗洞多，木钟乱撞究如何。机关枉向空中运，消息仍从梦里过。世界本来成黑闇，招摇大半尽幺魔。那知尖削头颅客，熟道轻车巧网罗。"《拍马屁》云："闻道红人手段强，朝朝马屁拍官场。宪恩高厚唇边熟，奴隶趋承脚底忙。公子吸烟争打火，贵官游妓替扶缰(二语汴省实有其事)。比来得意皆君辈，溲勃能尝是妙方。"《吹牛皮》云："大话铺天顾盼空，干员漂亮果谁同。鼓成牛革夸奇士，吹满猪脬记大功。纵有悬河传室外，却无点墨在胸中。米汤巧灌真荣幸，快赴东垣谒上公。"程君原作云："门面铺张大有权，直须著意顶棚边。麪糊未必无长技，篾片何曾费本钱。似此人才真扫地，居然手段可遮天。只愁一夕狞雷作，问尔如何得瓦全。"《糊顶棚》。"衮衮诸公帽子高，下官恭送敢辞劳。冰衔自命收偏速，炭篓加多载更牢。持与红人钻狗洞，胜他皂役插鸡毛。小冠子夏真无用，见异年年等弁髦。"(《戴高帽》)"廉俸无多不救贫，大开桌面拜残神。轻轻飞落洋元票，满满堆来估宝银。前箸代筹惟幕友，后门过付是官亲。堪嗤贼败查抄日，父母青天遍尚新。"(《开桌面》)"巴结纷纷向大僚，一闻著裤愿提腰。解衣总为将如厕，束带何堪更立朝。谁谓胸中犹有物，自居袴下太无聊。不如裙褊功名好，只有夫人敢放骄。”(《提袴腰》)“宦途真与绿林同，多少生涯竹杠中。几个分来寒乞相，一竿扫落富家翁。无钱莫进衙门大，持柄而摇报馆凶。刚道平馀堪抵帐，又来恶客打秋风。”(《敲竹杠》)“优缺优差运动多，其如徒撞木锺何。耳听消息空中断，眼见招摇市上过。打到五更虽破梦，思来一病倏成魔。念秧北道尤堪怕，慎莫输金入网罗。”(《撞木钟》)“谁人马屁拍来强，此事年来让宦场。眼界那知前路远，脚跟甘逐后蹄忙。贵官赴席争扶蹬，公子寻花为带缰。笑汝遍尝溲勃味，翻称枵腹守官方。”(《拍马屁》)“信口吹牛语尽空，人头直与畜鸣同。奈何放胆全无忌，若使呵脬大有功。任汝求疵毛以外，让他传响盎之中。忽忽狂叫奚奴起，快套骡车谒相公。”(《吹牛皮》)

以上载《中华小说界》1916 年第 3 卷第 4 期

诗 史

灵莹室主人不知何许人，曾有《戊戌感事诗》六章，词旨沉郁，颇似玉溪生《随师东》、《重有感》诸作，真诗史也。诗云：“东华门外五河东，十丈黄尘掩汉宫。石镜杜鹃魂自怨，金轮鹦鹉梦难通。寒鸦犹带昭阳日，天马空嘶瀚海风。回首九重丹凤阙，觚棱依旧暮烟中。”“坐听西风百感生，夜窗孤烛泪纵横。青蝇谗口两宫构，白马冤魂一网惊。闻笛吕安徒作赋，弹琴嵇子自成名。蔡经未得抛珠玉，已见沧桑几度更。”“金鱼犀带簇宫袍，退直归来意气豪。碧玉屏深图蛱蝶，红珠帐暖拥樱桃。黄门置狱天威震，紫塞从军远役劳：行过昆仑定回首，长安宫阙五云高。”“拔帜南天讲学辰，登坛横识动清宸。罪言杜子原忧世，新法荆公未病民。麟泣西郊悲圣谶，鳗逃东海作亡人。潜蛟本有拏云志，谁使春雷起蛰鳞。”“长门月冷漏声迟，怕忆羊车插竹时。苕五柸教镌小字，珍珠谁与慰相思。鸾文大脚云靴窄，翠袖横鬟宝钿垂。无限春风惆怅意，汉宫吟尽沈园诗。”“旋转乾坤兴党狱，愿瞻内外街宸躬。身依日月重宵上，手握风云万将中。骋乘馀威犹逼主，夺斗奇策近要公。玉溪不作无诗史，甘露当年论不同。”

宋诗学唐

余学诗凡三变，最初喜渭南，后嗜玉溪、飞卿。所为诗，率出入于三十六体。在京师时与林忏慧、姚鹓雏诸子过从，又稍稍习闻陈石遗、郑太夷、陈弢庵、陈伯严诸公绪论，又转入元祐诸贤一派。心所期向者，乃在宛陵、后山、简斋、子西之间，诸贤深微镵刻之作，尤所酷嗜。余向不以唐宋之界为然。因宋诗原本学唐，特不欲袭大历、开元诸公面目，遣词树骨别辟蹊径，其实初本以唐为归，所谓善学唐人者，莫宋人若也。今约可数者，如宛陵学东野，山谷学少陵，永叔学退之，皋羽学昌黎，宛丘学香山，益公学长庆，四灵学武功，王逢原学韩愈、孟郊，薛士龙学卢仝、马异，真山民学晚唐，东坡则更出入变化于李杜之间，皆历历可指者也。宋戴昺诗云："安用雕镂呕肺肠，辞能达意即文章。性情原自无今古，格调何须辨宋唐。人道凤箫谐律吕，谁知牛铎有宫商。少陵甘作村夫子，不害光芒万古长。"呜呼！知此意者可与论诗矣。

勺　药

尝翻《王右丞集》，有《和重阳节》诗云："芍药和金鼎，茱萸插玳筵。"疑古勺药不应误为芍药，其失盖沿自服虔误解《文选》勺药为芍药也。《文选》枚乘《七发》"熊蹯之臑，勺药之酱"，司马相如《子虚赋》"勺药之和具而后御之"，张平子《南部赋》"归雁、鸣鵽、黄稻、鱻鱼，从为勺药"，此三勺药皆音酌略，文颖、晋灼、李善俱解勺药为调和之意，《集韵》亦然。惟服虔注则独谓勺药为芍药，后人沿用，往往误袭，虽右丞亦未能免，则小学之亟宜致力也可知矣。唐昌黎《郾城夜会联句》云："两厢铺氍毹；五鼎调勺药"，下又云："但掷雇金笑，仍祈却老药"，以一诗而两用药韵，前药字即《七发》"子虚南都之勺药"，后药字则本字耳。退之小学较深，颇明假借之例，故能辨别如此。

曾湘乡诗文

儿时读曾文正公《与陈右铭书》，其论文颇以剽窃陈言、句摹字拟为戒律之首。窃意湘乡为文，亦犹昌黎陈言务去、戛戛独造为能事。稍长，遍读《求阙斋诗文》，乃知其篇摹句拟亦复犹人，可知文章一事，非知之难，而为之实难也。今约可指者，如《五箴》摹昌黎，《陈岱云丧妻》诗摹韩文公《东野丧子》诗，皆可比似。而《户部员外郎袁君墓表》中一段云，“尤善为离参之法。离参者，如欲知豆价，则先以麦问甲，次以稻问乙，次以粱问丙，离其事、异其人而旁参之，然后进退以定豆价，百不失一。君用此术多奇中，他人效之，亦不能得，民情伪也”，则全摹《汉书·赵广漢传》云，“广汉为人彊力，天性精于吏职，尤善为钩距以得事情。钩距者，设欲知马价，则先问狗，已问羊，又问牛，然后及马，参伍其价，以类相准，则知马之贵贱，不失实矣。唯广汉至精能行之，它人效者莫能及也。”至其窃取古人已言之意，如《茗柯文篇序》云：“自考据之说既昌，说经者耑宗汉儒，厌薄宋世义理心性等语，临文则繁徵博引，考一字，辨一物，累千万不能休，名曰汉学。前者自矜创获，后者附和偏詖而不知返，君子病之”云云。清代治朴学者末流之弊实有如曾氏所言，不知《汉书·艺文志》一段与曾氏言正复相类，《艺文志》曰：“古之学者耕且养，三年而通一艺，存其大体，玩经文而已，是故用日少而蓄德多，三十而五经立也。后世经传既已乖离，博学者又不思多闻阙疑之义，而务碎义逃难，便辞巧说，破坏形体，说五字之文，至于二三万言。后进弥以驰逐，故幼童而守一艺，白首而后能言，安其所习，毁所不见，终以自蔽。此学者之大患也”云云，皆为湘乡文所本。湘乡为桐城派后起之魁垒，故又称别派，与桐城不相袭。其平日论文，心光眼光，实能窥古作者，特以戎马仓皇，于古人真实本领尚未能披窾导窍，篇章完善之作，十得二三，而外强中干，举鼎绝胫者，亦居其七八，即如此等摹拟之作，尚未尽落窠臼也。

汪智珠

智珠女史，小字顺宝，家蓬仙第四女也。蓬仙官维扬，智珠即产于此，归许子濬君。幼尝从真州张笠樵学诗。笠樵固长者，不工韵语，智珠作往往出其上。予尝见女史诗一卷，皆早年绣馀之作，意虽习见，然以闺阁而有此，正复难得，吾邑白凤楼后所仅见也。《采莲曲》云："画船穿藕花，娇小越溪女。不见花中人，但闻花中语。"《夜雨》云："不知何所思，中怀常郁塞。强起读《离骚》，此声听不得。"《夜坐》云："剪烛贪看书，侵晓和衣卧。远钟听欲沉，风搅馀音破。"《梅花》云："开花落自早，花与人俱老。花落年年开，人老年年少。人老花莫笑，花落人莫扫。寄语看花人，爱惜春光好。"四诗辞意入古。《人日偶成赠许浣青》云："经春方七日，风景已全非。柳眼笼烟活，梅肢压雪肥。乡心随雁远，春色逐人归。知己如相赏，诗章赋莫违。"《送浣青姊回里》云；"料得蒲帆一棹轻，登舟日日数归程。黄花黄叶家何在，秋雨秋风梦不成。千里关河谁作伴，一江烟雨总无情。蓬窗不用愁孤寂，高枕翛然听浪声。"《寄外代柬》云："别离情味两心同，莫忆慈帏客舍中。有妇代儿堪告慰，事姑如母敢言功。成名要藉分阴惜，寄语全凭尺素通。但愿春晖能永驻，更无馀事祝东风。""音书欲寄又迟迟，尽把闲愁说与知。日永偏教常作别，家贫犹喜富于诗。萧条旅馆挑灯候，寂寞空闺搦管时。君是慧心曾解未，但无言处即相思。"《病中》云："天涯未卜有归期，又过黄花晚节时。襟上血痕和泪湿，胸中情绪只灯知。每惊寒重添衣早，似厌宵长就枕迟。一种情怀无著处，漫将心托数行诗。"《新柳调素娴妹》云："丰姿生小便苗条，淡淡眉痕细细腰。雨后闲眠春乍醒，风前学拜影无聊。神原在眼偏羞露，情未成丝不解挑。为语东风须护惜，得人怜处最难描。"《雪后偕兄登楼》云："东南云影太参差，隐约群峰入望迟。怪底尘寰人易老，青山犹有白头时。"《秋宵》云："病馀情思厌喧嚣，轻兴都非昔日豪。更漏沉沉人尽睡，一窗风雨读《离骚》。"《病中口占》云："一轮皎洁照窗前，自怯轻寒拥被眠。除却梅花和我瘦，更无清影伴娟娟。"《落花》云："韶光浑似梦初惊，谁解东风反复情。吹得花开又吹落，个中恩怨不分明。”《偶成》云：“昨宵有梦雨声惊，今日相思月色明。如此情怀如此境，不宜风雨不宜情。”《口占》云：“欲写回文速寄夫，昨宵情绪自萦纡。分明万语千言在，直到拈毫一字无。”《读〈三国志〉》云：“把卷挑灯意自悠，静观大事亦悲秋。人情也有偏私处，只觉心心总为刘。”《庭中闲眺》云：“庭院沉沉夕照迟，海棠开放蝶先知。棉衣抛尽犹嫌暖，已是江南刈麦时。”断句如“枕簟凉逾爽，帘栊晚更幽”，《夜闻子规》云：“山馆啼残槐夏节，乡村听罢麦秋时”，亦佳。智珠诗为之颇富，予所见者犹属少作，中岁以后，为之更多，存稿则寥寥。所录数章，虽为一时性灵之作，其清丽正复可喜，要知吾家彤管尚复有人耳。

按，《汪辟疆文集》“读常见书小记”中有“智珠诗”（第829页），仅录诗五首，不若此处所记之详赡，文字亦略有不同，可资校勘。

以上载《中华小说界》1916年第3卷第4期

小说海1则

朱九妹

咸同兵燹时，汉阳府有女子被掳，题诗于帕，沉江而死。诗曰："生长朱门十九春，而今竟作乱离人。杀身难济君王恨，殉节聊酬夫婿情。江水虽能沉弱质，月明谁与吊孤魂。天伦父母恩难报，但愿来生作子孙。"高霞初先辈《天问楼集》曾记其事，并和诗云："一曲琵琶易感春，数行烽燧惨离人。凄凉十九年前事，郑重三千岁后情。万里清流湘妃泪，五更明月杜鹃魂。慰卿泉下无他物，长伴江头竹有孙。"近读香山李葭荣氏笔记，亦纪此事，与此稍异，且诗句亦各不同，录之。云："南昌女子朱九妹，丽色冠时，略通吟咏，得婿已委禽矣。咸丰初，金田之变，蔓延赣省，破其家，掳致舟中，贡之某统制，惊喜若狂，势将屈之。九妹从容陈词曰：'婢子家毁人亡，他无所归，从君结百年缘，此幸滋甚。然君贵人，我良家子，义不苟合，虽不必拘牵媒妁，必文定厥祥，涓吉合卺，庶不为同袍所轻。'某曰：'天朝不尚妖礼，又焉用是？'九妹曰：'虽然，军中有敬天父、天兄之礼，不择吉日无以礼告，得勿亵乎？'某曰：'天朝不用妖历'，曰：'请以钱为筮，奇为今日，偶为明日，如何？'某怜其含悲而婉于词，未忍遽迫，九妹请以纸署婚约，某曰：'某不能文，若解此乎？'九妹曰：'荒率数言，尚无不可'。某发箧与以黄绢一帧，因援笔为七律一章，某不知作何语，欣然曰：'我居然得女师矣。'是夕张灯结彩，挈九妹礼拜蠲首。某曰：'天朝尚右，若当居左。'甫跪，砉然有声，某头颅陨矣。九妹狂跃入水，众股栗，援之不及。尸漂流至浅水，为渔人所得，刃犹在手。怀中微露黄绢，出之，即舟中所作诗，曰：'静掩朱门十九春，崇朝竟作乱离人。斩酋已泄平生恨，尽节聊酬夫婿恩。江水夜流沉弱质，月明天远吊孤魂。劬劳父母今何处，轮转来生作子孙。'诗虽不无疵累，顾能自抒怀抱，正复难得，烈而多智若九妹者，固不当于字句间指摘短长也。惟时同舟有被掳逸归者，详其事，并传钞其绝命词，和者数百家，积成卷帙，余幼时尚获见。"云云。

以上载《小说海》1915年第1卷第5号

亚权案：自《俞麟洲诗》至《朱九妹》，均选录自金程宇《汪辟疆先生笔记二种辑补》（原载南京大学古典文献研究所主办《古典文献研究》第十辑），谨此致谢！

题跋手札 2 则

屈复《玉溪生诗意》章斗航识语

曩汪师辟疆尝谓：钻研玉溪生诗逾三十年，搜辑诸家笺注评解以及诗话杂文之语涉玉溪生诗者，几乎应用尽有。冯孟亭集注，最数精详，然穿凿附会，所在难免。时或征引过事繁复，翻滋烦扰。独屈悔翁《玉溪生诗意》，凡诸篇之别有寄托者，但就诗论诗，不务求其何事何人以实之，使本意朗若刊星，或繁或简，罔不适当其可。倘与冯本参互考究，其于玉溪生诗义之契悟，相得当益彰也，惜屈本至不易得云云。斗航自闻汪师绪论，凡东西南北，履迹所及，必访旧书肆，殚觅此籍，三十年于兹，方以为此籍终不获睹，每一念及，辄用怅惘。近忽于岛上无意中假得，喜极欲狂。亟倾私囊，影印五十部，盖力止此耳。他人或视为枕中鸿宝，不轻以示人者，今吾与知交共宝之。藉使前贤神明之所蕴结，不致濒于湮没之厄，亦快事也。

癸卯孟秋月丰城章斗航识（钤“章斗航印”方章）

（台北正大印书股份有限公司民国 63 年影印清屈复《玉溪生诗意》，2008 年 7 月，张伯伟教授知余正编撰《汪辟疆诗学论集》，遂复印以示余，识此致谢！）

跋《唐宋六家诗钞》

番禺张瑞京于金陵冷摊中得此册，持以赠余，此《唐宋六家诗钞》之一种。余尝谓汉魏六朝有六家，为陈思王、阮公、谢康乐、鲍明远、谢玄晖、陶公（应在康乐前）。唐宋有六家，谓李白、杜甫、韩愈、白居易、苏轼、黄庭坚（《诗醇》以陆游当之）。此六家者，不知其总目未知为黄为陆也。选诗尚不谬，圈点亦不苟，固诗工甚深者也。又，余于此六家外，复持"六山"、"六陈"之说，不以唐宋为限，尚并及宋后作者，以此十二家皆巨手，而有志诗学者并宜寝馈勿失，方足穷其流变，尽其体格。久则脱然自立，别著伟词。所谓"六山"者曰元次山、李义山、韩玉山（韩偓号玉山樵人）、王半山、唐眉山、元遗山。所谓"六陈"者曰陈子昂、陈师道、陈与义、陈宝琛、陈三立、陈曾寿。后三陈为并代作者，不在元好问下，其精思健笔、妙绪奇情，非但不愧，且又过之，亦时代为之也。世有笃好者，当不以余品评为谬。偶阅此卷，为记之于此云。戊子冬月避地南昌时方湖记。

案：据方湖裔孙汪定民先生提供方湖手札整理。

方湖诗钞及补遗

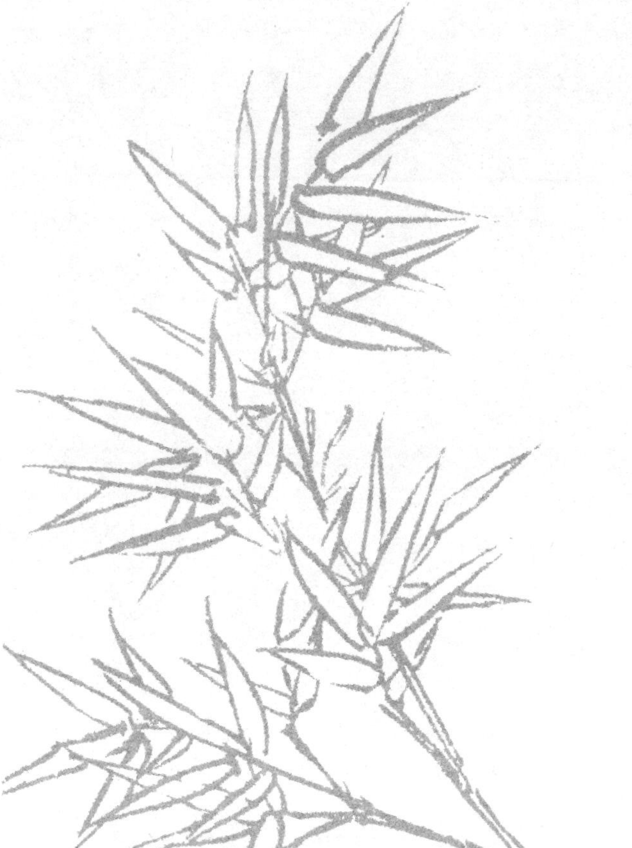

方湖诗钞

呈张羿之观察

风雅夙所欢，颇欲凿户牖。雷门挝布鼓，质薄忘学朽。张侯本理窟，坚壁甘独守。词华倾后辈，政经素所负。有时事雄谈，云梦吞八九。短语绝可味，论事善裁剖。馀事及诗歌，语硬味弥久。风骚通肹蠁，直欲无韦柳。我诗何足云，曾不当培塿。冥心事幽讨，初未辨好丑。惟馀学古心，与俗背趋走。淫哇日交作，虫吟杂瓦缶。象鞮皈他人，新辞畜残糗。俗子耳目眩，点窜事攻掊。大雅沦正音，前修果何有。颇欲辟榛芜，瓣香在涪叟。石齿漱寒濑，真味橄榄厚。覃思常闭门，独学寡俦偶。坡老幸见推，或不落寞否。

送金蘅意太史解官归泰兴

鐍户斯世好，鞲版非所宜。夙昔具此意，谁与念溺饥。平生嵚崎人，所好宁在兹。游刃得百里，敢以官卑辞。方今重名位，位高多画脂。哀哉此黔首，秦越肥瘠之。亲民有惠爱，得失那可窥。梓里偶鸣弦，留得乡人思。揭来得彭泽，一如珂里时。艰危事抚字，勃窣当告谁。儒生习吏事，庶免世俗讥。此意竟蹉跎，云有北山移。拂衣谢鞅掌，归卧江水湄。辛夷已着花，樱桃亦离离。江乡足风物，蛮榼肯相随。

从张晋芝太守借元遗山诗，即集句赋呈

角逐文场早决机，百年潜德几人知。风光流转何多态，今古人门各一时。万里风云开伟观，半生歌笑几伸眉。浪翁水乐无宫徵，诗学江西又一奇。

四海屏山放一头，乱来人事转悠悠。义熙留在陶元亮，真赏谁如高蜀州。颍上云烟随处好，西山薇蕨此生休。中州豪杰今谁望，凭仗诗人为少留。

出　都

一觉春明梦未阑，仓皇襆被又桑乾。回天肯信终无术，来日相看果大难。煮釜豆箕空自泣，处堂燕雀又相安。前途去去知何似，歌哭行看办钓竿。

过居庸关

几许英雄唾手去，徒留关塞镇嵯峨。当年百战曾经处，今日单车取次过。匝地川原连野尽，侪天山势与云摩。十三陵寝今无恙，且上榆林一放歌(明十三陵在昌平州南口，关右有榆林堡)。

得林浚南京师书，却寄

檐溜苦不住，众卉滋婉娈。坐我庭除间，体旷意已远。邮吏袖书来，蹑履惊揭跣。斜封竹膜纸，启读情缱绻。书言别子去，木樨始劙翦。今年读子诗，莺声再清软。阔略隔岁怀，欲诉苦骈衍。汉江水始波，疮痍纷挂眼。襆被走南都，国难颇蹇蹇。一呋荡虏氛，快意竞觇譼。七闽困锋镝，

摎冠走詛喘。市虎倏成讹，喟叹肠百转。所志乃弥挚，皇暇顾息偃。宣南旧游地，气类苦拘限。伯始贪凿穴（步曾肄业美京大学），元之户牢键（姚雄伯返云间）。子复归匡庐，名园当翠巘。吾怀定何适，寸意纳孤盏。余闻废书叹，语语吐衷款。京华盛冠盖，嘤鸣足睍睆。感子贶琼琚，未读颜已赧。况于文辞间，鞭挽誉其短。忆昔燕市中，邂逅与子善。幽室共桀辟，学抉天人显。子才颇横厉，吾性习傲懒。诗成骋豪怪，云龙逐蜓蜿。引吭和新声，颇足供一莞。黄滔差解人（石城黄仲通为君所善），招邀到荒馆。炙粿脂杂沓，得酒辄引满。郁纡发浩歌，造化供濯盥。姚子善闯席，醉墨恣驱遣。脱手尽珠玉，抚胜各惊眄。有似晋阳围，不没仅三版。轰呼斗室中，颇极一辈选。尔时盛意气，顾眄失勃澥。孰谓弹指间，一瞥不可绾。世事有如此，政尔征聚散。方兹国体更，道在外内揵。譬如调驹犊，顛踬尚新产。又如春后蚕，缚久始脱茧。各肩扶翼功，畴复事黄卷。子志切生民，孔席应未暖。吾亦抱微尚，坚执等并辇。春陵二三策，粹美出料拣。作计到苞桑，覆幕或可免。恢疏慎所持，浮靡庶几划。因君报嘉惠，提携共黾勉。怀哉平生友，短诗申謇謇。

亚权案：此诗原刊于1914年9月15日《正谊杂志》第1卷第5号。

学诗一首示浚南

真味初如食橄榄，庐陵妙语是吾师。能于旖旎存风骨，且学婀娜见雪肌。绮语忏除嫌未尽，风骚扬榷赖扶持。仙人姑射如堪见，绰约高怀寄所思。

戏简雄伯，用山谷韵

打头老屋不知处，雕镂肝肾苦著书。苟得侏儒营一饱，奚用唾咳生明珠。日昨见君颜不腴，妇人醇酒今何如？我亦季鹰贵适志，扁舟梦落宫亭湖。

浚南无诗，作此戏简，再叠前韵

林生美质今子羽，足所到处时挟书。槎枒与世多凿枘，胸次却握灵蛇珠。岂其闭门味道腴，吟怀淡落僧不如。狂言嫉世且毋尔，寻诗归去石鱼湖。

游羽霄索赠，三叠前韵

游侯玩世天下无，支床万卷多奇书。文章末技尔何物，取金惯遗千万珠。坡仙蒙叟恣腹腴，外此夸饰非真如。要言妙道足适己，奚事散发归江湖。

开岁小集宴弼羣宅，送瘦湘

春泥没踝雪覆瓦，冲寒屐扇差可跨。主人念君笃行李，为置杯斝及休假。脍腥臑鳖下筯美，珍异不数牛心炙。广集气类无束缚，不辞酩酊恣倾泻。山茶未落春力浅，晕碧裁红尚妖姹。花时一笑岂偶然，尺箠取寸宁论价。酒阑炙輠争悬河，拨弃凡近胜啖蔗。参军蛮语真绝倒，雅谑未娴吾当谢。胜游习处不自省，稍纵兔脱足嗟讶。君去宣南就风漪，刹海追春遍台榭。新篇往复珍茧纸，一镞相期箭锋射。碎金千里或见贻，敛手姜芽气先下。萧萧细雨作寒色，惘惘出门聊慰藉。人生会合定有常，安用秉烛事遥夜。修蛇赴壑终纵去，语虽喻岁亦可借。归时剥啄扣我门，樱笋堆盘及初夏。

晓湘、�苏、练湖见过，赋呈兼寄雄伯

秋风正高厉，庭叶积可扫。环堵守寂寞，皎月当窗好。闭户理文史，冥心入微杪。蟋蟀鸣我床，告语辨未了。心期会古欢，虑静顿忘扰。吾交

二三子，坚学辞多饱。过谈各玄妙，出语堪绝倒。我生爱朋友，洽语忘昏晓。亦若坡仙酒，获此不贪饱。况复鸾凤姿，各各矜文藻。虚明动惊俗，冰雪自皎皎。诗歌学古淡，瘦语追郊岛。筠荪嗜朴学，古籀资探讨。高邮学能至，东原深可造。论学得子由，亦复窥鳞爪。绮语固可人，所裨究微秒。三子今健者，孤高各怀抱。励此松柏操，霜雪不得槁。梁园富宾客，宗风讵云杳。淫哇日交作，根底荡可慅。起衰在吾徒，众作等蝉噪。缅怀及姚子，此意尤可道。著书多璀璨，亟亟苦不早。所志各有为，讵尽为粱稻。入夜群动息，天高月觉小。黄叶时打窗，短梦亦相嬲。披衣起命笔，强箭穿鲁缟。记此一日欢，载诗寄三泖。

晓起信笔，示晓湘、练湖

鼠肝虫臂知何用，勃窣媻珊亦等闲。各有风雷郁奇抱，且将文字斗坚顽。蘧蘧梦觉犹馀我，咄咄书空只强颜。阁暖梅酣凭抵几，欲从底处证无还？

次晓湘韵

相对忘言处，能教万籁瘖。有怀仍黯黯，无语自钦钦。晓雾时来蝶，春寒未上蟫。静中疑有得，天地一蹄涔。

题晓湘诗话

簿书颠倒无闲暇，幽草寒琼意未厌。辨学何妨家一喙，论文应值字三缣。蟹黄熊白齐升俎，竹箭琨瑶尽入奁。鹿散风惊成底事，诗坛空忆斗精严。

亚权案：王易（1889—1956），字晓湘，号简庵，南昌人。有诗名，与其弟王浩合刊《南州二王词》。惜王浩早亡，王易刊其遗稿，名曰《思斋诗集》。王易本人的《师厚斋

诗稿》未曾刊印，后来散佚，其作品仅散见于《文史季刊》及一些私人藏家手中。据方湖此诗，王易曾有诗话著作，今已失传。参胡迎建《王易的诗学观与词曲史研究》，《江西社会科学》2004 年第 9 期。

雨后同晓公泛湖亭作

跳珠坐忆宵来雨，附槛能乘一日晴。了了山光馀梦在，粼粼湖水觉寒生。掠人孤艇看难住，狎我闲鸥倘可盟。负手危阑成小适，晚风刹海倍关情。

十一月二十八日夜雪次韵答晓湘

诗垒各自营，相持未肯下。雪中思清绝，韵恶盛誇诧。明珠落欬唾，千金难媲价。念余处寂寞，得醉及休假。我方眩璀璨，历乱眼未暇。作态自横斜，百顷翻穲稏。寺钟动忽韽，潭潭静官舍。抠衣出门望，崖垅无高亚。冻云聚复散，星影当窗泻。清奇至难状，好景岂容借。王侯岁寒交，心形共与化。隔邻命尊酒，共此连床夜。清兴余亦颇，诗成发晨驾。

雪夜倒叠前韵示晓湘

读书良不恶，古人许方驾。同气有王生，款语忘昏夜。微言得真谛，众气欲通化。有时适己事，风月不待借。逢雪足诗兴，词源欲倒泻。韵险心益壮，肥钝笑通亚。今晨示我诗，嚄唶避三舍。君诗如盘粒，我诗犹稻稏。及兹为襝手，得酒更偷暇。语妙岂易得，好景不常假。残雪低压屋，坡老叹无价。秉烛作夜游，冻羽共争诧。昨宵君记取，意醒犹猛下（孔平仲诗：“自非猛下意不醒，半夜一天星斗白。”）。

程雒叟遗墨为曹东敷题

遥山约略隐半规，近有水石相因依。展纸落笔不屈曲，时手难以造次追。汪叟觥觥今穆倩，晚过秀水佐谈燕。名熟十年艰一面，犹及开图对葱蒨。

阻雨生铁铺，次晨雨霁，至罗山

行行穲稏看初湿，鸭绿平堤著眼明。输与吾乡老山谷，亟搜奇句报新晴。

亚权案：此诗原载《学衡》第50期，第三句作"输与简斋陈处士"，其余全同。

栏杆铺

破晓出邻驿，得得犹未已。野雾正濛濛，行行白云里。竭来为小憩，政复自佳耳。为读故人诗，相思中夜起(逆旅有晚湘昆季题句，盖去国陵时所作也。碧纱尘满，间有不可辨识者)。

九日同高平谷丈、家廉青兄游龙津寺

相携来作登高计，商略题诗仿渭亭。明灭山容亲晚绚，蔽亏江水破朝醒。闲穿竹石真疑隐，偶抚钟鱼欲共听。准拟寻碑为小憩，似闻神骏出分宁(寺有宋黄庭坚碑记，咸同间兵燹失去。父老犹有亲见之者)。

乱后由章门返湖口杂诗

城头晚烟低，城背朝日晦。江山亦萧瑟，兵火阅馀暧。踌躇揽辔去，所得桑海概。当时饮狂泉，群丑榴枭悖。坐令山水窟，荒秽失藻缋。猫犬饥不还，阛阓纷变态。一朝事不藏，桴旝立褫溃。至今稻陇间，稍稍见负耒。虽免载溺祸，元气已殢殇。江头棹扁舟，去意视鸟背。回望章江城，顽云自滃霴。

平生几两屐，媚此山泽游。兹来值燹馀，不知天已秋。鸣榔向山口，匡庐已在眸。颓波自突兀，浅濑亦咽嚘。寒鸥匿不飞，渔舸更夷犹。平居迈往心，生灭等一沤。宿昔擅胜区，浦屿多清幽。春风一回顾，水色如泼油。自从衅萧墙，流祸蛤与蚌。似闻寒潦清，瓩呻散江头。阿伯对攒眉，丧乱无时休。兀兀江上云，亭亭水边楼。篱菊欲掇花，木犀香可揉。登高肆遥瞩，一笑宽百忧。

大孤亲我颜，失喜无百里。小孤落眼前，相望隔烟水。两山相向愁，亦似杂悲喜。山川落东南，风物始秀美。霜林渐渥丹，苍翠固未已。初讶一拳石，不与波填委。坐想凌波姿，摇波自吊诡。念我东西人，看山在篷底。何尝载美酒，醉倒烟霞里。山灵坐笑人，役役胡为尔！

重来章门，晤晓湘、瘦湘，道旧感叹，辄成长律，兼示步曾

交盖春风一笑馀，烘人花气散襟裾。跨山度水宵能共，拨醖烧灯月上初。语入心脾吾自失，论关骨肉泪先储。从今记取涪翁句，见面真能敌百书。

高印佛由京寄示近诗，依韵却赠

发春送暖试衾裘，喜诵新诗敌挹流。少日南山思射虎，只今庄叟听呼牛。踉跄已厌百僚底，却曲难为一壑谋。世事覆枰争敛手，知君意绪在纶钩。

印佛书来，戏题纸尾

猿鹤天边不可呼，开缄怪发为轩渠。拈来三字参微谛，绝胜江都鬼趣图。

千金济世孙思邈，三命会通万育吾。大隐王城聊后尔，闭门只合老潜夫（万育吾见《明史艺文志》）。

漫汗为文吾不习，徜徉玩世子能奇。官书堆眼从渠过，自爇炉香说绮芝（印佛来书有誉妻癖。绮芝，夫人黄氏字也）。

神童失乳易中硕，肝肺支离濮彦珪。应为春明添故事，伤心同劝玉偏提（樊山调易五诗曰："五十神童失乳儿"指鲜灵芝事也。濮则近醒而狂矣）。

兀坐写怀叠印公韵，兼以代柬

冠带年华许嗣裘，也知平进任依流。料无坎水容鳣鲔，尽有襟裾被马牛。事急尚同群蝨处，时衰真喻众狙谋。欲回天地苍茫意，来掷滩头一寸钩。

印佛自都以书讯近状，寄此答之，俾知故人襟怀淡落，生事殊不寂寞，非有意招隐也

蜂围草暖关幽事，风味田家得似无。阅世沙虫吾倦矣，逃名麴蘖汝知乎？

青春白日东西浦，罗袜苍烟大小姑。为语故人西笑意，归来犹及割云腴。

赠高荫夫

食贫耻以官为业，人海浮沉剧可嗟。敢诩交游同鹿豕，那知风雨斗龙蛇。忧天已分身将压，索句差赢鬓未华。胜日高斋同一默，明朝听鼓又官衙。

园前黄梅两株，一磬口，一九英也。冬日盛开，清香着人，犯晓独玩久之

高花细蕊深深处，坐被幽人圣得知。小立茅檐闲负手，吹香送鼻独来时。

越白江红斗尹邢，春容玉色破朝醒。妍华早落苏黄手，六百年前顿有亭。

去冬来商城，题长律光山寨河驿，久而忘之。今复过寨河，见而录之。用山谷光山道中韵。

穷冬只许安居好，逐逐轮蹄转得闲。落木已非秋水渡，乱山无语夕阳间。常怀邺下刘公斡(公阜在彰德)，苦忆江南庾子山(雄伯返云间)。坏壁题诗能慰我，为浇尊酒一开颜(壁上有晓湘、瘦湘诗)。

寄赠胡诗庐，用鲁直韵

诗道有坦途，脱略谢时辈。苟能宏远抱，隽发已不逮。同光二三子，差与古淡会。骨重神乃寒，意匠与俗背。妙语彻中边，游行大自在。吾子吐佳句，意与古贤配。理弦三五弹，泠泠非俗爱。又如振霜钟，清响度林外。手格白题归，贾勇力犹倍。吾乡散原翁，吐语多姿态。排界出恢诡，瑰丽遂无对。岂其苗裔耶？贤者宜识大。

亚权案：徐珂《清稗类钞》第8册(中华书局1986年版)“江西多诗人”条述及本篇。

上魏斯逸先生

汐社遗民几辈存，漉巾坐对雨灯昏。烟萝刻意心如在，江海收身道益尊。强语文章人共惜，即论世劫我何言。城南蹑屐从公处，转觉馀情入酒温。

谢周悔馀惠廷珪墨

黟川点漆由来重，镜面松身尔许奇。断取剡藤三百卷，愧无阿贾写新词。

与高大话都中旧事，次悔馀韵

话到春明倍惘然，那堪江介又狼烟。排愁共忆《东京录》，避世聊成《泊宅编》。可有遗文搜石室，应无馀涕到铜仙。鸡鸣风雨天如晦，坐阅藤萝不计年。

亚权案：原载《学衡》1922年第6期，署名汪国垣，诗题无“次悔馀韵”四字。

有以诗集见示者，感而书此

陈商文字伤艰涩，《冰柱》诗篇又一奇。只恨世无韩吏部，天荒地老待阿谁？

赠刘西樵

已分生涯同谷口，略闻乡味胜槎头。一廛卜筑容高躅，三径斜开为倦游。朴学旧闻宗马郑，独行只合友羊求。新兴七业君家物，定有阿宣许袭裘。

得胡步曾加利佛尼亚书，却寄

惘惘书来正掩扉，江涛海色飒成围。凿穴博望真能健，避地梁鸿事已非。堆眼丛残谁料理，寒心国事世交讥。落矶山下春如海，应有归魂故国飞。

亚权案：本篇约作于二十年代末或三十年代初。毛谷风编《二十世纪名家诗词钞》（华东师范大学出版社1993年版）选录。

寄赠姚鹓雏

结发读书差可喜，论文四海一姚子。十年京国市雄骏，得子汗血差足拟。提携约共闯儒关，不肯低头拾青紫。自言固穷有胆气，颇对老苍矜爪嘴。世儿虫吟杂蚯蚓，坐令文章趋肌靡。勃窣奋起为理窟，僶免抱独门埽轨。朝为百赋自瑰奇，莫作千诗转恢诡。镂冰画脂何足云，意气直劘屈贾垒。蒸砂作糜不成饭，颇怜篆刻甘驱使。子云相如务侈衍，雕琢肝肾将安底？谁能诗书甘束缚，日晏肠鸣犹未已。长安游侠事征逐，纷纷蛱蝶惊花底。中散自怜七不堪，酩酊亦颇跨騄駬。酒酣矧尔妙顾曲，往往调笑杂珠履。诘旦归来颜少腆，妇人醇酒今倦矣。群言次公醒而狂，不知臣朔饥欲死。百年一炊去飘忽，坐觉富贵如黍累。摆去形骸观道妙，顿令此心同止水。政如隘巷突狂象，视以慈眼伏不起。怪君酸咸易嗜好，俗眼那能究终始。嗟余疏狂百无用，上学神听惭骨髓。惟有文辞夙所欢，至乐终日在案几。诗成傲兀骋豪怪，与子前锋持一矢。渺绵幽响声独听，光莹奥缓□相倚。挥斤不怯向老鼻，郢门妙质今成市。文酒况得周与林（周公阜、林浚南），耑场誇势成角犄。去岁东南苦兵革，覆巢压卵无完美。风惊鹿散足嗟叹，弃置万事如脱屣。娄东山水自清淑，三泖泓汯足鳣鲔。青鞋布袜纵所适，梦魂着我千山里。归来草玄还准易，樵苏不爨谈未已。寄声积毁相忆苦，为写此诗持送似。

送裂庵归永新，时绕道湘东

石潭泻落琴亭水，疑带芦沟呜咽声。泼墨远天人独往，凝寒小阁醉初成。名场角逐知难值，意气相高恐不情。去去巴陵江上路，滩头徙倚看潮生。

亚权案：徐珂《清稗类钞》第8册（中华书局1986年版）“江西多诗人”条述及本篇。

寄彦回

剧怜奔走天南北，俊眼相窥意独倾。书到雁鱼忘燕寝，交逾金石抵平生。肠回日下天边路，梦醒浔阳江上城。愁思离情何处着？看看无语晚山横。

送赓南归吴江

浪说归田不世情，又看风雪送君行。劳劳塞北频回辙，去去江南正苦兵。倦矣低头饰青紫，归欤幽草拾寒琼。何堪夜雨增萧瑟，拟筑糟邱意未平。

园中杂植花木数本，娟楚有致，各系一诗

破鼻留香不自持，横钗数朵恰花时。阑风伏雨真无赖，犹点春归一段奇。（酴醾）

郁郁芬芬世所珍，淡红深白自宜人。洛阳曾识欧家碧，又睹乡园第四春。（牡丹、芍药）

憨怜当户见横陈，风味从兹绝可人。不是吾乡老山谷，枉教桃李媚千春。（黄梅）

狼藉残红委地轻，通明乞护太憨生。含情更忆屏山老，染尽胭支画不成。（海棠）

村居得句

弄暝悭晴底足誇，齐腰麦陇任攲斜。野香更有关心处，照眼方惊蚕豆花。

枕 上

牵怀何限心中事，合眼方惊枕上来。去去韶华真似枊，遥遥岁月肯如孩。愁来已信儒冠误，梦醒休将世局猜。到耳柝声愁拥被，起看云月为徘徊。

睇笑一首，次天素韵

睇笑中原泪未收，江波日夕只洄流。岂无危论刘中垒，亦有悲歌高蜀州。才说冠裳通鞑鞨，微闻鸟雀噪延秋。亡何日饮吾曹事，未信逢人始欲愁（后山诗："去国犹能别，逢人始欲愁"）。

题武进恽铎花鸟小幅

发箧理故纸，瞥眼得小轴。皆云此妙画，不知何代蓄。展之挂斋壁，烟绢才一幅。中有异花鸟，作意差不俗。旁枝若胜春，着花红簌簌。老干横蔽之，苍翠成小曲。北枝把异雀，翘首侧两目。其上有蜻蜓，盘旋自相逐。疾飞巧作势，祸至了无触。只此一蹴间，殆矣脂填腹。恽氏名家子，南田之所出。粉本夺徐熙，着意骨与肉。流传二百年，触之手犹馥。

效孟东野

有山不为山，有水不为水。高亚在人心，命形偶然尔。君子处世间，随物任嗔喜。嗔喜自在人，禀性固由己。所以大丈夫，肯以名为市？市名丧其真，坐贻循人耻。君看青铜镜，镜破光犹起。又看九畹兰，兰萎香不止。本性能自持，安计成与毁。

亚权案：此诗原载1936年《制言》半月刊第29期。

江行望钟山　壬申

鸣榔意已惊，离群思先积。舵楼望钟山，晓妆想初抹。我日醉其旁，烟霞坐怡悦；如何偶乖违，旷若三秋阔。平生痴爱心，于人于物役；不到平稳地，只此一关隔。孤衾寤寐思，似有山灵说：山花红欲然，轻寒为君勒；山鸟苦相关，敛声待君发。慰情出肺腑，顾我何由得！云鬟岂在远？欲往乏双翮。绾愁万条青，摇梦一江白。旦晚定归来，蹑屩探云窟。

亚权案：此诗原载1936年《制言》半月刊第29期。原题无"壬申"二字，当为千帆先生所加。

后湖看花图（图，旭初犹子星伯所绘，以寿其叔生日）

北渚阻城闉，未觉江湖远；花时共经过，冷处偏着眼：新荷未出水，繁樱已飞幰；锺山与鸡笼，倒影入茗碗。吾宗淡定人，幽尝每忘返。阿咸出新意，逢吉写图卷。此真豪濮情，亦复得萧散！题诗践宿诺，春事犹未晚。何当办一壶，醉倒同山简。

亚权案：此诗原载1936年《制言》半月刊第29期，题作"题汪旭初后湖看花图"。华钟彦主编《五四以来诗词选》（河南大学出版社1987年版）系此诗于1935年。

社集后湖

后湖如故人，不见已心写。矧兹春动初，一豁足娇姹！频年数数至，每至不宽假。相携就风漪，亦复倒杯斝。终朝对湖山，佳处总难舍。世纷了不知，笑语出花下。此境人所难，称意承天暇！速携蛮榼来，犹及作春社。

春事已如许，春物难为容。我爱湖上人，日对花重重：朱樱已破萼；桃李寻争浓；定为婪尾春，万颗堆筠笼，况有青筼筜，早贮千亩胸。燕公繁华树，持较将毋同？一日看百回，简斋真可从（宋陈简斋诗云："燕公楼下繁花树，一日来看一百回。"唐张说封燕公，有楼在岳州城北）。

亚权案：原载1930年6月1日出版的《国立中央大学半月刊》第2卷第15期。总题"上巳社诗钞"，刊发王伯沆、黄季刚、胡小石、王晓湘、汪旭初等诗歌19首。本篇题作"春分后一日社集后湖分韵"。

明日再集后湖

常人惜馀春，春去辄怨嗟。何如载美酒，醉倒风中花。戒旦来湖壖，众卉争晴霞。昨诗急追摹，语未穷幽遐。兹湖略得地，触处皆清嘉！转转随所遇，但愁日易斜！轻舠泛空明，笑语真纷拿。作诗补前游，应作画图夸。

江南三月雨，日夕摇烟霏。兹晨一何旷？湖水生清辉。钟山疑可招；鸡笼亦崔巍。水与山有素，相发无蔽亏。故洲落湖心，倒影自成围。居民三两家，开门见花飞。世事果何常，洲是名已非；域外贩他人，宁免庸妄讥？

照眼荆桃花，破白镇长有，文杏时吹香，轻红惊在口；墙东得辛夷，冷淡甘独守；政如贞士操，抵死不结绶。百昌在亭毒，本不判妍丑。要足点湖光，裙屐竞奔走。我来恰芳时，花前闲负手。惊飚尚未来，何辞酒十斗。

亚权案：原载1930年6月1日出版的《国立中央大学半月刊》第2卷第15期。总题"上巳社诗钞"，本篇题作"明日再游分韵"。

癸酉九日集清凉山扫叶楼以龚半千半亩园诗分韵，得薄字

登高年年健腰脚，亦尝选胜趁林薄。今年作健集簪裾，纵目危楼天宇廓。僧名扫叶去不还，山号清凉疑有托。即此秋祓有殊致，安用风烟专一壑。况有堂堂千载人（谓散原老人），领我终朝办烟屩。此山夙昔翁所经，猿鸟久讶疏行药。旧游几辈尽山邱，垂老登临天所酢。吾侪万事不挂眼，世难如山甘瓠落。相从气类饮文字，一瞬犹能贪欢噱。昏鸦掷暝催车軿，霜叶吹红胜跗萼。好事追抚写作图，雅集西园倘无怍。

亚权案：此诗原载1936年《制言》半月刊第29期。

忆昔一首呈散原丈

忆昔谒公东湖隈，神定不摄山崔巍；临歧袖诗请纵斧，誉我颇近宣城梅。过情殿最知溢量，奉手叹息心疑猜，从兹一别渺江海，武林歇浦空溯洄。经年曾不寄一字，心迹恍若相追陪。寻山忽传入庐阜，山灵把臂呼宗雷。溪声山色佐清燕，微吟飞瀑争喧豗。今年江介重莅止，时亲杖履开尊罍。觥觥群彦集京国，万口诗伯交相推；平生敬公独异撰，大节凛凛传九垓。中岁慷慨论国是，钩党挂籍心如灰。虞渊日坠悲顷刻，吾谋不用吁可咍。卅年坐废寄文字，用意真与造化该。世人那知痛至骨，流沫坐赏辞琼瑰。公今养性减吟咏，貌古不碍心如孩；后生一善尝挂口，雕镂肝肾劳矜裁。如公用心古亦少，宜享大年推方来；江南菊蕊凌霜开，风物正美倾新醅，寿公敬颂临川句：一取万古光芒回。

亚权案：此诗原载1936年《制言》半月刊第29期。

失　题

当暑作山游，爱此清凉好。披轩名实符，句招南皮老。南皮属纩时，陈先为视草。不为卌年后，犹得岁寒保。□□须得地，九峰倚晴昊。远者

若方山，近者若潢潦。赏心与木末，相望烟云绕。翁来坐其间，眺听入深窅。

题宗白华诗后，即和其韵

笔砚从今定可烧，登台作赋枉君描。扁舟载梦来青嶂，好句摩云动碧霄。独挈灵源归妙谛，细参回味累终朝。何时换骨寒灯下，待向丹元问郁寥（白华以《流云》蜚声艺坛，世多知之。然其律诗之工，世人不能尽知也。曩同居金陵珍珠桥时，望衡对宇，过从最密。一日写似四律，皆往年游上虞东山寺所作。余叹赏不置，当即题一诗于纸尾。此稿久已忘之矣。今日检行箧旧书，忽得此纸，亟录之，东坡诗云："春江有佳句，我醉堕渺莽。"请为白华诵之。方湖题记）。

亚权案：方湖题记原刊《中国文学》第1卷第3期，1944年8月重庆出版。宗白华《律诗四首》原作于1914年1月至2月间。详林同华主编《宗白华全集》第1卷，第1页，安徽教育出版社，1994年版。

江亭饯别图为伯玉作

中流千金重一壶，千篇活国志弗渝：新陈斟酌嗟已久，一试乃更思莼鲈。公去叹息气类孤，公怀悲苦谕者无。斧柯未假糜厚糈，维忧用老岁月徂。程功鞮芬豁蒙蔽，在朝在野原无殊。晚来投劾朝秣马，心悬魏阙身江湖。临歧好我二三子，执手且复立斯须。江亭万柳青可念，浅濑况复多菰蒲。高楼置酒看落日，相与叹息穷朝晡。林翁弄笔有远思，悲愤为写临歧图。郭（春榆侍郎）张（珍午侍郎）陈（弢庵太傅）沈（涛园京兆）赋长句，共惜坐废忧艰虞。迩来世难殊未已，蹙地百里毋乃逾。桑田留命到今日，闭门痛哭当何如？公之精诚不可呼，公言皆为照乘珠。还图为报斜川苏，此图此诗天壤俱。

亚权案：此诗原载1936年《制言》半月刊第29期。

题明王建章山水长卷

沙平水淡湾复湾，蜂围草暖关复关。湖上居人闲复闲，楼外烟岚山复山。建章下笔有远思，却从塞处见空翠。异代相知万柳堂，高名讵必关画事（廉惠卿藏建章山水皆精绝）。

亚权案：此诗原载 1936 年《制言》半月刊第 29 期。

又一绝句

绝胜平林窅霭间，却从洲渚写烟鬟。开图触我江湖兴，对此身疑落故山。

亚权案：此诗原载 1936 年《制言》半月刊第 29 期。毛谷风选注《历代七绝精华》（艺苑出版社 2001 年版）系此诗于 1934 年。

挽汪衮甫先生

弃繻早已传吴会，乘障犹能绝海天。死虎机先真有谶（君生于寅年，今年开岁，展《水经注》，见死虎亭三字，心甚恶之。不意竟成谶也），屠龙技好惜空传。胸中自摅平戎策，箧里徒扃曲洧篇。今日草玄亭寂寞，雄文谁为表幽阡？

亚权案：此诗原载 1936 年《制言》半月刊第 29 期。

为默君题锁院写经图

满院松阴当好春，疏櫺静掩写经人；要凭佛祖西来意，尽幻菁莪济物身。添烛每思门外客，摄心长结净中因；它年掌录征词苑，谁识中闺意苦辛。

亚权案：此诗原载 1936 年《制言》半月刊第 29 期。

冬日登豁蒙楼

镇日无由得好怀，豁蒙楼上独徘徊。前山过雨云犹湿，老树依檐风欲来。久坐觉无僧可语，行歌聊与月同回。钟声一路经行处，还为钟山倦眼开。

亚权案：此诗原载1936年《制言》半月刊第29期。毛谷风编《二十世纪名家诗词钞》（华东师范大学出版社1993年版）系此诗于1935年。

九日登摄山，以岑嘉州行军九日思长安故园诗分韵，得战字　丙子

边城羽檄纷如霰，眼底风云看万变。世间何地可避灾，循例登高出郊甸。摄山去天才五尺，脚底下走江一线。枫林尚浅菊未残，傲寒要与高秋战。霜前结束自葳蕤，瘦里敷腴转葱蒨。了知物理固如此，参伍人事足征验。吾侪秋祓岂无意，当前快意非荒宴。会看急雨洗清秋，好颂澄清安笔砚。

九日摄山诗一百韵代迺芗

丙子重九日，气爽秋阳骄。年年值风雨，今岁独烦熇。戒旦集俦侣，雅集曷题糕？矧兹良宴会，扬榷在风骚。皆云此为宜，选胜不辞遥。摄山峙江乘（江总《摄山栖霞寺碑》云："南徐琅琊郡江乘县有摄山状似伞，亦名伞山。"《太平御览》四十六引《江乘地记》云："摄山多草药，可摄生，故名。"），胜概传六朝。烟云与荡摩，草树尤清超。近郭无百里，往返不崇朝。况当秋已深，枫老菊未凋。载酒一探之，正可写郁陶。凌晨出门去，揽辔风萧萧。同行十五人，倭迟上征轺。奔车驾言迈，山色已见招。舍车历阡陌，把臂步林皋。一径出寒碧，秋林正清寥。寒塘缭绕之，水浅不容篙。此境已空明，未到意已消。寺门荡詄开，丰碑奠六鳌。大书明征君（《南史明僧绍传》："僧绍字休烈，平原鬲人。齐高帝时屡征不就，往江乘建栖霞寺。"），唐宗所题褒（《摄山志》："唐高正臣行书明征君碑，高宗御制，王知敬篆碑，阴有栖霞二大字。上元三年景子年四月戊戌朔二十五日壬

戍建。今存。")。此碑历千年,世远名愈昭。摩挲看翠墨,翡翠间兰苕。持以镇兹山,野火不敢烧。拾级入寺门,寺静无尘嚣。庄严百宝相,璎珞披霞绡。黄金丈六身,对之意已挠。左转坐僧舍,舍小才如貂。开轩面东冈,万景不容逃。初试品外泉(《同治上江志》云:"泉在栖霞寺左。"曰品外者,为陆羽解嘲也。按泉源出中峰涧),舌本澜翻潮。山色引之出,一笑趋山腰。眼前现突兀,隋塔见孤标。缅想仁寿初,舍利传僧僚。造塔三十州,此州独坚牢(隋王劭《舍利感应记》云:"隋文帝潜龙之际,有婆罗门沙门送舍利一裹与之。后以感于神尼智仙重兴佛法之言,故隋兴后,因于仁寿元年诏天下,于三十州起舍利塔,塔内各作神尼之像焉。"按今惟摄山独存)。栏楯不可见,想见穷搜雕(盛仲文《栖霞小志》云:"塔旧有栏楯,庄严华丽。今废。")。至今风雨夜,光彩干林梢。北转千佛岩,奇境于此遭(江总《栖霞寺碑》云:"明僧绍之子仲璋感佛顶放光之异,镌造无量寿佛坐身三丈一尺五寸,通座四丈,并二菩萨倚高三丈三寸。大同二年,龛顶放光,齐文惠太子、豫章文献王、竟陵文宣王、始安王遥光及宋江夏王霍姬、雍州刺史田奂等依岩高下深广就石为像,共成千尊。梁临川王复加莹饰,金碧焕然。"或曰:齐竟陵文宣王时,释僧佑为之经营镂刻。今千佛岩山洞内各像多僧佑所经营)。凿山为龛堂,大小随山坳。一龛三数佛,石石成蜂巢。或坐或起立,意匠见推敲。就中无量佛,宏伟冠其曹。迄今瞻妙相,神定不敢佻。侧闻唐二徐,于此曾诛茅(《同治上江志》云:"菩萨提庙旧在山前,后移至栖霞寺门之右,今废。寺西有徐铉宅。千佛岩有二徐题名。")。剔藓觅题名,荧荧金错刀。仰观玉冠峰(峰本名纱帽,四旁睨之,其状酷肖。清高宗改赐今名),径转石尧尧。初疑不敢上,贾勇誇轻趫。吾师健腰脚,蹑履亦自豪。小女索抱持,牙牙学语娇(是日汪辟疆师携幼女京来亦随同人登玉冠峰顶)。同来闺中彦,章汪梁盛陶(是日同来山中者有钟陵章璠、彭泽汪碧城、闽侯梁璆、丹徒盛静霞、安化陶希华诸女士。章为毕业同学,汪乃辟疆先生次女公子,梁盛陶皆在校同学也。自记)。作计不后人,步履亦轻僄。振衣磐石上,天风动泬寥。指点塔顶云,变幻从风飘。俯视但一气,千里无纤毫。揽胜此为最,怀古首空搔。往年默坐轩,不语守所操(默坐轩者,不语道人所息洞也。道人八年默坐,殷迈为立此轩在峰上。今废)。又闻觉浪僧,千山自打包。说法紫峰阁,中声振云璈(《同治上江志》:"峰东为紫峰阁,明觉浪禅师说法于此,墓塔在焉。阁下有白鹿泉。")。亦有万松山,聒耳皆松涛(《金陵胜迹志》:"万松山房在中峰之半,山固多松,此尤蓊蔚。山风过处,谡谡如万壑鸣涛。中有杰阁崇台,掩映苍翠,最为幽胜。今废。"《上江志》云:"山房下醒石二字石刻,不知为何人所书也。")。仰首凤翔峰,插天干云霄。惜哉不得至,结想空三茅(凤翔峰一名最高峰,因峰上有三茅宫,亦名三茅峰)。其西天开岩,俗名污西凹(《同治上江志》:"最高峰下迤西,矗石凌空,为天开岩。两岩削立,其直如截,阔可三尺,为磴数十级,磴尽为台,所谓唐公岩也。"《续建康志》:"唐公岩即天开岩,待征录唐公开瓌字。")。虎山一线天,下临花涧桃(从天开岩西南行约半里,折而向北,过桃花涧即是。盖虎山南麓一小洞也)。叠石如波澜,鳞甲森骨毛(叠浪岩在西峰之侧。桃花涧中水自岩上泻下,叠浪层层。蒋士铨诗所谓:"惊澜展千丈,疑有蛟龙游。鳞甲苟一动,银汉不可收"也)。何处见山楼,念之心怛忉(叠浪岩下有见山楼,为西峰最胜之处,今不可见矣)。吾侪快登临,幽赏谢庐敖。但求释烦襟,已觉芳意饶。安用遍所历,一一穷追描。亭午下山去,暂觉诗肠枵。迤逦出前村,恣赏倒芳醪。幽室共槃辟,庄语出诙嘲。饭罢更登山,自诩馀勇骁。延缘梯翠微,逡巡陟苕峣。老松时一遇,仿佛苍虬蛟。枫林振秋箨,未至辞柯条。山花能拒霜,作红亦娇娆。篱菊欲掇花,翠蕊风中摇。物类有本性,岁寒期久要。行行路转窄,谽谺辟深濠。欲前心懔栗,险绝支危桥。攀缘循旧径,委蛇历山椒。步移形亦幻,目转心为劳。或直如周道,或曲如斗杓;或夷如康庄,或险如函崤。景物随所遇,遍赏空怊怊。言寻中峰顶,所历已渐高。长林正瑟瑟,天风亦飂飂。何时携道侣,来此驻团瓢?何时命巾车,来此听调刁?古人登高意,灾避福可邀。吾侪生今世,触眼皆燔焦。偶为山水游,顷刻愁思撩。潢池欣得陇,将军谁度辽?哀鸿遍原野,黎庶困租徭。谁能视已累,物与同民胞。因思原上草,秋老色更韶。繁霜不敢侮,零露不能漂。辟犹板荡秋,艰危志益胶。况有开济英,恐是霍剽姚。载歌武德舞,行见八方调。永此一日欢,勿令岁月抛。归来述所历,夜雨秋灯挑。觥觥山水记,謇謇风人谣。

千帆谨案:同门张迺芗初为此诗,师以其于摄山风物典故,形容咏叹,犹有所未备,遂为改定增益之。今收入集中,盖昌黎以《月蚀诗效玉川子作》入集之比也。

上巳秦淮禊集，示诸生　丁丑

禊饮岂择地？所赖散幽疢。一雨失湖游，改结城南轸。秦淮不改度，邀笛差可领。曲水自潆洄，俯槛濯清影。此水盛簪裾，亦见花枝靓。吾侪喧一楼，自视果何等？开轩写烟雾，堆盘荐樱笋。即此足湔祓，安用辞酩酊？感旧念黄垆，逸兴时一骋。觞令严如山，应之以暇整。诸子薰沐馀，倾耳发深省。惜哉閟寒泉，坐失炬光秉（季刚曩年屡集于此，集必有诗。今逝已三年矣，此会何可得？）。楼高春正寒，雨急夜方永。即事动孤吟，江山助清警。

为童藻荪题姜西溟手稿

我得西溟书，茧纸才一幅。终朝事把玩，精神共往复。童君昨过我，巨册忽照目。平生所为文，一一资手录。尤于典窜间，精彩见深曲。岂惟资研摩，亦恐世间独。曩者三布衣，朱严与方毂。持身最不苟，惟公见高躅。移书诋尚书，复拒时相仆。义所不可为，肯与韦脂逐？馀事到文翰，劲达妙检束。亦如其为人，表里共一鹄。高风照百世，遗墨璨珠玉。异哉铁石人，下笔何婉穆！因君证吾藏，点画赖勘覆。护以都梁香，袭以单丝縠。

由北碚至温塘道中作　戊寅

巴山幻千奇，实惟水与石。二者得合并，奇境于此辟。自我来巴中，看山每挂席。是非得失间，终遣一关隔。兹晨真失喜，谋野挟二客（同游李景易、徐哲东二君）。笋舆任咿呀，行行山路窄。奔湍走其下，危石若可摘。悬岩凿修途，顿足不盈尺。舆人驾轻熟，疾走若飞翮。每于无底壑，念之心怵惕。平生几两屐，奇险旧所历。敛神托生死，卧看天光白。

汉水合州来，涪渠所奔会。漭荡百里间，滩峡此为最。江身即局曲，水势尤滂沛。两山束缚之，蜿蜒若衣带。其西缙云峰，半落青天外。横云扑空翠，障水使击汰。陂陀争起伏，山泉发清籁。江流绕其趾，争长弄狡狯。我来趁秋霁，送眼收两大。俯视洪流奔，翘首暮烟霭。未到意已倾，到想远尘埃。平生山水情，于此定倾盖。

沿江十里山，苍翠已在目。时复见人家，诛茅傍山腹。上有百道泉，下有万竿竹。炊烟度林外，知是饭初熟。颇闻巴蜀间，生事无不足。土脉既轻松，播种亦易育。随山界阡陌，连连尽豆菽。况兼地气暖，弥望纷众绿。但须人力勤，安事十年蓄。我行念流亡，裹粮无信宿。是处长儿孙，厚眷得天独。何时共结邻，当春叱黄犊。

亚权案：此诗原载《中国文艺》1944年第4期。发表时诗题无“戊寅”二字。

温塘寺

参天万竹昼生寒，石径寻秋独倚阑。一水出山分冷暖，众生入世有悲欢。疏花坐失芳菲意，佳日真同畹晚看。欲访推官旧题句，清幽暂占亦心安（宋彭推官应求有《渝州温泉寺》诗云：“公程无暇日，暂得占清幽。始觉空门客，不生浮世愁。温泉喧古洞，晚磬度危楼。彻晓都忘寐，心疑在沃州。”周濂溪尝推重彭诗，以为江左律诗之工者，每见所作，皆记诵不忘。后濂溪官巴川郡判官，溯流赴局，闻温泉佛寺，舣舟游览，忽睹彭诗，乃重为刻石，纳于寺堂，时嘉祐二年正月十五日也，濂溪别撰序并诗，见《濂溪集》附录，《宋诗纪事》卷十一据以入录。而乾隆、同治《巴县志》皆误题为濂溪作，则失考甚矣。应求江西庐陵人。温塘寺唐时古刹，原名广德寺，宋初敕名崇圣禅院）。

亚权案：此诗原载《中国文艺》1944年第4期。发表时诗题作“独游温塘寺”。华钟彦主编《五四以来诗词选》（河南大学出版社1987年版）系此诗于1938年，题作《优游温塘寺》，各家所据版本或有不同。

同哲东、景易自温塘往缙云山，遂登狮子峰

秋老霜严共野娱，笋舆咿轧路盘纡。答人鸟语还多事，尽日松风了不殊。曲折江流三峡尽，蔽亏云影一峰孤。藏身藕孔宁无地，此即溪山独往图。

亚权案：此诗原载《中国文艺》1944 年第 4 期。华钟彦主编《五四以来诗词选》(河南大学出版社 1987 年版)系此诗于 1938 年。

缙云寺有会而作

相思岩下相思寺，毕竟相思却为谁？佛说有情皆可恋，人言无想总成痴。山腰云气自来往，屋角风旛有动移。解道尘非常住境，劳生何用不轩眉(缙云寺旧名相思寺，在相思岩之麓。王士禛《蜀道驿程记》："西北为缙云山，有迦叶尊者手迹，上有相思寺，产相思竹，形如桃钗。"《巴县志》："寺产相思树，高数丈，实赤如火。又产相思鸟，羽毛奇丽，巢竹树间，食宿飞鸣，雌雄相随，笼其一，则其一随之云。")。

亚权案：此诗原载《中国文艺》1944 年第 4 期。发表时诗题后有"有序"二字。原序曰："缙云寺，即唐相思寺也，寺在相思岩下，产相思竹相思鸟，《感通录》、《蜀道驿程记》皆记之，寺壁宋冯时行诗末句云：'相思思底事，老大更无心。'讽诵再四，遂成此诗。"

归饮李景易北碚寓庐

看山一程云，乘流三峡橹。终朝山水窟，胜事戒多取。背山开小筑，纳江入堂庑。到门转清旷，履道真不数。毗陵数弓地，自顷陷豺虎(景易常州人)。脱命来三巴，保此父子聚。朝霏散前荣，秋虫出环堵。即此有馀欢，所愿净尘宇。款客罗杯盘，家酿不待酤。灯火见情亲，真气溢眉宇。徐侯君所昵，游兴今方鼓。邂逅款君门，亦复不我拒。作诗纪清游，挑灯话秋雨。明发在孤舟，相思隔云隝。

题王礼锡去国草

吟诗果何物，所贵适己意。言是今人言，字犹古人字。又贵发性情，其间不容伪。愁苦与欢娱，要不出其位。昨夜诵君诗，苦语欲酸鼻。君才本恢张，颠沛孰所致？去国今五年，所学益深邃。岂无活国术？文字恐伤忌。不谓此副业(君治政治经济学，自序谓诗为副产)，遂尔拔一帜。国运方艰屯，东祸更恣肆。万人望澄清，群彦正方辔。出君海外方，起死定可冀。毋为搜肝肾，徒作风雅吹。瓶梅寒作花，霄灯照无寐。作诗又论诗，吾已嫌多事。

亚权案：此诗乃先生为王礼锡诗集《去国草》所题，1939 年 2 月 12 日作于重庆。《去国草》，中国诗歌社 1939 年 5 月版。详《王礼锡诗文集》第 514 页，上海文艺出版社 1993 年版。

李鳃丞以陈鹤柴近刊《北山楼集》见贻诗以谢之，即用章行严寺字韵　己卯

停骖忆过静安寺(吴北山墓在上海静安寺第六泉旁)，深刻丰碑书大字。神光夜夜薄霄汉，瘗此国宝固矜异。潮阳庐江媲峨岷，郎潜簪笔想阊阖。封章不达拂衣去，北山龙性尤难驯。先生直声邈千载，白头况有门生在(今鹤柴亦垂垂七十矣)。收拾欬唾归丛残，不使遗珠向沧海。将门故人李少卿，投我琅函心暗惊。岂知辨味酸咸客，骚坛早仰千秋名。

行严出寺韵诗倡和集见示，勉以继声，依韵寄之

移家幸傍华严寺，欲访乔陈饮文字(余寓渝城西郊覃家小院，乔大壮、陈匪石亦移居华严寺)。文书堆眼自醰醰，累约不出足深异。嘉君万里来西岷，说诗匡鼎犹阊阖。出手篇章已无敌，收身江海谁能驯？曩诵君诗逾十载，

一镞共喜少章在(“乃能持一镞，与我箭锋直”山谷赠秦观诗也。观字少章)。我诗短浅子贡墙(借后山句)，真同一粟渺沧海。君昔著书比虞卿，高谈危论世所惊。缚将奇士事诗律，馀事犹高艺苑名。

李子奎携杨守敬《水经注疏》稿走渝，拟谒行严，诗以介之

记访郦书入萧寺(光绪末，予在开封相国寺得商邱宋氏旧钞本《水经注》十二巨册)，摩挲几度斠文字。欲求宋椠不可得，晚得中尉已嗟异(明中尉朱郁仪谋㙔《水经注笺》，顾亭林推为有明一部书)。后来赵戴媲峨岷，丹黄驼坐想阊阖。双韭校本已难致，平津晚出非雅驯。邻苏老人起千载，共语真有郦亭在。《要删》一出凡马空，尚有遗珠在沧海(杨惺吾《水经注疏》原稿四十卷，晚年曾与熊会贞摘取精要，为《水经注疏要删》及《补遗》刊行，但全书精要尚未尽什一)。延昌地形志肙卿，片楮无存众所惊(张穆《延昌地形志》为治郦注之津逮。稿归祁韵士，祁死后稿落市肆，至用以裹寒具，可叹也)。君能谋镌传绝学，岂但区区翰墨名。

前诗意有未尽，再用寺韵成长句

东原校郦在省寺，增补删正七千字(戴校《水经注》言，依《大典》，凡补阙二千一百一十八字，删妄增一千四百四十八字，正臆改三千七百一十五字，神明焕然，顿复旧观。故长沙王先谦云：戴校增改多至七千字)。朱(谋㙔)孙(潜)全(祖望)赵(一清)尽变色，如怨相对证同异。休宁疏凿等导岷，然藜中秘知阊阖。异书间代久乃出，灵岩平津皆伏驯(毕沅、孙星衍皆欲为郦疏，毕沅序《水经注释》曾及之。孙校《水经注》自记云：“戴校多与鄙意合。”顾广圻跋云：伯渊致力郦书甚深，晚年对客称引澜翻，不须持本)。宜都籀绎旷年载(杨氏《水经注疏》原稿卷端有光绪五年文昌潘孺初题辞，是知惺吾杨氏削草同光间，迄今已逾六十年)，削简尚有遗憾在。易箦丁宁弟子熊(熊会贞追随杨氏最久，惺吾民国四年逝世，手书遗嘱命熊氏整齐原稿，有“此稿不刊，死不瞑目”之语。见《邻苏老人年谱》)，

勿任飘零文字海；杨熊行辈谁相卿？李子负书世所惊。乃知一书更三手，班昭马续非沾名。

挽吴瞿安先生二首

何来消息到三巴，欲哭斯人路已赊。不瞑鬼雄仍念乱，曰归江左已无家。窜身老尚留南诏，埋梦心犹系百嘉（先生藏度明嘉靖本逾百种，自题其室曰百嘉室）。别后寄诗能慰我，寒云研色字欹斜（先生有避寇杂咏有见怀诗云："一廛高筑傍成均，检校群书大费神。此际风烟偏吴会，鸣鸡风雨忆斯人。"）。

十载江南共好春，每因杯酒得情亲。高歌几欲同哀筑，著论时闻叹积薪（先生有日记数十册，每及世事，多念乱之语）。举世但知声律细，何人能识性情真（先生至性过人，家庭友朋翕然无间。予深知之。然世人所推则曲律也）。蕲春既卒长洲往，不到西仓亦怆神（先生在金陵与季刚同居大石桥，其宅后则明季西仓巷也。诗人杜于皇曾寓于此云）。

行严道旧感叹，有诗见贻，依韵奉酬

与君握手上清寺，竟日商量到文字。亦尝踪迹数前游，世变纷纭共惊异。君今避缴来涪岷，寄盦坐啸仍阛阓。青门已逝霜厓往，犹似高歌不可驯（君曩岁饮余寓庐，坐有汪东、邵元冲、吴梅诸人）。寻常欢会隔年载，畴昔相知几人在。时危节劲独见君，千乘莫移志蹈海。身闲不梦作公卿，作诗要令世人惊。即看用心到圣处，岂屑悠悠后世名。

汪旭初画梅

年时记买烟波艇，曾失前溪万树花（戊辰春偕黄季刚、吴瞿安、王伯沆、张仲清、胡小石、王简庵访梅邓尉，宿光福，花已后时，仅至石楼、石壁、玄墓山、小香雪海而已,怅怅而返)。今日却从图画里,犹能慰我一枝斜。天翻地覆伤春色(用陈简斋句),月落参横问酒家。知有笔端微意在,好留乡梦续《清嘉》(顾铁卿《清嘉录》十二卷,皆寄吴中岁时事,文极秀逸。余藏有日本刊本)。

亚权案:《中国文学》1944年5月第1卷第2期,刊登汪辟疆《题汪旭初画梅》、《再题汪旭初画梅》等诗歌。《题汪旭初画梅》一首《方湖诗钞》未收。《再题汪旭初画梅》即《方湖诗钞》收录的《汪旭初画梅》。发表时无注文。

金静庵以新出土汉延光四年砖拓本见诒,用章行严寺字韵成长句奉酬　有序

东汉安帝延光四年砖拓本凡三纸:其一昌利二字反书;其一横书富贵二字,四周范以花纹;其一长方形,有延光四年七月造作牢坚谨,凡十一字,双行分写,界以直线,字体苍润,真汉隶也。庚申三月郭沫若、卫聚贤于巴县涪内水东岸董家碛雨田山掘得之。东汉安帝以延光四年三月丁卯崩,阎皇后与阎显、江京等立北乡侯懿为帝。十月,北乡侯薨。十一月,中黄门孙程等诛阎显、江京,迎济英王保入即位,即顺帝也。明年改元永建。此砖造作于是年七月,仍用延光年号,足证安帝崩后,北乡侯入承大统,在位八月,尚未改元。盖汉法新帝嗣位例得于即位之明年改元也(两汉惟灵帝以中平六年四月崩,少帝即位,改元为光熹,八月又改为昭宁。九月,少帝废,献帝即位,改昭宁为永汉,是年十二月,又诏除光熹、昭宁、永汉三年号,复称中平六年。此一年中凡数易年号,已在汉末叔季之世矣)。按巴郡自东汉而后,文教大兴,贤守如杜安(见《后汉书·杜根传》)、王堂(《后汉书》四十八有传)为政公清,征辟贤能,习成风尚,故人文蔚起,尤盛于章、和之世。《华阳国志》载,广汉王堂以安帝元初三年为巴郡太守,拨乱致治,进贤达士,贡孝子严永、隐士黄错、名孺陈髦、俊士张璊皆至大位;又有然温、然存亦江州硕彦,温以度辽将军守桂阳;稍前有谒焕、陈为、谯章,号三杰。焕汝南太守,为司隶校尉,章度辽将军也。据此,则江州名贤并集于东汉元初延光之朝,可谓极盛,惜史传未能备载,而方志又历久失坠,

漏略亦多，即诸贤墓地乾隆、同治二志亦无征，此考古者所为叹惋也。又按江州治两汉皆在江北，《华阳国志·巴志》汉世郡治江州巴水北有柑橘官，今北府城是也，后乃迁南城。据此，可知今日香国寺董家碛迤北山坡本为汉时江州故城附郭之地，宜为汉时丛葬之所矣。据卫君视察谓，涪内水会江之口两岸，汉墓栉比鳞次，显露正多，而近时因营造被毁弃者亦不乏，已详请官署妥筹保管或探掘，果能续有所获，如碑记题名之属，审其姓字，详其官职，则匪惟有补巴故，且可以订史阙矣。

幽官近发香国寺，断砖喜睹延光字。光气黕黕土花碧，知有神物固矜异。千华山民走涪岷，搜奇稽古声訚訚。江守王堂号荐士，严张陈黄皆雅驯。史乘荒邈旷年载，瘗藏或有诸贤在。不然三杰谒陈谯，恐有姓字遗沧海。冥搜莫问公与卿，即看题记世已惊。贞寿岂必输金石，乌曹雅擅千秋名。

至董家碛观新掘汉墓和郭沫若韵　庚辰

延光去千载，咄哉羲和鞭。不谓陵谷移，乃出剑与砖。埋幽者谁子，绝代岂婵娟。不然累世士，玩志甘林泉。我闻江州彦，多出延光年。贤守善征辟，永歌蜀国弦。岂其归山邱，爱此吉祥眠。松楸不可见，怅望空云烟。

附录

题延光砖拓墨　郭沫若

延光二千载，瞬息视电鞭。人事两寂寞，空馀圹与砖。重堂叹深邃，结构何连娟。上规疑碧落，下矩体黄泉。但求坚且美，无复计华年。富贵江上波，巧奇琴外弦。一旦遘知音，仿佛启冬眠。影来入我斋，壁上生云烟。

题富贵砖拓本，再和沫若，奉酬静庵先生

昔贤集砖文，珍同七宝鞭。岂期异代后，又见延光砖。昌利与富贵，结体何便娟。波礫出真朴，静穆如冱泉。千华嗜奇古，缅想二千年。手拓传万本，奚翅朱丝弦。一纸张素壁，累我清夜眠。谁谓置眉睫，不见玉生烟？

附录

题汉富贵砖拓本　郭沫若

富贵如可求，尼叟愿执鞭。今吾从所好，乃得汉时砖。砖上有富贵，古意何娟娟。文采朴以殊，委宛似流泉。相见仅斯须，遯无二千年。贞寿逾金石，清风拂徽弦。皓月来相窥，拓书人未眠。嘉陵江上路，靄靄竖苍烟。

汉墓和沫若韵　金毓黻

搜奇到岩穴，让君先著鞭。宝剑光耀眼，岂论俑与砖。冢中骨已朽，不辨豸与娟。拭得延光字，媵以五铢泉。再出人间世，垂及二千年。姓字閟金石，事业空管弦。汤汤西汉水，不肯护牛眠。成坏本一例，过眼如云烟。

题延光四年砖拓本，三用沫若韵

养生若牧羊，所贵视后鞭。后人昧生术，营圹坚作砖。此墓砖上字，古语何连娟。昌利人所尚，富贵渴赴泉。想其固幽扃，所愿万斯年。冢中

骨已朽，世事亦改弦。空令后代人，摩挲夜未眠。何如任造化，万古横苍烟。

沫若以诗乞题汉砖拓本，次韵答之

寄情到金石，古心亦自鞭。不谓五字诗，劳君索题砖。君诗多态度，卷雨山娟娟。自惭无远韵，暗壁喧流泉。眼中炎汉字，今夕是何年？胡尘蔽天地，强歌难为弦。昌利岂其兆，慰我自在眠。不见汉元舅，万里靖烽烟。

附录

以诗乞方湖先生题延光砖拓本

先生俊逸兴，让我著先鞭。一纸求题咏，真成引玉砖。诗心清以越，字体秀而娟。岂期在城市，胜彼栖林泉。可见宅心泰，应宜益寿年。自叹断飞鸿，依然手挥弦。天地一大墓，京垓人正眠。梦中相抟击，万里互烽烟。

题于立群女士手拓汉延光砖

晋发张骏墓，曾得珊瑚鞭；唐掘后土祠，亦获长乐砖。珊瑚与长乐，嘉名丽以娟。此砖有富贵，俯拾不及泉。郭君贤夫妇，美意知延年。嗜古有同癖，我歌君且弦。入眼见佳拓，喜心欲无眠。蝉衣可笼月，不见桐花烟（叶昌炽谓薄纸轻拓，望之如淡云笼月，曰蝉衣拓）。

庚辰郭沫若、卫聚贤于江州董家碛雨田山发掘东汉延光墓砖，常任侠参与其役，有文记其事，且考证翔实，不愧学人之文也。今任侠出拓本属题，因用沫若韵再成此诗。

嗜古郭与卫，得君同竞鞭。言寻董家碛，果得汉时砖。砖文出奇古，纹彩尤丽娟。何物可方之，古木森寒泉。入眼延光字，失喜二千年。考证见淹洽，疏越闻朱弦。一读一叹息，损我清夜眠。谁谓金石寿？过眼如云烟。

山腴寄诗见怀，且订花市游，因次韵奉酬

春光尚未消雪岭，一道澄江逐清景。自怜漂泊西南间，回首江南心耿耿。挟书朝出讲堂遥，冲寒夕归山路迥。浇书破晓恣谈燕，摊饭亭午希造请。适物自疑柳在肘，苦吟长虑瘿生颈。不敢《论语》竟当薪，亦异《公羊》饥卖饼。清寂诗翁忽见思，共喜微阳已回升。发函坐领殷勤意，看花好约文字饮。百篇传诵苦胝沫，十载相思空瘦损。颇思间关共造膝，岂意先施扬短绠。巴蜀从来起雄俊，吴楚频年叹飘梗。虽然千里阻重关，未尝一日不思颖(用后山句)。漫嗟世路艰虞多，敢辞穷老驱驰并。千诗属和弃则那，一镞相持眂其朕。诘朝细雨酿泥深，昨夜小风吹酒醒。万里桥边春正浓，百花潭底波弄影。会当一踏成都春，云霞写入奚奴锦。

于髯书余旧句“北体偶临张黑女，新词合和比红儿”为楹帖见诒，客有询其全者，了不记忆，为足成之

才见春光动柳枝，小桃花发又垂垂。此时幽事那复得，尽日闲情欲付谁？北体偶临张黑女，新词合和比红儿。如今亦有《闲居赋》，不是金梁梦月时(原诗载民元上海《太平洋报》。近有将其录寄者，写存于此，云：“暂乱情怀入酒卮，低徊往事十年迟。手繙缃素三千卷，日对瓶花一两枝。北体偶临张黑女，新词合

和比红儿。如今亦有《闲居赋》，不是金梁踏月时。”比类参之，心境固不同也）。

亚权案：此诗原刊《中国文学》1944年5月第1卷第2期。

秋夜读翔冬《自怡斋诗》即用其体

秋灯不成穗，快读自怡诗。此意谁能会？斯人天岂知。填胸无魏晋，埋梦到轩羲。清唳楼头雁，相看此一时。

梁格庄前路，玉梅庵外山。是心无住处，有梦不能闲。怪以人言信，情为世论删。新诗读不得，一读一潺湲。

得沈祖棻雅州书，凄断不可卒读。适校阅后山集，因集句成二十首寄之，以广其意，兼示千帆

卧听丛竹雨来时，千里河山费梦思。更欲置身须世外，世间能有几人知？

经年不作一行书，万里长驱在此初。剩欲展怀因问疾，不随时事向人疏（祖棻由渝赴雅安时，屡有语书来，极道所苦。余无语以慰之，迄未作复。前闻圭璋言，知在雅卧疾矣）。

晚岁逢春意未穷，不因新句觉情东。正须好句留春住，已足人间第一功。

东阡急雨不成泥，著物还消不待晞。一枕西窗深闭阁，沈侯可更不胜衣？

一帆秋色下江滨，文采传家世有人。闻说妙年心尚在，镜前含笑意生春。

旧游宁寄浙西东，又见新花发旧丛。二父风流皆可继，时因得句寄匆匆（千帆为程颂藩、颂万之侄孙。伯翰、子大皆以诗名，有集行世）。

不辞儿女作吴音，三楚风流秀士林。信有神仙足官府，未堪归路马骎骎（千帆近从嘉州走雅安，视棻疾）。

花随人意作春妍，此去无端久疾痊。定力不为生死动，晓妆它日看娟娟（来书云：“蒅天性淡泊，生死之际，早置度外。所未忘情者，夫妇之爱，师长之恩。每一念及，肝肠寸断耳。”）。

英词从昔动修门，百念皆空结习存。分我刀圭容不死，冷窗冻壁作春温。

少年为句不须哀，且置穷通近酒杯。纵使百年终有尽，好怀百岁几回开。

了知句法更新清，不复人间后世名。知己难逢身易老，此怀端复向谁倾？

白下官杨小弄黄，重梅双杏巧相将。含毫欲下还休去，准拟归来古锦囊（曩携小女碧城、祖蒅、瑟若探梅孝陵，时花事甚盛，远望如轻绡雾縠，蒅约为词记之，时蒅正悒悒也。然词竟未就）。

梦想西湖十里春，马蹄声里度芳辰。遥知更上湖边寺，此后宁无我辈人（丙子三月，偕叔娟、祖蒅作西湖之游，时春雨如丝，匆匆返沪。此行至可念也）。

人来肯作数行书，玉板云英比不如。别后未忘三日语，此生断酒不须扶（来书每戒余节饮养生，有忧能伤人酒足戕生之语。曩蒅在渝州，每见必劝余少饮，素秋亦然，皆可感也）。

倚壁看云足懒回，愁边不复酒初开。已知涉世蘧蘧梦，路别东西意自哀。

东风作恶不成寒，剩欲登临强作欢。一饱有期吾事了，自携云月泻潺湲。

绕郭溪山接四邻，晚风初日乍相亲。未能与世全无意，急作新诗报答春。

多情于我独山川，南渡相忘更记年。未忍一身闲处著，镜中当有故人怜。

握手侵寻出肺肝，立谈相信古人难。老来才尽无新语，只借君诗细细看。

故将羁旅到愁边，笔下源源赴百川。旋作七言供一笑，藏家不必万人传。

亚权案:此诗原载《中国文艺》1944年第4期。诗后附录汪辟疆、沈祖棻师生之间的通信。

秋思八首和证刚(附李惟苓笺)

霜叶吹红满故林,梦中风物亦萧森。岂知二载无家别,不息千寻恶木阴。睇笑难倾江海泪,艰危不拔卷葹心。把君《秋思》吟千遍,起我悲怀抵暮砧。

笺曰:此全诗八首总纲也。题曰《秋思》,则当以秋起兴。惟今日之秋,非同往日之秋,故首二句即从沦陷故乡之秋由梦中见之说起。如是,则诗为抗战而作,全篇统摄矣。岂知二句以无家别承故乡,以不息恶木阴起下卷葹心,并说明离去沦陷区之意,最为有力而明显。睇笑一联,乃秋思之主旨,更为沉痛。卷葹者,拔心不死之草也。结则说明和诗之意。

涪水中分一道斜,恭州竹石湛清华。南来不见珠崖囷(上声),东去难寻汉水槎。纵有清秋好风日,岂无流梦警箫笳。从知瘦里敷腴在,来看春前踯躅花。

笺曰:此就重庆之秋而思及抗战方殷,无心留连风景也。首二句即重庆之秋,风景固佳,然南望则失珠崖,东归不至汉水;下言虽有风物,而鼙鼓声中,岂复有意留连乎?故以风日句承涪水恭州,以箫笳句承珠崖汉水,全篇精紧矣。结则谓胜利之期不远,只待来春看踯躅艳艳之花耳。宋唐子西诗云:"但觉秋来更韶润,却从瘦里带敷腴。"暗用秋字,尤不觉。

海门寒日淡无晖,论判荆凡早见微。力已难胜穿鲁缟,人皆可用尽佽飞。不辞茹苦随年换,莫叹佳期与愿违。他日神弦崇报祀,蕨芽春笋荐初肥。

笺曰:此言中国必胜也。首句指暴寇已陷泥淖中。荆凡用《庄子》凡未必亡,楚未必存之意。凡,国名。荆,即楚也。东坡诗:"未识荆凡定孰存。"意与此同。不过此云早见微者,即决定日本必败也。鲁缟句实证寇方已呈疲困之状。佽飞句证实中国尚有无限之勇士请缨杀敌。佽飞者,古勇士之名,汉时以为武士之称。茹苦二句言近虽困苦，而胜利之期不远。结则指击退强敌，他日为国殇荐新致祭也。

胜败从来似角棋，湘东一目已堪悲。即看海水群飞日，便是神山欲引时。绛帻貔貅方左顾，赤亭拍舰报东驰。祸胎早蕴穷兵后，天意冥冥亦可思。

笺曰：此言日本必败也。首以棋喻，言日本满盘皆输。湘东句，即用黄山谷弈棋诗"湘东一目诚甘死"句意也。欧战已起，暴日必崩溃。所谓神山欲引者，即用《史记·封禅书》神山为风引去之事。绛帻句，言苏联增兵东方。赤亭句，言美舰增防菲律滨。赤亭拍舰，见《南史·徐世谱传》。"自古穷兵是祸胎"，李义山早已言之矣。

吟望无劳忆故山，此邦风节尚人间。提三尺剑能摧楚，得一丸泥可塞关。守土至今多蔓子，不降从古有严颜。賨歌歈舞吾能说，七姓多居执戟班。

笺曰：此言巴蜀为复兴之基也。首言故山姑且不忆，而巴蜀则节义见称于史籍矣。此句即一篇之主。汉高祖为汉王时，尝因阆中人范目之言，募练賨人以定三秦，又出三秦而灭楚。第三句即指此事，谓可凭借巴蜀以驱日寇也。请一丸泥东封函谷关，本为王元说隗嚣之语。隗嚣据陇西，与蜀密尔。虽不必实指，正可借用以谕今日巴蜀地形险固。蔓子、严颜，更为巴渝掌故，且皆以保境不降著称，节义闻千古矣。取譬今日，尤为吻合。末二句用汉高发賨人卢、朴、沓、鄂、度、夕、袭七姓之兵以定天下。又汉高数观賨人歌舞，令乐工习之，即乐府之巴歈舞也。取此作结，意指今日训练川军，杀敌致果，厥功甚伟。又按：此一首又为全诗眼目，故山句，应第一首故乡秋色。中四句，皆巴蜀故实，应第二首之涪水恭州。必如此，则全诗由渝州秋思起兴之主旨方不抛却，且通体贯澈，首尾腹互为策应矣。此为诗法，不可不知。

拄杖经过古渡头，殊乡今夜作中秋。岂同桑下恋三宿，欲把琼枝咏四愁。西北浮云藏月兔（今年中秋无月），东南天远稳沙鸥。清光万里明朝近，准拟磨崖颂道州。

笺曰：题曰秋思，则秋不可抛荒也。此首即说他乡中秋之感，故第二句即指明也。浮屠不三宿桑下，恐生恩爱，承上殊乡，意为居渝两载，岂无情乎？把琼枝以咏四愁，则又因佳节而生"我瞻四方，蹙蹙靡所骋"之感。故下以四方申言之。西北句言月为云蔽，光辉暂敛。东南句言阴霾黑暗，魑魅横行，又承四愁而言也。结则谓胜利不远，当如元道州作《大唐中兴颂》耳。

弱志深惭翰墨功，亦尝相诩在菰中。方期岱岳能为雨，不信爰居是避风。归梦似窥江月白，秋花犹傍战场红。醉中忽向居延去，好句时时诵放翁。

笺曰：此就作者个人而言也。首二句言生江东菰芦中，本不以翰墨策勋也。山谷诗："少年有功翰墨林。"与此相证。岱岳句言有用世之志。爰居句言西迁不仅为避乱，而思为国宣勤，但瞻望乡关，则归梦秋花，益增家国之感。徐孝穆所谓"何心天地"也。居延杀贼，此志不渝。故陆放翁之诗，时时喜诵之，以自策励。前一首写中秋而不仅写中秋，此一首写自己而不仅写自己。此题旨也。又首句从翰墨功说起，又与前首末句磨崖作颂紧接，用杜公法。

蜀山蜀水路逶迤，望断江南卅六陂。倦眼何堪在云物，清歌岂暇为花枝？沉沉哀乐情难已，湛湛江流志不移。我欲与君赓饭颗，真成吟望苦低垂。

笺曰：此总结全诗也。首二句从蜀山蜀水而望江南，正与第一篇从故乡秋色说到涪水恭州，遥遥相对。姜白石惜红衣词云："问几时同赋三十六陂秋色。"此处暗用秋色，使人不觉。然江南秋色固可念，而生民流离转徙更可念。故三四两句更申言不仅为云物花枝而已。有此二句，则前七首之感兴无端，即倦眼之所以注也，清歌之所以托也。哀乐句则实指之，江流句则信誓之。左传晋文公云："所不与舅氏同心者，有如此水。"正与此意相发。末二句点明和诗之意，虽袭用杜公五字，不觉其熟，而觉其沉郁，恰与诗相称矣。

千帆谨按：惟苓，贵阳人，先师长男超伯之妇。

亚权案：周师勋初先生主编《永志勿谖——纪念抗日战争胜利60周年文集》(南京大学出版社2005年版)选录。

题方东美诗卷后，即和一首

知是何人句，衔诗梦口瘖。寻思千嶂密，造意一江深。至乐语言外，回甘授记音；平生哦五字，三复欲焚琴。

上巳前一日集沙坪，以卢僎“去国三巴远，登楼万里春。伤心江上客，不是故乡人”分韵，得不字　辛巳

江南叶底莺声滑，每寻洲渚作春祓。却从巴蜀望江南，对此怀归吾岂不？唐君冲泥昨过我，社集久废曷修阙？今朝雨止勒轻阴，高柳垂垂溪活活。市楼掩映有殊致，沙水澄鲜亦清发。相与谈笑恣欢娱，况有风烟坐超忽。往在江南最少年，花时绮席无虚设，刺船坐领后湖烟，提壶醉倒秦淮月。后来量守尤好事(黄季刚新居曰量守庐)，登山临水何尝歇？得句真欲邻阴何，感时势可吞溟渤。岂期流落到遐陬，于今所得尽华发。巴渝早春亦可念，往事且漫嗟吴越。只看渲碧满江湄，尚有繁红照林樾。知君帐饮岂无意。莫遣流光供一瞥。千杯入手诗亦成，正恐明朝听鶗鴂。

亚权案：此诗原载《中国文学》1944年5月第1卷第2期。

禊集沙坪，证刚未至

抛书永日听淙淙，挟梦留春意未降。对景已无愁可祓，拈题各有笔能扛。游丝堕地疏穿户，高柳排天青入窗。细味鲙甜莼滑句，闲门惟有李才江(李洞诗：“逢春游子怜莼滑，通蜀行人说鲙甜。”)。

上巳后一日，金静安、孙鹰若过访，相约赋诗，分韵得隐字

门前高柳垂毵毵，去郭百里多风潭。一庭朝暮对妻子，几疑佳处留茅庵。多君不为尘波阻，跫然入户惊笑语：巳辰已过风物留，曷与闭门当洲渚。忆昔蕲春逢秉蕳，寻春不辞脚力艰。淋漓大句照一瞬，至今墨渖犹斓斑。二君曩时曾授记，能为师门征往事：雅谑早传凤阁郎(鹰若与曾缄有黄门侍郎之号)，固知所业甚矜异。我今流转伤伶俜，每逢气类神为醒。相与市醉出郊外，略举掌故君能听。吾侪茧足人莫哂，寻山虽远看山近。当前绝巘好云容，试与长谣反招隐。

亚权案：此诗原载《中国文学》1944 年 5 月第 1 卷第 2 期。

上巳后一日，静庵偕鹰若、行素过访，有诗见诒，依韵奉酬

满院芳菲与目谋，忽惊佳客棹扁舟。浓春煮茗摭文病，胜日倾醅向陌头。会合岂缘关定分，行藏安问此横流。人间难遣芳时恨，试上郊原处处楼。

清　明

又是清明上塚时，极天兵火阻归期。生儿似我诚何益？来日如今更可知。客里光阴看晼晚，梦中松桧总凄其。野棠如雪陶冈路，麦饭何年荐一卮(彭泽陶村，先茔所在)。

亚权案：此诗原载《中国学报》1943 年第 1 卷第 1 期。毛谷风编《二十世纪名家诗词钞》系此诗于 1941 年。杨金亭主编《中国抗战诗词精选》(北京燕山出版社 1997 年版)亦选录此篇。钱理群、袁本良注评《二十世纪诗词注评》(广西师范大学出版社 2005 年版)点评本篇曰："凄婉动人。'野棠如雪'为全诗生色，也反映乡愁之深。"

题思旧馆图应童次布　有序

思旧馆者，明鄞县全大程为死友王评事家勤所题者也。明末，太常避地钱湖东童谷，与其友王家勤尝与海上舟师通声息。顺治丁亥，清兵入浙。王走访太常山中，未值。一饭而去，中途为逻者所获，骂贼死。太常哀之，为题所居曰思旧馆，示不忘死友也。今馆已废。村人童次布为谋规复，以存乡邦文献。既属余绍宋为之图，而赵尧生、马一浮、邵莲士、章行严、张阆声皆有题诗；余亦继作。

亭馆都非尚此图！堇山草木亦欷歔。太常风义古无偶，评事艰危此遂初(求仁得仁，亦遂初也)。士气撑天真可贵，衰时亡命又何如。因君触我鸰原痛，题向花前泪溅裾(政府近褒扬舍弟君毅骂贼殉难，遂及之。唏矣!)。

亚权案：此诗原载《中国学报》1943 年第 1 卷第 1 期。

题欧阳元翰墓石，应希丞

吾交有希丞，至性天所赋。求文表先德，语短意已具。曰翁禀中和，内美见初素。古人敦六行，里閈共交誉。亦有综核才，贤侯美胥附。平生持宽厚，施德非外慕。翁今去堂堂，大业佳儿付。驰驱护国命，千里在跬步。拔心有卷葹，椎轮始大辂。勿言程功微，养志其殆庶！烽烟暗修途，梦魂隔津路。东归望松楸，吾诗可镌墓。

还杨白华诗卷

君看万丈松，谡谡千山响。莫比茑萝花，馀红付秋赏。命骚有理意，高世在遐想。不见海雪翁，孤鹤警苍莽。

阅旧作书名诗不及《老子》，不觉失笑。再题二绝句解嘲

此是寒灰六艺馀，犹勤著录费居诸。五千妙谛归荒放，错悔当时强著书。

道大能窥万物根，粃糠尧舜此心尊。若非辅嗣参微旨，谁与羲文证一源？

九日不出，检旧岁登栖霞寺诗卷，即题其后，兼送持生之黔州

一雨重阳失闭门，匡床摊卷自朝昏。人来便有登高意，迹往空馀刻楮存。蜀国清淡关掌故，摄山红叶最销魂。明朝踏遍摩围路，便当江乘旧梦温。

题陈之佛近作榴花鸡雏立轴

笔底微言意最明，榴花如火正鏖兵。沼吴第一功谁属(沼吴事用《越绝书》勾践于鸡山蓄鸡，伐吴时用以食死士)？只有朱朱顾覆情(朱朱，鸡别名，见《风俗通》)。

读韩致光诗

寸寸相思辗作尘，一尘一界自能神。坡言好处无多子，佛说金刚不坏身。会日苦难兼惜别，芳时已恨况残春。冬郎错解流莺意，空作西园袖手人。

亚权案：此诗原载《中国文学》1944 年 5 月第 1 卷第 2 期。

宋仁楚途经大樑子石梯，为坠车所压，伤重几死，医治月馀乃痊，诗以慰之

祸福从知信有门，危梯百级忽摧辕。早疑栋折侨将压，真见凡亡楚独存。不死敢辞艰巨任，得归犹喜笑谈温。使君疏直东南美，未信虞翻骨相屯。

戏答潘伯鹰泖屋之作

潘子海澨聊投足，手写新诗赋泖屋。联系墨戏应有邻(谢稚卿居甚近)，精简世语差不俗。南烹宜取鸟鲫鱼，暑节安屏花猪肉。我来莫倾错著水，留眼待看远山绿。

次韵旭初见忆之作

正有楼头忆，书来月半环。情亲缘别久，诗好识官闲。此夜东西岭，当年大小山。闲情收拾尽，共惜鬓初斑。

附录

寄辟疆小龙坎 汪 东

相望不相见，峰回路若环。一官怜我拙，双宇识君闲（《闲居赋》："两学齐列双宇如一。"辟疆时兼教中央、重庆两大学）。目录传中垒，歌吟接后山。回头十年事，同惜鬓毛斑。

赠赖赞忱

早闻人说赖南康，或意并州一葛强。堪叹数奇同李广，岂知儒雅似周防。诗于吾子真无敌，学已名家可喜藏。史局随身惊岁晚，犹能奋笔颂平羌。

赞忱写所为诗，就余商略，縢诗甚美，愧未能有以益之，依韵奉酬

人生会合谁能料，君住覃岗我小湾。久矣神交在乡国，居然夜雨共巴山。百篇脱手如新沐，五字称心只强颜。日暖梅酣方献岁，何如煮茗款松关！

行严以诗代简，依韵奉答

涪翁好语弥九县，百书不如一见面。我今不面又无书，但有寄声讯安便。君今避缴如秋鸿，我亦定巢疑社燕。文章肸蠁早相通，心藏讵必关相见？我今开缄诵君诗，学仙换骨讶奔电。竟作江西社里人，欲筑骚坛重论荐。我今不乐闭门居，君亦漫嗟客游倦。四方上下倘追随，异代定有云龙羡。

柳翼谋先生出示《劬堂集》，写似一首　壬午

不识何者为诗史，今乃见之劬堂诗（诗凡数百篇，皆流转兴化、上饶、泰和，及由闽而赣湘，而桂黔来渝所作。诗多记抗战以来时事，慷慨激昂，读者感愤，而死生离别，苦语令人酸鼻）。篇篇纪事事可指，古人何尝梦见之？从古祸变那有此，荒鸢过处日光紫，闻声惊倒地上人，提携西窜无留晷；贼来巨炮日夜驰，贼去荒村子妇嬉；名城大都及外围，此外来往如平时；几家分散千万里，妻哭夫兮母哭子；渝州斗米值万钱，金华官盐素璧似（梁时刘峻《金华山栖志》云："金盐重于素璧，玉豉贵于明珠。"）。劬堂笔能一手持，一一摄取皆涕洟。有时感逝伤离乱，至性早入人心脾（集中悼绍骧诗绝佳）。我读君诗叹观止，柴翁瞑叟亦难拟（郑子尹号柴翁。莫子偲号瞑叟。二家皆以记事述哀诗见称：而子尹尤高。近人皆宗之）。莫吟辛苦贼中来，愿进丝桐近芳醴。

亚权案：此诗原载《新中华》1943年复刊第1卷，发表时诗题无"柳"及"壬午"三字，注一则多出"劬堂，丹徒柳翼谋先生号。《劬堂集》，柳先生近著诗集也"，似为千帆先生所改。

柏溪舟中客有谈夏庐及余贫困，且举近事证之，深致叹惋。余询君识二公不？曰：未。因赠以小诗

此是人间直道存，夏庐俊语向谁论？当前验取同舟客，还为先生计饱温。

十二月十二日示立侯

艰危共一城，五年不一面。此岂人情欤？不责我亦谴。君方议啧室，我亦勤讲贯。同为护国命，何用日相见。熊先吾师事，一暝谢忧患。世宁得斯人，敢稽鸡黍奠（是日都人士追悼熊纯如先生）？握手万人丛，有泪互吞咽。教训五十年，得子众所羡。英英邦国杰，恢恢条教远。光大启前规，

非子孰可禅！

亚权案：此诗原载《新中华》1943年复刊第1卷。

与立侯、淑恭夜谈，即送其东归省亲，兼寿春门丈

宵深围一灯，情话若亲串。知子省高堂，明发不及旦。君昏曾几时，儿女看璀璨。大儿长过母，犹说汤饼宴。弱女才二龄，美酒立解劝（席间淑恭命小女诵王翰“葡萄美酒”诗，清脆可听）。中间数儿女，一一勤招唤。君方列明台，持论独侃侃。月尽十万言，退食忘宵旰。持此报庭帏，定当一笑粲。明年春水生，欢声遍郊甸。同买万斛舟，卜筑章水岸。君当再洗觞，登堂劝无算。翁其看诸郎，朝朝御款段。

亚权案：此诗原载《新中华》1943年复刊第1卷。

瓶　梅

吾家庾岭梅，著花红簌簌，一枝谁折赠？照耀媚官屋。和羹饭霜雪，解渴森寒玉。吹香度曲房，破禅累三宿。

亚权案：此诗原载《新中华》1943年复刊第1卷。

尹默出示所为诗，写上一篇

西窗驼坐客四五，略无一语惟及诗。照眼篇章几曾有？一脔宁待全鼎窥？曩时似闻季刚语，隐侯简淡吾最许。舌本澜翻转清溜，即令默默亦媚妩。我疑此言尼其私，今于诗中一遇之。骚心阮旨会腕底，此事天予非人为。取威定霸在此举（集中杂诗四十首，极有理意），笞焉若丧失其武，便焚笔砚倚高楼，极目寒江对烟渚。

亚权案：此诗原载《新中华》1943年复刊第1卷。

再赠梅

大家留取倚阑干，多恐高楼玉笛寒。除却郡侯深锁地，更从何处乞安般。

亚权案：此诗原载《新中华》1943 年复刊第 1 卷。

走笔寄禺生，乞写秦中杂诗

汉镛自恨生不幽并间，西逾太行眺渭汧；行次解州翳寒泉，幸得死友始展萧寺收遗笺（黄仲则一字汉镛，尝自恨其诗无幽并豪士气，遂游京师。乾隆四十八年，抱病逾太行，次解州，病殆，遂卒于河东盐运使沈业富运城官署。友人洪亮吉展其遗衬于运城西寺，归葬之。且其生平诗稿，寄毕沅定之）！今君游秦大病竟不死，探囊示我杂诗清且妍。山川能说为士夫，况有文献善溯沿。初疑王履拄杖华山巅（王履，字安道，昆山人。明初高士。尝游华山，有华山图四十幅、记四篇及华山纪游诗一百五十首。自有华山以来，游而能图，图而能记，记而能诗者，王安道一人而已。钱谦益极推之，采其诗一百七首入列朝诗集），又疑范宽走笔图秦川（元遗山诗集有题范宽秦川图诗。范宽，名中正，字仲立。华原人。性温厚，有大度，故时人目为范宽）。关学沉霾数百载，三李教泽犹能延（关中三李者，即盩厔李颙，富平李因笃，郿县李柏也。颙，字二曲，有《李二曲集》。因笃，字天生，有《诗说》、《春秋说》。柏，字雪木，有《檞叶集》）。方今四海忧戈鋋，安得奉春脱挽车驾前；全秦大地扼肮而拊背，更有长廊西道绾酒泉。我知禺也吟咏定有以，愿持此诗孟春为告遒人焉。不然寸缣尺壁倘寄我，不入迦陵《箧衍》东涧《吾炙集》（清初，陈其年有《箧衍集》，钱谦益有《吾炙集》。其年，号迦陵。谦益，号东涧老人），定入孝威《天下名家诗观》初二编（邓汉仪，字孝威。清初泰州人。尝选时人诗，为《天下名家诗观》初二三集，多至二千馀人。今此集已不易得矣）。

亚权案：此诗原载《新中华》1943 年复刊第 1 卷。又见《孔学》1944 年第 2 期，《孔学》本无注。

与翼谋谈世局，词多危苦，中夜不寐，起而待旦

筛光林影误窗明，起听荒鸡远近声。四塞冻云天似漆，空怜向晓此时情。

亚权案：毛谷风《二十世纪名家诗词钞》系此诗于1942年。

讯旭初 有序 癸未

旭初卧病歌乐山，其答人问疾诗“擐甲沙场君莫羡，老夫亲试石膏衣”。于髯许为名隽，余亦奇赏之。叹为诗家所未有也！近闻医者易以钢马甲，疾其少已乎！诗以讯之。

闻君已卸石膏衣，又著钢襦雪打围。杀贼本来鞍马事，草玄何用貌容讥。稍安丹地开黄卷，待倚红妆看翠微。一语慰君还自慰，预知前路有光辉。

亚权案：此诗原载《新中华》1943年复刊第1卷。发表时诗题无“癸未”二字。

劬堂、尹默、旭初皆有诗见酬，赋此答谢，仍用讯旭初韵

传来好句绣弓衣，一笑寒灯欲合围。换骨学仙时自至，呕心拥鼻世何讥？当前大敌难言勇，此事诸公已造微。要为承明开雅正，小才端合黜刘辉。

亚权案：此诗原载《新中华》1943年复刊第1卷。

失 题

忆曾傅粉与熏衣，不数东山妓作围。花底送人常惜别，眼中自郐可无讥。居然景武逢红拂，老矣温岐寄幼微。遥想散花兼问疾，维摩丈室耀春辉。

案古图书系以一诗

遮眼图书尽日探，欲穷亥步到天南。九州禹贡图裴秀，十道贞元录贾耽。能以战争知得失，要从删述究深覃。宛溪已往潜邱死，此事从谁得细参(顾祖禹谓："凡地里，言南可与东通，言北可与西通，非若东与西，南与北，迥然相反者。"阎若璩叹为精绝)。

亚权案：此诗原载《新中华》1943年复刊第1期，又见于《孔学》1944年第2期，《孔学》本无注文。

题《水经注》后

谁疏兰台地志书？郦亭真可探骊珠。不从通互参微旨(水道名称错出，源流参差，善长以互受通称说之，遂觉涣然冰释。《禹贡》《班志》亦然，而释郦者不知也)，但赏瑰琦亦陋儒。晚有一清能凿牖(赵释实古今奇作，不但郁仪、绎旃未能望项，即东原亦未能及之。谢山尝取其稿供参证)，孰云双韭得奇觚(全氏双韭山房旧校本今不可见，然谢山七校尚有传本，精者为赵释所具，馀鲜称是，乃张石舟必欲拥全，谬矣)？可怜杜佑空千载，葱岭重源失问途(君卿诋郦多臆说，不意杜有此巨失也)。

亚权案：此诗原载《新中华》1943年复刊第1期。

柏溪道中

嘉陵水色女儿肤，比似春莼碧不殊。送我一程山路迥，照人千顷浪花腴。颇宜行脚供三宿，何必乘舟入五湖。便与目成分手去，明朝相见不生疏。

亚权案：此诗原载《新中华》1943年复刊第1期。毛谷风《二十世纪名家诗词钞》系此诗于1943年。钱理群、袁本良注评《二十世纪诗词注评》(广西师范大学出版社2005年版)点评本篇曰："以女儿肤拟嘉陵水色，极情尽态，自然生趣。"

梦回似旭初

梦回呜咽泪沾衣，几见惊鸿玉作围。鸳锦尽容厮养傲，犊裈宁避保庸讥。虚传江令歌琼树，何处天台问翠微。今日鬓丝禅榻畔，与君同忏慧灯辉（华严经："为然智慧灯，善目于此深观察。"）。

亚权案：此诗原载《新中华》1943 年复刊第 1 期。

题故山别母图应周邦道

苦道白云近亲侧，望云怅断龙雾山。山前别母千行泪，至今墨渖犹斓斑。我念圣善心恻恻，苍黄不辨母颜色。鲜民之生我与君，翘首白云望乡国。

亚权案：此诗原载《新中华》1943 年复刊第 1 期。

忆故园松樧作歌　有序

《尔雅·释木》："被，煔。"郭注："煔，似松，生江南，可以为船，作柱，埋之不腐。"徐铉遂据以补《说文》樧字。《南方草木状》："杉，一作被煔，煔杉古今字也。"景纯既言似松，而吾乡林木以松樧为最。松视樧略逊，然直干干霄，文采内焕，实与樧同。緦丞主中央大学森林系十五年，哓音瘏口，仞树木为阜国至计，盖颍上遗教也。三十二年造林节前，以不佞生长樧木名区，不可无诗，而不佞适以羁屑频年，故山风物久在念中，遂为长歌答之，兼示同系诸子云。

我家江南多松樧，涛声到枕疑风潭。千年老干看偃盖，次亦擢颖高齐檐。飞子成林数年耳（飞子成林，江西人种松杉谚语），略施人力何毵毵！斧斤入山曳之倒，列干穿箄张风帆（缚木为箄，张风帆于上，可顺流东下，达于宁沪。箄大者可结庐种蔬其上，经年方达，蔽江而下，声闻数里）。乘流章贡更东驶，岁入何计缯与缣。我闻井冈九宫几千仞（井冈山在遂川西，九宫山在武宁西北，连冈数百里，松樧蒙密，障天蔽日），虬枝虎爪相交参。古藤缠缚数百载，亭午坐失天蔚蓝。又闻赣江屈曲三百里，两岸蛋尾垂层嵁（赣江自上游新涂至赣县，中多险滩，所谓赣滩三百里，数凡十八，而以万安惶恐滩为最恶。两岸青障如画，松杉蔽天，舟行其间，涛声到枕。今则以频年战祸，斫伐殆尽矣)。葱茏接天致雨泽，农事亦赖膏馥霈。尔来兵祸苦煎迫，槎头枿蘖多夷芟；不睹连天卷苍翠，但见列洞争嵌嵌。吾家亦有万松岭，洪杨劫火无留篸。先公手植数万本，曾不数载披冈岩；至今浓荫尽绕屋，郁郁窗户生晴岚(吾家豫园，傍万松岭，松毁于洪杨之际。先奉政公自河南罢官归，会村农植二十万株，今弥望葱茏矣)。支椽不待嵬山泽，负薪岂必劳行担。乃知树木十年事，仲语阜齐理可叹。何况柀粘树种推第一，出以实验非空谈。我今梦绕蜀山尖，我歌聊当工师监，君能石根百尺移试涪水岸(孟郊诗："石根百尺杉。")，吾当再诵坡语"为我佳处留茅庵"("为我佳处留茅庵"，苏东坡焦山诗也)。

亚权案：此诗原载《新中华》1943年复刊第1期。

为潘慈光题汉富贵砖拓本

剔藓湔尘失纪年，犹存富贵见精坚。年时记取嘉陵岸，雾縠蝉衣榻汉砖。

富贵岂从人力得？偶然相值巧安排。君家忠孝源经术，曷与重寻养一斋？

山阳潘四农尝谓："挽回世运莫切于文章，文章之根本在忠孝，源在经术。"又论治术，谓："天下大病不外三言，曰吏，曰例，曰利。世儒负匡济大略，非杂纵横，即陷功利，未有能破利字而成百年休养之治者。"味此，知昌黎示符爽，真世俗之见也。方湖记。

亚权案：此诗原载《孔学》1944年第2期，原无注文。《汪辟疆文集》本《方湖诗钞》诗题脱一"拓"字。)

题汉富贵砖拓本，为萧月高

甘橘园空北府荒，断砖时喜出幽藏。土花蚀尽延光字，富贵犹堪号墨皇。尼父曾闻事执鞭，史迁为汝致拳拳。羡君俯视收青紫，坐笑昌黎示爽篇。

为吴子力题汉富贵砖拓本

怀古千年缘字砖，每从句里见倏然。孰知涪水松林路，累我虚堂自在眠。吉语曾传昌利字，又从富贵识精坚。要知此愿人人有，不谓腴词到九泉。

题吕凤子仕女

翠袖无言梦堕烟，有人怊怅晚风前。不须更有天涯意，忆到天涯总惘然。

题汪旭初为秉三所写适园图卷

海源星散绛云灰，皕宋东驰更可哀。为语长恩休叹息，故乡犹胜不归来。

别下斋图出戴(醇士)汤(雨生)，寄龛又写鹧鸪庄。藏书掌故他年话，留与长洲叶鞠裳(适园在吴兴鹧鸪溪畔，张石铭钧衡藏书之所，戊寅十月十五日陷敌，园罹兵燹，图籍尽散，亦浩劫也)。

次韵答太希

掩抑心期有旧盟，况兼句里带边声。荒斋过我诗能说，短后从军槊可横。蛙黾林塘人竟去，稻粱江海事初更。因君更忆勤闲室，未共郫筒七字成(太炎取刘昭语，为季刚题书室曰寄勤闲室。太希季刚门人，故及之)。

亚权案：此诗原载《孔学》1944年第2期。

巴州送太希返赣

早闻八境说虔州，此别双江亦汇流。真武山光方入夏，郁孤台好最宜秋。情因思蜀归难准，诗为游秦语更遒。遥想到家欢父子，莫吟西北有高楼。

亚权案：此诗原载《孔学》1944年第2期。

綦江贺生求题汉砖拓本

故城北府傍嘉陵，夜照时传见漆灯。行尽废墟无一物，打砖犹许听登登。

君家旧住古南平，贞翠嵌岩世已惊。我欲重寻吹角坝，庐丰残字抵连城。

上巳集经农斋中，写似一首　甲申

一雨磐溪失禊辰，高斋聊与当江滨。得时鸟语如相款，排闼山光若可亲。临水更无灾与祓，清歌总觉气雅驯(是日圭璋、晴航奏昆曲)。静中收拾闲晴味，寸碧成阴意苦辛。

题程瘦叟山水拟渔山

墨井宗风出大痴，亦能简远亦神奇。即看巨刃摩天手，合称君家影史诗。

又拟石涛、石溪一幅

萧条异代不同时，各写胸中一段奇。绝胜林峦孤迥处，从知二石有偏师。

题张韵南手稿应李寅恭　有序

韵南名鲤庭，宿迁人。品学负重望。曾主讲宿迁钟吾书院十馀年，造士甚众。尝客睢亭，有句云："夕阳下斜树，落叶撼孤村。"黄滨虹写为图。寅恭韵南婿也，掇拾韵南祭奠其师黄康侯文手稿及《砚田赋》，并黄图装为一卷，李翊灼、靳志皆题之，余亦继作。

师门寄奠墨犹濡，落叶孤村句可图。共喜遗文收李汉，岂知教泽满钟吾。乡贤往事谁能说？风义平生世已无。我有夷门恩厚意，高楼灯火失追摹（谓上海张芝房师，余幼时读书信陵书院南楼，师每过之，语至夜深，不肯去，今忽忽四十年矣）。

赠张阆声先生　宗祥

心闲直欲梦华胥，每接清言鄙吝除。阅世沙虫真自失，论文杯酒得相于。搜奇不减清仪阁，题记何惭士礼居。更欲从君穷秘苑，还将《海赋》问元虚。

附录

奉酬辟疆先生见赠　张宗祥

中流汎汎一舟虚，火宅冰天任适居。乱世亲情半消散，暮年文字幸相于。马君帐下经传久，郑氏阶前草石除。愧我癖书无一用，陆沉难挽感沦胥。

夏日松林坡杂诗示文系诸生

乳桐过雨碧参差，石磴穿云日影移。为爱松林坡下路，绿阴摊卷胜花时。

此地松风六月寒，眼中青碧泻千湍。岂知水石因依处，累我终朝袖手看。

神龙喷玉万山巅，奇绝平生忆铁船。今日磐溪看倒海，不知身已落东川（庐山铁船峰下神龙宫瀑布，最为壮观，余喜听水于此，今日雨后，偕慈光步坡下，望磐溪，不胜羁旅之感）。

下视嘉陵水万寻，恐君东望亦伤心（荆公句）。我今东望无穷思，翻怪临川感慨深。

兰州花事异成都，闻道朱明粲万株。为语马（騄程）潘（慈光）留后约，过门有酒更相呼（阅报闻兰州花会，五月犹盛，马生陇人，潘则成都籍也）。

无言桃李自成蹊，时复相过策杖藜。他日重来辛苦地，欲寻陈迹恐烟迷。

诸子英英尽少年，起时挟册静时眠。要收万象归胸次，欲展江湖万里天。

不居城郭不山林，此境临川句里寻。我似放翁惊退笔，钟山抛却负高吟（陆游诗："退笔负高吟。"）。

亚权案：本篇原刊于《中国文学》1945年2月第1卷第5期。叶元章、徐通翰编《当代中国诗词精选》（浙江古籍出版社1990年版）选录"神龙喷玉万山巅"、"诸子英英尽少年"两首，系于1943年。

题唐人写般若波罗蜜多经残卷

曾见敦煌百本来，有人荐福扫烟煤。但看隶法参登善，唤取神光万劫回。

亚权案：本篇原刊于《中国文学》1945年2月第1卷第5期。

题些庵南岳游记手稿(些庵，郭姓，名都贤，字天门，益阳人，天启进士，官员外郎，出为四川参议，督江西学政，分守岭北道。甲申，北都陷，悲愤不食，结草庐桃花江，以诗累，客死江宁承天寺)

折奸片语走雷霆(面折洪承畴事，见李元度《事略》)，馀事为文尚典刑。剩有孤怀归腕底，只将微契托山灵。不因人见移幽赏，却得泉声得少停。七十二峰应好在，可怜犹放隔江青(是日闻衡阳失守讯)。

亚权案：本篇原刊于《中国文学》1945年2月第1卷第5期。

赠藻荪

堇山梦寐似曾经，不为钱湖水满汀。此地久传天一阁，逢人每问鲒埼亭。君生文献乡邦后，合称承明著作庭。定与先贤通肸蠁，瓣香岂但一西溟?

早闻量守说方闻，年少能文独许君。信有清新追柏枧，好将耆旧续桑枌(李杲堂《甬上耆旧诗》，谢山续选凡百六十卷，今时阅百馀年，藻荪当任之)。陆沉黄绶随年换，徒倚红酣到夜分(余识藻荪于金陵，文酒之会，以近数年为最)。更拟寿君兼自寿，诗成赖有酒能醺。

亚权案：本篇原刊于《中国文学》1945年2月第1卷第5期。

赠陈公伟

往年负笈燕台畔，每过胡瑗必说君(谓先骕)。今日传杯涪水曲，辄推童訾最能文(藻荪与君同官)。人生聚合真难料，世路干戈惜暂分(借义山句)。上马修期能杀贼，我除搜句百无勋。

亚权案：本篇原刊于《中国文学》1945年2月第1卷第5期。

藻荪能文而不肯作诗，简以一诗

老于文者必能诗，此语曾闻听水师。宾客重阳原有托，达夫五十未嫌迟。平台左海篇应继（陈寿祺有平台湾上福康安百韵并序，沉博绝丽，为时传诵，今正其时矣。藻荪师石遗，故云），洗象西溟句益奇（姜宸英有观洗象诗，见《苇间集》）。要拓灵源准师法，乡贤况有杜韩遗。

亚权案：本篇原刊于《中国文学》1945年2月第1卷第5期。

寿心斋

隔年诗债几时还（山谷句）？况值悬弧句敢悭？麟楦功名真弃置，玉壶岁月自宽闲。学从《平准书》中得，酒觉刘伶颂可删（酒禁未解，故云云）。他日珠林穷雪窦，料应为我敞松关。

讯叔虎

经旬不见史公谦，每忆清言下漏籤。幕府文移凭指顾，官家事了便安恬（君每言：官事未了，心辄不宁）。出行几见回骢马，散值归来有鲽鹣。天气已凉寒当劝，罗衣好为细君添。

证刚曩在旧京，曾于厂甸购得韩偓诗，车中读之，和其《老将》、《故都》、《宫柳》、《梅花》四律，皆有为而言。尝以稿寄予金陵。今夏检家中旧书，忽得之，持示证刚，乃知久失其稿，喜而有诗见谢，因次韵奉答

摇兀车尘远寄笺，凤城高咏是何年。看题老将知怀抱，为爱冬郎亦夙缘（予曾写《韩内翰别集》一卷，并为年谱，今皆弃之金陵矣）。厂肆访书疑世隔，沧桑留简觉情迁。凭君莫问浮沉事，只合低心向竺乾。

亚权案：本篇原刊于《中国文学》1945年2月第1卷第5期。

附录

壬申有故都和韩偓四咏，久失其稿。甲申秋，方湖忽以持视。旧笺重展，恍逢故我，顿有不可言喻之感。口占长律，兼谢方湖先生厚意，即希吟正并和。

秋窗重展旧吟笺，忽忽俄惊十二年。南北东西同遍历，浮流根著问何缘？心光差喜吾犹昔，诗境还征物不迁。多谢故人相示意，从今佳兴更乾乾。

前诗意有未尽，再次韵题其原稿

曝书重睹故人笺，自抱灵芬谢少年。曾捋虎须空有寄，欲冲鱼浪竟何缘？芳菲坐看花枝靓，髀肉徒惊岁月迁。谁识西园惆怅意，独持涕泪望旋乾。

亚权案：本篇原刊于《中国文学》1945年2月第1卷第5期。

一樵出示劬堂先生赠诗，次韵题其后，即呈劬堂

盋山旧隐校书郎，奋笔犹堪敌孟王。守藏本无儒可绌，出关真见道弥光。联吟涪水谁能料？掌录君家孰与详？投老看翻新史局，明朝莫讶海生桑。

亚权案：本篇原刊于《中国文学》1945年2月第1卷第5期。

再叠前韵赠一樵

忆昔中兴颂漫郎，瑰词万里动君王。于今急雨销尘劫，又见层阴露晓光。濡笔典谟君可待，成蹊桃李我能详。他时冷笑南阳葛，只眷成都八百桑。

亚权案：本篇原刊于《中国文学》1945年2月第1卷第5期。题作《再次前韵赠一樵》。

一樵约与诸生讲演，写似一诗，即用其见示诗韵

大鸟三年竟一鸣，岛夷系颈有长缨（唐独孤及诗："岛夷今可料，系颈有长缨。"）。山容淡淡秋逾好，海气昏昏天欲明。复楚早征三户谚，强齐可动五家兵。与君苦口艰危际，好共收京醉冶城。

亚权案：毛谷风《二十世纪名家诗词钞》系此诗于1944年。本篇原刊于《中国文学》1945年2月第1卷第5期。

编所为诗一卷题后

居尝喜称诗，称诗贵有我。箴绣及鞶帨，外具无一可。世见画唐宋，守格笑偏跛。浮响出杂沓，淫哇日滋夥。良由门户分，真气未克荷。我闻眉山子，巨笔推饭颗。巍巍万世师，涪翁实翼卵。万象汇一源，朝姓殊委琐。亦有祧唐贤，祖宋今亦颇。又若海南器，质状趋矮椭。二者等交讥，此道终嵬䯀。称诗自有真，辞旨要大雅。至味若橄榄，刚健杂婀娜。体势视排奡，局度务帖妥。谓诗不关学，此语恐相左。

读《唐书刘仁轨传》

白江东望海天宽，应有刘公旧筑坛。亲缚倭夷来北阙，手颁唐历遍三韩。安边不为人言动，谋国应教异代看！太息此才难再得，时危掩卷涕汍澜。

刘仁轨东征时，请唐历及庙讳以行，或有询之者，刘曰："当削平东夷，颁示本朝正朔耳。"高宗方封泰山，仁轨乃率倭酋赴会，军民欢腾。盖刘仁轨白江口一役，烧倭船四百馀艘，海水尽赤，此役实足以寒倭寇之胆。由唐迄宋六百年无倭寇患者，白江口一役之功也。方湖记。

亚权案：周师勋初先生主编《永志勿谖——纪念抗日战争胜利60周年文集》（南京大学出版社2005年版）选录本篇。

匡衡

宰辅儒宗自不宜，分关经术有微辞。平生莫误长安令，诗说犹能托解颐。

饮沙坪酒楼，天放未至，简以一诗

楼外浓阴失旧晴，胸中寸意总难平。忻闻荷印围初合，稍觉鄜延势已成。猪口倘能存正义，馀生犹可见澄清。天空飞下峨眉影，要为诸生作启明。

亚权案：此诗原载《新中华》1943年复刊第1期，又见于《孔学》1944年第2期。

咏落日

衔山光景异高悬，谁道长河落日圆？弄暝尚难甘寂寞，烧云犹可彻中边。看翻东海横流水，正展西球欲曙天。观象已知兴废事，不须重演辨亡篇。

亚权案：本篇先生别有一诗笺题作"落日"，首句"衔山"作"沈山"，其馀全同。

为叔虎题摄影

官书堆眼共晨昏，尚喜书生面目存。它日凤鸣山下路，最销魂处是涵园。

题陈师曾画竹

"我尝爱君此静坐，胜见无限寻常人"。老可写竹能咏竹，虽有好语无此真。槐堂笔与湖州配，偶然出手世无对。亦曾为我写风枝，为诵此诗题纸背。

又　题

我家半亩园，目对千竿竹。何如朽道人，笔底生寒绿。往年别槐堂，千里寄一幅。真气在□指，意恐世间独。今朝见此卷，旧梦恍在目。

读赞忱追悼之作

重此人间伉俪情，小诗初不费经营。八年亲见梁鸿案，一瞑如闻《妇病行》。誓墓岂期当此别，酬恩只好卜他生。都官梦冷秋萤入，不待秋来梦易成。

旭初画石笋墨菊

胸中定有此境，笔下乃一见之。相对韩陵片石，旁人错认东篱。

又题松竹

枯淡方能韶润，至德绝去声闻。世间何物堪喻，苍官合配此君。

为黄天鹏题《逍遥阁伉俪集》

“男儿四十未全老”，此语君家亦自豪。但说林泉堪避世，争知海上一楼高。

朝治文书千管秃，夜围灯火一鬟亲。要知天下无双士，合称逍遥阁里人。

及取春风间指环，年时旧梦未全删。如今收拾闲情了，好奏肤功破虏还。

跌宕图书又一奇，纪年纪事本分驰。要增伉俪人间重，此是生辰变体诗。

读贺扬灵《龙田泣墓记》，题绝句

墓门凄绝一归来，眼底龙田事事哀。莫为雄文损才思，书生报国要雄才。

曾闻六一表泷岗，名德应知后世昌。为报亲恩先许国，千秋留得永思堂(永思堂在双林涪翁先生墓侧)。

题甘孟涛《缅甸政治经济概要》

烽烟南望古朱波，万里征人正荷戈。磨盾成书心上泪，为山聚米掌中螺。天连身毒郊原阔，路出哀牢瘴疠多。莫谓儒生勤远略，一编风土费研摩。

伯循新居成，诗以落之

使君缩地已多方，弹指楼台日月长。快意一廛客坐啸，游心万里便康庄。亲人花鸟成新识，满眼烟岚即故乡。我有皖公山色好，只凭诗句补书堂。

馥珍新居燕集，写似一诗

试向高楼一据梧，嘉陵江水此东趋。得时鱼鸟皆成侣，入夏峰峦定可图。写韵人来原不负，簪花格好与追摹。临轩况有烟岚美，莫寄乡心到海隅。

和叶元龙　二首

涉世知君信直钩，忽惊排闼竟谁尤。愧无长物劳胠箧，剩有文章尽附疣。问讯交游同一默，扫除身外释千忧。岂因诗好关天忌，为语烟波浩荡鸥。

国门大盗看吴钩，揭箧担囊不尔尤。但喜围灯聚儿女，更无空室筮疮疣（用延寿《易林》语）。惊寒征雁情难已，落日饥鹰事可忧。更欲与君参世法，论心我亦狎盟鸥。

一月一日　乙酉

墙头语鹊迓元辰，知有佳音慰羁人：东海一竿看挫鬣，今年三户定亡秦。顿河铁马争残腊，所岛楼船及早春。便欲出门追笑语，几家丝管沸香尘。

亚权案：此诗原载《新中华》1943 年复刊第 1 期，又见于《孔学》1944 年第 2 期。

二十四日纪事

空巷群看伐罪师，南中父老涕交颐。谁云天堑难飞渡？真见降王泣路歧。比户诛求今可解，一隅窃据会终夷。沧溟纵有弹丸地，釜底游魂命属丝。

社集秦淮酒楼，因感近事，各赋二律

罢絜光阴一凭阑，寻常胜会事殊难。全收人物归吴楚，剩有篇章较瘦寒。入梦山河生远思，隔溪歌管佐清欢。沉沉万念高楼夜，进入尊前强自宽。

向夕层城鼓角严，心伤国步泪先函。尘扬东海氛初亟，死向沙丘恨未芟。观政已难分鲁卫，辨亡且莫问荆凡。何当把臂同娱野，准拟题诗对碧巉。

九日登鸡鸣寺

拊槛登楼一问之，六朝往迹去何时？绣襦埭口鸡仍起，浅黛钟山镜可窥。从古人谋能设险，即今女谒是前师。我来不暇携萸菊，感事聊成变雅诗。

亚权案：据汪定民先生提供方湖手稿1090，此诗又题作《九日登鸡鸣寺得诗字》，诗末署"静便"，钤"汪辟疆"白文方印一枚。

九日集蒲石路十四层楼得重字

霜晓烟开一笑逢，梯空真不觉楼重。无山自有登高兴，得友难酬宿戒供。谈往漫嗟耆旧少，放怀还仗菊萸秾。淞波一剪因人胜，涛挟吟声乱市舂。

游钟山　丁亥

游情常为此山浓，来访禅栖万壑松。何处更寻功德水？至今谁问蒋山傭？废池乔木犹思痛，越世孤踪倘可逢！且置眼前倾日铸，不辞佳日一楮筇。

亚权案：毛谷风《二十世纪名家诗词钞》选录此篇。丁亥为民国36年(1947)。

庚寅九日登鸡鸣寺豁蒙楼，得九字

到寺神已怡，如人获嘉耦。鸡笼若明珰，钟山便螓首。隔年袖底湖，清扬当户牖。修态不自持，巧笑或无狃。岂唯可避灾，所愿长相守。平生几逢辰，腰脚未敢后。登高必造巅，山川落吾手。此楼非穹窿，此山亦培塿。情生一念中，至美遂无偶。咄哉莫登楼，酸梅误欧九。

亚权案：据汪定民先生提供方湖手稿1131，此诗又题作《九日登鸡鸣寺豁蒙楼以陶公闲居爱重九之名分韵得九字》。有跋文曰："庚寅九月，录近作二首，付京京四女藏之。向主'六山'之说，验以此诗，殊不似，乃似《海藏楼集》中之近坡公者，冤矣！"

但觉一首

但觉流光腐草馀，先生今解世间书。洪荒有梦非难到，物外无功与扫除。万里风烟看长养，一言热熟令生疏(传灯录某长老言，生疏处要令热熟，热熟处放令生疏。今学习亦然)。须知荡荡归筋力，此意安能喻子舆。

小　圃

平生煮菜说坡羹，小圃锄春力尚任。独怪丰昌今岁异，请君一问米邱林。

访虚桐影小筑　辛卯

卢侯与众殊眼力，桐不取阴(去)惟取德。阴虽恶木人息之，岂若桐影孤且直。平生原不解韦脂，机事亦知羞弗为，匪孚守正自消悔。坐对桐影真吾师，君家园林过从每。语妙况喜诸陈在(君任、彦通、颂洛、器百皆园中客)，亭角寻诗满袖风，茗才泼乳花初蕾。我醉喜谑颜颊红，法喜曾闻转拨工。凝云好奏珠玲珑，高秋正要丝与桐。

失　题

万顷芙蕖记旧游，今来顿失一湖秋。年时倘更逢幽赏，要为枯荷听雨留。

亚权案：方湖手稿1211，署款“己卯四月，方湖左腕书”下钤“汪”朱文园印，右上“万顷”旁钤“方湖”白文长印。先生1954年罹患中风以后，曾坚持练习左手书写，终于练出一手漂亮的“方湖左笔”。但方湖手稿1211的署款日期是“己卯四月”，己卯年乃1939年，当是先生健康时兴之所至的左腕书法作品。

方湖诗词补遗

亚权案：汪辟疆先生既精于诗学，又深于诗功。据程千帆先生回忆，先生原存诗一千四百馀首，编为二十馀卷，但文革中都随同日记及其它手稿成为劫灰。程先生收拾丛残，略依先后编成《方湖诗钞》一卷，这就是我们现在所能看到的收入《汪辟疆文集》的两百三十馀首诗歌，尚不足总量的六分之一。笔者从近现代诗文集、当代诗词选本、民国报刊杂志及方湖裔孙汪定民先生所提供的方湖手稿等资料中辑出方湖诗词若干首，略作考订，以示同好。方湖集外诗词存于天壤间者，想必遗珍尚多，愿博洽君子有以教我。

方湖集外诗

失题

岂关物情移，自是人意背。主人濠濮情，折简暖高会。虽为秉蕑游，似有在莒诫。宽语落芳洲，短唱诉清濑。世事方熙熙，吾诗果何谓。

（据汪定民先生提供方湖手稿1064辑补）

丁亥禊集后湖菱洲得带字

去年祓康园，二水所襟带。地胜心已遐，兹游岂意外。湖山落吾手，触处纷感慨。池馆与乔木，不为窥江败。反复看愈好，花竹有呻忾。思慰羁人怀，别久恣一快。其如孤孽心，欲诉先反袂。天亦勒馀寒，枝头失藻缋。

（据汪定民先生提供方湖手稿1065辑补）

石云孙属题黄宾虹所写石交图

宾虹刻画称绝伦，早箸羼抹世所珍。晚岁为君图石友，此事应无第二人。米颠拜石果何有，孰若灯明擎在手。意到真如锥画沙，神全那顾柳生肘。平生熟读书五车，腕底真气谁能加。霜皮尽脱见山骨，駿尾流赪皆渥洼。我贫无玉伴蒸栗，亦未图画从人乞。劣能长抱彀城文（骆宾王《白云抱幽石》诗云："岂知吴会影，长抱彀城文。"），眼中黄石徒空阔。

（据汪定民先生提供方湖手稿1065、1202辑补）

亚权案：石学鸿（1921—2009）篆刻家。别名石云孙，字云孙，号志勤，室名厥庐、石交堂、印雪斋、翠竹楼。江苏南京人。祖籍江西婺源。毕业于上海正风文学院。幼承家学，能诗词书画。曾任印铸局技师、中国公学教授。建国后曾于南京创新安印社。后历任江苏省文史研究馆馆员、书画组组长，南京书画院研究员，南京书法篆刻学校教务长等。其书法师从胡小石，刻印师从王福庵，出入秦汉而专精宋元，尤长于圆朱小玺与蝇头小楷边款，所作精工秀雅。兼擅书法，工篆、隶，精于铁线篆、小楷微雕等。为中国书法家协会会员、南京印社顾问。辑有《石云孙印存》、《石学鸿篆刻》等。1945年，钤印本《云孙印存》行世，杨仲子序文，于右任、王福庵、胡小石分别为其题字，黄宾虹亦曾为之亲绘《石交图》，并撰书长篇题记论其治印造诣。此诗当作于1945年。

灵谷寺归途中作次病树韵

定岩已劫定林空，怊怅精蓝一磬风。原庙只馀山突兀，高僧不见塔穹窿。回车顿减青鞵兴，过客虚寻暮霭中。想得闭门陈正字，即多新句亦情东。

(反后山意。戊子秋,方湖稿。)

(据汪定民先生提供方湖手稿 1066 辑补)

亚权案:戊子秋,即民国 37 年(1948)秋。元好问《论诗三十首》第二十九首:"池塘春草谢家春,万古千秋五字新。传语闭门陈正字,可怜无补费精神。"

【校】"青鞖"、"暮霭",汪辟疆《致赖维周》作"跻攀"、"晻霭"。

己丑九日酒集得吾字

几曾霜饱见花腴,漫道今吾即故吾。诗酒隔年耆旧共,江山还我乱离惧。因人成事宁毋哂,与世相忘本不图。但有清尊对锺阜,不须满意说方湖。(是日诸公携酒肴来)

(据汪定民先生提供方湖手稿 1067 辑补)

亚权案:方湖手稿 1217"方湖诗"又有《己丑九日集斋中分韵得吾字》一首,文字稍异,可比对参看:

几曾霜饱见花腴,漫道今吾即故吾。诗酒隔年耆旧共,江山还我乱离惧。因人成事宁无哂。(是日诸公携酒肴来会。)与世相忘本不图。但有清尊对锺阜,未须满意说方湖。

浙赣道中作

摇兀车灯夜向遒("摇兀车灯"原作"迢递奔车"),羁情乡思五更头。江山历历都如梦,骨肉栖栖各异州。世乱与谁商去住("商去住"原作"论出处"),吾生端可署浮休。眼前拍拍频惊起,羡尔烟波浩荡鸥。

(据汪定民先生提供方湖手稿 1067 辑补)

清明一首

才从檐柳认清明,却忘颁正世已更。上塚还家真细事,课农占岁亦虚名。近怜草树光如沐,苦念松楸泪欲倾。不是高人酬令节,擘笺谁遣一诗成。

（据汪定民先生提供方湖手稿1068辑补）

亚权案：此《清明一首》即方湖手稿1230“方湖诗”《清明简瘖庵》之“又一首”。

题高二适诗卷

吾交章长沙，誉名不容口。长沙少许可，胡独与子厚。自吾得君诗，三复不去手。君诗果何奇，独造谨所受。批导杜与韩，斟酌妍与丑。如玉生光莹，如砚发深黝。斯为自得之，不顾世可否。吾更有何言，为君凿户牖。

（据汪定民先生提供方湖手稿1068辑补）

次韵慰汱书悼亡

绝忆梁鬋著语奇，思量正是负恩时。欲持旧句聊相慰，终觉深情胜以诗。料简米盐应力瘁，纷披翰墨与神驰。惘然为汝添怊怅，苦念春灯泪暗垂。

（据汪定民先生提供方湖手稿1069辑补）。

亚权案：方湖手稿1115又有《次韵慰散释悼亡之作》，可以参看：

绝忆梁鬋著语奇，思量正是负恩时。（梁句）欲持好句聊相慰，转恐深情或胜诗。气尽米盐人亦瘁，神伤翰简梦先驰。几回为尔添惆怅，苦念春灯泪暗垂。（原作成于元夕）

又，方湖手稿1330“方湖诗”亦收录此诗，题作《和蔬畦悼亡之作》，文字注释又有不同，亦可参看：

绝忆梁鬋著语奇，思量正是负恩时。（梁句）欲持好句聊相慰，转恐深情或胜诗。气尽米盐人亦瘁，神伤简翰梦先驰。报书为汝添怊怅，苦念春灯泪暗垂。（蔬畦诗成于元夕）

九日登鸡鸣寺有诗后有传蔬畦醉叶楼之作诵之甚美依韵寄之

广野平林肃涧阿，佳辰引我出书窠。看山每喜逢秋健，临水其如皱面何。世事苓通真自失，眼前萸菊不须多。羡君海角喧高会，火急传笺付墨娥

（据汪定民先生提供方湖手稿1070辑补）。

亚权案：方湖手稿1220“方湖诗”有《九日登鸡鸣寺旋有传蔬畦醉叶楼之作者诵之甚美依韵寄之》，可以比对参看：

广野平林肃涧阿，嘉辰引我出书窠。看山每喜逢秋健，临水其如皱面何。世事苓通真自失，眼前萸菊不须多（京沪与会者并孙往年）。羡君海角喧高会，火急传笺付墨娥。

访訒庵和其重游頖水之作

来访淞滨一亩宫，主人应是旧仙篷。簪花曾睹承平盛，闻喜犹留梦寐中。岂为乡书矜小捷，要从故事振儒风。书生报国宜无负，况有鸿编计厉同（訒庵近辑清词百卷，于同光后搜罗尤备）。

（据汪定民先生提供方湖手稿1071辑补）

亚权案：方湖手稿1093此诗注释：君辑清词百卷，盖用小长芦钓师及计有功、厉鹗例也。戊子九月，方湖汪辟疆初稿。

客有询近况者三次蔬畦韵答之

藏身岂必在岩阿，两版丛书自作窠。手校误编思一适（近以大典再校戴氏水经注，颇多创获），口衔石阙饮亡何。期邀令甲宜无罪，老署园丁幸已多。如此生涯贫亦好，增年真不怨羲娥（借坡公意）。

（据汪定民先生提供方湖手稿1072辑补）

亚权案：此诗先生另有一纸（方湖手稿1072），题作《有询近况者作此答之三次蔬

畦韵》，双行夹住作“近因大典本水经注校戴氏两本，多有创获”，诗后有“墨巢、蔬畦先生定之”。当是先生初稿写送诗友审定者。又，方湖手稿1221“方湖诗”有《拔可询近况三次前韵答之》，亦可比对：藏身岂必在岩阿，两版丛书自作窠。手校误编思一适，（近以永乐大典水经注校戴本，颇多创获）口衔石阙饮亡何。期邀令甲宜无罪，老署园丁幸已多。如此生涯贫亦好，增年真不怨羲娥。（用坡公句）

集节庵句似蔬畦四次前韵

一月照人凄欲绝，呼天血泪滴成窠。红蘅碧杜长相忆，梦醒更残可奈何。末世都惊人事改，海风有力犬羊多。玉溪自觉伤才绮，飘尽红蕤冷素娥。

（据汪定民先生提供方湖手稿1073辑补）

亚权案：方湖手稿1223“方湖诗”又有《集梁髯句四次前韵寄蔬畦》，异同之处，堪供比对：

乱世峥嵘词反艳，呼天血泪滴成窠。红蘅碧杜长相忆，梦醒更残可奈何。花好似忘春已去，我无一物意还多。玉溪自觉伤才绮（一作“义山濩落裁诗怨”），飘尽红蕤冷素娥。

为榆生题哀江南图三次拔可用金陵怀古韵

谁写荒寒到小窗，赋情画笔本无双。酣沉歌舞成陈迹，鸩毒山川合受降。但（原作“更”）倚钟陵看落日，不闻胡马自窥江。可哀尚有人间世，欲（原作“唤”）起兰成酹一缸。（广雅句：世间少有兰成赋，便觉江南最可哀。）

（据汪定民先生提供方湖手稿1073辑补）

亚权案：方湖手稿1203又有《为榆生题哀江南图三叠拔可用荆公金陵怀古韵》一首，文字稍异，可以参看：

谁写荒寒到小窗，赋情画笔况无双。酣沉歌舞天同醉，鸩毒山川例受降。但傍钟陵看落日，不闻胡马自窥江。可哀尚有人间世，更唤兰成酹一（“一”原作“玉”）缸。（张广雅句：世间少有兰成赋，便觉江南最可哀。）

又，民国十七年刻《张文襄公全集》本《张文襄公诗集》四《金陵杂诗·登台吊凤凰》："孟老录中思汴台，达摩曲里郸城灰。世间少有兰成赋，便觉江南最可哀。"光绪二十八年西安臬署刻本樊增祥《樊山续集》卷二十五《沆瀣集》亦载此诗，文字全同，待考。

不 息

方生方死说庄周，不息须从大易求。浩浩江流终到海，昌昌春物倏成秋。非关政俗齐三变，算误循环貉一邱。（辨证论：言自然现象永远在变动中，其变乃为前进、为上升，并非循环。亚权案：此夹注作者用毛笔圈去。）太息兼并乘剧乱，强将科律蔽沟瞀。

（据汪定民先生提供方湖手稿1074辑补）

亚权案：方湖手稿1227"方湖诗"亦录此诗，文字、注释皆有不同，堪供比对：

方生方死说庄周，不息还从大易求。浩浩江流终到海，昌昌春物倏成秋。非关政俗齐三变，算误循环貉一丘。（大易言变动归于循环，与辨证论言前进不同。）太息兼并乘剧乱，强将科律蔽沟瞀。

题薛宗元展三吟册

上巳重阳皆可展，帘前柳絮惊春晚。（借坡句）惜春心事胜悲秋，临水（原作"江渚"，后改"曲水"，再改"临水"）登（原作"高"）楼宁后限。昨者一雨败湖游，却遇蓬梗斋中饭。欢呼斗室无拘束，门外飘花任飘转。陈侯坐惜嘉会难，刻意追春春可绾。剥鲜斟碧展重三，高楼又极一辈选。靳先无语对钟山，政恐山色鹃啼损。陈七填胸苦语多，清吟聊共明蟾遣。寥士此日倾浊醪，兼到隔岁嗟茗盌。就中可惡高兴程，其一攒眉一萧散。风光不是永和年，故事或接（"接"原作"继"）题襟馆。我愧闭门自成世，虽有文史空遮眼。阶前红药已离披，枝上黄鹂犹睍睆。梦回不省神官言，心闲未觉沧波远。有时旧雨念王（符五）林（召宣），惜未邂逅同春款。明年会成十友图，此诗便是张南本。

杜公集中有一种清空一气之作，坡公常效之，山谷早年亦效之，即今所传外集补也。杜公此种，笺注家皆定为晚年颓唐之作。山谷则多为壮年学诗时拟杜所为，故晚年尽删去之。东坡却取此格，而博以蒨丽，清新骀宕，自成其体。愚颇好之，亦不敢效之也。近日偶与颂洛谈北宋诸家，颂洛极不喜坡诗，而不能言其故。客去后，饮酒微醺，即走笔为此篇，非敢效坡，欲一洗连日攒眉之苦也。

（据汪定民先生提供方湖手稿1075辑补）

会仙亭侧望三叠泉

飞泉散玉碧千寻，拄杖穿云万壑阴。信有纤腰同来素，只留半面亦推襟。奔腾尚挟排山势，曲折何知造物心。绝忆宫亭湖上望，吴门匹练正骎骎。

（据汪定民先生提供方湖手稿1076辑补）

熊粟海写庐山佛手崖见诒赋谢

梦想庐云十载间，芒鞋笑我未乘闲。多君揽胜穷幽意，为写苍岩绝壁还。佳处茆庵客可住，得时山鸟若相关。荒斋画里初逢地，待证它年九折艰。

（据汪定民先生提供方湖手稿1076辑补）

题张大千峨眉长卷和尹默

昨夜梦峨眉，了了辨山色。奋身金顶间，风烟莽无极。朝来见此卷，一梦化水墨。山耶抑画耶，谁与较失得。我昔阙跻攀，神秀空相息。何年绝九峰，未敢惭脚力。预恐出云中，山灵惊旧识。

（据汪定民先生提供方湖手稿1077辑补）

苏堂斋中拜山谷生日得惊字

陶诗圣处在拙放,(语本山谷集陶诗跋尾)几人肸蠁通其情。即看落笔九天上,黄语至公实自评。太祝左司逮端明,诗好犹尼迹与名。岂若按指发光喻,举念徒起尘劳惊。茗香笋苦端可盟,礬弟梅兄相与清。平生托物见大节,胸次耿耿天机横。柴桑双井三日程,瓣香不敢乡闾轻。今朝独下涪翁拜,灵台启钥方庚庚。(六月二十日)

(据汪定民先生提供方湖手稿1078辑补)

酬散释五叠墨巢韵

早因乘障始从军,晚以收勋翰墨闻。此士湛冥天所笃,一言得失世能分。为欢坐惜笙歌夜,好我应怜麋鹿群。输与长公钟阜住,落梅如雪点风裙。

(据汪定民先生提供方湖手稿1079辑补)

六月二十一日苏堂斋中拜欧公生日颂洛代拈得来字

三游洞口江上开,我过彝陵空徘徊。琅琊蜀岗近咫尺,睡听每想倾尊罍。平生儒雅兼风裁,居外履正犹居台。具瞻早致昭陵叹,何处得此制诰来。文体王季良可咍,六籍久已嗟寒灰。手挽颓流披荆棘,提挈况有石与梅。我今("今"原作"生")千载兴悲怀,风狂世运惊相推。辞气鄙倍还奇侅,公如生此当含哀。拜公爵公诵公句,曷起龙蛰驱风雷。

(据汪定民先生提供方湖手稿1080辑补)

读心斋学谱即题其后示士伟

心斋英雄人,闭门自成世。一见王馀姚,敛气服至地。尊道即尊身,俯仰无怍愧。良知证本心,圣愚皆可致。日用而不知,本体固非异。尤于格物训,独揭千载蔽。挈矩以正身,反己即格义。天下皆归仁,物应斯自至。其端洞本末,其次辨内外。兹非一母欤,眼前发真谛。所以罗念庵,对榻见深契。后来全绍衣,叹息不可易。方今世教衰,圣道久荒翳。不有重爬疏,谁与振聋聩。觵觵一卷书,寒灯照无寐。肸蠁见云礽,非君孰可继。

(据汪定民先生提供方湖手稿1081辑补)

亚权案:此诗亦见方湖手稿1121,诗末署:"丙戌仲春方湖"。中国文学月刊社用笺,并钤印数方。

发南昌车中作

物累翻将世路轻,奔雷明发灌婴城。烟横鞎梦山无迹,秋老穿林叶有声。访旧半惊为鬼录,载书宁复要时名。田间妇子怀铅客,一样劳人报国情。

(据汪定民先生提供方湖手稿1082辑补)

九日集拔可斋中拔可有诗即席次和

清霜犹未悴庭柯,佳日园林意已多。即此登临有殊致,便寻萧旷欲如何。俊游谁赋思佳客,健句君当曳落河。我自十年阻高会,愿持红叶照颜酡。(癸酉九日,散原、拔可、敷庵、太娖、仲恂、意息、纕蘅及余登扫叶楼,尽竟日欢,后遂无此盛。)

(据汪定民先生提供方湖手稿1082辑补)

九日无菊席间拔可又有诗依韵奉酬

莫吟江树入寒烟,著意秋光晚更妍。信有孤芳天所靳;了无怅恨子能贤(郝俣诗:黄菊已堪增怅恨)。强排世虑真宜酒,得傍高人愿受廛。自古黄花矜晚节,休论今日是何年。

(据汪定民先生提供方湖手稿 1083 辑补)

和苍虬翁九日之作

岂为幽花首重回,要从句里拨寒灰。古人往矣馀风在,世界今为特地开。老淡秋容疑瓒画,沉吟真赏对琴台。略酬佳节吾随分,不是霜浓候雁哀。

(据汪定民先生提供方湖手稿 1083 辑补)

还金陵途中戏集后山句仍次苍虬翁韵似诵洛兼呈墨巢苍虬两翁

拟与山公倒载回,酒肠枯涸壮心灰。当年此日仍为客,襟抱从前相向开。冲雨肯来寻此老,栖迟无路上燕台。囊中秀句归杂满,路别东西意自哀。

(据汪定民先生提供方湖手稿 1084 辑补)

次韵病树抱孙之作

兴宗闻诞最娇儿,恰值东篱放晚姿。天与好怀开此老,树因得地长孙枝。悬知共穀有阴德,遥想含饴自课诗。却傲香山老居士,引雏还说乞名时。

(据汪定民先生提供方湖手稿 1084 辑补)

客有自北来者述某娄讯贱况重感其意作此答之六叠墨巢韵

辨瞻安能过右军,晚交犹喜近方闻。浮名何与饥寒事,溷迹应无出处分。荣愿苓通端可付，清游鸥鹭自为群。漫云欢遇同何胤，儒肆依然好曳裾。

（据汪定民先生提供方湖手稿1085辑补）

苏堂生日有诗次韵寄似

囊空甑倒赵章泉，尊酒犹能近少年。（无须叹苦怆，甑倒与囊空。赵昌父句也，见《章泉稿》）入梦羲皇风已远，收身江海子为贤。行吟谁寄桄榔杖，作苦今无下渼田。合榜难斋摩老眼，罢氓何止贱钱钱。（昌父晚年患世路之难，号难斋）

（据汪定民先生提供方湖手稿1085辑补）

陪苍虬翁湖隄候车用病树玄武湖韵

恨不从公廿载前，湖堧深语晚方便。车灯隔水疑无地，荷气挟风香半船。未信燕谈成世忌，得贡诗本岂天怜。烟霞亦有推迁感，犹自（原作“何恨”）低回大定年。

（据汪定民先生提供方湖手稿1086辑补）

【校】“得贡”，《致赖维周》作“得供”。

酬翊云再叠墨巢韵

诗派荣州特起军，一楼海溢断知闻。生朝白下聊同醉，彩笔江郎忽见分。伟略匡时金作砺，清辞回雪玉为群。要知濯锦江边客，不用霓裳月色裙。

（据汪定民先生提供方湖手稿1086辑补）

为味辛题念园图

园林养志真难事，待得园成亲不侍。此中有泪绝酸辛，不信请看念园记。念园风日足清娱，万顷湖光无时无。心畬王孙写作图，此图此记世教扶。

（据汪定民先生提供方湖手稿1087辑补）

谢何叙甫馈菊

闲居独爱重阳节，每对空林数冥鸦。今日却来三径里，忽分秋色到寒家。栽培巧夺天工力，徙倚深思翠幙遮。多谢故人相厚意，莫令晚节负黄花。

（据汪定民先生提供方湖手稿1087辑补）

偕颂洛新令陪苍虬翁病树登鸡鸣寺豁蒙楼用广雅鸡鸣寺韵

十载别鸡鸣，足未涉荒埭。埭阻北城闉，隐约烟中寺。今朝从耆英，美此登临地。钟山俨列屏，卢龙森拱卫。北湖落眼底，尽洗金粉气。鸡笼势稍偏，回睇正拊背。往年抱冰翁，眼力觑天秘。作楼傍经堂，一旷收万翠。冠盖为飞骖，游冶亦停辔。我来值燹馀，缅想艰难际。浮云在西北，宗臣有默识。题榜见孤怀，妙墨已其细。楼回迹已陈，谁与发今蔽。（一作“江山叹重蔽”） 颂洛兄正，方湖倣稿。

（据汪定民先生提供方湖手稿1088辑补）

【校】“飞骖”，《致赖维周》作“飞觞”。

次病树莫愁湖韵

石城艇子已（“已”原作“本”）微茫，何况卢家白玉堂。解佩岂真来汉水

(“汉水”原作“鄂渚”)，临流或恐爱吴妆。柳丝曾绾依依别，荷盖时(“时”原作“犹”)倾裛裛香。坐笑白门游冶子，驰情(原作“低心”，又作“反魂”)甘拜转轮王。

(据汪定民先生提供方湖手稿 1089 辑补)

越日携龙滁再游仍次前韵

郁金少妇句荒(“句荒”原作“事微”)茫，点缀湖山剩此堂。系艇已非前度影，倚栏顿失旧时妆。山横远黛悠闲意，风动残(“残”原作“衰”)荷寂寞香。(用赵嘏句)欲借坡公诗举似，一杯当属水仙王。方湖走笔

(据汪定民先生提供方湖手稿 1089 辑补)

颂洛出示沪上吟集诸作并似苏堂

小李将军好事无，追摹清景如追逋。呼朋茗饮有殊致，到眼诗会不可孤。(孟郊诗：昔年诗会满，今年诗会空。)春申谁解(“谁解”原作“却从”)林际出，鲁直肯与鸥盟渝。君归囊句我所羡，便此重翻主客图。佚堪吟定，庚寅四月方湖。

(据汪定民先生提供方湖手稿 1091 辑补)

得颂洛书和苏堂七夕韵并似苏堂

残暑不作凉，深夜犹秋热。细字灯下书，了不知令节。平生子陈子，高论素(“素”原作“夙”)心折。书来谬见推，流汗恐失实。吾诗愧(“愧”原作“本”)残馀，未免从人乞。在眼每森然，追模惊脱鹘。天孙夙专巧，出手玑珠匹。但求一粒丹，作诗当换骨。

(据汪定民先生提供方湖手稿 1092 辑补)

清明一首简瘖庵

廿年客里过清明，羁绪春愁旋旋生。罢絮光阴欺短鬓，吹香消息隔重城。仓皇几见无家别，踯躅难为上塚行。却念城南高处士，闲呼吟侣听啼莺。

（据汪定民先生提供方湖手稿1092辑补）

亚权案：方湖手稿1230“方湖诗”亦收录此诗，题作《清明简瘖庵》（原稿“瘖庵”误作“瘏庵”）

五月十七日集访虚斋中忆旧感叹适彦通出示秦淮联句访虚用其韵全和之余亦继作

不信人间有此楼，闲来坐我似深秋。何须长物招嘉客，便对高梧即胜流。

九载乌蛮意自迷，终朝杜宇尽情啼。何曾买得江南艇，归梦从君十里堤。（丁丑偕访虚同入蜀，次年君先返广陵，余留巴渝九载，至丙戌夏初始返金陵旧居。）

珍珠何处认前桥，一水如沟尚唤潮。（余居珍珠河上旧有桥，河即吴大帝所开潮沟也。）老我十年钟阜住，归肠千绕酒难消。

吟情辽落水泋瀜，睡起高楼日在东。欲拟允言商句法，却愁五色画虚空。

连日诵临川、白石千家集，爱其绝句高诣，以为非天水一朝诗家所及。适访虚以诗见视，见猎心喜，偶一效颦，然不可使亢悔翁见之。或疑我真废蝤蛴瑶柱，恐发风动采矣。辛卯六月尽，方湖。

余曩时拟抄临川、白石千家绝句为一卷，以视正鹄。别抄山谷、诚斋千家绝句为一卷，以尽变格。然黄诗拙重，韵味内敛。杨诗清颖，妙语外溢。要皆独造境界，不肯犹人。使人读之，头目清醒。四家各有调剂妙用，俗人那得知。或以为厌家鸡而取野鹜也。方湖再记。

昔诚斋称白石除夜归石湖十诗，有裁云缝雾之妙思，敲金戛玉之奇声。读者试思白石十诗，何以称此？浅人或疑十章但有流转侧媚耳，不能副此评。不知惟能出奇响于妙思，寓裁缝于敲戛。故摘句则了不异人，缀章则自成超妙。却成白石。高手若张广雅辈但以宋意唐格视之。此相如所谓鹪鹩已翔乎寥廓，而罗者犹视乎薮泽矣。方湖又记。

（据汪定民先生提供方湖手稿1095、1096辑补）

亚权案：方湖手稿1098、1099另有《集访虚斋感旧成忆即次其韵奉答》四首，文字小有异同，可供参看。

百尺浓阴隐一楼，闲来坐我似深秋。何须长物招嘉客，便对高梧即胜流。

九载乌蛮意自迷，终朝杜宇尽情啼。何曾得展培风翼，归梦从君十里堤。（君以戊寅春遄返，而余留巴渝至丙戌方返金陵。）

珍珠何处认前桥，一水如沟尚唤潮。（余宅珍珠河上旧有桥，河即孙吴所开潮沟也。）老我十年钟阜住，归肠夜绕酒难消。

宅边塘水静沖瀜，况有高楼日在东。要拟允言新句法，真疑五色画虚空。（野误塘）

访虚兄一粲，方湖率笔。七月六日夜。

九日登紫金山天文台作

一旷端能散百忧，逢辰真为此山留。满林黄叶非前度，豁眼沧波无限秋。观象几疑天可步，凭高转觉句难酬。钟山故事吾能说，丁亥重阳是俊游。（同游有冒鹤亭、商藻亭、于右任、张溥泉、贾煜如、靳仲云、居觉生、汪旭初、尹石公、赵倚人诸公，濮伯欣、柳翼谋后至，皆有诗。）

（据汪定民先生提供方湖手稿1098辑补）

乙酉除夕用证刚次中峰韵

岁除春暖不成冰，亦未诗心淡似僧。偶为临池寻坠简，只缘酌酒倒瘿藤。寒梅袅袅香侵席，冻雨霏霏粲若灯。静里观心生意满，闭门索句我何曾。

答证刚除夕之作再叠前韵

中峰语沙拆春冰，除夕吟成静爱僧。已分将心同止水，更烦急足写溪藤。为欢我赖屠苏琖，破闇君疑大智灯。见惯迁移莫惊叹，蓬莱清浅记吾曾。

讯伯纯三叠前韵

似闻（后改为“谁言”，又改作“岂真”）阳泽散春冰，开岁（改为“消息”）为询（改作“探”）罢讲僧。养老几回倾白堕，出门是否杖乌藤？何年并入升平世，何地为然大净灯？万物昭苏今见否，个中下语更谁曾？

谢伯纯和诗四叠前韵

新诗镂玉复裁冰，或是前身慧业僧。卖饼莫轻三世学，煮茶犹有一枝藤。至情文字宜延寿，无尽光明在转灯。似我疏顽无一可，花间著语老何曾（伯纯向治《公羊》学，又尝言前身为僧人）。

亚权案：先生别有一诗笺，标题及注释皆有不同，附此以供参考。《伯纯和冰曾诗甚美依韵和之》：“新诗镂玉复裁冰，或是前身慧业僧。卖饼莫轻三世学，（君精公羊）煮茶犹有一枝藤。至情文字宜延寿，无尽光明在转灯。似我疏顽无一可，花间著语老何曾。”（据汪定民先生提供方湖手稿1099辑补）

元夕无月证刚有诗五叠前韵

戢曜韬光媲抱冰，又疑寂寂定中僧。三更事异蟆吞魄，一滴心安鼠啮藤（见《翻译名义》）。未信光明亏此夜，只将消息问传灯。君诗合是开云手，明日溶溶得未曾。

次夜月色甚佳证刚步江上有作六叠前韵

四卷纤云若镂冰，今宵疑对皎然僧。新声如听楼中笛，光景犹妍石上藤。几辈观书当乙夜，有人按曲记春灯。波心散作娟娟影，好语如珠白傅曾。

元夕次夜集宋元人句七叠前韵

要分清署玉壶冰（东坡），惭愧南窗打睡僧（遗山）。岭上梅开通地脉（梅溪），故山松长到天藤（山谷）。偶逢白堕争春手（放翁），一看通衢自在灯（坡）。渐老更知闲有味（放翁），梦中来往本何曾（坡）。

亚权案：先生别有一诗笺，题作《元夕集宋元人句和证刚冰曾韵》，未注明每句作者，其馀全同。（参汪定民先生提供方湖手稿1100）

尹默出示近词写似一篇八叠前韵

入手新词胜嚼冰，不关诗字耻无僧（荆公诗："古人诗句耻无僧"）。赏花排日携刘堕，作草终朝擘剡藤。勃郁千悲为擪笛，消沉万念说收灯（二语隐括词意）。凭栏为汝低徊久，此意今人喻未曾。

和证刚九叠前韵

良匠真宜谢琢冰，通圆何处访高僧。尝疑赤水三珠树，不傍苍岩万岁藤。于翰墨场开一径，以光明藏续千灯（借荆公句）。新吟掩映能盟我，自问玄关彻未曾。

前诗意有未尽十叠前韵

黍谷温回已拆冰，叩疑犹有打门僧。天边未散阴晴雾，春色难妍老大藤。始觉有生应有住，本来无灭亦无灯。观心直造三千界，断水抽刀我亦曾。

晨起忽有所会再成此解十一叠前韵

谁云一室冷于冰，独握玄机有定僧。诏我片言如古月，看人歧路绕横藤（“横藤碍路”，庾信《行雨山铭》语）。能参大化方为宰，自发心光即是灯。闲倚阊浮窥下界，六龙扰扰竟何曾。

赠证刚十二叠前韵

每接清言胜漱冰，何须远访住庵僧。守玄善世非忘世，理惑牵藤亦斩藤。今日偶同文字饮，当年已续祖师灯。凄迷海日楼中语，蹑屩陵阳记昔曾（证刚出示沈寐叟诗中语）。

亚权案：先生别有一诗笺，题作《赠证刚和其冰曾韵》，参汪定民先生提供方湖手稿1100。

赠伯纯十三叠前韵

丈室初疑冷欲冰，为欢浑似在家僧。问安息女能持户，排闼闪光可挂藤。百甓娱生愁煮茗，一甕暖老失围灯（伯纯旧蓄宜兴沙壶白具，多精品，尝名其斋曰“百壶”，今皆失之矣）。连床风雨钟陵夜，忆否衙斋乐事曾。

过证刚寓斋语及世变感叹有作十四叠前韵

本欲求温反挟冰(语本《魏志·高柔传》注),世间真有哑羊僧。雕盘欲下千重嶂,猿饮方悬百丈藤。以我观心俱是幻,即因求果便是灯。小儒不用纵横涕,摊饭浇书已惯曾。

亚权案:先生别有一诗笺,题作《书愤和证刚》,其馀全同。参汪定民先生提供方湖手稿1102。

将东还偶成简伯纯证刚二公十五叠前韵

暖入湖陂正解冰,清寒不用苦依僧。方生雪岭溶溶水,已见风亭袅袅藤。行乐何妨当暮雨,赏花犹及趁春灯。眼中青碧江南忆,一笑金丹换骨曾。

亚权案:先生别有一诗笺,题作《东归用冰曾韵简证刚伯纯》,首句"正"作"已",其馀全同。参汪定民先生提供方湖手稿1101。以上十五首总题"冰曾倡和集"署款"乙丙之间行卷"当是先生民国乙酉(1945)、丙戌(1946)年间的诗作。《冰曾倡和集》方湖先生工楷书于"水经注引用书目考"红格稿纸之上,11行,行24字,共3张,版心下方镌"马騄程撰"四字。

赠缪剑霜

了却公家试据梧,金门大隐似君无。一官坐领山林趣(盐署近迁半山寺新舍),二雨还疑謦欬诸。(卢见曾有雅雨堂,曾燠有赏雨茆屋。曾、卢皆以鹾官而好士者也。)求友嘤鸣成小集,关心耆旧损行厨(君于赵尧生、何梅生二公,存问无间。尧生八十生日,君亲往荣州祝嘏。梅生贫乏,君损俸周之。此二事皆人所难能也)。高怀便是长生诀,不用黄筌八寿图。

寿图

剑霜初度,朋好相约为诗祝之,题云赠,不云寿者,盖别乎寻常酬应也,写似乞定之。方湖。

百年雅望卢曾在,官阁馀情逸兴长。红叶秋风泐岭月(前八年,剑霜约游泐眉,红叶西山,景物奇绝),黄花晚节半山霜。经邦煮海夷吾策,置驿延宾郑氏庄。野鹤南飞歌一曲,笛声吹彻九天苍。

商衍鎏稿

(据汪定民先生提供方湖手稿1101、1103辑补)

亚权案:方湖手稿1102又有《寿剑霜》一首,可以参看:

抛却文书事据梧,金门大隐似君无。一官坐领山林趣,二雨还疑謦欬俱(卢见曾有雅雨堂,曾燠有赏雨茆屋。曾、卢皆以筦鹾而好士著称者)。求友嘤鸣成小集,关心耆旧损行厨。(君存问赵香宋、何梅生无间,尤难能。)高情便是长生诀,不用黄筌八寿图。

方湖手稿1134又有《剑霜先生五十晋九生日同人相约为诗奉祝写似一篇即乞吟定是幸》一首。诗曰:

了却公家试据梧,金门大隐似君无。一官坐领山林趣,二雨还疑謦欬俱。(卢见曾有雅雨堂,曾燠有赏雨茆屋。)求友嘤鸣成小集,关心耆旧损行厨。(赵尧生、何梅生二公君存问无间,皆人所难能。)高怀便是长生诀,不用黄筌八寿图。

丁亥十月方湖汪辟疆傲稿

亚权案:手稿1134署款下钤"展庵"朱文长印、"汪辟疆"白文方印各一枚。

蒋峻斋新婚写似一诗

三十不婚情欲失,斯言近是恐非真。由来作赋书裙手,合偶琼枝璧月人。迢递佳期当此夕,寻常静好亦肯回。从今不羡鸥波馆,好咏山堂烂漫春。

(赵松雪集有题山堂诗句云:推窗绿树排檐入,临水红桃对镜开。又云:山妻亦有幽棲意，数日迟留不肯回。）

（据汪定民先生提供方湖手稿1103辑补）

还诵洛间关集

谁遣诗人作蜀游，兵尘澒洞送滩舟。不逢万死一生地，孰写千岩百嶂秋。刻画吴船成独赏，温燖陆记兴冥搜。还君一卷间关集，气夺年时下里讴（鄙作三峡竹枝，甚愧之）。

（据汪定民先生提供方湖手稿1104辑补）

亚权案：方湖手稿1122又有《题陈诵洛间关集》，诗句注文全同，惟诗末署："方湖俶稿，五月二十六日。"中国文学社用笺。

陈昭华再婚即席赋赠

世间何事不翻新，夫妇郎潜古少伦（新夫人与昭华同供职考选委员会）。尽有文书千管秃，何如灯火一鬟亲。秋河不动厌厌夜，玉琖能回浅浅春。领取眼前真实意，齐眉人是意中人。丁亥七月方湖率笔

（据汪定民先生提供方湖手稿1104辑补）

赠诵洛次伯臧韵

白战尝思一敂关，摧坚反觉秃毫孱。闭门吟苦同无已，（原作"谈龙喻好传秋谷"）炙輠书成署启颜。不饮自忘醇醴近，得归犹及漏声闲。年时一卷登坛录，尚喜（原作"悔不"）从君得（"得"原作"共"）要删。

近重定《光宣诗坛点将录》，君贶以近人诗集，其文且多所商榷。

戊子夏方湖初稿

（据汪定民先生提供方湖手稿1107辑补）

赠伯臧先生次湖游韵

烟云点染托荆关，旁溥诗篇力未孱。家（原作“江”）国回肠（“回肠”原作“胜游”）归影史，湖山如梦（“如梦”原作“佳处”）识苍颜。从公恨不十年早，好我能同一日闲。地下陈（散原）杨（昀谷）今不起，还将行卷乞（“乞”原作“待”）重删。

戊子仲夏方湖僩稿

（据汪定民先生提供方湖手稿1107辑补）亚权案：本篇末句后又改作“今日江西论宗派，紫薇题品待重删”。

同伯臧颂洛游后湖次伯臧韵

楼外浓阴为款关，相从脚力敢辞孱。近人鸥鸟疑前（“疑前”原作“如相”，又作“惊前”）识，照影湖波讶去颜。寂寞肯来同此聚，幽忧能解是真闲。寻常蹋（“蹋”原作“踏”）地都生感，况有（改为“正藉”，后又删去）元龙气未删。

（据汪定民先生提供方湖手稿1108辑补）

访颂洛未遇归而读其答谢证刚长歌走笔次韵奉赠兼示证刚

横术广广平如掌，造君未遇增敞网。归来巨制照座隅，快读引（“引”原作“使”）我神为上。亦儒亦侠亦温文，羽琌此语真逸群。闻声惊倒严陵叟，（君为范孙学使所赏）年少曾收翰墨勋。京国诗才孰（“孰”原作“谁”）龙虎，杨侯覃思心独苦。一时郑夏尽胜流，（习叟午诒）不谓风流散如雨。君从授记心意消，谋镌衄死无荣凋。到今秀句颇挺出，篇什不数庐山高。忆昨逢君白门道，欲起韩公赋双鸟。吾交尚有李甦龛（“甦龛”原作“临川”），曾与延真喻怀抱。为言说诗匡鼎来，李侯强起良快哉。入门袖卷不拘束，晴窗日暖钟云开。

（据汪定民先生提供方湖手稿1108、1109辑补）

偕新令颂洛灵谷寺茗坐写似一诗乞颂洛兄定之

游情常为此山浓，来访禅栖万壑松。何处更寻功德水，到今谁问蒋山傭。废池乔木犹思痛，越世孤踪倘可逢。且置眼前倾日铸，不辞佳日一揞筇。

方湖汪辟疆倣稿

（据汪定民先生提供方湖手稿1110辑补）

亚权案：《方湖诗钞》第1040页有《游钟山（丁亥）》诗，除“到今”作“至今”外，其馀全同。

答证刚和灵谷寺诗再叠前韵

宵深冬饮说山浓（王伯沆号冬饮），未到心移十里松。午梵隔云知有寺（用荆公句），朝耕带雨不须傭。追思全盛今难再，即论荒寒世岂逢。欲唤宝公参谛义，为寻龙阜一呼筇。

（伯沆言洪杨战后，寺门石径长里许，夹道皆古松，最为茂密，今垂垂尽矣。）

（据汪定民先生提供方湖手稿1109辑补）

诵证刚酬颂洛诗三叠前韵

诗心争似道心浓，元礼原如谡谡松。行乐何须木上座，消愁合伴酒家傭。好凭烟景闲中得，又见云龙异代逢。我心披图寻穆传，板桐结友待分筇。

（嵇康诗：结友家板桐。）

（据汪定民先生提供方湖手稿1111辑补）

酬证刚四叠前韵

共喜今朝蜀酒浓（客有贻泸酒者），且蠲忧患独哦松。颇怜掷楯为人役，漫诩知音托彼傭。虮虫生成天在宥，玄黄剥复运终逢。河清自是寻常事，更欲添君九节筇。

（据汪定民先生提供方湖手稿1112辑补）

和颂洛答客问之作五叠前韵

浅碧争看雨后浓，更谁拄杖倚孤松。细参物理诚何意，得伴天寒惜此傭（黄季刚早年赠诗有“此傭或者堪相陪”句）。麟楦功名真自失，豸冠诤议已难逢。空林斜日君休问，准拟寻山办一筇。

（据汪定民先生提供方湖手稿1111辑补）

答颂洛六叠前韵

洗出新诗白战浓，敢矜出语似风松。抽丝仅媲窥天管，赴敌何殊赁市傭。肯与时贤争得失，偶于佳处一遭逢。君家自有宣和脚，山北山南好策筇。（元陈樵诗：“诗成犹忆宣和脚，透书澄心纸背来。”今日偶阅《鹿皮子集》，遂及之。）

（据汪定民先生提供方湖手稿1112辑补）

归思一首七叠前韵似颂洛

野兴因君一夕浓，乡心已系故园松。门不见归远行客，作苦应怜治圃傭。钗影当窗犹照梦，涛声到枕记初逢。云中五老如相觅，正要先生理断筇。颂洛诗家定之

（据汪定民先生提供方湖手稿1113辑补）

检案头宋人集偶成长律八叠筇韵

闭门诗味为谁浓，不是陵阳便倚松。肯信吾门兼吏隐，本来禅语出舂

傭。衣传务观孤灯在，水向曹溪一滴逢。解道金丹能换骨，要（原作“还”）从石室问青筇。（事见王嘉《拾遗记》）

方湖　六月十日

（据汪定民先生提供方湖手稿1110辑补）

乘摩托遇雨作

既非蚱蜢舟，亦异航一苇。奔车驶如箭，飞雨乱眸子。迅雷绕其旁，何尝失杯匕。奇景试追模，诗成雨亦止。

（据汪定民先生提供方湖手稿1113辑补）

送新令巡宣兰州

灯前有客说兰州，茧足东南欠一游。弭节临边君便去，闭门索句孰为酬。绣衣定使乌台重，下濮行看绿野稠。报政明年春正好，一尊花底数更筹。

（据汪定民先生提供方湖手稿1114辑补）

题鲽研居斠书图为邢仲采作

烽火连天塞九区，开缄失喜校书图。帘前老树兼佳偶，我欲从君卜隐居。此事精能数戴钱，伯申春在亦翛然。误书终受儒生益，自是君家筚路先。

（据汪定民先生提供方湖手稿1114辑补）

访虚兄桐影小筑

卢侯与众殊眼力，桐不取阴（去）唯取德。阴虽恶木人息之，岂若桐影孤且直。平生原不解韦脂，机事亦知羞弗为，匪孚守正自消悔。坐对桐影真吾师，君家园林过从每。妙语况有（“有”原作“喜”）诸陈在，（君任、彦通、颂洛、炁白，皆园中客。）亭角寻诗满袖风，茗才泼乳花初蕾。我醉喜谑颜颊红，法喜曾闻转拨工。凝云好奏珠玲珑，秋高正要丝与桐。

辛卯九月题　付京女什袭

（据汪定民先生提供方湖手稿1117辑补）

亚权案：此诗笺末署“方湖”，钤“汪辟疆”白文方印、“方湖”朱文方印各一枚，“付京女什袭”下钤“汪京”朱文方印一枚。《方湖诗钞》第1042页，有《访虚桐影小筑（辛卯）》，除诗题少一“兄”字、“唯取德”作“惟取德”、“况有诸陈在”作“况喜诸陈在”、“茗才泼乳”误作“茗馋泼乳”外，其馀全同。

重九饮苍虬阁联句次苍虬翁韵

作健逢辰又此回（病树），登临清兴未全灰。眼中人物光宣旧（辟畺），世外风云混沌开。插鬓无花迟见菊（诵洛），小园置酒胜登台。好秋佳客都难得（病树），一快当前释百哀（辟疆）。

重九日方湖录存

（据汪定民先生提供方湖手稿1120辑补）

尔来偕瑞京访书沪上赋谢

挟梦奔车意若何，心悬百氏费搜罗。难从夹漈添求例（郑渔仲有求书八例），即论陈农亦异科。好事恐如吾辈少，著书翻恨古人多。归来呼与长恩醉，锡我何殊百斛螺。

方湖汪辟疆俶稿

（据汪定民先生提供方湖手稿1123辑补）

亚权案：此方湖手稿1123书于红栏“监察院用笺”之上。

次韵寿薛兼到

男儿四十未全老，不为林泉意自生。排闼已知怜气类，倾谈端不愧时名。放春暖陌连连好，玉貌危城惘惘情。东海瓜庐今尚在（薛师名句：东海云边是我庐），从兹吾与白鸥盟。

（据汪定民先生提供方湖手稿1123辑补）

亚权案：此方湖手稿1124书于红栏“中国文学社用笺”之上。

庚寅中秋病树由沪至宁过访小斋邀约彦通作竟日之欢后湖之约以雨阻不果返沪后有诗见寄次韵却寄

过去几秋节，空负此秋光。今年真失喜，有客来远方。要继后湖躅，更睡北山苍。皓月落湖心，櫂歌起沧浪。境迩愿易谐，意往神为翔。层云翳高空，有约殊恛皇。陈七排闼来，聊洗千结肠。且置今宵月，一试蟹眼汤。亢翁何所亢，辛性劲桂姜。文高方姚俦，句陋曹郐邦。当其快意时，未足酬千觞。顾我效孱守，薰修闭深房。材与不材间，掩蕴诩谋臧。惟馀好古心，点画推偏旁。思误获一适，真有不狂狂。觅句素所嗜，谁与挈短长。非子摭利病，诗味安得尝。幽室此盘辟，听雨计亦良。何必两三人，野航犯葑蒋。稍喜胜旧岁，简斋聊比量。它时记游踪，此乐胡可忘。

（据汪定民先生提供方湖手稿1126辑补）

亚权案：方湖手稿1130另有《次韵答病树翁中秋过访之作写呈乞定》一首，除“更睡北山苍”作“更眺北山苍”外其馀全同。

上巳雨集蓬梗斋分韵得俯字

禊节在江南，十日九风雨。龙眠子程子，解世已先睹。气类勤招呼，独就闲庭宇。门内罗杯盘，门外变洲渚。飞花不成茵，流觞安用羽。吾闻古禊饮，将以祓灾苦。万汇正敷荣，有知尽涵煦。畦亩强作劳，飞潜亦扬羽。欢讴见深情，祓苦乃虚语。独有不祥人，沉忧到肺腑。衔碑定何向，空歌奈何许。曷不携鸱夷，买春谢聋瞽。慎莫作籧篨，但仰不能俯。

（据汪定民先生提供方湖手稿1131辑补）

亚权案：第二首《九日登鸡鸣寺豁蒙楼以陶公闲居爱重九之名分韵得九字》："到寺神已怡，如人获嘉耦。鸡笼若明珰，钟山便螓首。隔年袖底湖，清扬当户牖。修态不自持，巧笑或无狃。岂唯可避灾，所愿长相守。平生几逢辰，腰脚未敢后。登高必造巅，山川落吾手。此楼非穹窿，此山亦培塿。情生一念中，至美遂无偶。咄哉莫登楼，酸梅误欧九。"《方湖诗钞》已收录，题作《庚寅九日登鸡鸣寺豁蒙楼，得九字》。末有跋文曰："庚寅九月，录近作二首，付京京四女藏之。向主'六山'之说，验以此诗，殊不似，乃似《海藏楼集》中之近坡公者，冤矣！""上巳雨集蓬梗斋分韵得俯字"诗题右上钤"展庵"朱文长印，左下"方湖"署款下钤"汪辟疆"白文方印。

不　均

世间原有不存存，道在能窥治术根。患寡只因劳未尽，不均乃属乱之原。王侯甲第喧歌舞，闾井穷檐茹苦冤。试与初民说熙攘，何尝地主荷深恩。（杜甫《园官送菜》诗："清晨蒙菜把，常荷地主恩。"）

（据汪定民先生提供方湖手稿1205辑补）

亚权案：方湖手稿1225"方湖诗"亦收录此诗，除"原"作"源"、"杜甫"作"杜公"外，其馀全同。

劳　力

劳力能操创造权，民之质矣此为先。许行早办依滕计，抱朴奚烦诘鲍篇。（晋鲍生主消灭统治主，听人民自为治，葛洪作《诘鲍》难之。）厝火积薪终一烬（资本主义国家不可终日），扬汤止沸竟何全（美日谋未能成）。要将惇史从头写，算向科条问腐迁。

（据汪定民先生提供方湖手稿1206辑补）

亚权案：方湖手稿1226、1227"方湖诗"亦收录此诗，除删略注释外，其馀全同。

再次前韵赠疏畦兼似翊云

颇思晞发向阳阿，失喜清言没臼窠。骋足未能同马邓，高吟犹许和羊何(王陈古体皆高)。文心电白难为逸，酒面霜红孰与多(顾景梅女士写枫独绝，醉叶楼主人也)。绝忆夜来江令醉，愿持彩笔伺青娥。

(据汪定民先生提供方湖手稿1206辑补)

亚权案：方湖手稿1220"方湖诗"有《再次前韵赠疏畦兼似翊云》，注释较详：颇思晞发向阳阿，失喜清言没臼窠。骋足未能同马邓，高吟犹许和羊何。(王彦行、陈赵亭二君古体皆高)文心电白难为逸，酒面霜红孰与多。(顾景梅女士为张大千高足，写枫独绝，醉叶楼主人也。)绝忆夜来江令醉，愿持彩笔伺青娥。

失　题

苉盦与槐堂(曹用晦、陈衡恪)，我昵君亦善。相失交臂间，思之一笑莞。眼中人有几，论交未为晚。商量期岁寒，欢呼到孤馆。君今弃我去，谁与共茗盘。巴水寒可罾，巴山青可断。翘首望岷峨，好音托睍睆。

此己卯间渝州所作诗，成亦未写寄。今年三月，由南昌返金陵，搜败箧旧楮，忽得之，尚可存，遂缮写别纸，补入集中。己丑三月，方湖题记。(据汪定民先生提供方湖手稿1208辑补)

送程穆庵之雅州

东川与西川，相去未为远。胡为决然去，轻此九折阪。平生谬相知，交口誉其短。而我宿重君，风义见亦罕。奉手霍玉堪，岁晏尤缱绻。亦犹彭城集，搜拾有魏衍。此岂今世人，直疑古亦鲜。缅想承平初，京朝盛吟伴。

(据汪定民先生提供方湖手稿1209辑补)

金陵不怀古再次前韵寄拔可

奔曦送暖入虚窗，天阙当门自作双。定境未超三界苦，坚城合受一诗降。颇闻减海由分海，（元稹《侠客行》："分海减海力，侠客有谋人莫测。"）几见窥江可断江。今日石头形胜地，兴亡且置近春缸。

（据汪定民先生提供方湖手稿1209辑补）

唐玉虬属题怀珊集

作妇都官美且贤，生天成佛两茫然。世间多少同情泪，总为先生彻九泉。

方湖左手　下钤"方湖长"朱文方印。（据汪定民先生提供方湖手稿1215辑补）

亚权案：唐玉虬（1894—1988），名鼎元，号髯公，是荆川公的十四世孙。江苏常州人，钱名山弟子。早岁读书寄园，晚年为南京中医学院教授，是著名的医家和诗人。曾任南京中医学院教授，与谢玉岑、夏承焘诸先生有旧。抗战期间，在四川锦江浣花草堂畔居有七八年，1946年返回常州。著有《唐荆川先生年谱》、《五言楼诗草》、《国声集》、《入蜀稿》、《景杜集》、《怀珊集》（纪念他的夫人，女诗人钱珊若的诗集）等。其中《入蜀稿》和《国声集》曾获1942年全国性的学术、文学奖。1990年，《诗刊》曾刊载他16首遗诗，并且特加按语，提出建议，要对其《珊若精选玉虬诗》进行传播和研究。钱珊若《成都旅居慰外子玉虬诗》："年来米粒珍珠价，白饭青羹只自安。幸有郎君能卖赋，任他四壁不知寒。"唐圭璋先生有《虞美人·挽钱珊若女史》，词曰："人生只有情难已，往事心头记。三更灯影最凄凉，却耐风风雨雨补征裳。　融融兰室鸣雏凤，怎报春晖重？四方一例播贤声，仿佛澄塘秋水玉壶冰。"

还瘖庵诗卷

吾交章长沙，誉君诗最久。长沙慎许可，胡独与子厚。自吾得君诗，三复不去手。君诗果何奇，独造谨所受。批导杜与韩，掎摭妍与丑。如玉生光莹，如澥任涵负。呷嗄尽为摧，渟峙尽为蹂。摆落町畦间，扬榷风雅右。世人喜侧媚，不笑即惊走。而君自得之，罔顾世可否。吾更有何言，为君凿户牖。诗道有坦途，远抱斯为首。举世所规规，曾不当培塿。举世所营营，曾不抵残糗。行高古人前，言出古人后。以此植骨干，独立寡俦偶。更愿绝恢张，奥缓出深黝。要从寒郊寒，还讯柳州柳。迈往见性情，掩塞洞林薮。真气拂十指，至味浓于酒。君看岁寒时，万汇入冥眑。但慕当春荣，安知在所守。诗道亦云然，聊为发其蔀。吾言倘不诬，曷质平生友。

（据汪定民先生提供方湖手稿1223“方湖诗”辑补）

亚权案：此诗可与《题高二适诗卷》参看。

次韵酬颂洛见怀

刻意追欢更有谁，二陈（兼谓、彦通）屈戹肯（“肯”原作“每”）相随。不知门内饥寒事，但诵胸中冰雪诗。的的天真同失喜，骎骎（原作“沉沉”）梦影去何悲。小园花发看明日，莫遣（“遣”原作“为”）分携寄远思。

（据汪定民先生提供方湖手稿1224“方湖诗”辑补）

题行严赠颂洛诗后再次前韵

馀事千秋欲付谁，心驱神遇与天随。法从比部生前得（君从杨比部昀谷晚年问诗法），名在（“在”原作“入”）苍虬集后诗。脱（原作“敛”）手弹丸（“弹丸”原作“璽芽”）吾亦愧，收身江海尔何悲。入门策马真无忌，此语孤桐最（“最”原作“正”）耐思。

（据汪定民先生提供方湖手稿1225“方湖诗”辑补）

随中央大学西迁

违难来巴渝，心悬江上居。仓皇万里别，迢递九秋如。鞞鼓中原急，妻孥梦寐疏。高城试回首,目断故园书。

冬日怀故居

苦雾巴江里,情亲念旧居。三吴兵未已,万卷近何如?娇女别期数,园花枝上疏。排愁唯酒可,反畏有来书。

亚权案:《随中央大学西迁》《冬日怀故居》二诗转录自霍松林《怀念辟疆师》一文,详霍松林《唐音阁随笔集》,河北教育出版社 2000 年版。

元辰一首呈右公院长

元辰集簪裾,淑气盈户牖。堂堂开济英,对兹开笑口。平生饥溺心,三民坚自守。百折忍不移,此事望已久。今朝宪法颁,欢声动九有。恢疏慎所持,是赖调元手。更念持风宪,即政当岁首。屈指十五年,守正自不苟。有目疲文移,有耳纷听受。尤于毫发间,精爽见裁剖。忆昔诵公文,神交在癸丑。著论准过秦,执讯期获丑。徘徊宋墓间,题字大如斗。中有浩气存,扪之辨谁某。岁月自推移,勋名压朝右。藉日如其仁,不负平生友。方今大难夷,国势日康阜。纳民于正轨,肆予大化诱。我公万人望,秉钧孰敢偶。嘉猷辰入告,行见民生厚。杯酒照须眉,江春动梅柳。万汇方昌昌,持以为公寿。

亚权案:霍松林《怀念辟疆师》(南京大学中文系古籍所《古典文献研究》1989、1990 合刊)1948 年四月二十一日《和平日报》第八版《敏求斋随笔》第二则云:"辟疆师见示近作数首,其《元辰一首呈右公院长》云云,师于髯翁为文字交,相知最深,故能言之亲切如此。"

戊辰上巳北湖湖神祠楼修禊联句

佳辰晴朗疾亦蠲(侃),相携北郭寻春妍(易)。平湖落眼沙洲圆(瀣),

新荷出水才如钱(东)。蟠红颇青迎画船(炜),清游俊语不羡仙(禄)。就中仲御态最便(辟),或谈史汉如茂先(侃)。兰亭嘉会堪溯沿(易),风日怀抱今犹前(瀣)。亦有修竹何娟娟(东),羽觞流波安足贤(炜)。登楼极目平芜鲜(禄),柳花密密吹香绵(辟)。游丝牵情欲到天(侃),远山窥人应辴然(易)。山莽僧解折竹煎(瀣),题名扫壁龙蛇颠(东)。掷笔大笑惊鸥眠(炜),人生何必苦拘挛(禄)?尺捶取寸亦可怜(辟),焉用蒿目忧戈鋋(侃)。浩歌归去徐扣舷(易),烟水葭薍延复缘(瀣)。落霞如绮明微涟(东),夕岚褭窕鸡笼悬(炜)。今日之乐非言宣(禄),休文率尔聊成篇(辟)。

亚权案:1928年(民国十七年,戊辰)。是年上巳与诸同事黄侃、王易、王瀣、汪东、胡小石、汪长禄等教授于玄武湖修禊联句,成《戊辰上巳北湖湖神祠楼修禊联句》。详司马朝军、王文晖合撰《黄侃年谱》,第244页,湖北人民出版社,2005年版。胡小石先生《愿夏庐诗钞》卷一收录本篇,题作"戊辰上巳北湖湖神祠修禊联句",《胡小石论文集》,第239页,上海古籍出版社,1982年版。

四月七夕石桥集连句

夏浅胜春晚(侃),宜人白袷衫。临溪花更发(胡光炜),遮径草初芟。醵饮罗殇豆(汪长禄),联吟并辔衔。矜才贪韵窄(林学衡),动指识涎馋。异味来金脍(陈汉章),清言启玉函。倾罍邀共釂(汪辟疆),督酒畏三监。有客偏投箸(汪东),沉忧或舞欦。波翻惊海阔(王瀣),舟覆懔民碞。江介烽传警(王易),城头鼓鼜严。防边无桯栝(侃),设险岂嵚严。拟效铅刀割(光炜),空嗟素发髟。榱崩侨惧压(长禄),荃怒屈忧谗。毂輮须停炙(学衡),欃门怕被缄。醉歌真酩酊(汉章),揖别尚詀諵。小市张灯近(辟疆),微行入竹黯。泉声疑和答(东),天骨漫雕镵。此会星同聚(瀣),仍期月末攕。新篇聊纪实(易),不必避平凡(侃)。

亚权案:本篇作于1928年,详《黄侃日记》第413页,江苏教育出版社,2001年版。诗题下原有"此诗不要"四字。中华书局版《黄侃日记》本篇即未收。但"新篇聊纪实,不必避平凡",即使季刚先生于本篇意有未慊,但对今天的读者了解当时文人的结社联句,实具较高史料价值,故仍辑录于此以供参考。

豁蒙楼联句

蒙蔽久难豁（弢），风日寒愈美（沆）。隔年袖底湖（翔），近日城畔寺（侃）。筛廊落山影（辟），压酒潋波理（石）。霜林已齐髡（晓），冰花倏缬绮（弢）。旁眺时开屏（沆），烂嚼一伸纸（翔）。人间急换世（侃），高遁谢隐几（辟）。履屯情则泰（石），风变乱方始（晓）。南鸿飞鸣嗷（弢），汉腊岁月驶（沆）。易暴吾安放（翔），乘流今欲止（侃）。且尽尊前欢（辟），复探柱下旨（石）。裙屐异少年（晓），楼堞空往纪（弢）。浮眉挹晴翠（沆），接叶带霜紫（翔）。钟山龙已堕（侃），埭口鸡仍起（辟）。哀乐亦可常（石），联吟动清泚（晓）。

亚权案：1929年（己巳）年冬，中央大学教授黄季刚（侃）邀陈伯弢（弢）、王伯沆（沆）、胡翔冬（翔）、胡小石（石）、汪辟疆（辟）、王晓湘（晓），会集豁蒙楼联句。汪旭初当时因事未及与会，吴瞿安尚未至中央大学任教。七教授用鸡鸣寺和尚提供的毛笔，在两张长条毛边纸上，每人写上自作诗句，并署名其下。手稿原存黄季刚先生遗书中。1946年，其侄黄耀先（焯）送给程千帆夫人沈祖棻。现存南京大学图书馆。详程千帆、唐文编《量守庐学记——黄侃的生平和学术》，第160页，三联书店，2006年版。

社集青溪分韵得身字

经月不出户，偶出意已忻。空明犯烟艇，波软风力匀。北转入青溪，夷旷劳逡巡。高柳初罢絮，新蒲正抽筠。了了江上峰，浮渲若开颦。提壶唤近邻，劝客殊殷勤。同游陶谢手，快意娱清沦。玄言造真谛，六籍饮其醇。时复念漏舟，可赎宁百身。信美非所安，即事增慨呻。眼前春尚在，未致愁飚尘。要当学退之，勤买抛青春。

亚权案：原刊《国风》半月刊，1933年第9期。又载于1936年2月16日出版的《制言》第11期，题作“社集青溪分得身字”，“可赎宁百身”之下原注“时倭氛甚恶”。本篇《方湖诗钞》未收。

李母八十生日诗为和兑作

孝行慎无违，此义嗟世换。李生奉母心，文字事娱玩。母年五十初，仓卒遘百难。收涕抚遗孤，腐心望初冠。旁枝胜所生，行路共惊惋。母今年八十，光景同秋焕。门闾日郁葱，兰玉看璀璨。平生冰蘗心，致此非一日。霜花正作圆，引满宜无算。持此寿高堂，以当一笑粲。

亚权案：此诗原刊《制言》半月刊 1936 年第 29 期。

九日右公颂云招集上清寺得成字

届戹簪裾一笑迎，兹辰真可快平生。高城自束川原势，故国频传笑语声。对酒莫辞千日醉，报秋催遣一诗成。龟堂老子真痴绝，只合馀年颂太平。

前诗意有未尽再用前韵

山城过雨大江横，使此登临万感生。东望台澎迎父老，北收辽沈返承平。背人战史堂堂去，发颖新邦鼎鼎成。不用萸囊承汉赐，万方送喜正休兵。

亚权案：上录《九日右公颂云招集上清寺得成字》、《前诗意有未尽再用前韵》二首，原刊于 1941 年第 4 期《草书月刊》。方湖诗笺《前诗意有未尽再用前韵》第二句"使此"作"便此"，"不用萸囊承汉赐"句自注曰："沈佺期诗'汉武赐萸囊'"，其馀全同。

听委员长广播中美中英新约诰辞

电语煌煌一夕颁，悬知禹甸尽腾欢。回天肯信终无术，雪耻谁云有至难。忍泪看天斜日在，伤心告祭暮云寒。从今淬厉争新史，便拟收京大石刊。

亚权案：此诗原刊于 1943 年《新中华》复刊第 1 卷第 6 期，又刊于《时代精神》，

1943年第5—6期，题作《恭听委员长广播中美中英新约诰辞》，“雪耻谁云有至难”后有注曰：“唐元结《大唐中兴颂》碑云‘事有至难，宗庙再安’。”同期杂志发表颂诗的还有杨仲子、顾毓琇等。

题汪旭初画梅

经乱走巴渝，寒梅忍挂眼。心随江水东，兴共双崦远。人情怀旧乡，风物尤缱绻。何当共春游，一醉香雪醆。

亚权案：此诗原刊于《中国文学》1944年5月，第1卷第2期。又一首《再题汪旭初画梅》即《方湖诗钞》收录的《汪旭初画梅》。

灵谷寺对牡丹作

九年为客负花期，得及归时例有诗。欲写盛妆无好语，即论倾国亦相思。当风翠袖知难举，炫昼夭桃尽失姿。便拟置身忉利界，樊川无奈鬓如丝。

次韵答鹓雏

去年一舸归有庐，今年两板方丛书。扫庐摊书断朋友，揽镜白发忘朝梳。门前亦无长者车，何论飞步踏天衢。窅然藏身万人海，谁肯相呴忘江湖。云间姚子同嬉娱，坐曹犹喜研未枯。东华晓月秦淮水，依然一笑情相于。我今视子无它殊，灌花抱瓮方勤劬。当春（原作“当前”）红紫纷挂眼，肯来呼酒参如如。

商藻亭丈属题寒灯听雨图有序

番禺商云亭师（衍瀛）、藻亭丈（衍鎏）兄弟，清末掇巍科，先后入词馆。云师掌京师大学堂文科，余执贽焉。近年藻丈避寇巴蜀，始得相见。丈尝取坡公“夜雨对床”之言，为绘《寒灯夜雨图》，盖以云师久居津沽，而丈有田宅江南，兄弟不相见者，几二十年矣。返京，出图属题，闻命惶悚，勉成此诗。

对床听风雨，本出韦左司。老坡别子由，申约以坚之。后来逍遥堂，听雨还赋诗。世间兄弟情，宁以今古移。二商今坡颍，长公吾所师。违难走巴渝，复与次公知。示我听雨图，曰汝宜为辞。当公少年日，珥笔趋丹墀。不谓陵谷迁，流落江海涯。世事（原作“世难”）方艰屯，而公歌紫芝。人事有代谢，而公葆期颐。天若相两公，留以开民彝。斯言果非诳，諗此岁寒姿。吾闻京城南，有宅河之湄。钟山近可招，淮水（原作“河水”）清且漪。花竹既秀野，四时无不宜。曷往招长公，一偿夙昔期。安知对床夜，不在今青溪。吾虽谢晁张，犹（原作“亦”）得抠衣随。

设酒邀映庵先生座有商藻亭柳劬堂刘禺生李证刚陈匪石尹石公乔大壮诸公纪以一诗用证刚韵

屠厔嬉春已足夸，庭梅况放两三花。眼中人物光宣旧，梦后园林笑语譁。莫放清尊虚此会，欲穷炙輠信无涯（禺生谈近事多秘闻）。寻常宴集关天祚，醉墨何妨落侧麻。

亚权案：本篇可与《重九饮苍虬阁联句次苍虬翁韵》参看。

酬夏映庵先生次劬堂韵

当筵春物欲儃徊，往事江南且莫哀。白社行吟疑世换，钟山如笑迓公来。前朝盛事应难继，我辈全身在不材。手抚园花千意绪，可能抽润到荒莱。

附原作　夏敬观

旧游何地不低徊，梦事重温百可哀。兵后十年无计得，尊前一笑告存来。奇闻駴世充谈薮，退笔遭今欠玂材。剩遣吾侪同揽镜，白头相对困蒿莱。

谢吷庵作画

我未见君画，却已读君诗。君诗多古淡，君画乃如之。山川随手生，初不用意为。一水一石间，相发无蔽亏。真气出腕底，静穆方自怡。世儿(原作"常人")不解此，流汗安可追。我家匡庐山，石门夙所期。其上有天池，绝涧那可窥。十年不到此，仿佛某在斯。作诗报嘉惠，我车其将脂。

丁戊之间，避寇渝州，日与嘉兴胡小石、桐乡卢访虚集打铜街大昇咖啡站，偶为联句云：

"霏霏寒雨湿征衣，客里无家何处归。记取打铜街下路，乱山围坐吃咖啡。"已而访虚返香港，小石为书长卷，以赆其行。越十四年，重聚金陵，访虚出此卷属题，怅触曩怀，重有题制，见者亦为感叹。陈病树自汉皋寄和六章，殊为此卷增重。或疑咖啡译名，不见字书，且连辞无它意，不肯属和。然时异代迁，新名新物，多非华旧。近贤谭嗣同、黄遵宪、柯绍忞、易顺鼎诗集中，以译名入诗尤多，又何嫌焉。

同仇曾与赋无衣，苦雾巴江便当归。绝忆山城同坐雨，劳君评泊到咖啡。月中闲捣万家亦，(借句)莫叹分张客与归。会合关天须痛饮，何妨白堕换咖啡。

调访虚再用前韵

几曾傅粉与薰衣，踯躅江头带醉归。破睡好娱红袖夜，嘉妃端合谥咖啡。

答病树见怀三用前韵

江涛海色覆征衣，钟阜时禽苦劝归。为语汉皋陈亢悔，有山水处有咖啡(时某方正拟罗致)。武昌官柳作春衣，莫为柔条不肯归。知有钟山绕肠胃，钟山何况有咖啡。

连日诵山谷集杂书四绝句似病树

林间短笛未飘衣，妍暖知为苦笋归。要向诗中论甘涩，涪翁风味失咖啡。

蛮烟瘴雨涴征衣，还乞槟榔一斛归。试遣忍饥通帝籍，槟榔那更及咖啡。

花光长老好薰衣，把断花光不放归。花似山礬椒作实，不知人世有咖啡(咖啡原产非洲，为常绿小灌木，花白色，实大如胡椒。山谷见郑花，谓花光定力不为花香所恼)。

山行十日雾沾衣，曳杖桄榔独自归。倘寄椰杯成坐对，不辞清绝伴咖啡(记渝州事)。

同诗庵、彦通、诵洛、镇藩、器伯集桐影小筑为咖啡之会，归途戏成二绝，似访虚五用前韵

眇然今日望缁衣，曲几团蒲便忘归。花底瓶笙饱汤饼，主人元不为咖啡。

何来涧髓鬫侵衣，仿佛草溪得所归。即此便为功德水，尘机洗尽是咖啡。

寒食日访虚持咖啡集见示戏题二十八字

锡箫声里试单衣，突冷居然稇载归。今日渴羌休更渴，卷中字字有咖啡。

读世说有感于孝文王道子“浮云滓太清”语遂成小诗

至人泰心君，本不为物障。何须论有无，更莫辨真妄。轻云度太空，点缀亦殊状。谢重伫兴工，道子内先丧。

足梦中句 并序

四月二十九夜，梦至一名城。城在山巅，三面铁轨纵横，其南则湖光万顷，青嶂蔽亏。已而跻登，山楼主人自言藜莎尔，为治具张燕，余饮酒微醺，藜出贝叶令题，自取乐器，为歌天风海涛之曲。余询以何地，藜不答，但诵“桑之未落，其叶沃若”而已。念日内瓦湖有落桑，形势为肖，岂其地耶？顾余未尝履欧土，又不知是何因缘也。醒时诗犹在口，急起记之，而又忘前后四句，遂以事足成之

瑞士山前得少停，小桃初绽叩幽扃。浓春夜雨才欹枕，隔岁寒梅尚插瓶。玉虎丝牵伤井渫，阳侯波动挟风腥。佳章不报空瑶瑟，好梦经时酒半醒。

赖潇侯丧妻 并序

赖潇侯妻刘六月三日以疾卒，悲怀无以自遣，自为行略征诗张之其友。方湖不忍拂其意，爰仿昌黎慰东野失子，假天帝命以喻之。

赖侯有贤妻，妻死泪涟涟。出悲入亦悲，上诉仓浪天。虬龙为我驾，星辰导我前。地上虮虱臣，昧死再拜言。世间如花人，何限鲽与鹣。相守到白头，虽老亦且妍。而我何罪辜，只影私自怜。有声当彻天，有泪当彻泉。泉既不解悲，天将何言焉。天帝曰勿悲，此身宁久全。不周为天柱，共工触

而颠。四极亏东南，娲皇炼石填。物各有缺陷，而女胡为然。顾视世上人，贤愚亦自偏。取妇非其偶，床笫生戈鋋。更有今婚姻，朝合夕弃捐。女妻习女诫，茹苦恭且虔。健妇持门户，奚辞粥与饘。省女述哀文，语挚事已传。读女壁间诗，百喙称其贤。而女何所憾，多辞徒便便。收女眼中血，屏女悼亡篇。毋为徒自苦，上寿难百年。赖侯顿首受，梦醒月在椽。后园视殡宫，誓墓何拳拳。子魂妥于斯，行将与东迁。今日营斋奠，明日碑有穿。

秋夜枕上作

檐声淅沥已惊秋，佳句森然不待求。要识巴山清绝处，灯前欹枕胜高楼。

题黄君碧云岩瀑布

庐山瀑布三叠奇，曾偕于髯一访之。山腰折叠三千尺，奔流到海无还期。是时卢沟羽书急，今闻胜利销锋镝。却从画里望云岩，匡君似逢东归客。

乞尹默写近诗

黄花照坐集时流，凯入罍觞服隐侯。已见中兴如换世，故应清咏托高秋。深杯不为酡颜覆，款语犹殷曲突谋。一自蒹葭人去远，麻笺十万可能求。（曩在旧京，黄晦闻为余作书最多）

九日集上清寺

平生细数几重九，此会真成一展眉。坐上高才尽龙虎，眼中九服卷旌旗。灾无可祓宁论地，事有难言待语谁。且置私忧拚一醉，黄花莫漫负东篱。

旭初为淑恭画梅题以小诗

嘴写梅花十万枝，枝枝尽带岁寒姿。晴窗暖阁光初亚，水榭风亭月上时。各抱丹心成永好，即看玉色亦忘饥。旁人莫把丹青似，心迹双清尔岂知。

赠贺昌群

史德玄言孰与多，况兼诗笔敌阴何。新声尽化嘹天鹤，法集应来听讲鹅。直探天人穷道妙，独持真妄厌群魔。剡川一曲如相遇，待启瑶编共琢磨。

酬陈逸韩见赠

连墙通月对门居，茧足深惭礼数疏。出手新诗有家法，举杯清野得相于。微官何与人家国，危论将凭世毁誉。为语闭门陈正字，我宁辛苦守残书。君家太傅文章伯，侍坐吾家三世人。晚岁须眉犹照梦，前朝耆旧已成尘。是能继起乡邦后，合有抗行句法新。断手息楼诗一卷，从知世业自轮囷。

书　愤

户外惊传履迹多，只宜袁酒饮亡何。郑人梦幻蕉隍鹿，蔡将功成雪夜鹅。岂有新声吹海凤，更无神力摄天魔。燔馀朝报灰难尽，未信丹磨赤不磨。

小湾即事和逸韩

何处相寻瀔上村，随缘僦舍亦天恩。墙因过雨蜗成篆，地失看山虱处裈。四野有花迎凤子，一冬无雪长龙孙。也知幽事关心境，便此楼迟即故园。

六月十二日夜呈苍虬

看遍长安弈局新，尊前忽对义熙人。须知此后成何世，转觉馀生是幸民。风概因应韩偓重，篇章惟许裕之邻。满湖菱芰微馨界，犹喜相从寂寞滨。

莫愁湖次病树韵

君相盘游事杳茫，何缘得傍莫愁堂。推枰早定全输局，系艇应留半面妆。去兴游人谈野史，好凭佳日试瓯香。题诗未有云卿笔，合让前朝爱为王。

二十日雨夜游玄武湖明日苍虬病树行矣次病树韵

欢悰每为惜离前，夕岸呼灯意转便。雨似留人时拂席，荷因倾盖不妨船。偶论世劫身何补，强语文章私自怜。后夜相思隔烟水，(借后山句)梦回还仞太平年。

亚权案：以上三首自方湖手札《致赖维周》辑出。

钞夏内史集竟即题其后

造物我不解，世乱英才多。既生宜有为，胡为使轗轲。卓荦夏氏子，妙年擅赓歌。束发便从军，浩气壮山河。南都相继没，荆棘委铜驼。天命岂不知，父志誓靡它。切齿报韩仇，赤日挥鲁戈。大勋虽不成，忠义安可磨。天才复横溢，酬咏赓黍禾。国殇比汪踦，文事岂同科。我读公遗文，未竟涕滂沱。录副付藏储，鬼神当护呵。

亚权案：见《夏完淳集》，第 192 页，中华书局，1959 年版。

黄季刚汪辟疆《元诗选》倡和诗

卖却明珠不自知，只将别恨賸元诗。书归邺架应求伴，剑合延津略解悲。此物在君原得主，他年借我莫嫌痴。西仓巷畔秋灯静，想见披寻满意时。（黄季刚）

味勺西江不自知，尚留微契托元诗。残缣早已髫年重，古鬼应无异代悲。邺架分来疑有失，璇闺典去事同痴。数行纸尾从君乞，韵事流传又一时。（汪辟疆）

万货低昂岂易知，一餐轻换百家诗。便疑杯化何烦问，若比弓亡较可悲。好古剧怜同辈少，耽书亦是有情痴。他年归棹宜珍护，须畏蛟龙遶艑时。（黄季刚）

割取书城却未知，琼瑶入手百家诗。珍同海石人争夺，别较杨枝事更悲。泡影山河留达语，凄迷篇什见情痴。亦知神物归天壤，终胜单舸去国时。（汪辟疆《季刚社长以元诗选让余，意犹勤勤，诗以广之》）

亚权案：详1928年10月20日方湖日记，《方湖日记幸存录》，《汪辟疆文集》第849—851页，上海古籍出版社，1998年版。

论诗绝句十一首

过金蘅意太史话当代作者及文章流别，归而拉杂成十一绝句，亦杜陵《解闷》、义山《漫成》例也。

平生低首金华伯，早岁文章近老成。爱好贪多吾未敢，花前自啭有流莺。

义宁句法高天下，简淡神清郑海藏。宇内文章公等在，扶舆元气此堂堂。近时诗派以散原、海藏为大宗，散原句法尤高，海内外无与抗手矣。

审言学继汪焦后，葱石神追魏晋前。林际春申太寥落，梧溪金粟已堪传。贵池刘葱石观察喜收藏金石篆刻，多蓄异本，今之王德甫翁复初也，近侨寓申江，兴化李审言主其家，与葱石评碑斟字为乐。审言治骈体文，上者可追沈、任，次亦不愧汪容甫、孙伯渊。近由盐地寄示所著《学制斋骈文》，并于复蘅意书中多奖饰语，且约神交。愧汗无任！

弢庵廉焊沈观肆，狷介为文夏映盦。儿辈黄家元祐脚，集收箧衍味醰醰。余近搜辑同光诗，附以小传，曰吾炙今集，犹迦陵《箧衍》、青浦《蒲褐》例也。陈弢庵、周洎园、夏映盦皆此派中坚。

魂东魂北易中实，自诩张灵动后身。更有樊山老居士，风华绝代拜天人。近诗人陈郑外惟樊山实甫能拔戟自成一队。旗帜鲜明，犹元和体韩十八外尚有白傅、元相也。余尝戏为句云："近来海内为长句，樊山实甫双嶙峋。"

寻诗亭角陈居士，刻楮灯前眼最明。我幸牵联书玉海，苍头特起太憨生。闽县陈石遗诗文，海内宗匠，近与弢老为文字骨肉。赵尧生、罗瘿公、梁任甫、潘若海尤推服之。近著《石遗室诗话》，风行一时，亦采旧制，且多奖饰之语。余初未见，蘅意举以示余，及之。

奏记千篇海内传，沈郎才调最翩翩。回环为诵临歧句，风骨应追逼仄篇。武进沈友卿有寄赠蘅意七古，极恣肆。友卿工章奏，任东抚袁公幕时，一时名篇，流布尤夥。余叹为文牍中之淹雅者。骈文皆臻上乘，所刊之《秘书集》、《公言集》、《刻鹄集》，时多名作。散文则瓣香其乡先辈张皋文、李申耆者也。

摊书坐忆彭城集，嗜好知参曹洞禅。我亦掃门魏昌世，新津一卷拾丛残。李审言既从吴董卿索天社任注后山诗，又托蘅意代购武英殿本，李亦服膺正学者也。

折补东西体自尊，雪车冰柱已难论。义乖雅废吾何许。真见田家老瓦盘。席上谈及某君诗，有张茂先我所不解之叹。

归田赋拟张平子，肯乞粗官失闲门，为约比邻王辅嗣，间搓泪眼看中原。王义门与蘅意诗婉而多讽，王亦江表硕彦也。

羌无利禄荒寒路，肯与周旋定自奇。便欲忘言观道妙，此心能有几人知。

论诗绝句十首

民国以来为诗者，貌取古人肉胜于骨，不惟不能以意驱辞，且大抵以辞害意，所作仅自贼，并不善读古人之诗。倘兄以为然，当胜过请益于老朽诗匠万万。狂谬之言，得毋诧乎？并附十绝句云：

诗衰清社亦随之，到眼千篇朽骨遗。刻划争矜新帖括，西江诗派梦窗词。

才思荆公未易追，咀含独得杜韩遗。陈黄一例师承在，皮相谁能喻细儿。

苦誉诚斋薄放翁，何曾二妙有殊同。渊源子美胎陶谢，莫但推求字句中。

后村才力替苏黄，今体冬郎与□当。人品诗功元一事，郑声何取咏怀堂。

气节无存气力差，遗山学杜但牙牙。千秋咏叹关忠爱，标榜儿曹莫浪夸。

巢经巢与伏敔堂，簭石而还奋海藏，伯子伯严孤诣仅，剥肤无奈众儿郎。

木庵深刻伯潜精，季子南皮各有成。失笑蒹葭楼畔客，唇焦差到宋人声。

生还万里一觚庵，举世谁知王重南。宋体唐音此嗣响，用心大至靳随骖。

组庵句法似东坡，百炼艰辛不匮多。若把词章比功业，性情往往见吟哦。

百辈浮夸汉赋音，不成学古不通今。先生笔仗如山在，培塿宁堪较浅深。

西陵竹枝词九首

平善壩头风倒吹，西陵峡口雨如丝。扁舟载梦落何处，水远山长听竹枝。

绝壁千寻束一江，纵横乱石玉瑽瑽。猿声送到黄牛峡，那有离人不断肠。

黄陵庙门江上开，黄陵女儿踏歌回。江空水阔歌声远，夜长昼短千悲哀。

一滩已过一滩拦，鹿角狼头不耐看。百转千回滩下水，比侬心曲郁千盘。

曲折江流九畹溪，峰峰秀出碧玻璃。踏歌声里斜阳暮，打桨人来或姓西。

昭君不惯胡沙远，此地犹留江上村。我语阿郎休怅望，何曾环珮有魂归。

夔子城头落日黄，舟人指点屈原乡。千秋词赋归荒放，那有滩声怨楚王。

石门关口掩重重，至险才能一迳通。水断压空江上望，时有一肩山叶红。

临江白塔早迎人，山县巴东俗最淳。知有寇公遗爱在，秋风亭子压江漘。

和友人吊某空军烈士

一击能教敌胆寒，龙城飞将万人看。阻兵弗戢行将及，决志图存不觉难。火石光中欢笑动，河山影里水云宽。国殇我读君哀诔，地下忠魂想慰安。

亚权案：欧阳裕编注《抗战时期乡贤诗词选》："民国二十六年(1937)秋，中日沪战激烈时，国民党空军轰炸日寇当时侵华的后方——台湾，大显身手，不幸归途遇难。国人伤之，多作诗哀悼，汪公乃有此作。"此诗《方湖诗钞》未见收录。详彭泽县政协文史资料研究委员会编《彭泽县文史资料选辑》第三辑，第102页，1993年。

方湖集外词

【八声甘州】邓尉归舟送春

倚吴艭送酒好湖山，应能把春留。(季刚)托缃桃绣野，修杨匝岸，弄影中洲。(旭初)怊怅烟波梦远，花事盛英游。(辟疆)杯底斜阳，泠人在西楼。(小石) 寂寞红凋青老，恨冶春饯了，难了羁愁。(晓湘)满征衫残醉，云木听钩輈。(伯沆)最难忘，万峰深处，带朝霁、苍翠入归舟。(张茂炯仲青)东风缈、望灵岩路，芳草悠悠。(吴瞿安梅)

(黄侃、汪东、汪辟疆、胡小石、王易、王伯沆、张茂炯、吴梅联句词，据汪定民先生提供方湖手稿1062辑补)

【百字令】潭秋过访未值，留词一卷，读竟怅触，用白石韵成此解，兼示行严。

倦停游辔，仞苔痕，初破知回胜侣。入眼云山韶濩手，渔篴蕢洲谁数。桂海延秋，珠江弄暝，别泪纷如雨。玉樽共款，新愁都上诗句。 迟暮。南国佳人，捧心解珮，几辈吴宫去。但可常留相见面，一笑重逢烟浦。篱角黄昏，天寒翠袖，商略牵萝住。鲛绡织尽，与君同证归路。

方湖倣稿 二月廿八日夜

(据汪定民先生提供方湖手稿1116辑补)亚权案：这一首词，先生别有一纸，题作【酹江月】，“用白石韵”作“依石帚韵”，“二月廿八日夜”作“壬午二月”，其馀全同。

【生查子】暮春北湖作

生小落江南，爱近湖边住。渡口木兰舟，荡入花深处。春残料峭寒，花外廉纤雨。何处托春心，欲共春花语。

轻轻白袷衣，袅袅金钗线。三月柳浓时，又向湖阴见，慵掠翠螺鬟，照影菱花面。无计惜芳菲，但托哀弦怨。

【法曲献仙音】邵次公寄示山禽馀响，即用汪君刚寄词见怀韵，奉寄。

高柳吹棉，丽花眩画，玉雪尊前初遇。泪咽清商，曲迷烟水、沉吟乍过亭午。念灯火樊楼远，微吟夜深度。　黯无语。叹梁园、旧时宾客，人意懒、离思又添几许？缥缈箧中编，托山禽、情寄香祖。象笔鸾笺，恁千言、难理愁绪。愿云龙相逐，待听蘋洲新谱。

亚权案：《词综補遺》卷五十一收录汪国垣词【生查子】【法曲献仙音】二题三首，作者小传曰："汪国垣，字辟疆，江西彭泽人。有《方湖词賸》。"《广箧中词》（林葆恒辑，张璋整理，上海古籍出版社2005年版，第1926—1297页。）

【霜花腴】重阳前一日，适值休沐，偕游北湖，用梦窗重阳前一日泛石湖韵连句

素秋纵目，笑紫萸，明朝又满危冠（侃）。隄柳全疏，篱英初绽（一作"红藕香残，白萍风劲"千帆案：一作二字据词律增），伤高念远先难（吴梅）。暮天尽宽，共放歌清酌花前（王易）。怅斜阳、渐落汀洲，断桥流水景荒寒（汪东）。

江国胜游堪记，奈才酬怨鴂，便听凉蝉（侃）。哀乐中年，阴晴芳候，还劳倦客题笺（梅）。再无画船，只败荷相望娟娟（汪国垣）。趁归途，剩有销凝，远山扶醉看（易）。

亚权案：这首联句词创作于1929年10月10日。详《黄侃日记》第566页，江苏教育出版社，2001年版。《黄侃年谱》收录的联句词文本稍有不同，可以参看：《霜花腴·重阳前一日适值休沐偕游北湖用梦窗韵》："素秋纵目，笑紫萸，明朝又满危冠。（黄侃）红藕香残，白萍风劲，伤高念远先难。（吴梅）暮天尽宽，共放清歌酌花前。（王易）怅斜阳、渐落汀洲，断桥流水景荒寒。（汪东）　京国朋游堪记，奈才酬怨鴂，便听凉蝉。（侃）哀乐中年，阴晴尘世，还劳倦客题笺。（梅）再无画船，只败荷相望娟娟。（汪辟疆）趁归途，剩有销凝，远山扶醉看。（易）"详《黄侃年谱》第290页，湖北人民出版社，2005年版。

方湖学记简编

《汪辟疆文集》后记（程千帆）

这部文集辑录了先师汪辟疆先生除了已印行的和尚未印行的几部专著之外的论文、杂著和诗篇。遵照老师生前的主张，按文章的内容或体制分类排列。其中有些需要说明的，略陈如次：

《读书举要》等三篇，前两篇开列要籍，后一篇指示读法，都属读书指导一类。由于分别写于二十、三十和四十年代，后出图书未能列入，所论读书方法和今天的要求也不尽符合。但汪老师学识极为渊博，又是一位目录学专家，所举图书和对它们所加评论，现在看来，都还非常中肯；其对治学途径的阐述，尤多自道甘苦、深造有得之言，足供今天研究古代学术的参考。

汪老师在抗日战争以前，虽然也常和学生们谈到《水经注》的可贵，但专门致力于这部书的研究，则开始于抗战中住重庆时。一九三九年，李子奎将熊会贞受杨守敬遗嘱，以惊人的毅力完成的《水经注疏》带到了重庆，拟请老师设法刊印。这在当时当然是不可能的，但老师从事于《水经注》的研究，这件事可能是一个契机。现收入文集的有关这方面的文章共计四篇，其中《水经注与水经注疏》一文，仅存前半，但其评述杨守敬《水经注疏》成书以前，历代对《水经注》的研究情况，对我们仍是非常有益的。

《汉魏诗选按语》是从汪老师所编中国诗歌史讲义附录中辑录出来的，全书未完，所以只能就现存部分选钞。其中所涉及的考证方面的问题，有些在今天已有新的结论，但老师对这一历史阶段诗歌流变的论述及作家风格的辨析，却仍然使人感到是很精辟的，值得重视的。

对于李商隐的诗，汪老师作过深入的研究，收入文集的这方面的两篇文章，《谈李义山诗》是一篇讲演稿，全面论述了这位诗人的生平和创作。《玉溪诗笺举例》则是为李诗读者示范而写的。他选了若干比较难懂的篇章，根据自己的研讨和体味，直凑单微地进行了分析，富有启发性。

《近代诗派与地域》以下六种是汪老师研究近代特别是光宣以来诗歌的成果。从青年时代起，一直到晚年，近代诗歌始终是他研究的重点，而由于家世、交游的关系，他又和诗坛前辈及并世名家多有往还酬唱，因而其记载是可信的，论述是深刻的。毫无疑问，这些论文、谱录、小传、杂记都将为今后写这一阶段文学史的人所取资。

《近代诗派与地域》是老师用力最勤的一篇文章，曾经多次修改。一九三四年秋天，金陵大学中文系学生会请老师作学术讲演。老师以此为题，讲了一次。我们感到极受教益，便将记录稿铅印成小册子，分发大家。老师看后，认为过于简略，便扩充重写，在中央大学《文艺丛刊》第二卷第二期发表。一九四三年，老师在重庆主编《中国学报》，在第一卷第一期上重行刊布此文，并附有同门吴棻所作小笺，但仅有引论部分。解放后，老师又再加修订，易名《近代诗人述评》，在《南京大学学报》一九六二年第一期登载。每次改动之处并不太多，但字斟句酌，足见前辈治学一丝不苟的精神。这里所收的，是老师晚年定稿，而将吴棻小笺附入。小笺是在老师亲切指导下撰写的，虽然不全，也值得参考。

《光宣诗坛点将录》初稿是汪老师一九一九年在南昌写的，今天已不可见。一九二五年，作了一些修改，连载在《甲寅》第一卷第五号至第九号。一九三四年到一九三五年，《青鹤》第三卷第二期到第七期，又刊登了一次。除序文中删去章行严先生曾索此稿刊之《甲寅》这一记载外，两本全同。一九四四、四五年，老师在重庆，对《甲寅》本作了很大的修改和补充，写成定本，另外还写了一篇定本跋。十年浩劫中，定本被毁，跋文以有副本，幸得保存。所以在我整理老师的这部遗作时，它便成了工作条例。

按照老师的设想，这部点将录在每位诗人名下有如下几个组成部分“赞、诗、评、杂记、小传，然后附录章行严先生的《论近代诗家绝句》。各项不求全备，可以缺少；每项不定一条，可以增减。（如或有赞无诗，或有诗无赞，或赞后又有赞，或二人合一赞。）其它各项也是如此。有一作，有附见。

现存准备写成定本的残稿共三种：甲、存托塔天王晁盖至地丑星石将军石勇。共十四叶，似已写定，但是钞本，非老师亲笔。乙、起天罡星玉麒麟卢俊义的后半，至铁棒栾廷玉。共八叶，是老师亲笔。赞多诗少，（诗多写在眉端。）评全缺，偶有杂记、小传。这两本都没有序。丙、存托塔天王晁盖至地勇星病尉迟孙立。共四叶，也非老师亲笔。前有序，比《甲寅》本序详。但每位名下，仅有赞语及小传。此外，另有《光宣诗坛点将录略传》残稿两叶，录王闿运至吴观礼一十七人的小传，内容与丙本不全同。

我整理时，以甲本为主，地丑星以后，据乙本续编。其地丑星以前乙本所载诗及杂记等为甲本所无的，也按人增入。丙本有《略传》则主要取其小传。所缺评语，如《甲寅》本旧评与老师晚年所撰赞、诗不矛盾，就加以迻录。然后将行严先生的诗附于每家之后，无则缺之。体例全依定本跋中所定。有些地方我也加了些案语及注，以便读者。

因为是据诸本合校，断以己意，缀辑而成，很难说与老师的定本相符。古人早已说过，讽味遗言，不如亲承音旨，这原是无可奈何的事。但即使这样，这个本子也提供了研究近代诗歌和研究汪老师诗学观点的重要材料，值得重视。

汪老师对石遗老人陈衍所选《近代诗钞》不很满意，认为收录过杂，而且福建同乡的作品也太多，颇想根据《近代诗派与地域》的论点，精选一部近代诗，也曾开始甄录。为了协助老师完成这项工作，我曾请先君穆庵先生将家集数种以及晚清诸家诗文集数十种、清末民初诸老燕集照片及个人写真十余张都借给老师，以供采择。老师将此事就商于李拔可先生。拔可先生以为，入选诗家应当各附小传，老师也以为然。抗日战争爆发，老师图籍多失，这项需要大量资料才能进行的工作便又搁置下来，后来又想简化为《点将录诗选》,预定编成六卷,也未完成。本集《近代诗人小传稿》就是为诗选准备的部分材料。另外,它的姊妹篇《光宣以来诗坛旁记》也大略作于同时,其后复有增订。《小传稿》有清本,《旁记》有老师手稿。因系随手记录,所以先后杂陈。这次整理,除了个别人物生卒年未详,依刘、班称并时例酌附外,一律按年代先后编次。这两部著作保存了许多首次用文字记录的文献,极可宝贵。

书札、序跋两部分,略依写作年代编次。汪老师勤于笔札。友生质疑问难,无不详答。点勘诸籍,多有题跋。但经过抗日战争及文化大革命,散佚已多,这里钞录的,不过存十一于千百而已。

《小奢摩馆脞录》等三种是汪老师的笔记。《脞录》成书最早,连载于一九一五年《小说海》。

由抗战中到解放后,汪老师曾在期刊上发表过读书笔记数十则,每次都别冠总名,前有小引。如发表在《学林》第一期上的《讲堂旁记》小引云:

> 讲学南雍,时逾十稔。目所籀绎,口说宣之,仓卒质难,不无微谛。境与事迁,旋复忘置。比来渝校,坟籍散失,抗心希古,并未稍杀。诗书至味,盎然在胸。爰于罢讲之余,为草宾退之录。虽竹头木屑,或有谢于高言;而蠡测管窥,庶无讥于短策。戊寅八月自记。

《中国文学》第一卷第三期所载《方湖读书钞》小引云:

> 余于讲贯之暇,喜籀坟籍,往往午夜篝灯,屡忘就枕;又苦善忘,久而茫昧。爰置一册座隅,偶有会心,辄命笔札,既无诠次,亦少发明。久之,积卷盈尺,弃诸箧衍,亦不复省视矣。或有请其择要乙出,付之本刊;虽无新奇可喜之论,亦足免学子搜讨之劳。屡辞不获,因付钞胥。昔梁子初、杨子林写书万卷,而羊欣、葛洪、沈约、傅隆、沈麟士、袁峻、李彪、陆倕尤有名。此或因隋唐以前,书不易得,或全或节,藉供讽诵。至若《黄氏日抄》、《潜邱劄记》,则又体近济翁《资暇》、李涪《刊误》、苏鹗《演义》、邱光庭《兼明书》之体,最有美言,兼存佚籍。若不佞此录,皆不能与前修等量齐观也。

又《中华文史论丛》一九八〇年第三辑所载老师遗作《读常见书斋小记》小引云：

丁、戊之间，余避寇西迁，赁庐于重庆西里之覃湾。室湫而隘，西偏有室，面南而负冈，差较爽垲。初则屈促不自安，久乃习焉不以为陋，反若得此一椽之蔽为可乐也。性喜占毕，苦无书可读，悉索行縢，仅经史文翰十馀帙而已。又喜酬接，地既僻处，始迁之一二稔，来者亦稀，后乃稍稍知其地者。每遇休沐，坐客常满，浇书摊饭之后，称引澜翻，不无可听。其有涉于学术掌故，足以资多识佐方闻者，或请付诸笔札，如赵行之《宾退录》、孙履斋《示儿编》之例。初未有应，终乃记之。昔桂未谷尝恐其书落冷摊中，桂氏书未必可弃，若不佞此册，真冷摊中物也。方湖。

这几部分笔记篇幅都不大，内容也基本相同，因此，把它们合并起来，再加上一些未刊的零星手稿，按经、史、子、集的次序排列，统称《读常见书斋小记》。

在我的老师们当中，吴瞿安先生、黄季刚先生和辟疆先生都是每天记日记的。吴先生的日记现在还全部保存着，已由他的家属捐献给国家，藏在北京图书馆。黄先生的日记在日本帝国主义入侵时被毁于采石矶。残存手稿数册已由他的女婿和弟子潘重规教授在台湾影印行世；另有抄本十馀册，由其后人，连同黄先生其它许多遗稿，一并捐献给了武汉大学，尚待整理出版。汪先生的日记起于清代末年，一直到一九五四年后半身中风为止，每日小字正楷记录当天所治之事以及读书所得，从来没有间断过，原稿当在百册以上。文化大革命中被掠，不知下落，想已被毁。现存的仅有三册：一册是南京师范大学武酉山教授在夫子庙的地摊上用一角钱买回的；另外两册则是掠夺者在匆忙中遗落在地上的；此外还有零页若干纸。现在依照《竹汀先生日记钞》之例，将残本中论学部分辑出，依年月先后排列，题为《方湖日记幸存录》。黄、汪两先生日记先后被毁，这种损失是无法弥补的。一四五三年，拜占庭首都君士坦丁堡为土耳其人攻陷时，一些学者还能抢救出许多古钞本，远走意大利，从而保存了古代希腊的学术和文明。这使我们感到惭愧；同时我们也希望某些人今后变得聪明一些，不要再冒天下的大不韪，去干那些使人的价值全然丧失的蠢事。

汪老师不但是一位诗歌研究专家，而且是一位很有成就的诗人。前辈学者的学风和我们今天不完全一样，他们是很注重知能并重，即研究与创作并重的，认为二者互为影响，互相渗透。老师既精于诗学，又深于诗功。他对于诗歌的源流正变、诗人的风格技巧，叙述精确，分析深刻，是和他自己能诗分不开的。他早年受散原老人的影响，效法黄、陈；其后则转益多师，对唐朝的杜甫、李商隐、韩偓诸家，宋朝的梅尧臣、王安石、苏轼、陈与义诸家，致力尤深，合唐人的情韵、宋人的意境为一手，所以风格苍秀明润，用笔开合自如，为并世诸老所推服。先生原存诗一千四百馀首，编为二十馀卷，也随同日记及其它手稿成为劫灰。现在收拾丛残，略依先后编成诗钞一卷。

《峡程诗纪》是一篇未完的游记。老师平生不以文章自负，但偶有所作，也可以看出他的造诣。其文大体取法晋、宋，骈散兼行，自具特色。收在本集中的《校定谢灵运集后记》和《国粹学报汇编序》以及这一篇，都可见一斑。

汪老师名国垣，字辟疆，又字笠云，号方湖，又号展庵。一八八七年十一月三日生于江西省彭泽县黄花坂老湾汪村。一九〇九年入京师大学堂，一九一二年毕业。一九二二年任江西心远大学教授，一九二八年改就第四中山大学之聘。后来第四中山大学几经易名，成为中央大学，解放后又改名南京大学，先生一直在这所学校任教，前后共三十八年。一九六六年三月十二日因病逝世，享年七十九岁，葬于南京雨花台望江坡公墓。

在汪老师不幸逝世以后，我就有整理其遗集的愿望。一九七八年，我来南京大学任教，和先生的长子超伯共事，才知道他已着手收集材料，准备编辑，但因工作太忙，进行得比较缓慢。由于我的要求，超伯便慨然以此相托。断断续续工作了八个月，终于编成了这部文集。对于超伯的充分信任，使我有机会对先师尽一点心，我是非常感激的。

一九八四年二月二十五日程千帆谨记

《汪辟疆文集》，上海古籍出版社 1988 年版。

读《汪辟疆文集》所想到的（傅璇琮）

承程千帆先生的好意，寄赠给我一部由他整理编录，而由上海古籍出版社出版的《汪辟疆文集》。汪辟疆先生，作为古代文学和古典文献的研究专家，恐怕现在中年以下的学者知道的是极少的了。我第一次读他的书，是50年代时由他校录的《唐人小说》（上海古典文学出版社出版），感到这是鲁迅先生《唐宋传奇集》以外研读唐代传奇的最切实用的入门书。书中于每篇作品之后所作的考证，列述作者经历、故事源流和后世演变等等，对于初学者不啻开启进入唐人艺术世界的大门。现在读到这部近70万字的文集，真有如过屠门而大嚼，虽当酷暑，也像五柳先生所自赏的那样，“孟夏草木长，时还读我书”起来。

汪先生名国垣，字辟疆，又字笠云，号方湖，1887年出生于江西彭泽。1909年入当时的京师大学堂，1912年毕业。他长期执教于过去的中央大学及后来改名的南京大学。1966年3月去世，时值“文革”前夕，但终究没有逃脱劫难——他自清末至一九五四年数十年间从未间断的百册以上的日记全部被掠，残存的仅三册，一册是一位教授在南京夫子庙的冷摊上买回，另外两册是掠夺者于匆忙中遗落。见到《文集》前面影印的两张日记残叶，望着那正楷书写、一笔不苟的隽洁书迹，真令人痛惜。

通读文集全书，深感这位学者治学门庭的宏阔。他研究版本目录，又对杨守敬的《水经注疏》颇下一番功夫，写出几篇结实的考订文章；又研究汉魏古诗和唐人近体诗，他的几篇谈李商隐的文章，至今尚能给人启发，他在日记中说的“义山人地寒微，但知有知己之感，实无恩牛怨李之成见”，寥寥数语，明达透澈。不过我认为，文集中最好的还是论近代诗派的几篇，特别是《近代诗派与地域》及《光宣以来诗坛旁记》。60 年代时我在《中华文史论丛》上读到他的《论高密诗派》，觉得以这样的冷题目作如此细文章，真是高手，现在读到这两篇，益觉其大手笔。汪先生对清诗有通盘的考察，他独具只眼，认为清诗“以近代为极盛”，而这又与“世方多难”有关。他特别深究于光宣五十年间的诗人与诗派，所举上百个诗家，列述其事迹与风格特点，真如数家珍。由于家世和交游的关系，汪先生与诗坛前辈及并世名家多有往还酬唱，因此不但他的记述确实可信，他的评论也充满韵味。光宣的诗坛是直接“五四”的，但我们研究“五四”诗歌，往往忽略其前承，似乎那时是石破天惊，忽然产生出白话诗来似的。汪先生这几篇文章，真可为当今研究者所取资。现在对这一阶段的诗歌能如此熟悉，而又具通识的，以笔者所见，也只有钱钟书先生和钱仲联先生两位了。

文集中所记近代诗派，不仅于文学研究者有益，且对研究近代社会与思想，都提供了不少真切生动的材料。如那位提倡“中学为体，西学为用”的张之洞，《光宣以来诗坛旁记》有记道：“文襄(张之洞谥)奖新学，而喜旧文。又一日见一某君拟作，顿足骂道：‘汝何用日本名词耶?’某曰：‘“名词”亦日本名词也。’遂不欢而散。”把这位“洋务”人物的面貌讽刺得入木三分。

程千帆先生是汪辟疆先生的学生，他在编录文集时也已届 70 余高龄，但在后记中仍口口声声称老师如何如何。前辈风范，令人钦仰。中国近代学人，博洽者有之，专精者有之，由于种种社会原因，他们的著作多有散佚。学术界和出版界真应该组织人力，逐步地将这些著作整理、编印出来。对于学术遗产，似也不应厚古而薄今。不少中国近代学者，在风雨飘摇、世路坎坷中，默默地著书作文，这些应该是我们民族文化积累的极有价值的一部分。

原载《瞭望》1989 年第 47 期，后收入傅璇琮著《濡沫集》，湖南人民出版社，1997 年版，第 30—33 页。

汪辟疆先生传略(马騄程)

先生名国垣、字辟疆,号方湖,晚年以字行。1887 年 11 月 3 日生于江西省彭泽县黄花坂老湾汪村。汪氏为里中望族,书香累叶。清道光十三年(1833)癸巳恩科状元汪鸣相,博极群书,名噪一时。先生尊人际虞公为丁酉光绪二十三年(1897)拔贡,经戊戌朝考,分发河南,历任泌阳、商城知县。先生与胞弟国镇随侍任所,熟读四书五经。1904 年考入河南客籍高等学堂,毕业后,经河南提学使孔祥霖主考录取,保送北京京师大学堂(北京大学前身)。该校颇多名师大儒,各肆其学。先生为陈宝琛所赏识,多加教诲。至是决定专攻中国文史。日处藏书楼中,研读不忍释手,曾写阅读提要六、七册。1912 年二十五岁,毕业于北京大学。旋至上海,陈三立散原以先生为年家子,颇颖异,奖掖备至。同时经乡人刘云苔之介,结识邵力子、于右任、叶楚伧、苏曼殊、张继等革命志士,大兴经邦治国之壮怀。孰料至 1915 年,父病返里,奉侍在侧。不久父丧,在乡守制三年。在此期间,先生专心研读家藏古籍,口诵手抄,从不间断,为日后辨章学术,考镜源流奠定深厚基础。

1922 年,应江西心远大学之聘,主讲目录学及唐代文学。1925 年,因校事赴北京。章士钊坚留教授女子大学,而江西通志又电召参与纂修,心远大学尤需人主持文科,以故仍返南昌。当先生在北京时,章士钊谓先生所撰《光宣诗坛点将录》一书,不可不亟为流传,力索携去,刊载于《甲寅》第一卷第五期至第九期。此书刊出,旧京及津沪老辈各流,大为激赏,且有资长谈助者。

1927 年，先生应国立中央大学之聘，任文学院中文系教授。当时，汪旭初任系主任，先后受聘者还有黄季刚、王伯沆、吴瞿安、胡小石、王晓湘等名教授。在课程开设上，据各人所长予以分工。黄季刚之语言文字、汪辟疆之诗、汪旭初之词、吴瞿安之曲，王伯沆之散文、胡小石之文学史，均为每年必开讲之主课。至选修课程由各人自报开设。因此，辟疆先生除主讲历代诗歌外，还讲授目录学、读书指导、各体文习作等课。

唐代文学，诗歌小说并推奇作。先生辑录现存唐人小说中大部重要作品，并用多种版本进行校勘，每篇之后附有考证。名曰《唐人小说》，由胡光炜题签，于 1929 年上海神州国光社出版。

目录学为治学之门径，先生本着导先路而始椎轮之旨意，将与诸生讲习之所得，汇辑成册，名曰《目录学研究》，由李宣龚题签，于 1934 年上海商务印名馆出版。

1937 年抗战兴军，先生随中央大学西迁重庆。自 1939 年秋兼任中文系主任，直至 45 年秋抗日战争胜利，才辞去主任一职。在此六年间，先生备受艰苦。盖先生家居重庆西郊之覃湾，距沙坪坝之校本部尚有七、八里，徒步往返，已感不便，雨天泥泞，更为难行。然先生常以天下兴亡匹夫有责为怀，排除一切困难，力争把中文系办好。除日常号召学生勤奋学习外，还指导学生利用假日举办学术讲座九次，先后请系内外名教授主讲，学生提问辩论。生动活泼，学术气氛极浓。又指导学生举办书画展览会，将先生及胡小石，柳翼谋、李证刚、徐悲鸿、傅抱石诸先生所作、所藏之书画陈列教室数天，任人观赏。在 44 年春夏间，先生指导我组织多人，编印《国立中央大学概况》一册，《南高至中大毕业同学录》一册。凡此种种活动，虽由中文系学生主办，而参与者乃全校多数学生。因此，中文系在当时全校五十六个系科中为最受奖誉之一系。

1942—1945 年间，先生主编《中国文学月刊》与《中国学报》两种杂志，行销全国，颇负时誉。胡适致辟疆先生函云："前年在海外得见先生主编的《中国学报》第一卷第二期，已读过先生的《杨熊合传》及熊会贞先生的《补疏遗言》,曾写了一篇《熊君补疏遗言跋》,将来北归时,当钞呈请教”。邓宝珊将军在西安得《中国文学月刊》第二期,读到先生所撰《记与马生騄程谈李云章父子学术》一文,大悦,珍藏之。待后来将军抵南京,以先生颂扬甘肃乡贤,奖励后进,曾专访先生,深表感佩。

1943 年,先生以文学院历史、哲学皆有研究部,而中国语言文学无之,引为憾事。乃谋请教育长朱经农,交谈多次,遂派騄程持公函至教育部交涉。至 1944 年,批复到校,聘任辟疆先生为研究部主任。不久,先生推荐胡小石为部主任,而自己专理系务。在校内,开讲《太史公书》与《水经注》;在校外,给苏联驻中国大使馆汉语研究班讲授《史记》。

1945 年秋,抗战结束。校当局将师范学院之国文系并入中文系,先生坚辞系主任之职,除到校授课外,日常居家著述。当时我任中文系助教,因系内人事大变,遂转任国史馆协修。每至星期日,必到先生寓所、汇报所学,面聆教言。

1946 年,中央大学、国史馆先后迁返南京。先生又应聘兼任国史馆纂修。同时应聘者有柳翼谋、吴廷燮、刘成禺、汪旭初,金毓黻、顾颉刚、冒鹤亭、商汉亭、夏敬观、王献唐、尹石公等四十多位学者,从事编修国史,修订《清史稿》。在拟订体例与编写大纲方面,先生与翼谋先生谋划最多。

1947 年春,史馆领导特邀先生主编《国史馆馆刊》,先生力辞。但在一次纂修、协修人员会议上,群举先生为馆刊主编,柳翼谋等十人为编委,我为编辑室负责人,协助先生处理日常编印事宜。先生之为人也,平易近人,既肩此责,则严肃认真。故金静庵先生谓余曰:“辟疆先生谦虚和蔼,在同辈学者中无出其右者。其学深而不自伐,其文雅而益求精;处事多而不居功。其与黄季刚先生,各有所长,各具特色,吾均师之”。汪旭初先生尝曰:“季刚好训人,而对王伯沆、汪辟疆则深表敬重,情谊甚笃。”先生之学行,金、汪二先生言之恰切,非深知者不能喻也。

1947—1948 年,由于右任推荐,先生兼任监察院监察委员,同时当选为江西选区国大代表。先生一向忧国忧民,目睹野有饿莩,亦无能为力,常慨然长叹。日常居家读书撰述,聊以自慰耳。

1948年春夏之交，邓宝珊将军抵南京，因久慕先生，乃驱车专访，并邀至新街口茉莉饭店宴饮，至灵谷寺茗座、看牡丹。畅谈之间，将军谓南京牡丹不若兰州牡丹之富丽壮美，特约先生改日至兰州一游，以观牡丹盛景。

1954年暮春，时任甘肃省省长之邓宝珊将军、函邀先生来兰州讲学，看牡丹，于花园中专辟居室，以待先生莅临。讵知先生临行前，因高血压而中风，右肢瘫痪，不果来兰。先生于1957年三月，左手书示騄程云："右体偏废，于今三年，虽经医治，亦不见效。所幸精神如旧，差堪告慰耳。年来校阅《太平广记》、《顾亭林诗集》。顾诗近觅得潘次耕及戴子高校本，乃知世所通行者非亭林之旧。《广记》惟明谈恺、许自昌二刻最佳，许刻尤有校勘之功。病中以此自遣，亦无聊之极思也。"先生幼承家学，养成读写习惯。虽在病中犹坚持读书写作，又为研究生在家讲课。爱护后进，诲人不倦。其后病情时有反复，终以脑血栓形成不治之症，于1966年3月12日逝世，享年七十九岁，葬于南京雨花台望江坡公墓。

先生博闻强志，著述等身。除已印行和尚未印行之专著外，门人程千帆与先生长子汪超伯搜集整理幸存之诗文杂论若干篇，汇集成册，名曰《汪辟疆文集》，已于1988年由上海古籍出版社出版。

（原载南京大学古典文献研究所《古典文献研究》1989、1990年合刊）

汪辟疆先生在四十年代的轶事(马騄程)

一九四〇年秋,我负笈入蜀,通籍国立中央大学。彭泽汪辟疆先生为中文系教授兼系主任。某日,先生与新生一一面谈,以我为孺子可教。此后,每逢假日,我必晋谒。先生尝出示秘籍,指画解说,无或倦焉。

抗战胜利初,我原任中文系助教。先生因故辞去系主任职,遂荐我任国史馆协修。翌年返京,先生兼任国史馆纂修,直至南京解放作罢。从中大到史馆凡十年,我常侍从藜杖,深蒙耳提面命。即我归陇后七、八年间,先生常以书面教诲,语重心长。勉励我“随时致用,庶无偏倚。”五七年三月二十日,先生用左手示书与昔日师生合影,今犹存之,置诸镜框,悬之壁间,朝夕相见。先生之音容,宛然如在。兹将先生在四十年代的几件轶事,略述于后。

一　主编《中国文学月刊》与《中国学报》

四一年中秋节,我与肖月高、潘慈光等同学到重庆西里覃湾拜谒辟疆先生。在谈及西南联大编印之《国文半月刊》与文史杂志社编印之《文史杂志》时,先生认为,中央大学中文系应该编印《中国文学月刊》。我辈闻之,大喜。遂派我与重庆文信书局经理王君宜商洽。王君南京碑亭巷人,久慕先生之名,曾多次专访。此次谈及编印刊物事,欣然应诺。商定辟疆先生任主编,我任编辑兼发行人。稿件由我方提供,负文责;彼方出资付印,发行全国。

四二年春,《中国文学月刊》创刊号出版,三十二开本,刊名由胡小石先生题签。虽名之曰“月刊”,其实因纸张、印刷困难,直至抗战结束之四年内,共印行了五期。从第二期起,刊名由汪旭初先生题签。在这同时,辟疆先生还主编《中国学报》一种,十六开本,由江西人赖筹出资印行。因资金不足,三年内仅出刊两期。

上述两种刊物,由辟疆先生一人主编,但在刊内均未具主编人之姓名,而所载先生之名著多篇,对当时学术界影响极大。如《与马生騄程谈李云章父子学术》一文,从《方湖日记》中录出,载于《中国文学月刊》第二期。刊行不久,史学家金毓黻先生过我住所,详询李氏种切。告知其所著《中国史学史》,乃部颁大学教科书,未谈及《读通鉴纪事本末》。拟在“纪事本末体”一章内,补写一节。后该书再版已增补。

驻守榆林之邓宝珊将军,曾在西安购得《中国文学月刊》多期,珍藏之。四八年春,邓将军到南京,住豆菜桥招待所。某日,派车邀我,告知与孙蔚如将军拟访辟疆先生,嘱先导之。汪先生于晒布厂五号小筑接见,邓将军致敬仰之意,且以辟疆先生对甘肃乡贤张介侯、李云章父子多加揄扬,对后生刘润贤(持生)、霍松林、马騄程等耐心栽培,深表感谢。另日,邓将军在新街口茉莉饭店宴请辟疆先生。饭后,驱车至灵谷寺看牡丹。品茗赏花,先生口诵所作《灵谷寺牡丹》一首七律,闻者无不称好。邓将军则认为兰州牡丹,如树成林,绝胜灵谷寺也。乃约辟疆先生日后到兰州观赏。五四年暮春,身任甘肃省长的邓宝珊函邀辟疆先生来兰,一则讲学,一则观赏牡丹。特于邓家花园专辟居室,临时聘用南方厨师一人,准备招待先生。无奈先生临行时,因高血压而中风,右肢瘫痪,不果来兰。陇上学人闻之,无不感叹!

再如先生所撰《水经注与水经注疏》、《杨守敬熊会贞传》载于《中国学报》。四七年春,胡适致函辟疆先生,谓其前岁在美国看到《中国学报》,对有关谈论《水经注》的几篇文章,敬佩之,尚有疑义。先生修书作答,嘱我送之。当时,胡氏寓鸡鸣寺中央研究院,与我坐谈良久,甚称汪先生辨章学术,考镜源流,深表钦佩。又写信谈《水经注》的版本问题,先生据其所询遂撰《水经注的版本和整理工作》一文，载当时南京出版之《申论》杂志。

二 指导学生的学术活动

四三年以后，中央大学中文系的全体师生在系主任汪先生之领导下，开展了许多类型之课外学术活动。在全校五十六个系科中，中文系是最活跃的一个。兹列述如下：

1 举办“聚珍书画展览会”

开春之际，除中文系请教授如汪辟疆、胡小石等借出所藏书画若干件外，又向其他各系教授如徐悲鸿、傅抱石、李证刚、李寅恭、宗白华等处借来书画几十副，悬挂在文学院的几个大教室里，名曰“聚珍书画展览会”。辟疆先生手撰“小引”一文，列于诸书画之前。在《聚珍书画展览会小引》中，则曰：“吾当观今之书画展览矣，时愈古而物愈珍，时愈近而物愈贬。一人倡之，百人和之。然则物之珍贬，系乎古近，初不关乎赏会也。……古固可珍，近亦何贬。元人张受益有言：‘吾好古有三，非拘拘于年数，专心致志者得之读，触目兴怀者得之游，寄情寓意者得之玩。’今日之会，邻于玩矣。然玩非玩物丧志之谓，亦吾情之所寄，意之所寓而已，非真有执者于其间也。”会期一周，来观者络绎不绝。为全校师生引来了无穷之乐趣，给新春佳节增添了不少的光辉。至今四十多年，当日师生之健在者，其情景或莫忘也。

2 举办学术座谈会

四四年间，中文系系会在辟疆先生支持并指导下，举行学术座谈九次。每次利用星期六下午或晚上，在文学院大教室进行。事先公布主讲人及其主讲之内容提纲，要求愿意参加者做好准备。届时，主讲人先简要讲述，然后听众自由提问、争辩，最后由主讲人总结。辟疆先生每次必参加，也争取发言。会场谈笑生风，颇受听众欢迎。当时，我主其事，将每次记录成册，名曰《艺文丛话》在《中国文学月刊》上陆续刊布。兹将各次座谈主题与主讲人，抄录于后：

①《红楼梦》 李长之

② 纳兰成德与《饮水词》 唐圭璋

③ 唯美诗人李义山 汪辟疆

④ 歌德与《浮士德》 宗白华

⑤《西厢记》 卢 前

⑥ 莎士比亚 楼光来

⑦ 法国文学 徐仲年

⑧ 书画同源论 胡小石

⑨ 杜甫诗与其时代 贺昌群

3 编印《国立中央大学概况》

四四年，全校学生会为了庆祝校庆与欢迎新同学入学，特邀我主编《国立中央大学概况》一书。当时，我有难色，欲却之，又不许。遂请辟疆先生指迷。先生朗然开导，并解说如何组织人力，如何选编稿件。为了编写校史，先生提供大量资料，又嘱我专访柳翼谋、李证刚两位先生。在汪、柳、李三老指导下，我写好初稿，再经三老过目、指点，我再加工。最后由辟疆先生润色，始成定稿。先生又为全书写了《弁言》，其结语云："集本校各院系科部之施教状况，汇刊此册，非欲自曝其美备，亦所以见战时上下淬砺，非暴寇所得而屈也"。全校五十六个系科及图书馆、教务处的概况介绍，由各单位供稿。在辟疆先生指导下，由我编辑成书，付梓发行，颇受读者欢迎。

三 筹划编印《中国文学丛书》

四三年冬，辟疆先生草拟《中国文学社编印丛书缘起》与《中国文学丛书编辑略例》，铅印若干份，发往校内外文史专家征求意见。在校内有柳翼谋、李证刚、楼光来、宗白华、金毓黻等先生，在校外有于右任、张溥泉、章士钊、邵力子、汪旭初、金兆梓等先生，都在书面上或口头上一致赞同，认为在战日战争时期，为振奋民族精神，宏扬中华文化，编印《中国文学丛书》是合乎时代要求的。诚如《缘起》中所云："古代文学观念，因嫌广泛；

今时揭橥新说，亦觉偏而不全。皆未足以通东西之邮，而纳之正轨。盖以一国之学术，必自有其国性。国性不具，则民族精神无所托命。文学者，乃国家民族精神所寄者也。”又曰，“本社同人拟编印《中国文学丛书》，凡通论一种，专书选注三十种，专书序录笺注十六种。盖一则可为大学诸生及中学教师之补充读本，一则可供各界人士研治文学之诵习。庶几乎手此一编，窥先哲之美富，匡后学之迷途，斯以抗战建国中所不容已也”。

四　主编《国史馆馆刊》

抗战胜利后，辟疆先生因故辞去中央大学中文系主任一职，四六年春，随学校回南京，是年秋，兼任国史馆纂修，手订《编年史长编略例》。与柳翼谋分别领导纪传、编年二体之编写工作。同时，主编《国史馆馆刊》。设馆刊编辑室，由我主其事。因此，师生二人为编印书刊又经常交谈。起初，先生不愿任主编，固辞。但编委如柳翼谋、商藻亭、冒鹤亭、尹石公、顾颉刚、金毓黻等一再推举，辟疆先生则不得已而受之。先生之为人也，既肩此任，则高度负责。金静庵曾谓我曰：“辟疆先生谦虚和蔼，在同辈诸学者中无出其右者。其学深而不自伐，其文雅而益求精，处事多而不居功。其与黄季刚先生，各有所长，吾均师之”。盖馆刊乃机关刊物，来稿庞杂。先生为妥善处理稿件，曾彻夜不眠，知之者莫不感佩。前后三年，共主编《国史馆馆刊》五期，发行国内外。

五　为《硕果亭唱酬集》增辉

四八年重阳节前夕，上海名诗人陈曾寿仁先、李宣龚拔可、夏敬观剑丞以及张菊生老人等三十多人，特邀辟疆先生赴沪，先生约我偕行，与会者对先生所撰《光宣诗坛点将录》一书，赞不绝口。仁先丈以新版《苍虬阁诗集》见赠。且对众人曰：“辟疆先生乃江西诗派殿军”。众皆首肯。拔可丈出诗二首，皆七律，人各和唱，合辑《硕果亭唱酬集》一书，由商务印书馆正式出版，为三十二开本，并合影若干帧。我所存之诗集、影片。皆毁于十年动乱中。谅海内、沪上诗人或有珍藏者。

辟疆先生在四十年代之轶事甚多，兹择记其主编刊物与指导学生学术活动诸方面，以见其不仅在讲坛上诲人不倦，而且在课外通过报刊与其他学术活动，对广大的青年学生予以莫大的鼓励与帮助。上述诸报刊在国内较大之图书馆尚有存者，我岂虚语哉！

学生马騄程忆述

于西北师范大学

（原载南京大学古典文献研究所《古典文献研究》1989、1990年合刊）

忆汪辟疆先生二三事（金启华）

我第一次见到汪辟疆先生，是他在就任中大中文系主任时，召集我们从柏溪到沙坪坝校部，听他的演讲会。那时是1939年夏秋之交。

我是1938年秋考进重庆中央大学的。那时期，抗战方殷。中大从南京迁重庆后，校本部在重庆远郊的沙坪坝。新生则在柏溪分校上课。柏溪在嘉陵江上游，和沙坪坝皆在江边建校。相距约三、四十里，沿江边步行或乘船都可到达。为着避免敌机空袭，这里倒是一个读书环境。一年级新生就是在这儿读完一年级课程，再到沙坪坝的。那时实行导师制，系主任兼新生的导师。奇怪的是我们中文系新生的导师是外语系教授，文学院院长楼光来先生兼中文系主任。一次，全校新生导师，各系系主任都来到柏溪，召集各系的学生谈话。楼先生向我们中文系新生讲话，大都是些勉励的话，并教我们学好中文，也要学好英语。莎士比亚和屈原同样伟大，等等。我们很新鲜，也很兴奋。但也感到为什么院长又兼系主任呢？之后，我们才知道是胡小石先生辞去了系主任职务，新系主任尚未选定，所以才由楼先生兼任的。其原因是中文系有一些小风波。缓解后，才由汪先生担任斯职的。所以他在就任时召集同学讲话，我亦才初见汪先生。

辟疆先生，圆脸，戴玳瑁宽边眼镜。梳小平头。个儿不高。操浓厚的江西方言。讲的话很不易听懂。我们亦不求甚解。我现在不为师讳，先生的授课，同学们是无所谓的。一方面是他的乡音未改，一方面是授课有随意性，他的诗选课、史记课等等，都是如此。一次，他来上课，忽然拿起坐在前排座位女同学的书，说：啊，你在看玉溪生集，他便滔滔不绝地大谈李商隐了。记录下来，倒是一篇很精粹的小论文。另外，他写的诗选讲义，那就可宝贵了。我们同学，对他的课可以不听，但讲义不可不要。有很多外系同学都在校讲义室订购他的讲义哪。他的诗选课，是以写诗为试卷成绩的。平常我们的作业，他改起来，非常认真。有时改动一两个字，真叫人叫绝。深得诗眼诗心。我因为在这时期，喜欢写白话诗，可以弄点稿费，当零用钱；又加以宗白华先生的鼓励。我曾和周仁济学兄合译《诗经》中的战歌为语体诗，汪先生特为我们写了个短序，在宗先生主编的《学灯》上发表，鼓励了抗战的士气。他对新诗的态度是主张兼容并包的。譬如写朗诵诗的高兰，就是经常向他求教的。他并告诉我们：他在京师大学堂读书，是学外文系的。后来觉得中国诗太美了，转而治中国诗歌。他认为新诗是从西洋移植的，探本穷原，应该选些外国诗来读。所以我曾听俞大絪先生的英诗选读，也翻译一些拜伦诗。至于宗白华先生的讲歌德，楼光来先生的讲莎士比亚之商籁体，我都去听过的，以求得到营养。汪先生并不轻视新诗。不过中文系那时的经常性文艺活动，还是以分韵、选题为主。如一次上巳节前夕在金刚饭店的集社，是唐圭璋先生立邀的。汪先生是把卢僎的"去国三巴远，登楼万里春。伤心江上客，不是故乡人"分韵。我当时得"登"字，写首五律。汪先生自己则得一仄声，写一篇七古。又卢冀野先生的曲选课，一次以"寄生草"曲调，召集同学同赋。他自己一面写作，一面又为同学改稿。使大家又喜又惧。我毕业后，留校当助教，和系主任的接触就较多了。随时可以向汪先生请教。次年，我考取了昆明西南联合大学（北大、清华、南开）研究生，辞去助教职务，向汪先生告别。先生说：我们中大毕业生去北大研究的，有周法高、李孝定、殷焕先三人，你是第四个了。希望你们将来沟通南北学风。"我说："我以后还是要回来的。"先生颇有惜别之情，并为我写张条幅，是他当年写的七律七绝。我到昆明后，和汪先生经常有书信来往。一次，接到他的来信，叫我为他主编的《中国学报》，约请罗常培、游国恩等先生撰稿。我都代办了。罗先生写的是六朝文方面的论文。游先生则写了一篇《诗榜》。汪先生接到稿子后，非常欣喜。又写信给我，略说稿费已寄出，请我对两位先生说："非敢云酬，聊表敬意。"我很了解先生的意思，这就是在沟通南北的学术风气，互相促进啦！汪先生又曾谈到《诗榜》上的评论人物，和他自己的意见多有相同。如对陈散原的评价，他又说他和伯沆（王瀣）意见相同，季刚（黄侃）则以为他是"乡曲之私"。从这里，我们可以看出师辈们相互讨论。也看出汪先生在沟通南北学风方面的努力，对我的教育是很深刻的。

（原载南京大学古典文献研究所《古典文献研究》1989、1990年合刊）

怀念辟疆师(霍松林)

汪辟疆先生是我极尊敬、极亲近、受益极多的老师之一。四九年春天拜别之后,思念之情,与日俱增。五九年有事去上海,特意在南京下车,以激动的心情走进以前经常出入的晒布厂五号,奉上一斤龙井茶叶。这时候,报刊上不断有批判我的文艺观点的文章出现,无限上纲,汪老师当然看见了。因此,尽管久别重逢,有许多话要说,但都不便多说,气氛很低沉。而这,竟是最后一次见面!六六年三月老师病逝之时,我正由于《红旗》点名而接受批斗,自然无法赶到南京。如今,几十年又过去了,我这个学生也已年近古稀,却仍然时常想念汪老师。

我在重庆中央大学中文系学习的时候,汪老师兼任系主任。由于还没有听他的课,不敢登门求教。四六年迁回南京,他为我们班开设《诗选及习作》课。第一堂,让会作诗的同学在黑板上各写一首近作。有几个同学写了,他评论一番,问谁还写。我硬着头皮写了一首,意外地受到赞许,还说字也有功力,像李北海。此后,便敢到他家里去问这问那。接着,又先后选修他的两门课:《目录学》和《玉溪生诗》。经常听讲、提问,有时还随侍出游,或者替他做些抄书,送信之类的小事,关系也就日益密切了。

随侍出游,印象最深的是四七年春游灵谷寺,老师作"游情常为此山浓"七律,我依韵奉和,四七年秋登紫金山天文台,四六年春复游灵谷寺,各有诗。

抄书,这是汪老师对我的一种有效培养。我对唐诗比较熟,对宋诗则用力较少。老师大约看出我的弱点,便结合他选宋诗,用各家别集善本,在入选的诗题上朱笔加圈，让我用毛笔小楷抄在特制的格纸上。我抄完梅尧臣、王安石、黄山谷、陈后山、陈简斋诸家，其他大约另有人抄。

送信，并不是当邮差，而是把老师的新作送给有关的专家学者。如住在汪老师对门的商衍鎏和住在中大宿舍或附近的柳翼谋、李证刚诸先生，都是由于为汪老师送诗稿而得随时请益的。

那时候，我喜欢作诗。每有习作，便请汪老师批改。诗，由于有韵脚、平仄、句法、章法等等的限制，牵一发而动全局，并不像散文那样好改。汪老师一般也不改，而是低吟一遍，随手圈点，有些地方则指出缺点，让自己推敲。这时候，他如果没有什么急事，一般兴致很高，告诉我最近有什么朋友寄来新作，他自己有什么新作，一一拿给我揣摩。陈苍虬、李拔可、夏剑丞诸先生的不少诗，都是在汪老师书斋里读到的，有时借回宿舍抄写。汪老师的诗，都用工楷写在印有较大方格的彩笺上，我告别之时，他往往提笔在诗后写"松林仁弟存之"，下署"方湖"，并记年月，然后送给我。这种诗笺，我一共积累了四五十页，直珍藏到"文革"初期，毁于火！

那时候，我经常在《泱泱》、《人文》、《陇铎》等刊发表学术论文。汪老师曾说：年轻人不宜过早发表诗文，以免晚年"悔其少作"。但当我把十多篇已经发表过的论文剪贴在本子上请他审阅时，他还是很高兴，为我题了书签："霍松林论文集"，令人痛心的是这个本子也已化为劫灰。那些论文，先后托西北师大的赵逵夫教授和我以前的研究生、现在苏州铁道师院任教的杨军各复印来一部分，而汪老师的题签，却不可复得了！

那时候，我每天晚上写日记。听课笔记中的重要内容，经过整理，写进日记。登门求教时的所闻听见，也写进日记。遗憾的是这些日记也未能逃出浩劫。

汪老师先后赠我不少书，可惜和我的其他珍贵藏书一起，在"史无前例"时期散失殆尽。幸而后来在资料室发现一部，便要了回来。封面上老师的手迹虽有污损，犹能辨认，逐录如后：

学诗宜从韩杜入，方为正法眼藏。余与李拔可先生皆曾为松林言也。松林诗已到沉着境地，此最不易得。今举旧庋黔中家刻本《巢经巢诗集》赠松林，即此求之以到杜韩境界，有余师矣。戊子十一月方湖。

“戊子”，即1948年。当时情景，犹历历在目，而时间已流失了将近半个世纪！

汪老师赠我的书有题记；我拿着自己的书去请教，也往往要在上面写些指导性的意见，可惜这些书也早已不复存在了！值得高兴的是：师兄汪超伯惠寄新出版的《汪辟疆文集》，急翻目录，忽见《题霍松林藏〈杜诗镜铨〉》，不知为先师编遗集的千帆兄是从哪里搞来的？谨录于后：

题霍松林藏《杜诗镜铨》

诗三百篇

庄子　用郭庆藩集释本

屈原赋　《楚辞》用山带阁本

太史公书　用张文虎金陵官局校本

水经注　用武英殿戴校本

杜工部诗　用九家集注本

右六书，为治文学者必须熟诵而详说者。首训诂，次语法，次考证，最后通义旨，不可放过一字，不可滑诵一句，不可忽略一事物，寝馈勿失，终身以也，有余师矣。《文选》、《通鉴》，纂辑之书，取供浏览，抑其次焉。方湖为霍松林题记。

解放后汪老师寄我的信札和诗稿相当多，经过浩劫，只幸存五五年十一月的一封信，节录如下：

来信及葡萄干均收，谢谢。葡萄干出自西北，不知何以没有佳品，岂近年行销于外地耶？《宋词举》近函南昌舍弟国枢寄宁，久未见寄来。兹恐弟急于应用，顷从唐君借得一本先阅，阅毕即还渠可也。记戊子冬月拔可有一函涉及吾弟，当时弟欲保存，惟有关系拙著《点将录笺注》数处，姑留兄处。近已补入，特将此函奉上，装池可成一小轴，亦他日文坛一掌故也。……

李拔可先生寄汪老师的信，因装在同一信封中，也幸得保存至今，节录如下：

辟疆先生有道；

前得十月二十六日手书，并题师曾画竹一诗，其冷隽过于湖州，至佩至佩。松林兄前已谋面，其诗饶有商音，而气味甚厚，故站得住。若再深造黄韩，更无止境，诚关陇之健者也。点将录签咏何日出版？吾闽如陈博野木庵、叶邳州捐轩，未知尚可入选否？陈乃石遗之兄，酷似诚斋；叶则小学金石皆有根底，不亚樊谢也。……

久想写一篇纪念汪老师的文章，深感讲空话羌无意义，而原有的大量资料幸存者不过如此，每欲命笔，徒增叹惋。近来忽然想到：我在南京中大学习期间，曾以《敏求斋随笔》为题，在《和平日报》连续发表过几十篇文章，其中有涉及汪老师的。于是，多方托人复印，终于由我的博士生陈飞托南京图书馆的夏晓臻君印来了一部分，急忙翻阅，竟有四条，亟录于此：

1948年四月十七日《和平日报》第八版《敏求斋随笔》第一则云：

辟疆师在李拔可先生座上，谓：近五十年中，为诗者以广雅、湘绮为南北两大宗，言唐宋者袒张，言八代者袒王，今一流将尽，前之不满于张王者，今则并张王而无之矣。风雅道丧，盖以后生喜谤前辈，更谁肯下涪翁之拜乎？各为太息。故寄汪老师诗云："人从东南来，知子屋尚在。今朝忽觌面，顿挫弥自态。论诗半鬼录，岂必强分派？袒张与抑王，所见等一隘。惟忧玉后烬，遑问衣冠拜！清官虽无多，至味深可耐。吾衰百事懒，越境罢同载。待当踵前诺，酌茗鸡鸣埭"李翁现住沪上。汪老师约与同事来宁不果，故末四句云然也。

第二则云：

于辟疆师处，得读夏剑丞先生《题太华图赠右老诗》云："翁昔议啧室，驶笔如挽强。鹄在图疵病，射鹄鹄既亡。翁来自田间，疾苦身所尝。言出犯忌嫉，险历若太行。至今读翁文，字字挟风霜。成功岂戈矛？兹史吾能详。迩者念余载，风宪开宏纲。

愿翁行所志，立使斯民康。太华耸神秀，列之翁坐旁。何气耀崇高？文字腾光芒。”夏翁所著《吷庵诗》已刊行。平生于梅都官诗致力甚劬，有《宛陵先生集注》，削稿盈箧，尚未刊布。

1948年四月二十一日《和平日报》第八版《敏求斋随笔》第二则云：

辟疆师见示近作数首，其《元辰一首呈右公院长》云："元辰集簪裾，淑气盈户牖。堂堂开济英，对兹开笑口。平生饥溺心，三民坚自守。百折忍不移，此事望已久。今朝宪法颁，欢声动九有。恢疏慎所持，是赖调元手。更念持风宪，即政当岁首。屈指十五年，守正自不苟。有目疲文移，有耳纷听受。尤于毫发间，精爽见裁剖。忆昔诵公文，神交在癸丑。著论准过秦，执讯期获丑。徘徊宋墓间，题字大如斗。中有浩气存，扪之辨谁某。岁月自推移，勋名压朝右。藉日如其仁，不负平生友。方今大难夷，国势日康阜。纳民于正轨，肆予大化诱。我公万人望，秉钧孰敢偶。嘉猷辰入告，行见民生厚。杯酒照须眉，江春动梅柳。万汇方昌昌，持以为公寿。"师于髯翁为文字交，相知最深，故能言之亲切如此。

1948年四月十日《和平日报》第八版《敏求斋随笔》云：

尝以治目录学次第询辟疆师，师谓宜先习汉隋二志以植其基，继则利用二志以兼及辑佚与校勘之学。因为条举唐宋类书、书钞、旧注、总集及字书之最博大、最切要、而引书又详载出处者，凡十馀种，期能识其大辂，然后依类以及其他。其略目如次：

甲、二书钞

一曰《群书治要》　五十卷，唐魏征等撰，有日本刊本。

二曰《意林》　五卷，唐马总撰。此本庾仲容《子钞》，有周广业校本，甚合用。

乙、二类书

一曰《艺文类聚》　一百卷，唐欧阳询撰。存古经典甚多，而六朝诗文佚篇尤富。明嘉靖徐焴仿宋本尤佳。

二曰《太平御览》　一千卷，宋李昉等撰。此书以北齐《修文御览》为蓝本，而增益隋唐及修文殿所遗古经传子史杂书，极为宏博。季刚先生推为类书之王。清乾隆、嘉庆间，考订家最宝之。别有《太平广记》五百卷，专收小说笔记及异闻仙佛等，与此书同为学者所珍视。《御览》以张海鹏照旷阁大字本、日本喜多本为佳。近商务影印本亦好，惜多描写失真。鲍刻最下。《广记》以明嘉靖谈恺刊及万历许自昌刊为佳；黄晟小字本差可。

丙、五旧注

一曰《三国志》裴松之注　多收魏晋间杂史，明嘉靖蔡宙刊佳。

二曰《世说新语》刘孝标注　日本有全注残卷，中土刻本略有删节，然所删亦不多。明嘉靖袁褧佳趣堂刊佳。

三曰《水经》郦道元注　原本四十卷，北宋初已缺五卷。今本乃何圣从就仅存之三十五卷析为四十卷，以足旧数。

四曰《汉书》颜师古注　四史皆唐前旧注，如裴骃《史记集解》、司马贞《史记索隐》、张守节《史记正义》、章怀太子《后汉书注》，并佳。兹举颜注以概其馀。

五曰《文选》李善注　善注极博洽，可以证经，可以订史，可以校子、集、字书，可谓一字千金矣。宋尤延之、元张伯颜本皆佳，明成化唐藩翻张本、清胡克家翻尤本亦不苟，何焯评点本亦好；海录轩本最劣。

丁、二字书

一曰《一切经音义》　有二本：一为唐释元应二十五卷本，乾隆丙午庄炘刊；一为唐释慧琳一百卷本，有日本元文二岁刊。所引群籍，多不传之秘册。

二曰《大方广佛华严经音义》　唐释慧苑撰，四卷，征引广博。

戊、四总集

一曰《玉台新咏》　明崇祯赵均小宛堂本。

二曰《古文范》 守山阁刊本：

三曰《文馆词林》 原一千卷，久佚。今日本尚存残卷；适园丛书刊二十八卷。

四曰《文苑英华》 宋李昉等编，一千卷，收唐人文为多。明万历刊本。

师言清学以辑佚、校勘二事为有功后学；元明二代，瞠乎后矣。其法：先从事汉隋二志以识唐以前古籍崖略，然后搜求佚书之仅存者，从事校勘。遇有异文，乃应用文字、声音、训诂之学辨其讹误与夫声音转变之由，再取古本类书及唐以前注家所引用与书钞之仅存者，取证其说，如云“某书正作某字”，使人读之，怡然理顺，涣然冰释。其足以益人神智、举一反三者，皆有藉上列诸书也。若辑佚之功，如孙冯翼（有《问经堂丛书》）、茅泮林（有《梅瑞轩十种》）、黄爽（《佚书考》）、马国翰（《玉函山房辑佚书》）、严可均（辑古子及汉魏间子书甚多，又严氏《全上古三代秦汉三国六朝文》亦辑佚）诸家（乾嘉间有金溪王谟之《汉魏佚书钞》、《魏晋地理书钞》，虽为辑佚，但疏略无家法），左右采掇，端在乎是。尝闻章宗源之撰（《〈隋书·经籍志〉考证》）也，其草创方法，即先将隋志佚书分条辑出，各成小册，纳诸竹笥，于是按册疏记书中大略及其出处，各草一提要。佚书面目，不难复识。孙星衍尝谓之曰：“君考证若成，甚愿以此底册畀余，真所谓起死人而肉白骨也。”章甚靳之。后为历城马国翰所得，玉函山房之巨册垂二百年沾溉靡尽，则辑佚之功也。

抄录这些材料，汪老师的音容笑貌时时闪现。时光，仿佛倒流了四十多年；我呢，仿佛还是二十馀岁的青年，坐在老师对面，倾听他的谆谆教诲。然而放下笔，看见镜子里的两鬓白发，又不禁感慨于岁月蹉跎，徒增马齿，辜负了老师的知遇、栽培、奖掖和期许。

（原载南京大学古典文献研究所《古典文献研究》1989、1990年合刊）

国学大师汪辟疆（汪吉佑）

伯父汪辟疆先生，是南京大学的著名教授。他一生勤奋治学，教书育人，桃李盈门，名满天下。1925年，他应章士钊之约，任北平女子大学教授。1928年应聘至南京任第四中山大学教授，以后该校先后改名为东南大学、中央大学、南京大学，伯父连续任教38年。其入室弟子如程千帆、沈祖棻、潘慈光、涂允铣诸君，均为当代学者、硕儒。

出身书香人家
一生教书育人

1887年11月3日，伯父生于江西彭泽黄岭乡老屋湾汪村，名国垣，字笠云，后改字辟疆，别号展庵，晚年自号方湖，因故乡近方湖也。我的父亲君毅是他的胞弟。在故乡，我家是世代书香人家。先祖父际虞公系清光绪丁酉拔贡，戊戌朝考一等第六名，保和殿复试二等第一名，奉旨以知县任用，历任河南泌阳、商城知县。先伯祖鸣相公为清道光十三年癸巳科状元及第，曾任翰林院修撰，后任广西乡城正考官。

先祖父任职河南时，伯父和家父兄弟随赴任所，垂髫之年，勤奋读书。在伯父的遗著中，我恭读过一段关于他勤学苦读的往事记叙："回忆儿时，先君口授欧阳文忠公《读书》一诗。年十二，先母饶太夫人卧疾梁园，每夜问寝之余，必命余兄弟口诵一过，以资慰藉，今忽忽四十年矣，此乐胡可再得？所难忘者，一灯明灭，双髫绕床，炉烟缭袅，琅琅歌声，偶一念及，肝肠凄断。”观此可知其治学之勤，学问之渊博，决非一夕之功。

伯父兄弟在祖父河南任职时，就读于河南开封客籍中学。毕业后，于1908年兄弟同时考入京师大学堂（即北京大学前身），均在英文班学习，1912年毕业。此后，伯父即南游上海。因故乡耆老刘芸台先生介绍，得认识邵力子、于右任、叶楚伧、苏曼殊等社会名士，并加入中山先生的同盟会。辛亥革命成功，中华民国建国之初，百废待兴，急需师资人才创办现代教育。于是，伯父及家父均改弦更张，潜心研究国学，决心从事教育，走教育救国之路。1915年因父丧，在家守孝三年，期间专心研读家藏书籍，为研究国学打下了良好的基础。1918年任江西南昌二中教师。1922年应熊育钖之请任南昌心远大学教授，并得识余仲詹、朱希祖、陈际唐、王晓湘、王礼锡等宿学名流。1925年应章士钊之约，赴北平任女子大学教授。1928年以后，除抗日期间随着南京中央大学迁移到重庆、新中国成立前回故乡小住之外，直至1966年辞世，都在南京任教。

著述博大精深
治学既博且专

伯父在教书育人的历程中，勤奋治学，著述甚丰，早年有《唐人小说》、《目录学研究》，以后研究古诗词很下功力，著有《光宣诗坛点将录》、《近代诗派与地域》、《方湖诗钞》等等，其他如历年讲学资料，则多如瀚海，但均因兵燹散失。程千帆教授应先兄越佑之请，毅然承担了伯父遗著的收集、整理、编辑工作，历时6年完成泱泱大观之《汪辟疆文集》。千帆先生对恩师之酬答亦将载诸史册也。他说“汪师不仅是一位诗词研究家，同时也是一位很有成就的诗人。他的诗融唐人的情韵与宋人的意境为一体，因此其诗的风格苍秀明润，开合自如，为并世诸老所推服。”伯父诗作原有1400馀首，因经变乱，特别在“文革”中，大部付诸劫灰，现仅存200馀首。今选《次晓湘韵（五律）》，以飨读者：“相对忘言处，能教万籁瘖。有怀仍黯黯，无语自钦钦。晓雾时来蝶，春寒未上蟫。静中疑有得，天地一蹄涔。”

伯父的文章，取法晋宋，骈散兼行，自具特色。今摘录《复祖棻书》片断为例："祖棻贤弟：叠奉手书。迄未函复，非恝然也。盖相知者不以形迹拘，亲厚者唯以言辞慰。故每诵来翰，神魂飞越，及伸纸握笔，反无一辞，且不知所以为慰者。稽迟之咎，仆实负之。"由此一斑庶几可知其文之全豹矣！

从《汪辟疆文集》中，可知伯父"治学主张专，而不尚博"。他说"载籍极博，遍读实难，提要钩玄，是为要务"。"学术万端，岂能遍识"。"如欲既博且专，则天下将无可用之才，因人生有限，欲遍览群书，无此精力也"。而他自己却是既博且专的。他对诗词研究，既涉及不同时代名家，又对李商隐的诗有精辟的研究。他曾说"有唐一代诗家，能自辟宇宙者，唯李、杜、昌黎、玉溪四人而已。"他对玉溪周旋于牛、李两个朋党之间的处境，以及在政治上受到排挤的身世，极表同情。他在深入分析李商隐的一生遭遇中，使读者能深解"文章憎命达，诗穷而后工"的哲理。他给南京大学中文系学生做学术演讲时，开场白即对《夜雨寄北》赞美备至。原诗云："君问归期未有期，巴山夜雨涨秋池。何当共剪西窗烛，却话巴山夜雨时。"他说"这一首太流彩、太美丽了。"但他对弟子不要求既博且专。这正是一个教育家的博大襟怀，故入其门者，不觉其苦。

《汪辟疆文集》体现了伯父的治学精神和渊博学问。其中所有论述，无不探微钩沉，旁征博引。所以，于1988年出版问世后，凡读书之人均以先睹为快。故乡挚友丁思渭得此书后，逐日研读，致函予我说："不读《汪辟疆文集》，何以知方湖先生学术之博大精深。"在台北大学任教的欧阳承教授，当知悉《汪辟疆文集》中论及其叔祖欧阳述之诗时，即来函愿得此书，我寄赠一本，他展视文中将其叔祖列入"江左派"，并评曰"欧阳述之整洁"，慨然叹曰"方湖先生一言九鼎，吾叔祖可以含笑矣。"

伯父原来还有400册的日记，这是他从14岁开始每日用正楷记述的读书心得及琐事。现仅存3册，一册是南京师范大学教授武酉山用一角钱购于夫子庙地摊，另两册是"文革"抄家者匆忙中遗下的。这些珍贵的日记，现在已无法弥补了。

承家教推崇伟人
劝子侄从戎抗日

伯父幼承家教，对文天祥、史可法、夏完淳等历史伟人推崇备至。他在国史馆任修撰时，曾三修《夏完淳传》、《谢晋元传》，以宣扬忠烈，使爱国者的事迹能流芳千古。他自己立志"敢与古人争席"，热爱祖国。

1938 年 7 月 1 日，家乡陷于日军之手，父亲未及走避，为寇所执，日酋侦悉他是当地名流，要他出头维持地方事务，父亲生性耿直，勇叱日寇，即惨遭杀害。斯时随校迁往重庆的伯父，闻此噩耗，悲痛欲绝，得知我只身流亡于湖南衡阳，写信劝我们兄弟忍悲自立，并说"汝父不幸为寇所害，幸勿过悲，今后余将视汝兄弟如己出。"同时支持本可上大学深造的次子曾佑投笔从戎，去考黄埔军校十六期，我也随后考入十七期，同在成都学习。再一年，政府因战局不利，提出"一寸山河一寸血，十万青年十万军"的口号。于此青年人热血高涨之时，我胞兄庆佑也参加了青年军。于是，我们这个世代书香人家，三个男子都参了军，走上了抗日战场，伯父以此为荣。

我们兄弟三人参军后，曾佑于 1941 年毕业，请缨驰赴三战区三十二集团军参加作战，曾深入敌后搜集敌人情报；1943 年冬因远征军出国，奉调预备第二师任警卫营长，出生入死，抗战胜利奉命凯旋。我于 1942 年毕业后派赴湖南九战区第七十四军炮兵团任排长，四年中参加过 1943 年 4 月的鄂西会战、1943 年 11 月的常德会战、1944 年 7 月的衡阳会战和 1945 年 5 月的湘西会战，身先士卒，奋勇向前，杀灭日寇，以雪国恨家仇。特别是常德会战时固守阵地 20 多天，弹尽援绝，奉命拼死突围，始得重生。参加青年军的三兄庆佑，也在滇缅边界参加抗击日寇的战斗。

抗战胜利，我们兄弟三人于 1946 年回到南京，这时内战一触即发，年届花甲的伯父语重心长地教侮我们"从前你们参加抗战，这是为了保卫我们神圣的领土，是我们每一个中国人应尽的职责，现在抗战胜利了，正应齐心协力，建设因为经过八年抗战而百孔千疮的祖国。但是国民党丢了这应该做的不做，却热衷于打内仗，每一个有良心的中国人都是反对的。我希望你们洁身自好，不要参加打内战，以免留下千古骂名。”伯父讲这些话时，表情是很严肃的。我们三兄弟接受了老人家的训诫。于是，曾佑到徐州装甲兵学校从事军事教育，庆佑因青年军复员回家乡当了教师。当时，我在七十四军工作，伯父为了我的事，亲自去找了国民党的高级将领、国防部新闻局长邓文仪，也即我在黄埔军校学习时的老师，将我调到南京中央训练团学习。这样一来，兄弟三人终于离开了打内战的漩涡。

谈文心诫告蒋介石
对联语讥讽伪国大

伯父于抗战胜利后随中央大学迁回南京，仍任文学院教授兼中文系主任，住在文昌桥晒布厂 5 号故居，与王晓湘、熊育钖宅毗邻。当时金陵人才荟萃，与伯父诗酒唱和者，均系当代名人学者。我记得的有于右任、张难先、刘成禺、黄侃、柳翼谋、汪东、楼光来、宗白华、胡小石、吴梅、李证刚、王晓湘、沈尹默等，郭沫若、胡适、柳亚子、章行严、程潜等均有书信往来。有一次，黄侃邀请陈伯弢、王伯沆、胡翔冬、胡小石、王晓湘以及伯父等，相聚于鸡鸣寺豁蒙楼，席中主人提议联句赋诗，这班诗词名家当然不在话下。现将 28 句五言联句摘录 8 句于下：

蒙蔽久难豁(侃)风日寒愈美(沆)
隔年袖底湖(翔)近日城畔寺(侃)
筛廊落山影(辟)压酒微波里(石)
霜林已齐髡(晓)冰花倏撷绮(弢)

联句吟诗乃骚人墨客之雅兴，然如无文化底蕴，亦难出口成章。蒋介石知道这班文人饮酒赋诗，也凑上来套近乎。1947 年的一天，他请伯父吃饭，问伯父“汪先生博览群书，不知是否看过《文心雕龙》这部书?”示意是“这样的书我也浏览过”。伯父当时微微一笑道：“此书青年时代已经读过，是文学批评的专著，其书文词尔稚，是研究文学之书。蒋先生乃党国要人，应以治国平天下为己任，没有必要研究此书。”蒋介石点头说“是!

是！汪先生说得很对。”这个时候，全国人民都希望过和平生活，不要内战，伯父的话含有劝诫深意，而一意孤行的蒋介石，岂能理解?!

就是这一年，国大选举丑剧正要开场时，《南京人报》刊出上联为“南京重庆成都”以征对下联。当时我在伯父家，他命我试对，我稍作构思，便以“长江东流上海”为对，伯父说:“不如对以‘右任难先居正’为好。”为什么？因为议者谓，副总统一职有多人参加竞选，总统也应该有人竞选嘛，哪怕是“陪选”，也应走走过场啊！其实，国民党内早已酝酿由居正出来竞选总统，但也有人提名于右任、张难先的，伯父的下联果然对准了。

1948 年冬，国民党军队在淮海战役中失败，南京很乱，伯父伯母临时到江西南昌暂住。1949 年南京解放，蒋介石授意江西省主席胡家凤立即安排伯父去台湾。听到这一消息后，伯父连夜赶到九江搭乘长江大轮回到南京。那时中央大学已改名为南京大学，伯父仍在南大执教。

在我的记忆中，伯父一生治学勤奋，不知疲倦。1954 年因患了高血压中风，导致半身不遂，右肢偏瘫，行动不使，虽能看书却不能书写，这对于手不释卷、笔走龙蛇的伯父来说无疑是十分难过的。待病情渐有好转，他便坚持练习左手书写，以坚韧的毅力克服种种困难。“有志者事竟成”啊，他的左手终于写出了漂亮的字，此后他自己写出的文章，均署“方湖左笔”，得此四字者，常着意珍藏。然而，时不我予，伯父终于在 1966 年 3 月匆匆与世长辞，安葬于南京雨花台望江坡公墓。我当时因环境所困，痛生不能侍其侧，死不能临其穴，昊天罔极，能不悲乎！

（原载《钟山风雨》2003 年第 5 期）

南京爷爷(方方)

南京爷爷在我心目中永远是一副慈眉善目的样子。我最后一次见到他时才四岁。那是1959年的夏天,已经在武汉定居的父亲和母亲利用暑假之便,带我和三个哥哥回南京探望爷爷和婆婆。那时爷爷一家还住在晒布场5号。因为父亲从没有提及过我的祖父,故而我小时候都一直以为南京爷爷就是我的爷爷。及至许多年后,才晓得南京爷爷汪辟疆是我祖父的哥哥,而我的祖父汪国镇则在很久以前即被日本人杀死了。

我出生的那年父母和南京爷爷住在一起。后因家中人多房少,我们一家租住进爷爷隔壁的房子晒布场2号。那是著名诗人、哲学家宗白华先生家。南京爷爷与宗先生当时皆为南京大学的教授。对于南京爷爷,我所知道得实在是太少太少。爷爷死的时候,我才上小学四年级。其时正值文革前夕。此后,大家都生活在文革的波谲云诡之中,做父母的想起自己祖辈的成分便战战兢兢,又何曾敢对儿女们谈起往事?所以,我除了知道爷爷是一个有名的教授,出过一本《唐人小说》的书,毛笔字写得非常之好并且是用左手书写而外,其它的几乎全都不知。直到我上了大学之后,才从母亲嘴里略知一二。而更多的内容,却是从堂姐令美提供的资料中获悉。

南京爷爷1887年出生于江西彭泽县黄花坂老湾汪村。彭泽自是一个有着悠久文化传统的地方。最著名的传说便是陶渊明不愿为五斗米折腰而辞去了彭泽县令之职。汪家从安徽迁去江西后,到爷爷这一辈已不知是第十几代传人。据说家乡的族谱上把每一代的来龙去脉都记得很清楚，只是我们远在异乡一无所知而已。在彭泽这块土地上，汪家祖祖辈辈出了不少的读书人。据说有一个祖先还中过状元，彭泽县志上亦记载过此事。

南京爷爷五岁开始读书。因其秉性聪慧，能过目不忘，深为塾师喜爱。本世纪初，他的父亲际虞公到河南做官，便带他去了身边，同去的还有他的弟弟，也就是我的爷爷汪国镇。南京爷爷在十七岁时考入了河南客籍高等学堂，并于二十一岁时毕业于此。次年便被保送北京京师大学堂，他的弟弟汪国镇亦在京师大学堂读书，但我不知道他们兄弟二人是否同年入学。所知的只是南京爷爷在那里专攻中国文史。据说学校图书馆有许多世间不传秘本，明清禁书尤其之多，南京爷爷在那里研读不忍释手，曾写了六七本阅读笔记。这一段历史，作为后人的我们，相距的确是太遥远，南京爷爷在这期间有过什么样的轶事，我想现在恐怕也没人知道。

南京爷爷毕业后曾一度去上海，在上海他结识了不少文人朋友，像苏曼殊这样的诗人，爷爷也都有过交往。后因他的父亲去世，回家守制三年。想必在这三年中，南京爷爷读尽了家藏书籍，否则他又是怎样度过那一千多个寂寞岁月呢？三年后，他到南昌省立二中做国文教员，然后又在熊育钖创办的江西心远大学做文科主任。1925年，南京爷爷因校事再度进京。因了章士钊的坚留，在北京教授女子大学，之后的一段岁月，他又因第四中山大学之聘，而至南京。教授目录学、诗歌史等课。此后，他就一直留在了南京，而学校几易其名，即为现在的南京大学。南京爷爷在这里一呆便是38年之久，一直到他去世。

在我的印象中，南京爷爷有一头短硬短硬的白发，常抑扬顿挫地用他变了味的乡音唱诗。在南大期间，听说，爷爷经常与黄侃、汪东、王伯沆、胡小石等诸多教授一起，登高望远，饮酒赋诗。我曾经读过程千帆先生写的一篇文章，其中便说到他们这群教授当年的“文酒登临之乐”。其中一回，有7位先生去鸡鸣寺集会，一时兴起，意欲作诗，却苦于没带笔墨，于是便找鸡鸣寺和尚讨得一支破笔，在两张毛边纸上挥笔写就，每人四句，联成一诗，为《豁蒙楼联句》。此诗至今仍被收藏。读着这样的雅事，想象当时书生意气之情景，又是何等令我等后辈俗人羡慕！

1957年我离开南京时，浑然不知南京人事，但1959年父母带我回南京看望爷爷时，我才对爷爷和爷爷的家留下了印象。爷爷在南京的房子当时有三层楼，爷爷住在一楼，他的房间和婆婆的房间门对门。爷爷总是坐在侧门口，每当我路过那里，他便抬起腿一伸，在门口架起一道栏，不让我进门。直到我急得意欲放声悲哭时，他才哈哈大笑着收回他的腿。爷爷管我叫小妹，他浓厚的江西口音使得这“小妹”二字变成了“肖妹”。爷爷每天要喝牛奶，我的小哥哥自小嘴馋，总是到他的房间想要讨牛奶喝。而爷爷却故意逗他，偏不给他喝，只给我和我二哥喝。有一天小哥哥忍无可忍，一怒之下摔了爷爷的碗。爷爷立即像个小孩子一样叫了起来：“赔我的宝碗！赔我的宝碗！”我的小哥哥听说这是宝碗，便如同犯了天大的错误一样，脸都吓白了。这件事，后来是我家里谈起南京爷爷来，常常要提的事。大家总是说小哥哥还欠着爷爷的一只碗。

南京爷爷虽是父亲的伯父，但父亲对南京爷爷有着情同父子的感情。或因为父亲在上海读书常去南京之故，也或许是因为祖父去世过早父亲以南京爷爷家为己家之故，总之父亲的生活里充满了南京爷爷的烙印。父亲喜欢古典文学，常同南京爷爷信来信往谈诗论词，爷爷亦经常开出书目甚至亲自寄书来指导父亲的阅读。爷爷编写的《唐人小说》，父亲读过好多遍，书上布满了他阅读时勾勒的红线以及他作的眉批。每当我和小哥哥吵着要父亲讲故事时，父亲便把唐人小说里的故事一个一个地讲给我们听。讲完都要说，这是爷爷《唐人小说》里的。因了父亲这句话和他讲述的那些有趣的故事，《唐人小说》便成为了我最早阅读的古典文学作品。

有一年，爷爷中了风，半身偏瘫。但他仍然坚持著书立说。右手不能写字，便用左手写。他用左手写出来的字同样潇洒漂亮。他给父亲的信后总是落有“方湖左笔”四个字。父亲常常在家说爷爷这样一个老年人，人都中了风，却还这样坚持不懈地读书学习，而且用左手练出那么一笔好字，这得什么样的毅力才能做到呵。父亲说这些话时总是感慨万千，然后便要求我们当以南京爷爷为榜样。爷爷的坚韧不拔的精神，真是不知不觉地影响了我们的一生。

南京爷爷同父亲有过许多通信，信都是毛笔所写，文革期间，父亲把这些信装进麻袋，藏在厕所的顶上，这使它们逃过了文革的劫难。这些信我大多都读过，小时并不觉得如何，成人后便能感觉到信中满是爷爷的纯真善良。

大约是一九六二年，南京修路，晒布场爷爷自家的房子要拆了。国家拟另盖一栋房子给爷爷一家居住。这期间，爷爷一家必须住一段时间的过渡房，等新房盖好再迁入进去。对于爷爷这样一个大家庭，这是件很麻烦的事。但是我在爷爷给父亲的信中，看不到爷爷有半点的怨言，倒是满纸的欢欣。一信说："我近时已经移寓南大宿舍鼓楼四条巷二十六号，晒布场五号之屋因东海路开辟已经拆去，非但我屋即宗白华与前王晓湘、熊纯如、汤用彤宅都已让出。将来此路为沪宁之第一条最新最美之大马路，当与北京媲美可断言也。"还建的新房选好地皮后，南京爷爷又在信中如是说："新宅已在峨嵋路正式动工，其地左玄武右鸡笼(即北极阁)，前林后岗，风景极佳，适宜住家，较之珍珠河旧宅更为优胜。"因为父亲是上海交大土木建设专业毕业，在新房修建期间，爷爷便希望父亲能去看看房子结构情况。父亲便专程去了一趟南京。父亲认为新房比之老房子结构合理，更适宜于居家生活。后来爷爷搬入新宅后，果然甚觉满意。爷爷在来信中说："我自问无德于人，年来蒙党与政府格外照顾，又不能稍竭绵薄替人民有所尽力，居之有愧，真不知如何来报答也。"这是一种什么样的真诚呵。

爷爷的新房子是一幢二层西式带花园的楼房。据说 60 年代时，爷爷做政协委员，因中风半身不遂，好几次小组讨论会都在那幢小楼里开。"补白大王"郑逸梅且在《文汇报》上写过《汪辟疆筑屋峨嵋岭》一文。但是在爷爷去世三十年之后，他的房子却在近年被强行拆除。既不属于市政扩路建设，也非重点工程需要，仅仅只是一家区房地产公司要建一栋商品楼而已。伯父汪越曾多方呼吁，希望能将这幢私宅保留下来，但却未能成功。座落在峨嵋路上爷爷的那幢小楼从此在这个世界上消失。这大概是九泉之下的爷爷无论如何也想不到的。倘能想到，他又该是何等的痛心。

南京爷爷死于一九六六年初，有幸逃过文革一劫。听堂兄堂姐们说丧事办得很是隆重，到处都堆着花圈。只是一九七二年我去南京，亲戚们带我去雨花台望江坡公墓为爷爷扫墓时，已经想见不到当年的隆重之景了。爷爷坟头的石碑被造反的南京大学的学生砸倒在路边，一捧黄土覆盖了爷爷慈祥的面容。我们再也见不到他的容颜，亦听不见他的声音。

只是在我们的心里，爷爷却是永远活着的。

（张宏生、丁帆主编《走近南大》，中华学府随笔丛书，四川人民出版社2000 年版）

能于旖旎存风骨——文史学家汪辟疆传(乔玉钰)

汪辟疆,名国垣,字辟疆,又字笠云;号方湖,又号展庵,以字行。1887年11月3日出生于江西省彭泽县。1903年考入河南客籍高等学堂,毕业后,于1909年被保送北京京师大学堂,1912年毕业。1922年任江西心远大学教授,兼文科主任,1925年,任教于北京女子大学。1928年应第四中山大学(即后来的南京大学)之聘来到南京,就任大学教授,前后达38年,其间曾于1939—1944年兼任中央大学中文系主任,1946—1948年兼任监察院监察委员、国史馆纂修。1966年3月12日病逝,享年79岁。主要著述有《光宣诗坛点将录》、《近代诗人述评》、《唐人小说》、《目录学研究》、《方湖类稿》等。

一 弱志深惭翰墨功,亦尝相诩在菰中

汪辟疆的家乡是江西省彭泽县黄花坂老湾汪村,这里有着浓厚的文化气息和人文氛围,大诗人陶潜不愿为五斗米折腰而辞去彭泽县令的故事在当地广为流传,使此中的文人莫不以气节自诩。汪氏在当地为名门望族、书香世家,出过许多优秀的读书人,清代道光年间的恩科状元汪鸣相更是名噪一时,而汪辟疆的父亲际虞公亦是一位深受乡民敬重的饱学之士。汪辟疆自幼受到家庭的良好熏陶,五岁即开蒙读书,而他本人十分聪慧,据说可以过目不忘,深得塾师的喜爱。十几岁时,父亲被派遣到河南做知县,他与胞弟国镇随同父亲赴任,在任所熟读了四书五经,打下了

扎实的国学基础。其诗作得到父亲的上司河南布政使王乃征的赏识，王乃征是光绪年间进士，汪辟疆此后多次前往拜见，与之谈文论诗，受教良多，并于十六岁那年考入河南客籍高等学堂。从该校毕业后，汪辟疆在河南提学使孔祥霖主持的考试中崭露头角，被保送进入北京京师大学堂就读。

京师大学堂是当时享有盛誉的高等学府，汇聚了许多学识渊博的名师大儒，汪辟疆在这里得到了曾任末代皇帝溥仪老师的著名学者陈宝琛的赏识，在陈的指导下，结合个人的兴趣爱好，选择了中国文史为自己的研究方向。京师大学堂所藏典籍极为丰富，有很多世所罕见的秘本、孤本，明清禁书尤多，汪辟疆在这里如鱼得水，每日在藏书楼中废寝忘食、研读不忍释卷，在短短三四年中写下厚厚的读书笔记六七本，并由此窥得治学门径。在京师大学堂就读的几年中，他亦于此结交了许多志同道合之士，如林浚南、胡先骕、姚锡钧等，几人都喜爱宋诗，推崇同光体，常相与唱和。辛亥革命胜利之后，汪辟疆很受鼓舞，曾经与林浚南写诗互勉："方兹国体更，道在外内揵。譬如调驹犊，颠蹶尚新产。又如春后蚕，缚久始脱茧。各肩扶翼功，畴复事黄卷。子志切生民，孔席应未暖。吾亦抱微尚，坚执等并辇。"[1]表达了自己救国图强的心愿，颇有入仕之意。

1912 年，汪辟疆从北京大学毕业（此时京师大学堂已更名为北京大学），不久来到上海，结识了陈寅恪之父、清末四公子之一的陈三立。由于汪辟疆曾受陈宝琛赏识，而陈宝琛又是陈三立的恩师，因而陈三立在人前称汪辟疆为"余之年家子"，对其颇多提携奖掖，曾亲为删改诗作，后又逐一审定其《光宣诗坛点将录》，并提议补入湖南诗人王梦湘。汪辟疆后来采纳了这一提议，在定本中加入了王梦湘并称之为"地妖星摸着天杜迁"。在他的《忆昔一首呈散原丈》一诗中，也真切地记录了这段深厚的师生情谊。

---

[1] 《得林浚南京师书，却寄》，《汪辟疆文集》，上海古籍出版社 1988 年版，页 951。

当时的上海活跃着邵力子、于右任、苏曼殊、张继等一批学识既佳、又胸怀经邦济世之志的革命文人，汪辟疆在同乡刘芸台的介绍下与他们结识，于交游之中慷慨时政、激浊扬清，颇多书生意气。然而不久之后，他因父亲患病而归返故乡，亲侍汤药，父亲去世后又在乡里守孝三年。在这一千多个日夜中，汪辟疆致力于对家藏古籍的研读，并作了大量摘录。这不但为他以后的治学提供了丰富的知识积累，也使他的少年意气逐渐趋于恬静，最终确立了他一生的学者道路。

与同时代的一些知名文人相比，汪辟疆称得上一个较纯粹的学者，终身没有卷入过大的政治活动，但他从未忘怀国事，有时目睹时局艰难，回想起少年时经邦济世的壮怀，感慨良多，正如他的《枕上》诗所云："牵怀何限心中事，合眼方惊枕上来。去去韶华真似栉，遥遥岁月肯如孩。愁来已信儒冠误，梦醒休将世局猜。到耳柝声愁拥被，起看云月为徘徊。"❶抗战开始不久，日军高桥联队开进辟疆的故乡，屠杀了乡民 20 余人并俘虏了他的胞弟汪国镇，且欲诱降收之为傀儡。汪国镇严辞拒绝道："我中华民族为世界最优秀之民族，日本军阀轻举妄动，将来必自取灭亡，今日之事，只有一死！"并索纸笔大书一"死"字以示决心。恼羞成怒的敌人用佩刀刺瞎其左目，对他严刑拷打，汪国镇依然坚强不屈，高呼"打倒日本帝国主义"，最后被敌人乱刀刺死。❷ 汪辟疆与胞弟自幼一起随父赴任，又共同就读于京师大学堂，可谓棠棣情笃，由于汪辟疆的日记十不存一，所以难以见到他对此事的记载，但他写过一首赞颂痛斥清兵而死的明代遗民王家勤的诗作，其中有"士气撑天真可贵，衰时亡命又何如。因君触我鸰原痛，题向花前泪溅裾"之句，并在诗后自注云："政府近褒扬舍弟君毅骂贼殉难，遂及之。唏矣！"❸对胞弟气节的钦佩和对其惨死的沉痛之情可见

❶ 《枕上》，《汪辟疆文集》，上海古籍出版社 1988 年版，页 968。

❷ 范宝俊、朱建华主编《中华英烈大词典》，黑龙江人民出版社 1993 年版，页 1236。

❸ 《题思旧馆图应童次布》，《汪辟疆文集》，上海古籍出版社 1988 年版，页 1006。

一斑。

在抗战那段风雨如晦的日子里，汪辟疆既哀伤国土蒙尘、人民罹难，更痛心某些人为了一己之私，觍颜仕敌、沐猴而冠，在写作《记与马生騄程谈李云章父子学术》一文时，借古讽今，对“夤缘以求禄仕，不惜屡变其操”甚至“托身异族，泥首虏庭”之人表示了极大的蔑视和愤慨，称他们“上遗丘陇之羞，下积子孙之垢”❶。正是因为该文除具有较高的学术价值之外，还充满着浩然之气，所以当时的邓宝珊将军读后心悦诚服，多年后仍不忘与他结交。

汪辟疆身为一介书生，未曾亲涉战场，但在他的诗作当中却颇多忧国忧民的沉郁之思，亦有希望践列戎行的慷慨之态，如他的《秋思八首和证刚》中写道：“归梦似窥江月白，秋花犹傍战场红。醉中忽向居延去，好句时时诵放翁。”李惟苓为该句作笺曰：“归梦秋花，益增家国之感……居延杀贼，此志不渝。故陆放翁之诗，时时喜诵之，以自策励。”❷1944 年，政府号召知识青年从军报国，“十万青年十万军”的口号响彻大后方，在这股青年从军的热潮中，汪辟疆虽年岁不合未能参与，却感到极大的振奋，他送给同学的从军诗激昂慷慨又婉转缠绵，在当时广为传诵，特此摘录两首如下：

其一

日日从军势若狂，无人不道送行忙；遥知富士山前月，待照中华儿女行。

其二

闻君已恨从军迟，欲把樱花踏作泥；我亦有怀征万里，送君先过石门西。❸

---

❶ 《记与马生騄程谈李云章父子学术》，《汪辟疆文集》，上海古籍出版社 1988 年版，页 942。

❷ 《秋思八首和证刚》所附李惟苓笺，《汪辟疆文集》，上海古籍出版社 1988 年版，页 1002。

❸ 张宏生、丁帆主编《走近南大》，四川人民出版社 2000 年版，页 39。

二　方期岱岳能为雨，不信爰居是避风

1937年抗日战争开始后，国立中央大学被迫向后方转移，沿长江一路西迁，到重庆西部的沙坪坝松林坡建立了校本部。汪辟疆随校西迁后居住在重庆西郊的覃湾，距离校本部有七八里的路程。由于战乱时期交通不便，往往只能徒步往返，加上阴雨连绵道路泥泞不堪，途中劳顿可想而知。当时政府经济困难，能分拨给师生的费用十分有限，因而日常伙食多是糙米蔬菜，但汪辟疆安贫乐道，在艰苦的生活中依然十分乐观开朗。校址所在的沙坪坝临近嘉陵江，遍植松柏，景致十分清幽，汪辟疆闲暇时优游其间，为此写下"嘉陵江水女儿肤，比似春莼碧不殊"的名句，亦写下《夏日松林坡杂诗示文系诸生》等一系列诗作拓宽学生的胸怀、激励他们的意志。

汪辟疆虽然避居大后方，但无时不挂怀于国计民生，自题诗句"方期岱岳能为雨，不信爰居是避风"，申明己志，希望可以有所作为。他于1942年开始主持编辑《中国文学月刊》和《中国学报》，由于资金短缺，《中国文学月刊》虽然称名"月刊"，实际在后来的四年中仅印行了五期，《中国学报》更是只有两期付梓发行。但二刊所刊载的汪辟疆的学术著作却在当时的学术界激起了不小的反响，当时驻守榆林的邓宝珊将军读到《中国文学月刊》后，对汪辟疆的学识和人品十分钦慕，在多年后的1948年到达南京后，不忘专程驱车前往拜会汪辟疆，六年后其出任甘肃省省长，又邀请汪辟疆到兰州游览讲学，可惜汪在临行前突然因高血压而中风，最终未能前往，成为邓宝珊将军和陇上学人的一大憾事。

1943年，为弘扬中华民族传统文化，振奋民族精神，增强抵御外侮的信心，汪辟疆主持发起了对《中国文学丛书》的编印。此举除了得到校内的柳翼谋、李证刚、楼光来、宗白华、金毓黻等的支持外，也为汪辟疆早年结识的于右任、章士钊、邵力子等所赞同。汪辟疆为此草拟了《中国文学社编印丛书缘起》一文，认为"盖以一国之学术，必自有其国性。国性不具，则民族精神无所托命。文学者，乃国家民族精神所寄者也"，又称该丛

书"一则可为大学诸生及中学教师之补充读本,一则可供各界人士研治文学之诵习……窥先哲之美富,匡后学之迷途,斯以抗战建国中所不容已也"❶。

汪辟疆在重庆期间曾写过一诗,题曰:《饮沙坪酒楼,天放未至,简以一诗》,诗中写道:"瘏口倘能存正义,馀生犹可见澄清。天空飞下峨眉影,要为诸生作启明。"❷此诗虽是写对抗战胜利的信心,但为诸生作启明之辞,却恰可作为对他本人的写照。汪辟疆于1939年临危受命,开始兼任中文系系主任一职,直到1945年抗战胜利。在这几年的时间里,他殚精竭虑,在西迁避乱的艰难环境中将中文系办得有声有色。他一方面勉励学生在逆境中奋发图强,另一方面努力开展各类课外活动来丰富学生的生活。星期六的下午或晚上,他邀请知名教授在文学大教室开设讲座多次,如唐圭璋讲了《纳兰成德与〈饮水词〉》,宗白华讲了《歌德与〈浮士德〉》,楼光来讲了《莎士比亚》,胡小石讲了《书画同源论》,汪辟疆自己讲了《唯美诗人李义山》……通常是先由主讲人发言,然后是听众自由提问、辩论,最后由主讲人总结,会场气氛极为热烈,汪辟疆不但每场必到,亦常常踊跃发言。这些讲座后来由其弟子马騄程整理成册,取名为《艺文丛话》。除开设专题讲座外,汪辟疆还主持举办了书画展览会,不但展出了他本人和同系的胡小石等的书画作品,还借来同校的徐悲鸿、傅抱石、宗白华等的佳作几十幅,陈列在文学院的几个大教室中供人观赏,并取名为"聚珍书画展览会"。汪辟疆为之亲撰"小引"曰:"今日之会,邻于玩矣。然玩非玩物丧志之谓,亦吾情之所寄,意之所寓而已,非真有执者于其间也。"

当时的讲座与书画展览会非但为中文系学生所喜爱,也带动了许多外系学生参与其中并交口称赞,中文系能成为当时全校五十六个系科中

---

❶ 马騄程《汪辟疆先生在四十年代的轶事》,《古典文献研究》(1989—1990),南京大学出版社1992年版,页127。

❷ 《饮沙坪酒楼,天放未至,简以一诗》,《汪辟疆文集》,上海古籍出版社1988年版,页1033。

最活跃、最受好评的系科之一,汪辟疆功不可没。

抗战结束后,汪辟疆坚持辞去系主任职务,1946 年随学校返回南京后,兼任国史馆纂修,并在柳翼谋、商藻亭、冒鹤亭、尹石公、顾颉刚等的举荐下担任了《国史馆馆刊》的主编。他担任主编虽然是在众人的一再推举下不得已而为之,但任职之后高度负责,一丝不苟,由于来稿数量芜杂,他曾为整理稿件而彻夜不眠。《国史馆馆刊》在汪辟疆主持的三年中一共编印了五期,并发行于海内外。

1947—1948 年期间,汪辟疆因于右任推荐而兼任监察院监察委员,同时当选为江西选区的国大代表,然而当时正值内战期间,民不聊生、路有饿殍,在这种"堆眼从残谁料理,寒心国事世交讥"的境况下,他深恨自己补天无力,常常喟然长叹,终日翻阅古籍聊以自慰。

汪辟疆性情恬淡,不乐俗务,以居家读书治学为乐。但从未忘记对后学的教导和勉励,如有学生质疑问难无不详细解答,对于学生的作品口讲指画、不吝将金针之法授人。他对于学生的生活亦十分关注,当接到沈祖棻"凄断不可卒读"的书信后,特意从《后山集》中集句成二十首诗作为回信来激励她的意志。汪辟疆早年辗转于南昌省立二中、江西心远大学、北京女子大学任教,到 1928 年受聘于第四中山大学方始安定下来,其后该校几经易名,最后定名为现在的南京大学,汪辟疆一直在此授课,直到 1966 年病逝。他的一生几乎都在讲学中度过,起初受聘于中央大学时,他的诗和汪东的词、吴梅的曲、黄侃的语言文字、胡小石的文学史、王瀣的散文是中文系每年必开的主课,此外他还兼授目录学、读书指导、各文体写作等课程。由于有时忙于教诲学生,他读书的时间不得不有所缩减,当他目睹黄季刚大量购书时,曾经在日记中感慨道:"余亦颇有旧藏,生平尤叹得书为大乐。年来奔走南北亲为补购者,几占所藏三分之一。惜终年从事教读,为人多而为己少。藏而不读,视季刚则有愧矣。"❶汪辟疆晚年因高血压中风而瘫痪,深居简出中依然诲人不倦,坚持在家里给研究生授

---

❶ 《方湖日记幸存录》,《汪辟疆文集》,上海古籍出版社 1988 年版,页 852。

课，直至去世，弟子门人中受其教导而后在学术上卓有建树者不乏其人。

三 谓诗不关学，此语恐相左

在汪辟疆所处的时代，北方学者常常讽刺南方学者为斗方，认为其不治实学；而南方学者则讥笑北方学者高谈文论而不擅长作文。而汪辟疆却声称“能者无不为也”，认为真正第一流的学者都是不拘门户之见、博采众长的，他自己正是转益多师、既博且精，不但诗学造诣颇深，而且兼擅经学、史学、目录学。汪辟疆治经最重家法，认为汉代经师去古为今、家守一业，易于贯通，若治经而无家法，则众说杂糅，易滋困惑。他以刘向、刘歆父子，刘知幾、郑樵、章学诚之学为经纬，参阅历代公私书目及诸多文献资料，在治学方面能够博览约取、融会贯通。他所著的《目录学研究》收入《目录与目录学》、《唐以前之目录》、《论唐宋元明四朝之目录》、《七略四部之开合异同》、《丛书之源流类别及其编索引法》、《汉魏六朝目录考略》等论著多篇，多言前人之所未言，对后人很有启发。汪辟疆还致力于对水经注、唐传奇、中国诗歌史等多方面的研究，他所著的《唐人小说》辑录了现存唐人小说中的大部分重要作品，并加以校勘，且附有考证。而汪辟疆最为着力、学术成就最高的是其对于近代诗的研究。

《光宣诗坛点将录》是汪辟疆早年的成名之作，该作将近代诗人比作梁山英雄来排定座次，并加以评点。章士钊见后大为激赏，认为不可不亟为流传，因而将之分期刊登于《甲寅》周刊上。该作刊售后，引起极大的轰动，京津及沪上的学者名流常常私下预猜某人为天罡、某人为地煞、某人为某头领，频繁走访书店询问《甲寅》的出版日期，欲先睹为快，一时间洛阳纸贵，汪辟疆亦由此名声大噪。然而由于所评骘的诗人往往在世，因此引起很大的争议，被点评之人或是以天罡自命而被位以地煞，或是认为对自己的比拟不够恰切，因而有微词者不乏其人。如将康有为比作天速星神行太保戴宗，并写诗评论道：“高言李杜伤摹拟，却小苏黄语近温。能以神行更奇绝，此诗应与世长存。”但康有为看到后却认为“比拟不伦”，并向人抱怨道：“某平生经史学问，皆哥伦波觅新世界本领，汪君乃谓为摹拟何也?”但不久却又说:“某平生经史学问可谓前无古人,但下笔作诗却总是忘不了杜甫。汪但就诗论诗,或有窥其隐钦?”❶康对杜诗用力最深,其所自作虽然力图求新,但神理结构仍然未能从杜诗中脱化出来,因而其人虽然骄傲,但对于汪辟疆窥破其隐衷的内行之言依然不能不服气。又如汪辟疆曾把石遗老人陈衍比作地魁星神机军师朱武,1934年在南京,“与石遗登豁蒙楼煮茗,因从容询曰:‘君于有清一代学人位置可方谁氏?’石遗曰:‘其金风亭长(按朱彝尊号金风亭长)乎?’时黄曾樾亦在座,因问余:‘君撰《光宣点将录》,以陈先生配何头领?’石遗不待余置答,遽曰:‘当为天罡耳!’余笑。石遗岂不知列彼为地煞星首座耶?殆恐余一口道破耳。”❷石遗老人以天罡自命,被归入地煞之列,当然心有不甘。在当时,由于同光诗人大都或死或退,而石遗老人十分高寿,因此被尊为诗坛巨擘,并确立了其在近代诗坛中的权威地位,其所编辑的《近代诗钞》也享有盛名,但汪辟疆却不随波逐流,而是提出自己的看法:“石遗老人初治经,旁及许洨长,多可听。中年以诗名,顾非甚工。至说诗,则居然广大教主矣。朱武在山寨中,虽无十分本事,却精通阵法,广有谋略。”❸对其诗歌创作评价一般,而推崇其诗论,并认为其所编的《近代诗钞》有太多乡曲之私。汪辟疆在发表自己对于近代诗的看法时,往往带有批评陈衍的意思,也是希望可以消解其权威地位,从而在一定程度上重新建构近代诗的评价系统。

在当时的学术界,很多人对清诗的评价并不高。如文廷式在《闻尘偶记》中说:“国朝诗学凡数变,然发声清越,寄兴深微,且未逮元明,不论唐宋也。固由考据家变秀才为学究,亦由沈归愚以正宗二字行其陋说,袁子才又以性灵二字便其曲谈。风雅道衰,百有馀年。其间黄仲则、黎二樵尚近于诗,亦滔滔清浅。下此者乃繁词以贡媚,隶事以逞才,品概既卑,则文

---

❶ 《〈光宣诗坛点将录〉定本跋》,《汪辟疆文集》,上海古籍出版社1988年版,页416。

❷ 《光宣诗坛点将录》,《汪辟疆文集》,上海古籍出版社1988年版,页334。

❸ 《光宣诗坛点将录》,《汪辟疆文集》,上海古籍出版社1988年版,页333。

章日下。采风者不能不三叹息也。”[1]梁启超《清代学术概论》三十一也说:“以言夫诗,真可谓衰落已极。吴伟业之靡曼,王士禛之脆薄,号为开国宗匠。乾隆全盛时,所谓袁(枚)、蒋(士铨)、赵(翼)三大家者,臭腐殆不可向迩。诸经师及诸古文家集中多亦有诗,则极拙劣之砌韵文耳。嘉道间,龚自珍、王昙、舒位号称新体,则粗犷浅薄。咸同后,竞宗宋诗,只益生硬,更无馀味。其稍客观者,反在生长僻壤之黎简、郑珍辈,而中原更无闻焉。……清代文艺美术,在中国文艺史、美术史上,价值极微。”[2]但汪辟疆却发现了清诗的价值所在,并指出其超越宋诗的四个方面:一是“近代诸家,虽尝问途宋人,然使事但求雅切,属对只取浑成”;二是“近代诗家虽尝学宋,然力惩刻露,有惘惘不甘之情,故调高而思深,言近而旨远”;三是“近代诸家,审音辨律,斟酌唐宋之间,具抑扬顿挫之能,有谐鬯不迫之趣”;四是“近代诗家,承乾嘉学术鼎盛之后,流风未泯,师承所在,学贵专门,偶出绪馀,从事吟咏,莫不融铸经史,贯穿百家”。[3] 在当时的历史环境下能有这样独到的见解十分难能可贵,而汪辟疆不仅发现了近代诗的价值,更是从一系列具体层面入手,整理并保留了许多关于近代诗和近代诗人的资料,他的《近代诗派与地域》、《光宣诗坛点将录》、《近代诗人小传稿》、《光宣以来诗坛旁记》等文章不惟勾勒出近代诗的整体风貌,亦是对近代文学研究的重大贡献,至今仍为这一领域的研究者所参考借鉴,他对于近代诗学的筚路蓝缕之功不可磨灭。

汪辟疆在诗学上知能并重,不但精于诗学,而且深于诗功,颇富诗人盛誉,其弟子如陈宗周、马騄程、霍松林等亦都以能诗著称。他自幼学诗从江西派入手,曾自言“瓣香在涪叟”,后来的两位重要的老师陈宝琛与陈三立的诗风亦都渊源于黄、陈,江西派对其诗作的影响不言而喻,上海名诗人陈曾寿曾将他誉为“江西诗派殿军”,然而他又转益多师,博采众家之

---

[1] 钱仲联《清诗三百首》,岳麓书社 1985 年版,页 2。
[2] 《民国丛书》,上海书店 1989 年影印,第 1 编,第 6 册,页 167—170。
[3] 《近代诗派与地域》,《汪辟疆文集》,上海古籍出版社 1988 年版,页 286。

长，体现了自己的风格，自写学诗心得为："绮语忏除嫌未尽，风骚扬榷赖扶持"，认为诗词歌赋不是吟风弄月的工具，亦不仅是抒情言志的手段，而应有其实用价值，曾在《记与马生騄程谈李云章父子学术》一文中称："夫学以致用，其学而不能措之实用，润身泽民，而徒摭拾饾饤，驰骋胸臆者，必为无用之学"❶，并劝诫弟子沈祖棻"词姑少作，曷移其力以事当世之务"。他曾写过旧体诗一千四百多首，可惜人事沧桑，散失大半，而今只馀二百多首，已由门人程千帆编定为《方湖诗钞》，从这零星的遗存中依然可以看出对自己创作主张的实践。

汪辟疆博学多才，然从不以才华自矜，在治学方面极为谦虚严谨，曾对"急于货利，勇于自禡，以师古为迂谈，以好异为捷径，一人倡之，百人和之"❷的浮躁学风提出批评，且认为治学如同做人，"学术正则人心正"。汪辟疆亦极为勤奋刻苦，终生学而不厌，读书必作摘要，同时坚持每天写日记。晚年瘫痪之后，由于右肢丧失了活动能力，他就改用左手写作，撰写《近代诗述评》，并将多年前写成的《目录学研究》加以修改和补充，硬是用左手练出了一笔好字，因而其晚年的手迹落款处通常署上"方湖左书"几个字。只是他的手稿如今已多化为劫灰，十不存一，但片羽吉光，依然有可供借鉴之处。

四　仙人姑射如堪见，绰约高怀寄所思

汪辟疆为人恬淡寡欲，曾在诗中写道："踉跄已厌百僚底，却曲难为一壑谋"，不乐于官场俗务，而以居家治学读书为乐，所往来者亦多是文人雅士。遭逢胜日，往往与三五知己登高雅集，颇多唱和之乐。1929 年，汪辟疆与陈伯弢、王伯沆、胡翔东、胡小石、王晓湘、黄季刚诸人登鸡鸣寺豁蒙楼，兴之所至，联句赋诗，由于当时没有纸笔，就向鸡鸣寺的和尚借了支破

---

❶ 《记与马生騄程谈李云章父子学术》，《汪辟疆文集》，上海古籍出版社 1988 年版，页 942。

❷ 《记与马生騄程谈李云章父子学术》，《汪辟疆文集》，上海古籍出版社 1988 年版，页 941。

笔写在两张毛边纸上，这段逸事成为当时的文坛佳话，而那幅手稿到现在还被作为珍贵的文物保存着。南京风景秀丽、古迹众多，汪辟疆长年居住在这里，在紫金山、秦淮河、鸡鸣寺、灵谷塔等多处留下了吟咏之作。据其门人霍松林回忆，汪辟疆极爱和学生、弟子一道出游，游兴浓时师生相与唱和，其乐融融，这种风雅逸怀我们这些后来人现在只能追思仰慕了。

汪辟疆严于律己却宽以待人，黄季刚性情耿直刚烈，对他人常有微词，但对汪辟疆却十分敬重、情谊逾常，在汪辟疆和黄侃的日记中还记载了这样一段书林公案：黄侃藏有顾嗣立《元诗选》清刻本两部，因为汪辟疆喜欢，便出让了一部，汪辟疆为此特意于酒楼设宴款待黄侃以表谢意，然而不久黄侃得知即使是清刻本的《元诗选》，也是极其难得的珍本，顿生悔意，要求以原值索回，汪辟疆慨然允诺。后来黄侃在日记中写道："汪辟疆肯以《元诗选》见还，令人感愧。"而汪辟疆对待黄侃却是欢好如常。

金毓黻曾经称赞汪辟疆"谦虚和蔼，在同辈学者中无出其右者。其学深而不自伐；其文雅而益求精；处事多而不居功"❶，这种评价可谓十分恰切。然而汪辟疆虽然性情温厚、平易近人，但在是非问题上却从不含糊其词，亦从未丧失过文人应有的气节和风骨，对于郑孝胥这样的文人，虽然钦佩他的才能，在《光宣诗坛点将录》中将他比作"天罡星玉麒麟卢俊义"，但对于他亲近日伪、任职于伪满洲国的行为却颇为不齿，在评论中批判他"急功名而昧于去就……自托殷顽，而不知受庇倭人，于清室不忠，于民族不孝。"❷而对于文人之间趋炎附势、奔竞接纳之风亦十分不以为然，曾引用徐幹的《谴交》一文加以谴责。

（张宪文主编《民国南京学术人物传》，南京大学出版社 2005 年版。）

---

❶ 马騄程《汪辟疆先生传略》，《古典文献研究》(1989－1990)，南京大学出版社 1992 年版，页 119。

❷ 《光宣诗坛点将录》，《汪辟疆文集》，上海古籍出版社 1988 年版，页 330。

汪辟疆学术简表

汪辟疆学术简表

张亚权

1887年12月17日(清德宗光绪13年,丁亥【寅正】11月3日丙辰),汪辟疆生于江西省彭泽县黄花坂老湾汪村。汪氏为里中望族,书香累叶。清道光十三年(1833)癸巳恩科状元汪鸣相,博极群书,名噪一时。先生尊人际虞公为丁酉光绪二十三年(1897)拔贡,经戊戌朝考,分发河南,历任泌阳、商城知县。先生与胞弟国镇随侍任所,熟读四书五经。汪国垣,字辟疆,或作辟畺,又字笠云,号方湖,又号展庵,晚年以字行。

1904—1908年,肄业开封公立河南豫河客籍高等学堂,学习国文、英文、史地、算数、理化、博物、体操等课。

《国粹学报》祝辞

《国粹学报》第四年戊申(1908年)第38期刊先生祝辞曰:"《国粹学报》既刊行有三载,社中诸君子乃举行祝典,且征词于邦人诸友,光国学也。国垣不学,何足序学报?而有不能已于一言者,则以学报之难读也。或曰:'有说乎?'国垣曰:'不知《小雅》之旨者,不可以读《国粹学报》;不知《离骚》之旨者,不可以读《国粹学报》;不知《春秋》之大义者,更不可以读《国粹学报》。欲读《学报》请从三书始。苟不尔,则《学报》是《学报》,我仍是我也,奚益乎!'闻者默而退,叹曰:'旨远哉!'国垣遂书。彭泽汪国垣撰并书。"

亚权案：1952年7月1日《南京大学思想改造学习总结登记表（乙表）》（以下简称"乙表"）1904年8月—1908年7月："肄业开封豫河客籍高等学堂；科举将停，要找正途出路；学习普通科学，但国文史地等课，尤为重视；倾向变法，且认变法必自推翻满清统治始，有内夏外夷思想，但为家庭所反对，亦家庭出身所限。惟尝以论文及北方明末清初遗民烈士遗像著作，供给上海《国粹学报》，第三年、第四年该报可查出。"

因北大藏书楼所庋书籍多清代禁书，遂发愿结撰《禁书书目提要》

1909年1月—1912年12月，肄业北京京师大学堂，1912年始改名国立北京大学，由河南提学使孔祥霖考取保送。学习文科诸课程，内容较深，除中文史地外，馀皆由英美教授用原文直接讲授。但非素好，因改治中国文学。（附注：文科仍普通必修，与预科同。此言改治中国文学者，乃本人自改学习方向。）……本人专意研究中国文学，不始于在北大读书之时，然因北大藏书楼所庋书籍多从巴陵方氏碧琳琅馆移来，多人间未见秘本，而清代禁书尤多，遂发愿欲撰《禁书书目提要》。研治中国文学信心，遂于此时期坚定。（详"乙表"）

《京张铁道之旅行谈》

《中国地学杂志》，1910年第7期。先生早期作品一般多署名"汪国垣"。

家居侍亲，教国文习作，研究古书分类学，及中国历代诗歌

1913年1月—1917年3月，在彭泽故乡，家居侍亲。1914年以后，任县立高等小学教员。因父病，返里侍疾。无介绍，代二弟君毅课，教国文习作。本人研究古书分类学，及中国历代诗歌，为中心工作。因家中颇有藏书，而教学又简，故有暇自修。倾向旧民主代议制度，惟愤恨袁氏监视国会。1913年曾至上海，始识苏子谷（曼殊）、叶楚伧、于右任，不久即返里。此后数年，见旧军阀此兴彼替，极为失望。有专心著作思想。1915年二月父没，1917年服阕，移家南昌。（详"乙表"）

《村居绝句》

《正谊杂志》第1卷第3号，1914年3月15日。《方湖诗钞》未收。

《小奢摩馆脞录》

《小说海》第1卷第1号，1915年1月1日。该期杂志刊登先生《女娲非妇人》、《男子以婢称》、《钤山堂集》、《云母石》、《活版》、《彭嫣》、《小商桥》、《魏子安》、《天鸣》、《蝎王》、《赵撝叔受骗》、《永乐大典》计12条笔记。

《小说海》第1卷第2号，1915年2月1日。该期杂志刊登先生《海蛇》、《没字碑有字》、《苗沛霖诗联》、《袁督师墓》、《山歌》、《粥经》、《广和居题壁诗》、《邵飞飞薄命词》、《偷鞋》、《远山近水》、《法船》、《柯逢时》、《鞋杯》、《王湘绮为绝代佳人》、《宋版四库全书》、《都下人无枕骨》、《全宋诗》、《揑相术》、《奇对》计19条笔记。

《小说海》第1卷第3号，1915年3月1日。该期杂志刊登先生《枕异》、《无题诗》、《郑成功诗》、《无定河》、《石钟山》、《梦征》、《癖性》、《九经字数》、《笑姑》计9条笔记。

《小说海》第1卷第4号，1915年4月1日。该期杂志刊登先生《别本百家姓》、《陈宏谋轶事》、《陶然亭》、《杨度》、《京师好丑说》、《白云观》、《请安》、《晚香玉》、《芝衫铁拐仙画卷》、《随园》、《剑仙》、《小孤山》、《连理树》、《秋瑾》计14条笔记。

《小说海》第1卷第5号，1915年5月1日。该期杂志刊登先生《纳兰容若》、《孔子八字》、《不长进》、《素云》、《万岁山》、《怪异》、《曼殊》、《孔雀翎黄马褂》、《古桥题壁诗》、《某相国联》、《朱九妹》、《蛇化石》、《石佛洞》计13条笔记。

《小说海》第1卷第6号，1915年6月1日。该期杂志刊登先生《百姓即百官》、《欧黄诗格》、《洞庭女子》、《鸡尸牛后》、《雨粟》、《疑冢》、《吃醋》、《春联》、《璧云行》、《咏紫牡丹》、《长寿法》、《汪小韫》、《戒指》、《阿》、《别号》、《诗人结习》计16条笔记。

《小说海》第1卷第7号，1915年7月1日。该期杂志刊登先生《孔子是非不足信》、《龙》、《肉身》、《琴南说诗》、《宝竹坡遗事》、《买东西》、《男子双名》、《叶明琛遗事》计8条笔记。

《小说海》第1卷第8号，1915年8月1日。该期杂志刊登先生《谢四新终身不仕》、《秋瑾遗诗》、《尺牍俊品》、《报泛》、《俞曲园遗事》、《红楼梦》计 6 条笔记。

《小说海》第 1 卷第 9 号，1915 年 9 月 1 日。该期杂志刊登先生《挑筋教碑》、《茉莉》、《小茶》、《京洛题襟集》、《虢季子盘》、《鸡异》计 6 条笔记。

《小说海》第 1 卷第 10 号，1915 年 10 月 1 日。该期杂志刊登先生《塔灵》、《打尖》、《平面子》、《蛛异》、《磁涧题壁诗》、《果报》、《鹧鸪村》、《沙魔》、《汪芝衫诗》、《余忠宜为唐古特氏》、《筋斗戏》计 12 条笔记。

《小说海》第 1 卷第 11 号，1915 年 11 月 11 日。该期杂志刊登先生《朗照法师》、《玉带生砚》、《宋诗》、《穿耳》计 4 条笔记。

《小说海》第 1 卷第 12 号，1915 年 12 月 1 日。该期杂志刊登先生《千里鹅毛》、《家可生先辈堂联》、《徐釚本事诗与秋笳集》计 3 条笔记。

《中国近代文学大系(1840～1919)第 6 集第 19 卷笔记文学集二》，柯灵，张海珊主编，上海书店 1995 年版，选录先生《小奢摩馆脞录》笔记 26 条。

《中国历代笔记选粹》，孙文光编，华东师范大学出版社 1998 年版，亦选录先生《小奢摩馆脞录》之《白云观》、《孔雀翎黄马褂》、《万岁山》、《朱之瑜》、《秋瑾》等多条笔记。

《中华野史》(清朝卷)，车吉心总主编，泰山出版社 2000 年版，收录《小奢摩馆脞录》笔记 16 条，署【民国】佚名撰。其案语曰："《小奢摩馆脞录》一卷，成书于民国初年，所记皆清代朝野杂事，以咸、同以后为主。据民国《满清野史五编》本标点整理。"

《根香馆杂拾》

《中华小说界》第 3 卷第 4 期，1916 年 4 月 1 日。该期杂志刊登先生《千佛洞》、《俞麟洲诗》、《毕秋帆与蒋知廉》、《龚定庵逸文》、《汤圆》、《宦途口头禅》计 6 条笔记。

《中华小说界》第 3 卷第 5 期，1916 年 5 月 1 日。该期杂志刊登先生《南社》、《祭文简古》、《邑名省称之非古》、《某修撰》、《曾文正公养病法》、

《月饼》、《炒米》、《科场果报》、《相诀》、《记江右卢生》、《赠梅兰芳联》、《越国公先败后降之诬》、《芝衫轶事》计 13 条笔记。

《中华小说界》第 3 卷第 6 期，1916 年 6 月 1 日。该期杂志刊登先生《清湘楼》、《御碑亭》、《诗史》、《挽联》、《宋诗学唐》、《芍药》、《曾湘卿诗文》、《小姐》、《汪智珠》计 9 条笔记。

在南昌，历任南昌私立心远中学、省立一中、二中教员及心远大学文科主任兼教授，专任国文、中国史、国学概论、诗名著选、中国文学史等课

1918 年 4 月—1927 年 12 月，在南昌，历任南昌私立心远中学、省立一中、二中教员及心远大学文科主任兼教授，决心以教学为终身事业。胡先骕、王易介绍，胡王皆北大同学关系。专任国文、中国史、国学概论、诗名著选、中国文学史等课。又短期间曾兼任江西实业厅及教育厅编辑，皆为友人司文字之役，无中心工作，后以课忙即辞去。此阶段中，专心教课，无政治思想活动。惟 1919 年“五四”运动，初颇兴奋，然恐旧文化崩溃，不能接受。此为阶级性所限。（详“乙表”）

1922 年，应江西心远大学之聘，主讲目录学及唐代文学。1925 年，因校事赴北京。章士钊坚留教授女子大学，而江西通志又电召参与纂修，心远大学尤需人主持文科，以故仍返南昌。当先生在北京时，章士钊谓先生所撰《光宣诗坛点将录》一书，不可不亟为流传，力索携去，刊载于《甲寅》第一卷第五期至第九期。此书刊出，旧京及津沪老辈各流，大为激赏，且有资长谈助者。（马碌程《汪辟疆先生传略》，以下简称“传略”）

《与高大话都中旧事》

《学衡》，1922 年第 6 期。

《一个在美国租房子的中国人》

《学艺》1922 年第 10 期。新诗一首，《方湖诗钞》未收。发表时署名“辟疆”。

1925 年 8 月—1926 年 12 月，在南昌，兼任《江西通志》局编撰

1925 年 8 月—1926 年 12 月，在南昌，兼任《江西通志》局编撰，(1)月俸可补助生活。(2)可以精研乡土地理历史。宋育德介绍，因宋氏曾见本人与人论旧志得失书一文。本人与宋氏亦无特殊关系。担任江西艺文志及抚州府列传，至1926年志局停办。（详“乙表”）

《光宣诗坛点将录》

1925年，曾撰《光宣诗坛点将录》一书，刊登北京《甲寅》周刊，为一种近代诗评。日本及国内编述中国现【代】文学史，关于中国近六十年诗家部分，亦多采用。但此本为草创初稿，尚有定本并附有笺注，多至三十万言，可资学诗，可考掌故。至今仍存箧衍，未尝流布。（亚权案：以上文字摘自1952年9月10日《高等学校教师调查表》之汪国垣档案）

民国15年(1926)抄本，现藏国家图书馆。

台北，文海出版社1974年版，近代中国史料丛刊续编第三辑，与王简《湘绮楼说诗》、汪辟疆《方湖类稿》合订。

《光宣诗坛点将录》(合校本·油印本)　程千帆校注

南京，南京大学中文系古典文学教研室1983年油印本，汪辟疆先生遗著之一

《光宣诗坛点将录校注》

1980年代台湾铅印本附民国铅印本，高拜石校注，周骏富编“清代传记丛刊”本。

《〈光宣诗坛点将录〉笺证》，王培军笺证，中国文学研究典籍丛刊，中华书局，2008年版。

《呈魏潜园》

《学衡》第45期，1925年9月。《方湖诗钞》未收。魏潜园，南昌人，字紫侯。吴宗慈《庐山志》收录其《大林峰避暑杂咏》(十首选三)。

《读书举要》

《东方杂志》第23卷第19号(1926年10月10日出版)。

南京，中央大学出版部，1933年。

黄章明、王志成编著《国学方法论丛工具篇》，台北，学人文教出版社，1979年版。

《阻雨生铁铺，次晨雨霁，至罗山》

《学衡》杂志，1926 年第 50 期。此诗《方湖诗钞》已收录，惟第三句"输与吾乡老山谷"《学衡》发表时作"输与简斋陈处士"。

1927 年，先生应国立中央大学之聘，任文学院中文系教授。当时，汪旭初任系主任，先后受聘者还有黄季刚、王伯沆、吴瞿安、胡小石、王晓湘等名教授。在课程开设上，据各人所长予以分工。黄季刚之语言文字、汪辟疆之诗、汪旭初之词、吴瞿安之曲，王伯沆之散文、胡小石之文学史，均为每年必开讲之主课。至选修课程由各人自报开设。因此，辟疆先生除主讲历代诗歌外，还讲授目录学、读书指导、各体文习作等课。（详"传略"）

1928 年 2 月—1952 年 7 月，在南京。历任国立第四中山大学、江苏大学、中央大学文学院中国文学系教授。解放后，任南京大学中国语文系教授

1928 年 2 月—1952 年 7 月，在南京。历任国立第四中山大学、江苏大学、前中央大学文学院中国文学系教授，及解放后，南京大学中国语文系教授。1939—1944 曾兼任前中央大学中国文学系主任五年。参加动机有三——(1)月薪较高。(2)任课只九小时，便于进修。(3)为研究目录学计，可就近利用江苏国学图书馆及本校图书馆藏书，兼得友朋切磋之益。先是柳诒徵、胡先骕曾于 1925 介绍于东南大学胡校长敦复，胡未到任，遂罢。1927 年柳氏于第四中山【大学】筹备会议提出通过，由校长张乃燕，院长楼光来函聘。专任中国文学课程。曾开历代散文、诗选、诗史、目录学、唐人小说及专书选读、专家诗研究等课。又每年招考、校阅新生试卷。皆中心工作。又在任系主任时，曾出版《中国文学》月刊五册。又代《中国学报》审阅文史一部分稿件。皆以课馆任之，任主要工作。"九一八"以前，无政治思想活动。"九一八"以后，愤恨蒋匪不抵抗，有国亡无日之惧。内战又急，对共产党亦不明了，反动派恶意宣传亦可怕。1937 联合抗日，极为兴奋，又错认蒋匪领导抗战，忽转愤恨为推崇。1941 年以后，推崇之心，又转为冷淡，且时有诋毁，然诋毁仍存有希望之意。迄

1948年6月后，乃知蒋政权已临崩溃前夕。1949南京解放，以热烈心情加入集体学习无数次，思想时时提高。在重庆时，1942年曾至伪教育部阅留美研究生试卷。1944年8月，又在伪教育部出席讨论修改部颁大学中文系课程。再叠次代伪教育部学术审议会审查各大学升格、各大学研究生学术论著及各地请奖金学术论著。似雇佣性质，不能具列。（详"乙表"）

《戊辰上巳北湖湖神祠楼修禊联句》

1928年（民国十七年，戊辰）。是年上巳与诸同事胡小石、黄季刚、王晓湘、王伯沆、汪旭初、汪友箕等教授于玄武湖修禊联句，成《戊辰上巳北湖湖神祠楼修禊联句》："佳辰晴朗疾亦蠲（侃），相携北郭寻春妍（易）。平湖落眼沙洲圆（瀣），新荷出水才如钱（东）。蟠红頳青迎画船（炜），清游俊语不羡仙（禄）。就中仲御态最便（辟），或谈史汉如茂先（侃）。兰亭嘉会堪溯沿（易），风日怀抱今犹前（瀣）。亦有修竹何匒娟（东），羽觞流波安足贤（炜）。登楼极目平芜鲜（禄），柳花密密吹香绵（辟）。游丝牵情欲到天（侃），远山窥人应輾然（易）。山莽僧解折竹煎（瀣），题名扫壁龙蛇颠（东）。掷笔大笑惊鸥眠（炜），人生何必苦拘挛（禄）？尺捶取寸亦可怜（辟），焉用蒿目忧戈鋋（侃）。浩歌归去徐扣舷（易），烟水葭薍延复缘（瀣）。落霞如绮明微涟（东），夕岚褭窕鸡笼悬（炜）。今日之乐非言宣（禄），休文率尔聊成篇（辟）。"原载1936年2月16日出版的《制言》第11期"上巳诗社第一集"。详司马朝军、王文晖合撰《黄侃年谱》，第244页，湖北人民出版社，2005年版。胡小石先生《愿夏庐诗钞》卷一收录本篇，题作"戊辰上巳北湖湖神祠修禊联句"，《胡小石论文集》，第239页，上海古籍出版社，1982年版。

《豁蒙楼联句》

1929年（己巳）年冬，中央大学教授黄季刚（侃）邀陈伯弢（弢）、王伯沆（沆）、胡翔冬（翔）、胡小石（石）、汪辟疆（辟）、王晓湘（晓），会集豁蒙楼联句。汪旭初当时因事未及与会，吴瞿安尚未至中央大学任教。七教授用鸡鸣寺和尚提供的毛笔，在两张长条毛边纸上，每人写上自作诗句，并署名其下。手稿原存黄季刚先生遗书中。1946年，其侄黄耀先（焯）送给程千帆夫人沈祖棻。现存南京大学图书馆。诗曰："蒙蔽久难豁（弢），风日寒愈美（沆）。隔年袖底湖（翔），近日城畔寺（侃）。筛廊落山影（辟），压酒潋波理（石）。霜林已齐髡（晓），冰花倏缬绮（弢）。旁眺时开屏（沆），烂嚼一伸纸（翔）。人间急换世（侃），高遁谢隐几（辟）。履屯情则泰（石），风变乱方始（晓）。南鸿飞鸣嗷（弢），汉腊岁月驶（沆）。易暴吾安放（翔），乘流今欲止（侃）。且尽尊前欢（辟），复探柱下旨（石）。裙屐异少年（晓），楼堞空往纪（弢）。浮眉挹晴翠（沆），接叶带霜紫（翔）。钟山龙已堕（侃），埭口鸡仍起（辟）。哀乐亦可常（石），联吟动清泚（晓）。"详程千帆、唐文编《量守庐学记——黄侃的生平和学术》，第160页，三联书店，2006年版。

《霜花腴·重阳前一日，适值休沐，偕游北湖，用梦窗重阳前一日泛石湖韵连句》

素秋纵目，笑紫萸，明朝又满危冠（侃）。隄柳全疏，篱英初绽（一作"红藕香残，白萍风劲"千帆案：一作二字据词律增），伤高念远先难（吴梅）。暮天尽宽，共放歌清酌花前（王易）。怅斜阳、渐落汀洲，断桥流水景荒寒（汪东）。江国胜游堪记，奈才酬怨鴂，便听凉蝉（侃）。哀乐中年，阴晴芳候，还劳倦客题笺（梅）。再无画船，只败荷相望娟娟（汪国垣）。趁归途，剩有销凝，远山扶醉看（易）。

亚权案：这首联句词创作于1929年10月10日。详《黄侃日记》第566页，江苏教育出版社，2001年版。《黄侃年谱》收录的联句词文本稍有不同，可以参看。详《黄侃年谱》第290页，湖北人民出版社，2005年版。

《春分后一日社集后湖分韵》二首、《明日再游分韵》三首

1930年6月1日出版的《国立中央大学半月刊》第2卷第15期。总题"上巳社诗钞"，刊发王伯沆、黄季刚、汪国垣、胡小石、王晓湘、汪旭初等诗歌19首。《方湖诗钞》已收录，分别题作《社集后湖》、《明日再集后湖》。

《唐以前之目录》

南京，1930 年 1 月 1 日《国立中央大学半月刊》第 1 卷第 6 期

《唐人小说》

上海，神州国光社 1930 年版

上海，神州国光社 1931 年版

上海，神州国光社 1933 年版。

上海，神州国光社 1936 年版

古典文学出版社 1955 年 12 月第 1 版。竖版繁体

古典文学出版社 1957 年 6 月第 3 次印刷。

古典文学出版社 1957 年 11 月第 6 次印刷。

上海，中华书局 1959 年版

上海，中华书局 1961 年版

上海古籍出版社 1973 年版

上海古籍出版社 1978 年版

上海古籍出版社 1978 年新 1 版 2 印

上海古籍出版社 1983 年版

上海古籍出版社 1987 年版。

台北，金枫出版公司 1987 年版。

《目录学之界义》

中央大学出版组《国立中央大学半月刊》第 2 卷“艺林”第 1 期。

南京 1930 年《地理杂志》第 3 卷第 1 期第 2 期封底广告曰：“本书为国学专刊，考古精详，阐发无疑，尤以汪旭初黄季刚王晓湘汪辟疆诸先生之宏著居多。”

《唐人小说在文学上之地位》

《读书杂志》，1931 年第 1 卷第 3 期。

《论近代诗》

《时代公论》，1932 年第 10 期。

《论近代诗(二)》

《时代公论》,1932 年第 12 期。

《学蔽与国学》

《时代公论》,1932 年第 11 期。

《何谓诗》

《时代公论》,1932 年第 14 期。

《编述中国诗歌史的重要问题》

《国风》半月刊第 2 卷第 7 期,1932 年 11 月。亚权案:本篇为民国 21 年先生在国立中央大学诗歌史班的演讲,南昌章璠笔记。

1933 年 10 月,在南京,兼任伪考试院第二届高等考试襄试委员

1933 年 10 月,在南京,兼任伪考试院第二届高等考试襄试委员,伪考试院向各大学各机关就需要调用,担任襄阅国文试卷。

《汉魏六朝目录考略》

南京,中央大学出版部,1933 年。

南京,国立中央大学《文艺丛刊》1933 年第 1 卷第 1 期。

《丛书之源流类别及其编索引法》

南京,《文艺丛刊》1933 年第 1 卷。

《国风集》

《国风》半月刊,1933 年第 9 期。录汪辟疆《社集青溪分韵得身字》一首,《方湖诗钞》未收。

《七略四部开合之异同》

《国风》,1933 年第 7 期。

《方湖读书记》

《国风》,1933 年第 2 卷第 4 期。

《方湖读书记(二)》

《国风》,1933 年第 2 卷第 8 期。

《社集青溪分韵得身字》

经月不出户,偶出意已忻。空明犯烟艇,波软风力匀。北转入青溪,夷旷劳逡巡。高柳初罢絮，新蒲正抽筠。了了江上峰，浮渲若开颦。提壶唤近邻，劝客殊殷勤。同游陶谢手，快意娱清沦。玄言造真谛，六籍饮其醇。时复念漏舟，可赎宁百身。信美非所安，即事增慨呻。眼前春尚在，未致愁飚尘。要当学退之，勤买抛青春。

亚权案：原刊《国风》半月刊，1933 年第 9 期。又载于 1936 年 2 月 16 日出版的《制言》第 11 期，题作“社集青溪分得身字”，“可赎宁百身”之下原注“时倭氛甚恶”。本篇《方湖诗钞》未收。

《近代诗派与地域》

南京，国立中央大学《文艺丛刊》1934 年第 2 卷第 1 期。

《工具书的类别及其解题》

原载《读书顾问》创刊号，1934 年

黄章明、王志成编著《国学方法论丛工具篇》，台北，学人文教出版社，1979 年版。

《涉览书的二大类别及其提要》

原载《读书顾问》第二号，1934 年。

黄章明、王志成编著《国学方法论丛工具篇》，台北，学人文教出版社，1979 年版。

《翟青松妻王氏墓表》（拓片）汪国垣撰，萧韶正书。

北京市海淀区万安公墓，民国 23 年（1934）5 月，108×84 cm，首题：“翟母王夫人墓表”，周刻花卉。现藏国家图书馆。

《目录学研究》

商务印书馆 1934 年版，收《目录与目录学》、《唐以前之目录》、《论唐宋元明四朝之目录》、《七略四部之开合异同》、《丛书之源流类别及其编索引法》、《汉魏六朝目录考略》6 篇。

商务印书馆 1955 年重印

商务印书馆 1956 年版

台北，文史哲出版社 1972 年版

《中国文献学概要 · 目录学研究 · 目录学概论 · 中国史部目录学 ·

索引和索引法》邓鹤声、汪辟疆、刘纪泽等“民国丛书”第二编本，上海书店出版社 1989 年版

傅杰点校，华东师范大学出版社 2000 年版，“二十世纪国学丛书”本

《南京大学百年学术精品·图书馆学卷》叶继元主编，南京大学出版社，2002 年版。本书总结百年南大的学术成果，发掘前辈学人的学术财富，彰显他们的治学精神。本卷收录有汪辟疆的“目录与目录学”、陈中凡的“论读古书之旨趣”等重要文章。

《方湖类稿》

南京，中央大学出版部，1934 年。

台北，文海出版社 1974 年版，近代中国史料丛刊续编第三辑，与王简《湘绮楼说诗》、汪辟疆《光宣诗坛点将录》合订。

《时人汇志》

《国闻周报》1934 年 10 月 8 日出版。

1935 年在南京，由徐仲年介绍，加入中国文艺社。初只代该社审查《文艺月刊》稿件，月支交通费二十元，雇佣性质，至何时得列为社员，并未奉正式通知，本人亦未提出疑问。今为对人民负责，应当承认为该社社员。徐仲年现任本校外文系法文教授。1935—1937 年曾代该社审查《文艺月刊》稿件(中国文学部分)。1936 或 1937 年春间，该社曾举行集体至镇江、苏州、上海、杭州旅行一次，由叶楚伧领导，本人亦参加。回忆本人参加动机，纯为藉此机会，游览苏杭山水。且在浙江大学演讲一次，上海音专演讲“文学与音乐”一次。至该社此行，有何作用？本人非参加内幕，不能具悉。同行者，记徐悲鸿、盛成、徐仲年、汪东、沈祖棻(女诗人)，它人不甚记忆。1947 年，全国文艺作家协会以暑期讲习会名义，邀请本人演讲一次，讲稿似已登入《文艺先锋》，但忘记讲题，大约不出文学范畴，可查。本人随校入川，即不过问月刊事。但该社在重庆，改头换面，所谓全国文化运动委员会，全国文艺作家协会等名目，凡是在南京时所谓社员，全盘移为基本会员，且有派为理事监事，既不通知本人，往往登在《文艺先锋》背面，有迟至半年始知者，或竟有始终不知曾经该社该会选为理监事

者。所谓关系，实情如此。再《文艺月刊》在重庆复刊时，曾登报征文，本人亦有二文刊登，乃由徐仲年在沙坪坝索去刊入者，合并交代。（1952 年 7 月 1 日《南京大学思想改造学习总结登记表（丙表）》（以下简称“丙表”）

《悼黄季刚先生》

《制言》半月刊，1935 年第 7 期。

《中学国学用书叙目》

原载《国衡》半月刊创刊号，1935 年 5 月。

黄章明、王志成编著《国学方法论丛工具篇》，台北，学人文教出版社，1979 年版。

约 1936 年前后，由伪中国文艺社社长叶楚伧介绍，加入中国国民党……本人未领党证，无由参加任何区分部，更无法担任何种职务和活动。（详“丙表”）1934 年，我曾因友人介绍，在中国文艺社担任该社所办《文艺月刊》一部分编辑职务，因为这个关系，社长叶楚伧硬介绍我【入】国民党，我因当时对党毫无兴趣，虽经介绍入党，我始终未去领取党证——假如伪中央党部有旧档可查一定还可查出这张党证——因此更说不上我与任何区分部有何关系。就今天立场说：我事前既未加以拒绝，事后又未登报声明，我当然是已默认是国民党党员。这种马虎态度，肯定的批判！直接危害自己，间接危害人民。（1952 年 7 月 20 日《南京大学思想改造学习总结》）

1936 年 2 月—1937 年 7 月，在南京，兼任金陵大学文学研究所导师

1936 年 2 月—1937 年 7 月，在南京，兼任金陵大学文学研究所导师，月薪可补助添购书籍之用。胡小石介绍，担任指导学生目录学、唐人小说及近代诗派研究，至抗战入川。（详“乙表”）

《方湖诗》

《制言》半月刊，1936 年第 29 期。收汪辟疆《效孟东野》、《李母八十生日诗为和兑作》、《题汪旭初后湖看花图》、《江行望钟山》、《癸酉九日集清凉山扫叶楼以龚半千半亩园诗分韵得薄字》、《忆昔一首呈散原丈》、《江亭饯别图为伯玉作》、《题明王建章山水长卷》、《又一绝句》、《赵曾俦为其姑六十生日征诗》、《挽汪衮甫先生》、《为默君题锁院写经图》、《冬日登豁蒙楼》计 13 首。其中《李母八十生日诗为和兑作》一首《方湖诗钞》未收。

《中国文学》1944 年 5 月第 1 卷第 2 期，亦以《方湖诗》为总题，刊登先生诗作《上巳前一日集沙坪，以卢僎“去国三巴远，登楼万里春。伤心江上客，不是故乡人。”分韵，得不字》、《上巳后一日，金静安、孙鹰若过访，相约赋诗，分韵得隐字》、《题汪旭初画梅》、《再题汪旭初画梅》、《于髯书余旧句“北体偶临张黑女，新词合和比红儿”为楹帖见诒，客有询其全者，了不记忆，为足成之》、《读韩致光诗》计 6 首。其中《题汪旭初画梅》一首《方湖诗钞》未收。《再题汪旭初画梅》即《方湖诗钞》收录的《汪旭初画梅》。

《文学与音乐》

“1936 或 1937 年春间，该社(中国文艺社)曾举行集体至镇江、苏州、上海、杭州旅行一次，由叶楚伧领导，本人亦参加。回忆本人参加动机，纯为藉此机会，游览苏杭山水。且在浙江大学演讲一次，上海音专演讲‘文学与音乐’一次。”详 1952 年 7 月 1 日《南京大学思想改造学习总结登记表》(丙表)。

《和友人吊某空军烈士》

欧阳裕编注《抗战时期乡贤诗词选》：“民国二十六年(1937)秋，中日沪战激烈时，国民党空军轰炸日寇当时侵华的后方——台湾，大显身手，不幸归途遇难。国人伤之，多作诗哀悼，汪公乃有此作。”此诗《方湖诗钞》未见收录。详彭泽县政协文史资料研究委员会编《彭泽县文史资料选辑》第三辑，第 102 页，1993 年。

《成吉斯汗军歌》

重庆，《新民族》周刊 1938 年 5 月 2 日第 1 卷第 10 期。案：此文《汪辟疆文集》已收，《读常见书斋小记》题作《蒙古与蒙古军歌》，较《新民族》周刊文为详，当是后来修订本。

《三百年前一位青年抗战的民族文艺家——夏完淳》

原刊于重庆 1938 年 6 月 12 日《时事新报》副刊《学灯》第 2 期。6 月 12 日，宗白华为渝版《学灯》第 2 期写的“编辑后语”，称同期发表的汪辟疆《三百年前一位青年抗战的民族文艺家》一文,“发掘了中国文学史上的一颗奇珍……(夏完淳)代表了中国的伦理文化。他是一个最纯洁的最可爱的‘有至性的人”。

又,附见民国间出版的《柳亚子文》。

《抗战歌曲》

《后方勤务》半月刊,1939 年第 24 期。收录《国歌第一》、《拥护领袖歌第二》、《抗战歌第三》、《巩固统一歌第四》、《从军乐第五》、《还我河山歌第六》、《军民联欢歌第七》共七首,《方湖诗钞》未收。“我在 1937 年,曾经歌颂过蒋匪二次,一为《抗战军歌》,曾登入汉口《大公报》;一为《拥护领袖歌》,曾登入重庆《大公报》及《学林》杂志。又为蒋匪精神动员撰文,登入《学林》。在当时原始思想,不外:(1) 认定蒋匪领导抗战。(2) 认定蒋匪有能力打垮日寇。通过这次思想学习,彻底觉悟当时思想完全错误,而且有危害三:(1) 站在反动立场;(2) 增高蒋匪声望;(3) 影响到所教的学生,盲目地效我,对反动头子歌功颂德。总括的批判:是直接帮凶,危害人民。”(1952 年 7 月 20 日《南京大学思想改造学习总结》)

1940 年 8 月—1942 年 7 月,在重庆,兼任重庆大学教授,补助生活,汪东介绍,担任工学院一年级生国文及习作。(详“乙表”)

《明清两代整理〈水经注〉之总成绩》

原刊于重庆《时事新报》副刊《学灯》第 69、70 期(1940 年 1 月 22 日、29 日)。

《胡适手稿》第五集中册影印《学灯》原件;台北中华书局 1971 年影印杨、熊合撰《水经注疏》载此文于卷首以代序言。

《赠陆军少将谢晋元传》

《文史杂志》,1941 年第 10 期。《汪辟疆文集》未收。

《诗二首》

《草书月刊》1941 年第 4 期。刊登汪辟疆《九日右公颂云招集上清寺得成字》、《前诗意有未尽再用前韵》二首,《方湖诗钞》未收。

《评方回〈桐江续集〉》

《文史杂志》,1941 年第 11 期。

《方湖日记》

《今文月刊》,1942 年第 2—3 期。摘录先生当年九月十日至十五日日记。

《读书说示文系诸生》

《读书通讯》,1942 年第 51 期、第 53 期。

《中国学报》,1943 年第 1 期、第 2 期。

亚权案:《读书通讯》、《中国学报》发表此文时皆题作《读书说示文系诸生》,《汪辟疆文集》题为《读书说示中文系诸生》,"中"当为衍字。《读书通讯》本正文之前有先生识语曰:"严几道先生曾言:'西洋文哲政治经济之学,宜彻底研治,中国书万不可废。盖不明西学,则智识囿于一隅;不读古书,则流放必致丧己。'又言:'籀诵不可少,能诵往籍数十种,必有游刃之乐。今人喜言通识,而怠于诵读,安往而不戾哉。'语见几道与熊纯如与不佞手札。今按侯官此言,发于清季,其时学子,尚不致束书不观。而侯官早洞见机微,若有隐忧者,使今日尚存,则痛悼又当如何?然不佞交游中,不乏精研西方文哲之士,每与谈及,并知:'中国书不能读,而惟苦文义艰深,猝不易知,门墙万仞,扪扣无由。皆深冀有几部纲领或如西人百科全书之类,以示阶梯'。不佞言:'此亦理想之言也。事实或相反。今大学文系,固以概论纲要诏学子矣!然学生绝未读古书,而忽告经有若干,今古文派别,通史与断代史异同,九流若何,十家若何,文笔同异,李杜优劣等等,书名人名与派别名称,既如是繁杂,遂觉中国学问,千门万户,反觉不敢问津矣。以不佞频年教读经验,仍以劝诱诵读一两种古书,循序渐进,为效自易易矣。'本年五月,中央大学一年级生,请不佞至柏溪讲演读书法,适卧疾在床未能应也。乃就病榻中,力疾草此文,邮致示之,而见者皆许为平实有效之言,非惟文系宜知,即他系及公务人员有志读中国书者,皆宜置座右,循此入手,庶可以固根柢而实赏会矣。屡蒙《读书通讯》编者索稿,苦无以应命,乃以初稿寄呈,俾与爱读本刊者共商榷焉。民国三十一年八月方湖识。"今日拜读,弥觉有味!

《峡程诗纪(上):三峡竹枝词及其它》

《文史杂志》,1941 年第 1 卷第 2 期。

1943 年 8 月—1944 年 7 月,在重庆。兼任中正学校教员,因前中大薪俸既减发,通货又膨胀,不能生活,只有兼教他校以维持流亡时生活。无人介绍,因该校与本人郊居邻近,四女又在该校上课,特商请教高级一班,授国文习作,因前中大课忙辞去。

1943 年 8 月—1945 年 12 月,在重庆。兼任伪后勤部编撰处战史编撰会(?)名誉编辑,旋改任参议。处长赖筹约本人校阅战史稿件,颇思明了各战区作战情况,审阅已编好战史初稿,知官书多失实。因教课无暇,不久即辞去。此栏第一项机关名称,乃就回忆写出,不能符合原称,故加一疑问号,特此申明。(以上详"乙表")

《近代诗派与地域——附小笺》

《中国学报》,1943 年第 1 期。

《方湖近诗》

《新中华》,1943 年第 6 期。本期刊登汪辟疆《翼谋先生出示劬堂集,写似一首》、《十二月十二日示立侯》、《与立侯、淑恭夜谈,即送其东归省亲,兼寿春门丈》、《瓶梅》、《尹默出示所为诗,写上一篇》、《再赠梅》、《走笔寄禺生,乞写秦中杂诗》、《讯旭初有序》、《劬堂、尹默、旭初皆有诗见酬,赋此答谢,仍用讯旭初韵》、《饮沙坪酒楼,天放未至,简以一诗》、《一月一日》、《听委员长广播中美中英新约诰辞》、《案古图书系以一诗》、《题水经注后》、《柏溪道中》、《梦回似旭初》、《题故山别母图应周邦道》、《忆故园松樹作歌,有序》计 17 首。《听委员长广播中美中英新约诰辞》1 首《方湖诗钞》未收。此诗《时代精神》,1943 年第 5—6 期题作《恭听委员长广播中美中英新约诰辞》,"雪耻谁云有至难"后有注曰:"唐元结《大唐中兴颂》碑云'事有至难,宗庙再安'。"同期杂志发表颂诗的还有杨仲子、顾毓琇等。

《中国文学》1945 年第 1 卷第 5 期,亦以《方湖近诗》为总题,刊登先生《夏日松林坡杂诗示文系诸生》、《题唐人写般若波罗蜜多经残卷》、《题些庵南岳游记手稿》、《赠藻荪》、《赠陈公伟》、《藻荪能文而不肯作诗，简以一诗》、《证刚曩在旧京，曾于厂甸购得韩偓诗，车中读之，和其老将、故都、宫柳、梅花四律，皆有为而言。尝以稿寄予金陵。今夏检家中旧书，忽得之，持示证刚，乃知久失其稿，喜而有诗见谢，因次韵奉答》、《前诗意有未尽，再次韵题其原稿》、《一樵出示勔堂先生赠诗，次韵题其后，即呈勔堂》、《再次前韵赠一樵》、《一樵约与诸生讲演，写似一诗，即用其见示诗韵》计11题19首。

《杨守敬熊会贞传》

原载《中国学报》第1卷第2期，1943年10月10日。

此文又刊于《国史馆刊》创刊号，1948年，题作《杨守敬熊会贞合传》。

《襄阳蹋铜蹄》等(总题“方湖外集”)

《石油沟》等(总题“方湖疏记”)

《中国学报》1943年第2期。

《中国文学》1944年第1卷第3期。

1944年2月—1947年7月，在重庆。兼任礼乐馆名誉顾问。1946年返南京，仍任名誉编撰。又改任礼制组主任。馆长汪东面约，无他动机。本人与汪东为前中大同事，纯为私人关系。在重庆时，1945年五月，曾在北碚开会一次。1946年返南京后，开会较多，但无主要工作。1947年七月，荐李翊灼自代。(详“乙表”)

《方湖论学三书》

《中国文学》，1944年4月，第1卷第1期。刊登先生《复龙沅书》、《与黄轩祖论文选分类书》、《复徐中玉书》书信三通。

《诗七首》

《孔学》，1944年第2期。刊登汪辟疆《走笔寄禺生乞写秦中杂诗》、《饮沙坪酒楼天放未至简以一诗》、《一月一日》、《案古图书系以一诗》、《次韵答太希》、《巴州送太师返赣》、《为潘慈光题汉富贵砖拓本》计七首。

《记黄季刚先生》

《孔学》，1944年第2期。

《国粹学报汇编序》

《孔学》,1944 年第 2 期。

《〈水经注〉与〈水经注疏〉》

《中国文学》,1944 年第 1 卷第 4 期。

《方湖读书钞》

《中国文学》,1944 年第 1 卷第 3 期

《中国文学》,1944 年第 1 卷第 4 期。

《校订宋临川内史〈谢灵运集〉后记》

《中国文学》,1944 年第 1 卷第 1 期,“文录”。

《诗录》

《中国文学》,1944 年第 1 卷第 4 期。收录程康、程会昌、沈祖棻、汪辟疆、王玉章等诗作。当期刊登汪辟疆《得沈祖棻雅州书,凄断不可卒读。适校阅后山集,因集句成二十首寄之,以广其意,兼示千帆》、《由北碚至温塘道中作》、《独游温塘寺》、《同哲东、景易自温塘往缙云山,遂登狮子峰》、《缙云寺有会而作,有序》等诗歌。《独游温塘寺》一首,《方湖诗钞》题作《温塘寺》。《缙云寺有会而作,有序》一首,《方湖诗钞》诗题无“有序”二字,且序文亦有不同。

《记与马生騄程谈李云章父子学术》

《中国文学》,1944 年 5 月,第 1 卷第 2 期。

《西北文化》,1947 年第 1 期。

《中国论坛》,1948 年第 3 期。

李鼎文点校《李于锴遗稿辑存》(兰州大学出版社 1987 年版)收录此文。

《修订部颁中国文学系科目表意见书》

《中国文学》,1944 年第 1 卷第 3 期。

《中国论坛》,1948 年第 4 期。

1945 年秋,抗战结束。校当局将师范学院之国文系并入中文系,先生坚辞系主任之职,除到校授课外,日常居家著述。当时我任中文系助

教，因系内人事大变，遂转任国史馆协修。每至星期日，必到先生寓所、汇报所学，面聆教言。（详“传略”）

《唯美诗人李义山》

《中国文学》月刊，1945 年第 1 卷第 5 期。本篇为先生在中央大学的讲演记录。程千帆先生收入《汪辟疆文集》诗题作《谈李义山的诗》。

《怎样了解孔子》（8 月 31 日对全国广播演讲）

《中国学报》1945 年第 1 卷第 4 期。

《怎样欣赏中国文艺》

1946 年 8 月 13 日，在中华民国全国文艺作家协会（简称“作协”）暑期文艺演讲会上的演讲。“1947 年，全国文艺作家协会以暑期讲习会名义，邀请本人演讲一次，讲稿似已登入《文艺先锋》，但忘记讲题，大约不出文学范畴，可查。”（详 1952 年 7 月 1 日《南京大学思想改造学习总结登记表》汪国垣丙表。）据中国第二历史档案馆编《中华民国史档案资料汇编》第 5 辑第 3 编《文化》分册《中华全国文艺作家协会填报之“教育及学术文化团体调查表”及章程与大事纪要（1947 年 5 月 23 日）》，“作协”还都后的暑期文艺演讲会是在民国三十五（1936）年，演讲共 9 次，其馀 8 次分别是：8 月 12 日，李长之，文艺创作的钥匙；8 月 14 日，胡一贯，词的欣赏；8 月 15 日，鄘承铨，诗人修养与风度；8 月 16 日，乔大壮，篆刻概要；8 月 17 日，陈之佛，艺术有什么用处；8 月 19 日，王梦鸥，悲剧的故事；8 月 20 日，阎哲吾，戏剧创作与生活；8 月 21 日，罗静予，美国的电影事业。“作协还都以后，最重要的活动，便是卅五年暑期文艺讲演会。在暑期中，大中学校放假了，各公务机关职员也轮流办公。这些学生和青年公教人员，不少对于文艺颇感兴趣有心研究的，作协为辅导进修起见，与中央文化运动委员会合作，邀请名家讲演，以灌输增益他们对于文艺方面较有系统的知识。七月初旬，登报征求听讲会员，到七月底报名者达五百馀人，已超过预定演讲会场的容量，其中包括学生、教员、公务员、军人、新闻从业员等等。讲演正式自八月十二日开始，到八月二十一日完毕，共讲九次，每次听讲会员均甚拥挤。”（详《中华民国史档案资料汇编》第 5 辑第 3 编《文化》分册第693－694页，江苏古籍出版社，1999年版。）

《玄怪录》

汪辟疆辑录，上海，神州国光社1946版，“唐宋小说精选”本。

《古镜记》

汪辟疆辑录，上海，神州国光社1946版，“唐宋小说精选”本。

“民国丛书”本，据神州国光社1946年10月第1版影印。

《集异记》

汪辟疆辑录，上海，神州国光社1946版，“唐宋小说精选”本。

“民国丛书”本，据神州国光社1946年10月第1版影印。

《长恨歌传》

汪辟疆辑录，上海，神州国光社1946版，“唐宋小说精选”本。

《〈水经注〉的版本和整理工作》

南京《申论》杂志第1卷第10期，1947年。

《编年史长编略例》

刘成禺、汪辟疆，《国史馆馆刊》，1947年第1期。

在国立南京大学教授“诗选及习作”、“李义山诗”等课程

文学院中国文学系专任教授，薪额六百六十元，担任课程：诗选及习作，全年，每周三小时；李义山诗，半年，每周三小时……本人教授“历代诗选”、“唐人小说”、“中国文学专题”讲演，皆平日专攻学科，尚觉有特殊兴趣。惟本人近三十年所搜集材料及自制索引卡片以及藏书三万馀卷，皆于日寇陷南京时，捆载而去。近三四年中，虽略有补购，然所缺尚多。近年薪给，只供伙食，衣履且不能添置，更无购买参考图书能力，颇感缺憾。（亚权案：据1949年《学校教员调查表》及同年《南京市高教处机关服务人员调查表》档案资料）

1952年之前曾担任的主要课程

目录学（1928—1940）

中国诗歌史（1928—1956）

历代诗名著选（1928—1957）

唐人小说(1929—1935)

高等作文(1930—1935)

读书指导附工具书使用法(1930—1955)

民族诗歌(1938—1940)

史记(1930—1932)

苏诗(1929—1932)

杜诗(1939—1940)

水经注(1943—1944)

诸子文(1929—1931)

水经注十讲(1947—1948)

中国文学名著选读(1948)

历代韵文选——唐宋诗(1952)

可能担任课程：

中国典籍分类学

工具书使用法

目录学史

中国诗歌史(中国文学史重要部门)

历代散文选

杜甫诗

白居易诗

本人早年喜治目录学，因目录兼及版本，故对于中国书籍分类、版本鉴别，积四十年之经验，差有所得。又以素好中国诗歌，于古今源流正变、作家得失，极力研讨，颇思撰成《中国诗歌史》一书，供编撰文学史家参考。间为诗文，在他人或认为专家，本人殊未敢自信也。

本人研究目录、诗歌，旁及古本小说。1929 年，曾在前中大为诸生讲授目录学，草创讲稿，约六七万言。1934 年曾以关于目录学史一部分稿件，交上海商务印书馆刊行，即该馆出版之《目录学研究》是也。又有《汉魏六朝目录考略》及《丛书之源流类别及其编索引法》(刊入前中大出版之

《文艺丛刊》第一卷),亦各四、五万言,皆前人所未尝董理者。其它尚有关于目录学稿件和所制索引卡片,不下三万片,悉毁于日寇陷南京一役,迄今思之,曷胜怆恨!又《唐人小说》一种,1930年,由上海神州国光社出版。此书内附考证四、五万言,旨在供编撰文学史家参考,后为人引用甚多。又1925年,曾撰《光宣诗坛点将录》一书,刊登北京《甲寅》周刊,为一种近代诗评。日本及国内编述中国现【代】文学史,关于中国近六十年诗家部分,亦多采用。但此本为草创初稿,尚有定本并附有笺注,多至三十万言,可资学诗,可考掌故。至今仍存箧衍,未尝流布。此外在重庆时,曾取早年手校《水经注》,重加校正,拟撰辑《水经注集解》一书,又以杨疏多乖误,并拟撰《水经注杨疏订讹》。当时以生活未能安定,迄未写定。(原因亦以杨守敬《水经注疏》全稿为傅斯年取去,后虽交出,由南京图书馆保存,但蒋復璁又将全稿携逃台湾,更无从勘核,可恨也!)本人研究工作及著述,略著于此。

上栏所述研究工作,本思继续进行,思于整理中国文化,稍为尽力。思改以后,拟专力进行批判古典文学工作,冀在将来文化建设,稍有贡献。

家庭情况:

故乡(江西彭泽)原有田百亩上下,自父亲服官河南,此田即托亲族代管,每年租息,散给亲族贫农,有馀则留作缴纳粮税及修葺庐墓之用。1951年土改,已全数交出。实际上,本人幼年随官河南,一切生活及后来教育经费,皆仰给父亲官俸。即偶然因事返里,粟米多向亲族借贷;或购诸市上,藉以赡生,并未尝仰给租息也。本人自1912年毕业。1914年,出而教书,生活所需,全部由薪给支付。在南昌时,仅足自给。至1928年来南京后收入稍裕,而当时物价尚低,因此月有盈馀。益以商务、神州两处版税所得,乃于南京建筑住宅一所,即本人现在唯一不动产也。近年则因校薪只供日用,本人更无其它动产可资周转,因此宅久失修,上漏下湿,然本人并不因此而损其怀铅提椠之乐也。(1952年9月10日《高等学校教师调查表》)

主要社会关系(据 1952 年档案资料)

陈弢庵,男,88,清官吏,清末新派领袖。幼年曾从先生问诗法,其人口直敢言。本人三世,皆有师谊,故文学影响最深,但无政治经济关系。1935 年卒。

严几道,男,69,民国官吏,校长。严先生接受西方资本主义国家学术甚精博,但又尊崇先秦诸子,自有一套中西汇通之政治主张,当然为改良派中间人物。无党派关系,曾为京师大学堂监督(校长)。本人受其训勉备至,1921 年卒。

熊纯如,男,76,校长,国民党党员。熊氏受严几道先生影响最深,以办学为毕生事业。思想前进,尝屡受党部警告。1927 年,在南昌被反动派逮捕,逾月乃出狱。熊氏亦严先生弟子,有在南昌长二中心远大学,与本人共工作颇久。一生忧国忧民,本人亦受其影响。平时有无相通,有经济关系;约 1942 年卒。

刘禺生,男,83,老同盟会员。1912 后,又指摘革命党人及军阀,不满现实,皆以嬉笑怒骂出之。晚年与本人同在伪监察院国史馆任职,过从颇密,1952 年三月卒。

黄季刚,男,50,教授,老同盟会员。痛诋国民党。惟尊崇其本师章太炎甚至,次则刘申叔。黄君与本人同于 1928 年来南京任教,过从最密。本人亦敬服其学问,切磋有益,但无政治经济关系,1935 年卒。

柳翼谋(诒徵),男,约 68,教授,上海市文管会委员。因商讨史学,过从甚密。本人来南京,任教前中大,柳氏甚赞助之,偶有往还。

李证刚(翊灼),男,72,教授,南昌家居。李氏专精内典,早年或入佛学会,不甚明瞭。但无党团关系;本人在南昌南京,皆曾与李氏同事教育工作,过从颇密。无政治经济关系,有书札往来。

李拔可,男,71,现居上海。任上海商务印书馆董事近三十年,向与党派无关系,仅存老诗人。本人与之往还亦近二十年。又为本人介绍著作,交商务印书馆刊行,有诗札往来。

宗白华,男,55,教授,现任本校哲学系教授。无党派,与本人共同从事教育工作几二十馀年，过从甚密。

胡小石，男，65，教授，现任本校文学院院长。无党派，同在本校本系工作凡二十五年，过从甚密。

余仲詹(謇)，男，72，教授，现任厦门大学文学院院长。是否入国民党，不甚悉。但1927年在南昌时，思想前进，为反动派所注意，因此就厦大教授，离开南昌。余氏与本人同任教南昌一中、二中、心远大学最久，又为通志局同事。二十五年以前，过从甚密。其应聘厦大，亦由本人推荐自代，近年书札甚疏。

胡步曾(先骕)，男，59，教授，现任中国科学院植物研究主任(?)。胡氏为北大同学，早年过从甚密，近少通函。

汪旭初(东)，男，64，教授，现任上海市文管会委员。汪氏与本人同在前中大中文系任教多年，又在伪监察院国史馆同任职。在南京、重庆时，过从甚密，近少往来。

陈彦通，男，62，教授，现任南京图书馆编辑。陈氏与本人有世谊，其父散原先生，本人所师事。陈氏词学造诣最深，本人有商榷之益，但无政治经济关系，有往还。

王晓湘(易)，男，64，教授，现居长沙，工作不悉。王氏为河南、北京两校同学，且有世谊。又在南昌、南京同时任教各中学大学。抗战前往来甚密。抗战后，见面遂少，近无函件往来。

陈铭枢，男，约63，军人，过去曾和蒋匪斗争。1933年在福州设人民政府倒蒋。又陈氏为欧阳竟无弟子，是否入中华佛学会，不甚悉，但陈氏佛学有造诣。陈氏与本人弟子王礼锡交易甚深，陈氏因王而知本人且甚亲昵。王死后，陈氏哀悼甚至。本人重其风义，曾与往来，但无政治关系。少见面，多年不通候。

王礼锡，男，约45，已卒，国民党员。但极不满四大家族，流亡海外。又尝助陈铭枢设人民政府。1937年，卒于洛阳；王氏为心远大学学生，本人极称之。令王教子侄读书，本人助其学费。曾主上海神州国光社书局，本人著作，由王氏交局出版，版税提前支付。有经济关系。

何遂，男，66，军人，现任华东司法部部长，老同盟会员。反清反蒋，人所共知；本人与何氏有文字交谊。1945—1948 之间过从颇密。但无政治经济关系，上海南京偶有过从。

章士钊，男，72，律师，现在北京，曾为人民政协代表。与本人有文字交谊，无政治经济关系，解放后，未见面。

江庸，男，77，律师，现在上海，曾为人民政协代表。与本人有文字交谊，无政治经济关系，有诗札往还，见面亦少。

沈尹默，男，68，教授，现任上海市文管会委员。五四运动，提倡新文化。但沈氏书法、诗词亦造诣颇深。与本人有文字交谊，又曾同在伪监察院任职，颇有往还。解放后，尚未见面。

叶楚伧，男，伪中央委员，已卒，国民党员，与本人无甚深交谊，但在中国文艺社见面较多，又为本人介绍入国民党，已见本表反动党派一栏。

于右任，男，76，伪中央委员，在台湾，国民党员。曾推荐本人任监察院监察委员。但本人与于匪过去曾有文字往来，无政治关系。1946 年之推荐本人继江西监委周利生任，其动机：(1)免各方荐人麻烦。(2)以示用人不拘一格，欺骗世人耳目，断绝关系。

张继，男，66，伪中央委员，已卒，国民党员。曾聘任本人为国史馆纂修。张氏早年由熊纯如介绍相识。本人初亦以张氏为以南先生之子，当有父风。但粗鲁无行，去之甚远。

程天放，男；约 56；伪中央委员；国民党员；程为心远中学学生，由熊纯如而识程。其人不学无术，为二陈走狗。然本人因敬熊而与之往来，知人不明，为之痛恨，断绝关系。

胡家凤，男，约 57，官僚，在台湾，国民党员。过去曾同学，后转习法政。初以同乡关系往来。1927 年，胡氏长江西教育厅，曾约本人任编辑，旋即辞去，断绝关系。

李惟果，男，约 50，教授，在台湾，国民党员。伪三青团、中央干部学校，皆任要职。李氏曾在前中央大学任政治系主任教授，偶有过从，无政治关系。又本人儿媳李惟苓，为李堂妹，有瓜葛姻谊，但过从反少，断绝关系。

熊公哲，男，约55，教授，解放后，不知去向，或在台湾。国民党员。熊氏在党团似无地位，但与反动头目刘峙、陈果夫有私人感情，政治态度，可以推测。熊氏本书生，刘、陈亦不甚重视。熊氏亦在心远大学任教授。本人在重庆任前中大中文系主任时，亦曾聘熊氏兼任教授。但无政治经济关系，断绝关系。

汪曾佑，男，34，军人，解放前去台湾。抗战后，入伪军官学校，是否国民党员，不甚悉。本人次子，原名平。因承继三弟慕曾，改名曾佑。幼时由本人抚养。1947年结婚后，独立生活，断绝经济关系，断绝关系。

张炽昌，男，19，军人，现在长春习装甲车。本儿女外孙，自幼由本人抚养教育，去年毕业市立四中，报名参干，学习装甲部队，近亦无经济关系，常有信来。

汪德佑，男，38，工程师，现任长江下游水利局工程师（副）。本人亲侄。1935年上海交通大学毕业。独立生活，无经济关系。

蒋海澄，男，38，行员，现在杭州人民银行行员，本人次婿。

许云庆，男，34，工程师，现任通州专员公署副工程师，本人三婿。（以上详“丙表”）

1954年暮春，时任甘肃省省长之邓宝珊将军函邀先生来兰州讲学，看牡丹，于花园中专辟居室，以待先生莅临。讵知先生临行前，因高血压而中风，右肢瘫痪，不果来兰。先生于1957年三月，左手书示騄程云：“右体偏废，于今三年，虽经医治，亦不见效。所幸精神如旧，差堪告慰耳。年来校阅《太平广记》、《顾亭林诗集》。顾诗近觅得潘次耕及戴子高校本，乃知世所通行者非亭林之旧。《广记》惟明谈恺、许自昌二刻最佳，许刻尤有校勘之功。病中以此自遣，亦无聊之极思也。”先生幼承家学，养成读写习惯。虽在病中犹坚持读书写作，又为研究生在家讲课。爱护后进，诲人不倦。其后病情时有反复，终以脑血栓形成不治之症。（详“传略”）

1956年夏，胡小石与陈方恪、唐圭璋、孙望、徐复、杨白桦、金启华等赴汪辟疆教授家，设宴为汪先生祝古稀之庆。

《分析〈水经〉和〈水经注〉作者的分歧问题》

《江海学刊》创刊号，1958年第1期。

《近代诗人述评》

《南京大学学报》人文科学版，1962年第1期。

《论高密诗派》

《中华文史论丛》1962年第2辑。

《南京大学学报》人文科学版，1962年第4期。

《玉溪诗笺举例》

《中华文史论丛》1963年第4辑。

1966年3月12日（农历丙午2月21日）因病逝世，享年79岁，安葬在南京中华门外雨花台望江矶公墓，1997年迁葬于卡子门外石婆庙218号的金陵华侨永久墓园

《读常见书斋小记》

汪辟疆遗稿，《中华文史论丛》1980年第3辑

中国人民大学复印报刊资料《图书评介》，1980年第10期。

《汪辟疆先生论诗语录》

中华书局编辑部编《学林漫录》第11集，1985年。此文由程千帆先生辑校，有跋语曰："右先师汪公论诗语录一卷，辑自丛残遗稿，多不能定其写作年代，故但以内容序列。若《论诗绝句十一首》，盖师早岁之作也。读者审之。癸亥九月，受业程千帆敬跋。"

《光宣以来诗坛旁记》

南京，南京大学中文系古典文学教研室1983年油印本，汪辟疆先生遗著之二。

辽宁教育出版社1998年版"新世纪万有文库"本。

《汪辟疆文集》程千帆编

上海古籍出版社 1988 年版，南京大学古典文献研究所专刊之一。

1990 年 6 月(原定 1989 年 6 月召开，因故推迟)南京大学中文系举办了“胡小石、陈中凡、汪辟疆三教授百年诞辰学术纪念会”，南京大学出版社出版了由南京大学古典文献研究所编写的《古典文献研究(1989—1990)》，其中收录了《〈汪辟疆文集〉后记》(作者：程千帆)、《汪辟疆先生传略》(作者：马騄程)、汪辟疆手迹、《汪辟疆先生在四十年代的轶事》(作者：马騄程)、《忆汪辟疆先生二三事》(作者：金启华)、《怀念辟疆师》(作者：霍松林)、诗词：【大江东去】《南京大学纪念胡小石陈中凡汪辟疆三教授百年诞辰用东坡韵》(作者：周梦庄)、《一九三六年重阳，雍社诸子随方湖师登栖霞山余分韵得“开”字，今师已作古，缅怀往事，曷胜瞻依》(作者：盛静霞)、《怀念辟疆师(庚午)》(作者：霍松林)计 6 篇文章、3 首诗词和一幅先生的手迹。

《汪辟疆说近代诗》张宏生编

上海古籍出版社 2001 年版“名家说上古学术萃编”本，本书包括《近代诗派与地域》、《近代诗人小传稿》、《光宣诗坛点将录》、《光宣以来诗坛旁记》等内容。

编后记

从接受任务，到提交书稿，前后历时两年有余。这两年来，除了日常的教学、行政工作，大部分时间精力都集中在《汪辟疆诗学论集》的资料搜集、体例推敲、文献考辨等工作上。现该书出版在即，谨就几个需要说明的问题，略陈如次：

汪辟疆先生是著名的文史学者，一生著述宏富，在经学、文学、版本目录学等方面都有卓越的成就和深远的影响。考虑到先生的《唐人小说》、《目录学研究》等著作版本众多，流传很广，搜求容易，"南雍学术经典"系列侧重反映先生的诗学成就。经过编者与编委会的反复磋商，最终确定了《汪辟疆诗学论集》的选题。

关于汪辟疆先生的诗学成就，程千帆先生辑录的《汪辟疆文集》和张宏生师选编的《汪辟疆说近代诗》等都有精到的研究。《汪辟疆诗学论集》的编撰正是在程、张两位先生开创性工作的基础上，循着"知能并重"的原则，希望对汪辟疆先生的诗学研究和诗歌创作成就作尽可能全面的呈现。全书分导读、汪辟疆论近代诗、汪辟疆诗学分论、汪辟疆诗学散论、方湖诗钞及补遗、方湖学记简编、汪辟疆学术简表等七个板块。

《汪辟疆诗学论集》以张宏生师《诗史的发展与汪辟疆的近代诗学成就》代导读，应该是一种理想的选择。宏生老师曾选编过《汪辟疆说近代诗》，又是汪辟疆先生的再传弟子，《诗史的发展与汪辟疆的近代诗学成就》从分析近代诗的价值，近代诗系的重构入手，联系清末民初的学术文化背景，对汪辟疆先生的诗学成就作诗史发展的宏观描述和深入仔细的微观分析，高屋建瓴，鞭辟入里。笔者考虑再三，最终还是放弃了自己动手撰写导读的想法，在征得张师的慨允和编委会的同意后，决定借张师专论作本书导读，在此谨致谢忱！

“汪辟疆论近代诗”板块，辑录先生《近代诗派与地域》、《光宣诗坛点将录》、《近代诗人小传稿》、《光宣以来诗坛旁记》、《论高密诗派》计五篇近代诗研究著作。此次整理以《汪辟疆文集》的合校本作工作底本，参校以先生著作的稿本、钞本、油印本、民国期刊本、现代期刊本、其他版本及相关最新研究成果，希望能为读者提供一个比较理想的新校本。

“汪辟疆诗学分论”板块，主要辑录先生近代诗学研究之外的单篇论文、诗选按语、诗笺举例等。以《何谓诗》、《编述中国诗歌史的重要问题》两篇概论文章居先，其余各篇略依时代顺序编排。

“汪辟疆诗学散论”板块，则是从先生的论学书札、文集序跋、笔记、日记等资料中，辑录零星片断而又弥足珍贵的诗学散论，其中有些文献资料系首次发表。

“方湖诗钞及补遗”板块，包括《方湖诗钞》、《方湖诗词补遗》两部分。先生既精于诗学，又深于诗功，其诗词创作实践正可以与其诗学理论比照印证。《方湖诗钞》依据《汪辟疆文集》略作考辨。《方湖诗词补遗》则是笔者从近现代诗文集、当代诗词选本、民国报刊杂志及方湖裔孙汪定民先生所提供的方湖手稿等文献资料中辑出方湖集外诗词百余首，略作考订，以示同好，其中绝大部分系首次发表。

“方湖学记简编”板块，主要收录先生传略及先生弟子后学的纪念文章。笔者另编有《方湖学记》一书，因本书篇幅所限，不少文章只能忍痛割爱。

“汪辟疆学术简表”板块，略依年代顺序，为先生的诗文创作、论文、著作、教学、讲演、学术交游等作一大致梳理，正式的年表尚请稍假以日。

衷心感谢“南雍学术经典”编委会诸公对编者的信任和支持，感谢南大出版社金鑫荣总编、施敏编辑及责编赵永刚博士对本书的精心审校。

在本书的编撰过程中，方湖裔孙汪定民先生提供许多珍贵的资料、图片，并授权笔者自由使用；张宏生师慨允用他的文章作为本书的导读；郭维森先生、张伯伟教授、金程宇教授、史梅教授慷慨提供相关资料；程章灿教授、丁骏编审热心推荐相关研究成果的发表；研究生张聪承担了《方湖诗钞》的录入及全书的责任校对任务；周师勋初先生默默关注学生的点滴进步并适时加以方向性的引导……所有这一切，都为本书的顺利出版奠定了坚实的基础，在此一并向诸位师友致以诚挚的敬意！

张亚权　谨识

2010 年 6 月 6 日

于南园寂寥居

图书在版编目(CIP)数据

汪辟疆诗学论集 / 汪辟疆著;张亚权编撰. —南京:南京大学出版社,2011.4

(南雍学术经典)

ISBN 978-7-305-08299-3

Ⅰ. 汪… Ⅱ. ① 汪… ② 张… Ⅲ. ① 古典诗歌—诗歌研究—中国 Ⅳ. ① I207.22

中国版本图书馆 CIP 数据核字(2011)第 057503 号

出版发行 南京大学出版社
社　　址 南京市汉口路 22 号　　邮　编 210093
网　　址 http://www.NjupCo.com
出 版 人 左　健

丛 书 名 南雍学术经典
书　　名 汪辟疆诗学论集(上、下册)
著　　者 汪辟疆
编　　撰 张亚权
责任编辑 赵永刚

照　　排 南京玄武湖印刷照排中心
印　　刷 常州市武进第三印刷有限公司
开　　本 787×960　1/16　印张 44.5　字数 618 千
版　　次 2011 年 4 月第 1 版　2011 年 4 月第 1 次印刷
ISBN 978-7-305-08299-3
定　　价 90.00 元(上、下册)

发行热线 025-83594756
电子邮箱 Press@NjupCo.com
Sales@NjupCo.com(市场部)
